SOPHIE KINSELLA
Shopaholic in Hollywood

Buch

Becky Brandon, geborene Bloomwood, ist endlich angekommen – und das nicht nur im Leben und in der Liebe, nein, in Hollywood! Der Rodeo Drive, der Walk of Fame, die Filmstudios und die Stars: Becky ist in ihrem Element. Und wie kombiniert man seine Leidenschaft fürs Shoppen mit dem Wunsch, selbst einmal über den roten Teppich zu laufen? Ganz einfach – der Shopaholic macht sich als Stylistin für die Stars selbstständig. Das ist nur leichter gesagt als getan, denn die Crème de la Crème von Hollywood ist nicht gerade für jedermann offen, und von Beckys berühmt-berüchtigten Einkaufstalenten hat in der Stadt der Träume tatsächlich noch nie jemand etwas gehört. Doch Becky wäre nicht Becky, wenn sie sich so leicht unterkriegen lassen würde. Und sie wäre auch nicht Becky, wenn ihr nicht allmählich bewusst werden würde, dass auch in Hollywood nicht alles Gold ist, was glänzt…

Weitere Informationen zu Sophie Kinsella
sowie zu lieferbaren Titeln der Autorin
finden Sie am Ende des Buches.

Sophie Kinsella

Shopaholic
in Hollywood

Roman

Aus dem Englischen
von Jörn Ingwersen

GOLDMANN

Die Originalausgabe erschien 2014
unter dem Titel »Shopaholic to the Stars«
bei Bantam Press, London,
an imprint of Transworld Publishers.

Dieses Buch ist auch als E-Book erhältlich.

Verlagsgruppe Random House FSC® N001967
Das FSC®-zertifizierte Papier *Pamo House* für dieses Buch
liefert Arctic Paper Mochenwangen GmbH.

1. Auflage
Deutsche Erstveröffentlichung Februar 2015
Copyright © der Originalausgabe 2014 by Sophie Kinsella
Copyright © der deutschsprachigen Ausgabe 2015
by Wilhelm Goldmann Verlag, München,
in der Verlagsgruppe Random House GmbH
Umschlaggestaltung: UNO Werbeagentur, München
Umschlagmotiv: Getty Images/Izabel Habur, Renee Keith, RunPhoto;
FinePic®, München
Redaktion: Kerstin von Dobschütz
MR · Herstellung: Str.
Satz: Uhl + Massopust, Aalen
Druck und Einband: GGP Media GmbH, Pößneck
Printed in Germany
ISBN: 978-3-442-47987-0
www.goldmann-verlag.de

Besuchen Sie den Goldmann Verlag im Netz

Für Patrick Plonkington-Smythe,
den besten Banker der Welt

Liebe Leserinnen,

ich hoffe, euch gefällt Beckys neuestes Abenteuer! Dieses Mal verschlägt es sie nach Hollywood. Ob sie dort wohl ein filmreifes Happy End findet? Ihr werdet auch feststellen, dass sich schon in dieser Geschichte ihr nächstes Abenteuer anbahnt – und könnt euch also am Ende sicher sein: Becky ist bald wieder zurück!

Happy Reading!

Sophie Kinsella xxx

CUNNINGHAM'S

Rosewood Center · West 3rd Street · Los Angeles, CA 90048

Liebe Mrs Brandon,

vielen Dank für Ihren Brief. Ich freue mich, dass
Ihnen der Besuch in unserem Geschäft gefallen
hat.

Leider kann ich nicht sagen, ob die Frau, die am
Dienstag an der Schminktheke bezahlt hat, »Uma
Thurman mit langer, dunkler Perücke« war. Daher
kann ich Ihnen weder verraten, »welchen Lippenstift sie gekauft hat«, noch, »ob sie im normalen
Leben genauso nett ist«, und ich sehe mich daher
außerstande, Ihre Einladung weiterzuleiten, »weil
sie bestimmt gern mal einen freien Abend mit
einer Freundin hätte und wir uns sicher gut verstehen würden«.

Ich wünsche Ihnen alles Gute für Ihren bevorstehenden Umzug nach Los Angeles. Leider muss ich
Ihnen jedoch mitteilen, dass wir neuen Einwohnern
von L.A. keinen Preisnachlass gewähren können,
»damit sie sich hier willkommen fühlen«.

Vielen Dank für Ihr Interesse

Mary Eglantine
Abteilung Kundenservice

INNER SANCTUM LIFESTYLE SPA
6540 Holloway Drive · West Hollywood · CA 90069

Liebe Mrs Brandon,

vielen Dank für Ihren Brief — ich freue mich, dass Ihnen der Aufenthalt in unserem Spa gefallen hat.

Leider kann ich nicht sagen, ob es sich bei der Frau vor Ihnen im Yogakurs um Gwyneth Paltrow handelte. Es tut mir leid, dass sie so schwer zu erkennen war, weil sie »dauernd auf dem Kopf stand«.

Somit kann ich leider weder Ihre Frage beantworten, wie sie »einen dermaßen perfekten Kopfstand hinkriegt«, noch, ob sie »spezielle Gelpacks in ihrem T-Shirt hat«. Entsprechend sehe ich mich auch außerstande, Ihre Einladung auf einen Bio-Tee mit Grünkohlkeksen weiterzugeben.

Mit Freude höre ich, dass Sie Gefallen an unserem Geschenke-und-Lifestyle-Shop gefunden haben. Und hinsichtlich Ihrer Bitte, falls ich Ihrem Mann auf der Straße begegnen sollte, seien Sie versichert, dass ich ihm nichts von Ihrem »kleinen Großeinkauf biodynamischer Unterwäsche« verraten werde.

Vielen Dank für Ihr Interesse

Kyle Heiling
Koordinatorin Fernöstliche Naturheilkunde

Beauty on the Boulevard
9500 Beverly Blvd. · Beverly Hills · CA 90210

Liebe Mrs Brandon,

vielen Dank für Ihren Brief.

Leider kann ich Ihnen nicht bestätigen, dass es sich bei der Frau, die sich die La-Mer-Auslage ansah, um »Julie Andrews mit dunkler Brille und Kopftuch« handelte.

Daher kann ich weder Ihre Frage ausrichten: »Wie sexy war Baron von Trapp im wahren Leben?«, noch Ihre Beteuerung: »Es tut mir leid, dass ich Ihnen das Lied vom einsamen Ziegenhirten vorgesungen habe, ich war nur so aufgeregt.« Ebenso wenig sehe ich mich in der Lage, Ihre Einladung auf einen »kleinen Hausmusikabend bei Apfelstrudel« weiterzureichen.

Darüber hinaus tut es mir leid, Ihnen mitteilen zu müssen, dass wir weder »Willkommenspartys für Zugereiste« veranstalten noch entsprechende Werbegeschenke verteilen. Auch nicht Zahnweißer-Kits, damit Sie »nicht unangenehm auffallen«. Dennoch wünsche ich Ihnen alles Gute für Ihren bevorstehenden Umzug nach L.A.

Vielen Dank für Ihr Interesse

Sally E. SanSanto
Beraterin Kundenservice

1

Okay. Keine Panik. *Keine Panik.*

Irgendwie komme ich hier schon wieder raus. Bestimmt. Es ist ja nicht so, als wäre ich in diesem grässlichen engen Raum gefangen, hoffnungslos, *für immer* – oder?

So ruhig wie möglich schätze ich die Lage ein. Meine Rippen sind dermaßen eingequetscht, dass ich kaum Luft bekomme, und mein linker Arm klemmt hinterm Rücken fest. Die Erfinder dieser hochelastischen, extrem haltgebenden Synthetikfaser wussten, was sie taten. Mein rechter Arm steht in genauso ungesundem Winkel ab, und wenn ich versuche, die Arme auszustrecken, schneidet mir der Stoff ins Handgelenk. Ich stecke fest. Ich kann nichts machen.

Im Spiegel sehe ich mein Gesicht, aschfahl, unglücklich. Schwarz schimmernde Bänder laufen kreuz und quer über meine Arme. Sollte eins davon vielleicht ein Träger sein? Gehört dieses netzartige Zeug um die Taille?

O Gott. Ich hätte *niemals* Größe 34 anprobieren sollen.

»Kommen Sie da drinnen zurecht?«

Ich schrecke zusammen. Es ist Mindy, die Verkäuferin, draußen vor der verhängten Kabine. Mindy ist groß und schlank, mit durchtrainierten Oberschenkeln. Sie sieht aus, als würde sie jeden Tag einen Berg raufrennen und hätte noch nie was von KitKat gehört.

Dreimal hat sie mich schon gefragt, ob ich zurechtkomme, und jedes Mal habe ich schrill gerufen: »Alles super, danke!« Doch langsam weiß ich nicht mehr weiter. Inzwischen ringe ich seit zehn Minuten mit diesem figurformenden Schlankstütz-Langarm-Body. Ich kann die Frau nicht ewig hinhalten.

»Unglaublich, nicht?«, sagt Mindy begeistert. »Dieser Stoff gibt dreimal so viel Halt wie normales Elastan. Man verliert eine ganze Größe, stimmt's?«

Möglich, aber außerdem verliere ich mein halbes Lungenvolumen.

»Finden Sie sich mit den Trägern zurecht?«, höre ich Mindys Stimme. »Soll ich in die Kabine kommen, um Ihnen zu helfen?«

In die Kabine kommen? Nie im Leben lasse ich zu, dass hier eine große, braun gebrannte, sportliche Angelena reinkommt und meine Cellulitis sieht.

»Nein, es geht schon, danke!«, rufe ich schrill.

»Brauchen Sie Hilfe beim Ausziehen?«, versucht sie es noch mal. »Manche Kundinnen haben damit anfangs so ihre Probleme.«

Ich sehe förmlich vor mir, wie ich mich am Tresen festhalte und Mindy sich alle Mühe gibt, mich aus dem Schlankstütz-Langarm-Body zu befreien, während wir beide vor Anstrengung keuchen und schwitzen und Mindy insgeheim denkt: *Ich wusste doch, dass englische Frauen fette Kühe sind!*

Niemals. Im Leben nicht. Mir bleibt nur noch eine Möglichkeit. Ich muss dieses Ding kaufen. Egal, was es kostet.

Ich reiße mit aller Kraft daran und schaffe es, zwei der Träger auf meine Schultern schnappen zu lassen. So ist es besser. Ich sehe aus wie ein gefesseltes Huhn, aber wenigstens kann ich meine Arme bewegen. Sobald ich wieder im Hotel bin, schneide ich mir das Ding mit der Nagelschere vom Leib und werfe es in den Müll, damit Luke es nicht finden und mich fragen kann: *Was ist das?* Oder: *Du meinst, du hast es gekauft, obwohl du wusstest, dass es dir nicht passt?* Oder irgendetwas ähnlich Provozierendes.

Luke ist mein Mann, und nur seinetwegen stehe ich hier in einem Sportbekleidungsgeschäft in L.A. Wir ziehen demnächst für seine Arbeit nach Los Angeles und suchen zum nächstmöglichen Zeitpunkt ein Haus. Darum dreht sich diese Woche alles: Immobilien, Häuser, Gärten, Mietverträge. Das volle Programm. Ich bin nur zwischen zwei Besichtigungsterminen ganz, *ganz* schnell mal rüber zum Rodeo Drive.

Na gut, okay. In Wahrheit habe ich dafür extra einen Besichtigungstermin abgesagt. Aber es musste sein. Ich habe einen guten Grund, mir kurzfristig Sportsachen zu kaufen, weil ich nämlich morgen an einem Rennen teilnehme. An einem echten Rennen! Ich!

Ich packe meine Klamotten zusammen, schnappe mir meine Tasche und trete etwas steif aus der Kabine. Mindy steht ganz in der Nähe.

»Wow!« Sie klingt entzückt, doch ihre Augen sprechen eine andere Sprache. »Das ist ja…«, sie hustet, »…enorm. Ist Ihnen der Body nicht zu… eng?«

»Nein, er passt perfekt«, sage ich und versuche mich an einem unbeschwerten Lächeln. »Ich nehme ihn.«

»Wunderbar!« Sie kann ihr Erstaunen kaum verbergen. »Dann seien Sie doch so nett, ihn auszuziehen, dann kann ich ihn scannen und einpacken…«

»Wissen Sie was?« Ich gebe mir Mühe, nonchalant zu klingen. »Ich behalte ihn gleich an. Könnten Sie meine Sachen in eine Tüte packen?«

»Gern«, erwidert Mindy. Es folgt eine lange Pause. »Sind Sie sicher, dass Sie nicht lieber Größe 36 probieren wollen?«

»Nein! Größe 34 sitzt perfekt! Total bequem!«

»Okay«, sagt Mindy nach längerem Schweigen. »Wie Sie meinen. Das macht dann dreiundachtzig Dollar.« Sie scannt den Barcode auf dem Zettel, der an meinem Hals hängt, und ich taste nach meiner Kreditkarte. »Sie joggen gern, was?«

»Ich nehme sogar morgen am Ten Miler teil.«

»Ach was!« Beeindruckt blickt sie auf, und ich gebe mich lässig, bescheiden. Das Ten Miler ist nicht irgendein Rennen. Es ist *das* Rennen. Es wird jedes Jahr in L.A. veranstaltet, und berühmte Stars laufen reihenweise mit. Selbst *E!* berichtet darüber! Und ich bin dabei!

»Wie sind Sie an einen Startplatz gekommen?«, fragt Mindy neidisch. »Ich bewerbe mich jedes Jahr für dieses Rennen.«

»Na ja …« Ich mache eine Pause, genieße den Moment. »Ich bin im Team von Sage Seymour.«

»Wow.« Ihr Mund bleibt offen stehen, und ich spüre einen leisen Anflug von Häme. Es stimmt! Ich, Becky Brandon (geborene Bloomwood) laufe im Team eines echten Filmstars! Wir werden gemeinsam Lockerungsübungen machen! Wir werden dieselben Kappen tragen! Wir werden in *Us Weekly* sein!

»Sie sind Engländerin, stimmt's?«, unterbricht Mindy mich in meinen Gedanken.

»Ja, aber ich ziehe demnächst hierher. Ich bin hier, um mir mit meinem Mann Häuser anzusehen. Er hat eine PR-Firma und arbeitet für Sage Seymour«, kann ich mir vor Stolz nicht verkneifen.

Mindy ist zunehmend beeindruckt. »Dann sind Sie mit Sage Seymour sozusagen *befreundet*?«

Ich spiele an meiner Handtasche herum, zögere die Antwort hinaus. Die Wahrheit ist, dass Sage Seymour und ich nicht wirklich befreundet sind. Ich habe sie noch nicht einmal kennengelernt. Was total unfair ist. Luke arbeitet nun schon eine Ewigkeit für sie, und ich war bereits für ein Vorstellungsgespräch in L.A. und bin jetzt wieder hier, um ein Haus und einen Kindergartenplatz für unsere Tochter Minnie zu finden – aber habe ich Sage bisher auch nur zu *sehen* bekommen?

Als Luke sagte, er würde für Sage Seymour arbeiten und wir würden nach Hollywood ziehen, dachte ich, wir sehen sie jeden Tag. Ich dachte, wir würden an ihrem pinkfarbenen Pool herumfläzen, dieselben Sonnenbrillen tragen und gemeinsam zur Pediküre gehen. Aber selbst Luke kriegt sie offenbar kaum zu sehen. Er hat nur den ganzen Tag lang Meetings mit Managern und Agenten und Produzenten. Er sagt, er muss sich im Filmgeschäft erst zurechtfinden, und da gibt es viel zu lernen. Was ich mir gut vorstellen kann, denn bisher hat er nur Finanzfirmen und Großkonzerne beraten. Aber muss er denn dermaßen wenig Sinn für Stars und Sternchen haben? Als ich neulich nur ein kleines bisschen frustriert war, sagte er: »Meine Güte, Becky, wir tun diesen Riesenschritt doch nicht nur, um *Promis* kennenzulernen.« Aus seinem Mund klang das Wort *Promis* wie *Ohrkneifer*. Er begreift überhaupt nichts.

Das Tolle an Luke und mir ist, dass wir uns bei fast allem im Leben einig sind, und deshalb sind wir auch so glücklich verheiratet. Aber es gibt doch ein paar Kleinigkeiten, bei denen unsere Meinungen auseinandergehen. Zum Beispiel:

1. Kataloge. (Die sind kein »Kram«. Sie sind *nützlich*. Man weiß nie, wann man eine personalisierte Schiefertafel mit einem süßen kleinen Kreideeimer brauchen kann. Außerdem blättere ich zum Einschlafen gern darin herum.)
2. Schuhe. (Alle meine Schuhe in ihren Originalkartons aufzubewahren ist nicht albern, sondern *vorausschauend*. Eines Tages werden sie wieder modern sein, und dann kann Minnie sie tragen. Und bis dahin muss er eben aufpassen, wo er hintritt.)
3. Elinor, seine Mutter. (Lange, lange Geschichte.)
4. Stars und Sternchen.

Ich meine, wir sind hier in L.A. Der Heimat der Filmstars. Die sind hier das lokale Naturphänomen. Jeder weiß, dass man nach L.A. fliegt, um Filmstars zu begegnen, so wie man nach Sri Lanka fliegt, um Elefanten zu begegnen.

Aber Luke stockte nicht der Atem, als er Tom Hanks in der Lobby des Beverly Wishire sah. Er zuckte mit keiner Wimper, als Halle Berry im The Ivy drei Tische weiter saß (ich glaube, es war Halle Berry). Es berührte ihn kein bisschen, dass wir Reese Witherspoon auf der anderen Straßenseite gesehen haben. (Ich bin mir ganz sicher, dass es Reese Witherspoon war. Sie hatte genau dieselbe Frisur.)

Und er spricht von Sage, als wäre sie nur eine ganz normale Klientin. Als wäre sie eine Investmentbank. Angeblich weiß sie es zu schätzen, dass er mit dem ganzen Zirkus nichts zu tun hat. Und dann meint er noch, dass ich von dem ganzen Hollywood-Trara doch etwas übertrieben begeistert bin. Was total nicht stimmt. Ich bin nicht übertrieben begeistert. Ich bin genau angemessen begeistert.

Aber insgeheim bin ich auch von Sage enttäuscht. Ich meine, okay, wir kennen uns eigentlich gar nicht, aber immerhin haben wir schon miteinander telefoniert, als sie mir mit meiner Überraschungsparty für Luke geholfen hat. (Obwohl sie inzwischen eine neue Nummer hat, die Luke nicht herausrücken will.) Ich hätte ja gedacht, sie würde sich mal melden oder mich zu sich nach Hause einladen oder so.

Wie dem auch sei. Heute wird alles gut. Ich will ja nicht prahlen, aber ich habe es einzig und allein meinem flinken Geist zu verdanken, dass ich an diesem Ten-Miler-Rennen teilnehme. Gestern habe ich zufällig einen Blick über Lukes Schulter auf sein Notebook geworfen, als gerade eine Rundmail von Sages Manager Aran kam. Betreff: *Wer zuerst kommt, mahlt zuerst.* Dann: Liebe Freunde, aufgrund einer verletzungsbedingten Absage ist kurzfristig ein Platz im Ten-Miler-

Team frei geworden – hat jemand Interesse, mitzulaufen und Sage zu unterstützen?

Bevor mir überhaupt bewusst war, dass ich mich vorgebeugt hatte, tippten meine Finger: *Unbedingt!* Ich *würde liebend gern mit Sage laufen! Liebe Grüße, Becky Brandon.*

Okay, vielleicht hätte ich mit Luke sprechen sollen, bevor ich auf »Senden« drückte. Aber es hieß: »Wer zuerst kommt, mahlt zuerst«. Also musste ich schnell handeln.

Luke starrte mich nur an und sagte: »Bist du verrückt geworden?« Dann fing er davon an, es sei ein Rennen für echte Athleten und wer denn eigentlich mein Sponsor sei und ob ich überhaupt Laufschuhe besäße. Mal ehrlich. Er könnte mich ruhig etwas mehr unterstützen.

Obwohl er mit den Laufschuhen natürlich recht hat.

»Und sind Sie auch im Filmgeschäft?«, fragt Mindy, als sie mir die Quittung zum Unterschreiben hinlegt.

»Nein, ich bin Stilberaterin.«

»Ach so. Wo denn?«

»Bei… also bei… Dalawear.«

»Oh.« Sie wirkt betroffen. »Sie meinen diesen Laden für …«

»Ältere Frauen. Ja.« Ich hebe mein Kinn. »Ein toller Laden. Wirklich spannend. Ich kann es kaum erwarten!«

Ich bin superpositiv, was diesen Job angeht, selbst wenn er nicht *genau* das ist, was ich mir erträumt hatte. Dalawear verkauft »Easy Wear-Kleidung« für Damen, »die Komfort statt Stil suchen«. (So steht es allen Ernstes auf dem Plakat. Vielleicht sollte ich sie überreden, es zu ändern in: »Komfort *und* Stil«.) Beim Vorstellungsgespräch redete die Frau ständig über elastische Bünde und waschbare Stoffe, aber kein einziges Mal über Modethemen. Oder Mode überhaupt.

Die Wahrheit ist, dass in L.A. für eine frisch zugezogene Engländerin kurzfristig nicht allzu viele Jobs als Stilberaterin zur Verfügung stehen. Besonders für eine Engländerin, die möglicherweise nur drei Monate im Land bleibt. Dalawear war der einzige Laden, der überhaupt eine freie Stelle hatte, weil jemand in den Mutterschaftsurlaub geht. Das Bewerbungsgespräch habe ich *gerockt* – auch wenn man sich nicht selbst loben soll. Ich war dermaßen begeistert von ihren geblümten »Allzweck-Hemdblusenkleidern«, dass ich mir fast selbst eins gekauft hätte.

»Könnte ich bei Ihnen auch ein Paar Laufschuhe bekommen?« Ich wechsle das Thema. »In diesen hier kann ich ja wohl kaum antreten.« Lachend deute ich auf meine Marc-Jacobs-Kitten-Heels. (Zur Information: Einmal habe ich mit solchen Schuhen tatsächlich einen echten Berg erklommen. Aber als ich das gestern Luke gegenüber als Beweis meiner athletischen Fähigkeiten anführte, schüttelte er sich und meinte, diesen Vorfall hätte er komplett aus seiner Erinnerung gelöscht.)

»Okay.« Mindy nickt. »Dafür sollten Sie zu Pump! gehen, unserem Sportfachgeschäft. Das ist gleich gegenüber. Da gibt es Schuhe, Ausrüstung, Pulsmessgeräte … Haben Sie in England eine biomechanische Untersuchung vornehmen lassen?«

Leeren Blickes starre ich sie an. Eine bio-was?

»Lassen Sie sich von den Leuten drüben beraten! Die werden Sie ausstatten.« Sie reicht mir die Tüte mit meinen Sachen. »Sie müssen ja superfit sein. Ich hab mal mit Sage Seymours Physio trainiert. Die war echt hardcore. Und man hört so einiges über das strikte Trainingsprogramm. Waren Sie dafür nicht extra in Arizona?«

Dieses Gespräch fängt an, mich ein wenig zu beunruhigen. Hardcore? Trainingsprogramm? Egal, ich darf mich nicht verunsichern lassen. Ich bin absolut fit genug, um ein Rennen mitzulaufen, selbst wenn es in L.A. stattfindet.

»Ich habe nicht *wirklich* am Trainingsprogramm teilgenommen«, räume ich ein. »Aber selbstverständlich habe ich mein eigenes – äh … Cardio… Programm… Dingsbums.«

Es wird schon gehen. Ich soll nur rennen. Wie schwer kann das sein?

Draußen auf dem Rodeo Drive spüre ich, wie mich in der warmen Frühlingsluft ein Hochgefühl durchweht. Das Leben in L.A. wird mir gefallen, ich weiß es genau. Alles, was man sich erzählt, stimmt. Die Sonne scheint, die Leute haben strahlend weiße Zähne, und die Häuser sehen aus wie Filmsets. Ich habe mir mehrere Häuser angesehen, und *alle* haben einen Pool. Als wäre ein Pool so normal wie ein Kühlschrank.

Die Straße um mich herum glitzert vor lauter Glamour. Teure Läden und tadellose Palmen und reihenweise teuer aussehende Autos. Autos sind hier etwas völlig anderes. Die Leute fahren in ihren farbenfrohen Cabrios mit offenem Verdeck herum und sehen dabei entspannt und freundlich aus, als könnte man hinüberschlendern und mit ihnen plaudern, wenn sie an der Ampel stehen, ganz im Gegensatz zu London, wo jeder in seiner versiegelten Blechkiste sitzt und den Regen verflucht.

Die Sonne spiegelt sich in den Schaufenstern und Sonnenbrillen und Armbanduhren der Leute. Draußen vor Dolce & Gabbana stopft eine Frau einen Haufen Tüten in ihren Wagen, und sie sieht aus wie Julia Roberts, nur mit blonderen Haaren. Und etwas kleiner. Aber davon abgesehen genau wie Julia Roberts! Auf dem Rodeo Drive!

Gerade schleiche ich mich an, um zu sehen, was für Tüten sie hat, als mein Handy summt. Ich hole es hervor und sehe *Gayle* auf dem Display. Gayle ist meine neue Chefin bei Dalawear. Wir sind für morgen früh verabredet.

»Hi, Gayle!«, sage ich professionell gut gelaunt. »Haben Sie meine Nachricht bekommen? Sehen wir uns morgen?«

»Hi, Rebecca. Ja, hier bei uns ist alles in Ordnung...« Sie macht eine Pause. »Bis auf eine Kleinigkeit. Wir haben Ihre

Empfehlung von Danny Kovitz immer noch nicht bekommen.«

»Ach herrje.« *Mist.* Danny ist einer meiner besten Freunde und ein ziemlich berühmter Modedesigner. Er hat versprochen, mir eine Empfehlung für Dalawear zu schreiben, aber das ist schon ein paar Wochen her, und er hat es nicht gemacht. Gestern habe ich ihm eine Nachricht geschickt, und er hat versprochen, innerhalb der nächsten Stunde eine Mail zu schreiben. Ich kann nicht glauben, dass immer noch nichts passiert ist.

Das stimmt so eigentlich nicht. Ich kann es sehr wohl glauben.

»Ich rufe ihn gleich an«, verspreche ich. »Tut mir leid.«

Ich hätte Danny nie darum bitten sollen. Aber ich dachte, es klingt cool, wenn ich einen angesagten Modedesigner in meiner Bewerbung erwähne. Und es hat sicher auch genützt. Beim Bewerbungsgespräch wurde ich dauernd darauf angesprochen.

»Rebecca …« Gayle zögert. »Kennen Sie Mr Kovitz? Sind Sie ihm schon mal begegnet?«

Sie glaubt mir nicht?

»Natürlich kenne ich ihn! Lassen Sie mich nur machen. Ich besorge die Empfehlung. Dass sie noch nicht da ist, tut mir wirklich leid. Bis morgen.«

Ich beende den Anruf, drücke Dannys Kurzwahl und versuche, die Ruhe zu bewahren. Es hat keinen Sinn, auf Danny sauer zu sein. Er windet sich dann nur und wird ganz traurig.

»O mein Gott, Becky.« Danny klingt, als wären wir mitten im Gespräch. »Du glaubst ja nicht, was ich für diese Reise alles brauche. Wer hätte gedacht, dass es tiefgefrorene Lasagne gibt? Und ich habe einen *herzallerliebsten* Teekessel gefunden. So einen *musst* du haben!«

Deshalb ist Danny im Moment noch fahriger als sonst.

Er bereitet sich auf die Teilnahme an einer Promi-Wohltätigkeits-Expedition übers Grönlandeis vor. Alle – wirklich alle – haben ihm gesagt, dass er spinnt, aber er ist wild entschlossen. Immer wieder sagt er, dass er »etwas zurückgeben will«, aber wir wissen alle, dass er es macht, weil er auf Damon steht, den Leadsänger von Boyz About, der ebenfalls teilnimmt.

Allerdings weiß ich nicht so recht, wie man sich auf einer Grönlandexpedition an jemanden ranmachen will. Ich meine, kann man sich denn überhaupt küssen? Kleben die Lippen in der eiskalten Luft zusammen? Wie machen die Eskimos das?

»Danny«, sage ich ernst und reiße mich von der Vorstellung zweier Eskimos los, die an ihrem Hochzeitstag zusammenkleben und verzweifelt mit den Armen rudern. »Danny, was ist mit meinem Empfehlungsschreiben?«

»In Arbeit«, sagt Danny prompt. »Ich bin dabei. Wie viele Thermounterhosen sollte ich einpacken?«

»Du bist überhaupt nicht dabei! Du hast gestern versprochen, es mir zu schicken! Morgen habe ich einen Termin bei denen, und die wollen mir nicht mal glauben, dass ich dich kenne!«

»Aber natürlich kennst du mich«, sagt er, als wäre ich blöd.

»Aber das wissen sie nicht! Es ist meine einzige Chance auf einen Job in L.A., und ich brauche eine Empfehlung. Danny, wenn du nicht kannst, sag es einfach, dann bitte ich jemand anders.«

»Jemand *anders*?« Nur Danny kann dermaßen tödlich gekränkt klingen, wenn er im Unrecht ist. »Warum solltest du jemand anders darum bitten?«

»Weil der es vielleicht tatsächlich tut!«, seufze ich und gebe mir Mühe, nicht laut zu werden. »Hör mal, du brauchst nur eine kleine E-Mail zu schreiben. Wenn du willst, diktiere ich sie dir. *Liebe Gayle, ich kann Ihnen Rebecca Brandon als Stilbe-raterin empfehlen. Mit freundlichen Grüßen, Danny Kovitz.* Am anderen Ende der Leitung bleibt es still, und ich frage mich, ob er sich Notizen macht. »Hast du das mitbekommen? Hast du es dir aufgeschrieben?«

»Nein, ich habe es mir nicht aufgeschrieben.« Danny klingt pikiert. »Das ist die mieseste Empfehlung, die ich je gehört habe. Glaubst du, mehr hätte ich über dich nicht zu sagen?«

»Na ja…«

»Ich spreche keine persönliche Empfehlung aus, die ich nicht ernst meine. An der ich nicht ausgiebig gefeilt habe. Ein Empfehlungsschreiben ist eine *Kunstform.*«

»Aber…«

»Du willst eine Empfehlung? Dann komme ich und gebe dir deine Empfehlung.«

»Wie meinst du das?«, frage ich verdutzt.

»Ich werde bestimmt nicht drei lausige Zeilen per Mail schicken. Ich komme nach L.A.«

»Du kannst doch nicht extra nach L.A. kommen, nur um mich jemandem zu empfehlen!« Ich muss lachen. »Wo bist du eigentlich? New York?«

Seit Danny groß rausgekommen ist, weiß man nie, wo er sich gerade herumtreibt. Allein in diesem Jahr hat er schon drei neue Showrooms eröffnet, sogar einen im Beverly Center hier in L.A. Man sollte meinen, dass er damit genug zu tun hat, aber ständig kundschaftet er neue Städte aus oder geht auf »inspirative Recherchetrips« (Urlaub).

»San Francisco. Ich wollte sowieso rüberkommen. Ich brauche noch Sunblocker. Meinen Sunblocker kaufe ich immer in L.A. Schick mir eine SMS mit der Adresse. Ich werde da sein.«

»Aber…«

»Das wird bestimmt super. Du kannst mir helfen, einen

Namen für meinen Husky auszusuchen. Jeder von uns soll die Patenschaft für einen Hund übernehmen, aber vielleicht übernehme ich die ganze Meute. Diese Erfahrung wird mein Leben verändern…«

Wenn Danny erst mal von Erfahrungen anfängt, die das Leben verändern, ist er schwer zu bremsen. Ich beschließe, ihm zwanzig Minuten über Grönland zuzuhören. Vielleicht fünfundzwanzig. Aber dann muss ich los, um mir meine Laufschuhe zu kaufen.

2

Okay, ich besitze die offiziell coolsten Laufschuhe der Welt. Sie sind silber mit orangefarbenen Streifen, und sie sind aus Mesh-Stoff und haben so Gelelemente. Am liebsten würde ich sie den ganzen Tag tragen.

Dieses Sportgeschäft ist unglaublich! Hier kauft man seine Joggingschuhe nicht mal eben so. Man zieht sie nicht einfach an und läuft herum und sagt: *Die nehme ich*, um dann noch sechs Paar Sportsocken in seinen Korb zu werfen, weil sie im Angebot sind. O nein. Alles ist sehr technisch. Man absolviert einen speziellen Test auf einem Laufband, und dann machen sie ein Video und erklären dir alles über deinen »Gang«, und dann finden sie die perfekte Lösung für deine athletischen Bedürfnisse.

Wieso machen die so was nicht bei Jimmy Choo? Die sollten einen kleinen Catwalk haben, über den man zu cooler Musik durch ein Blitzlichtgewitter schreitet, und davon machen sie dann ein Video. Und ein Experte erklärt: *Ich finde, die schwarz-weißen Stilettos passen perfekt zu Ihrem atemberaubenden Supermodel-Gang.* Und dann nimmt man das Video mit nach Hause, um es seinen Freundinnen zu zeigen. Das muss ich denen *unbedingt* vorschlagen, wenn ich das nächste Mal da bin.

»Hier ist also der Pulsmesser, von dem ich Ihnen erzählt habe.« Kai, der Kundenberater, kommt mit einem kleinen Armband aus Metall und Gummi wieder. »Wie gesagt, es ist unser diskretestes Modell, ganz neu auf dem Markt. Ich bin gespannt, wie Sie es finden.«

»Cool!« Ich strahle ihn an und schnalle mir das Ding ums Handgelenk.

Kai hat gefragt, ob ich an einer Kundenstudie dieses neuen Pulsmessers teilnehmen möchte. Warum nicht? Der einzig haarige Moment war, als er fragte, welchen Pulsmesser ich momentan verwende. Ich wollte nicht »keinen« antworten, und als ich dann »Curve« sagte, fiel mir ein, dass das Lukes neues Blackberry war.

»Möchten Sie noch etwas Kokoswasser, bevor Sie anfangen?«

Noch etwas Kokoswasser. Das ist typisch L.A. Alles an diesem Laden ist typisch L.A. Kai ist wohlgeformt und braun gebrannt und hat den optimalen Dreitagebart und türkis leuchtende Augen, was bestimmt an seinen Linsen liegt. Er sieht Jared Leto dermaßen ähnlich, dass ich mich frage, ob er mit einem Foto aus *Us Weekly* zum Schönheitschirurgen gegangen ist und gesagt hat: »So will ich aussehen.«

Einiges hat er bereits fallen lassen: 1. Er hat schon mal für *Sports Illustrated* Modell gestanden. 2. Er schreibt an einem Drehbuch über einen Sportbekleidungsberater, der zum Filmstar wird. 3. Er hat dreimal hintereinander den Preis für die schönste Männerbrust von Ohio gewonnen und sie sich extra versichern lassen. Es dauerte keine dreißig Sekunden, da hat er mich schon gefragt, ob ich im Filmgeschäft arbeite, und als ich sagte, ich nicht, aber mein Mann, gab er mir seine Karte und meinte: »Ich würde mich gern mal mit ihm treffen, um ein Projekt zu besprechen, an dem er möglicherweise interessiert sein könnte.« Bei der Vorstellung, dass Kai und Luke an einem Tisch sitzen und über seine Brustmuskulatur plaudern, pruste ich mein Kokoswasser aus.

»Wenn Sie dann so freundlich wären, hier heraufzukommen.« Kai geleitet mich aufs Laufband. »Ich zeichne Ihre Herzfrequenz auf, also werden wir diese mit ein paar Übungen anheben und dann mit Ruhephasen wieder absenken. Tun Sie einfach das, was das Laufband Ihnen vorgibt.«

»Wunderbar!« Als ich hinaufsteige, bemerke ich zwei Verkäuferinnen, die einen riesigen Ständer mit Trainingsbekleidung durch den Laden schieben. Wow. Die sieht ja toll aus – alle möglichen Lila- und Grautöne mit abstrakten Logos und wirklich interessanten Schnitten.

»Was ist das?«, frage ich Kai, während das Laufband langsam anfährt.

»Ach.« Ohne großes Interesse blickt er auf. »Das ist aus unserem Schnäppchenmarkt.«

Schnäppchenmarkt? Keiner hat mir gesagt, dass es hier einen Schnäppchenmarkt gibt. Wieso weiß ich nichts von dem Schnäppchenmarkt?

»Seltsam.« Er betrachtet den Computerbildschirm. »Ihre Herzfrequenz ist eben angestiegen, und dabei haben wir noch gar nicht richtig angefangen. Na, gut.« Er zuckt mit den Schultern. »Machen wir weiter.«

Das Laufband legt einen Zahn zu, und ich gehe entsprechend schneller. Aber der Kleiderständer lenkt mich ab, weil eine Verkäuferin Sonderangebotsschilder an die einzelnen Kleider hängt! Ich entdecke ein Schild mit der Aufschrift »70 % billiger« und mache einen langen Hals, um nachzusehen, woran es hängt. Ist das ein T-Shirt? Oder ein Minikleid? Oder …

O mein Gott, sieh dir die *Strickjacke* an! Unwillkürlich stöhne ich auf. Die ist traumhaft. Sie ist lang und scheint aus grauem Kaschmir zu sein, mit einem überdimensionalen pinkfarbenen Reißverschluss über die ganze Vorder- und Rückseite. *Ein Traum!*

»Dann ruhen wir uns einen Moment aus.« Kai konzentriert sich auf seinen Bildschirm. »Bisher machen Sie sich super.«

Das Laufband wird langsamer, aber ich merke es kaum. Plötzlich überfällt mich leise Panik. Zwei Mädchen kommen an dem Ständer vorbei und stürzen sich begeistert darauf. Ich kann hören, wie sie vor Freude quieken, sich gegenseitig Sachen zeigen und sie in ihre Körbe werfen. Die nehmen alles mit! Ich kann es nicht fassen. Da drüben findet der Ausverkauf des Jahrhunderts statt, kaum zehn Meter weiter, und ich stehe auf diesem Laufband herum. Solange sie nur die Strickjacke nicht finden. Im Stillen bete ich vor mich hin: *Bitte nicht die Strickjacke...*

»Okay, das ist seltsam.« Stirnrunzelnd starrt Kai auf seinen Bildschirm. »Halten wir den Test kurz an.«

»Tut mir leid, ich muss los!«, keuche ich, schnappe mir meine Handtasche und den Einkaufskorb. »Danke. Sollte ich einen Pulsmesser brauchen, nehme ich auf jeden Fall den hier, aber jetzt muss ich wirklich...«

»Rebecca, wurden bei Ihnen je Herzrhythmusstörungen festgestellt? Ein Herzfehler? Irgendwas in der Art?«

»Nein.« Abrupt halte ich inne. »Wieso? Haben Sie was festgestellt?« Macht er Witze? Nein, seine Miene ist ernst. Er macht keine Witze. Plötzlich packt mich die Angst. Was habe ich? O mein Gott, ich werde mich auf der Gesundheitsseite der *Daily Mail* wiederfinden. *Meine seltene Herzkrankheit wurde bei einem simplen Test in einem Sportgeschäft festgestellt. Shopping hat mir das Leben gerettet, sagt Rebecca Brandon...*

»Ihr Herzschlag war sehr untypisch. Das Gerät hat reagiert, aber nicht in den Momenten, die ich erwartet hatte. Zum Beispiel als Sie sich ausgeruht haben.«

»Oh«, sage ich erschrocken. »Ist das schlimm?«

»Nicht unbedingt. Das hängt von mancherlei ab. Vom allgemeinen Gesundheitszustand Ihres Herzens, von Ihrer Cardio-Fitness...«

Während er redet, wandert mein Blick wieder zum Sonderangebotsständer hinüber, und entsetzt muss ich mit ansehen, dass eines der Mädchen meine Strickjacke in der Hand hält. *Nein! Neeeiiin! Leg sie weg!*

»Eben ist es schon wieder passiert!«, sagt Kai plötzlich aufgeregt und deutet auf den Bildschirm. »Sehen Sie? Ihr Puls spielt richtig verrückt!«

Ich starre Kai an, dann den Bildschirm und dann die Strickjacke mit dem neonpinken Reißverschluss. O Gott, ist mein Puls deswegen so hochgegangen?

Wie peinlich. Dummes, albernes Herz. Ich merke, dass ich knallrot werde, und wende mich eilig von Kai ab.

»Nun denn!«, sage ich mit zitternder Stimme. »Ich habe keinen Schimmer, was da los war. Nicht den leisesten! Mal wieder so ein Mysterium. Mysterien des Herzens. Haha!«

»Oh. Okay.« Kai macht ein Gesicht, als würde er das kennen. »Ich glaube, ich verstehe. Das habe ich schon öfter erlebt.«

»Was erlebt?«

»Okay, es ist etwas peinlich …« Er schenkt mir ein strahlendes Lächeln. »Es lag daran, dass Sie sich körperlich von mir angezogen fühlen, stimmt's? Es muss Ihnen nicht peinlich sein. Das ist normal. Deshalb musste ich meinen Job als Personal Trainer aufgeben. Manche Klientinnen waren geradezu … ich weiß nicht, ist verzaubert das richtige Wort?« Selbstgefällig betrachtet er sich im Spiegel. »Sie haben mich angesehen und die Kontrolle über sich verloren. Habe ich recht?«

»Eigentlich nicht«, erwidere ich ehrlich.

»Rebecca.« Kai seufzt. »Ich weiß, es ist unangenehm, so etwas zuzugeben, aber glauben Sie mir: Sie sind nicht die einzige Frau, der ich gefalle …«

»Aber ich habe Sie gar nicht angesehen«, erkläre ich. »Ich habe mir die Strickjacke angesehen.«

»Eine Strickjacke?« Kai zupft verwundert an seinem T-Shirt. »Aber ich trage doch gar keine.«

»Ich weiß. Sie ist da drüben. Sie ist reduziert.« Ich deute darauf. »Die habe ich angesehen, nicht Sie. Ich zeige sie Ihnen.« Ich nutze die Gelegenheit, kurz hinüberzulaufen und mir die Jacke zu schnappen, die das Mädchen Gott sei Dank wieder an den Ständer gehängt hat. Superweich fühlt sie sich an, und der Reißverschluss ist genial, und sie ist um 70 % reduziert! Bestimmt rast mein Herz schon wieder, nur weil ich sie in der Hand halte.

»Ist sie nicht zauberhaft?«, schwärme ich, als ich wieder zu Kai gehe. »Ist die nicht toll?« Plötzlich wird mir bewusst, dass ich nicht gerade taktvoll bin. »Ich meine, *Sie* sehen auch sehr gut aus«, füge ich aufmunternd hinzu. »Bestimmt würde ich mich zu Ihnen hingezogen fühlen, wäre da nicht diese Strickjacke.«

Eine kurze Pause entsteht. Offen gesagt, wirkt Kai ein wenig verdutzt. Selbst seine türkisen Kontaktlinsen scheinen nicht mehr so zu leuchten.

»Sie würden sich zu mir hingezogen fühlen, *wäre da nicht diese Strickjacke*«, wiederholt er schließlich.

»Selbstverständlich«, sage ich begütigend. »Vermutlich wäre ich verzaubert, genau wie diese Klientinnen von Ihnen. Es sei denn, Sie müssten mit noch anderen tollen Kleidern konkurrieren«, füge ich ehrlicherweise hinzu. »Zum Beispiel mit einem um 99 % reduzierten Chanel-Kostüm. Ich glaube, dagegen käme kein Mann an!« Ich lache auf, doch Kais Miene ist erstarrt.

»Ich musste noch nie mit Klamotten konkurrieren«, sagt er wie zu sich selbst. »Klamotten.«

Mir fällt auf, dass die Atmosphäre nicht mehr *ganz* so leicht und locker ist wie vorher. Ich glaube, ich sollte einfach zur Kasse gehen und meine Schuhe bezahlen.

»Danke jedenfalls für den Herztest!«, sage ich fröhlich und lege die Manschette ab. »Und viel Erfolg mit Ihrer Brustmuskulatur!«

Ehrlich. Was für ein Fatzke dieser Kai ist. Ich weiß, er hat faszinierend türkise Augen und einen tollen Körper, aber schließlich hat er keinen Reißverschluss, oder? Viele Männer haben faszinierend blaue Augen, aber nur eine Strickjacke hat einen coolen, überdimensionalen knallpinkfarbenen Zipper. Und wenn er glaubt, er musste noch nie mit Klamotten konkurrieren, dann haben seine Freundinnen ihn angelogen. Jede Frau auf der Welt denkt beim Sex manchmal an Schuhe. Das ist eine nachgewiesene Tatsache.

Egal. Denk nicht an den blöden Kai. Schließlich besitze ich die besten, schnittigsten Laufschuhe der Welt. Okay, sie kosten 400 Dollar, was nicht wenig ist, aber ich muss sie als Investition in meine Karriere betrachten. In mein *Leben*.

»Ich packe sie Ihnen eben ein«, sagt die Verkäuferin, und ich nicke gedankenverloren. Ich stelle mir vor, wie ich mit Sage am Start des Rennens stehe und sie einen Blick auf meine Füße wirft und sagt: *coole Schuhe*.

Ich werde sie freundlich anlächeln und lässig antworten: *Danke*.

Dann wird sie sagen: *Luke hat mir nie erzählt, dass du so sportbegeistert bist, Becky*.

Und ich werde sagen: *Aber klar! Ich liebe das Laufen.* (Was noch nicht so ganz der Wahrheit entspricht, aber das kommt bestimmt noch. Sobald ich losgelaufen bin, setzen die Endorphine ein, und wahrscheinlich werde ich süchtig danach.)

Dann wird Sage sagen: *Hey, wir sollten zusammen trainieren! Treffen wir uns doch jeden Morgen.*

Und ich werde sagen: *Gern*, sehr nonchalant.

Dann wird sie sagen: *Ich trainiere mit ein paar Freundinnen. Du wirst sie mögen. Kennst du Kate Hudson und Drew Barrymore und Cameron Diaz und...?*

»Bezahlen Sie bar oder mit Karte, Ma'am?«

Ich blinzle die Verkäuferin an und suche nach meiner Kreditkarte. »Oh. Moment. Mit Karte.«

»Und haben Sie sich eine Trinkflasche ausgesucht?«, fügt die Verkäuferin hinzu.

»Verzeihung?«

»Zu jedem Schuhkauf bieten wir eine kostenlose Trinkflasche an.« Sie deutet auf ein Plakat.

Ah. Diese 400 Dollar scheinen mir immer lohnender.

»Ich werde mal einen kurzen Blick darauf werfen. Danke!« Ich strahle sie an und gehe zu den ausgestellten Trinkflaschen. Wenn ich einen coolen Flachmann dabeihabe, wird Sage vielleicht auch das auffallen! Da ist eine ganze Wand voll mit den Dingern – Chrom, mattschwarz und alle möglichen Neonfarben. Als mein Blick aufwärtswandert, entdecke ich ein Label: *Limited Edition.* Ich kneife die Augen zusammen, versuche es zu entziffern – aber die Dinger stehen auf dem fünften Regal von unten. Mal ehrlich. Wer stellt denn eine Limited Edition so weit nach oben?

In der Nähe steht eine Trittleiter, also ziehe ich sie heran und steige darauf. Jetzt kann ich die Flaschen richtig erkennen. Alle haben wunderschöne Retromuster. Ich kann mich kaum entscheiden – aber am Ende beschränke ich mich auf drei: eine mit roten Streifen, eine mit bernsteinfarbenen Kringeln und eine mit schwarzen und weißen Blumen. Ich beschließe, zwei davon extra zu bezahlen, um sie Minnie und Suze als Souvenir mitzubringen.

Vorsichtig stelle ich die Flaschen auf der obersten Stufe der Leiter ab und sehe mich im Laden um. Von hier oben hat man eine tolle Aussicht. Ich kann alle Gänge überblicken. Ich kann sehen, dass die Frau an der Kasse dringend mal ihren Haaransatz färben müsste, und ich kann sehen, dass …

Bitte?

Moment mal.

Ungläubig sehe ich genauer hin.

Ganz hinten in der Ecke steht eine junge Frau, die mir bisher noch gar nicht aufgefallen war. Sie ist unfassbar dürr, trägt helle enge Jeans, einen grauen Hoodie mit der Kapuze auf dem Kopf und eine dunkle Sonnenbrille, die das Gesicht verbirgt.

Zutiefst schockiert muss ich mit ansehen, wie die Frau ein Paar Socken in ihre überdimensionale Handtasche (Balenciaga, aktuelle Kollektion) stopft und dann noch eins. Dann ein drittes. Dann sieht sie sich um, macht sich irgendwie klein und geht eilig zum Ausgang.

Ich habe noch nie einen Ladendieb in Aktion gesehen, und für einen Moment bin ich einfach nur sprachlos. Im nächsten jedoch brodelt in mir heiliger Zorn. Sie hat die Socken einfach eingesteckt! Sie hat geklaut! Das darf sie nicht! So was *tut* man nicht!

Was wäre, wenn wir das alle täten? Ich meine, bestimmt hätten wir alle gern kostenlose Socken, aber wir stecken sie doch nicht einfach ein, oder? Wir bezahlen dafür. Selbst wenn wir sie uns nicht leisten können, *bezahlen* wir dafür.

Mir will sich der Magen umdrehen, als ich sie hinausgehen sehe. Ich bin richtig wütend. Es ist nicht *fair*. Und plötzlich weiß ich, dass ich sie nicht einfach so gehen lassen kann. Ich muss etwas unternehmen. Ich weiß nicht was, aber irgendwas.

Ich lasse die Trinkflaschen stehen, steige die Leiter hinab und renne zur Ladentür hinaus. Ich kann die Diebin sehen und fange an zu rennen, wobei ich einigen Passanten ausweichen muss. Je näher ich komme, desto lauter schlägt mein Herz vor ängstlicher Erwartung. Was ist, wenn sie mich bedroht? Was ist, wenn sie eine Waffe bei sich hat? O Gott, *natürlich* hat sie eine Waffe. Wir sind hier in L.A. Jeder hat hier eine Waffe.

Tja, Pech gehabt. Es mag ja sein, dass ich erschossen werde, aber kneifen kann ich jetzt nicht mehr. Ich strecke die Hand aus und tippe ihr an die knochige Schulter.

»Entschuldigung?«

Das Mädchen fährt herum, und ich erstarre vor Angst, warte auf die Waffe. Aber da kommt nichts. Die Sonnenbrille ist so riesig, dass vom Gesicht kaum was zu erkennen ist, aber ich sehe ein schmales, blasses Kinn und einen dürren, mageren Hals. Plötzlich bekomme ich ein schlechtes Gewissen. Vielleicht lebt sie auf der Straße. Vielleicht ist das ihre einzige Einkommensquelle. Vielleicht will sie die Socken versetzen, um Essen für ihr cracksüchtiges Baby zu kaufen.

Ein Teil von mir denkt: *Dreh dich einfach um, Becky. Lass es sein.* Doch der andere Teil lässt mich nicht. Denn selbst wenn da ein cracksüchtiges Baby im Spiel sein sollte, ist das nicht in Ordnung. Es ist *nicht in Ordnung.*

»Ich habe dich gesehen, okay?«, sage ich. »Ich habe gesehen, wie du diese Socken eingesteckt hast.«

Das Mädchen wird ganz starr und will wegrennen, aber instinktiv greife ich nach ihrem Arm.

»Du solltest keine Sachen klauen!«, sage ich und habe meine liebe Mühe, sie festzuhalten. »Das tut man nicht! Wahrscheinlich denkst du: *Na und? Schadet doch niemandem.* Aber weißt du, die Verkäuferinnen kriegen Ärger, wenn Leute was klauen. Manchmal müssen sie die Ware von ihrem Lohn bezahlen. Ist das fair?«

Das Mädchen windet sich verzweifelt, um sich zu befreien, aber ich halte sie mit beiden Händen am Arm fest. Als Mutter einer Zweijährigen lernt man so einige Tricks, wie man jemanden ruhigstellt.

»Und dann steigen die Preise«, füge ich keuchend hinzu. »Und alle haben darunter zu leiden! Ich weiß, du denkst vielleicht, du hättest keine andere Wahl, aber das stimmt nicht. Du kannst dein Leben ändern. Es gibt Beratungsstellen, bei denen du dir Hilfe holen kannst. Hast du einen Zuhälter?«, frage ich und gebe mir Mühe, mitfühlend zu klingen. »Denn ich weiß, das kann ein echtes Problem sein. Aber du könntest in ein Frauenhaus ziehen. Ich hab mal eine Doku darüber gesehen, und diese Häuser sind super.« Eben will ich mich weiter darüber auslassen, als die Sonnenbrille des Mädchens verrutscht. Und ich etwas mehr von ihrem Gesicht erkennen kann.

Und plötzlich wird mir ganz flau. Mir stockt der Atem. Das ist …

Nein. Das kann nicht sein.

Doch. *Doch.*

Es ist Lois Kellerton.

Kein Gedanke mehr an Cracksüchtige und Frauenhäuser. Es ist unwirklich. Das kann doch nicht wahr sein. Ich muss träumen. Ich, Becky Brandon, klammere mich an den Arm der berühmten Hollywoodschauspielerin Lois Kellerton. Während ich ihren unverkennbaren Unterkiefer betrachte, fangen meine Knie an zu zittern. Ich meine, *Lois Kellerton!* Sie ist eine Königin von Hollywood. Ich habe alle ihre Filme gesehen, und auf dem roten Teppich habe ich sie auch schon gesehen, und …

Aber was …

Ich meine, *was* um alles in der Welt …

Lois Kellerton klaut drei Paar Socken? Ist hier irgendwo eine Kamera versteckt?

Einen unendlich langen Augenblick stehen wir beide reglos da und starren uns an. Ich sehe sie noch vor mir als Tess in dieser wunderbaren Adaption von *Tess von den d'Urbervilles.* Gott, hat sie mich zum Weinen gebracht! Und dann war da dieser Science-Fiction-Film, in dem sie am Ende auf dem Mars zurückbleibt, um ihre Kinder zu retten, die halbe Aliens sind. Ich habe *eimerweise* Tränen geheult genau wie Suze.

Ich räuspere mich, versuche, meine Gedanken zu ordnen. »Ich … ich weiß, wer Sie …«

»Bitte«, fällt sie mir mit rauchiger Stimme ins Wort. »Bitte.« Sie nimmt ihre dunkle Sonnenbrille ab, und erschrocken starre ich sie an. Sie sieht furchtbar aus. Ihre Augen haben rote Ränder, und ihre Haut ist ganz schuppig. »Bitte«, sagt sie zum dritten Mal. »Es … es tut mir leid. Es tut mir so leid. Arbeiten Sie für den Laden?«

»Nein, ich bin eine Kundin. Ich stand auf einer Leiter.«

»Haben die anderen mich gesehen?«

»Ich weiß nicht. Ich glaube nicht.«

Mit zitternden Händen holt sie die drei Paar Socken aus ihrer Tasche und hält sie mir hin.

»Ich weiß nicht, wieso ich das gemacht habe. Ich habe zwei Nächte nicht geschlafen. Ich glaube, ich bin ein bisschen wirr. So was habe ich noch nie getan. Und ich werde es auch nie wieder tun. Bitte«, flüstert sie. »Nehmen Sie die Socken. Nehmen Sie sie an sich.«

»*Ich?*«

»Bitte.«

Sie klingt verzweifelt. Unbeholfen nehme ich ihr die Socken ab.

»Hier.« Sie wühlt noch mal in ihrer Tasche und holt einen 50-Dollar-Schein hervor. »Geben Sie das den Angestellten.«

»Sie sehen ziemlich … äh … mitgenommen aus«, bringe ich hervor. »Ist alles okay?«

Lois Kellerton blickt auf und sieht mir in die Augen, und plötzlich fühle ich mich an einen Leoparden erinnert, den ich mal in einem spanischen Zoo gesehen habe. Der sah auch so verzweifelt aus.

»Werden Sie es der Polizei melden?«, haucht sie so leise, dass ich es kaum hören kann. »Werden Sie es irgendwem verraten?«

O Gott. O *Gott*! Was soll ich tun?

Ich stecke die Socken in meine Tasche, schinde Zeit. Ich sollte es der Polizei melden. Bestimmt sollte ich das. Was macht es, dass sie ein Filmstar ist? Sie hat die Socken gestohlen, und das ist verboten, und ich sollte hier und jetzt mein Jedermann-Festnahme-Recht wahrnehmen und sie abführen.

Aber ich kann nicht. Ich *kann* es einfach nicht. Sie sieht so zerbrechlich aus. Wie ein Motte oder eine Blume aus Papier. Und schließlich hat sie die Socken ja zurückgegeben, und sie macht eine Spende, und anscheinend war sie nur einen kleinen Moment verwirrt.

Lois Kellerton lässt den Kopf hängen. Ihr Gesicht ist unter der grauen Kapuze verborgen. Sie sieht aus, als warte sie auf ihre Hinrichtung.

»Ich werde es niemandem verraten«, sage ich schließlich. »Versprochen. Ich gebe die Socken zurück und behalte es für mich.«

Als ich sie loslasse, drückt sie mit dürren Fingern meine Hand. Ihre dunkle Brille hat sie wieder aufgesetzt. Sie sieht aus wie irgendein dürres Mädchen im Kapuzenpulli.

»Danke«, flüstert sie. »Danke. Wie heißt du?«

»Becky!«, antworte ich eifrig. »Becky Bloomwood. Ich meine, Brandon. Ich hieß Bloomwood, aber ich habe geheiratet, also heiße ich jetzt anders ...« Aaaaah! Hör auf zu quasseln! »Äh, Becky«, ende ich lahm.

»Danke, Becky.«

Und bevor ich noch etwas sagen kann, hat sie sich schon umgedreht und ist gegangen.

3

Am nächsten Morgen kann ich es immer noch nicht fassen. Ist das alles wirklich passiert? Bin ich tatsächlich Lois Kellerton begegnet?

Als ich wieder zu Pump! kam, mit den Socken in der Hand, stellte sich heraus, dass ihr Fehlen noch niemandem aufgefallen war. Einen schrecklichen Augenblick lang fürchtete ich, man könnte *mich* beschuldigen, sie gestohlen zu haben. Dankenswerterweise machte sich ein Mitarbeiter daran, die Aufnahmen der Sicherheitskameras durchzusehen, sodass wir gemeinsam Zeugen wurden, wie ein dünnes Mädchen mit grauem Hoodie die Socken einsteckte und sich hinausschlich. Mir wurde ganz kribbelig, als ich es sah. Am liebsten hätte ich geschrien: *Sehen Sie denn nicht, wer das ist? Sehen Sie es nicht?*

Aber das tat ich natürlich nicht. Schließlich hatte ich es versprochen. Außerdem würde man mir ohnehin nicht glauben. Auf den Kamerabildern war ihr Gesicht nicht zu erkennen.

Dann sahen wir uns die Aufnahmen an, wie ich aus dem Laden stürmte. Ich kann nur sagen, dass ich mir nie wieder einen »figurformenden Schlankstütz-Langarm-Body« kaufen werde. Ich wollte *im Boden versinken*, als ich feststellen musste, wie sich mein Hintern unter dem schimmernden Stoff abzeichnete.

Egal. Positiv bleibt mir in Erinnerung, dass alle von dem, was ich getan hatte, ernstlich beeindruckt waren, auch wenn ihnen mehr daran gelegen war, darüber zu diskutieren, ob man die Socken mit Diebstahlsicherungen hätte versehen sollen. Ich erzählte ihnen, das »geheimnisvolle Mädchen« habe die Socken fallen lassen, als ich ihm hinterherlief. Ich wusste nicht, was ich mit dem 50-Dollar-Schein machen sollte, also tat ich, als hätte ich ihn auf dem Boden gefunden, und händigte ihn aus. Ich hinterließ meinen Namen für den Fall, dass die Polizei meine Aussage brauchte, dann kehrte ich eilig in unser Hotel zurück, wo ich mich mit einer Schere aus diesem schrecklichen Schlankstütz-Langarm-Body befreite. (Stattdessen habe ich mir ein paar Shorts und ein Tanktop von Gap gekauft.)

Lois Kellerton. Ich meine: *Lois Kellerton*. Manche Leute würden dafür sterben, es zu wissen! (Also, Suze zumindest.) Aber ich habe es niemandem erzählt. Als ich mich schließlich mit Luke zum Abendessen traf, wollte er alles über die Häuser hören, die ich besichtigt hatte, und ich wollte nicht zugeben müssen, dass ich so viel Zeit auf dem Rodeo Drive verbracht hatte. Außerdem hatte ich ein Versprechen abgegeben. Ich hatte versprochen, das Geheimnis für mich zu behalten, und das habe ich auch getan. Heute kommt es mir vor, als wäre alles nur ein verrückter Traum gewesen.

Ich blinzle und schüttle den Kopf, um den Gedanken loszuwerden. Heute Morgen gibt es anderes zu bedenken. Ich stehe draußen vor Dalawear auf dem Beverly Boulevard und sehe mir die Schaufensterpuppen an, die in »Easy Wear«-Kleidern und -Hosenanzügen auf Kunstrasen sitzen und Tee trinken.

Ich bin erst in zwanzig Minuten mit Danny verabredet, aber ich wollte früh da sein, um mir den Laden noch mal anzusehen. Als ich eintrete, duftet es nach Rosen, und Frank Sinatra säuselt aus den Lautsprechern. Dalawear ist ein ausgesprochen *angenehmer* Laden, selbst wenn alle Jacken denselben Schnitt zu haben scheinen, nur mit anderen Knöpfen.

Ich gehe die Kostüme, die Schuhe und die Unterwäsche durch, als ich schließlich zur Abendgarderobe komme. Die meisten Kleider sind bodenlang und stark geschnürt, in knalligen Farben wie Veilchenblau und Himbeere. Es gibt üppige Rosenapplikationen an Schultern und Taille und Perlenstickereien und Schnürmieder und eingebaute Schlankstütz-Unterkleider. Allein schon sie mir anzusehen strengt mich an, besonders nach meinem Schlankstütz-Erlebnis. Manche Kleider sind den Aufwand, sie an- und wieder auszuziehen, einfach nicht wert.

Gerade will ich mein Handy zücken, um Danny eine Nachricht zu schreiben, als ich es rascheln höre und ein Mädchen von etwa fünfzehn Jahren aus der Umkleidekabine tritt, um sich im großen Spiegel zu betrachten. Sie sieht nicht besonders glücklich aus. Ihre dunkelroten Haare sind ein wuscheliger Bob, die Fingernägel sind abgekaut, und die Augenbrauen könnten mal wieder gezupft werden. Das Schlimmste ist jedoch, dass sie ein raschelndes, trägerloses jadegrünes Kleid trägt, in dem sie förmlich untergeht, und dazu eine eher abstoßende Chiffon-Stola. Unsicher betrachtet sie sich und drapiert die Stola über ihrem Busen, was ihr wirklich nicht besonders gut steht. O Gott, ich kann es nicht ertragen. Was will sie hier? Dieser Laden ist doch nichts für Teenager!

»Hi!« Eilig trete ich an sie heran. »Wow! Du siehst … äh … hübsch aus. Das ist ein sehr … förmliches Kleid.«

»Es ist für meinen Abschlussball«, murmelt das Mädchen.

»Ach so! Wie schön!« Ich mache eine kurze Pause, bevor ich sage: »Weißt du, bei Urban Outfitters kriegt man echt hübsche Kleider. Ich meine, Dalawear ist natürlich eine sehr gute Wahl, aber für jemanden in deinem Alter …«

»Ich muss hier einkaufen.« Trübsinnig sieht sie mich an. »Meine Mum hatte noch ein paar Gutscheine. Sie meint, ich darf mir nur ein Kleid kaufen, wenn es sie nichts kostet.«

»Oh, verstehe.«

»Die Verkäuferin meinte, Grün passt gut zu meinen Haaren«, fügt sie traurig hinzu. »Sie ist losgegangen, um mir ein paar passende Schuhe zu suchen.«

»Das Grün ist … hübsch.« Hinter meinem Rücken kreuze ich die Finger. »Sehr vorteilhaft.«

»Ist schon okay, Sie müssen nicht lügen. Ich weiß, wie schrecklich ich aussehe.« Sie lässt die Schultern hängen.

»Nein!«, sage ich eilig. »Du bist nur … es ist etwas zu bauschig für dich. Vielleicht ein bisschen zu überladen …« Ich zupfe am Chiffon herum und möchte ihn am liebsten mit der Schere stutzen. Ich meine, mit fünfzehn möchte man doch nicht wie ein Weihnachtstörtchen aussehen. Man möchte etwas Schlichtes und Schönes tragen wie …

Da kommt mir eine Idee.

»Warte hier«, sage ich und laufe eilig in die Wäscheabteilung. Ich brauche etwa zwanzig Sekunden, um eine kleine Auswahl von Seiden- und Spitzen- und Formunterkleidern zusammenzustellen, und finde sogar ein Luxus-Satin-Miederkleid, alles in Schwarz.

»Wo haben Sie das denn her?« Die Augen des Mädchens leuchten auf, als ich wiederkomme.

»Aus einer anderen Abteilung«, antworte ich vage. »Probier mal! Die sind alle Größe S. Ich heiße übrigens Becky.«

»Anita.« Sie lächelt und zeigt ihre Zahnspange.

Während sie hinter dem Vorhang herumraschelt, suche ich nach Accessoires und finde eine schwarze, perlenbesetzte Schärpe und ein schlichtes Täschchen in dunklem Rosa.

»Was halten Sie davon?« Scheu tritt Anita aus der Umkleidekabine, total verändert. Sie steckt in einem spitzenbesetzten Trägerkleidchen, in dem sie etwa drei Nummern schlanker wirkt und das ihre langen Beine hervorhebt. Ihre milchweiße Haut sieht mit der schwarzen Spitze einfach fantastisch aus, und auch ihre kurzen, strubbeligen Haare passen jetzt viel besser dazu.

»Super! Lass mich nur kurz deine Haare machen.« Auf dem Tresen steht ein Korb mit Wasserflaschen für die Kundschaft, und eilig schraube ich eine davon auf, um meine Hände zu befeuchten. Ich streiche ihre Haare glatt, bis sie seidig glänzen, schnüre ihre Taille mit der perlenbesetzten Schärpe zusammen und drücke ihr das rosa Täschchen in die Hand.

»So!«, sage ich stolz. »Du siehst toll aus. Jetzt stell dich mal ordentlich hin. Sieh dich an! Du rockst, aber echt jetzt!«

Als sie dann noch in die Pumps steigt, sieht sie einfach hinreißend aus. Ich seufze glücklich, als ich sehe, wie sich ihre Schultern entspannen und ihre Augen glitzern. Wie ich es liebe, andere Leute anzuziehen!

»Endlich habe ich die Schuhe in Ihrer Größe gefunden«, zwitschert eine Stimme hinter mir, und als ich mich umwende, sehe ich eine Mittsechzigerin näher kommen. Ich bin ihr begegnet, als ich zum Bewerbungsgespräch hier war, und sie heißt … Rhoda? Nein, Rhona. Es steht auf ihrem Namensschild.

»Herrje!« Bestürzt lacht sie auf, als sie das junge Mädchen sieht. »Was ist denn mit dem Kleid passiert?«

Verunsichert sieht mich das Mädchen an, und ich trete eilig dazwischen. »Hi, Rhona! Ich bin Becky, wir sind uns schon begegnet. Ich fange hier bald an. Ich habe Anita nur mit ihrem Look geholfen. Sieht das Unterkleid nicht fantastisch aus, wenn man es sozusagen drüber trägt?«

»Du meine Güte!« Rhona hält ihr starres Lächeln aufrecht, doch sie durchbohrt mich mit ihrem Blick. »Wie einfallsreich. Anita, Liebes, ich würde Sie doch gern mal im langen Grünen sehen.«

»Nein«, sagt Anita stur. »Ich nehme das hier. Es gefällt mir.«

Sie verschwindet hinter dem Vorhang, und ich trete an Rhona heran, um leiser sprechen zu können. »Ist schon okay. Sie brauchen sie sich nicht noch mal in dem grünen Abendkleid anzusehen. Es stand ihr nicht. Zu groß. Zu altmodisch. Aber dann fielen mir diese Unterkleider ein und ... Bingo!«

»Darum geht es nicht«, sagt Rhona ungehalten. »Wissen Sie, wie hoch die Provision auf das grüne Abendkleid ist? Und wissen Sie, wie hoch die Provision auf ein Unterkleid ist?«

»Ist das nicht egal?«, erwidere ich ärgerlich. »Entscheidend ist doch, dass sie hübsch aussieht!«

»Ich bin mir sicher, dass ihr das grüne Abendkleid viel besser steht. Ein Unterkleid – also wirklich ...« Missbilligend sieht sie mich an. »Zum Abschlussball. Im *Unterkleid.*«

Ich beiße mir auf die Lippe. Ich darf nicht sagen, was ich wirklich denke.

»Hören Sie, angesichts der Tatsache, dass wir hier zusammenarbeiten werden, also ... wollen wir uns nicht darauf einigen, dass wir einfach unterschiedlicher Meinung sind?« Beschwichtigend reiche ich ihr die Hand, doch bevor Rhona sie ergreifen kann, höre ich etwas hinter mir, und zwei Arme schlingen sich um meinen Hals.

»Becky!«

»Danny!« Ich fahre herum und blicke in seine hellblauen Augen, die mit einem schweren Lidstrich untermalt sind. »Wow! Machst du einen auf ... New Romantic?«

Danny nimmt weder zu, noch sieht er jemals auch nur einen Tag älter aus, obwohl er fraglos den ungesündesten Lebenswandel auf diesem Planeten pflegt. Heute sind seine Haare schwarz gefärbt und zu einer hängenden Tolle gegelt. Er trägt einen einzelnen baumelnden Ohrring und enge Jeans, die in spitzen Stiefeln stecken.

»Ich bin bereit«, verkündet er. »Meine Empfehlung habe ich dabei. Ich habe sie im Flieger auswendig gelernt. Wem soll ich sie aufsagen?« Er wendet sich Rhona zu und deutet eine Verbeugung an. »Ich bin Danny Kovitz – ja genau, *der* Danny Kovitz –, vielen Dank, und ich bin heute hierhergekommen, um Ihnen Rebecca Brandon als unersetzliche Stilberaterin zu empfehlen.«

»Halt! Stopp!«, rufe ich und werde richtig rot dabei. »Das ist nicht die richtige Adresse. Wir müssen Gayle finden, meine neue Chefin.«

»Oh«, meint Danny unbeeindruckt. »Okay.«

Mittlerweile ist Anita wieder aus der Umkleidekabine gekommen und tritt auf Rhona zu.

»Okay. Ich hätte gern das schwarze Spitzenkleid. Und das rosa Täschchen und die Schärpe.«

»Nun, Liebes«, sagt Rhona, die noch immer ärgerlich das Gesicht verkneift. »Wenn du sicher bist. Aber was ist mit dieser traumhaft schönen rosafarbenen Stola? Sie würde einen hübschen Kontrast zur schwarzen Spitze bilden.« Sie greift nach einem Stück Tüll in Pink, das mit übergroßen weißen Pailletten besetzt ist, und breitet es auf dem Tresen aus.

Anita sieht mich an, und ich schüttle unauffällig den Kopf.

»Nein danke«, sagt sie fest entschlossen. Argwöhnisch sieht Rhona sich um, doch ich lächle sie nur unschuldig an.

»Wir sollten Gayle suchen«, sage ich. »Bis später, Rhona! Viel Spaß beim Ball, Anita!«

Als ich mich mit Danny auf den Weg mache, kann ich nicht anders, als ihm einen Arm um die Schulter zu legen. »Danke, dass du gekommen bist! Du bist ein solcher Schatz!«

»Ich weiß«, sagt er etwas selbstgefällig.

»Du wirst mir fehlen, wenn du in Grönland bist! Hättest du dir nicht irgendwas in der Nähe suchen können?«

»Was denn? Zum Wandern in die Berge?«, fragt Danny abfällig. »Ein kleiner Tagesausflug?«

»Warum nicht? Wir hätten dich trotzdem gesponsert.«

»Becky, du begreifst es nicht.« Danny mustert mich mit ernstem Blick. »Ich muss es einfach tun. Ich will mich an meine Grenzen bringen. Ich kenne einen wunderbaren Trainer namens Diederik, der die Grönlandexpedition schon mitgemacht hat. Er meint, es sei eine mystische Erfahrung. *Mystisch.*«

»Oh, mystisch.« Ich zucke mit den Schultern.

»Wer *kauft* diese Klamotten nur?« Danny scheint die Ständer jetzt erst zu bemerken.

»Äh… viele Frauen. Viele modebewusste, geschmackssichere, äh… schicke Frauen.«

»Schick?« Mit gespielt angewiderter Miene sieht er mich an. »*Schick?*«

»Pst! Da ist meine Chefin!«

Wir kommen zum Eingang des Ankleide-Séparées, in dem ich mit Gayle verabredet bin, und da ist sie auch schon, sieht sich nervös um. Vielleicht dachte sie, ich würde nicht auftauchen. Sie ist eine wirklich nette Mittvierzigerin – sehr hübsch, nur dass ihre Haare meiner Meinung nach zu lang sind –, und ich freue mich schon darauf, mit ihr zu arbeiten.

»Hi!« Ich winke, um sie auf uns aufmerksam zu machen.

»Rebecca.« Sie seufzt erleichtert. »Ich wollte Sie gerade anrufen. Es ist mir sehr unangenehm. Es tut mir so leid…«

Sie will mir sagen, dass Dannys Empfehlungsschreiben immer noch nicht da ist, stimmt's?

»Nein, alles wird gut«, sage ich eilig. »Hier ist Danny. Das ist Gayle, meine neue Chefin.« Ich stoße ihn an. »Jetzt kannst du loslegen.«

»Verzeihung?« Gayle macht ein verdutztes Gesicht.

»Das ist Danny Kovitz«, erkläre ich. »Er ist extra hergekommen, um seine Empfehlung für mich auszusprechen! Fang an, Danny!« Aufmunternd nicke ich ihm zu, und Danny holt tief Luft.

»Ich bin Danny Kovitz – ja genau, *der* Danny Kovitz –, vielen Dank, und ich bin heute hierhergekommen, um Ihnen Rebecca Brandon als unersetzliche Stilberaterin zu empfehlen. Für jede Katastrophe findet sie einen Stil. Selbst für die grauste Maus findet sie noch einen Look. Selbst im … äh …« Er holt einen Zettel aus seiner Jeans und wirft einen Blick darauf. »Ja! Selbst im Elend findet sie noch Glück. Nicht nur modisches Glück, sondern umfassendes Glück.« Er tritt auf Gayle zu, der es offenbar die Sprache verschlagen hat. »Sie *brauchen* Rebecca Brandon in Ihrem Laden. Der Letzte, der sie entlassen wollte, bekam den Zorn seiner Kundschaft zu spüren, stimmt's nicht, Becky?«

»Na ja …« Verlegen zucke ich mit den Schultern, fühle mich etwas überwältigt. Ich hatte ja keine Ahnung, dass Danny so etwas Nettes über mich sagen würde.

»Möglicherweise sind Ihnen schon Gerüchte über Rebecca zu Ohren gekommen.« Danny ist zu seinem zweiten Zettel übergegangen. »Es stimmt schon, einmal hat sie eine Kundin absichtlich in ein Kleid gesperrt. Aber dafür gab es einen guten Grund.« Mit Nachdruck schlägt er auf seinen Zettel. »Jawohl, sie ist dafür bekannt, dass sie Kleider als Hygieneprodukte ausgibt. Aber sie war ihren Kundinnen stets eine große Hilfe. Jawohl, sie hat zwei Hochzeiten am selben Tag ausgerichtet und es niemandem verraten, nicht einmal ihrem Verlobten …« Er schielt auf seinen Zettel.

»Danny, halt den Mund!«, knurre ich. Wieso erzählt er das?

»Ich habe keine Ahnung, warum sie es getan hat«, schließt Danny. »Sehen wir darüber hinweg. Konzentrieren wir uns auf die Tatsache, dass Rebecca für jede Stilberatung eine Lichtgestalt wäre und jeder Laden froh sein sollte, sie zu haben. Danke sehr.« Er verneigt sich und sieht Gayle an. »Und jetzt will ich gern etwaige Fragen beantworten, sofern sie nicht mein Privatleben, meine Schönheitspflege und mein laufendes Verfahren mit meinem Exmanager betreffen. Für diese Themen habe ich vorformulierte Antwortbogen dabei.«

Er wühlt in einer anderen Tasche herum und entfaltet drei hellgrüne Zettel, die mit »Die Danny Kovitz Story« überschrieben sind. Er reicht sie Gayle.

Gayle betrachtet die Zettel mit benommenem Schweigen, dann blickt sie zu mir auf.

»Rebecca …« Ihr scheinen die Worte zu fehlen.

»Es war nicht meine Absicht, zwei Hochzeiten gleichzeitig zu organisieren«, sage ich zu meiner Verteidigung. »Aber so was kommt vor.«

»Nein, nein. Das meine ich nicht. Es ist … oh, es ist zu schade.« Sie schließt die Augen. »Das ist alles wirklich sehr, sehr schade.«

»Was ist schade?«, frage ich mit einer düsteren Ahnung.

»Rebecca …« Endlich sieht sie mich offen an. »Wir haben keinen Job für Sie.«

»Wie bitte?«, stammle ich.

»Ich habe eben einen Anruf von der Geschäftsleitung bekommen. Man hat eine Revision durchführen lassen, und wir müssen Mitarbeiter entlassen.« Sie verzieht das Gesicht. »Ich fürchte, ein Ersatz für den Mutterschaftsurlaub unserer Stilberaterin ist ein Luxus, den wir uns nicht leisten können. Wir müssen uns vorläufig mit Rhona begnügen. Ich würde Sie liebend gern einstellen, glauben Sie mir.« Ihr Blick wandert von mir zu Danny. »Aber in diesem wirtschaftlichen Klima … Es ist sehr schwierig …«

»Schon okay«, sage ich, und meine Stimme klingt vor Schreck ganz zittrig. »Ich verstehe.«

»Tut mir leid. Sie wären sicher eine große Bereicherung für die Abteilung gewesen.« Sie sieht so traurig aus, dass ich direkt Mitleid bekomme. Was für ein schrecklicher Job, Leute feuern zu müssen.

»So ist das Leben«, erwidere ich und gebe mir Mühe, etwas fröhlicher zu klingen. »Trotzdem danke für die Chance. Und vielleicht kann ich ja doch eines Tages hier arbeiten, wenn die Lage sich gebessert hat!«

»Vielleicht. Vielen Dank für Ihr Verständnis. Ich fürchte, ich muss los und noch mehr schlechte Nachrichten überbringen.« Sie schüttelt meine Hand, dann wendet sie sich ab und geht.

Leeren Blickes sehen Danny und ich uns an.

»Der Hammer«, sagt Danny schließlich.

»Ich weiß.« Ich seufze schwer. »Danke jedenfalls für die Empfehlung. Kann ich dich dafür zum Essen einladen?«

Als Danny schließlich zum Flughafen muss, haben wir uns zwei Stunden lang köstlich amüsiert. Wir hatten ein frühes Mittagessen mit Cocktails und eine Einkaufstour für Sunblocker, und ich habe so herzlich gelacht, dass mir die Bauchmuskeln wehtun. Doch als ich dem Auto nachblicke, das mit ihm auf dem Beverly Boulevard verschwindet, lastet doch ein schwerer Klumpen der Enttäuschung auf mir. Ich habe keine Arbeit. Ich hatte mich auf den Job verlassen. Nicht nur, um angestellt zu sein, nicht nur wegen des Geldes – sondern um etwas zu tun zu haben. Als Gelegenheit, Freunde zu finden.

Egal. Wird schon gehen. Alles gut. Ich werde mir was anderes einfallen lassen. Es gibt massenweise Läden in L.A., es *muss* doch eine Möglichkeit geben. Ich muss nur weitersuchen und Augen und Ohren offen halten.

»Hey, Lady! Vorsicht!«

Uups. Ich war so sehr damit beschäftigt, Augen und Ohren offen zu halten, dass ich den großen Kran mitten auf dem Bürgersteig übersehen habe. Ein Mann mit Headset lenkt die Passanten drumherum, und weiter hinten ist auf der Straße irgendwas los. Als ich näher komme, um einen

Blick darauf zu werfen, sehe ich grelles Licht und Scheinwerfer auf Stativen. Oh, wow! Da ist ein Kamerateam! Die
filmen irgendwas!

Ich weiß, ich muss zum Hotel zurück und mich auf das
Ten-Miler-Rennen vorbereiten, aber ich kann unmöglich
einfach so weggehen. Obwohl ich nicht zum ersten Mal in
L.A. bin, habe ich bisher noch keine Kamera zu sehen bekommen. Also laufe ich gespannt hinüber, den gleißenden
Scheinwerfern entgegen. Der Bürgersteig ist abgesperrt, und
ein Typ mit Jeansjacke und Headset bittet die Leute freundlich, die Straßenseite zu wechseln. Widerwillig füge ich mich,
ohne das Treiben aus den Augen zu lassen. Da sitzen zwei
Typen in Jeans auf Regiestühlen, ein stämmiger Mann be-
dient eine Kamera, und diverse Mädchen mit Headsets wuseln herum und sehen wichtig aus. Mich packt der blanke
Neid, als ich diese Leute sehe. Wie cool, an einem Film betei-
ligt zu sein! Bisher stand ich erst einmal vor der Kamera, und
da habe ich Leuten im Fernsehen erzählt, wie sie ihre Ab-
findungen gewinnbringend anlegen sollen. (Ich war früher
Finanzjournalistin und musste den ganzen Tag über Bank-
konten reden. Manchmal habe ich Albträume davon, dass
ich diesen Job wieder machen muss und nicht mal weiß, was
Zinsraten sind.)

Auf dem Bürgersteig, ganz allein, steht eine Frau, die wohl
Schauspielerin sein muss, so klein und geschminkt wie sie
ist. Ich erkenne sie nicht, aber das muss nichts heißen. Eben
überlege ich, ob ich mein Handy nehmen, sie fotografieren
und das Bild meiner besten Freundin Suze simsen soll, als
sich eine ältere Frau in Jeans und schwarzem Tanktop zu
ihr gesellt. Sie hat schwarze Zöpfe und trägt eine rotbrau-
ne Schirmmütze und supercoole Stiefel mit hohen Absätzen.

Alle anderen in der Menge zeigen auf die Schauspielerin,
doch ich bin wie gebannt von der Frau mit den Zöpfen. Ich

kenne sie. Ich habe schon Interviews mit ihr gelesen. Sie ist Stylistin und heißt Nenita Dietz.

Sie hat eine durchsichtige Plastiktasche dabei, in der sich ein gestreifter, alt aussehender Mantel befindet. Diesen nimmt sie heraus und legt ihn der Schauspielerin vorsichtig um die Schultern, betrachtet ihn kritisch und zupft ihn zurecht, dann fügt sie eine Halskette hinzu. Und während ich sie beobachte, streben meine Gedanken plötzlich in eine ganz andere Richtung. Wenn ich mir vorstelle, *ich* hätte diesen Job... beim Film. Kostüme für Schauspieler auswählen, Stars für Auftritte stylen... Der Einzelhandel ist nichts für mich – ich will höher hinaus! *Das* ist der Job, den ich machen sollte! Ich meine, das wäre doch perfekt! Ich liebe Kleider, ich liebe Filme, ich ziehe nach L.A. – warum bin ich eigentlich noch nicht früher darauf gekommen?

Jetzt probiert Nenita Dietz eine andere Sonnenbrille an der Schauspielerin aus. Wie gebannt verfolge ich jede ihrer Bewegungen. Nenita ist großartig. Von ihr kam der Trend mit den Stiefeln zur Abendgarderobe. Und momentan lanciert sie eine neue Unterwäsche-Kollektion. Ich wollte immer schon mal meine eigene Unterwäsche entwerfen.

Aber wie um alles in der Welt komme ich da rein? Wie wird man eine angesagte Hollywood-Stylistin? Oder auch nur eine mäßig angesagte Hollywood-Stylistin? Wo fängt man an? Ich kenne hier niemanden, ich habe keinen Job, ich habe noch nie beim Film gearbeitet...

Jetzt rufen Leute drüben auf der anderen Straßenseite »Ruhe am Set!« und »Kamera ab!« und »Ruhe bitte!«. Fasziniert sehe ich, wie die Schauspielerin ihre Arme verschränkt und aufblickt.

»Cut!«

Cut? Das war *alles*?

Wieder wuseln die Filmleute herum, und ich halte Ausschau nach Nenita Dietz, kann sie aber nirgends entdecken. Hinter mir fangen die Leute an zu schieben, also reiße ich mich los, während meine Fantasie bunte Blüten treibt. Ein dunkler Kinosaal. Mein Name rollt in weißen Lettern über die Leinwand.

MISS HATHAWAYS GARDEROBE WURDE PERSÖNLICH AUSGEWÄHLT
VON REBECCA BRANDON.
MR PITTS ANZÜGE WURDEN AKQUIRIERT
VON REBECCA BRANDON.
MISS SEYMOURS KLEIDER WURDEN AUSGESUCHT
VON REBECCA BRANDON.

Und dann fügt sich vor meinem inneren Auge alles zu einem Bild zusammen. Sage Seymour ist der Schlüssel. Sage Seymour ist die Antwort. *So* komme ich da rein.

FRESH BEAN COFFEESHOP

1764 Beverly Blvd.
Los Angeles, CA 90210

* NOTIZEN UND IDEEN *

Mögliche Fashion-Trends für den Anfang:

— Schottenmuster mit knallbunten Plastik-Accessoires

— Kunstpelzmantel mit drei verschiedenen Gürteln

   (Ja! Signature Look!)

— Pinkfarbene Haare zum abgetragenen Streifenjackett

— Diamantbroschen an Gummistiefeln

— Zerschnittene Jeans als Armwärmer

— Zwei Designer-Handtaschen auf einmal tragen

   (Ja! Sofort damit anfangen!)

— Bodenlanger Tüllrock über einer Jeans

— Zwei verschiedene Schuhe für den schrägen, kessen Look

   (Oder würde es nur aussehen, als wäre ich dement?)

— Sträußchen von frischen Orchideen in den Gürtel gesteckt

— Armband aus frischen Orchideen

— Nicht vergessen: frische Orchideen kaufen

4

Um drei Uhr nachmittags stehe ich in einem Pulk von Läufern und schmiede Pläne für meine neue Karriere. Ich muss nur Sage Seymour kennenlernen, mit ihr über Klamotten plaudern, ihr anbieten, sie vor einem Auftritt zu stylen – und schon habe ich einen Fuß in der Tür. Es geht doch immer darum, dass man jemanden kennt, und Sage Seymour zu kennen ist perfekt. Und dieses Rennen ist der perfekte Anlass, sie näher kennenzulernen! Ich meine, schließlich bin ich in ihrem Team! Ich habe allen Grund, mit ihr zu sprechen, und ich kann das Gespräch ohne Weiteres auf Trends für den roten Teppich lenken, während wir nebeneinander herlaufen. Ich habe sie noch nicht gesehen, aber ich behalte alles im Auge und bin bereit, sobald ich sie entdecke.

Eine Glocke ertönt, und alle Läufer drängen sich enger zusammen. Die Cocktails, die ich mit Danny getrunken habe, machen sich langsam bemerkbar, und ein wenig bereue ich den Malibu Sunrise jetzt, aber egal. Bald werden die Endorphine einsetzen.

Es ist ein ziemliches Spektakel, dieses Ten-Miler-Rennen. Es geht los beim Dodger Stadium, dann den Sunset Boulevard entlang und schließlich auf den Hollywood Boulevard. Dem Begrüßungspäckchen nach zu urteilen führt die Route an *zahlreichen Sehenswürdigkeiten Hollywoods* vorbei, was super ist, weil ich beim Laufen gleichzeitig ein bisschen Sightseeing machen kann! Ich habe mich schon angemeldet. Unglaublich, wie viele Leute hier mitmachen. Wohin ich auch blicke, sehe ich Läufer, die sich auflockern oder herumrennen oder ihre

Schnürsenkel festziehen. Aus Lautsprechern tönt Musik, die Sonne scheint diesig durch die Wolken, und es riecht nach Sonnencreme. Und ich bin mittendrin! Ich stehe in Gruppe eins, etwa drei Meter neben einem massiven Metallbogen, der den Start des Rennens markiert, mit einer Nummer auf der Brust (184) und einem speziellen Chip in meinem Schuh. Das Allerbeste aber ist, dass ich die schicke Teamkappe trage, die an der Hotelrezeption für mich hinterlegt worden war. Sie ist helltürkis mit der Aufschrift »Team Sage« in weißen Buchstaben. Ich komme mir vor wie bei den Olympischen Spielen.

Zum wiederholten Mal überschaue ich die Menge, suche nach einer anderen türkisen Team-Sage-Kappe, aber die Läufer stehen zu eng beieinander, um etwas zu erkennen. Sie muss hier irgendwo sein. Hoffentlich finde ich sie, wenn wir erst losgelaufen sind.

Als ich meine Beine strecke, fange ich den Blick einer drahtigen, jungen Schwarzen auf, die neben mir Lockerungsübungen macht. Als sie meine Mütze sieht, werden ihre Augen groß.

»Du bist in Sage Seymours Team?«

»Ja.« Ich versuche, lässig zu klingen. »Stimmt. Ich gehöre zu Sage. Wir laufen zusammen und plaudern und … alles!«

»Wow. Da musst du aber gut sein. Welche Zeit hast du dir für heute vorgenommen?«

»Na ja.« Ich räuspere mich. »Ich schätze, ich brauche wohl … also …«

Ich habe keine Ahnung. Zehn Meilen. Wie schnell kann ich zehn Meilen weit laufen? Ich bin mir nicht mal sicher, wie schnell ich eine Meile weit laufen kann.

»Ich hoffe nur, meine persönliche Bestmarke zu unterbieten«, sage ich schließlich.

»Hört, hört.« Das Mädchen reckt die Arme über den Kopf. »Was ist deine Strategie fürs Rennen?«

Sage Seymour kennenlernen, über Klamotten reden und ihr eine Einladung zu sich nach Hause abluchsen, schießt es mir durch den Kopf.

»Einfach… rennen«, sage ich mit einem Achselzucken. »Bis ins Ziel. Du weißt schon. So schnell ich kann.«

Sie starrt mich nur an, dann lacht sie. »Du bist lustig.«

Die Läufer drängen sich noch enger zusammen, so weit das Auge reicht. Es müssen wohl mindestens tausend Leute sein. Und trotz meines Jetlags empfinde ich doch ein plötzliches Hochgefühl, als ich federleicht in meinen Hightech-Schuhen wippe. Da bin ich! Ich laufe bei einem berühmten Rennen in L.A. mit! Da sieht man mal, was man alles erreichen kann, wenn man sich etwas Mühe gibt. Gerade will ich ein Foto von mir machen und es Suze schicken, als mein Handy summt und Mum dran ist. Sie ruft mich immer abends als Letztes an, um Bescheid zu sagen, dass Minnie ruhig schläft.

»Hi!«, rufe ich beschwingt ins Telefon. »Rate mal, was ich gerade mache!«

»Du stehst auf einem roten Teppich!«, flötet Mum begeistert.

Jedes Mal, wenn Mum anruft, fragt sie mich, ob ich auf einem roten Teppich stehe. Tatsächlich habe ich bisher weder auf einem gestanden noch auch nur einen *gesehen*. Schlimmer noch: Luke hatte beim letzten Mal, als wir hier waren, eine Einladung zu einer Premiere, und er ist nicht nur nicht hingegangen – er hat mir erst davon erzählt, als es schon zu spät war. Eine Premiere!

Deshalb kann ich nicht darauf bauen, dass Luke mich irgendwo reinschleust. Seine Meinung über L.A. ist das Gegenteil von meiner. Er interessiert sich für Meetings und sein Blackberry, also hat sich in dieser Hinsicht nicht viel verändert. Er sagt, ihm gefällt die Arbeitsmoral in L.A. Die Arbeitsmoral. Wer kommt denn wegen der Arbeitsmoral nach L.A.?

»Nein, ich nehme an einem Wohltätigkeitsrennen teil. Mit Sage!«

Mum stöhnt auf. »Du bist bei Sage Seymour? O Becky!«

»Im Moment bin ich nicht wirklich bei ihr«, räume ich ein. »Aber ich werde sie einholen, wenn wir erst mal loslaufen. Ich trage eine Kappe mit der Aufschrift ›Team Sage‹«, füge ich stolz hinzu.

»O Liebes!«

»Ich weiß! Ich mache ein Foto. Damit Minnie mich sehen kann. Geht es ihr gut? Schläft sie tief und fest?«

»Es geht ihr prima! Prima!«, sagt Mum munter. »Schläft wie ein Murmeltier. Und wen hast du noch kennengelernt? Jemanden Berühmtes?«

Lois Kellerton, schießt es mir durch den Kopf.

Nein. Vergiss es. Ich liebe meine Mum, aber wenn man ihr was erzählt, weiß es eine Nanosekunde später ganz Oxshott.

»Haufenweise Promis nehmen an dem Rennen teil«, antworte ich vage. »Ich glaube, gerade eben habe ich einen Schauspieler aus *Desperate Housewives* gesehen.« Er könnte es gewesen sein oder vielleicht auch nicht, was Mum jedoch nie erfahren wird.

Ein Horn trötet. O Gott! Geht das Rennen los?

»Mum, ich muss auflegen«, sage ich eilig. »Ich ruf dich nachher an. Bye!«

Das *war* der Start des Rennens. Wir sind unterwegs. Wir rennen. Ich renne mit! Um mich herum ist alles voller Arme und Beine, während die Läufer um Positionen kämpfen und ich atemlos versuche, Schritt zu halten.

Mein Gott, sind die schnell!

Ich meine, das macht nichts. Ich bin auch schnell. Ich kann ohne Weiteres mithalten. Es brennt schon in meiner

Brust, aber das ist okay, denn jeden Moment werden die Endorphine einsetzen.

Das Entscheidende bleibt sowieso: Wo ist Sage?

Als der Pulk sich verteilt, kann ich mir meine Mitläufer besser ansehen. Verzweifelt suche ich über die Köpfe hinweg nach einer türkisen Kappe … Sie muss doch irgendwo sein … Ich kann sie doch verpasst haben …

Da! Die Freude beschert mir einen wahren Adrenalinschub. Selbstverständlich ist sie ganz vorn. Okay, es wird Zeit, mich an sie ranzumachen. Ich werde lässig zu ihr sprinten, auf meine Kappe deuten und sagen: *Ich glaube, wir sind im selben Team.* Und schon beginnt unsere enge Freundschaft.

Bisher habe ich mich nie als Athletin betrachtet, doch als ich einen kurzen Sprint einlege, kommt es mir vor, als würde mich eine unsichtbare Kraft antreiben. Ich überhole die drahtige Schwarze! Ich habe Flügel! Ich bin bester Dinge! Aber immer noch wippt die türkise Kappe vor mir auf und ab, quälend unerreichbar, also lege ich den nächsten Spurt ein. Irgendwie gelingt es mir, mit ihr auf gleiche Höhe zu kommen. Mein Gesicht brennt, und mein Herz hämmert in der Brust, aber ich schaffe es, auf meine Kappe zu deuten und zu keuchen: »Ich glaube, wir sind im selben Team.«

Die türkise Kappe dreht sich um – aber es ist nicht Sage Seymour. Es ist irgendeine Frau mit spitzer Nase und braunen Haaren, die mich mit leerem Blick ansieht und schneller läuft. Sie trägt auch gar keine Team-Sage-Kappe, sondern nur irgendeine türkise Mütze. Ich bin dermaßen irritiert, dass ich stehen bleibe – und fast von einer Horde Läufer über den Haufen gerannt werde.

»Verdammt!«

»Aus dem Weg!«

»184, was *machst* du?«

Eilig trete ich zur Seite und versuche, wieder zu Atem zu kommen. Okay, das war also nicht Sage. Egal. Irgendwo wird sie schon sein. Ich muss nur Ausschau halten nach Türkis... Türkis... Ja! Da drüben!

Mit einer frischen Dosis Adrenalin stürze ich mich wieder ins Rennen und hetze der nächsten türkisen Kappe hinterher. Doch als ich näher komme, kann ich schon sehen, dass es nicht Sage ist. Es ist nicht mal eine Frau. Es ist ein dürrer, italienisch aussehender Mann.

Verdammter Mist. Hart keuchend steuere ich auf einen Wasserstand zu und trinke einen Schluck, suche immer noch die Menge der Läufer ab, weigere mich aufzugeben. Dann lag ich eben zweimal daneben. Ist doch egal. Ich werde sie finden. Bestimmt. Moment, dahinten blitzt was Türkises. Das *muss* sie sein...

Eine Stunde später habe ich das Gefühl, als befände ich mich in einem Paralleluniversum. Ist das die *Hölle*? Es kommt mir so vor. Meine Lunge pumpt wie ein Kolben, mein Gesicht ist schweißüberströmt, ich habe Blasen an beiden Füßen, ich möchte sterben, und doch bewege ich mich noch. Es ist, als würde mich eine magische Kraft in Gang halten. Überall sehe ich türkise Kappen in der Menge und renne ihnen hinterher. Ein blondes Mädchen habe ich jetzt schon viermal angesprochen. Aber keine davon ist Sage. Wo ist sie? Wo *ist* sie?

Und wo bleiben die verfluchten Endorphine? Ich renne schon seit einer Ewigkeit und hatte noch kein einziges. Alles Lüge. Und ich habe auch noch keine einzige Sehenswürdigkeit von Hollywood entdeckt. Sind wir überhaupt an irgendwas vorbeigekommen?

O Gott, ich brauche Wasser. Ich halte auf den nächsten Stand zu, der mit Heliumballons geschmückt ist. Ich schnappe mir einen Pappbecher und gieße mir das Wasser über den Kopf, dann greife ich mir noch einen und nehme einen großen Schluck. Ganz in der Nähe führt eine Gruppe von Cheerleadern ihre Nummer vor, und neidisch sehe ich hinüber. Woher nehmen die nur ihre ganze Energie? Vielleicht haben sie spezielle Cheerleader-Hüpfstiefel. Wenn ich glitzernde Pompons zum Schütteln hätte, könnte ich vielleicht auch schneller laufen.

»Becky! Hier drüben! Alles okay bei dir?« Schnaufend blicke ich auf und sehe mich benommen um. Da entdecke ich Luke hinter der Absperrung. Er hält eine Ten-Miler-Fahne in der Hand und starrt mich entsetzt an. »Alles okay?«, wiederholt er.

»Super.« Meine Stimme klingt heiser. »Alles gut.«

»Ich dachte mir, ich komme vorbei, um dich zu unterstützen.« Staunend mustert er mich. »Du liegst erstaunlich gut in der Zeit. Ich wusste gar nicht, dass du so fit bist!«

»Oh.« Ich wische mir den Schweiß vom Gesicht. »Okay.« Ich habe noch gar keinen Gedanken daran verschwendet, wie schnell ich wohl gewesen sein mag. Das ganze Rennen war bisher nur eine benommene Hatz nach türkisen Kappen.

»Hast du meine SMS gelesen?«

»Hä?«

»Dass Sage das Rennen abgesagt hat?«

Ich starre ihn an, während das Blut in meinen Ohren pocht. Hat er gerade gesagt…

»Es tut ihr sehr leid«, fügt er hinzu.

»Du meinst, sie nimmt an dem Rennen gar nicht teil?«, bringe ich hervor. »Überhaupt nicht?«

Ich bin diesen türkisen Kappen ganz *umsonst* hinterhergerannt?

»Ein Freund von ihr hat ein paar Leute nach Mexiko eingeladen«, erklärt Luke. »Während wir hier miteinander reden, sitzt sie mit ihrem ganzen Team im Flugzeug.«

»Das ganze *Team* hat abgesagt?« Ich versuche, mir das alles zu erklären. »Aber sie haben doch trainiert! Sie waren extra in Arizona!«

»Kann sein. Aber sie machen so ziemlich alles zusammen«, meint er trocken. »Wenn Sage sagt: *Fliegen wir nach Mexiko*, fliegen sie nach Mexiko. Tut mir leid, Becky. Bestimmt bist du enttäuscht.« Er legt mir seine Hand auf die Schulter. »Ich weiß, dass du das Rennen nur mitgelaufen bist, um Sage kennenzulernen.«

Sein Mitgefühl trifft mich bis ins Mark. So denkt er über mich? Ich meine, ich weiß ja, dass es stimmt, aber so *sollte* er nicht denken. Ehemänner sollten nur das Beste von ihren Frauen denken, schon aus Prinzip.

»Ich bin das Rennen nicht nur mitgelaufen, um Sage kennenzulernen!« Empört richte ich mich auf. »Ich habe es getan, weil ich gern laufe und etwas Wohltätiges tun wollte. Ich hatte nicht mal daran *gedacht*, ob Sage wohl mitläuft oder nicht.«

»Ach?« Etwas zuckt in Lukes Gesicht. »Na dann mal los! Du hast es nicht mehr weit.«

Als mir das bewusst wird, verliere ich den Mut. Ich bin noch gar nicht am Ziel. O Gott. Ich kann nicht mehr weiterlaufen. Ich kann einfach nicht mehr.

»Es sind noch vier Meilen.« Luke wirft einen Blick auf den Streckenplan. »Die schaffst du in null Komma nichts!«, fügt er fröhlich hinzu.

Vier Meilen? Ganze vier Meilen?

Als ich die Straße vor mir liegen sehe, kriege ich weiche Knie. Mir tun die Füße weh. Immer noch kommen Läufer vorbei, aber die Vorstellung, mich wieder ins Getümmel stürzen zu müssen, macht mir Angst. Ein Typ mit türkiser Kappe stampft vorbei, und ich mustere ihn düster. Am liebsten wäre es mir, wenn ich nie wieder eine türkise Kappe sehen müsste.

»Ich sollte lieber ein paar Lockerungsübungen machen, bevor ich weiterlaufe«, sage ich, um Zeit zu schinden. »Meine Muskeln sind ganz kalt.«

Ich greife mir mein Fußgelenk und dehne meine Oberschenkel. Langsam zähle ich bis dreißig, dann wechsle ich das Bein. Dann lasse ich mich Wirbel für Wirbel abrollen, bis mein Kopf vor den Knien baumelt. Hm. Das tut gut. Vielleicht bleibe ich einen Moment so hängen.

»Becky?« Lukes Stimme dringt in mein Bewusstsein. »Liebling, alles okay?«

»Ich mache Dehnübungen«, teile ich ihm mit. Ich hebe den Kopf, dehne meinen Trizeps, dann nehme ich ein paar yoga-ähnliche Haltungen ein, die ich bei Suze gesehen habe. »Jetzt sollte ich mich noch etwas hydrieren«, füge ich hinzu. »Das ist sehr wichtig.«

Ich nehme mir einen Becher mit Wasser und trinke ganz langsam, dann schenke ich mir einen zweiten voll und reiche ihn einem Läufer. Ich kann mich ruhig ein bisschen nützlich machen, wenn ich schon mal da bin. Ich schenke noch ein paar Becher voll, halte mich bereit, sie zu verteilen, und ordne einen Stapel Energieriegel. Überall liegen leere Verpackungen herum, also fange ich an, sie einzusammeln und in den Müll zu werfen. Dann binde ich ein paar Ballons fest, die sich gelockert haben, und richte ein paar Luftschlangen aus. Damit der Stand auch hübsch aussieht.

Plötzlich merke ich, dass der Mann hinter dem Wasserstand mich anstarrt, als hätte ich sie nicht mehr alle.

»Was machen Sie da?«, fragt er. »Wollen Sie denn nicht laufen?«

Sein Ton kränkt mich ein wenig. Ich *helfe* ihm. Er könnte etwas dankbarer sein.

»Ich mache meine Dehnungspause«, erkläre ich und sehe, dass Luke mich verwundert ansieht.

»Inzwischen dürften Sie wohl ausreichend gedehnt sein. Wollen Sie jetzt wieder weiterlaufen?«

Ehrlich. Dauernd dieser Druck zu *rennen*.

»Ich muss nur noch…« Ich flechte meine Finger ineinander und dehne sie. »Oh, da ist noch viel Spannung drin.«

»Gute Frau, Sie werden noch das ganzen Rennen verpassen«, sagt der Mann am Wasserstand. Er deutet auf die Straße. »Da kommen die Letzten.«

Es stimmt: Die Läufer werden weniger. Nur noch ein paar allerletzte Nachzügler sind übrig. Auch die Zuschauer gehen. Die ganze Atmosphäre löst sich irgendwie auf. Ich kann es nicht mehr hinauszögern.

»Okay.« Ich versuche, positiv zu klingen. »Na gut, dann laufe ich schnell noch diese letzten vier Meilen. Kann nicht lange dauern. Super.« Ich hole tief Luft. »Dann werde ich mich mal auf die Socken machen.«

»*Oder*«, sagt Luke, und ich blicke auf.

»Oder was?«

»Ich dachte nur, wenn du nichts dagegen hättest, dich meiner Geschwindigkeit anzupassen, könnten wir vielleicht ein bisschen schlendern. Gemeinsam?«

»Schlendern?«

Über die Absperrung hinweg nimmt er meine Hand. Inzwischen sind wir mehr oder weniger die einzigen Menschen weit und breit. Hinter uns fangen Arbeiter an, die Sperren abzubauen und den Müll mit Greifern aufzusammeln.

»Wir haben nicht oft Gelegenheit, durch L.A. zu schlendern«, fügt er hinzu. »Und wir haben die ganze Straße für uns allein.«

Ich könnte vor Erleichterung tot umfallen.

»Na gut, okay«, sage ich nach einer Weile. »Gegen einen kleinen Bummel habe ich nichts einzuwenden. Obwohl ich natürlich *viel* lieber rennen würde.«

»Natürlich.« Er sieht mich mit einem amüsierten Lächeln an, das ich ignoriere. »Wollen wir?«

Wir schlendern los, bahnen uns einen Weg zwischen den Pappbechern und Verpackungen von Energieriegeln. Ich nehme seine Hand, und er greift fest zu.

»Komm, hier entlang!« Luke führt mich nach rechts von der Straße weg auf den Bürgersteig oder »Gehweg«, wie man in Amerika sagt. »Weißt du, wo wir sind?«

»Hollywood? Los Angeles?« Argwöhnisch sehe ich ihn an. »Ist das eine Fangfrage?«

Luke gibt keine Antwort, sondern nickt nur zum Gehweg. Ich verstehe.

»Oh!« Strahlend blicke ich zu Boden. »O mein Gott!«

»Ich weiß.«

Wir stehen auf den Sternen. Auf dem Hollywood Walk of Fame, den ich schon Millionen Mal im Fernsehen gesehen habe, aber noch nie in echt. Ich fühle mich, als hätte Luke ihn extra für mich hier angelegt, ganz rosig und glänzend.

»Edward Arnold!«, rufe ich aus und versuche, ehrfürchtig zu klingen, als ich den Namen vorlese. »Wow! Äh …«

»Keine Ahnung«, sagt Luke. »Jemand Berühmtes. Offenbar.«

»Offenbar.« Ich muss kichern. »Und wer ist Red Foley?«

»Bette Davis«, sagt Luke und deutet auf einen anderen Stern. »Ist das was für dich?«

»Oh! Bette Davis! Lass mal sehen!«

Eine Weile tue ich nichts anderes, als hin und her zu wetzen, auf der Suche nach berühmten Namen. Etwas Hollywoodigeres haben wir bisher noch nicht gemacht, und es ist mir völlig egal, dass wir uns wie alberne Touristen benehmen.

Schließlich ziehen wir weiter, deuten hin und wieder auf berühmte Namen.

»Das mit deinem Job tut mir leid.« Luke drückt meine Hand. »Das war Pech.«

»Danke.« Ich zucke mit den Schultern. »Aber weißt du, ich habe darüber nachgedacht, und vielleicht ist es sogar besser so. Bob Hope«, füge ich hinzu und deute auf seinen Stern.

»Das glaube ich auch!« Plötzlich klingt Luke ganz eifrig. »Ich wollte es nicht sagen, aber willst du dir wirklich einen Job ans Bein binden, wenn wir nur so kurz hier sind? Es gibt doch so viel zu entdecken. An deiner Stelle würde ich mit Minnie das gesunde Leben an der frischen Luft genießen. Geht wandern in den Bergen, spielt am Strand ...«

Das sieht Luke ähnlich. Erst die Arbeitsmoral, jetzt das »gesunde Leben an der frischen Luft«. Was redet er da? Ich bin doch nicht nach L.A. gekommen, um das »gesunde Leben an der frischen Luft« zu genießen. Ich bin hier, um das »Promi-Leben mit großer Sonnenbrille auf dem roten Teppich« zu genießen.

»Nein, du verstehst nicht. Ich habe noch eine bessere Idee. Ich werde Stylistin in Hollywood!«

Als ich aufblicke, um mir Lukes Reaktion anzusehen, bin ich doch betroffen. Okay, vielleicht habe ich nicht gerade erwartet, dass er ruft: *Das schaffst du, Kleine!* Aber *das* jetzt hätte ich auch nicht gedacht. Er hat die Augenbrauen hochgezogen und gleichzeitig die Stirn gerunzelt. Seine Mundwinkel ziehen sich nach unten. Ich bin schon so lange mit Luke verheiratet, dass ich seine verschiedenen Gesichtsausdrücke auswendig kenne, und das hier ist Nummer drei: *Wie bringe ich Becky bei, dass ich diese Idee absurd finde?* Es ist genau derselbe Gesichtsausdruck, den er hatte, als ich vorschlug, unser Schlafzimmer lila zu streichen. (Ich glaube immer noch, dass es sexy gewesen wäre.)

»Was?«, will ich wissen. »Was?«

»Das ist eine wunderbare Idee«, setzt er vorsichtig an.

»Lass das«, sage ich ungeduldig. »Was denkst du wirklich?«

»Becky, du weißt, dass Sage mich nur vorübergehend als

Berater engagiert hat. Sollte sich das ganze Unternehmen auszahlen, wird Brandon Communications hier vielleicht ein Medienbüro aufmachen, und möglicherweise fliege ich hin und her. Aber ich kann mir nicht vorstellen herzuziehen.«

»Und?«

»Und was willst du machen, wenn du dir hier eine Karriere aufgebaut hast?«

»Keine Ahnung«, erwidere ich ungeduldig. »Ich überleg mir was.«

Das ist so typisch. Ständig steht Luke mit seinen pragmatischen Plänen der kreativen Inspiration im Weg.

»Es wird eine echte Plackerei. Viel Klinkenputzen, reichlich Enttäuschungen ...«

»Glaubst du, dem wäre ich nicht gewachsen?«, frage ich pikiert.

»Meine Liebste, ich glaube, du bist so ziemlich allem gewachsen, wenn du es dir in den Kopf gesetzt hast. Allerdings glaube ich auch, es wäre – gelinde gesagt – eine Herausforderung, in nur drei Monaten in die Welt des Hollywood-Stylings vorzudringen. Aber wenn du es wirklich willst ...«

»Ich will nicht nur, ich *werde*!«

Luke seufzt. »Na, dann helfe ich dir natürlich. Ich höre mich nach Kontakten um. Mal sehen, was ich tun kann.«

»Ich brauche deine Hilfe nicht!«, erwidere ich.

»Becky, sei nicht albern!«

»Ich bin nicht albern«, fahre ich ihn an. »Ich will nicht auf meinen Mann bauen. Schließlich bin ich eine unabhängige Frau.«

»Aber ...«

»Du meinst, ich könnte mich in Hollywood nicht allein durchsetzen? Du wirst es schon sehen. Katharine Hepburn«, füge ich hinzu.

Eine Weile gehen wir schweigend, machen uns nicht mal

die Mühe, die Namen laut auszusprechen, und allmählich beruhige ich mich. Eigentlich wäre Lukes Hilfe ganz nützlich. Im Grunde sogar sehr nützlich. Aber dafür ist es jetzt zu spät. Ich habe es gesagt. Ich werde eine Möglichkeit suchen müssen, es allein zu schaffen, um es ihm zu zeigen.

In meinem Kopf rotiert es. Sage ist nach wie vor mein naheliegendster Einstieg. Bestimmt werde ich sie bald kennenlernen. Und bis dahin kann ich mir ein paar Outfits für sie überlegen. Vielleicht kaufe ich ihr sogar das eine oder andere Accessoire, wie eine persönliche Stylistin es tun würde. Genau.

»Weißt du, Luke, ich habe meine eigenen Quellen«, sage ich etwas großspurig. »Immerhin habe ich bei Barneys gearbeitet. Vergiss nicht, dass ich über eigene Verbindungen verfüge. Tatsächlich glaube ich, dass ich bessere Verbindungen habe als du.«

Und es stimmt! Als ich bei Barneys war, habe ich reihenweise Leute aus Hollywood kennengelernt. Mindestens drei Produzentinnen, eine musikalische Beraterin und eine Besetzungschefin. Die werde ich allesamt kontaktieren, und *irgendwer* wird mir bestimmt eine Tür öffnen, und dann…

Da ist Lassie!

Von: Laird, Nick
An: Brandon, Rebecca
Betreff: Hi, Melanie, wie geht's?

Liebe Mrs Brandon,

ich antworte auf Ihre Mail an Melanie Young. Gewiss wird
Melanie sich an Sie und ihre Einkaufstermine bei Barneys
erinnern, und ich freue mich, dass Sie noch genau wissen,
»wie fantastisch sie in diesem Bleistiftrock von Moschino
aussah«.

Leider hat Melanie ihre Arbeit als Produzentin kürzlich aufgegeben, um in einer Kommune in Arkansas zu leben, und
ihrer Abschiedsrede nach zu urteilen, möchte sie »das Wort
Film nie wieder hören«. Daher kann sie Ihnen weder dabei
helfen, als Stylistin für die Stars Fuß zu fassen, noch kann
sie Ihnen Sarah Jessica Parker vorstellen.

Ich wünsche Ihnen viel Glück mit Ihren Unternehmungen in
Hollywood.

Nick Laird

Head of Development
ABJ Pictures

Von: Quinn, Sandi
An: Brandon, Rebecca
Betreff: Hi, Rosaline, wie geht's?

Liebe Mrs Brandon,

ich antworte auf Ihre E-Mail betreffend Rosaline DuFoy in meiner Funktion als ihre Beraterin.

Rosaline erinnert sich sehr gut an Sie und ihren Einkauf bei Barneys, und sie weiß auch noch, wie »erstaunlich schlank sie in dem Hosenanzug aussah«, den sie zur Hochzeit ihrer Schwester trug.

Leider outete sich ihr Ehemann während der Hochzeitsrede als homosexuell. Rosaline gab stets – ob zu Recht oder Unrecht – ihrer »androgynen Kleidung« die Schuld an seiner sexuellen Neuausrichtung und schreibt zurzeit an einer Autobiografie mit dem Titel *Hätte ich nur ein be***issenes Kleid getragen*. Da die Erinnerung noch sehr frisch und schmerzlich ist, möchte sie sich lieber nicht mit Ihnen treffen.

Ich wünsche Ihnen dennoch viel Erfolg in Hollywood.

Alles Gute

Sandi Quinn
Direktorin
Quinn Klinik für Paartherapie

5

Wie können die Leute in Hollywood nur alle dermaßen unzuverlässig sein? Wie nur?

Sobald ich wieder in London war, habe ich alle meine alten Kontakte herausgesucht und einen ganzen Schwung E-Mails verschickt. Aber bisher ist nichts dabei herausgekommen: kein Lunch, kein Meeting, nicht mal eine Telefonnummer. Jede meiner ehemaligen Kundinnen aus der Filmbranche scheint entweder den Job gewechselt oder einen Nervenzusammenbruch oder sonst was gehabt zu haben. Übrig blieb nur Genna Douglas, die auch bei Barneys eine meiner Kundinnen war und eine bemerkenswerte Sammlung rückenfreier Kleider besaß. Als ich jedoch keine Antwort bekam, habe ich sie gegoogelt, und da stellte sich heraus, dass sie ihren Job bei Universal vor einem Jahr geschmissen hat, um einen Schönheitssalon zu eröffnen. Sie hat eine Behandlungsmethode erfunden, die irgendwas mit elektrischem Strom und Honig zu tun hat, und wurde schon zweimal von unzufriedenen Patientinnen verklagt, sucht aber nach wie vor »interessierte Investoren«. Hm. Ich glaube nicht, dass ich dem weiter nachgehe.

Ich bin dermaßen enttäuscht. Ich dachte, ich hätte Kontakte im Überfluss. Ich dachte, ich verabrede mich zum Lunch bei Spago, vereinbare Meetings mit Produzenten und sage beiläufig zu Luke: *Ach, du bist heute Nachmittag auch auf dem Paramount-Gelände? Dann treffen wir uns doch da.*

Egal. Gut ist, dass ich immer noch Sage habe. Einen waschechten, todsicheren VIP-Kontakt. Und ich habe nicht untätig herumgesessen. Ich habe angefangen, mir den einen oder anderen Look für sie zu überlegen, und ich habe so das Gefühl, als könnte ich mich langsam in ihre Persönlichkeit einfühlen. In ihre *Welt*.

»Guck mal hier.« Ich breite einen hellblauen Brokatmantel auf dem Bett aus, damit Suze sich ihn ansehen kann. »Ist der nicht toll?«

Suze ist meine allerbeste Freundin auf der Welt, und wir lümmeln mit Klatschmagazinen auf ihrem Bett in Hampshire herum, genau wie früher, als wir in Fulham zusammengewohnt haben. Nur dass wir damals auf einer indischen Tagesdecke herumlümmelten, die von Brandlöchern übersät war und nach Räucherstäbchen roch. Wohingegen wir heute auf einem riesigen Himmelbett mit Seidentüchern und Gobelins und einem uralten Holzrahmen lümmeln, in den offenbar schon Charles I. seinen Namen geritzt hat. Oder meine ich Charles II.? Irgendein Charles jedenfalls.

Suze ist so vornehm, dass einem die Augen tränen. Sie wohnt in einem Herrenhaus, und seit ihr Schwiegergroßvater gestorben ist, heißt sie Lady Cleath-Stuart, was für meine Ohren schrecklich erwachsen klingt. Bei Lady Cleath-Stuart denkt man an eine Neunzigjährige, die mit der Reitgerte um sich schlägt und herumkeift. Nicht dass ich es Suze je sagen würde. Jedenfalls ist sie so ziemlich das Gegenteil davon. Sie ist groß mit langen Beinen und langen Haaren, auf denen sie im Moment gerade nachdenklich herumkaut.

»Sehr hübsch!«, sagt sie und betastet den Mantel. »Wirklich traumhaft schön.«

»Es ist ein leichter Mantel, den Sage zu Jeans oder irgendwas tragen kann. Er passt gut zum Klima in L.A. Und dazu kann sie flache Schuhe oder diese Stiefel anziehen, die ich dir vorhin gezeigt habe.«

»Hübscher Kragen.« Sie berührt den grauen, fransigen Samt.

»Ich weiß«, sage ich stolz. »Ich habe ihn in dieser kleinen

Boutique gefunden. Das Label ist neu. Es ist dänisch. Und jetzt sieh dir diesen Rock an!«

Ich hole einen winzigen Jeansrock mit Rüschen am Saum hervor, doch Suze betrachtet immer noch den Mantel, inzwischen mit gerunzelter Stirn.

»Du hast diesen Mantel also für Sage gekauft? Und die ganzen anderen Sachen auch?«

»Genau! Darum geht es doch, wenn man Stylistin sein will. Diesen Rock habe ich in einem Vintage-Shop in Santa Monica gefunden«, füge ich hinzu. »Die Inhaberin überarbeitet alle Kleidungsstücke selbst. Guck dir die Knöpfe an!«

Suze scheint die Knöpfe gar nicht wahrzunehmen. Sie greift nach einem T-Shirt, das Sage wunderbar stehen würde, wenn sie mit Jennifer Garner oder sonst wem in einem Coffeeshop sitzt.

»Aber Bex, kostet dich das ganze Shoppen denn nicht viel Geld?«

»Shoppen?«, wiederhole ich ungläubig. »Suze, das ist doch kein *Shoppen*. Ich investiere in meinen Job. Und normalerweise bekomme ich Rabatt. Manchmal kriege ich sogar was umsonst. Ich muss denen nur sagen, dass ich für Sage Seymour einkaufe, und bingo!«

Es ist doch erstaunlich, wie aufmerksam Ladenbesitzer plötzlich werden, wenn man Sage Seymour erwähnt. Sie bombardieren einen förmlich mit Klamotten!

»Aber du kaufst doch gar nicht für Sage Seymour ein«, sagt Suze tonlos.

Perplex starre ich sie an. Hat sie denn nicht gehört, was ich gesagt habe?

»Das tue ich sehr wohl! Natürlich tue ich das! Diese Sachen passen mir nicht mal!«

»Aber sie hat dich nicht darum gebeten. Sie weiß nicht mal, wer du bist.«

Leiser Groll steigt in mir auf. Daran muss Suze mich nicht erinnern. Schließlich kann ich nichts dafür. Ich bin mit dem nichtsnutzigsten Mann der Welt verheiratet, der sich weigert, mich seinen prominenten Klienten vorzustellen.

»Sie *wird* wissen, wer ich bin, sobald Luke uns einander vorgestellt hat«, erkläre ich geduldig. »Und dann werden wir miteinander plaudern, und ich werde diese verschiedenen Looks für sie parat haben und ihre persönliche Stylistin werden. Suze, ich baue mir eine ganz neue Karriere auf!« Ich sehe, dass Suze den nächsten Einwand erheben möchte, also fahre ich eilig fort: »Und außerdem kann ich diese Kleider doppelt nutzen, weil du sie tragen wirst und ich dich darin fotografieren werde, um mir eine Mappe anzulegen.«

»Oh.« Suze lebt auf. »Du möchtest mich als Model haben?«

»Genau.«

»Cool!« Mit wachsendem Interesse mustert Suze die Kleider und greift sich den Mantel. »Lass uns damit anfangen.« Sie zieht den Mantel über, und ich rücke den Kragen zurecht. Suze ist so hübsch und gertenschlank, dass ihr alles steht, und bei dem Gedanken, mir eine ganze Bibliothek toller Fotos anzulegen, bin ich ganz aufgeregt.

Es war total inspirierend, im Netz über Nenita Dietz zu lesen. Als sie vor zwanzig Jahren nach Hollywood kam, kannte sie dort niemanden. Aber sie hat sich auf das Set von *Liebeshauch* geschummelt, ist direkt ins Büro der Kostümleitung spaziert und wollte erst wieder gehen, wenn man sich ihre Mappe angesehen hätte. Der Mann war so beeindruckt, dass er sie auf der Stelle engagierte. Und dann hat der Star – Mary Jane Cheney – sie als persönliche Stylistin eingestellt. Von da an lief es wie von selbst.

Na, das kann ich auch. Ich muss nur eine Mappe zusammenstellen und mir irgendwie Zutritt zu einem Filmset verschaffen.

Mittlerweile trägt Suze zu dem Brokatmantel eine Baskenmütze und eine Sonnenbrille und posiert vor dem Spiegel.

»Du siehst toll aus!«, sage ich. »Morgen mache ich dir Haare und Make-up, und dann fotografieren wir richtig.«

Suze kommt zum Bett zurück und fängt an, in einer Tasche voller Röcke herumzuwühlen. »Der ist auch hübsch.« Sie hält sich einen Rock an und wirft einen Blick auf das Etikett. »Oh, der ist von Danny.«

»Ich habe sein Büro angerufen, und die haben mir einen ganzen Schwung geschickt«, erkläre ich. »Alles Zeug aus der neuen Kollektion. Wusstest du, dass Sarah Jessica Parkers Assistentin ihn extra um eine Sneak Preview gebeten hat? Danny hat es mir selbst erzählt.«

»Oh, SJP!« Abrupt blickt Suze auf. »Ist sie in L.A.? Hast du sie kennengelernt?«

»Nein«, sage ich, und Suze seufzt.

»Hast du *irgendwen* Berühmtes kennengelernt?«

Das fragen mich alle, seit ich wieder zurück bin. Mum, Dad, unsere Nachbarn Janice und Martin, einfach *alle*. Ich habe es satt, dauernd sagen zu müssen: »Nein, ich habe niemanden Berühmtes kennengelernt.« Denn in Wahrheit habe ich schließlich jemanden Berühmtes kennengelernt, oder? Ich meine, ich weiß ja, dass ich versprochen habe, es für mich zu behalten. Aber Suze ist meine beste Freundin. Wenn man so etwas seiner besten Freundin erzählt, dann zählt das nicht.

»Suze«, sage ich leise. »Wenn ich dir jetzt etwas anvertraue, darfst du es keiner Menschenseele weitererzählen. Nicht Tarkie, niemandem. Ich meine es ernst.«

»Versprochen«, sagt sie mit großen Augen. »Worum geht es?«

»Ich habe Lois Kellerton kennengelernt.«

»Lois *Kellerton*?« Sie setzt sich auf. »O mein Gott! Das hast du mir gar nicht erzählt!«

»Ich erzähle es dir ja jetzt! Aber ich habe sie nicht nur kennengelernt...«

Suze vertraue ich am liebsten meine Geheimnisse an. Als ich ihr erzähle, wie ich Lois Kellerton beim Ladendiebstahl erwischt habe und ihr auf der Straße hinterhergerannt bin, stöhnt sie laut, schlägt die Hand vor den Mund und sagt mehrmals: »Gibt's doch nicht!«

»...und ich habe versprochen, es niemandem zu erzählen«, schließe ich.

»Also, ich plappere es bestimmt nicht aus«, sagt Suze sofort. »Außerdem, wem sollte ich es erzählen? Den Kindern? Den Schafen? Tarkie?«

Wir fangen beide an zu kichern. Wahrscheinlich weiß Tarkie nicht mal, wer Lois Kellerton ist.

»Aber das ist doch seltsam.« Suze runzelt nachdenklich die Stirn. »Ich kann es kaum glauben. Warum sollte so ein großer Filmstar Socken klauen?«

»Ich hab dir noch nicht alles erzählt«, gestehe ich und greife in meine Tasche. »Guck mal, was im Hotel für mich abgegeben wurde.«

Ich kann es immer noch nicht fassen. Es war am letzten Tag unserer Reise, als ich an der Rezeption gerade eine kleine Unterredung wegen der Minibar-Rechnung führte. (Luke sollte nicht unbedingt mitkriegen, wie viele Toblerones ich gegessen hatte.) Als der Empfangschef mich sah, sagte er: »Ah, Mrs Brandon, das ist gerade für Sie abgegeben worden.«

Es war ein weißes Paket, in dem sich ein kleines Silberkästchen mit zwei eingravierten Worten befand: *Danke Becky*. Es war keine Nachricht beigelegt, aber ich wusste doch sofort, von wem es kam. Offenbar hatte sie mich aufgespürt. Oder wohl eher ihre Leute.

Dieses Kästchen reiche ich Suze, die es staunend in ihren Händen dreht.

»Wow«, sagt sie schließlich. »Es ist wunderschön.«

»Ich weiß.«

»Das ist also sozusagen dein Schmiergeld.«

Schmiergeld?

»Das ist kein Schmiergeld!«, rufe ich gekränkt.

»Nein!« Sofort rudert Suze zurück. »Tut mir leid. Ich meinte nicht Schmiergeld. Ich meinte …«

»Es ist eine Dankesgabe«, sage ich trotzig. »Guck doch. Da steht ›Danke‹.«

»Genau! Das meinte ich. Eine Dankesgabe.« Sie nickt mehrmals, aber jetzt fliegt das Wort *Bestechung* in meinem Kopf herum.

»Wie war sie denn überhaupt?«, will Suze wissen. »Wie sah sie aus? Was hat sie gesagt?«

»Vor allem sah sie dürr aus. Fix und fertig. Ich habe kaum mit ihr gesprochen.«

»Es geht ihr nicht gut«, sagt Suze. »Offenbar gibt es mit ihrem neuen Film Probleme. Er ist ein paar Millionen über dem Budget, und was man so hört, klingt nicht gut. Sie hat zum ersten Mal die Produktion übernommen, aber offenbar mehr abgebissen, als sie kauen kann.«

»Tatsächlich?«

»O ja.« Suze nickt wissend. »Insider behaupten, sie hätte sich im Team mit ihrer selbstherrlichen Art Feinde gemacht. Kein Wunder, dass sie fix und fertig ist.«

Erstaunt starre ich Suze an. Hat sie diese Klatschmagazine denn alle auswendig gelernt?

»Suze, woher *weißt* du das alles? Guckst du etwa wieder *Camberly* über Kabel?«, frage ich ernst.

Camberly ist in den Staaten momentan die angesagteste Sendung. Man sagt, Camberly sei die neue Oprah, und ihre Interviews kriegen jede Woche reichlich Presse. In England läuft es bei E4. Suze hat sich vor ein paar Wochen den Knöchel verknackst und wurde richtig süchtig danach, besonders nach dem Tratsch.

»Na, irgendwas muss ich ja machen, wenn meine beste Freundin in L.A. ist!«, sagt Suze und klingt plötzlich todunglücklich. »Wenn ich schon nicht hinfliegen kann, möchte ich mir wenigstens Interviews darüber ansehen.« Plötzlich seufzt sie auf. »Ach Bex, ich kann nicht glauben, dass du in Hollywood sein wirst und die ganzen Filmstars kennenlernst und ich hier festsitze! Ich bin so was von neidisch!«

»*Neidisch*?« Ich starre sie an. »Wie kannst du neidisch auf mich sein? Du wohnst in einem Palast! Das ist doch toll!«

Suze' Mann Tarquin ist sogar noch vornehmer als Suze, und als sein Großvater starb, haben sie dieses monströse Anwesen namens Letherby Hall geerbt. Der Bau ist wirklich überwältigend. Es gibt Führungen und sogar ein Aha. (Ehrlich gesagt, weiß ich immer noch nicht, was genau das Aha ist. Vielleicht die zwirbeligen Dinger auf dem Dach?)

»Aber die Sonne scheint nie«, hält Suze dagegen. »Und hier gibt es keine Filmstars, nur endlose Besprechungen, wie der Stuck aus dem 18. Jahrhundert restauriert werden soll. Ich möchte auch nach Hollywood. Weißt du, ich wollte schon immer auf die Bühne. Auf der Schauspielschule habe ich die Julia gegeben.« Wieder seufzt sie. »Ich habe Blanche DuBois gespielt. Und jetzt sieh mich an.«

Ich bleibe immer sehr taktvoll, was Suze' »Schauspielschule« angeht. Ich meine, es war nicht gerade die Royal Academy of Dramatic Arts. Es war so eine Schule, für die der Vater saftige Gebühren zahlt und wo man das Frühlingssemester in der schuleigenen Skihütte in der Schweiz verbringt und keiner wirklich Schauspieler wird, weil sie alle Familienunternehmen erben oder irgendwas. Trotzdem fühle ich mit ihr. Sie weiß nicht so recht was mit sich anzufangen, hier in diesem großen Haus.

»Na, dann komm doch!«, rufe ich begeistert. »Mach ruhig, Suze, komm rüber nach L.A.! Gönn dir einen kleinen Urlaub. Wir hätten bestimmt unseren Spaß.«

»Oh.« Ihre Miene kann sich nicht entscheiden. Ich sehe *genau*, was sie denkt. (Deshalb wäre sie vielleicht doch eine großartige Schauspielerin.)

»Tarkie könnte dich begleiten«, sage ich, um ihren Einwänden zuvorzukommen. »Und die Kinder auch.«

»Vielleicht«, entgegnet sie zögerlich. »Nur dass wir uns in diesem Jahr geschäftlich erweitern wollen. Weißt du, dass wir jetzt auch mit Hochzeiten anfangen wollen? Und Tarkie will ein Labyrinth anlegen, und wir renovieren die Salons...«

»Ihr könnt doch trotzdem Urlaub machen!«

»Ich weiß nicht.« Sie wirkt unentschlossen. »Du weißt doch, wie sehr er unter Druck steht.«

Ich nicke mitfühlend. Und ich habe tatsächlich Mitleid mit dem guten Tarkie. Es ist eine ziemlich Bürde, so ein altes Herrenhaus zu erben, wenn deine ganze Familie mit Adleraugen darauf achtet, ob du der Aufgabe auch gewachsen bist. Offenbar haben alle Lords Cleath-Stuart etwas Besonderes zu Letherby Hall hinzugefügt, über viele Generationen hinweg, wie etwa einen Ostflügel oder eine Kapelle oder einen Ziergarten.

Deswegen sind heute überhaupt alle hier. Tarkie weiht seinen ersten großen Beitrag zu diesem Haus ein. Er heißt »Der Geysir« und ist ein Springbrunnen mit einer echten Fontäne. Es ist die höchste Fontäne im ganzen Land und wird sicher eine Touristenattraktion. Offenbar hatte er die Idee schon mit zehn Jahren und den Brunnen damals in sein Lateinbuch gemalt, das er seitdem aufbewahrt hat. Und jetzt hat er ihn gebaut!

Hunderte Leute kommen, um dabei zu sein, wenn er eingeschaltet wird, und der lokale Fernsehsender wird Tarkie interviewen, und alle sagen, das könnte die Zukunft von Letherby Hall sein. Sue meint, sie hat Tarkie nicht mehr so aufgeregt erlebt, seit er an diesem landesweiten Dressurwettbewerb teilgenommen hat, als sie beide noch Kinder waren. Damals hat er seine Traversale vermasselt, was offenbar ziemlich schlimm ist, und sein Vater, der für Pferde lebt, hätte ihn daraufhin beinahe enterbt. Hoffen wir also, dass es diesmal besser läuft.

»Ich werde Tarkie bearbeiten.« Suze schwingt die Beine vom Bett. »Komm, Bex. Wir sollten lieber los.«

Der einzige Nachteil an einem solchen Haus ist wohl, dass man allein sechs Stunden braucht, um vom Schlafzimmer in den Garten zu gelangen. Wir laufen durch die Long Gallery (haufenweise alte Porträts) und die East Hall (haufenweise alte Rüstungen) und durchqueren die riesige Great Hall. Dort bleiben wir kurz stehen und atmen die muffige, holzige Luft. Suze kann so viele Duftkerzen abbrennen, wie sie will, in diesem Raum wird es immer nach altem Haus riechen.

»Es war phänomenal, nicht?«, sagt Suze, die meine Gedanken lesen kann.

»Spektakulär.« Ich seufze.

Wir sprechen von der Geburtstagsfeier, die ich für Luke gegeben habe, hier drinnen, vor ein paar Monaten erst. Wie aufs Stichwort blicken wir beide zum winzigen Balkon im ersten Stock, auf dem Lukes Mutter Elinor stand, gut versteckt, um sich die Feier anzusehen. Luke wusste weder, dass sie da war, noch, dass sie die Feier mehr oder weniger finanziert und bei der Organisation geholfen hatte. Ich hatte ihr versprechen müssen, dass ich es für mich behalte, und ich könnte schreien vor Frust. Wenn er doch nur *wüsste*, dass sie die Party bezahlt hat! Wenn er doch nur *wüsste*, wie viel sie für ihn getan hat!

Lukes Beziehung zu seiner Mutter als Wechselbad von

»Hass und Liebe« zu bezeichnen wäre eine glatte Untertrei-
bung. Eher ist es ein Wechselbad von »Verehrung und Verachtung«. Oder »Anbetung und Abscheu«. Momentan sind
wir bei »Abscheu«, und nichts von dem, was ich sage, kann
seine Meinung ändern. Ich dagegen bin ihr etwas nähergekommen, obwohl sie die hochnäsigste Frau der Welt ist.

»Hast du sie getroffen?«, fragt Suze.

Ich schüttle den Kopf. »Seitdem nicht mehr.«

Suze wirkt bedrückt, als sie sich in der Halle umsieht. »Wie
wäre es, wenn du es ihm einfach *erzählen* würdest?«, sagt sie
plötzlich.

Ich weiß, dass Suze die Heimlichtuerei genauso hasst wie
ich, weil Luke sich in ihrer Schuld glaubt und denkt, sie und
Tarkie hätten die Party bezahlt.

»Ich kann nicht. Ich habe es versprochen. Sie will sich seine Liebe nicht erkaufen.«

»Jemandem eine Party auszurichten heißt doch nicht, dass
man sich seine Liebe erkaufen will«, protestiert Suze. »Ich
glaube, da liegt sie ganz falsch. Ich glaube, er wäre gerührt.
Es ist so bescheuert!«, sagt sie empört. »Was für eine Verschwendung! Denk mal an die ganze Zeit, die ihr gemeinsam
verbringen könntet! Und was Minnie angeht…«

»Minnie vermisst sie«, räume ich ein. »Dauernd fragt sie:
›Wo Lady?‹ Aber wenn Luke wüsste, dass die beiden sich kennen, würde er ausflippen.«

»Familie…« Suze schüttelt den Kopf. »Immer dieser
Druck. Der arme, alte Tarkie ist ganz aus dem Häuschen
wegen dieser Fontäne, nur weil sein Vater hier ist. Ich habe
ihm gesagt: ›Wenn dein Dad nichts Positives beizutragen hat,
dann hätte er in Schottland bleiben sollen!‹« Sie klingt so wütend, dass ich laut loslachen möchte. »Wir müssen uns beeilen«, fügt sie mit einem Blick auf ihre Armbanduhr hinzu.
»Der Countdown dürfte schon begonnen haben!«

Suze' »Garten« ist im Grunde ein riesiger Park. Da gibt es endlose Rasenflächen und kunstvoll beschnittene Bäume und einen berühmten Rosengarten und haufenweise außergewöhnliche Pflanzen, deren Namen mir gerade nicht einfallen wollen. (Irgendwann möchte ich unbedingt mal eine richtige Führung mitmachen.)

Als wir über den Kies der großen Terrasse auf den Rasen treten, müssen wir feststellen, dass sich die Gäste dort bereits versammeln und zwischen den kunstvoll beschnittenen Bäumen Liegestühle aufstellen. Aus Lautsprechern plätschert Musik, Kellnerinnen machen mit Weingläsern die Runde, und auf einer mächtig großen elektronischen Anzeigetafel steht der Countdown bei 16:43. Direkt vor dem Haus wurde ein rechteckiger See angelegt, und mittendrin befindet sich »Der Geysir«. Bisher habe ich nur Zeichnungen davon gesehen, aber die waren wirklich hübsch. Eine Fontäne schießt in die Höhe und fällt in anmutigem Bogen herab. Dann schwingt sie hin und her und schießt schließlich kleine Tröpfchen in die Luft. Das Ganze ist ziemlich clever, und abends wird es bunt beleuchtet.

Als wir näher kommen, finden wir einen abgesperrten Bereich für besondere VIPs, wo sich meine Mum und mein Dad erstklassige Plätze gesichert haben, zusammen mit unseren Nachbarn Janice und Martin.

»Becky!«, ruft Mum. »Gerade noch rechtzeitig!«

»Becky! Was haben wir dich vermisst!« Janice umarmt mich. »Wie war L.A.?«

»Wunderbar, danke!«

»Wirklich, Liebes?« Ungläubig schnalzt Janice mit der Zunge, als würde ich gute Miene angesichts einer persönlichen Tragödie machen. »Aber diese Leute ... Die vielen Tauchbootlippen.«

»Meinst du Schlauchbootlippen?«

»Und Drogen«, wirft Martin nachdenklich ein.

»Genau!«

»Da musst du unheimlich aufpassen, Becky«, fügt er hinzu. »Lass dich nur nicht von dieser Lebensweise einfangen.«

»Die unglücklichste Stadt der Welt«, gibt Janice ihm recht. »Stand in der Zeitung.«

Traurig starren die beiden mich an, als stünde mir bevor, in eine Strafkolonie auf dem Mars verbannt zu werden.

»Es ist eine wundervolle Stadt«, erwidere ich trotzig. »Und wir können es kaum erwarten, wieder hinzufliegen.«

»Na, vielleicht triffst du ja Jess«, sagt Janice, als wäre das der einzig mögliche Lichtblick. »Wie weit ist es von Chile nach L.A.?«

»Das ist…« Ich versuche, wohlinformiert zu klingen. »Nicht weit. Irgendwo ganz in der Nähe.«

Meine Halbschwester Jess ist mit Tom, dem Sohn von Janice und Martin, verheiratet, und im Moment sind sie in Chile, weil sie dort einen kleinen Jungen adoptieren wollen. Die arme Janice gibt sich alle Mühe, Geduld zu zeigen, aber offenbar könnte es wohl ein Jahr dauern, bis die beiden wiederkommen.

»Hör nicht auf die zwei, Liebes«, stimmt Dad fröhlich mit ein. »L.A. ist eine sehr schöne Stadt. Ich kann mich noch gut an die glänzenden Cadillacs erinnern. Die Brandung am Strand. Und die Eisbecher! Die darfst du dir nicht entgehen lassen, Becky.«

»Okay.« Ich nicke geduldig. »Eisbecher.«

Dad war einen Sommer lang in Kalifornien unterwegs, noch bevor er Mum geheiratet hat, sodass seine Version von L.A. im Grunde aus dem Jahr 1972 stammt. Es hat keinen Sinn zu sagen: *Eisbecher gibt es heutzutage gar nicht mehr, nur noch Frozen Yoghurt in allen Geschmacksvarianten.*

»Offen gesagt, Becky«, fügt Dad hinzu, »hätte ich zwei

kleine Bitten an dich.« Er nimmt mich beiseite, und ich blicke neugierig zu ihm auf.

Dad ist in letzter Zeit deutlich älter geworden. Sein Gesicht ist zerfurchter, und an seinem Hals sprießen kleine weiße Härchen. Obwohl er sich immer noch ganz sportlich übers Gartentor schwingen kann. Das weiß ich, weil er heute auf einer von Suze' Weiden unbedingt vor Minnie angeben musste und Mum schrie: »Graham, lass das sein! Du wirst dich noch verletzen! Du wirst dir noch einen Metatarsus brechen!« (Erst kürzlich hat Mum eine neue Sendung im Nachmittagsprogramm gefunden: *Arztpraxis live*, was mit sich bringt, dass sie sich jetzt für eine Expertin in medizinischen Fragen hält und ständig Worte wie »Thrombozyten« und »Lipoproteine« ins Gespräch einflicht, selbst wenn wir nur darüber reden, was es zum Abendessen geben soll.)

»Was gibt's denn, Dad?«

»Na ja, erst mal das hier.« Er holt eine kleine Papiertüte aus seiner Brusttasche und zieht ein altes Autogrammbüchlein hervor, mit einem Cadillac darauf, unter dem in weißer geschwungener Schrift »California« steht. »Kennst du das noch?«

»Aber klar!«

Dads Autogrammbüchlein gehört zu unserer Familientradition. Jedes Jahr an Weihnachten wird es hervorgeholt, und alle lauschen höflich, während er uns von den einzelnen Unterschriften erzählt. Größtenteils sind es Autogramme obskurer Fernsehstars aus amerikanischen Shows, die kein Mensch mehr kennt, die Dad aber für berühmt hält, und nur das zählt schließlich.

»Ronald ›Rocky‹ Webster«, sagt er gerade, während er liebevoll blättert. »War damals ein großer Star. Und Maria Pojes. Du hättest sie singen hören sollen!«

»Bestimmt.« Ich nicke höflich, obwohl ich diese Namen schon Millionen Mal gehört habe und sie mir immer noch nichts sagen.

»Mein Freund Corey hatte Maria Pojes in einer Hotelbar entdeckt«, sagt mein Dad gerade. »Unser erster Abend in L. A. Er hat mich mitgeschleift und versucht, ihr einen Drink zu spendieren.« Er lacht über die Erinnerung. »Das wollte sie natürlich nicht annehmen. Aber sie war nett zu uns. Hat unsere Bücher signiert.«

»Wow.« Ich nicke wieder. »Fantastisch.«

»Und deshalb …« Zu meiner Überraschung drückt mir Dad das aufgeschlagene Büchlein in die Hand. »Jetzt bist du dran, Becky. Hauch ihm neues Leben ein.«

»Was?« Ich starre ihn an. »Dad, das kann ich nicht annehmen!«

»Das Buch ist halb leer.« Er tippt auf die Seiten. »Du bist auf dem Weg nach Hollywood. Vollende die Sammlung!«

Unruhig betrachte ich das Büchlein. »Aber was ist, wenn ich es verliere?«

»Du wirst es schon nicht verlieren. Aber du wirst Abenteuer erleben.« Dads Miene flackert seltsam. »O Becky, Liebes, ich bin so neidisch. Solche Abenteuer wie damals in Kalifornien habe ich später nie wieder erlebt.«

»Wie zum Beispiel das Rodeo?«, frage ich. Die Geschichte habe ich schon tausendmal gehört.

»Das …« Er nickt. »Und andere Sachen.« Zwinkernd tätschelt er meine Hand. »Besorg mir John Travoltas Autogramm. Das würde mir gefallen.«

»Und worum geht's bei der zweiten Bitte?«, frage ich, während ich das Büchlein sorgsam wegstecke.

»Nur eine Kleinigkeit.« Er greift in seine Tasche und holt einen Zettel hervor. »Besuch meinen alten Freund Brent. Er hat immer in Los Angeles gewohnt. Das hier ist seine alte

Adresse. Versuch mal, ob du ihn auftreiben kannst. Bestell ihm Grüße von mir.«

»Okay.« Ich betrachte den Namen: Brent Lewis. Da steht eine Adresse in Sherman Oaks, einschließlich der Telefonnummer. »Warum rufst du ihn nicht einfach an?«, schlage ich vor. »Oder schreibst ihm eine Nachricht? Oder versuchst es über Skype! Es geht ganz einfach.«

Als ich das Wort »Skype« sage, sehe ich, wie Dad zurückschreckt. Einmal haben wir versucht, mit Jess in Chile zu skypen, und es war nicht gerade ein rauschender Erfolg. Ständig fror das Bild ein, bis wir es irgendwann aufgegeben haben. Aber plötzlich war der Ton wieder da, und wir konnten hören, wie Jess und Tom sich über Janice stritten, während sie ihr Abendessen zubereiteten. Es war alles etwas peinlich.

»Nein, geh du nur und bestell ihm schöne Grüße«, sagt Dad. »Wenn er will, können wir darauf aufbauen. Wie gesagt, es ist alles lange her. Vielleicht hat er gar kein Interesse daran.«

Ich begreife die alten Leute einfach nicht. Immer sind sie so *reserviert*. Wenn ich Kontakt zu einem alten Freund von vor so vielen Jahren aufnehmen wollte, würde ich ihm sofort eine SMS schicken: *Hi! Wow, es ist schon Jahrzehnte her! Wo sind die bloß geblieben?* Oder ich würde ihn über Facebook ausfindig machen. Aber da stehen Mum und Dad eben nicht drauf.

»Gut.« Ich stecke den Zettel ein. »Was ist mit deinen anderen beiden Freunden?«

»Corey und Raymond?« Er schüttelt den Kopf. »Die wohnen zu weit weg. Corey ist in Las Vegas. Ich glaube, Raymond lebt irgendwo in Arizona. Zu denen habe ich den Kontakt gehalten, mehr oder weniger zumindest. Aber Brent ist einfach von der Bildfläche verschwunden.«

»Schade, dass ihr damals kein Facebook hattet.«

»Allerdings.« Er nickt.

»Oh, tausend Dank! Die hat mir mein Mann geschenkt!« Mums Stimme erhebt sich über das allgemeine Geplapper, und ich wende mich zu ihr um. Eine Dame, die ich nicht kenne, bewundert ihre Perlenkette, und Mum brüstet sich damit. »Ja, sie ist zauberhaft, nicht?«

Ich grinse Dad an, der mir zuzwinkert. Mum hat sich so über die Perlenkette gefreut. Sie ist antik, von 1895, mit einem diamantbesetzten Rubinverschluss. (Ich habe ihr geholfen, sie auszusuchen, daher kenne ich alle Details.) Dads Bonus (MB) fiel in diesem Jahr größer aus als sonst, und wir haben alle etwas verrücktgespielt.

MB ist unsere Familienabkürzung für »Megabonus«. Dad hat viele Jahre in der Versicherungsbranche gearbeitet, und jetzt ist er im Ruhestand. Aber hin und wieder arbeitet er immer noch als Berater, und das wird erstaunlich gut bezahlt. Ein paarmal im Jahr zieht er im Anzug los und kriegt am Jahresende einen Bonusscheck, von dem wir alle etwas abbekommen. Dieses Jahr war besonders gut. Mum bekam ihre Perlen, mir hat er eine Halskette von Alexis Bittar gekauft und Minnie ein neues Puppenhaus. Sogar Luke bekam ein paar hübsche Manschettenknöpfe.

Luke sagt immer, Dad muss eine bestimmte Nische für sich entdeckt haben und spezielle Kenntnisse besitzen, die offenbar sehr wertvoll sind, angesichts des hohen Honorars, das er kassiert. Aber er selbst bleibt sehr bescheiden damit. Man würde es nie ahnen.

»Mein kluger Mann!« Mum gibt Dad einen liebevollen Kuss.

»Wie hübsch du aussiehst, meine Liebste!« Dad strahlt sie an. Er hat sich von seinem Anteil am MB ein neues Tweed-Jackett gekauft, das ihm wirklich gut steht. »Und wo ist jetzt diese berühmte Fontäne?«

Ganz in der Nähe sehe ich, dass Tarquin fürs Fernsehen interviewt wird. Er ist nicht dafür gemacht, ein Medienstar zu sein. Er trägt ein kariertes Hemd, in dem sein Hals noch knochiger aussieht als sonst, und ständig ringt er beim Sprechen die Hände.

»Ähm«, sagt er andauernd. »Ähm, wir wollten … ähm … das Haus bereichern …«

»Schwachsinnige Idee«, höre ich eine barsche Stimme hinter mir.

O Gott, Tarkies Dad, der Earl von Dingsda, schleicht sich an. (Ich kann mir nie merken, wo er der Earl ist. Irgendwas Schottisches, glaube ich.) Er ist groß und schlaksig, mit dünnen grauen Haaren und einem dicken irischen Pullover, wie auch Tarkie ihn trägt. Ich habe mich noch nie richtig mit ihm unterhalten, aber ich fand ihn immer etwas unheimlich. Finster betrachtet er den See und deutet mit seinem wettergegerbten Finger darauf. »Ich habe dem Jungen gesagt: ›Dieser Ausblick war dreihundert Jahre lang unverbaut. Warum um alles in der Welt willst du ihn verpfuschen?‹«

»Im Winter soll es über dem See ein Feuerwerk geben«, sage ich, um Tarkie zu unterstützen. »Ich glaube, das wird traumhaft schön!«

Der Earl wirft mir nur einen vernichtenden Blick zu und wendet seine Aufmerksamkeit einem Häppchenteller zu, der ihm angeboten wird. »Was ist das?«

»Sushi, Sir«, sagt die Kellnerin.

»*Sushi?*« Er mustert sie mit blutunterlaufenen Augen. »Was ist das?«

»Reis mit rohem Lachs, Sir. Japanisch.«

»Schwachsinnige Idee.«

Zu meiner Erleichterung stakst er davon, und gerade will ich mir selbst ein Stück Sushi nehmen, als ich vertrauten ohrenbetäubenden Lärm höre.

»Bitte! Bitteeeee!«

O Gott. Das ist Minnie.

Lange war das Lieblingswort meiner Tochter »meins«. Jetzt – nach intensivem Training – konnten wir sie für das Wort »bitte« erwärmen. Was man für eine Verbesserung halten sollte.

Wild fahre ich herum und entdecke Minnie nach kurzer Suche. Sie steht auf einer steinernen Bank und streitet sich mit Suze' Sohn Wilfrid um ein rotes Plastikauto.

»Bitteeeeee!«, schreit sie empört. »Bitteeeeee!« Und zu meinem Entsetzen fängt sie an, mit dem Plastikauto auf Wilfrid einzuprügeln, und schreit bei jedem Schlag »Bitte! Bitte! Bitte!«.

Das Problem ist, dass Minnie den *Sinn* des Wortes »bitte« noch nicht erfasst hat.

»Minnie!«, rufe ich entsetzt und laufe über den Rasen. »Gib Wilfie das Auto wieder!« Auch Luke kommt angelaufen, und wir lächeln uns schief an.

»Bitte Auto! Bitteeeeee!«, heult sie und hält es noch fester. Einige Leute haben sich versammelt und fangen an zu lachen. Minnie strahlt sie an. Sie ist eine kleine Selbstdarstellerin, dabei aber so liebenswert, dass man ihr nur schwerlich böse bleiben kann.

»Hey, Becky«, sagt eine fröhliche Stimme hinter mir, und als ich mich umdrehe, sehe ich Ellie, Suze' Nanny, die absolut wunderbar ist. (Außerdem gibt es da noch »Nanny«, die Tarkie gehütet hat, als er klein war, und immer noch hier wohnt. Aber die schlurft nur herum und ermahnt einen, Unterhemden zu tragen.) »Ich setze mich mit den anderen Kindern auf die Stufen da drüben.« Sie deutet zum gegenüberliegenden Ufer des Sees. »Von da aus können sie besser sehen. Möchte Minnie auch mitkommen?«

»Oh, wie schön«, sage ich dankbar. »Minnie, wenn du mit

den anderen Kindern auf den Stufen sitzen möchtest, musst du aber erst Wilfie das Auto zurückgeben.«

»Stufen?« Minnie stutzt angesichts dieses neuen Wortes.

»Ja! Stufen! Ganz tolle Stufen.« Ich nehme ihr das rote Auto weg und gebe es Wilfie. »Geh mit Ellie, Süße. Hey, Tarquin!«, rufe ich, als ich ihn vorbeihasten sehe. »Es wird bestimmt spektakulär!«

»Ja.« Tarquin wirkt etwas verzweifelt. »Ich hoffe es jedenfalls. Es gibt da ein Problem mit dem Wasserdruck. Das ganze Umland ist betroffen. Im denkbar ungünstigsten Moment.«

»O nein!«

»Drehen Sie es *ganz auf*!«, bellt Tarkie hektisch in sein Walkie-Talkie. »So weit wie möglich! Wir wollen kein laues Plätschern, wir wollen ein Spektakel!« Er blickt zu uns auf und verzieht das Gesicht. »Fontänen sind komplizierter, als ich dachte.«

»Es wird bestimmt eindrucksvoll«, sagt Luke beschwichtigend. »Die Idee ist großartig.«

»Na, ich will es hoffen.« Tarkie wischt sich übers Gesicht, dann wirft er einen Blick auf die Countdown-Uhr, die 04:58 anzeigt. »Du meine Güte! Ich muss los.«

Immer mehr Menschen haben sich versammelt, und inzwischen sind da jetzt zwei Fernsehteams, die Gäste interviewen. Luke nimmt zwei Gläser Wein, reicht mir eins davon, und wir stoßen an. Als wir uns dem abgesperrten VIP-Bereich nähern, sehe ich Suze in ein erhitztes Gespräch mit Tarquins Verwalter Angus vertieft.

»Tarkie hat doch bestimmt Geschäftsinteressen in den Staaten«, sagt sie gerade. »Ich bin mir sicher, dass er mal wieder rüberfliegen sollte. Meinen Sie nicht auch?«

»Das ist eigentlich nicht nötig, Lady Cleath-Stuart«, sagt Angus mit erstaunter Miene. »Für die Investitionen in den USA ist gesorgt.«

»Haben wir nicht irgendwas in Kalifornien?«, beharrt Suze. »Einen Orangenhain oder so was? Ich glaube nämlich, den sollten wir uns mal ansehen. Ich könnte rüberfliegen, wenn Sie wollen.« Sie dreht sich zu mir um und zwinkert, und ich strahle sie an. Du schaffst das, Suze!

Der Earl und seine Gemahlin machen sich nun auf den Weg nach vorn, bahnen sich mit ihren Jagdstöcken einen Pfad durch die Leute und mustern den See mit kritischem Blick.

»Wenn er schon was bauen will«, sagt der Earl gerade, »wieso dann nicht eine romantische Burgruine? Die kann man irgendwo verstecken. Aber eine Fontäne? Schwachsinnige Idee.«

Wütend starre ich ihn an. Wie kann er es wagen, hierherzukommen und derart kritisch zu sein?

»Da muss ich Ihnen widersprechen«, sage ich kühl. »Ich glaube, diese Fontäne wird noch in Hunderten von Jahren eine der großen Sehenswürdigkeit unseres Landes sein.«

»Glauben Sie, ja?« Er mustert mich mit seinem bösen Blick, und ich hebe mein Kinn. Ich habe keine Angst vor irgendeinem alten Earl.

»Allerdings«, erwidere ich trotzig. »Der heutige Tag wird unvergesslich bleiben. Sie werden es schon sehen.«

»Sechzig! Neunundfünfzig!«, zählt der Ansager, und plötzlich bin ich ganz aufgeregt. Endlich! Tarkies Fontäne! Ich greife nach Suze' Hand, und sie lacht mich an.

»Dreiundzwanzig … zweiundzwanzig …« Mittlerweile grölt die ganze Menge mit.

»Wo ist Tarkie?«, rufe ich über den Lärm hinweg. »Er sollte doch hier sein, um es zu genießen!«

Suze zuckt mit den Schultern. »Muss wohl bei den Technikern sein.«

»Fünf … vier … drei … zwo … eins … Ladies and Gentlemen … Der Geysir!«

Jubel bricht aus, als die Fontäne aus der Mitte des Sees aufsteigt und in die Höhe schießt, bis auf…

Oh, okay. Na, das sind knapp zweieinhalb Meter. Das ist nicht *so* hoch für eine Fontäne, die »Der Geysir« heißt. Aber vielleicht kann sie ja noch höher, oder?

Und tatsächlich wächst sie langsam zu einer Höhe von etwa vier Metern an, woraufhin neuerlicher Jubel laut wird. Doch als ich Suze ansehe, scheint sie entsetzt zu sein.

»Da stimmt irgendwas nicht!«, ruft sie. »Sie sollte mindestens fünfmal so hoch sein.«

Die Wassersäule sinkt herab, und dann – wie unter gewaltigen Anstrengungen – quält sie sich auf etwa fünf Meter Höhe. Sie fällt ein wenig, dann steigt sie wieder auf.

»Ist das alles?«, knurrt der Earl verächtlich. »Das könnte ich ja mit einem Gartenschlauch besser! Was habe ich dir gesagt, Marjorie?«

Inzwischen wird in der Menge ebenso viel gelacht wie gejubelt. Jedes Mal, wenn die Fontäne ansteigt, johlen die Leute, und jedes Mal, wenn sie fällt, rufen alle »Ooooh!«.

»Es liegt am Wasserdruck«, sage ich, als es mir plötzlich wieder einfällt. »Tarkie meinte, da gäbe es ein Problem.«

»Bestimmt ist er am Boden zerstört.« Plötzlich sehe ich Tränen in Suze' Augen. »Ich kann es nicht glauben. Ich meine, sieh sie dir an. Sie ist kläglich!«

»Nein, ist sie nicht!«, widerspreche ich sofort. »Sie ist wunderbar. Sie ist… subtil.«

In Wahrheit sieht sie wirklich kläglich aus.

Doch dann gibt es plötzlich einen gewaltigen Schlag, und ein Strom von Wasser schießt in die Luft, bestimmt über dreißig Meter hoch.

»Na also!«, kreische ich und umarme Suze begeistert. »Es funktioniert! Es ist großartig! Es ist fantastisch! Es ist… aah!« Ich verstumme mit ersticktem Schrei.

Irgendwas stimmt da nicht. Ich weiß nicht, was. Aber irgendwas ist da nicht richtig.

Ein Wasserklumpen stürzt auf uns zu, wie aus einer Kanone geschossen. Reglos starren wir das Geschoss an – schon spritzt es drei kreischende Leute hinter uns nass. Im nächsten Moment schießt der Springbrunnen eine weitere Wasserbombe in die Luft. Gleich darauf platscht es erneut, und wieder sind zwei Leute nass bis auf die Haut.

»Minnie!«, rufe ich und rudere mit den Armen. »Weg da!« Aber Ellie treibt die Kinder bereits die Stufen hinauf.

»Frauen und Kinder zuerst!«, donnert der Earl. »Alle Mann von Bord!«

Es herrscht das reine Chaos. Die Leute fliehen in alle Himmelsrichtungen, um den herabstürzenden Fluten zu entkommen. Ich schaffe es, am rutschigen Ufer hinaufzuklettern, als ich plötzlich Tarkie sehe, der etwas abseits der Menge steht, im triefnassen Hemd.

»Aus! Aus!«, schreit er in sein Walkie-Talkie. »Alles abstellen!«

Armer Tarkie. Er sieht schlimm aus, als müsste er gleich weinen. Ich will schon zu ihm gehen und ihn in den Arm nehmen, als Suze angelaufen kommt. Mitgefühl glänzt in ihren Augen.

»Tarkie, das ist doch nicht so schlimm!« Sie schlingt die Arme um ihn. »Die besten Erfindungen haben am Anfang mit Pannen zu kämpfen.«

Tarkie antwortet nicht. Er ist dermaßen am Boden zerstört, dass er kein Wort herausbringt.

»Davon geht die Welt nicht unter«, versucht Suze es noch mal. »Es ist nur ein Springbrunnen. Und die Idee ist nach wie vor genial.«

»Genial? Du meinst wohl eher eine Katastrophe.« Der Earl tritt vor, stakst über die Pfützen hinweg. »Die reine Verschwendung von Zeit und Geld. Wie viel hat dieser Nonsens gekostet, Tarquin?« Während er spricht, pikst er seinen Sohn mit dem Jagdstock. Am liebsten würde ich *ihn* mal piksen! »Ich dachte, deine Fontäne sollte die Truppen unterhalten, statt sie zu ertränken!« Er bellt ein sarkastisches Lachen hervor, doch niemand stimmt mit ein. »Und nachdem du nun den Ausblick ruiniert und uns zum Gespött der Leute gemacht hast, solltest du dich möglicherweise doch beraten lassen, wie ein historisches Haus *ordentlich* zu führen ist, oder was meinst du?«

Ich sehe Tarquin an und zucke förmlich zusammen. Er ist knallrot vor Scham und reibt unruhig die Hände aneinander. Vor lauter Empörung fange ich an zu schnaufen. Sein Vater ist *abscheulich*. Ein Grobian. Schon hole ich Luft, um ihm genau das zu sagen, als sich eine Stimme einmischt.

»Aber, aber …« Überrascht blicke ich auf: Es ist Dad, der sich da durch die Menge drängt und seine nasse Stirn wischt. »Hacken Sie nicht auf dem Jungen herum! Alle großen Ideen haben früher oder später Probleme. Bill Gates' erste Firma war ein echter Fehlschlag, und wo steht er jetzt?« Dad ist bei Tarquin angekommen und tätschelt freundlich seinen Arm. »Es gab ein technisches Problem. Das ist nicht das Ende der Welt. Und ich glaube, wir können alle sehen, wie hübsch der Anblick sein wird, wenn erst alle Details stimmen. Ein Hoch auf Tarquin und das ganze Geysir-Team!«

Entschlossen fängt Dad an zu applaudieren, und nach ein paar Sekunden steigt die Menge mit ein. Manche jubeln sogar.

Tarquin betrachtet Dad mit unverhohlener Bewunderung. Der Earl hat sich zurückgezogen und sieht mürrisch aus, als fühlte er sich ausgeschlossen, was nicht verwundern kann, da alle anderen ihn ignorieren.

Einer spontanen Eingebung folgend, laufe ich los und umarme Dad. »Dad, du bist der Größte! Und, Tarkie, hör mal, der Brunnen wird bestimmt ganz toll. Es sind sicher nur Kinderkrankheiten!«

»Genau!«, stimmt Suze mit ein. »Es sind sicher nur Kinderkrankheiten.«

»Ihr seid nett zu mir.« Tarquin entfährt ein schwerer Seufzer. Nach wie vor sieht er total fertig aus, und ich tausche sorgenvolle Blicke mit Suze. Der arme Tarkie. Monatelang hat er so hart gearbeitet. Er hat nur noch für seinen kostbaren Brunnen gelebt. Und was Dad auch sagen mag – das Ganze ist eine ungeheure Demütigung. Ich sehe, dass beide Fernsehteams noch filmen, und bin mir ziemlich sicher, dass dieser Vorfall einen unterhaltsamen Beitrag in den Nachrichten abgeben wird.

»Liebling, ich glaube, wir brauchen eine Pause«, sagt Suze schließlich. »Um einen klaren Kopf zu bekommen und um uns mal auszuruhen.«

»Eine Pause?« Tarquin wirkt verunsichert. »Was für eine Pause denn?«

»Ferien! Damit wir mal rauskommen, weg von Letherby Hall und dem Brunnen und den ganzen Erwartungen der Familie.« Suze wirft dem Earl einen aufmüpfigen Blick zu. »Angus meint, wir sollten nach L.A. fliegen, um nach unseren Investitionen zu sehen. Er rät uns zu einem kleinen Trip nach Kalifornien, und zwar so bald wie möglich. Ich finde, das sollten wir *unbedingt* machen.«

SPENDENAUFRUF.COM

Schenke der Welt… Teile mit der Welt… Bereichere die Welt…

SIE BEFINDEN SICH AUF DER SPENDENSEITE VON:

DANNY KOVITZ

Persönliche Mitteilung von Danny Kovitz

Liebe Freunde,

voller Begeisterung schreibe ich Euch in diesem meinem Jahr des »Zurückgebens«, der »Herausforderung an mich selbst«, der »Reise zu neuen Horizonten«.

In diesem Jahr werde ich eine Reihe von Vorhaben in die Tat umsetzen, die dazu geeignet sind, meine Grenzen auszutesten und Geld für verschiedene gute Zwecke zu sammeln. (Siehe Dannys Wohltaten.) Folgenden Herausforderungen werde ich mich **im Laufe eines Jahres** stellen. Ich weiß! Ich habe mir viel vorgenommen. Aber es zu erreichen bedeutet mir mehr als alles andere. Bitte folgt den Links und zeigt Euch großzügig, meine lieben, treuen Freunde.

Expedition übers Grönlandeis
Ironman (Lake Tahoe)
Ironman (Florida)
Marathon des Sables (Sahara)
Yak Attack (Mountainbike-Rennen im Himalaya)

Das Training läuft bisher sehr gut, und mein Trainer Diederik ist GANZ BEGEISTERT von meinen Fortschritten. (Bei Interesse könnt Ihr Euch Diederik auf seiner Website Diederiknyctrainer.com ansehen. Die Fotos, auf denen er in engen blauen Shorts Gewichte stemmt, sind zum STERBEN schön…)

Ich halte Euch auf dem Laufenden, wie sich meine Reise entwickelt. Nächste Station Grönland!!! Macht's gut, Ihr Lieben!

Danny xxx

6

Zwei Wochen sind vergangen. Und ich wohne in Hollywood. Ich, Becky Brandon, geborene Bloomwood, wohne in Hollywood. *Ich wohne in Hollywood!* Ich spreche es laut aus, um zu sehen, ob es dadurch realer wird. Aber es fühlt sich immer noch an, als würde ich sagen: »Ich wohne im Märchenland.«

Das Haus, das wir in den Hollywood Hills gemietet haben, besteht größtenteils aus Glas und hat so viele Badezimmer, dass ich mir nicht sicher bin, was wir mit denen eigentlich anfangen sollen. *Und* es hat einen begehbaren Schrank *und* eine Außenküche. Und einen Pool! Und einen Poolreiniger! (Er gehört zum Haus, ist dreiundfünfzig und hat einen Bierbauch, leider.)

Das Tollste ist allerdings der Ausblick. Jeden Abend sitzen wir auf unserem Balkon und blicken auf die glitzernden Lichter von Hollywood hinaus, und es kommt mir vor wie ein Traum. L.A. ist eine seltsame Stadt. Irgendwie begreife ich sie nicht so ganz. Sie ist nicht wie europäische Städte, bei denen man ins Zentrum kommt und denkt: *Ah, ja,* hier *bin ich in Mailand/Amsterdam/Rom.* In L.A. fährt man auf endlosen, breiten Straßen herum und guckt aus dem Fenster und denkt: *Sind wir bald da?*

Außerdem sind die Nachbarn nicht besonders nachbarschaftlich. Man *sieht* überhaupt keinen. Die Leute gucken nicht über den Zaun, um zu plaudern. Sie fahren nur durch ihre elektronischen Tore rein und raus, und bis man sie eingeholt und gerufen hat: *Hi! Ich bin Becky! Hätten Sie Lust auf ein Tässchen...,* sind sie schon weg.

Einen Nachbarn haben wir kennengelernt, einen Schönheitschirurgen namens Eli. Er machte einen ganz freundlichen Eindruck, und wir haben über die Mietpreise geplaudert und darüber, dass seine Spezialität »Mikro-Liftings« sind. Die ganze Zeit über hat er mich mit seinem kritischen Blick gemustert. Bestimmt hat er überlegt, was er für mich tun könnte, wenn er mich auf dem OP-Tisch liegen hätte. Von ihm abgesehen habe ich auf der Straße noch niemanden getroffen.

Macht ja nichts. Egal. Ich *werde* Leute kennenlernen. Keine Frage.

Ich steige in ein Paar Wedge-Sandalen, werfe meine Haare in den Nacken und betrachte mich im großen Spiegel in unserer Eingangshalle. Er steht auf einer mächtigen geschnitzten Kommode, gegenüber von zwei monumentalen Lehnsesseln auf einem mexikanisch gefliesten Boden. Alles in diesem Haus ist gigantisch: das weiche L-förmige Sofa im Wohnzimmer, auf dem bestimmt zehn Leute Platz hätten, das Himmelbett im großen Schlafzimmer, auf dem Luke und ich uns förmlich verlieren, die weitläufige Küche mit ihren drei Herden und der gewölbten Decke aus groben Mauersteinen. Selbst die Türen sind riesige, beschlagene, südländisch anmutende Dinger aus altem Holz mit funktionierenden Schlössern. (Ich habe sämtliche Schlüssel abgezogen, obwohl sie hübsch anzusehen sind. Minnie und Schlüssel – das kann nicht gut gehen.) Es ist ein wunderschönes Haus, das muss ich sagen.

Heute jedoch gilt mein Hauptaugenmerk nicht dem Haus, sondern meinem Outfit. Ich bin voll konzentriert, suche nach Fehlern. Seit Jahren war ich schon nicht mehr so unsicher, was meinen Look angeht. Okay, gehen wir es mal durch. Top: Alice & Olivia. Jeans: J Brand. Fransentasche: Danny Kovitz. Tolles Haarklammerdings: vom Flohmarkt. Ich probiere ein paar Posen, laufe auf und ab. Ich glaube, ich sehe gut aus, aber *sehe ich auch gut aus für L.A.*? Ich nehme mir die Sonnenbrille von Oakley und setze sie auf. Dann probiere ich eine andere, übergroße von Tom Ford. Hm. Bin mir nicht sicher. Spannendes Statement oder *zu viel des Guten*?

Vor lauter Aufregung wird mir ganz flau im Magen, denn heute ist ein großer Tag: Ich bringe Minnie in den Kindergarten. Er heißt Little Leaf, und wir können uns glücklich schätzen, noch einen Platz gefunden zu haben. Angeblich sind dort auch diverse Prominentenkinder, also werde ich mich *definitiv* freiwillig für die Elternvertretung melden. Wenn ich mir vorstelle, dass ich dazugehören könnte! Wenn ich mir vorstelle, dass ich das Sommerfest zusammen mit Courteney Cox oder so jemandem organisieren könnte! Ich meine, möglich wäre es, oder? Und dann würde sie mich der gesamten Besetzung von *Friends* vorstellen. Vielleicht könnten wir eine Bootstour unternehmen oder irgendwas ganz Tolles machen…

»Becky?« Lukes Stimme unterbricht mich in meinen Gedanken, und schon kommt er in die Eingangshalle geschlendert. »Ich habe gerade mal einen Blick unters Bett geworfen…«

»Oh, hi!«, falle ich ihm direkt ins Wort. »Welche Sonnenbrille soll ich aufsetzen?«

Luke sieht mich mit leerer Miene an, als ich erst die von Oakley aufsetze, dann die von Tom Ford und dann eine aus Schildpatt von Topshop, die total super ist und nur fünfzehn Pfund kostet, weshalb ich gleich drei davon gekauft habe.

»Das ist ziemlich egal«, sagt er. »Du willst Minnie doch nur zum Kindergarten bringen.«

Fassungslos blinzle ich ihn an. Nur zum Kindergarten bringen? *Nur zum Kindergarten bringen?* Liest er denn nicht *Us Weekly*? Jeder weiß, wie wichtig das ist! Da erwischen die Paparazzi Promis dabei, wie sie sich wie normale Eltern benehmen. Da sieht man die Leute mal in ihrem Freizeitlook. Selbst in London mustern sich die Mütter von oben bis unten und baumeln angeberisch mit ihren Handtaschen am Arm. Um wie viel größer wird der Druck hier in L.A. sein, wo alle perfekte Zähne und Brustmuskeln haben und die Hälfte von ihnen *echte* Promis sind?

Ich entscheide mich für die von Oakley und setze sie auf. Minnie kommt in die Eingangshalle gelaufen, und ich nehme sie bei der Hand, um uns zwei im Spiegel zu betrachten. Sie trägt ein gelbes Sommerkleidchen mit weißer Sonnenbrille, und ihr Pferdeschwanz ist mit einer zauberhaften Hummel befestigt. Ich glaube, so können wir gehen. Wir sehen aus wie Mutter und Tochter aus L.A.

»Alles bereit?«, frage ich Minnie. »Bestimmt hast du einen Riesenspaß im Kindergarten! Ihr spielt Spiele und backt vielleicht leckere Cupcakes mit Streuseln drauf und…«

»Becky.« Luke versucht es noch mal. »Ich habe gerade einen Blick unters Bett geworfen und das hier gefunden.« Er hält eine große Kleidertasche hoch. »Ist das deine? Was macht die da?«

»Oh.«

Ich ziehe Minnies Pferdeschwanz gerade, um Zeit zu schinden. Verdammt. Wieso guckt er unters Bett? Er ist ein viel beschäftigter Strippenzieher in L.A. Wieso hat er Zeit, unter Betten zu gucken?

»Das ist für Sage«, sage ich schließlich.

»Für Sage? Du hast Sage einen knöchellangen Kunstpelzmantel gekauft?« Erstaunt starrt er mich an.

Ehrlich, er hat nicht mal richtig hingeguckt. Der Mantel reicht nicht bis zum Knöchel, nur bis zur Wadenmitte.

»Ich glaube, er würde ihr richtig gut stehen«, erkläre ich. »Er passt zu ihrer Haarfarbe. Und es wäre mal ein ganz neuer Look für sie.«

Luke sieht aus, als fehlten ihm die Worte. »Aber wieso kaufst du ihr einen Mantel? Du kennst sie ja nicht mal!«

»Ich kenne sie *noch* nicht«, korrigiere ich ihn. »Aber du wirst uns doch miteinander bekannt machen, oder?«

»Ja, irgendwann bestimmt.«

»Na also! Du weißt, dass ich Stylistin werden möchte, und Sage ist die einzige Prominente, zu der ich Zugang habe. Ich habe mir ein paar Outfits für sie überlegt. Mehr nicht.«

»Moment mal.« Luke kneift die Augen zusammen. »Da waren noch andere Taschen unter dem Bett. Sag nicht, dass …«

Im Stillen verfluche ich mich. Ich hätte die Taschen nie, nie, nie unters Bett schieben sollen.

»Du warst shoppen und hast das *alles* für Sage gekauft?«

Er ist dermaßen fassungslos, dass ich innerlich auf die Barrikaden gehe. Erst Suze, jetzt Luke. Haben die denn gar keine Ahnung, wie man sich in der Branche etabliert? Begreifen sie denn nicht, dass man als Stylistin für Kleider auch Kleider braucht? Sie würden ja wohl auch nicht von mir erwarten, dass ich als Tennisspielerin ohne Tennisschläger auskomme.

»Ich *war* nicht *shoppen*! Das sind essentielle Geschäftsausgaben. Als würdest du Büroklammern kaufen. Oder Fotokopierer. Jedenfalls konnte ich diese Sachen außerdem allesamt für meine Mappe brauchen«, füge ich energisch hinzu. »Ich habe ein paar grandiose Fotos von Suze gemacht. Also habe ich im Grunde Geld gespart.«

Luke scheint nicht überzeugt zu sein. »Wie viel hat das gekostet?«, will er wissen.

»Ich finde nicht, dass wir über Geld sprechen sollten, wenn Minnie dabei ist«, sage ich streng und nehme sie bei der Hand.

»Becky …« Luke wirft mir einen langen, irgendwie traurigen Blick zu. Sein Mund ist auf der einen Seite zusammengekniffen, und seine Augenbrauen bilden ein V. Das ist noch so einer von Lukes Gesichtsausdrücken, die ich nur allzu gut kenne. Er bedeutet: *Wie bringe ich es Becky bei, ohne dass sie überreagiert?*

(Was total unfair ist, weil ich eigentlich *nie* überreagiere.)

»Was?«, frage ich. »Was ist denn?«

Luke antwortet nicht gleich. Er geht zu einem der schweren Lehnsessel hinüber und fummelt am mexikanischen Überwurf herum. Fast könnte man meinen, er würde vor mir Schutz hinter dem Sessel suchen.

»Becky, sei nicht gekränkt.«

Okay, ein Gespräch so zu beginnen bringt nichts. Ich bin jetzt schon gekränkt, weil er glaubt, ich könnte gekränkt sein. Und außerdem, wieso sollte ich gekränkt sein? Was will er mir denn sagen?

»Bin ich nicht«, sage ich. »Sowieso nicht.«

»Weißt du, ich habe viel Gutes gehört über einen Laden namens …« Er zögert. »Golden Peace. Hast du auch schon davon gehört?«

Ob ich davon gehört habe? Wer jemals die Zeitschrift *People* gelesen hat, kennt das Golden Peace. Es ist dieser Laden, in dem man Armbänder trägt und Yoga macht und wo Prominente ausnüchtern und dann so tun, als wären sie nur etwas überarbeitet gewesen.

»Selbstverständlich habe ich davon gehört. Du meinst diese Entzugsklinik.«

»Die machen nicht nur Entzug. Es gibt diverse Programme zur Behandlung diverser Störungen. Der Mann, mit dem ich mich darüber unterhalten habe, hat eine Freundin, die nichts wegwerfen kann. Es hat ihr ganzes Leben überschattet. Dann war sie im Golden Peace, und die haben ihre Probleme tatsächlich gelöst. Und ich habe mich gefragt, ob so eine Klinik vielleicht helfen könnte. Ich meine … dir.«

Ich brauche einen Moment, bis ich begriffen habe, was er da sagt.

»*Mir*? Aber ich kann doch Sachen wegwerfen. Und ich trinke auch nicht.«

»Nein, aber du …« Er reibt sich die Nase. »Du hast sehr wohl ein Problem mit dem Geldausgeben. Meinst du nicht auch?«

Ich atme scharf ein. Das ging unter die Gürtellinie. Weeeeit unter die Gürtellinie. Vielleicht hatte ich hin und wieder mal ein paar kleine Problemchen. Vielleicht hatte ich ein paar kleine finanzielle Hänger. Wäre ich ein Börsenunternehmen, spräche man von »Korrekturen« und würde sie einfach unauffällig ans Ende des Jahresberichts schieben. Man würde sie nicht bei jeder sich bietenden Gelegenheit hervorzerren. Man würde keine Entzugsklinik vorschlagen.

»Wie? Dann bin ich also süchtig, oder was? Vielen Dank, Luke!«

»Nein! Aber …«

»Ich kann nicht glauben, dass du diese Anschuldigungen vor unserem Kind machst.« Dramatisch drücke ich Minnie an mich. »Glaubst du denn, ich wäre keine gute Mutter?«

»Nein!« Luke kratzt sich am Kopf. »Es war nur so eine Idee. Nanny Sue hat dasselbe vorgeschlagen, weißt du noch?«

Wütend starre ich ihn an. Ich möchte nicht an Nanny Sue erinnert werden. Nie wieder werde ich eine sogenannte »Expertin« engagieren. Sie sollte uns bei Minnies Benehmen beistehen, aber was hat sie getan? Sie hat das Augenmerk auf *mich* gerichtet und fing an, *mein* Benehmen zu begutachten, als hätte das irgendwas damit zu tun.

»Außerdem ist das Golden Peace eine amerikanische Einrichtung.« Plötzlich fällt mir ein unschlagbares Argument ein. »Ich bin englisch. Also.«

Luke wirkt perplex. »Na und?«

»Also wird es nicht funktionieren«, sage ich geduldig. »Wenn ich Probleme hätte, was nicht der Fall ist, wären es *englische* Probleme. Total was anderes.«

»Aber...«

»Will Grana«, meldet sich Minnie zu Wort. »Will Grana machen Cupcake. Bitte. Bitteeee.«

Luke und ich stutzen beide und drehen uns staunend zu ihr um. Minnie hockt im Schneidersitz auf dem Boden und blickt auf, mit bebender Unterlippe. »Will Grana machen Cupcake«, beharrt sie, und eine Träne balanciert auf ihren Wimpern.

Minnie nennt Mum Grana. O Gott, sie hat Heimweh.

»Meine Süße!« Ich nehme Minnie in die Arme und drücke sie ganz fest. »Mein süßer kleiner Schatz. Wir hätten Grana doch auch gern bei uns, und ganz bald sehen wir sie wieder, aber im Moment sind wir woanders. Bestimmt finden wir bald neue Freunde. *Viele* neue Freunde«, wiederhole ich, als müsste ich mich selbst davon überzeugen.

»Wo kam das denn plötzlich her?«, raunt mir Luke über Minnies Kopf hinweg zu.

»Keine Ahnung.« Ich zucke mit den Schultern. »Vielleicht liegt es daran, dass ich was von Cupcakes mit Streuseln gesagt habe und sie mit Mum oft Cupcakes backt...«

»Minnie, mein Schatz.« Auch Luke setzt sich nun auf den Boden und nimmt Minnie auf den Schoß. »Wollen wir uns Grana ansehen und ihr Hallo sagen?« Er greift sich mein Handy von der geschnitzten Kommode und ruft die Fotos auf. »Mal sehen... Da sind sie ja! Grana und Grampa!« Er zeigt Minnie ein Bild von Mum und Dad, verkleidet auf dem Weg zu einem Flamenco-Abend in ihrem Bridgeclub. »Und da ist Wilfie...« Er scrollt zu einem anderen Foto. »Und Tante Suze...«

Beim Anblick von Suze' fröhlichem Gesicht auf meinem

Handy kriege ich selbst etwas Heimweh. Denn auch wenn ich es Luke gegenüber abstreite, bin ich hier in L.A. doch ein bisschen einsam. Es kommt mir vor, als wären alle weit weg, es gibt hier keine nennenswerten Nachbarn, und ich habe keinen Job …

»Sag ›Hallo Grana!‹.« Luke versucht, Minnie zu überreden, und schon bald winkt sie dem Handy, und ihre Tränen sind getrocknet. »Und weißt du was, meine Süße? Es mag ja sein, dass es hier am Anfang etwas ungewohnt ist. Aber schon bald werden wir in Los Angeles ganz viele Leute kennen.« Er tippt auf das Display. »Ganz bald wird dieses Handy voller Fotos von allen unseren *neuen* Freunden sein. Am Anfang ist es immer schwer, aber wir werden uns schon eingewöhnen, da bin ich mir ganz sicher.«

Redet er mit Minnie oder mit mir?

»Wir sollten uns auf den Weg machen.« Dankbar lächle ich ihn an. »Minnie muss mit ihrem Spielzeug spielen, und ich muss mir neue Freunde suchen.«

»Brave Mädchen.« Er umarmt Minnie, dann steht er auf und gibt mir einen Kuss. »Auf sie mit Gebrüll.«

Minnies Kindergarten liegt irgendwo abseits der Franklin Avenue, und obwohl ich schon mal hingefahren bin, komme ich doch reichlich aufgelöst dort an. Mein Gott, ist das Fahren in L.A. stressig. An unseren Mietwagen kann ich mich einfach nicht gewöhnen. Alle Anzeigen scheinen an den merkwürdigsten Stellen zu sitzen, und ständig drücke ich versehentlich die Hupe. Und was das Fahren auf der rechten Straßenseite angeht, nun, das ist einfach falsch. Unnatürlich. Außerdem sind die Straßen hier viel zu breit. Es gibt viel zu viele Spuren. London ist da um einiges gemütlicher. Da weiß man wenigstens, wo man *ist*.

Schließlich schaffe ich es, den Wagen zu parken, einen

Chrysler, der auch viel zu groß ist. Wieso konnten wir keinen Mini mieten? Ich schnaufe mit pochendem Herzen und wende mich Minnie zu, die in ihren Kindersitz geschnallt ist.

»Da sind wir! Vorschulzeit! Bist du aufgeregt, Süße?«

»Ami am Steuer, das wird teuer«, antwortet Minnie sachlich.

Entsetzt starre ich sie an. Wo hat sie das denn her? Von *mir* nicht. Oder?

»Minnie, sag so was nicht! Das ist nicht nett. Mami wollte das nicht sagen. Eigentlich wollte Mami sagen, dass die Autos in Amerika hübsch sind!«

»Das wird teuer«, sagt Minnie, ohne auf mich einzugehen. »Ami am Steuer, das wird teuer. Ami am Steuer, das wird teuer …« Sie singt es zur Melodie von *Twinkle, Twinkle, Little Star.* »Ami am Steu-er …«

Ich kann unmöglich an unserem ersten Tag bei Minnies Kindergarten vorfahren, während sie das singt.

»Ami am Steuer …« Sie wird immer lauter. »Das wird teeeeuuu-er …«

Könnte ich so tun, als wäre es ein kauziger englischer Kinderreim?

Nein.

Aber ich kann auch nicht den ganzen Tag hier herumsitzen. Überall an der Straße steigen Mütter mit kleinen Kindern aus ihren monströsen SUVs. Und dabei sollten wir heute doch etwas früher da sein.

»Minnie, wenn wir gleich in den Kindergarten gehen, kriegst du einen Keks!«, sage ich laut und deutlich. »Aber wir müssen ganz, ganz leise sein, wie die Mäuschen. Nicht singen«, füge ich hinzu.

Minnie hört auf zu singen und mustert mich argwöhnisch. »Keks?«

Es hat geklappt. Puh.

(Okay, ich *weiß*, man soll seine Kinder nicht bestechen, also werde ich sie später mit ein paar grünen Bohnen füttern, die den Fehltritt wieder ausgleichen.)

Eilig springe ich aus dem Wagen und schnalle sie ab. Ich gebe ihr einen Schokoladenkeks aus meiner Notration, und wir laufen über den Bürgersteig.

Ich meine »Gehweg«. Ich *muss* mich daran gewöhnen.

Als wir uns dem Kindergarten nähern, sehe ich mich nach Paparazzi um, kann aber keine finden. Wahrscheinlich verstecken die sich in den Büschen. Einige Mütter führen ihre kleinen Kinder durchs Tor, und ich sehe sie mir heimlich näher an, als wir ihnen folgen.

Hm. Ich *glaube* nicht, dass irgendwer davon prominent ist, obwohl sie alle wohlgeformt und braun gebrannt sind und ihre Haare glänzen. Die meisten tragen Trainingsklamotten, und ich nehme mir vor, morgen auch so was anzuziehen. Ich möchte *so* gern dazugehören. Ich möchte, dass Minnie dazugehört und dass wir beide viele Freunde finden.

»Rebecca!«

Erica begrüßt uns, und ich lächle erleichtert, ein vertrautes Gesicht zu sehen. Erica ist um die fünfzig, mit roten Haaren und sehr farbenfrohen Kleidern, wie eine Figur aus einem Kinderfilm. Sie leitet die Kleinkindgruppe und hat mir bereits mehrere Mails zu den Themen *Übergangszeit und Ablösung* und *Die Freuden des Erfahrens und der Selbstentdeckung* geschickt, was – glaube ich – »Versteckspielen« bedeutet, aber ich traue mich nicht zu fragen.

»Willkommen an deinem ersten Tag bei Little Leaf, Minnie!«, fügt sie hinzu und begleitet uns zum Lern-Center, das im Grunde ein Zimmer voller Spielzeug ist, wie in jedem Kinderladen in England, nur dass man Spielzeug hier »Lernhilfe« nennt. »Haben Sie denn einen Parkplatz gefunden?«, fügt sie hinzu und hängt Minnies Wasserflasche an ihren Haken. »Anscheinend hatten einige heute Morgen ihre Schwierigkeiten.«

»Oh, bei uns war alles gut, danke. Kein Problem.«

»Wo ist die Bremse?«, kräht Minnie plötzlich und strahlt Erica an. »Wo ist in dieser Scheißkiste die Bremse?«

Ich werde puterrot.

»Minnie!«, sage ich scharf. »Hör auf damit! Wo um alles in der Welt hast du... O Gott, ich habe keine Ahnung...«

»Ami am Steeeuuuu-er«, fängt Minnie wieder an zu singen, »das wird teeeeuuu-er...«

»Minnie!«, schreie ich fast. »Lass das! Nicht singen!«

Ich möchte im Boden versinken. Ich merke, dass Erica ein Lächeln verbirgt und ein paar Erzieherinnen herübersehen. Na toll.

»Offenbar ist Minnie ein sehr *aufgewecktes* Kind«, sagt Erica höflich.

Ja, verdammt. Viel zu aufgeweckt. Ich sage nie wieder irgendwas, wenn Minnie dabei ist, nie wieder.

»Wie wahr.« Ich versuche, die Ruhe zu bewahren. »Mein Gott, was für eine süße Sandkiste! Geh nur, Minnie! Spiel im Sand!«

»Also, wie ich Ihnen bereits erklärt habe, verfolgen wir hier bei Little Leaf ein stufenweises Ablösungsprogramm«, erklärt Erica, während sie Minnie im Auge behält, die begeistert mit beiden Händen den Sand umgräbt. »Heute beginnt Minnies wunderbare Reise zu ihrer Unabhängigkeit als Mensch in dieser Welt. Es werden die ersten Schritte ohne Sie sein, und diese Schritte muss sie in ihrer ganz eigenen Geschwindigkeit bewältigen.«

»Absolut.« Ich bin völlig fasziniert von Erica. Sie klingt, als ginge es um eine Weltreise und nicht um ein kleines Mädchen, das in den Kindergarten kommt.

»Daher möchte ich Sie, Rebecca, bitten, an diesem ersten Morgen bei Minnie zu bleiben. Beschützen Sie sie. Vermitteln Sie ihr Geborgenheit. Beobachten Sie die neuen Entdeckungen, die sie macht. Betrachten Sie die Welt aus ihrer Warte. Anfangs wird Minnie zurückhaltend sein. Stellen Sie ihr das Konzept eines Lebens ohne Mama behutsam vor. Sehen Sie sich an, wie sie aufblüht. Sie werden staunen, wie schnell sie Fortschritte macht!«

»Okay. Super.« Ich nicke ernsthaft.

In der Nähe sehe ich eine andere Mutter mit ihrem blond gelockten Jungen. Die Mutter ist spindeldürr und trägt mehrere T-Shirts übereinander (zufällig weiß ich, dass jedes einzelne dieser T-Shirts hundert Dollar kostet, was Mum in Millionen Jahren nicht nachvollziehen könnte). Sie sieht sich an, wie ihr kleiner Junge Farbe auf einem Blatt Papier verschmiert.

»Ungewöhnlich, Isaac«, sagt sie ernst. »Mir gefällt die Welt, die du damit erschaffst!« Als er sich die Farbe ins Gesicht schmiert, zuckt sie mit keiner Wimper. »Du drückst dich auf deinem eigenen Körper aus«, sagt sie. »Es war deine eigene Entscheidung, Isaac. *Du* triffst die Entscheidung!«

Verdammt. Die nehmen hier aber wirklich alles sehr ernst. Aber wenn ich dazugehören möchte, werde ich wohl auch so werden müssen.

»Ich bleibe in der Nähe, falls Sie mich brauchen.« Erica lächelt. »Genießen Sie Ihren ersten Morgen gemeinsamer Entdeckungen!«

Als sie zu einem anderen Kind hinübergeht, stelle ich mein Handy aus. Ich fühle mich direkt inspiriert von Erica. Ich werde mich voll auf Minnie und ihren Morgen konzentrieren.

Okay, eins muss ich dazu sagen: Es ist ja schön und gut, wenn Erica meint, ich soll bei Minnie bleiben. Das würde ich ja auch gern tun. Zu gern wäre ich wie eine Delfinmutter mit ihrem Jungen, die als Duo durchs Wasser gleiten und gemeinsam die Welt entdecken.

Das Problem ist nur, dass Delfinmütter unterwegs nicht über Lego stolpern und ihnen keine Spielhäuser im Weg stehen und sie keine kleinen Racker haben, die sich nicht entscheiden können, wohin sie wollen. Es dauerte keine drei Sekunden, bis es Minnie in der Sandkiste langweilig wurde und sie in den Garten rannte, um Dreirad zu fahren. Fast war ich schon draußen und stolperte gerade über eine Kiste mit Bauklötzen, als sie es sich anders überlegte, wieder ins Haus wetzte und sich eine Puppe schnappte. Und schon rannte sie wieder raus, um die Puppe die Rutsche herunterrutschen zu lassen. Mindestens zehnmal ist sie rein und raus. Ich bin ganz aus der Puste, allein vom Hinterherlaufen.

Die ganze Zeit über habe ich aufmunternd, ermutigend auf sie eingeredet, doch das war Minnie ganz egal. Ihre anfängliche Unsicherheit scheint sie abgelegt zu haben, und als ich eben versuchte, sie in den Arm zu nehmen, hat sie sich losgemacht und gerufen: »Nicht Arme, Mami! *Spielsachen!*«

»Dann entdeckst du also gerade die … äh … Erdanziehung?«, sage ich, als sie einen Plüschbären auf den Boden wirft. »Wunderbar, mein Schatz! Und jetzt versuchst du, dich mit Wasser auszudrücken?« Minnie hat sich auf den Weg zum Planschbecken gemacht und lässt das Wasser unbekümmert schwappen. »Du hast dich dafür entschieden, dich einzusauen … Ah!«, kreische ich, als Minnie mir Wasser ins Gesicht spritzt. »Du hast dich dafür entschieden, auch mich einzusauen. Wow. Das ist eine … interessante Wahl.«

Minnie hört mir gar nicht zu. Sie ist längst drüben beim Spielhaus, das wirklich zauberhaft ist, wie ein kleines Lebkuchenhäuschen. Eilig folge ich ihr, wobei ich um ein Haar auf der nassen farbenfrohen Buchstaben-Matte ausrutsche.

»Jetzt bist du im Spielhaus!«, sage ich, weil mir nichts Besseres einfallen will. »Du entdeckst... äh... Fenster. Soll ich zu dir reinkommen?«

»Nein!«, sagt Minnie und schlägt mir die Tür vor der Nase zu. Beleidigt guckt sie aus dem Fenster. »Nein Mami! *Minnie* Haus!« Sie knallt die Fensterläden zu, und ich lasse mich auf den Boden sinken. Ich kann nicht mehr. Mir wollen keine Entdeckungen mehr einfallen, an die ich Minnie noch heranführen könnte. Ich brauche einen Kaffee.

Ich nehme ein Spielzeug in die Hand, das aus Holzperlen auf bunten Drähten besteht, und spiele damit herum. Im Grunde ist es gar kein dummes Spiel. Man muss die verschiedenen bunten Perlen in die vier Ecken schieben, was schwieriger ist, als es sich anhört...

»Rebecca?«

Erschrocken fahre ich zusammen und lasse das Ding auf die Matte fallen. »Oh, hi, Erica!«

»Wie macht sich Minnie?« Erica lächelt. »Lernt sie, sich allmählich von Ihnen zu lösen?«

»Sie spielt im Häuschen«, sage ich mit einem Lächeln und klappe die Fensterläden auf – aber das Häuschen ist leer. Mist. »Na ja, zumindest *war* sie im Häuschen.« Unruhig sehe ich mich um. »Ach, da ist sie ja!«

Minnie hat sich bei einem anderen kleinen Mädchen untergehakt und führt es im Raum herum, wobei sie *My Old Man's A Dustman* singt, was mein Dad ihr beigebracht hat. Ich versuche, den beiden zu folgen, was nicht einfach ist, angesichts der zahllosen Spielzeugautos und Jumbo-Schaumstoffwürfel, die überall herumliegen.

»Bravo, mein Schatz!«, rufe ich. »Du drückst dich mit einem Lied aus! Äh, möchtest du Mami erzählen, wie es dir damit geht?«

»Nein«, sagt Minnie, und bevor ich sie mir schnappen kann, rennt sie auf den Hof hinaus, klettert ganz nach oben auf die Rutsche und blickt triumphierend auf mich herab.

Ich sehe Erica an, der es offenbar die Sprache verschlagen hat.

»Minnie ist ein sehr … selbstsicheres Kind«, sagt sie schließlich. »Sehr unabhängig.«

»Äh … ja.«

Wir werden Zeugen, wie Minnie ein Sprungseil als Lasso über ihrem Kopf schwingt. Schon bald machen es ihr die anderen Kinder auf der Rutsche nach und rufen: »My old man's a dustman! My old man's a dustman!«, obwohl sie wahrscheinlich gar nicht wissen, was ein *dustman* ist. Wahrscheinlich nennt man sie hier »Müllwerker«, »Abfallbeseitiger« oder so ähnlich.

»Minnie scheint die Übergangsphase mit einigem Selbstbewusstsein zu bewältigen«, sagt Erica schließlich. »Vielleicht sollten Sie sich eine Weile in die Eltern-Lounge zurückziehen, Rebecca. Dieser Raum ist für unsere Eltern vorgesehen, deren Kinder sich in einer fortgeschritteneren Phase des Übergangsprogramms befinden. Sie bietet sowohl räumliche Nähe als auch Unabhängigkeit und hilft dem Kind, sich als eigenständiges Ich wahrzunehmen und sich gleichzeitig geborgen zu fühlen.«

Kein Wort habe ich davon mitbekommen. Ich höre nur »in die Eltern-Lounge zurückziehen«, was bestimmt besser ist als *meiner Tochter hinterherrennen, über Spielzeugautos stolpern und mir total blöd vorkommen.*

»Liebend gern.«

»Darüber hinaus haben wir festgestellt, dass dieser Raum

den Eltern ein Forum bietet, sich über gemeinsame Probleme auszutauschen. Gewiss brennen Ihnen selbst schon die Fragen unter den Nägeln, etwas zum Lehrplan ... zu sozialen Kontakten ...«

»Stimmt!« Ich richte mich auf. »Offen gesagt, habe ich mich schon gefragt, ob die Mütter hier wohl manchmal morgens zusammen Kaffee trinken oder Partys feiern oder so was in der Art.«

Erica widmet mir einen seltsamen Blick. »Ich meinte die sozialen Kontakte der Kinder untereinander.«

»Okay.« Ich räuspere mich. »Die Kinder. Natürlich.«

Als wir uns der hellen Holztür mit der Aufschrift »Eltern-Lounge« nähern, werde ich plötzlich ganz unruhig. Endlich! Eine Gelegenheit, Freunde zu finden. Ich muss mich nur mit ganzem Herzen aufs Vorschulleben stürzen und mich für alles freiwillig melden, dann lerne ich bestimmt ein paar nette Leute kennen.

»Da wären wir.« Erica wirft die Tür auf und gibt den Blick auf einen Raum frei, in dem drei Frauen auf knallbunten Schaumstoffsesseln sitzen, allesamt in Fitnesskleidung. Sie sind in ein angeregtes Gespräch vertieft, das sie jedoch abbrechen, um sich mir mit freundlichem Lächeln zuzuwenden. Ich strahle sie an und sehe sofort, dass eine von ihnen dieses coole bestickte Täschchen bei sich trägt, nach dem ich bei Fred Segal gesucht habe.

»Ich möchte euch gern Rebecca vorstellen«, sagt Erica. »Rebecca ist neu in L.A., und ihre Tochter Minnie ist in unserer Kleinkindgruppe.«

»Hi!« Ich winke in die Runde. »Nett, Sie kennenzulernen.«

»Ich bin Erin.«

»Sydney.«

»Carola. Willkommen in L.A.!« Carola, die dunkle Locken hat und reichlich interessant wirkenden Silberschmuck trägt, beugt sich vor, als Erica den Raum verlässt. »Wie lange wohnen Sie schon hier?«

»Noch nicht lange. Mein Mann hat vorübergehend hier zu tun.«

»Und Sie haben einen Platz bei Little Leaf bekommen?«

»Ich weiß!«, sage ich fröhlich. »Wir hatten solches Glück!«

Einen Moment lang starrt Carola mich nur an, dann schüttelt sie den Kopf. »Nein, Sie verstehen nicht. Niemand bekommt einfach so einen Platz bei Little Leaf. Niemand.«

Die anderen nicken mit Nachdruck. »Niemand«, wiederholt Erin.

»Es kommt schlichtweg nicht vor«, stimmt Sydney mit ein.

Am liebsten möchte ich die Frage aufwerfen, was ihre Kinder denn hier machen, wenn niemand einen Platz bekommt. Aber sie wirken alle reichlich verspannt. Offensichtlich ist es ein heikles Thema.

»Wir haben ja nicht einfach so einen Platz bekommen«, erkläre ich. »Minnie musste einen Eignungstest ablegen. Und ich glaube, mein Mann hat etwas Geld gespendet«, füge ich ein wenig verlegen hinzu.

Carola sieht mich an, als verstünde ich kein Wort. »Wir mussten *alle* den Eignungstest bestehen. Wir haben *alle* Geld gespendet. Was haben Sie denn darüber hinaus gemacht?«

»Wir haben fünf Briefe geschrieben«, wirft Erin mit grimmiger Genugtuung ein. »Fünf.«

»Wir haben zugesagt, hier einen Dachgarten anzulegen«, sagt Sydney. »Mein Mann hat schon den Architekten beauftragt.«

»Wir haben Alexa zum Karatetraining geschickt«, stimmt Carola mit ein. »Sie ist aufgrund einer sportlichen Auszeichnung hier.«

Mit offenem Mund starre ich die drei an. Sind die *verrückt*? Ich meine, es mag ja ein guter Kindergarten sein, aber am Ende des Tages reden wir hier über kleine Kinder, die sich mit Knete bewerfen.

»Tja, wir sind einfach hereinspaziert«, sage ich zu meiner Entschuldigung. »Tut mir leid.«

Die Tür geht auf, und eine Frau mit kastanienbraunen Haaren platzt herein. Sie hat fröhliche dunkle Augen und trägt zu ihrer Jeans ein traumhaftes blaues Top, das die Andeutung eines Schwangerschaftsbäuchleins verdeckt.

»Hi!«, sagt sie und kommt direkt auf mich zu. »Ich bin Faith. Sie sind Rebecca, stimmt's? Erica hat mir gerade erzählt, dass wir jemanden Neues in unserer Mitte haben.«

Sie spricht mit so einem Singsang, einem supersüßen Südstaatenakzent, der für meine Ohren klingt, als käme sie aus Charleston. Oder Texas. Oder vielleicht Wyoming? Liegt das im Süden?

Meinte ich Wisconsin?

Nein. *Nein.* Das ist der Käse-Staat. Wohingegen Wyoming…

Okay, in Wahrheit habe ich nicht den leisesten Schimmer, wo Wyoming liegt. Ich sollte Minnies Puzzle der Vereinigten Staaten legen und mir die Namen mal ansehen.

»Hi, Faith!« Ich erwidere ihr Lächeln und schüttle ihre Hand. »Nett, Sie kennenzulernen.«

»Passen die Mädels auch gut auf Sie auf?«

»Alles bestens!«, flöte ich und lasse ein wenig von dem Singsang einfließen. »Kein Grund zur Klage!«

»Wir wüssten nur zu gern, wie sie an einen Platz gekommen ist«, sagt Carola zu Faith. »Sie spaziert hier einfach rein, stellt einen Scheck aus und ist schon drinnen. Ich meine, so was gibt's doch gar nicht.«

»Hat Queenie nicht ein gutes Wort für sie eingelegt?«, fragt Faith. »Weil sie aus England kommt? Ich glaube, Erica hat so was erwähnt.«

»Oh.« Carola prustet Luft aus wie ein Ballon. »*Das* ist es! Okay, jetzt verstehe ich. Sie hatten Glück.« Sie wendet sich mir zu. »Das würde nicht jedem passieren. Das haben Sie Queenie zu verdanken. Sie hat Ihnen einen großen Gefallen getan.«

»Verzeihung, wer ist Queenie?«, frage ich in dem Versuch, am Ball zu bleiben.

»Unsere Vorsitzende des Elternbeirats«, erklärt Sydney. »Sie hat auch eine Tochter bei den Kleinen. Sie werden sie mögen. Sie ist wirklich süß.«

»Und superlustig«, nickt Faith. »Und sie kommt auch aus England! Wir nennen sie Queenie, weil sie so redet wie die Queen.«

»Sie organisiert zauberhafte Kinderfeste«, sagt Carola.

»Und mittwochmorgens leitet sie einen Yogakurs für Mütter. Damit wir wieder in Form kommen.«

»Das klingt ja wunderbar!«, rufe ich begeistert. »Da mache ich auf jeden Fall mit!«

Ich bin so zuversichtlich wie noch nie, seit ich in L.A. wohne. Endlich habe ich Freunde gefunden! Alle sind so lustig und entgegenkommend. Und diese Queenie klingt ja super. Vielleicht verstehe ich mich auf Anhieb mit ihr. Wir können unsere Notizen zum Leben hier vergleichen und uns einen Eimer Marmite teilen.

»Wie lange wohnt Queenie schon in L.A.?«, frage ich.

»Noch nicht sehr lange. Ein paar Jahre vielleicht?«

»Sie hatte eine ziemlich wilde Romanze«, wirft Faith ein. »Ihren Mann hat sie an einem Dienstag kennengelernt und war am Freitag schon verheiratet.«

»Gibt's doch nicht!«

»O doch.« Faith lacht. »Es ist eine unglaubliche Geschichte. Sie müssen sie danach fragen.« Sie wirft einen Blick aus dem Fenster auf den Parkplatz. »Ach, da kommt sie gerade.«

Sie winkt und zeigt auf jemanden, und voller Erwartung setze ich mich auf.

»Queenie!«, ruft Carola, als sich der Türknauf dreht. »Du musst Rebecca kennenlernen!«

»Vielen Dank für die Hilfe bei …«, setze ich an, als die Tür aufschwingt. Doch dann bleiben mir die Worte im Hals stecken, und ich spüre, wie mein ganzer Körper welkt. Nein. *Nein.*

Bevor ich es verhindern kann, entfährt mir ein leises Wimmern, und Carola wirft mir einen merkwürdigen Blick zu. »Rebecca, das ist Queenie. Oder Alicia, wie ich vielleicht sagen sollte.«

Es ist Alicia Biest-Langbein.

Hier. In L. A. In Minnies Kindergarten.

Ich bin ganz starr vor Schreck. Wenn ich nicht säße, würden sicher meine Beine unter mir einknicken.

»Hallo, Rebecca«, gurrt sie, und es läuft mir kalt über den Rücken. Diese Stimme habe ich seit Jahren nicht mehr gehört.

Sie ist groß und schlank und blond wie eh und je, doch ihr Stil hat sich verändert. Sie trägt weite Yogahosen und ein graues Top und Keds. Ich habe Alicia noch nie in irgendetwas anderem als High Heels gesehen. Und ihre Haare hat sie zu einem schlichten Pferdeschwanz gebunden, was ebenfalls ungewohnt ist. Bei näherer Betrachtung fällt mir ein geflochtenes weißgoldenes Armband auf. Ist das nicht dieses Armband, das sie im Golden Peace tragen?

»Ihr zwei kennt euch?«, fragt Sydney interessiert.

Am liebsten möchte ich in hysterisches Gelächter ausbrechen. Ob wir uns *kennen*? Mal kurz überlegen. Im Laufe der letzten fünf Jahre hat Alicia versucht, meine Karriere, meinen Ruf, das Geschäft meines Mannes und meine Hochzeit zu ruinieren. Sie hat mir ständig Steine in den Weg gelegt und unablässig auf mich herabgeblickt. Wenn ich sie nur sehe, fängt mein Herz schon an zu rasen.

»Ja«, presse ich hervor. »Ja, tun wir.«

»Deshalb hast du Rebecca empfohlen!« Wie es scheint, ist Carola immer noch ganz besessen davon. »Ich hatte gerade gefragt, wie es möglich ist, dass sie so kurzfristig einen Platz bekommen konnte.«

»Ich habe bei Erica ein gutes Wort für sie eingelegt«, sagt Alicia.

Mir fällt auf, dass ihre Stimme ganz anders klingt. Tiefer und gelassener. Tatsächlich wirkt sie insgesamt gelassener. Es ist unheimlich. Als hätte man ihrer Seele Botox gespritzt.

»Du bist ein wahrer Schatz!« Liebevoll legt Faith einen Arm um Alicias Schultern. »Rebecca kann sich freuen, jemanden wie dich zu haben!«

»Gerade haben wir Rebecca alles über dich erzählt«, wirft Carola ein. »Und jetzt stellt sich heraus, wir hätten uns das alles sparen können!«

»Ich habe mich sehr verändert, seit wir uns zuletzt begegnet sind, Rebecca.« Alicia gibt ein leises Lachen von sich. »Wann war das?«

Ich bin dermaßen schockiert, dass ich allen Ernstes aufstöhne. Wann das *war*? Wie kann sie mich das fragen? Ist es nicht für alle Zeiten in ihr Hirn geätzt – genau wie in meins?

»Bei meiner Hochzeit«, murmle ich. *Als man dich hinauskomplimentiert hat, kreischend und um dich tretend, nachdem du versucht hattest, alles zu verderben.*

Ich warte, dass sie begreift, bereut, es eingesteht, *irgendwas*. Doch ihre Augen haben etwas seltsam Leeres an sich.

»Ja«, sagt sie nachdenklich. »Rebecca, ich weiß, wir hatten ein paar kleine Differenzen. Lassen wir sie doch hinter uns.« Sanft legt sie mir ihre Hand auf die Schulter, was mich instinktiv zurückschrecken lässt. »Vielleicht trinken wir ein

Tässchen Pfefferminztee und schaffen sie aus der Welt, nur wir zwei, ganz allein?«

Was? Ihre ganzen Untaten sind am Ende nur »kleine Differenzen«?

»Ich weiß nicht… Du kannst doch nicht einfach…« Ich weiß nicht mehr weiter. Meine Kehle ist trocken, mein Herz rast, ich weiß überhaupt nicht, was ich zuerst denken soll. Ich weiß nicht, was ich dazu sagen soll.

Nein, möchte ich am liebsten sagen. *Das soll wohl ein Witz sein*, möchte ich sagen. *Wir können das nicht einfach so hinter uns lassen.*

Aber ich bringe es nicht fertig. Ich bin hier nicht in meinem Revier. Ich stehe in der Eltern-Lounge eines Kindergartens in L.A., umgeben von Fremden, die Alicia für eine echte Perle halten, die mir gerade den größten Gefallen der Welt getan hat. Und da kommt mir eine schreckliche Erkenntnis. Diese Frauen sind allesamt mit Alicia befreundet. Nicht mit mir befreundet – mit Alicia befreundet. Es ist ihre Clique.

Das Problem mit Alicia ist, dass sie mir von jeher das Gefühl vermittelt hat, eine graue Maus zu sein. Und selbst jetzt, obwohl ich sicher weiß, dass ich im Recht bin und sie im Unrecht, scheine ich zu schrumpfen. Sie gehört zur coolen Clique. Und wenn ich auch dazugehören will, muss ich freundlich zu ihr sein. Aber ich kann nicht. Ich kann einfach nicht. Ich kann ihr ja kaum in die Augen sehen und ganz gewiss nicht an ihrem Yogakurs für Mütter teilnehmen.

Wie können sich hier alle von ihr täuschen lassen? Wie können sie sagen, sie sei »süß« und »superlustig«? Ein überwältigendes Gefühl der Enttäuschung legt sich über mich. Eben war ich noch so begeistert. Ich dachte, ich hätte einen Einstieg gefunden. Und nun muss ich feststellen, dass Alicia Biest-Langbein davorsteht und mir den Weg versperrt.

Die Tür fliegt auf, und Erica tritt dermaßen schwungvoll

ein, dass ihr buntes Tuch wie ein Segel in ihrem Rücken flattert.

»Rebecca!«, ruft sie. »Ich freue mich, sagen zu können, dass Minnie sich ausgesprochen gut macht. Sie hat sich bemerkenswert schnell akklimatisiert und scheint bereits Freunde zu finden. Offenbar ist sie eine geborene kleine Anführerin.« Erica strahlt mich an. »Bestimmt hat sie schon bald eine eigene Gefolgschaft.«

»Sehr gut.« Ich bringe ein Lächeln zustande. »Vielen Dank. Das sind wunderbare Nachrichten.«

Und das stimmt. Es ist mir eine ungeheure Erleichterung zu wissen, dass Minnie sich in L.A. wohlfühlt und glücklich ist und Freunde findet. Ich meine, es überrascht mich nicht. Minnie ist sehr selbstbewusst und wickelt jeden, dem sie begegnet, um den kleinen Finger. Kein Wunder, dass sie gut zurechtkommt.

Doch als ich Alicia mit ihren Freundinnen sehe, denke ich unwillkürlich: *Und was ist mit mir?*

7

Während der folgenden Tage stehe ich total unter Schock, weil Alicia Billington in L.A. aufgetaucht ist. Nur dass sie gar nicht mehr Alicia Billington heißt, sondern Alicia Merrelle. Und wie ich gestern herausfinden musste, als ich sie gegoogelt habe, ist das noch längst nicht alles. Sie ist stinkreich und in ganz L.A. bekannt, weil sie den Gründer von Golden Peace geheiratet hat. Den Gründer! Er heißt Wilton Merrelle, ist dreiundsiebzig und hat ein graues Ziegenbärtchen und so starre, straff gespannte Augen, wie man sie von zu vielen Schönheitsoperationen bekommt. Die beiden haben sich an einem Strand auf Hawaii kennengelernt. An einem *Strand*! Wer lernt seinen Mann denn am Strand kennen? Sie haben eine Tochter namens Ora, die einen Monat jünger ist als Minnie, und einem Interview nach zu urteilen, hoffen sie, *ihre Familie noch zu erweitern.*

Sobald ich losgoogelte, fand ich zahllose Artikel über die *stilsichere Hausfrau* mit ihrem *britischen Witz und Charme.* Ich habe die Links an Suze geschickt, und von ihr kam nur eine Ein-Wort-SMS zurück: *BITTE?????,* woraufhin ich mich schon viel besser fühlte. Suze will mit Alicia nichts zu schaffen haben. Ebenso wenig wie Luke. (Was nicht überraschen kann, wenn man bedenkt, dass sie einmal versucht hat, ihm alle seine Klienten zu klauen und seine Firma in den Ruin zu treiben. Und zwar während sie mich gleichzeitig in den Zeitungen schlechtmachte. Luke und ich haben uns damals sogar deswegen getrennt. Es war *furchtbar.*) Als ich ihm von ihr erzählt habe, knurrte er nur und meinte:

»Ich hätte wissen sollen, dass sie wieder auf ihren Manolos landet.«

Das Problem ist nur, dass alle anderen sie geradezu anbetungswürdig finden. Bei Little Leaf bin ich ihr zum Glück nicht wieder begegnet, aber ich musste mich mit mindestens sechs anderen Müttern darüber unterhalten, wie fabelhaft es ist, dass Queenie und ich alte Freundinnen (Freundinnen!) sind, und ob sie nicht einfach göttlich ist und ob ich auch zu ihrer Spa-Party komme?

Einer Spa-Party bei Alicia Biest-Langbein fühle ich mich nicht gewachsen. Ich kann einfach nicht.

Egal. Wie dem auch sei. Macht ja nichts. Ich suche mir meine Freunde woanders. Da gibt es viele Möglichkeiten. Und bis dahin konzentriere ich mich auf meine Karriere.

Ich habe einen Plan, und den werde ich heute in die Tat umsetzen, inspiriert von dieser Geschichte, dass Nenita Dietz einfach in die Kostümabteilung spaziert ist, um sich einen Job zu besorgen. Also will ich heute die Besichtigungstour durch die Sedgewood Studios mitmachen, wo auch Nenita Dietz arbeitet, und ich werde mich absetzen und sie suchen. Über einen Bekannten hat mir Luke sogar ein kostenloses VIP-Ticket besorgt, obwohl ich ihm gegenüber noch gar nichts von meinem Plan erwähnt hatte. Ich will warten, bis sich der Erfolg einstellt. *Dann* wird er schon sehen.

Ich habe eine kleine Sammlung meines Wirkens als Stilberaterin zusammengestellt: *Look Books*, Fotos von Kundinnen, sogar ein paar Skizzen, alles in einer Ledermappe mit Reißverschluss. Außerdem habe ich Kritiken einiger Filme der Sedgewood Studios gesammelt, um zu demonstrieren, dass ich ein Filmfan bin. (Wie zum Beispiel über diesen Alien-Film, den sie gemacht haben – *Darkest Force*. Da hätten sie wirklich bessere Kostüme gebraucht. Die Weltraumuniformen waren dermaßen *klobig*. Im Jahr 2154 fliegen wir doch bestimmt in engen Jeans ins All, mit kleinen Helmchen von Prada auf dem Kopf, oder?)

Ich habe ausgiebige Recherchen über Nenita Dietz angestellt, weil ich sichergehen möchte, dass wir uns auf Anhieb gut verstehen. Ich trage ein echt cooles Kleid von Rick Owens, weil sie das Label mag, und dazu Chanel N° 5, was offenbar ihr Lieblingsduft ist, und ich habe sogar Martinique gegoogelt, wo sie im Urlaub hinfliegt. Jetzt muss ich sie nur noch treffen, denn ich bin mir sicher, dass wir uns blendend verstehen.

Während ich darauf warte, mich der VIP-Tour anzuschließen, werde ich immer nervöser. Mein Leben könnte heute eine entscheidende Wendung nehmen! Ich stehe vor dem berühmten Tor, das riesengroß und reich verziert ist, mit »Sedgewood Studios« in Eisenlettern oben drauf. Es heißt, wenn man es küsst, wird der größte Wunsch wahr, und viele Touristen küssen es und filmen sich gegenseitig dabei. Ehrlich, was für ein Quatsch. Als könnte einem ein Tor helfen. Als könnte ein Tor ernstlich magische Kräfte besitzen. Als wäre ein Tor …

Ach, komm. Kann nicht schaden. Nur um auf der sicheren Seite zu sein. Ich küsse es und flüstere: »Besorg mir einen Job, bitte, bitte, liebes Tor!«, als sich ein Nebeneingang öffnet.

»Hier herein zur VIP-Tour!« Ein Mädchen mit Headset lässt uns hinein und scannt unsere Tickets. Ich schließe mich dem Pulk von Touristen an und finde mich schon bald auf der anderen Seite des Tores wieder, auf dem Studiogelände. Ich bin drin! Ich bin in den Sedgewood Studios!

Hastig sehe ich mich um und versuche, mich zu orientieren. Vor mir erstreckt sich eine endlose Straße, die von hübschen Art-déco-Gebäuden gesäumt ist. Dahinter befindet sich eine Grünanlage, und weiter hinten sehe ich noch mehr Häuser. Im Netz konnte ich keinen Plan vom Studiogelände finden, also werde ich mich wohl irgendwie durchschlagen müssen.

»Hier entlang, Ma'am.« Ein junger Mann mit blonden Haaren, dunklem Jackett und einem Headset spricht mich an. »Wir haben noch einen Platz in unserem Wagen frei.«

Ich drehe mich um und sehe, dass eine ganze Flotte von Golfmobilen vorgefahren ist und alle Touristen einsteigen. Der Blonde deutet auf den Rücksitz eines Wägelchens, auf dem sechs Leute Platz haben und das fast voll ist.

Ich will nicht mitfahren. Ich will die Kostümabteilung finden. Aber anscheinend habe ich keine Wahl.

»Gut.« Ich lächle ihn an. »Danke.«

Widerwillig steige ich hinten ein und schnalle mich an, neben einer alten Dame in pinken Seersucker-Shorts, die alles mit einer Videokamera filmt. Sie schwenkt sogar herum und filmt mich, sodass ich unwillkürlich winke. Der blonde Mann ist vorn eingestiegen und verteilt Kopfhörer.

»Hi!«, dröhnt seine Stimme in meinen Ohren, sobald ich die Kopfhörer aufgesetzt habe. »Mein Name ist Shaun, und ich werde heute Ihr Tourbegleiter sein. Ich nehme Sie mit auf eine faszinierende Reise durch die Vergangenheit, Gegenwart und Zukunft der Sedgewood Studios. Wir werden Orte sehen, an denen Ihre liebsten Filme und Serien gedreht wurden. Und während wir auf unserer Tour sind, sollten Sie die Augen offen halten, denn möglicherweise entdecken Sie einen Ihrer Stars bei der Arbeit. Als ich gestern meine Tour begann, was soll ich Ihnen sagen, wer da an uns vorbeigeschlendert ist? Niemand anders als Matt Damon!«

»Matt Damon!«

»Den finde ich ganz toll!«

»Seine Filme sind genial!«

Urplötzlich fangen alle an, sich aufgeregt umzublicken, als

könnte er jeden Moment wieder auftauchen, und ein Mann knipst mit seiner Kamera sogar wahllos ins Leere.

Ich komme mir vor wie auf einer Safari. Im Grunde ist es doch erstaunlich, dass es keine Promi-Safaris gibt. Man fragt sich, wer wohl die »Big Five« wären. Brad Pitt natürlich und Angelina. Wenn ich mir vorstelle, ich würde die ganze Familie zusammen sehen! Das wäre dann so, als träfen wir auf eine Löwin, die in der Masai Mara ihre Jungen füttert.

»Und nun gehen wir auf eine Reise in die glorreichen Zeiten von Sedgewood«, sagt Shaun gerade. »Ich werde Ihnen einige magische Momente der Filmgeschichte vorführen. Viel Spaß, und machen Sie es sich bequem!«

Der Wagen fährt los, und wir sehen uns alle höflich die weißen Bauten und Grünflächen und Bäume an. Nach einer Weile halten wir, und Shaun zeigt uns, wo Johnno 1963 in *Wir waren so jung* um die Hand seiner Mari angehalten hat.

Ich habe *Wir waren so jung* nie gesehen. Ehrlich gesagt, habe ich von dem Film noch nie was gehört, sodass es mir nicht sonderlich viel bedeutet. Aber der Springbrunnen ist ganz hübsch.

»Und nun zu unserem nächsten Highlight!«, sagt Shaun, als wir alle wieder in den Wagen steigen. Er fährt los, und wir rollen eine halbe Ewigkeit an noch mehr weißen Bauten, Grünflächen und Bäumen vorbei. Dann biegen wir um eine scharfe Ecke, und alle machen lange Hälse, um zu sehen, was als Nächstes kommt, aber da sind nur wieder weiße Bauten, Grünflächen und Bäume.

Wahrscheinlich wusste ich wohl, wie ein Studiogelände aussieht, aber irgendwie finde ich es doch ein bisschen… na ja. Wo sind die Kameras? Wo ist der Typ, der »Action!« ruft? Und entscheidender noch: Wo ist die Kostümabteilung? Ich wünschte wirklich, ich hätte einen Plan vom Studio, und ich wünschte *wirklich*, Shaun würde anhalten. Und als könnte er Gedanken lesen, bremst er ab und dreht sich zu uns um. Seine Wangen sind gerötet vor professioneller Begeisterung.

»Haben Sie sich schon mal gefragt, wo sich der berühmte Gitterrost befand, in den Annas Ring fiel, in dem Film *Unter Füchsen*? Es war genau hier, in den Sedgewood Studios! Kommen Sie, das sehen wir uns mal näher an!«

Gehorsam steigen wir alle aus und sehen es uns an. An einem Zaun in der Nähe hängt ein gerahmtes Foto aus irgendeinem Schwarz-Weiß-Film, auf dem ein Mädchen im Fuchspelz einen Ring durch einen Rost fallen lässt. Für mich sieht es aus wie irgendein altes Gitter, aber alle anderen fotografieren und drängeln, um einen Blick darauf zu werfen, also sollte ich das vielleicht auch tun. Ich knipse ein paar Bilder, dann setze ich mich von der Gruppe ab, während alle anderen noch beschäftigt sind. Ich schlendere zur Ecke und spähe die Straße hinauf, in der Hoffnung, ein Schild zu sehen, auf dem »Kostümbildnerei« oder »Kostümdesign« steht, aber da sind nur noch mehr weiße Bauten, Grünflächen und Bäume. Weit und breit kein einziger Filmstar in Sicht. Langsam kommen mir Zweifel, ob hier überhaupt manchmal welche sind.

»Ma'am?« Aus heiterem Himmel steht Shaun plötzlich neben mir und sieht in seinem dunklen Jackett mit dem Headset aus wie ein FBI-Agent. »Ma'am, Sie müssen bitte bei der Gruppe bleiben.«

»Ach so. Okay.« Widerstrebend folge ich ihm zum Wagen zurück und steige ein. Es hat keinen Sinn. Solange ich in einem Golfwagen festsitze, werde ich Nenita Dietz niemals kennenlernen.

»Zu Ihrer Rechten sehen Sie die Gebäude, in denen sich die berühmtesten Filmproduktionsfirmen der Welt befinden«, dröhnt Shaun aus den Ohrhörern. »Alle diese Firmen produzieren direkt hier auf dem Studiogelände! Machen wir uns nun auf zum Souvenirshop…«

Während der Wagen vor sich hin zuckelt, lese ich jedes Schild, an dem wir vorüberkommen. Als wir an einer Kreuzung halten, beuge ich mich hinaus, um die Schilder an den Gebäuden zu entziffern. »Scamper Productions« … »ABJ Films« … »Too rich too Thin Designs!« O mein Gott, das ist sie! Das ist die Firma von Nenita Dietz! Direkt vor meiner Nase! Okay. Ich bin weg.

Voller Begeisterung schnalle ich meinen Gurt ab und will gerade aussteigen, als der Wagen wieder anfährt. Der Ruck reißt mich von den Beinen, sodass ich rücklings auf dem Rasen lande und im Wagen alles aufschreit.

»O mein Gott!«, ruft eine Frau. »Sind diese Golfmobile denn auch sicher?«

»Ist sie verletzt?«

»Nichts passiert«, rufe ich. »Keine Sorge, mir ist nichts passiert!« Eilig komme ich auf die Beine, klopfe mich ab und hebe meine Mappe auf. Okay. Auf zu meiner neuen Karriere!

»Ma'am?« Schon steht Shaun wieder neben mir. »Alles okay?«

»O Shaun.« Ich strahle ihn an. »Ich würde hier gern aussteigen. Ich finde den Weg auch so, vielen Dank. Interessante Führung übrigens«, füge ich hinzu. »Am besten gefiel mir der Gitterrost. Schönen Tag noch!«

Ich will mich auf den Weg machen, doch zu meinem Verdruss folgt mir Shaun.

»Ma'am, ich fürchte, ich darf Sie nicht unbeaufsichtigt auf das Gelände lassen. Wenn Sie nicht mehr an der Tour teilnehmen möchten, wird einer unserer Mitarbeiter Sie wieder zum Tor führen.«

»Das ist nicht nötig!«, sage ich fröhlich. »Ich kenne den Weg.«

»Es ist nötig, Ma'am.«

»Ehrlich, ich …«

»Auf diesem Gelände wird gearbeitet, Ma'am, und unautorisierte Besucher dürfen zu keinem Zeitpunkt ohne Begleitung sein.«

Sein Ton klingt unerbittlich. Ehrlich. Die nehmen alles immer so ernst. Was ist das hier, die NASA?

»Dürfte ich bitte zur Toilette gehen?«, frage ich einer spontanen Eingebung folgend. »Ich geh nur mal kurz in das Gebäude da. Bin sofort wieder …«

»Es gibt eine Damentoilette im Souvenirshop, den wir als Nächstes anfahren. Wenn Sie sich jetzt bitte wieder zum Wagen begeben würden.«

Er zuckt mit keiner Miene. Es ist ihm ernst. Wenn ich wegrenne, wird er mich wahrscheinlich wie beim Rugby zu Boden werfen. Ich könnte schreien vor Frust. Nenita Dietz' Firma ist genau hier. Nur *ein paar Meter* entfernt.

»Na gut«, sage ich schließlich und folge ihm trübsinnig zum Wagen zurück. Verwundert und verständnislos starren mich die anderen Passagiere an. Fast kann ich die Denkblasen über ihren Köpfen sehen: *Wozu sollte man vom Wagen absteigen wollen?*

Wir zuckeln wieder los, an weiteren Gebäuden vorbei und um Ecken herum, und Shaun fängt an, von irgendwelchen berühmten Regisseuren zu erzählen, die hier in den 1930er-Jahren gern nackt Sonnenbäder nahmen, aber ich höre nicht zu. Die Aktion ist ein Fehlschlag. Vielleicht sollte ich morgen wiederkommen und es noch mal anders probieren. Mich gleich zu Anfang wegschleichen, bevor ich überhaupt in diesem Wagen sitze. Ja, das mache ich.

Positiv ist einzig und allein, dass es hier einen Shop gibt. Wenigstens kann ich allen ein Souvenir kaufen. Während ich so durch den Laden schlendere und mir Küchenhandtücher und

Bleistifte ansehe, an denen kleine Synchronklappen baumeln, muss ich unwillkürlich seufzen. Die alte Dame, die neben mir saß, kommt näher und nimmt einen lustigen Megafon-Briefbeschwerer in die Hand. Sie wirft einen Blick zu Shaun hinüber, der uns alle im Auge behält. Dann tritt sie ganz nah an mich heran und sagt mit leiser Stimme: »Sehen Sie mich nicht an. Sonst schöpft er Verdacht. Hören Sie nur zu.«

»Okay«, erwidere ich überrascht. Ich nehme einen Becher mit dem Emblem der Sedgewood Studios in die Hand und tue so, als wäre ich ganz fasziniert davon.

»Warum sind Sie vorhin ausgestiegen?«

»Ich will zum Film«, raune ich ihr zu. »Ich will zu Nenita Dietz. Ihr Büro ist gleich dahinten.«

»Dachte ich mir doch, dass es so was sein muss.« Sie nickt zufrieden. »Genau so etwas hätte ich auch getan.«

»Wirklich?«

»Oh, ich war verrückt nach Filmen. Aber was sollte ich machen? Ich war ein kleines Mädchen in Missouri, und meine Eltern waren sehr streng. Ohne Erlaubnis durfte ich nicht mal niesen.« Ihr Blick verdüstert sich. »Mit sechzehn bin ich weggelaufen. Ich war schon in L.A., als sie mich aufgespürt haben. Hab's nie wieder versucht. Ich hätte es tun sollen.«

»Das tut mir leid«, sage ich betreten. »Ich meine, es tut mir leid, dass Sie es nicht geschafft haben.«

»Mir auch.« Sie scheint sich wieder zu berappeln. »Aber Sie können es. Ich sorge für ein Ablenkungsmanöver.«

»Bitte?«

»Ein Ablenkungsmanöver«, wiederholt sie etwas ungeduldig. »Wissen Sie, was das Wort bedeutet? Ich lenk sie ab, und Sie nutzen Ihre Chance. Tun Sie, was Sie tun müssen. Überlassen Sie Shaun nur mir.«

»O mein Gott.« Ich greife nach ihrer knochigen Hand. »Sie sind ein Engel.«

»Gehen Sie rüber zu der Tür da.« Sie deutet mit dem Kopf dahin. »Gehen Sie nur. Ich bin übrigens Edna.«

»Rebecca. Vielen Dank!«

Mit pochendem Herzen bewege ich mich auf die Tür zu und bleibe vor einem Regal mit Schürzen und Baseballkappen von *Wir waren so jung* stehen. Plötzlich scheppert es ohrenbetäubend. Edna ist bühnenreif zusammengebrochen und hat dabei eine komplette Auslage mit Geschirr umgerissen. Von überall her höre ich laute Stimmen und Geschrei, und das gesamte Personal – einschließlich Shaun – rennt hin.

Danke, Edna, denke ich bei mir, als ich mich aus dem Laden schleiche. Ich haste die Straße entlang, laufe so schnell, wie es mir in meinen H&M-Wedges möglich ist (richtig cool, mit schwarz-weißem Muster, und man würde nie glauben, dass sie nur sechsundzwanzig Dollar gekostet haben). Nachdem ich ein Stück weit gekommen bin, gehe ich langsamer, um keinen Verdacht zu erregen, und biege um eine Ecke. Da laufen Leute und fahren Fahrrad und kurven in Golfwagen herum, aber bisher hat mich noch keiner angesprochen. Noch nicht.

Das Problem ist nur, dass ich keinen Schimmer habe, wo ich gerade bin. Diese weißen Bauten sehen alle gleich aus. Ich traue mich nicht, jemanden zu fragen, wo das Büro von Nenita Dietz ist – ich würde zu viel Aufmerksamkeit erregen. Halbwegs erwarte ich immer noch, dass Shaun jeden Moment im Golfwagen neben mir steht und mich festnimmt.

Ich biege um die nächste Ecke und bleibe im Schatten eines großen Vordachs stehen. Was soll ich machen? Das Gelände ist riesig. Ich weiß nicht, wohin. Ein Golfwagen mit Touristen fährt vorbei, und ich drücke mich in den Schatten, komme mir vor, als wäre ich auf der Flucht vor der Geheimpolizei. Vermutlich haben die längst allen Golfwagenfahrern meine Beschreibung durchgegeben. Vermutlich stehe ich schon auf der Liste der Meistgesuchten.

Und dann rattert plötzlich etwas an mir vorbei, und ich sehe staunend hinterher. Es leuchtet so hübsch und bunt und wunderbar, dass ich am liebsten quieken möchte. Ein Geschenk des Himmels! Ein Kleiderständer! Ein Mädchen, das einen Ständer mit Kleidern in Plastikhüllen vor sich herschiebt. Geschickt steuert sie ihn über den Gehweg, mit dem Handy am Ohr, und ich höre sie sagen: »Bin unterwegs. Mach keinen Stress. Ich bin gleich da.«

Ich habe keine Ahnung, wer sie ist oder was sie macht. Ich weiß nur: Wo Kostüme sind, da ist auch eine Kostümabteilung. Wo sie hingeht, da will ich auch hin. So diskret wie möglich folge ich ihr die Straße entlang, drücke mich hinter Säulen und verdecke mein Gesicht mit der Hand. Ich *glaube*, ich bin einigermaßen unauffällig, obwohl mich ein paar Leute im Vorübergehen komisch angucken.

Das Mädchen biegt um zwei weitere Ecken und läuft dann eine Gasse entlang. Ich bleibe ihr auf den Fersen. Vielleicht arbeitet sie für Nenita Dietz! Und selbst wenn nicht, sind da vielleicht Leute, die mir nützen könnten. Endlich geht sie durch eine große Doppeltür. Ich warte einen Moment, dann folge ich ihr hinein. Ich stehe in einem breiten Flur, von dem viele Türen abgehen, und vor mir begrüßt das Mädchen einen Mann mit Headset. Als er mich ansieht, mache ich eilig einen Satz zur Seite. Ich laufe einen kurzen Nebenflur entlang, und als ich einen Blick durch eine Glasscheibe werfe, stockt mir der Atem. Es ist der Heilige Gral!

Ein ganzer Raum voller Tische und Nähmaschinen und überall Kleiderständer. Da *muss* ich einen Blick reinwerfen! Gott sei Dank ist keiner drinnen, also drücke ich die Tür auf und schleiche mich auf Zehenspitzen hinein. An der einen Wand sind historische Kostüme aufgereiht, und ich sehe sie mir aus der Nähe an, betaste die zauberhaften kleinen Biesen und Rüschen und versteckten Knöpfe. Wenn ich mir vorstelle, ich könnte an einem Kostümfilm mitarbeiten! Wenn ich mir vorstelle, ich dürfte diese atemberaubenden Kleider aussuchen! Und dann die vielen Hüte! Gerade will ich nach einem hübschen Schutenhut mit breitem Band greifen, als die Tür aufgeht und eine junge Frau mit Jeans und Headset hereinschaut.

»Wer sind Sie?«, will sie wissen, und ich schrecke schuldbewusst zurück. Mist.

Meine Gedanken rasen, als ich den Hut wieder hinlege. Ich darf jetzt nicht rausgeschmissen werden, *nicht jetzt.* Ich muss mir was einfallen lassen.

»Oh, hi.« Ich versuche, freundlich und normal zu klingen. »Ich bin neu hier. Hab gerade angefangen. Deshalb haben Sie mich noch nicht gesehen.«

»Oh.« Sie runzelt die Stirn. »Ist hier denn irgendjemand?«

»Äh … im Moment nicht. Wissen Sie, wo Nenita Dietz ist?«, füge ich hinzu. »Ich soll ihr was ausrichten.«

Ha! Hübsch eingefädelt. Als Nächstes kann ich jetzt sagen: *Wo war noch gleich das Büro von Nenita Dietz?,* und schon habe ich einen Fuß in der Tür.

Die Stirn der Frau legt sich in Falten. »Sind die nicht immer noch alle bei den Außenaufnahmen?«

Außenaufnahmen? Mich verlässt der Mut. Mir ist überhaupt nicht in den Sinn gekommen, dass sie bei Außenaufnahmen sein könnte.

»Oder vielleicht sind sie auch gestern wiedergekommen. Ich weiß es nicht.« Die Frau scheint sich nicht sonderlich für Nenita Dietz zu interessieren. »Wo sind bloß alle hin?« Ungeduldig sieht sie sich im Raum um, und ich merke, dass sie bestimmt die Leute meint, die hier normalerweise arbeiten.

»Keine Ahnung.« Ich zucke mit den Schultern. »Hab niemanden gesehen.« Ich finde, ich improvisiere dieses Gespräch ganz gut. Da sieht man es mal wieder: Man braucht nur ein bisschen Selbstbewusstsein.

»Ist denen denn nicht bewusst, dass wir hier einen *Film* drehen?«

»Ich weiß«, sage ich mitfühlend. »Man sollte doch meinen, dass es ihnen bewusst wäre.«

»Das ist mal wieder typisch.«

»Schrecklich«, stimme ich zu.

»Ich hab echt keine Zeit, Leuten hinterherzurennen.« Sie seufzt. »Okay. Dann müssen Sie das machen!« Sie holt eine weiße Rüschenbluse hervor.

»Was?«, frage ich verdutzt, und die Frau nimmt mich ins Visier.

»Sie *sind* doch Näherin, oder?«

Meine Miene erstarrt. *Näherin?*

»Äh… natürlich«, sage ich nach einer halben Ewigkeit. »Natürlich bin ich Näherin. Was denn sonst?«

Ich muss hier raus. Und zwar schnell. Bevor ich jedoch in Bewegung komme, reicht sie mir die Bluse.

»Okay. Das hier ist für die ältere Mrs Bridges. Ich brauche unten einen Saum von anderthalb Zentimetern. Sie sollten für diese Kostüme Blindstich verwenden«, fügt sie hinzu. »Deirdre hat es Ihnen bestimmt gesagt. Hat sie Ihnen den Anhang gezeigt?«

»Absolut.« Ich versuche, professionell zu klingen. »Blindstich. Aber eigentlich bin ich gerade auf dem Weg, mir einen Kaffee zu holen. Ich mache es dann später.« Ich lege die Bluse neben eine Nähmaschine. »Nett, Sie kennenzulernen…«

»Das kann ja wohl nicht wahr sein!«, fährt mich die Frau an, und ich zucke vor Schreck zusammen. »Sie werden das nicht später machen! Sie machen es sofort! Wir sind hier mitten beim Dreh! Heute ist Ihr erster Tag, und Sie kommen mir jetzt schon *so*?«

Sie jagt mir solche Angst ein, dass ich einen Schritt zurücktrete.

»Entschuldigung«, sage ich und schlucke.

»Und? Fangen Sie jetzt an?« Die Frau nickt zu den Nähmaschinen hinüber, dann verschränkt sie ihre Arme. Es gibt kein Entrinnen.

»Na gut«, sage ich nach einem Moment und setze mich an eine der Nähmaschinen. »Also …«

Ich habe schon mal zugesehen, wie Mum mit der Maschine näht. Und Danny. Man muss nur den Stoff unter die Nadel schieben und das Pedal treten. Das werde ich wohl hinkriegen.

Mit glühenden Wangen bugsiere ich die Bluse vorsichtig in die Nähmaschine.

»Wollen Sie den Saum denn nicht abstecken?«, fragt die Frau skeptisch.

»Äh … ich stecke ihn ab, während ich dabei bin. Das mache ich immer so.« Vorsichtig trete ich das Pedal, und zu meiner Erleichterung schnurrt die Nähmaschine energisch los, als wüsste ich, was ich tue. Ich greife nach einer Stecknadel, stecke sie in den Stoff, dann nähe ich noch etwas weiter. Ich glaube, ich mache einen ganz überzeugenden Eindruck, solange mir die Frau nicht zu nahe kommt.

»Wollen Sie die Bluse nachher abholen?«, frage ich. »Ich könnte sie Ihnen auch bringen.«

Glücklicherweise knistert es in ihrem Headset. Ungeduldig schüttelt sie den Kopf, versucht etwas zu verstehen, dann tritt sie vor die Tür. Sofort höre ich auf zu nähen. Gott sei Dank! Es wird Zeit, hier zu verschwinden. Halbwegs bin ich schon auf den Beinen, als die Tür auffliegt und die Frau zu meinem Entsetzen wieder hereinkommt.

»Die wollen außerdem vorn noch ein paar Biesen. Haben Sie den Saum fertig?«

»Äh.« Ich schlucke. »Fast.«

»Dann machen Sie ihn fertig und fügen Sie die Biesen hinzu.« Sie klatscht in die Hände. »Los, los! Die warten! Zack, zack!«

»Okay.« Ich nicke und lasse die Nähmaschine eilig wieder anfahren. »Biesen. Soll sein.«

»Und zwei zusätzliche Abnäher am Ärmel. Kriegen Sie das hin?«

»Abnäher. Kein Problem.«

Eilig nähe ich einen Saum, dann wende ich die Bluse und nähe einen weiteren Saum. Sie lässt mich nicht aus den Augen. Warum lässt sie mich nicht aus den Augen? Hat sie denn nichts anderes zu tun?

»Also«, sage ich. »Dann werde ich mal … diese Abnäher einfügen.«

Ich habe keine Ahnung, was ich tue. Ich schiebe die Bluse vor und zurück, überziehe sie kreuz und quer mit Nähten. Ich traue mich nicht anzuhalten. Ich traue mich nicht aufzublicken. Ich wünschte nur, diese Frau würde rausgehen. *Geh, bitte geh! Bitte, bitte, geh!*

»Sind Sie bald fertig?« Die Frau lauscht ihrem Headset. »Die warten schon.«

Ich fühle mich wie in einem Albtraum, der kein Ende nehmen will. Die Bluse ist ein Krickelkrakel aus krummen, wahllos gezogenen Nähten. Im Grunde habe ich das Ding komplett zusammengenäht. Ich arbeite fieberhaft, schiebe den Stoff vor und zurück und bete, dass mich irgendetwas rettet.

»Hallo? Entschuldigung?«, ruft sie übers Rattern der Nähmaschine hinweg. »Können Sie mich hören? Hey!« Sie schlägt mit der flachen Hand auf den Tisch. *»Können Sie mich hören?«*

»Oh.« Ich blicke auf, als hätte ich nichts mitbekommen. »Verzeihung. Ich war am Nähen.«

»Die Bluse?« Sie streckt die Hand aus.

Reglos erwidere ich ihren Blick. Das Blut pocht in meinen Ohren. Jeden Moment wird sie die Bluse aus der Nähmaschine reißen, und dann ist alles aus.

Sie wird mich nicht gehen lassen, und ich werde von den Studio-Geheimagenten in schwarzen Jacketts verhaftet, und mein ganzer Plan wird scheitern, bevor er überhaupt losgegangen ist.

»Ehrlich gesagt, ich glaube, ich wechsle den Beruf«, sage ich in meiner Verzweiflung.

»Bitte?« Das Mädchen glotzt mich an.

»Ja, eben hatte ich eine spontane Eingebung. Ich möchte keine Näherin mehr sein. Ich möchte mit Tieren arbeiten.«

»Mit *Tieren*?« Sie wirkt wie vor den Kopf geschlagen, und ich nutze diesen Umstand, um mich an ihr vorbei zur Tür zu drücken.

»Ja. Ich gehe nach Borneo und arbeite mit Gorillas. Davon habe ich schon immer geträumt. Also, äh, vielen Dank für die Chance.« Ich schiebe mich zur Tür hinaus. »Sagen Sie auch Deirdre vielen Dank. Es war schön, mit Ihnen allen zu arbeiten!«

Die Frau steht da und glotzt mir hinterher, mit offenem Mund, während ich zur großen Doppeltür hinauseile. Ich kann sie rufen hören, aber ich bleibe nicht stehen. Ich muss hier raus.

The Missouri Echo

SENIORIN AUS ST. LOUIS IM SOUVENIR-LADEN FÜR HOLLYWOOD ENTDECKT

VON UNSEREM FILMREPORTER

Als die 70-jährige Edna Gatterby aus St. Louis die Sedgewood Studios besuchte, hoffte sie, das eine oder andere Souvenir mit nach Hause zu bringen. Stattdessen jedoch ergatterte sie eine Rolle in einer großen Sedgewood-Produktion mit dem Titel *Der nächste Tag*, einem Weltkriegsdrama, dessen Dreharbeiten nächsten Monat beginnen sollen.

Die Seniorin aus St. Louis wurde nach einem Zwischenfall im Souvenirshop von Regisseur Ron Thickson zu Probeaufnahmen eingeladen. »Während ich im Laden nach einem Geschenk stöberte, erlitt eine alte Dame einen Schwächeanfall«, erklärte Thickson. »Als ich ihr zu Hilfe eilte und ihr Gesicht sah, entsprach sie perfekt meiner Vorstellung von Vera, der Großmutter des Helden.« Noch am selben Tag lud man Edna zu Probeaufnahmen ein und bot ihr die kleine Rolle an.

»Ich bin sprachlos vor Begeisterung. Mein Leben lang wollte ich Schauspielerin sein«, erklärte Edna. »Ich möchte Rebecca danken«, fügte sie hinzu, wollte jedoch nicht verraten, wer diese »Rebecca« ist.

8

Was für eine Katastrophe. Ich bin gar nicht bis zu Nenita Dietz vorgedrungen. Ich bin zu überhaupt niemandem vorgedrungen. Als ich aus dem Gebäude kam, war ich dermaßen aufgewühlt, dass ich fast den ganzen Weg zum Ausgang gerannt bin, wobei ich mich unablässig nach Männern in dunklen Jacketts umsah. Ich habe nicht mal Souvenirs gekauft, also war die ganze Aktion die reine Zeitverschwendung. Und dann wollte Luke alles darüber erfahren, und ich musste ihm vorgaukeln, ich hätte mich königlich amüsiert.

Als ich Minnie am nächsten Tag für Little Leaf bereit mache, bin ich immer noch ganz geknickt. Und mein Elend wuchs ins Unermessliche, als wir eine E-Mail bekamen, in der stand, dass Alicia heute alle Eltern auf eine Spendenaktion aufmerksam machen möchte und wir deshalb zu einem informellen Treffen dort bleiben sollen, nachdem wir die Kinder abgegeben haben.

Was bedeutet, dass ich ihr – nachdem ich es tagelang geschafft habe, ihr aus dem Weg zu gehen – wieder gegenübertreten muss. Ich weiß nicht, wie ich die Ruhe bewahren soll.

»Was soll ich machen?«, frage ich Minnie, während ich ihre Locken zu einem Zopf flechte.

»Tässchen Tee?«, fragt Minnie todernst und reicht mir ein kleines Cocktailglas aus Plastik. Wir sitzen draußen auf der Terrasse, wo Minnie sich morgens gern anzieht (ich kann es ihr nicht verdenken, wenn die Sonne so schön scheint), und alle ihre Teddys und Puppen sitzen in der Runde, jeder mit einem Cocktailglas vor sich. Als Luke aus dem Haus tritt, mit seinem Aktenkoffer in der Hand, wirkt er angesichts des Anblicks entsetzt.

»Sind wir hier bei den Anonymen Teddy-Alkoholikern?«, fragt er.

»Nein!«, lache ich. »Das sind unsere Garten-Cocktailgläser. Minnie hat sie in der Außenküche gefunden. Die können nicht so schnell kaputtgehen, und deshalb lasse ich sie damit spielen.«

»Daddy, Tässchen Tee«, sagt Minnie und reicht ihm ein Cocktailglas.

»Okay«, sagt Luke. »Ein klitzekleines Tässchen vielleicht.« Er kauert sich hin und nimmt ein Glas von ihr entgegen. Im nächsten Moment konzentriert sich sein Blick auf den Teddy, der vor ihm sitzt. Verdammt. Ich weiß, was er gesehen hat. Ich hätte sie verstecken sollen.

»Becky«, sagt er. »Trägt dieser Bär meine Asprey-Manschetten? Die du mir geschenkt hast?«

»Tja…« Ich setze meine Unschuldsmiene auf. »Lass mal sehen. Ja, ich glaube schon.«

»Und meine Cartier-Uhr.«

»Stimmt wohl.«

»Und diese Puppe trägt meine alte College-Krawatte.«

»Ach ja?« Ich gebe mir Mühe, nicht loszukichern. »Na ja, Minnie wollte ihre Puppen verkleiden. Du solltest dich geehrt fühlen, dass sie dafür deine Sachen haben wollte.«

»Ach wirklich?« Luke nimmt dem Bären die Uhr ab, ohne auf Minnies Protest zu hören. »Mir fällt auf, dass du *deinen* unersetzlichen Schmuck nicht zur Verfügung gestellt hast.«

»Deine Manschetten sind nicht unersetzlich!«

»Vielleicht sind sie für mich unersetzlich, weil ich sie von dir bekommen habe.« Mit hochgezogenen Augenbrauen sieht er mich an, und ich komme innerlich leicht ins Wanken, denn obwohl ich weiß, dass er mich ärgern will, weiß ich doch auch, dass er es ernst meint.

»Trink Tee, Daddy!«, sagt Minnie ernst, und gehorsam setzt Luke sein Cocktailglas an die Lippen. Ich frage mich, was wohl seine Vorstandskollegen in London sagen würden, wenn sie ihn jetzt sehen könnten.

»Luke«, ich beiße mir auf die Lippe.

»Hm?«

Ich hatte eigentlich nicht vor, ihn mit meinen Problemen zu belasten, aber ich kann nicht anders.

»Was soll ich nur mit Alicia machen?«

»Alicia«, sagt Luke knapp und blickt zum Himmel auf. »Gott steh uns bei.«

»Genau! Aber sie ist nun mal hier, und ich treffe sie heute im Kindergarten, und alle halten sie für einen Engel, dass ich am liebsten schreien möchte: *Wenn ihr wüsstet, was für eine böse Hexe sie ist!*«

»Na, das würde ich lieber nicht tun«, sagt Luke amüsiert. »Zumindest nicht öffentlich.«

»Für dich ist das okay! Dir macht es nichts aus, Leute zu treffen, die du nicht magst. Dann wirst du ganz ruhig und steinern. Ich werde total nervös.«

»Denk: würdevoll. Mehr kann ich dazu nicht sagen.«

»Würdevoll!«, wiederhole ich verzweifelt, und Minnie spitzt die Ohren.

»Fürdi-voll«, artikuliert sie sorgsam, und Luke und ich müssen beide lachen, woraufhin sie es noch mal sagt und uns dabei anstrahlt. »Fürdi-voll. Fürdi-voll!«

»Ganz genau«, sagt Luke. »Fürdi-voll. Ich muss los.« Er steht auf und nimmt dem Teddy seine Asprey-Manschetten ab. Ich tue, als nähme ich einen Schluck von meinem Tee, wobei ich wünschte, es wäre ein echter Cocktail und Luke könnte sich den Tag freinehmen und Alicia würde in Timbuktu leben. »Liebste, mach dir keine Sorgen«, sagt Luke, als könnte er meine Gedanken lesen. »Es wird schon werden. Kopf hoch, fester Blick.«

Unwillkürlich muss ich lachen, denn *genau so* sieht er aus, wenn er sauer auf jemanden ist, aber keine Szene machen will.

»Danke.« Ich lege ihm einen Arm um die Schulter und gebe ihm einen Kuss. »Du bist der fürdi-vollste Mensch, den ich kenne.«

Luke schlägt die Hacken zusammen und verneigt sich wie ein österreichischer Prinz, und wieder muss ich lachen. Ich habe wirklich den allerbesten Mann auf der Welt. Und da bin ich kein bisschen voreingenommen.

Als ich bei Little Leaf ankomme, bin ich wild entschlossen. Luke hat mich inspiriert. Ich werde locker bleiben und *nicht* zulassen, dass Alicia mir zu nahe kommt. Minnie macht sich gleich auf den Weg, um mit ihren Freunden zu spielen, und ich mache mich auf den Weg zur Eltern-Lounge, in der Alicia offenbar ihren kleinen Vortrag halten will. Drinnen höre ich einen Staubsauger, sodass ich annehme, dass der Raum noch nicht so weit ist, also lehne ich mich zum Warten an die Wand. Bald darauf höre ich Schritte, und Alicia biegt um die Ecke, wie immer perfekt gekleidet im Yoga-Outfit, und sie hält etwas in der Hand, das wie eine brandneue Hermès-Tasche aussieht.

Okay, los geht's. Kopf hoch. Fester Blick. Ruhe bewahren.

»Hallo«, sage ich und gebe mir Mühe, gleichzeitig distanziert und engagiert und ungerührt zu wirken, während ich mich moralisch auf der sicheren Seite wähne. Und das alles mit zwei Silben.

»Becky.« Alicia nickt mir zu und lehnt sich an die Wand gegenüber. Ich fühle mich wie in einem seltsamen Schachspiel, nur weiß ich nicht, was der nächste Zug sein wird.

Egal. Es ist kein Schach, sage ich mir. Es ist kein Spiel. Ich werde nicht mal an Alicia *denken*. Ich werde… nach meinem Handy sehen. Jawohl. Als ich mich daranmache, ein paar Nachrichten zu lesen, die ich schon gelesen habe, sehe ich, dass Alicia mir gegenüber genau dasselbe tut. Nur lacht sie dabei leise, schüttelt den Kopf und murmelt: »Kann nicht wahr sein! Zum Schreien!«, als müsste sie demonstrieren, was für ein unterhaltsames Leben sie doch führt.

Wütend sage ich mir, dass ich gar nicht auf sie achten sollte, dass ich nicht mal an sie denken sollte, aber ich bringe es einfach nicht fertig. Wie ein Film blitzt unsere gemeinsame Vergangenheit immer wieder in meinem Kopf auf. Immerfort hat sie mir geschadet mit ihren hinterhältigen Intrigen, ihren Gemeinheiten…

Vor lauter Empörung fange ich an zu schnaufen, meine Hände ballen sich zu Fäusten, ich beiße die Zähne zusammen. Es dauert nicht lange, bis Alicia es merkt, denn sie lässt ihr Handy sinken und mustert mich, als wäre ich ein kurioses Phänomen.

»Rebecca«, sagt sie mit dieser supersanften New-Age-Stimme, für dir ich ihr am liebsten eine kleben würde. »Ich weiß, dass du mir feindlich gesinnt bist.«

»Feindlich?« Ungläubig starre ich sie an. »Selbstverständlich bin ich dir feindlich gesinnt!«

Alicia sagt nichts, sondern seufzt nur, als wollte sie sagen: *Wie schade, dass du so empfindest. Ich weiß überhaupt nicht, wieso.*

»Alicia«, sage ich ganz ruhig. »Bist du dir eigentlich darüber im Klaren, wie du mich all die Jahre behandelt hast? Oder hast du das alles verdrängt?«

»Lass mich dir ein wenig über meine Reise erzählen«, sagt Alicia ernst. »Als ich Wilton kennenlernte, war ich ein sehr unglücklicher Mensch. Ich hielt mich in jeder erdenklichen

Hinsicht für unzulänglich. Mit seiner Hilfe habe ich mich selbstverwirklicht.«

Oha. *Selbstverwirklicht.* Wohl eher selbstverliebt.

»Die alte Alicia war in einem sehr ungesunden Teufelskreis gefangen.« Sie wirkt direkt melancholisch. »Die alte Alicia war in vielerlei Hinsicht nach wie vor ein Kind.« Sie klingt, als hätte »die alte Alicia« überhaupt nichts mit ihr zu tun.

»Das warst *du*«, rufe ich ihr in Erinnerung.

»Unsere Beziehung war in der Vergangenheit vielleicht ein wenig…« Sie hält inne, als müsste sie nach dem rechten Wort suchen. »Unausgeglichen. Aber nachdem ich die Waagschalen nun wieder ins Lot gebracht habe, sollten wir Vergangenes doch ruhen lassen, oder?«

»Die Waagschalen ins Lot gebracht? Welche Waagschalen denn?«

»Warum sonst hätte ich deine Tochter wohl bei Little Leaf empfehlen sollen?«, sagt sie und sieht aus, als wäre sie ungemein zufrieden mit sich selbst.

Plötzlich ergibt das alles einen Sinn.

»Du hast Minnie empfohlen… als Wiedergutmachung?«

Alicia neigt nur leise lächelnd ihren Kopf, als wäre sie Mutter Teresa, die für mich um Gottes Segen bittet.

»Gern geschehen«, sagt sie.

Gern geschehen? Mir wird ganz kribbelig vor Abscheu. Am liebsten würde ich raus auf den Spielplatz laufen, mir Minnie schnappen und Little Leaf für immer hinter mir lassen. Nur dass es Minnie gegenüber unfair wäre.

»Dann meinst du also, wir wären jetzt quitt?«, frage ich, um sicherzugehen, dass ich sie auch richtig verstehe. »Du meinst, alles wäre wieder gut?«

»Wenn du es so sehen möchtest, soll es mir recht sein.« Das Achselzucken scheint ihr leichtzufallen. »Für mich ist die Welt nicht derart linear.« Sie schenkt mir ein herablassendes Lächeln, genau wie damals, als sie PR für Finanzfirmen gemacht hat und ich mich als Journalistin durchgeschlagen habe und ihr Kostüm teurer war als meins und wir das beide wussten.

»Scheiß auf linear!« Meine Gedanken sind so wirr und wütend, dass es mir schwerfällt, sie zu artikulieren. Ganz zu schweigen davon, fürdi-voll zu bleiben. »Beantworte mir nur eine Frage, Alicia. Tut dir wirklich irgendwas von dem leid, was du mir angetan hast? Tut es dir *leid*?«

Die Worte hängen in der Luft wie eine Kampfansage. Und als ich sie ansehe, schlägt mir das Herz plötzlich bis zum Hals. Meine Wangen sind heiß, und ich fühle mich wie eine Zehnjährige auf dem Spielplatz. Nach allem, was sie Luke und mir angetan hat. Wenn sie das alles wirklich wiedergutmachen will, muss sie sich entschuldigen. Sie muss es aussprechen und auch *ehrlich* meinen. Ich merke, dass ich die Luft anhalte. Schon so lange warte ich darauf. Eine Entschuldigung von Alicia Biest-Langbein.

Aber sie schweigt. Und als ich aufblicke, um in ihre blauen Augen zu sehen, weiß ich, dass da nichts mehr kommt. Natürlich nicht. Das ganze Gerede von Wiedergutmachung. Es tut ihr kein bisschen leid.

»Rebecca«, sagt sie nachdenklich. »Ich glaube, du bist besessen.«

»Na, und ich glaube, du bist immer noch eine böse *Hexe*!« Die Worte platzen aus mir heraus, bevor ich es verhindern kann. Hinter mir höre ich lautes Aufstöhnen. Ich fahre herum und sehe eine Traube von Müttern im Flur stehen, alle mit weit aufgerissenen Augen, manche mit der Hand vor dem Mund.

Mir bleibt das Herz stehen. Alle haben mich gehört. Und alle lieben Alicia. Die würden mich nie im Leben verstehen.

»Rebecca, ich weiß, dass du es nicht so meinst«, sagt Alicia sofort mit ihrer zuckersüßesten New-Age-Stimme. »Du bist in einer angespannten Phase in deinem Leben. Das ist nur verständlich, und wir sind hier alle für dich da…« Sie greift nach meiner Hand, und leicht umnebelt lasse ich es zu.

»Queenie, Liebes, du bist ja so verständnisvoll!«, ruft Carola aus und wirft mir einen mörderischen Blick zu.

»Queenie, geht es dir auch gut?«, flötet Sydney auf dem Weg in die Eltern-Lounge. Als die anderen Mütter der Reihe nach an uns vorbeikommen, hat jede einzelne ein gutes Wort für Alicia übrig und vermeidet es dabei, mich auch nur anzusehen. Es ist, als hätte ich eine ansteckende Krankheit.

»Ich gehe«, nuschle ich und befreie meine Hand aus Alicias kühlem Griff.

»Kommst du denn nicht zum Vortrag?«, fragt Alicia liebevoll. »Ich würde mich sehr freuen.«

»Heute nicht«, sage ich und mache auf dem Absatz kehrt. »Trotzdem danke.« Als ich den Flur entlangmarschiere, erhobenen Hauptes, wenn auch mit puterroten Wangen, bin ich den Tränen gefährlich nahe. Ich habe versagt, und Alicia hat mal wieder gewonnen. Wie kann es sein, dass sie schon wieder gewonnen hat? Ist das denn fair?

Als ich nach Hause komme, geht es mir so mies wie noch nie, seit ich in L. A. bin. Alles läuft schief, in jeder Hinsicht. Meine Mission, Nenita Dietz kennenzulernen, ist gescheitert. Meine Mission, viele neue Freunde zu finden, ist gescheitert. Alle bei Little Leaf halten mich für eine arme Irre.

Eben bin ich auf dem Weg in die Küche und überlege, ob ich mir ein Glas Wein einschenken soll, als mein Handy klingelt. Zu meiner Überraschung ist es Luke. Normalerweise ruft er mitten am Tag nicht an.

»Becky! Wie geht es dir?«

Er klingt so warmherzig und freundlich und vertraut, dass

ich einen schrecklichen Moment lang glaube, dass mir gleich die Tränen kommen.

»Ich habe Alicia getroffen«, sage ich und sinke auf einen Stuhl. »Hab versucht, fürdi-voll zu sein.«

»Wie ist es gelaufen?«

»Na ja, weißt du noch, dass du meintest: ›Sag bloß nicht böse Hexe zu ihr‹? Ich habe böse Hexe zu ihr gesagt.«

Luke lacht so herzlich und beruhigend, dass es mir sofort besser geht.

»Vergiss es. Ignorier sie einfach. Du bist so viel größer als diese Frau, Becky.«

»Ich weiß, aber sie ist jeden Tag im Kindergarten, und alle finden sie so liebenswert…« Ich stocke. Luke *begreift* die ganze Nummer mit dem Kindergarten nicht. Wenn er Minnie abholt, marschiert er direkt zur Tür und packt sie und scheint gar nicht zu merken, dass da noch andere Eltern sind. Ganz zu schweigen davon, was sie anhaben oder worüber sie tratschen oder wer wem schräge Blicke zuwirft.

»Bist du zu Hause?«, fragt er.

»Ja, bin gerade angekommen. Wieso, hast du was vergessen? Soll ich es dir bringen?«

»Nein.« Luke scheint zu überlegen. »Becky, ich möchte, dass du dich entspannst.«

»Okay«, sage ich verdutzt.

»Entspann dich bitte.«

»Ich *bin* entspannt!«, erwidere ich ungeduldig. »Wieso sagst du mir dauernd, dass ich mich entspannen soll?«

»Weil es eine kleine Planänderung gibt. Wir haben ein Meeting zu uns nach Hause verlegt. Und zwar mit…« Er zögert. »Mit Sage.«

Es ist, als träfe mich der Blitz. Abrupt setze ich mich auf, alle Nerven stramm gespannt. Mein Elend hat ein Ende. Plötzlich scheint Alicia für mein Leben keinerlei Bedeutung mehr zu haben. Sage Seymour? Hier bei uns? Was soll ich anziehen? Habe ich noch Zeit, mir die Haare zu waschen?

»Wahrscheinlich kriegen wir dich gar nicht zu sehen«, sagt Luke. »Wahrscheinlich gehen wir direkt in die Bibliothek. Ich wollte dich nur vorwarnen.«

»Gut«, sage ich etwas atemlos. »Soll ich mich um was zu knabbern kümmern? Ich könnte auch Cupcakes backen. Mit Quinoa«, füge ich hastig hinzu. »Ich weiß, dass sie Quinoa mag.«

»Liebling, mach dir keine Umstände.« Luke scheint kurz zu überlegen. »Vielleicht wäre es sogar besser, wenn du ein bisschen spazieren gehst.«

Spazieren gehen? *Spazieren* gehen? Ist er verrückt geworden?

»Ich bleibe hier«, entgegne ich entschlossen.

»Okay, dann sehen wir uns in etwa einer halben Stunde.«

In einer halben Stunde! Ich lege auf und blicke plötzlich eher unzufrieden in die Runde. Das Haus sieht nicht ansatzweise cool genug aus. Ich sollte die Möbel umstellen. Und ich muss auch noch das richtige Outfit aussuchen und mein Make-up auffrischen. Aber eins nach dem anderen. Ich nehme mein Handy, und zittrig vor Aufregung schreibe ich Suze und Mum eine Nachricht: Stellt euch vor! Sage kommt zu uns nach Hause!!!

Irgendwie schaffe ich es, eine halbe Stunde später mit allem fertig zu sein. Ich habe mir die Haare gewaschen, geföhnt und eingedreht. Ich habe die Sofas im Wohnzimmer umarrangiert und die Kissen aufgeschüttelt. Ich trage mein neues Trägerkleid von Anthropologie, und ich habe mich im Internet über die Plots von Sages demnächst anlaufenden Filmen informiert.

Für Sage habe ich zwei Outfits parat, aber die werde ich

ihr erst etwas später zeigen. Ich will sie ja nicht bedrängen. Ich muss sowieso eher unauffällig vorgehen, weil ich weiß, dass Luke es sicher nicht gern sieht, wenn ich sein Meeting sprenge. Daher beschließe ich, das Gespräch eher zufällig darauf zu lenken. Ich werde den Brokatmantel herumliegen lassen, und sie wird ihn bewundern und anprobieren, und von da an läuft alles wie von selbst.

Draußen vor dem Haus höre ich einen leisen Motor, danach Autotüren. Sie sind da! Ich will meine Haare glatt streichen – da fallen mir plötzlich meine Lockenwickler wieder ein! Eilig nehme ich sie heraus und werfe einen nach dem anderen hinter einen großen Blumentopf. Ich schüttle meine Haare aus, lehne mich entspannt auf dem Sofa zurück und schnappe mir eine *Variety*, was ein fantastisches Accessoire ist, weil man damit augenblicklich wie ein cooler Filmkenner aussieht.

Ich höre, wie die Haustür aufgeht. Sie kommen rein. *Ganz ruhig, Becky, ganz ruhig!*

»… dachte mir, wir gehen in die Bibliothek«, sagt Luke gerade. »Sage, ich möchte dir Becky, meine Frau, vorstellen.«

Es kribbelt in meinem ganzen Gesicht, als drei Leute hinter der Tür hervortreten. O mein Gott. Sie ist es. Sie ist es! Hier in diesem Zimmer! Sie ist kleiner, als ich erwartet hatte, mit dünnen, braun gebrannten Armen und diesen hübschen Haaren. Sie trägt knallenge weiße Jeans, orangefarbene Ballerinas, ein graues Tanktop und die Jacke. *Die Jacke.* Ich kann nicht fassen, dass sie sie trägt! Die Jacke ist aus buttergelbem Wildleder, und Sage trug sie letzte Woche bei *Us Weekly*. Sie war damit sogar bei *Wem steht's am besten?*, und Sage hat gewonnen. Selbstverständlich hat sie das.

Aran bin ich schon mal begegnet. Er ist Sages Manager. Er ist groß und blond und durchtrainiert, mit blauen Augen und schmalen Brauen und begrüßt mich höflich mit Küsschen.

»Hi, Becky«, sagt Sage freundlich. »Wir haben schon mal telefoniert, stimmt's? Wegen Lukes Party.«

Sie hat einen supersüßen Akzent. Größtenteils amerikanisch, aber mit einem Hauch Französisch, weil ihre Mutter halbe Französin ist und sie ihre Kindheit in der Schweiz verbracht hat. Die Zeitschrift *People* schrieb einmal vom »erotischsten Akzent der Welt«, und da muss ich denen irgendwie recht geben.

»Stimmt.« Ich schlucke. »Ja, hi.«

Ich überlege, was ich sagen könnte, irgendwas Geistreiches… *komm schon, Becky*… Aber irgendwas ist faul in meinem Kopf. Er ist ganz leer. Ich kann nichts anderes denken als *Sage Seymour! In meinem Wohnzimmer!*

»Einen hübschen Garten habt ihr«, sagt Sage, als gäbe sie eine tiefschürfende Verlautbarung von sich.

»Danke. Uns gefällt er auch.« Luke geht voraus und drückt die Glastüren zum Garten auf. Sage und Aran folgen ihm hinaus, und ich gehe hinterher.

Wir betrachten das einladende Blau des Pools, und ich versuche angestrengt, mir etwas einfallen zu lassen. Aber es ist, als hätte ich nichts als Watte im Kopf.

»Wollen wir draußen sitzen?«, fragt Luke und deutet auf unseren Gartentisch. Er hat einen riesigen Sonnenschirm, und der Poolmann spritzt ihn täglich ab, um ihn sauber zu halten.

»Klar.« Anmutig lässt Sage sich auf einen Stuhl gleiten, gefolgt von Aran.

»Da ist Wasser im Kühlschrank.« Luke verteilt Flaschen.

»Möchte vielleicht jemand einen Kaffee?« Endlich schaffe ich es, ein paar Worte aneinanderzureihen.

»Nein danke«, antwortet Aran höflich.

»Ich glaube, wir sind versorgt, Becky«, sagt Luke. »Vielen Dank.« Er nickt mir zu, was ich verstehe. Es bedeutet: *Lass uns jetzt allein.* Ich werde einfach so tun, als hätte ich es nicht mitbekommen.

Als die drei ihre Ordner und Unterlagen zücken, laufe ich schnell ins Haus, greife mir den Brokatmantel, einen Gürtel und ein Paar Schuhe und renne wieder in den Garten. Atemlos stehe ich vor Sage und halte ihr den Mantel hin.

»Den habe ich gerade gekauft«, sage ich nonchalant. »Hübsch, nicht?«

Sage mustert den Mantel. »Cool«, sagt sie nickend und wendet sich wieder einer Seite mit fotokopierten Zeitungsausschnitten zu.

»Möchten Sie ihn anprobieren?«, frage ich beiläufig. »Es ist Ihre Größe. Er würde Ihnen bestimmt gut stehen.«

Sage schenkt mir ein abwesendes Lächeln. »Nett gemeint.«

Leicht schockiert starre ich sie an. Der Mantel ist traumhaft schön. Ich war mir sicher, dass sie ihn anprobieren würde. Vielleicht steht sie einfach nicht so auf Mäntel.

»Den Gürtel habe ich auch gekauft.« Eilig hole ich den Gürtel hervor. »Ist der nicht toll?«

Der Gürtel stammt aus Dannys neuer Kollektion. Er ist aus schwarzem Wildleder, mit drei schweren Schnallen aus grünem Kunstharz. Damit lässt sich selbst das schlichteste Kleid aufpeppen.

»Der Gürtel ist von Danny Kovitz«, erkläre ich ihr. »Ich bin gut mit ihm befreundet.«

»Schön«, sagt Sage, macht aber keinerlei Anstalten, ihn mal anzufassen oder darüberzustreichen, ganz zu schweigen davon, dass sie ihn anprobiert. Irgendwie läuft es nicht wie geplant.

»Sie haben Größe 38, nicht?«, sage ich verzweifelt. »Diese Schuhe habe ich aus Versehen gekauft. Möchten Sie sie haben?«

»Wirklich?« Erstaunt sieht sie mich an und mustert meine größeren Füße.

»Ja! Natürlich! Nehmen Sie sie!« Ich stelle die Schuhe auf den Tisch. Es sind korallenfarbene Sandalen von Sergio Rossi, ganz schlicht und schön, und es fiel mir nicht leicht, sie in Sages Größe zu kaufen statt in meiner.

»Hübsch.« Endlich! Zu guter Letzt zeigt Sage doch noch Interesse. Sie nimmt eine Sandale in die Hand und betrachtet sie von allen Seiten. »Die würden meiner Schwester gefallen. Wir haben dieselbe Größe. Ich gebe ihr alle meine abgelegten Klamotten. Danke!«

Bestürzt starre ich sie an. Ihre Schwester? *Abgelegte Klamotten?*

Plötzlich kommt Sage ein Gedanke. »Wieso haben Sie sie in der falschen Größe gekauft? Ist das nicht ungewöhnlich?«

Ich bin mir Lukes sarkastischen Grinsens wohl bewusst.

»Oh, stimmt.« Ich merke, dass ich rot werde. »Na ja, ich bin mit den britischen und amerikanischen Größen durcheinandergekommen. Ich hatte sie nicht anprobiert. Und jetzt kann ich sie nicht mehr umtauschen.«

»Wie schade. Na gut, danke!« Sie reicht die Schuhe an Aran weiter, der sie in eine große Tasche zu seinen Füßen steckt. Betrübt sehe ich sie verschwinden.

Nichts von dem, was ich gekauft habe, gefiel ihr wirklich. Sie hat weder vorgeschlagen, dass wir mal gemeinsam shoppen gehen, noch hat sie mich um Rat zu ihrem nächsten Auftritt auf dem roten Teppich gebeten oder sonst irgendwas von dem getan, was ich mir ausgemalt hatte. Ich bin direkt entmutigt. Aber ich gebe nicht auf. Vielleicht muss ich sie nur ein wenig besser kennenlernen.

Luke verteilt die Tagesordnung. Niemand beachtet mich. Ich kann nicht mehr am Tisch herumlungern. Aber ich kann auch unmöglich brav zurück ins Haus gehen. Vielleicht nehme ich ein Sonnenbad. Ja, gute Idee. Ich haste ins Haus und hole die *Variety* aus dem Wohnzimmer, dann schlendere ich lässig zu einem Liegestuhl, etwa drei Meter vom Tisch entfernt. Stirnrunzelnd sieht Luke herüber, aber ich ignoriere ihn. Ich werde ja wohl in meinem eigenen Garten ein Sonnenbad nehmen dürfen, oder?

Ich schlage die *Variety* auf und lese einen Artikel über die Zukunft von 3D-Franchise-Fitnessstudios, während ich versuche, das Gespräch am Tisch zu belauschen. Das Problem ist nur, dass sie sehr *leise* sprechen. Mum beschwert sich oft, dass moderne Filmstars immer so nuscheln, und da muss ich ihr recht geben. Ich verstehe kein Wort von dem, was Sage sagt. Sie sollte im Schauspielunterricht mal ein paar Stimmbildungsübungen machen. Sie sollte laut und deutlich artikulieren!

Luke ist ähnlich diskret, und der Einzige, dessen Stimme durch den Garten schallt, ist Aran. So schnappe ich immerhin das eine oder andere spannende Wort auf.

»Marke… Positionierung… Cannes… nächstes Jahr… Europa…«

»Das sehe ich auch so«, meint Luke. »Aber… *murmel, murmel*… Riesenbudget… Oscarverleihung…«

Oscarverleihung? Ich spitze die Ohren. Was ist mit der Oscarverleihung? Mein Gott, ich wünschte, dieser Film hier hätte Untertitel.

»Wisst ihr was?«, sagt Sage plötzlich aufgebracht. »Die können mich mal. Das sind doch alles… *murmel, murmel*… Pippi Taylor… na, die haben es so gewollt.«

Ich falle fast von meinem Liegestuhl, um etwas mitzubekommen. Im *Hollywood Reporter* stand, dass die letzten drei Rollen, um die Sage Seymour sich bemüht hat, an Pippi Taylor gegangen sind. Außerdem stand da, dass sie sich *auf dem absteigenden Ast* befindet, auch wenn ich das hier nicht er-

wähnen würde. Ich glaube, deshalb hat sie Luke engagiert –
damit er ihr hilft, den Abwärtstrend umzukehren.

»… die Sache mit Lois Kellerton …«

»… musst Lois Kellerton ignorieren, Sage.«

Lois Kellerton. Ich setze mich auf, und meine Gedanken
rasen wie wild. Jetzt fällt es mir wieder ein. Da gibt es irgendeinen Zwist zwischen Sage und Lois Kellerton. Habe ich
nicht so einen Clip bei YouTube gesehen, in dem die beiden sich bei einer Preisverleihung hinter der Bühne ankei-
fen? Leider kann ich mich nicht mehr erinnern, worum es
dabei ging.

»Die Schlampe ignorieren?« Sages Stimme wird vor Entrüstung immer lauter. »Nach allem, was sie mir angetan hat?
Soll das ein Witz sein? Sie ist eine … *murmel, murmel* …«

»… unwichtig …«

»… total wichtig!«

Ich halte es nicht länger aus. Endlich habe ich was zum
Gespräch beizutragen! Ich *kann* nicht länger schweigen.

»Ich habe Lois Kellerton getroffen!«, platzt es aus mir heraus. »Ich habe sie getroffen, als wir hier nach einem Haus
gesucht haben.«

»Ach ja?« Sage blickt kurz zu mir auf. »Sie Ärmste.«

»Das wusste ich ja gar nicht, Becky.« Luke macht ein über-
raschtes Gesicht.

»Ja, na ja. Es war bizarr. Ihr werdet *nie* erraten, was sie getan hat.« Ich empfinde direkt so etwas wie ein Hochgefühl,
als Sage mir endlich ihre uneingeschränkte Aufmerksamkeit
widmet.

»Was hat die blöde Kuh jetzt schon wieder angestellt?«

»Sie hat …«

Ich zögere einen Moment, als Lois' blasses, angespanntes
Gesicht vor mir aufblitzt. Das Flehen in ihrer Stimme. Ihre
Hand auf meiner. *Ich habe versprochen, ihr Geheimnis zu be-*

wahren, denke ich betreten. *Und bisher habe ich dieses Versprechen auch gehalten.* (Abgesehen davon, dass ich es Suze erzählt habe, doch das zählt nicht.)

Aber andererseits – warum sollte ich sie decken? Sie hat gegen das Gesetz verstoßen. Genau. Genau! Eigentlich hätte ich sie auf nächste Polizeirevier bringen sollen. Und dann hat sie noch versucht, mich zu bestechen. Nun, ich bin kein Mensch, der sich bestechen lässt. Niemals. Nicht Becky Brandon. Und außerdem …

Ich meine, entscheidend ist ja wohl …

Okay. Wenn ich ganz ehrlich sein soll, bin ich verzweifelt darauf bedacht, Sages Aufmerksamkeit zu erregen.

»Ich habe sie beim Ladendiebstahl erwischt!« Die Worte trudeln nur so aus meinem Mund, bevor ich noch länger darüber nachdenken kann. Und wenn ich mir eine Reaktion erhofft habe, dann werde ich nicht enttäuscht.

»Gibt's doch nicht.« Sages Augen blitzen, und sie schlägt mit der Hand auf den Tisch. »Das *gibt's* doch nicht!«

»Ladendiebstahl?«, fragt Aran erstaunt.

»Komm her! Komm!« Sage klopft auf den Stuhl neben sich. »Erzähl uns alles darüber.«

Ich gebe mir Mühe, meine Freude zu verbergen, als ich zum Tisch haste und mich auf den Stuhl neben Sage sinken lasse.

O Gott, meine Oberschenkel sind fast *doppelt* so breit wie ihre. Egal, ich werde meinen Blick einfach ganz allgemein von Schenkeln fernhalten.

»Was war los?«, will Sage neugierig wissen. »Wo wart ihr?«

»Sie war in einem Sportgeschäft am Rodeo Drive. Drei Paar Socken hat sie geklaut. Auch wenn sie sie zurückgegeben hat«, füge ich eilig hinzu. »Ich glaube, es war nur … ihr wisst schon. Eine kurzfristige geistige Umnachtung.«

»Und du hast sie erwischt?«

»Ich bin ihr auf der Straße hinterhergelaufen«, räume ich ein. »Ich wusste erst gar nicht, wer sie ist.«

»Du bist die Größte!« Sage hebt eine zarte, beringte Hand und gibt mir fünf. »Super, Becky!«

»Ich hatte ja keine Ahnung.« Luke ist baff.

»Na ja, ich habe versprochen, es niemandem zu erzählen.«

»Aber gerade eben hast du es uns erzählt.« Luke zieht die Augenbrauen hoch, und mich packt das schlechte Gewissen, was ich jedoch verdränge. Komm schon. Ist doch keine große Sache. Es ist ja nicht so, als hätte ich es vor der ganzen Welt ausgeplaudert.

»Ihr sagt es doch nicht weiter, oder?« Ich sehe mich am Tisch um. »Es waren ja nur drei Paar Socken.«

»Klar.« Sage tätschelt meine Hand. »Dein Geheimnis ist bei uns in guten Händen.«

»Sie hatte Glück, dass sie von Ihnen gefasst wurde und nicht vom Ladendetektiv«, sagt Aran trocken.

»Typisch. Diese Hexe landet immer auf den Füßen.« Sage rollt mit den Augen. »Also, wenn *ich* sie erwischt hätte …«

»Man möchte es sich gar nicht vorstellen.« Aran stößt ein scharfes Lachen aus.

»Was ist zwischen euch denn vorgefallen?«, frage ich vorsichtig. »Ich weiß, es gab da so etwas wie eine … Meinungsverschiedenheit?«

»Eine Meinungsverschiedenheit?« Sage schnaubt. »Eher völlig grundlose Aggression. Diese Frau ist total gaga. Wenn man mich fragt, hat sie einen echten Sprung in der Schüssel.«

»Sage.« Aran seufzt. »Das ist doch alles Schnee von gestern.« Er wirft Luke einen Blick zu. »Vielleicht sollten wir hier lieber mal weitermachen.«

»Absolut.« Luke nickt. »Lasst uns …«

»Nein! Becky will es hören!« Sage wendet sich mir zu und ignoriert Aran und Luke. »Es fing bei den SAG Awards an.

Sie meinte, sie hätte den Preis für die beste Schauspielerin bekommen sollen, weil sie in ihrem Film besser aussah als ich in meinem. Hallo? Ich habe eine *Krebskranke* gespielt.«

»Das kann nicht wahr sein.« Ich starre sie an. »Wie geschmacklos!«

»Weißt du, was sie gesagt hat? ›Man kriegt doch keinen Preis dafür, dass man sich den Kopf rasiert.‹« Sage macht große Augen. »Weißt du, wie viel ich für diese Rolle recherchiert habe?«

»Jedenfalls …«

»Na, jetzt kriegt sie, was sie verdient.« Sages Augen werden schmal. »Hast du von diesem Sportlerfilm gehört, den sie dreht? Ein Albtraum. Zehn Millionen über Budget, und gerade hat der Regisseur das Handtuch geworfen. Keiner kann sie leiden. Sie wird damit *untergehen*.« Ihr Handy piept, und sie wirft einen Blick darauf. »Oh, ich muss los. Ihr müsst ohne mich weitermachen.«

»Du musst los?« Luke starrt sie an. »Wir haben doch eben erst angefangen!«

»Sage«, Aran seufzt erneut. »Wir haben deine Termine extra so gelegt, dass du hier dabei sein kannst. Wir wollen hören, was Luke zu sagen hat.«

»Ich muss los«, wiederholt sie achselzuckend. »Ich hab vergessen, dass mein Kurs im Golden Peace anfängt.«

»Dann sag ihn ab.«

»Ich werde ihn ganz bestimmt nicht absagen!«, blafft sie ihn an, wie geisteskrank. »Wir sprechen später.« Ich sehe Aran und Luke frustrierte Blicke tauschen, als sie sich ihre Tasche schnappt, aber mich interessiert vielmehr der Umstand, dass sie ins Golden Peace geht.

»Und bist du oft im Golden Peace?«, frage ich beiläufig.

»Oh, ständig. Es ist wunderbar. Du solltest mal hingehen.«

»Offen gestanden, habe ich das vor«, höre ich mich sagen. »Dann sehen wir uns da!«

»Du gehst ins Golden Peace, Becky?«, fragt Luke spitz. »Das wusste ich ja gar nicht.«

»Ja.« Ich weiche seinem verwunderten Blick aus. »Ich will mich für ein paar Kurse eintragen.«

»Oh, tu das unbedingt!«, sagt Sage ernst. »Der Laden ist wunderbar. Ich habe große Probleme mit meinem Selbstwertgefühl, und die haben wirklich daran gearbeitet. Ich habe Probleme mit meiner Selbsteinschätzung, meiner Selbstachtung … Ich habe da so einige Baustellen zu bearbeiten.« Sie streicht ihr Haar zurück. »Und du?«

»Ich auch«, antworte ich hastig. »Ich habe auch so einige Baustellen zu bearbeiten. Ich habe Probleme mit meinem … äh … Kaufverhalten. Daran möchte ich arbeiten.«

Aus Lukes Richtung höre ich ein Schnauben, das ich geflissentlich ignoriere.

»Okay.« Sage nickt. »Die haben dafür ein gutes Programm. In dem Laden kann man sich wunderbar wieder auf die Reihe bringen. Ich meine, was nützt uns das alles hier, wenn wir uns nicht selber lieben, stimmt's?« Sie breitet die Arme aus. »Und wie können wir uns lieben, wenn wir uns nicht begreifen?«

»Stimmt.« Ich nicke mit. »Das sehe ich ganz genauso.«

»Wunderbar. Na, dann treffen wir uns da. Vielleicht trinken wir mal einen Kaffee zusammen?«

»Liebend gern«, sage ich so lässig wie möglich.

»Hier ist meine neue Handynummer.« Sie nimmt mein Telefon und tippt darauf ein. »Schick mir eine SMS, dann habe ich auch deine.«

O mein Gott! Ich möchte mich kneifen. Ich verabrede mich gerade mit Sage zum Kaffee! *Endlich* habe ich Mum und Suze was zu erzählen!

Sobald Sage gegangen ist, renne ich ins Haus und rufe Suze an.

»Hey, Suze!«, platzt es aus mir heraus, als sie rangeht. »Ich muss dir was erzählen!«

»Nein, *ich* muss *dir* was erzählen!«, erwidert sie, und ihre Stimme sprudelt vor Begeisterung. »Wir kommen nach L.A.! Ich hab Tarkie rumgekriegt. Er will sich da mit seinen Investmentleuten treffen. Ich habe ihm gesagt: ›Es ist verantwortungslos, in den Staaten zu investieren und nicht mal zu wissen, in was.‹ Und so hat er am Ende eingewilligt. Und außerdem braucht er mal eine Auszeit.« Sie seufzt. »Er ist immer noch am Boden zerstört wegen der Fontäne. Hast du die Zeitungen gelesen?«

»Ein paar.« Ich verziehe das Gesicht.

»Sein Vater schickt ihm dauernd ausgeschnittene Artikel und meint, er hätte dem Namen Cleath-Stuart Schande gemacht.«

»Nein!«, sage ich entsetzt.

»Der arme Tarkie kommt sich vor wie ein Versager. Und das Dumme ist, dass der Springbrunnen jetzt *funktioniert*. Er ist eine echte Touristenattraktion. Aber alle erinnern sich nur daran, dass die Einweihung schiefging.«

»Na, dann kommt so schnell ihr könnt nach L.A.«, sage ich mit fester Stimme. »Wir spazieren am Strand entlang und vergessen das alles. Dann kommt Tarkie bestimmt bald wieder besser drauf.«

»Genau. Ich suche gerade nach Flügen. Ich habe der Schule erzählt, wir nehmen die Kinder mit auf eine pädagogisch wertvolle Bildungsreise. L.A. ist doch pädagogisch wertvoll, oder?«

»Definitiv! Wie lange könnt ihr denn bleiben?«

»Ich weiß nicht. Mindestens für einen Monat, vielleicht länger. Tarkie braucht dringend eine Auszeit. Eine Woche reicht da nicht. Und was wolltest *du* mir erzählen?«

»Ach, nichts Großartiges«, erwidere ich beiläufig. »Nur dass ich Sage Seymour kennengelernt habe und wir uns richtig gut verstehen und im Golden Peace zusammen Kaffee trinken wollen.«

Ha!

»O mein Gott!« Suze' Stimme bläst mich weg. »Komm schon, raus damit! Wie war sie so? Was hatte sie an? Was hat… Moment mal.« Sie stutzt. »Sagtest du im Golden Peace?«

»Ja.« Ich versuche, ungerührt zu klingen.

»In dieser Entzugsklinik?«

»Ja.«

»Die der Mann von Alicia Biest-Langbein gegründet hat?«

»Ja.«

»Bex, bist du verrückt geworden? Wieso gehst du da hin?«

»Um… also… um an einem Kaufsucht-Programm teilzunehmen.«

»Wie bitte?«, prustet sie in den Hörer.

»Ich möchte mich meinen Problemen stellen.« Ich räuspere mich. »Ich habe da so einige Baustellen zu bearbeiten.«

Wenn ich es zu Suze sage, klingt es irgendwie nicht mehr ganz so überzeugend.

»Nein, hast du nicht!«, spottet sie. »Du willst dich nur mit Sage Seymour und den ganzen Promis herumtreiben!«

»Na, und wenn es so wäre?«, halte ich trotzig dagegen.

»Aber die sind alle so *schräg*«, sagt sie und klingt unglücklich. »Bitte, Bex, werd du nicht auch schräg!«

Das bringt mich augenblicklich zum Schweigen. Sie hat recht. Diese Leute sind etwas schräg. Alicia ist *total* schräg. Aber wenn ich nicht ins Golden Peace gehe, wie soll ich dann mit Sage Kaffee trinken?

»Ich pass schon auf mich auf. Ich höre einfach nur mit einem Ohr zu.«

»Na gut, okay.« Suze seufzt. »Aber lass dich da nicht rein-ziehen. Bitte.«

»Versprochen.« Ich kreuze meine Finger.

Ich werde die Wahrheit niemals zugeben: Ich *möchte* gern da reingezogen werden. Denn mir ist ein Gedanke gekom-men: Wenn Sage ins Golden Peace geht – wer mag da sonst noch hingehen? Was für Karrierechancen könnten dort auf mich warten? Was wäre, wenn ich da einen berühmten Re-gisseur kennenlernen würde und wir über die Kostüme für seinen nächsten Film ins Gespräch kämen, bei einem Täss-chen Kräutertee oder was die da so trinken. (Wahrscheinlich Kokoswasser oder Yamswurzelwasser. Oder Bananenwasser. Irgend so was Ekliges.)

»Bex?«

»Oh.« Ich komme zu mir. »Entschuldige, Suze.«

»Jetzt sag schon«, fordert sie. »Was hatte Sage an? Und lass bloß nichts aus.«

»Also …« Selig lehne ich mich zurück und mache es mir für ein ausgiebiges Plauderstündchen bequem. L.A. ist toll und spannend und alles, aber meine beste Freundin fehlt mir doch.

Von: Kovitz, Danny
An: Kovitz, Danny
Betreff: Ich lebe noch!!!!!!!!!

---

liebste freunde,

ich schreibe euch aus dem trainingslager von kulusuk. ich bin
erst einen tag hier und weiß jetzt schon, dass es für mich eine
lebensverändernde erfahrung werden wird. noch nie habe ich
mich so lebendig gefühlt. ich habe den schnee und die niedli-
chen inuit mit ihren zauberhaften kleidern geknipst. ich bin
bereit für die herausforderung. ich bin bereit, mich an meine
grenzen zu treiben. Ich bin bereit, eins zu werden mit der
gewaltigen übermächtigen natur, die mich umgibt. es ist eine
mystische erfahrung. ich bin stolz und demütig und belebt und
begeistert. ich werde landschaften sehen, die nur wenige
menschen je gesehen haben. ich werde mich bis zum äußers-
ten treiben. und aus dieser erfahrung heraus wird meine neue
kollektion entstehen.

alles liebe und wünscht mir glück. ich maile euch vom nächsten
lager aus.

danny xxxxx

9

Ich kann nur sagen: Wow! Ich meine, Namaste. Oder vielleicht Sat Nam? (Ich lerne haufenweise spirituelle, yogamäßige Worte und versuche, sie ins Gespräch einfließen zu lassen. Nur dass ich bei »Sat Nam« immer an »Satellitennavigation« denken muss.)

Wieso habe ich noch nie »Geist, Körper, Seele« mitgemacht? Warum habe ich in England nie einen Wohlfühlkurs belegt? Oder »Erkunde deine inneren Landschaften«? Oder »Klangheilung für Kindheitstraumata«? Ich gehe jetzt seit zwei Wochen ins Golden Peace, und es hat mein ganzes Leben verändert. Erstaunlich!

Zuerst einmal ist die Anlage ein Traum. Sie befindet sich auf einem ausgedehnten Gelände direkt an der Küste südlich von L.A. Früher war dort ein Golfplatz, aber jetzt gibt es da überall sandfarbene Gebäude und Koi-Teiche und eine Aschenbahn, die ich unbedingt irgendwann nutzen möchte. Außerdem verkaufen sie frische Säfte und gesundes Essen, und mittags gibt es kostenlos Yoga am Strand, und abends zeigen sie inspirierende Filme, wobei alle auf Knautschsesseln herumlümmeln. Im Grunde möchte man hier nie wieder weg.

Ich sitze in einem Raum mit dunklem Holzfußboden, wehenden weißen Vorhängen vor den Fenstern und einem Hauch von einem Duft in der Luft. Alle Räume im Golden Peace riechen gleich – es ist ihr Erkennungsduft aus Ylang-Ylang und Zeder und noch irgendwas total Gesundem. Man bekommt die Duftkerzen im Shop. Acht Stück habe ich schon gekauft, denn es sind die *perfekten* Weihnachtsge-schenke!

Sämtliche Kaufsucht-Kurse waren belegt, als ich anrief, aber das macht nichts, denn dieses wirklich nette Mädchen – Izola – hat mir ein ganzes Programm für mein allgemeines Wohlbefinden empfohlen. Entscheidend ist, dass jeder an sei-ner Seele und seinem inneren Ich arbeiten kann, weil der spi-rituelle Muskel trainiert werden muss wie jeder andere auch. (Das habe ich in der Broschüre gelesen.)

Montags gehe ich jetzt zur Selbstachtungsgruppe, diens-tags zu »Mitfühlende Kommunikation«, mittwochs zu »Das transitive Ich« und freitags zu diesem genialen Kurs namens »Tapping für ein tieferes Wohlbefinden«. Jetzt ist Donners-tagmorgen, und ich bin bei »Achtsamkeit für ein positives Leben«. Zu Beginn des Kurses sagt die Lehrerin immer, wie schwierig Achtsamkeit ist und dass es seine Zeit braucht, um die Außenwelt loszulassen, und dass wir nicht ungeduldig mit uns selbst sein dürfen. Das fällt mir erstaunlich leicht. Ich muss wohl ein Naturtalent sein.

Es ist ganz still, und alle meditieren über einen Gegen-stand im Raum. Zum Glück sind die Leute im Golden Peace alle ziemlich gestylt, sodass es immer was Interessantes gibt, über das man meditieren kann. Heute konzentriere ich mich auf einen herzallerliebsten Lederrucksack in Blaugrün, den das dunkelhaarige Mädchen mir gegenüber an ihren Stuhl gehängt hat. Am liebsten würde ich sie fragen, ob es den auch in Schiefergrau gibt, aber das verschiebe ich vielleicht lieber auf die Pause.

»Brian«, sagt unsere Lehrerin Mona mit sanfter Stimme. »Wären Sie so nett, Ihre heutige Reise in die Achtsamkeit für uns in Worte zu fassen? Worüber meditieren Sie?«

Brian habe ich schon bemerkt. Er ist groß und muskulös und hat eine ziemlich ausgeprägte Nase, was in L.A. eher ungewöhnlich ist, und er bringt sich seinen Kaffee von Starbucks mit, obwohl ich mir nicht vorstellen kann, dass man das hier darf.

»Ich konzentriere mich auf die Maserung im Holzfußboden«, sagt Brian gestelzt. »Ich sehe mir an, wie das Holz wogt und fließt und wallt. Ich muss an meine Exfrau denken, werde diesen Gedanken aber verdrängen.« Urplötzlich klingt er wütend. »Ich werde weder an sie *noch* an ihren Anwalt denken...«

»Brian, machen Sie sich keine Vorwürfe«, sagt Mona sanft. »Erlauben Sie Ihren Gedanken, zum Holzboden zurückzukehren. Saugen Sie alle Details auf. Jede Linie, jeden Fleck, jeden Schwung. Bleiben Sie im Augenblick. Versuchen Sie, eine höhere Wahrnehmungsebene zu erreichen.«

Brian atmet aus. »Ich bleibe im Augenblick«, sagt er zitternd und richtet seinen Blick stur auf den Boden.

»Gut!« Mona lächelt. »Und Rebecca?« Sie wendet sich mir zu. »Von Ihnen haben wir noch gar nicht viel gehört. Wie macht sich Ihre Meditation?«

»Super, danke!« Ich strahle sie an.

»Worüber meditieren Sie?«

»Diesen Rucksack da.« Ich deute mit dem Finger. »Der ist wirklich hübsch.«

»Danke«. Das dunkelhaarige Mädchen lächelt.

»Ein Rucksack.« Mona blinzelt. »Das ist etwas anderes. Fokussieren Sie die Beschaffenheit des Rucksacks, die Schnallen, die Farbe?«

»Die Trageriemen.«

»Die Trageriemen. Gut. Vielleicht könnten Sie uns an Ihrer Meditation teilhaben lassen. Erzählen Sie uns einfach, was Ihnen in den Sinn kommt. Nehmen Sie uns dorthin mit, wohin Ihre Gedanken streben.«

»Okay.« Ich hole tief Luft. »Nun, ich denke, dass diese

Tragegurte sehr bequem aussehen, aber es hängt wohl davon ab, wie breit die Schultern sind, nicht? Und dann frage ich mich, ob ich den Rucksack nach dem Kurs wohl mal anprobieren dürfte. Und dass er mir in Schiefergrau lieber wäre, weil ich schon eine Ledertasche in Blaugrün habe, obwohl ich die vielleicht meiner Freundin Suze geben könnte, weil sie die schon immer mochte und sie mich heute besuchen kommt! Und dann frage ich mich, ob Barneys diesen Rucksack wohl auf Lager hat, weil ich von denen noch einen Geschenkgutschein habe, obwohl ich in der Kinderabteilung auch diese *wirklich* hübsche Jacke für meine Tochter Minnie gesehen habe, die ich auch haben möchte ...«

»Stopp, Rebecca!« Mona hebt eine Hand, und ich halte überrascht inne.

Was ist denn? Ich fand, es lief ganz prima. Ich war erheblich interessanter als Brian mit seiner langweiligen Holzmaserung.

»Ja?«, sage ich höflich.

»Rebecca, rufen wir uns in Erinnerung, was Achtsamkeit bedeutet. Es bedeutet, dass wir unsere Aufmerksamkeit von Augenblick zu Augenblick unserem momentanen Erleben widmen.«

»Ich weiß. Mein momentanes Erleben dreht sich um den Gedanken an diesen Rucksack«, erkläre ich. »Ist der von Alexander Wang?«

»Nein, von 3.1 Phillip Lim«, sagt das Mädchen. »Ich hab ihn online bestellt.«

»Okay!«, sage ich eifrig. »Welche Website?«

»Ich glaube, Sie verstehen nicht«, fällt Mona mir ins Wort. »Rebecca, versuchen Sie, sich auf einen einzigen Aspekt des Rucksacks zu konzentrieren. Sobald Sie merken, dass Ihre Gedanken abschweifen, lenken Sie sie behutsam wieder auf das Thema zurück. Okay?«

162

»Aber meine Gedanken sind gar nicht abgeschweift«, wende ich ein. »Ich habe die ganze Zeit nur an den Rucksack gedacht.«

»Ich kann dir den Link schicken«, meldet sich das dunkelhaarige Mädchen zu Wort. »Das ist ein wirklich guter Rucksack. Man kriegt sogar ein iPad rein.«

»Darf ich mal probieren?«

»Klar.« Das Mädchen greift nach dem Rucksack.

»Herrschaften!« Monas Stimme klingt ein wenig scharf, doch lächelt sie sofort, als müsste sie die Schärfe wieder ausgleichen. »Stellen Sie den Rucksack weg! Okay! Lassen Sie uns konzentrieren! Rebecca, ich möchte Ihnen raten, die Rucksackmeditation vorerst zu verschieben. Versuchen Sie stattdessen, sich auf Ihren Atem zu konzentrieren. Werden Sie sich Ihres Atems bewusst, wie er in Ihrem Körper ein und aus geht. Beurteilen Sie ihn nicht. Beurteilen Sie sich selbst nicht, beobachten Sie nur Ihren Atem. Würden Sie das tun?«

»Okay.« Ich zucke mit den Schultern.

»Wunderbar! Wir wollen fünf Minuten meditieren, alle gemeinsam. Wenn Sie mögen, schließen Sie die Augen.«

Stille breitet sich aus, und pflichtschuldig versuche ich, mich auf meinen Atem zu konzentrieren. Rein. Raus. Rein. Raus. Rein.

Gott, ist das langweilig. Was soll ich über meinen Atem denken?

Ich weiß ja, dass ich keine Achtsamkeitsexpertin bin, aber beim Meditieren soll es einem doch eigentlich gut gehen, oder? Nun, es ginge mir erheblich besser, wenn ich über einen hübschen Rucksack und nicht über meinen Atem meditieren würde.

Meine Augen gehen auf und wenden sich wieder dem Rucksack zu. Keiner kann sehen, worüber ich meditiere.

Ich werde sagen, über meinen Atem. Die merken bestimmt nichts.

Oh, ich finde ihn wirklich ganz toll. Die Reißverschlüsse sind so cool. Und entscheidend ist, dass ich ihn mir holen sollte, weil Rucksäcke gut für die Haltung sind. Suze wird begeistert sein, wenn ich ihr meine Marc-Jacobs-Tasche gebe. Heimlich werfe ich einen Blick auf meine Uhr. Ich frage mich, wo sie wohl gerade ist. Hoffentlich schon am Flughafen. Ihre Maschine müsste inzwischen gelandet sein, und ich habe ihr gesagt, sie soll auf direktem Weg zum Mittagessen hierherkommen. Gott sei Dank gibt es hier nicht nur Kokoswasser, sondern auch einen ganz anständigen koffeinfreien Cappuccino und ein paar wirklich leckere Johannisbrot-Brownies, und Suze hat gesagt, sie bringt mir ein paar KitKats mit …

»Und allmählich lenken wir unsere Gedanken wieder zurück zur Gruppe.« Monas Stimme unterbricht mich in meiner Meditation. Überall im Raum schlagen die Leute die Augen auf und strecken die Beine, und zwei gähnen sogar. Mona lächelt mich an. »Wie war das? Haben Sie Ihre Gedanken fokussieren können, Rebecca?«

»Äh, ja!«, sage ich fröhlich.

Was in gewisser Weise stimmt. Meine Gedanken *waren* fokussiert, nur nicht auf meinen Atem.

Wir enden mit einer Minute stiller Kontemplation, dann verlassen wir nacheinander den Raum und treten ins Freie, wobei wir blinzeln, als wir wieder im grellen Sonnenlicht stehen. Augenblicklich stellen alle, die in diesem Kurs waren, ihre Handys wieder an und starren konzentriert darauf. *Das* ist Achtsamkeit, wenn man mich fragt. Wir sollten über unsere Handys meditieren. Das werde ich nächste Woche mal vorschlagen.

Ja! Mein Handy piept und zeigt mir eine SMS an. Fast juchze ich! Sie kommt von Suze! Sie ist hier!

Okay, eins muss ich über Suze sagen: Sie ist einer der schönsten Menschen, die ich kenne, und in dieser Hinsicht bin ich keineswegs voreingenommen. Sie ist groß und schlank und trägt wunderschöne Kleider. Sie ist eine echte Shopping-Queen, und einmal hätte sie fast für die *Vogue* Modell gestanden. Allerdings neigt sie dazu, allzu oft in Reithosen oder Jeans oder irgendeinem uralten Barbour herumzulaufen, besonders da sie jetzt die ganze Zeit auf dem Land wohnt. Damit rechne ich, als ich eilig zum Eingangstor laufe. Suze in engen Jeans mit Ballerinas, dazu vielleicht ein hübsches Leinenjäckchen und die Kinder in ihren üblichen Kleidchen und Hosen aus Cord, handgenäht von ihrer Nanny.

Womit ich nicht gerechnet habe, ist der Anblick, der sich mir bietet. Ich muss direkt blinzeln, um sicherzugehen, dass es die Cleath-Stuarts sind. Sie sehen aus wie eine echte Promi-Familie aus L.A. Was ist *passiert*?

Suze ist dermaßen atemberaubend, dass ich sie kaum wiedererkenne. Erstens trägt sie winzige Shorts aus Jeansstoff. Ich meine wirklich, *wirklich* winzig. Ihre Beine sind lang und braun, und ihre pedikürten Füße stecken in Flipflops. Ihre langen Haare sind noch blonder als sonst (hat sie die gebleicht?), und sie trägt eine ultracoole Sonnenbrille von Pucci. Auch die Kinder sehen supercool aus. Die beiden Jungs haben Bomberjacken und gegelte Haare, und Clementine trägt eine enge Jeans mit einem Tanktop, das rockt.

Einen Moment lang kann ich nur staunend blinzeln. Dann entdeckt Suze mich und fängt wild an zu winken. Ich komme wieder zu mir und laufe ihr entgegen.

»Suze!«

»Bex!«

»Ihr habt es geschafft!« Ich drücke sie fest an mich, dann umarme ich der Reihe nach die Kinder. »Suze, wie ihr ausseht!«

»Geht das so?«, fragt Suze sofort verunsichert und streicht über ihre Mikro-Shorts. »Ich wollte nicht unangenehm auffallen. Sehe ich okay aus?«

»Du siehst phänomenal aus! Hast du Bräunungsspray benutzt?« Da entdecke ich einen tätowierten Delfin an ihrem Knöchel und stöhne auf. »Suze, du hast dir doch wohl kein Tattoo stechen lassen, oder?«

»O Gott, nein!« Sie lacht. »Es ist nur aufgeklebt. In L.A. haben doch alle ein Tattoo, und da dachte ich, es wäre besser, wenn ich mir für die Reise auch eins besorge. Und Freundschaftsbänder.« Sie hält mir ihren Arm hin, und ich sehe gut zwanzig bunte Bänder an ihrem Handgelenk, an dem sie normalerweise eine antike Cartier-Uhr trägt.

»Du bist sehr gründlich!«, sage ich beeindruckt. »Ihr seht typisch L.A. aus. Tarkie auch? Wo ist er überhaupt?«

»Kommt gleich. Er wollte sich dahinten ein paar seltene Bäume ansehen. Und – nein, er macht nicht mit.« Plötzlich ist sie ganz bedrückt. »Ich habe ihm dieses echt coole, zerrissene T-Shirt und Bermudashorts gekauft, aber er will sie nicht anziehen. Ich kriege ihn nicht aus seiner Jagdjacke.«

»Jagdjacke? In L.A.?« Ich verkneife mir ein Kichern. Tarquins Jagdjacke ist eine Institution. Sie ist aus dem Familien-Tweed gearbeitet, hat mindestens neunundneunzig Taschen und riecht das ganze Jahr über nach nassem Hund.

»Genau! Ich wollte, dass er eine coole Lederjacke anzieht, aber er hat sich geweigert. Er findet Freundschaftsbänder albern und mein Tattoo scheußlich.« Sie wirkt entrüstet. »Es ist nicht scheußlich. Es ist cool!«

»Es ist hübsch«, beruhige ich sie.

»Ich dachte nur, es würde ihm Gelegenheit geben, mal rauszukommen, weißt du?« Suze' Entrüstung verwandelt sich in altbekannte Sorge. »Er muss endlich aufhören, Trübsal zu blasen. Er muss seinen Vater und die LHA und alle vergessen.«

»Die LHA?«, frage ich. »Was ist das?«

»Oh.« Sie zieht eine Grimasse. »Hab ich dir nicht davon erzählt? Das ist die Letherby Hall Association. Sie besteht aus Bürgern, die Letherby Hall unterstützen. Sie haben eine Petition gegen den Brunnen eingereicht.«

»Nein!«, rufe ich bestürzt.

»Ich weiß. Und dann haben andere wiederum eine Petition *für* den Brunnen eingereicht. Sie hassen einander. Die sind alle nicht ganz dicht.« Sie schüttelt sich. »Egal, vergiss es. Sind hier irgendwelche Promis?« Sie sieht sich um, während wir den Weg zum Relaxbereich entlanglaufen. »Ich kann gar nicht *glauben*, dass du ins Golden Peace gehst.«

»Ist das nicht toll?«, sage ich begeistert. »Es gibt hier geniale Kurse und Yoga und leckere Brownies.« Ich mache an einem gepflasterten Bereich halt, auf dem überall bronzene Glocken auf kleinen Steinsäulen stehen. »Das sind übrigens Pfade zum Gleichmut«, füge ich hinzu. »Man darf die Glocken läuten. Wenn man Klarheit sucht.«

»Klarheit?« Suze zieht eine Augenbraue hoch.

»Ja. Du weißt schon. Klarheit im Leben.«

»Man findet Klarheit im Leben, indem man eine Glocke läutet?« Sie schnaubt vor Lachen, als sie an eine der Glocken tippt.

»Ja!«, entgegne ich widerborstig. »Man muss seinen Geist doch offenhalten, Suze! Es geht um die, also, die Schwingungen. Das Klingen der Glocken verändert den Rhythmus deines Innenohrs, was Verständnis und Beherztheit fördert und… äh…« O Gott, den Rest habe ich vergessen. »Jedenfalls klingen sie hübsch«, ende ich etwas lahm.

Bryce ist der zuständige Mann für die persönliche Entfaltung und hat mir das mit den Schwingungen und der Klarheit erklärt, in meiner Einführungssitzung, und da habe ich es total verstanden. Er sollte es mir noch mal erklären.

Plötzlich bimmelt es überall um uns herum wie verrückt. Suze' Kinder haben sich dafür entschieden, auf die Glocken einzuschlagen. Ernest, der mein Patenkind ist, tritt allen Ernstes wie ein Kickboxer auf seine Glocke ein, sodass diese fast von ihrem Sockel fällt.

»Lasst das sein!«, sagt Suze und reißt sie zurück. »Zu viel Klarheit! Kriegen wir hier denn auch ein Tässchen…« Sie überlegt. »Einen Smoothie?«

Ha. Sie wollte »Tässchen Tee« sagen. Ich weiß es genau.

»Möchtest du ein Tässchen Tee, Suze?«, frage ich, um sie zu ärgern. »Und einen leckeren Verdauungskeks?«

»Nein danke«, sagt sie sofort. »Ich hätte lieber einen frischen Saft. Mit einem Schuss Quecke.«

»Nein, hättest du nicht.«

»Hätte ich wohl«, entgegnet sie stur.

Sie hätte so gern eine Tasse Tee. Aber ich will sie nicht länger damit aufziehen. Sie kriegt eine, wenn wir nach Hause kommen. Ich habe extra englische Teebeutel gekauft *und* Ingwermarmelade *und* Branston Pickle.

Ich führe alle zum Relaxbereich, wo es ein Café und einen Kinderspielplatz gibt. In der Nähe sind ein paar Leute beim Volleyball, und etwa hundert Meter entfernt läuft ein Tai-Chi-Kurs unter den Bäumen.

»Wieso gibt es hier einen Spielplatz?«, fragt Suze, als die Kinder zu den Schaukeln rennen und wir an einem Tisch draußen vor dem Café Platz nehmen. »Hier sind doch wohl keine Kinder, oder?«

»O nein«, sage ich sachkundig. »Aber die Dauergäste bekommen oft Besuch von ihren Familien.«

»Dauergäste?«

»Du weißt schon. Die ausgebrannten Drogenabhängigen. Die wohnen da drüben.« Ich deute auf einen abgetrennten Bereich innerhalb der Anlage. »Offenbar wird da gerade ein großer Hollywoodstar behandelt. Aber niemand will verraten, wer es ist.«

»Verdammt!«

»Ich weiß.«

»Wollen wir vorbeispazieren und mal einen Blick wagen?«

»Hab ich schon versucht«, sage ich betrübt. »Die Wachleute verscheuchen einen.«

»Aber hier sind doch auch noch andere Promis, oder?«

»Ja! Massenweise!« Eben will ich anfangen, mich darüber auszulassen, als mir auffällt, dass ein Mitarbeiter nah an uns vorbeigeht. »Aber das ist natürlich alles sehr vertraulich, deshalb darf ich dir nichts erzählen«, füge ich eilig hinzu.

In Wahrheit habe ich erst ein paar Promis in den Kursen getroffen, und die waren kaum der Rede wert. Das eine war ein Model von Victoria's Secret, die unsere ganze Selbstachtungsgruppe aufhielt, weil sie jeden Einzelnen von uns zwang, eine individuelle Vertraulichkeitsvereinbarung zu unterschreiben. Dann hatte sie ihren Namen falsch buchstabiert, und wir mussten alle *Brandie* in *Brandee* ändern und abzeichnen. Und dann hatte sie überhaupt nichts zu erzählen, das auch nur im Mindesten interessant gewesen wäre. Also ehrlich.

»Ich bin mit Sage Seymour zum Kaffee verabredet«, sage ich, woraufhin Suze griesgrämig die Stirn runzelt.

»Wolltest du das nicht schon vor zwei Wochen?«

»Na ja, sie hatte viel zu tun.« Ich stutze, als mein Blick auf eine Gestalt fällt, die auf uns zukommt.

»O mein Gott«, hauche ich. »Tarquin sieht ja *schrecklich* aus.«

»Ich weiß!«, sagt Suze. »Er hätte wenigstens Jeans anziehen können.«

Aber das habe ich nicht gemeint. Ich sehe weder seine Jagdjacke aus Tweed noch seine uralten Budapester oder die senffarbene Strickkrawatte um seinen Hals. Ich sehe nur sein Gesicht. Er sieht so bleich aus. Und er lässt die Schultern hängen, was ich gar nicht von ihm kenne.

Luke schlägt die Arbeit auch oft auf den Magen. Aber das ist anders. Er hat seine eigene Firma aufgebaut. Er hat sie vorangetrieben. Er hat sie erschaffen. Wohingegen Tarkie ein Riesenimperium aufgehalst wurde, als sein Großvater starb. Und im Moment sieht es aus, als wäre die Last zu groß für ihn.

»Tarkie!« Eilig laufe ich ihm entgegen, um ihn zu begrüßen. »Willkommen in Hollywood!«

»Oh.« Er ringt sich ein müdes Lächeln ab. »Ja. Hollywood. Wunderbar.«

»Tarkie, zieh deine Jagdjacke aus!«, sagt Suze. »Du wirst dich doch totschwitzen. Am besten ziehst du dein Hemd gleich mit aus.«

»Mein Hemd ausziehen? In der Öffentlichkeit?« Tarquin ist schockiert, und ich verkneife mir ein Lachen. Nach Venice Beach sollte ich ihn lieber nicht mitnehmen.

»Du brauchst Sonne! Das wird dir guttun! Guck mal, die Männer hier haben alle ihre Hemden ausgezogen.« Aufmunternd deutet Suze zu den Volleyballern am Strand, die größtenteils Shorts und Bandanas tragen.

Suze kann ganz schön bestimmend sein, wenn sie will, und so dauert es keine halbe Minute, bis Tarkie seine Jagdjacke, sein Hemd sowie Schuhe und Strümpfe ausgezogen hat. Erstaunt sehe ich, wie braun gebrannt und muskulös er ist.

»Tarkie, hast du trainiert?«, frage ich erstaunt.

»Er hat mitgeholfen, die Zäune zu reparieren«, erklärt Suze. »Dabei macht es dir doch auch nichts aus, dich auszuziehen, oder?«

»Da bin ich ja auch auf meinem eigenen Grund und Boden«, sagt Tarkie, als wäre das doch selbstverständlich. »Suze,

Liebling, ich glaube, ich ziehe mein Hemd lieber wieder an…«

»Nein! Setz die hier mal auf.« Sie reicht ihm eine Ray Ban. »Na also! Perfekt.«

Fast tut Tarquin mir leid, und ich will ihm schon eine Tasse Earl Grey anbieten, als der Volleyball in unserer Nähe landet und Suze aufspringt, um ihn zu holen. Ein braun gebrannter Mann in Shorts und einem Golden-Peace-T-Shirt läuft ebenfalls hin, und als er näher kommt, sehe ich, dass es Bryce ist.

Er ist wirklich bemerkenswert, dieser Bryce. Er hat die durchdringendsten blauen Augen, die man je gesehen hat, und er betrachtet einen sehr eingehend, bevor er irgendetwas sagt. Ich weiß nicht, wie alt er sein mag – seine Haare werden schon grau, aber er ist unglaublich geschmeidig und energetisch. Er scheint keine Kurse zu belegen, sondern wandert nur umher und lernt Leute kennen und sagt Sachen wie: »Deine Reise beginnt hier.« Und er scheint es auch tatsächlich so zu *meinen*.

»Rebecca.« Seine Augen verknittern zu einem Lächeln. »Wie geht es Ihnen heute?«

»Sehr gut, danke!« Ich strahle ihn an. »Bryce, das sind meine Freunde Suze und Tarquin.«

»Hier ist Ihr Ball«, sagt Suze und gibt ihn her. Ein wenig unsicher streicht sie ihre Haare aus dem Gesicht, und ich sehe, dass sie den Bauch einzieht, auch wenn sie es nicht müsste.

»Danke.« Bryce wendet ihr sein blendendes Lächeln zu. »Willkommen!« Sein Blick fällt auf Tarquins Jagdjacke. »Cooles Teil.«

»Oh«, sagt Tarquin. »Äh. Das ist meine Schießjacke.«

»*Schießjacke*.« Bryce' Augen leuchten auf. »Das ist ja eine gute Idee. Ich schätze, die kann man bei jedem Wetter tragen, was? Und tolle Taschen. Darf ich?« Bryce nimmt die Jacke und bewundert sie.

»Praktisch für Magazine«, sagt Tarkie.

»Sie schießen noch auf Zelluloid?« Interessiert blickt Bryce auf. »Oldschool, was? Entschuldigen Sie die Frage, aber kenne ich Ihre Arbeit?«

Ich höre Suze leise prusten, da merke ich es selbst. Bryce hält Tarkie für einen Regisseur. Tarkie! Ich kann mir niemanden vorstellen, der weniger Interesse daran hätte, Regie bei einem Film zu führen.

»Meine Arbeit?« Tarquin wirkt leicht gehetzt. »Sie meinen die Arbeit an Letherby Hall?«

»*Letherby Hall.*« Bryce legt seine Stirn in Falten. »Der ist mir leider entgangen. Lief er hier in Amerika?«

Tarquin versteht kein Wort. Ich fange Suze' Blick auf und gebe mir alle Mühe, nicht laut loszulachen.

»Wie dem auch sei.« Bryce lässt den Ball ein paarmal hüpfen. »Wollen Sie mitspielen?«

»Mitspielen?«

»Volleyball.« Er deutet auf die Männer, die auf ihn warten.

»Oh.« Tarquin wirkt betroffen. »Ich glaube nicht, dass…«

»Mach nur!«, sagt Suze. »Mach nur, Tarkie. Nach dem Flug kannst du das bestimmt gut brauchen.«

Zögernd kommt Tarquin auf die Beine und folgt Bryce zum Strand hinunter. Schon bald spielt er mit und landet – wie mir auffällt – ein paar ziemlich gute Treffer.

»Tarkie spielt ja richtig gut Volleyball!«, rufe ich.

»O ja, so was hat er ganz gut drauf«, sagt Suze vage. »Er hat in Eton Fives gespielt. Dieser Bryce hat was, oder?«

Sie beachtet ihren eigenen Mann gar nicht. Sie lässt Bryce nicht aus den Augen. So ist es immer. Alle sind vernarrt in ihn, Männlein wie Weiblein.

Ein Kellner kommt herüber, und ich bestelle für uns und

die Kinder ganz viele verschiedene Säfte und will Suze gerade fragen, was sie sich zuerst ansehen möchte, vielleicht
den Walk of Fame oder den Rodeo Drive oder den großen
Hollywood-Schriftzug, als mir im Augenwinkel jemand auffällt. Ein blondes Etwas schreitet in weiter Yogahose und pin-
kem Racerback-Top zum Strand hinunter.

»Sie ist hier«, knurre ich und wende mich eilig ab. »Nicht
hingucken.«

»Wer?« Augenblicklich dreht Suze den Kopf hin und her.
»Jemand Berühmtes?«

»Nein. Jemand in jeder Hinsicht Abstoßendes.«

Plötzlich entdeckt Suze sie und stöhnt auf. »Alicia Biest-
Langbein!«

»Pst!« Ich zerre an Suze. »Dreh dich weg. Mach sie nicht
noch auf uns aufmerksam. Immer schön zugeknöpft bleiben.
Mit festem Blick.«

»Okay«, sagte Suze vage, ohne sich zu rühren.

Am Telefon habe ich Suze neulich von meiner fürchterli-
chen Begegnung mit Alicia erzählt, aber sie war gerade dabei,
sich die Beine zu wachsen, und ich bin mir nicht sicher, ob
sie richtig zugehört hat.

»Sie hat abgenommen«, meint Suze kritisch. »Und ihre
Haare sehen wirklich toll aus. Ich mag ihr Top …«

»Hör auf, sie zu bewundern! Und hör auf, sie auf uns aufmerksam zu machen!«

Aber es ist zu spät. Alicia kommt in unsere Richtung. Ich
sehe sie nicht zum ersten Mal hier im Golden Peace, aber zum
ersten Mal kommt sie herüber, um mit mir zu sprechen. Hier
im Golden Peace ist Alicia praktisch eine Königin. Oben in der
Lobby hängt sogar ein großes Bild von ihr und Wilton, und als
die beiden letzte Woche durch das voll besetzte Café kamen,
haben sich praktisch alle vor ihnen verneigt. Alle außer mir.

»Suze.« Alicia sieht mich nicht mal an, begrüßt Suze aber

mit ihrer sanften Stimme, und ich sehe, wie Suze vor Überraschung mit den Wimpern klimpert. »Es ist lange her.«

»Hi, Alicia«, sagt Suze misstrauisch.

»Bestimmt besuchst du Rebecca. Sind das deine Kinder?« Sie wendet sich Ernest, Wilfrid und Clementine zu, die in wilder Hatz um die Rutsche rennen. »Herzallerliebst! Und diese süßen Jäckchen.«

»Oh, danke!« Suze klingt übermannt, und ich koche innerlich. Das ist ein ganz mieser Trick. Einer Mutter zu ihren Kindern zu gratulieren.

»Wie lange bleibt ihr hier?«, fügt Alicia hinzu.

»Ist noch nicht sicher«, meint Suze.

»Ich wollte nur sagen, falls ihr die Kleinen während eures Aufenthalts gern pädagogisch betreuen lassen möchtet, könnte ich da vielleicht was arrangieren. Unsere Mädchen besuchen einen sehr guten Kindergarten, nicht wahr, Rebecca?« Sie schafft es, einen Blick in meine Richtung zu werfen, ohne mich dabei anzusehen. »Und für den Älteren gibt es ganz in der Nähe eine Privatschule. Ich denke, dass er für sein Alter schon sehr weit ist, oder?«

»Na ja.« Suze blüht förmlich auf. »Er ist ein ziemlich kluger Junge.«

»Ich könnte mit der Leitung sprechen. Vielleicht würde es den Kindern Spaß machen, sich mal eine Weile die amerikanische Erziehung anzusehen. Das Halbjahr ist fast um, aber da gibt es einige großartige Sommerkurse.«

»Wow.« Suze wirkt bass erstaunt. »Das wäre zu schön! Aber bist du sicher, dass ...«

»Kein Problem.« Alicia schenkt ihr wieder ihr flüchtiges Lächeln, dann wird sie ernst. »Suze, ich weiß, unsere Freundschaft war nicht immer ganz offen und ehrlich.«

Freundschaft? Zwischen den beiden gibt es keine Freundschaft.

174

»Aber eins sollst du wissen«, fährt Alicia fort. »Ich bin bereit, diesen Weg neu zu gehen, und es tut mir leid, wenn ich dir in der Vergangenheit Kummer bereitet haben sollte. Lass uns die Reise unseres Lebens in neuem Geiste fortführen.«

»Gut.« Suze ist völlig aus der Fassung.

Ich dagegen starre sie nur an, starr vor Schock. Hat sie gesagt, dass es ihr leidtut? Hat sie sich bei Suze entschuldigt?

»Ich gebe dir Bescheid wegen der Schule.« Alicia lächelt und fasst Suze an die Schulter, als würde sie ihr einen Segen erteilen. Feierlich nickt sie mir zu, dann zieht sie weiter, zum Strand hinunter.

»O mein Gott.« Suze atmet aus, als Alicia uns nicht mehr hören kann. »Was ist mit ihr *passiert*? Diese merkwürdige Stimme und dieses Lächeln und das ganze Zeug davon, dass sie ihr Leben umgestaltet hat.« Kichernd sieht sie mich an, aber ich kann nicht mitlachen.

»Sie hat sich bei dir entschuldigt«, presse ich fassungslos hervor.

»Ich weiß.« Suze freut sich. »Ich fand das nett von ihr. Und es war auch nett, dass sie angeboten hat, uns mit der Schule ...«

»Nein!« Ich fasse mir an den Kopf. »Du verstehst nicht! Sie hat sich geweigert, sich bei mir zu entschuldigen! Nach allem, was sie mir und Luke angetan hat, wollte sie sich nicht entschuldigen. Ich habe sie offen darauf angesprochen.«

»Na ja ...« Suze überlegt einen Moment. »Vielleicht war es ihr zu peinlich.«

»*Peinlich*? Alicia Biest-Langbein ist nichts peinlich.«

»Vielleicht dachte sie, sie hätte sich schon entschuldigt.«

»Du nimmst sie in Schutz.« Bestürzt glotze ich Suze an. »Ich kann nicht glauben, dass du Alicia Biest-Langbein in Schutz nimmst.«

»Ich nehme sie nicht in Schutz!«, entgegnet Suze. »Ich sage nur, Menschen ändern sich, und ...« Sie stockt, als die

Drinks kommen und die Kellnerin uns zwei Golden-Peace-Geschenktütchen überreicht: glänzend weiß und mit goldenen Tragegriffen.

»Alicia bat mich, Ihnen das hier zu geben«, sagt sie lächelnd. »Als kleine Willkommensgeste.«

»Oh! Danke schön!«, sagt Suze und fängt sofort an, ihres auszupacken. »Guck mal, Badeöl und eine Kerze …«

»Du nimmst das an?«, frage ich entsetzt.

»Aber natürlich!« Suze rollt mit den Augen. »Es ist ein Friedensangebot. Sie hat sich verändert. Du musst den Menschen eine Chance geben, sich zu ändern, Bex.«

»Sie hat sich nicht verändert.« Wütend blicke ich Suze an. »Wenn sie sich verändert hätte, würde sie sich entschuldigen.«

»Sie hat sich entschuldigt!«

»Nicht bei mir!«, schreie ich fast. »Nicht bei *mir*!«

»Hör mal, Bex.« Suze hat ihre Packung Kräutertee halb ausgepackt, als sie mich ansieht. »Lass uns bitte nicht streiten. Vor allem nicht ausgerechnet über Alicia! Ich denke, du solltest deine Geschenktüte nehmen und dich daran freuen. Mach schon.« Sie lächelt keck und stupst mich an. »Mach sie auf. Ich weiß, dass du es möchtest.«

Obwohl es in mir noch immer brodelt, will ich mich mit Suze doch nicht streiten.

Vor allem nicht an ihrem ersten Tag hier. Also reiße ich mich zusammen und erwidere ihr Lächeln. Traurig denke ich, dass sie das mit Alicia wohl nie verstehen wird. Vielleicht kann es außer Luke und mir (mehr oder weniger) niemand wirklich verstehen, und ich muss es einfach hinnehmen. Widerwillig nehme ich die Geschenktüte und mache sie auf. Ich habe auch eine Kerze und eine Olivenölseife und … wow! … einen Golden-Peace-Bikini. Den habe ich im Laden schon gesehen. Der kostet hundert Dollar.

Ich meine, es ist nett. Aber es ändert nichts an Alicia.

»Ich hätte auch gern so ein weißgoldenes Armband«, sagt Suze mit Blick auf mein Handgelenk. »Vielleicht belege ich ein paar Kurse. Mal sehen.« Sie schlägt die Broschüre auf, die in der Tüte war, dann lässt sie sie im nächsten Moment mit großen Augen wieder sinken. »Bex, das kostet ja ein Vermögen! Wie oft in der Woche kommst du hierher?«

»Na ja, jeden Tag.«

»Jeden Tag?« Suze macht große Augen. »Aber was kostet das denn alles?« Sie fängt an, in der Broschüre herumzublättern, und stöhnt bei jeder Seite auf. »Hast du gesehen, was der Yogakurs kostet? In London zahle ich ein Fünftel davon.«

Sie ist derart fassungslos, dass ich mich direkt verteidigen muss.

»Entscheidend ist nicht das Geld, Suze. Entscheidend sind geistige Gesundheit und spirituelles Wohlbefinden und meine persönliche Reise.«

»Ach ja?«, sagt sie skeptisch. »Konnten sie dich denn schon vom Shoppen abhalten?«

Ich warte einen Herzschlag lang, dann antworte ich mit großer Geste: »Ja!«

»*Ja*?« Suze lässt die Broschüre sinken und starrt mich an. »Bex, hast du eben Ja gesagt?«

Ha. Ich habe schon darauf gewartet, dass das Thema aufkommt.

»Jawohl«, sage ich selbstzufrieden. »Ich hatte gestern eine spezielle Einzelsitzung bei David, einem der Therapeuten, und wir sind meine Probleme durchgegangen, und er hat mir ganz viele Bewältigungsmechanismen genannt. Ich bin ein neuer Mensch, Suze!«

»O mein Gott«, sagt Suze kraftlos. »Es ist dein Ernst.«

»Natürlich ist es mein Ernst!«

»Also wie? Du gehst in einen Laden und willst nichts mehr kaufen?«

»So funktioniert das nicht. Es ist eine Reise, Suze. Wir befinden uns alle auf einer Reise.«

»Und wie *funktioniert* es dann?«

»Ich werde es dir zeigen! Komm mit, wir gehen in den Shop.«

Ich trinke meinen Saft aus und springe auf, bin bester Dinge. Ich kann es kaum erwarten, meine neuen Techniken vorzuführen. Bisher hatte ich noch keine Gelegenheit, sie zu üben, außer zu Hause vor dem Spiegel.

»Ernie!«, ruft Suze. »Du hast das Kommando. Bleibt auf dem Spielplatz! Wir gehen nur kurz in den Laden, okay?«

»Keine Sorge«, sage ich. »Wir können den Spielplatz vom Shop aus sehen. Komm mit!«

Ehrlicherweise staune ich selbst über meine spektakulären Fortschritte. Als David mich eines Tages beim Mittagessen ansprach und eine Einzelsitzung vorschlug, um »mein Kaufverhalten zu besprechen«, war ich gar nicht so scharf darauf. Ich habe sogar gesagt: »Wow, das klingt super, aber leider bin ich etwas zu beschäftigt.«

Und als er die Sitzung dann trotzdem angesetzt hat, habe ich absichtlich aus Versehen vergessen hinzugehen. Und als er mich dann beim Yoga aufgestöbert hat, bin ich … na ja. Ich bin ihm aus dem Weg gegangen.

Okay, ich bin weggerannt und habe mich hinter einem Baum versteckt. Was, wie ich zugeben muss, etwas kindisch war. Aber später hat er mich dann im Café gefunden und ganz nett mit mir gesprochen und gesagt, wenn mir nicht gefiele, was er zu sagen hätte, dürfte ich es ignorieren.

Also hatte ich diese Sitzung schließlich doch. Und ich kann nur sagen: Wieso habe ich so was nicht schon längst mal gemacht? David meinte immer nur: »Das sind die allerersten kleinen Schritte.« Und: »Ich weiß, dass Ihnen diese Vorstellung schwerfällt«, und ich gab ihm recht, weil ich spürte, dass er das von mir hören wollte. Aber mal ehrlich: Es fiel mir *leicht*. Ich muss wohl mental sehr stark sein oder so.

Er sprach davon, »warum Menschen shoppen«, und dann hat er mir von unzähligen unterschiedlichen Techniken erzählt, an denen wir gemeinsam arbeiten könnten, und er hat mir erklärt, dass die Lektionen, die ich in meinen anderen Kursen wie »Achtsamkeit für ein positives Leben« oder »Tapping für ein tieferes Wohlbefinden« lerne, alle in dieselbe Richtung zielen. Und ich nickte ernst und machte mir Notizen, und dann sprachen wir darüber, dass ich am »Kaufsucht-Programm« teilnehmen kann, sobald ein Platz frei wird.

In Wirklichkeit muss ich aber an keinem Programm teilnehmen. Offensichtlich lerne ich sehr schnell, denn ich habe es total drauf. Ich habe die volle Kontrolle über mich! Ich kann es kaum erwarten, Suze meine mentale Stärke vorzuführen.

»Da wären wir!« Ich stoße die Türen zum Souvenirshop auf. Ich muss sagen, der Laden ist wirklich ein Traum. Überall helles Holz und brennende Kerzen, und wohin das Auge blickt, finden sich hübsche erhebende Dinge, die einem die Reise erleichtern, etwa ein Yoga-Hoodie aus Kaschmir oder ein weiches, in Leder gebundenes Gedankentagebuch oder motivierende Sinnsprüche auf Vasen. Es gibt ein Schmucksortiment aus Heilkristallen und stapelweise Bücher und CDs und sogar ein Make-up-Sortiment namens »Healing Energy«.

Ich wende mich Suze zu und warte darauf, dass sie ein begeistertes Wow ausruft. Doch sie blickt mich nur erwartungsvoll an.

»Okay, was jetzt? Siehst du dich nur um und denkst: *Nein, das will ich alles nicht haben?*«

»Es ist ein *Prozess*«, antworte ich geduldig und zücke mein Notizbuch. »Zuerst soll ich denken: *Warum shoppe ich?* Und das soll ich aufschreiben.« Ich werfe einen Blick auf die Vorschläge, die David mir genannt hat. Langweile ich mich? Nein. Bin ich einsam? Nein. Habe ich Sorgen? Nein. Einen Moment weiß ich es selbst nicht. Warum shoppe ich eigentlich?

»*Um einer Freundin zu zeigen, dass ich nicht mehr so viel shoppe*«, sage ich schließlich. Ich schreibe es auf und unterstreiche es stolz.

»Und dann?«

»Shoppen kann einem helfen, geringes Selbstbewusstsein zu steigern«, sage ich kundig. »Deshalb muss ich mein Selbstbewusstsein selber steigern, und zwar mit motivierenden Sinnsprüchen.« Ich hole die Positive-Gedanken-Karten hervor, die David mir gegeben hat, und blättere darin herum. »Zum Beispiel: *Ich bin mit mir im Reinen und fühle mich wohl in meiner Haut.*« Ich strahle Suze an. »Ist das nicht toll? Davon habe ich ganz viele.«

»Lass mal sehen!«, fordert sie sofort und streckt ihre Hand aus.

»Bitte sehr.« Ich reiche ihr eine Karte, auf der steht: *Ich akzeptiere andere, wie sie sind, und dafür akzeptieren sie mich so, wie ich bin.* »Die Karten kann man hier kaufen«, füge ich hinzu. »Und man bekommt sehr hübsche T-Shirts mit Sprüchen darauf. Wollen wir welche anprobieren?«

»T-Shirts anprobieren?« Suze starrt mich an. »Bex, ich dachte, du hättest das Shoppen aufgegeben.«

»Ich habe das Shoppen doch nicht aufgegeben!« Fast lache ich über ihre naiven, allzu simplen Ansichten. »Darum geht es dabei nicht, Suze. Es geht nicht um Abstinenz, sondern darum, ein *gesundes Shopping-Muster* zu entwickeln.«

Das ist die Lektion, die von der Sitzung gestern vor allem hängen geblieben ist. Es geht *nicht* darum, das Shoppen aufzugeben. Sobald David das sagte, ergab das Ganze für mich viel eher einen Sinn.

»Wäre es denn nicht gesünder, gar nicht zu shoppen?«, will Suze wissen. »Ich meine, sollten wir nicht lieber gehen?«

Suze kapiert es einfach nicht. Aber sie ist natürlich auch noch nicht so auf ihre mentale Landschaft eingestimmt wie ich.

»Es ist ganz und gar keine gute Idee, das Shoppen insgesamt aufzugeben«, erkläre ich. »Man muss lernen, seinen Kontrollmuskel zu trainieren. Mich in diesem Laden aufzuhalten ist für mich reines Training.«

»Na gut.« Argwöhnisch sieht Suze mich an. »Und was passiert dann?«

»Ich kaufe nur, was ich brauche, und zwar mit Sinn und Verstand.«

Ich liebe diese Formulierung. David hat sie gestern mehrfach benutzt. *Man muss lernen, mit Sinn und Verstand zu shoppen.*

»Aber du brauchst doch gar nichts«, hält Suze dagegen.

»Tu ich wohl! Zufällig brauche ich ein Buch. David meinte, dass ich es mir kaufen soll. Also ...« Ich gehe voraus zur Abteilung Kognitive Verhaltenstherapie und greife nach einem Buch mit dem Titel *Fesselnde Gedanken: Eine Einführung in die kognitive Verhaltenstherapie.*

»Das machen wir in meiner Gruppe«, sage ich gewichtig und deute auf den Titel. »Kognitive Verhaltenstherapie. Wenn ich etwas Unangemessenes kaufen möchte, muss ich meine Gedanken umstrukturieren. Ich muss meine kognitiven Irrtümer identifizieren und mich ihnen stellen.«

»Wow.« Zum ersten Mal wirkt Suze ehrlich beeindruckt. »Ist das schwer?«

»Nein, eigentlich ist es ganz einfach«, entgegne ich, während ich im Buch herumblättere. »Die Audioversion besorge ich mir auch noch, damit ich es mir anhören kann, wenn ich beim Joggen bin. Und da gibt es noch ein paar andere Titel, von denen David meinte, dass ich sie mir mal ansehen sollte.«

Ich fange an, dicke Bücher in meinen Korb zu legen. *Gedankentagebuch für die kognitive Verhaltenstherapie, Kognitive Verhaltenstherapie für zwanghaftes Kaufen, Tagebuch für den Kaufsüchtigen. Shopaholic: Mit Gewohnheiten brechen.* Während ich die Bücher staple, glühe ich förmlich vor purer Tugendhaftigkeit. David hatte recht, ich *kann* mich von meinen alten Gewohnheiten befreien. Im Regal liegen auch noch ein paar echt coole Bleistifte, mattschwarz mit Schriftzügen wie *Entfalte dich* oder *Atme aus.* Ich nehme mir ein paar davon mit.

Suze beobachtet mich sprachlos.

»Aber Bex, inwiefern ist das jetzt anders als ganz normales Shoppen? Wo bleibt denn da die Herausforderung?«

Oh, stimmt. Das hatte ich im Moment ganz vergessen.

»Dazu wollte ich *gerade* kommen«, sage ich ein wenig streng. »Man legt die Sachen erst in seinen Korb, und *dann* stellt man sich der Herausforderung.«

Ich nehme das oberste Buch und mustere es eindringlich. Im Grunde weiß ich nicht so ganz genau, was ich als Nächstes tun soll, nur dass ich es Suze gegenüber nicht zugeben würde.

»Ich brauche dieses Buch«, sage ich schließlich mit sonorer Stimme. »Das ist meine Überzeugung. Für diese Überzeugung spricht: David hat mir gesagt, dass ich es kaufen soll. Gegen diese Überzeugung spricht… nichts. Also. Ich werde es kaufen, mit Sinn und Verstand. Amen.«

»Amen?« Plötzlich muss Suze kichern.

»Das ist mir nur so herausgerutscht«, gebe ich zu. »Aber

war das nicht cool? Ich habe total gelernt, mich zu beherrschen.«

»Jetzt zu den Bleistiften«, sagt Suze.

»Okay.« Ich nehme die Bleistifte und konzentriere mich
darauf. »Ich brauche diese Bleistifte. Das ist meine Überzeugung. Für diese Überzeugung spricht: Bleistifte kann man
immer brauchen. Gegen diese Überzeugung spricht…«

Abrupt halte ich inne, als mir ein Gedanke kommt. Habe
ich nicht schon ein paar von diesen Bleistiften gekauft? Am
ersten Tag, als ich hierherkam? Was habe ich damit gemacht?

»Gegen diese Überzeugung spricht«, sage ich triumphierend, »dass ich schon welche besitze! Also werde ich sie wieder zurücklegen!«

Mit großer Geste lege ich die Bleistifte wieder ins Regal.
»Siehst du? Ich *beherrsche* mich. Ich bin ein völlig anderer
Mensch. Beeindruckt?«

»Na gut. Und was ist mit diesen anderen Büchern?« Suze
nickt zum Korb. »So viele brauchst du doch bestimmt nicht,
oder?«

Hat sie mir denn überhaupt nicht zugehört?

»Selbstverständlich brauche ich die«, sage ich so geduldig,
wie ich kann. »Sie sind für meinen Fortschritt unerlässlich.
Ich werde sie mit Sinn und Verstand kaufen.« Ich greife nach
dem wunderschönen Notizbuch. »Und das hier kaufe ich
auch mit Sinn und Verstand. Das wird mein Traumtagebuch.
Wusstest du, dass jeder ein Traumtagebuch führen sollte?«

Suze scheint immer noch nicht überzeugt zu sein, als ich
es in meinen Korb lege.

»Okay, angenommen, du shoppst tatsächlich mal zu viel«,
sagt sie. »Was machst du dann?«

»Dann wende ich andere Techniken an«, erkläre ich. »Zum
Beispiel Tapping.«

»Was ist Tapping?«

183

»Oh, das ist genial«, sage ich begeistert. »Man tippt sich ins Gesicht und ans Kinn und so, und man spricht Mantras, und das befreit deine Meridiane und heilt dich.«

»Bitte?« Suze starrt mich an.

»Es stimmt!«

Tapping ist mein Lieblingskurs. Außerdem glaube ich, dass es die Gesichtsmuskulatur strafft, wenn man sich öfter mal ans Kinn tippt. Ich stelle meinen Korb ab, um es zu demonstrieren.

»Man tippt sich an die Stirn und sagt: Ich weiß, ich habe zu viel gekauft, aber ich akzeptiere mich wirklich und wahrhaftig. Siehst du?« Ich strahle sie an. »Ganz einfach.« Dann tippe ich mir noch an die Brust und auf den Kopf.

»Bex ...« Suze ist baff.

»Was?«

»Bist du sicher, dass du das richtig machst?«

»Selbstverständlich mache ich es richtig!«

Das Problem mit Suze ist, dass sie ihren Geist noch nicht so weit geöffnet hat wie ich meinen. Sie hat sich noch nicht mit dem unermesslichen Reichtum der geistig-spirituellen Erleuchtung vertraut gemacht, die da draußen auf uns wartet.

»Wenn du erst eine Weile hier bist, wirst du schon noch lernen, wie das Prinzip Golden Peace funktioniert«, sage ich liebevoll. »Jetzt lass uns T-Shirts anprobieren!«

GOLDEN PEACE SOUVENIRSHOP

Kundenbeleg

Mrs Rebecca Brandon
Mitgliedsnummer: 1658

Abt.	Artikel	Menge	Endpreis
Bücher:	*Shopaholic: Mit Gewohnheiten brechen*	1	$19.99
Geschenke:	Kokos-Lippenbalsam	5	$20.00
Geschenke:	Mandarinen-Lippen-balsam	5	$20.00
Wohnen:	Windspiel (groß)	3	$89.97
Wohnen:	Windspiel (klein)	3	$74.97
Audio CDs:	*Nie mehr Geld verschwenden*	1	$24.99
Schmuck:	Erdkristall-Anhänger	2	$68.00
Kleidung:	Sinnspruch-T-Shirt: *Lerne*	1	$39.99
Kleidung:	Sinnspruch-T-Shirt: *Wachse*	1	$39.99
Kleidung:	Wanderjacke (50% Rabatt)	1	$259.99
Bücher:	*Tagebuch für den Kaufsüchtigen*	1	$15.99
Lebens-mittel:	Manuka-Honig (Mengenrabatt)	10	$66.00
Bücher:	*Kognitive Ver-haltenstherapie für zwanghaftes Kaufen*	1	$30.00
Schmuck:	Silbernes Heilarmband	2	$154.00

Seite 1 von 2

10

Ich hätte gedacht, dass Suze vom Golden Peace beeindruckter gewesen wäre. Ich glaube, sie ist mental blockiert. Sie hat Vorurteile – das ist es. Sie hat sich noch für keinen einzigen Kurs angemeldet und nicht mal ein T-Shirt gekauft. Ständig sagt sie nur, dass sie das alles sehr teuer findet und wozu das Ganze?

Wozu das Ganze? Hat sie denn nicht gemerkt, wie verwandelt ich bin?

Zum Glück ist Tarkie auf meiner Seite. Er fühlt sich wohl im Golden Peace und hat schon enge Bande zu Bryce geknüpft.

»Wir denken beide genau gleich über die Lichtverschmutzung«, sagt er gerade. Es ist der nächste Tag, und wir sitzen alle zusammen beim Frühstück in der Küche. »Lichtverschmutzung ist ein modernes Übel, aber die Politiker wollen einfach nicht hören.«

Ich sehe, dass Suze die Augen verdreht, und lächle sie an. Tarkie ist dermaßen besessen vom Thema Lichtverschmutzung, dass er ständig durch Letherby Hall läuft und überall das Licht ausmacht und Suze hinter ihm herschleicht und es wieder anmacht.

»Okay!« Triumphierend trete ich mit einem Teller in der Hand an den Tisch. »Hier kommt ist unser gesundes L.A.-Frühstück. Ein gedünstetes Eiweiß-Omelett mit Grünkohl.«

Am Tisch herrscht Schweigen. Alle starren entsetzt den Teller an.

Na gut, ich muss zugeben, dass es nicht gerade wie ein

Omelett aussieht. Es ist irgendwie weißlich und formlos, und der Grünkohl ist grau geworden. Aber es ist gesund.

»Ein gedünstetes Omelett?«, fragt Suze schließlich.

»Ich habe es in der Mikrowelle zubereitet, in einer Ziploc-Tüte«, erkläre ich. »Es ist völlig fettfrei. Wer möchte das erste?«

Wieder dieses Schweigen.

»Äh, ich muss schon sagen, es sieht köstlich aus«, wirft Tarquin ein. »Aber du hast nicht zufällig Kippers, oder?«

»Nein, ich habe keine Kippers!«, sage ich ein wenig pikiert. »Wir sind hier nicht in Schottland, wir sind in L.A., und hier essen alle gedünstete Omeletts.«

Schließlich blickt Luke von dem Brief auf, den er gerade liest. »Was ist *das*?«, fragt er entsetzt, dann sieht er mein Gesicht, und seine Miene ändert sich entsprechend. »Ich meine, was *ist* das?«

»Das ist ein gedünstetes Omelett.« Unglücklich stupse ich es an.

Sie haben recht. Es sieht wirklich eklig aus. Und dabei habe ich eine halbe Ewigkeit gebraucht, um die vielen Eier zu trennen und den Grünkohl zu zerhacken. Das Rezept stand in einem Buch mit dem Titel *Power Brunch*, und ich dachte, alle wären bestimmt beeindruckt. Ich traue mich gar nicht, ihnen von dem Pilz-Proteinshake zu erzählen, der im Mixer auf sie wartet.

»Bex, wo ist das Eigelb, das du nicht brauchtest?«, fragt Suze plötzlich.

»In einer Schüssel.«

»Soll ich uns vielleicht damit Omelett machen?«

Bevor ich sie daran hindern kann, ist Suze schon dabei, eine Pfanne anzuheizen, ordentlich Butter dazuzugeben und das leckerste, gelbste, knusprigste Omelett zu braten, das ich je gesehen habe, zusammen mit Speckstreifen, die sie im Kühlschrank gefunden hat.

»So!«

Sie stellt es auf den Tisch, und alle fallen darüber her. Ich nehme selbst eine Gabel voll und sterbe fast – so gut schmeckt es.

»Restaurants sollten Ei*gelb*-Omeletts anbieten«, sagt Suze mit vollem Mund. »Wieso sind eigentlich alle so versessen auf Eiweiß? Das schmeckt doch nach überhaupt nichts.«

»Es ist gesund.«

»Quatsch«, sagt Suze energisch. »Wir füttern unsere Lämmer auch mit Eigelb, und die sind *kern*gesund.«

Luke schenkt rundherum Kaffee ein. Suze streicht Marmelade auf eine Scheibe Toast, und schon haben alle wieder bessere Laune.

»Also«, Luke blickt in die Runde, »ich habe hier eine Einladung. Wer hat Lust, zu einer Benefiz-Gala ins Beverly Hilton Hotel mitzukommen?«

»Ich!«, rufen Suze und ich gleichzeitig.

»Es geht um…« Er wirft einen Blick auf den Brief. »Opfer von Diskriminierung. Irgendeine neue Stiftung.«

»Darüber habe ich was gelesen!«, sagt Suze begeistert. »Salma Hayek wird da sein! Können wir wirklich mitkommen?«

»Sage lädt uns ein, mit an ihrem Tisch zu sitzen, Hausgäste eingeschlossen.« Luke lächelt Suze an. »Ihr seid dabei.«

»Tarkie, hast du das gehört?« Suze lehnt sich über den Tisch und schwenkt ihren Toast. »Wir sind zu einer echten Hollywood-Party eingeladen!«

»Eine Party.« Tarquin sieht aus, als hätte er gerade erfahren, dass ihm ein Zahn gezogen werden soll. »Schön.«

»Das wird lustig«, sagt Suze. »Vielleicht lernst du Salma Hayek kennen.«

»Ah.« Er wirkt unentschlossen. »Fabelhaft.«

»Du weißt gar nicht, wer Salma Hayek ist, oder?«, fragt Suze missbilligend.

»Natürlich weiß ich das.« Tarkie sieht aus, als säße er in der Falle. »Er ist ein … Schauspieler. Famoses Talent.«

»Sie! *Sie* ist famos!« Suze seufzt. »Ich werde dich einweisen müssen, bevor wir hingehen. Hier, lies das erst mal.« Eben drückt sie ihm eine Ausgabe der *Us Weekly* in die Hand, als Minnie und Wilfrid in die Küche gerannt kommen.

Dass die Cleath-Stuarts bei uns wohnen, ist für Minnie das Größte. Ich glaube, sie hatte noch nie im Leben solchen Spaß. Sie trägt zwei Baseballkappen übereinander, hält den Schuhlöffel wie eine Gerte und »reitet« Wilfrid wie ein Pony.

»Hü, Pferdchen!«, kreischt sie und reißt an den Zügeln, die sie aus mindestens sechs von Lukes Gürteln zusammengeschnallt hat. Im nächsten Moment taucht Clementine auf, die auf Ernest »reitet«.

»Los, Minnie!«, quiekt sie. »Lass uns über die Sofas springen!«

»Nein!«, sagt Suze streng. »Hört auf herumzurennen und kommt frühstücken. Wer möchte Toast?«

Mir fällt auf, dass sie das Eiweiß-Omelett diplomatischerweise mit keinem Wort erwähnt. Ich glaube, am besten tun wir alle so, als hätte es nie existiert.

Als die Kinder sich auf ihre Stühle setzen, merke ich plötzlich, dass Minnie sich mein Handy gegriffen hat.

»Bitte telenieren«, sagt sie prompt. »Bitteeeee. *Bitteeeee!*« Sie schmiegt es an ihr Ohr, als wäre es ein Neugeborenes und ich Herodes.

Mindestens drei Spielzeughandys aus Plastik habe ich Minnie schon geschenkt, aber sie lässt sich keinen Moment täuschen. Es ist direkt bewundernswert. Also lenke ich am Ende immer ein und lasse sie mein Handy halten – obwohl ich ständig fürchten muss, dass sie es in ihre Milch oder irgendwas anderes fallen lässt.

»Na gut«, sage ich. »Aber nur kurz.«

»Hallo!«, ruft Minnie ins Telefon und strahlt mich an. »Hallo Oooraaaa!«

Ora? Ora – die Kleine von Alicia Biest-Langbein?

»Nicht Ora, Schätzchen«, sage ich leichthin. »Ruf doch jemand anders an. Page zum Beispiel. Das ist ein süßes Mädchen.«

»Ora telenieren«, sagt Minnie bockig. »Ora lieb.«

»Ora ist nicht lieb!«, fahre ich sie an, bevor ich es verhindern kann.

»Wer ist Ora?«, fragt Suze.

»Alicias Tochter«, knurre ich. »Von allen Kindern auf der Welt muss Minnie sich ausgerechnet mit ihr anfreunden.«

»Ehrlich, Bex!«, erwidert Suze. »Das ist doch lächerlich. Wo soll das hinführen? Die Montagues gegen die Capulets?«

Minnie blickt von mir zu Suze, dann wieder zu mir. Dann zerknautscht sie das Gesicht zu einem Schrei. »Oooraaa liiiiiieeeb!«

Die ganze Zeit über hat Luke auf sein Blackberry eingetippt. Er besitzt die fast mystische Gabe, seine Umgebung komplett ausblenden zu können, wenn Minnie schreit. Doch jetzt blickt er auf.

»Wer ist Ora?«

Ich kann nicht glauben, dass sich an unserem Frühstückstisch alles um die Tochter von Alicia Biest-Langbein dreht.

»Niemand«, sage ich. »Minnie, komm her und hilf mir, den Toast zu schmieren.«

»Toast!« Begeistert leuchten ihre Augen auf, und ich kann nicht anders, als ihr ein Küsschen zu geben. Für Minnie ist das Verschmieren von Butter auf Toast der größte Spaß auf der Welt, nur dass ich ihr ausreden muss, Marmelade *und*

Nougatcreme *und* Erdnussbutter draufzuschmieren. (Luke sagt immer »Wie die Mutter, so die Tochter«, was absoluter Quatsch ist. Ich weiß gar nicht, was er mir damit sagen will.)

Während ich an meinem Kaffee nippe und versuche, Minnie daran zu hindern, sich die Finger mit Butter vollzuschmieren, merke ich, dass ich Luke beobachte. Er lässt sein Blackberry nicht aus den Augen, und an seinem Hals pulsiert eine Ader. Irgendetwas stresst ihn. Aber was?

»Luke?«, beginne ich vorsichtig. »Ist was?«

»Nein«, sagt er sofort. »Nichts. Nichts.«

Okay, das bedeutet, dass doch was ist.

»Luke?«, versuche ich es noch mal.

Er sieht mir in die Augen und schnauft. »Ich habe eine E-Mail vom Anwalt meiner Mutter bekommen. Offenbar wird sie operiert. Er meint, ich sollte es wissen.«

»Okay«, sage ich vorsichtig.

Finster starrt Luke sein Blackberry an. Ein Fremder würde in ihm nur einen übellaunigen Mann sehen. Ich dagegen sehe den tiefen Schmerz jedes Mal, wenn Luke an seine Mutter denkt, und mir krampft sich das Herz zusammen. Luke findet keinen Frieden mit seiner Mutter. Früher hat er sie zu sehr angebetet, jetzt verachtet er sie zu sehr. Elinor hat ihn verlassen, um in den Staaten zu leben, als er noch ganz klein war, und ich denke, das hat er ihr nie so ganz verziehen. Besonders seit Minnie da ist. Seit er weiß, was es bedeutet, ein Kind zu haben.

»Was erwartet sie?«, platzt er plötzlich heraus. »Was erwartet sie denn von mir?«

»Vielleicht erwartet sie gar nichts«, werfe ich ein.

Luke antwortet nicht, sondern nimmt nur mit mörderischer Miene einen Schluck von seinem Kaffee.

»Wieso wird sie denn operiert?«, frage ich. »Ist es was Ernstes?«

»Vergessen wir es einfach«, sagt er abrupt und steht auf. »Ich gebe Aran Bescheid, dass wir zu viert kommen. Schwarze Fliege ist angesagt«, fügt er hinzu und gibt mir einen Kuss. »Bis später.«

»Luke«, ich nehme seine Hand, um ihn aufzuhalten. Doch als er sich umdreht, merke ich, dass ich eigentlich nur sagen möchte: *Bitte schließ Frieden mit deiner Mutter*, womit ich nicht einfach so unvorbereitet herausplatzen kann. »Mach's gut«, sage ich lahm, und er nickt.

»Schwarze Fliege?« Bestürzt wendet sich Tarquin zu Suze um. »Liebling, was soll ich denn anziehen? Ich habe meinen Kilt gar nicht dabei.«

Seinen *Kilt*? O mein Gott. Wenn ich mir vorstelle, wie Tarkie bei einer Benefiz-Gala in L.A. im Kilt erscheint, mit Felltasche und diesen dicken Wollsocken, dann könnte ich mich vor Lachen kringeln.

»Du wirst keinen Kilt anziehen!«, protestiert Suze. »Du wirst…« Sie überlegt einen Moment. »Einen Armani-Smoking tragen. Und ein schwarzes Hemd mit schwarzer Fliege. Das tragen diese Hollywood-Typen alle.«

»Ein schwarzes Hemd?« Jetzt ist Tarquin an der Reihe zu protestieren. »Suze, Liebling, nur Ganoven tragen schwarze Hemden.«

»Na gut, okay, dann ein weißes Hemd.« Suze lenkt ein. »Aber keinen Kläppchenkragen. Du musst cool aussehen. Und nachher frage ich dich ein paar Prominente ab.«

Armer Tarkie. Als er aus der Küche geht, sieht er aus wie ein Mann, der zu einer Gefängnisstrafe verurteilt wurde, nicht wie jemand, den man gerade zur coolsten Party der Stadt eingeladen hat.

»Er ist ein hoffnungsloser Fall«, seufzt Suze. »Weißt du, er kann dir hundert Schafrassen nennen, aber keinen *einzigen* von Madonnas Ehemännern.«

»Ich kenne niemanden, der hier deplatzierter wäre.« Ich kneife die Lippen zusammen, um nicht zu lachen. »Tarkie passt nicht nach L.A., oder?«

»Wir waren jetzt oft genug im Urlaub auf Moorhuhnjagd. Jetzt bin ich mal dran. Und mir gefällt es hier *total*!« Suze schenkt sich noch etwas Orangensaft ein, dann sagt sie leiser: »Was glaubst du, was mit Elinor los ist?«

»Ich weiß nicht.« Ich spreche noch leiser. »Was mache ich, wenn sie schwer krank ist?«

Voll Sorge sehen wir uns an. Ich merke, dass unsere Gedanken in dieselbe Richtung gehen und dann davor zurückschrecken.

»Er muss die Wahrheit über die Party erfahren«, sagt Suze schließlich. »Er muss erfahren, wie großzügig sie war. Nur für den Fall, dass irgendwas passiert.«

»Aber wie soll ich es ihm sagen? Er wird an die Decke gehen. Er wird mir nicht mal zuhören!«

»Könntest du es ihm schreiben?«

Darüber denke ich kurz nach. Ich bin ganz gut im Briefeschreiben, und ich könnte Luke das Versprechen abringen, dass er den Brief zu Ende liest, bevor er losbrüllt. Doch während ich noch darüber nachdenke, weiß ich schon, was ich lieber tun möchte.

»Ich werde sie einladen«, sage ich entschlossen. »Entweder vor ihrer Operation oder hinterher, je nachdem.«

»Wohin denn einladen? *Hierher?*« Suze' Augen werden groß. »Bist du sicher, Bex?«

»Wenn ich ihm einen Brief schreibe, wird er ihn nur ignorieren. Die beiden müssen aufeinandertreffen. Ich werde eine Intervention in die Wege leiten«, sage ich mit großer Geste.

Wir haben neulich im Golden Peace über Interventionen gesprochen, und ich war die Einzige, die so was noch nie mitgemacht hatte. Ich kam mir richtig ausgeschlossen vor.

Suze scheint ihre Zweifel zu haben. »Sind Interventionen nicht was für Drogensüchtige?«

»Und bei Familienstreitigkeiten«, erkläre ich sachkundig.

Eigentlich weiß ich gar nicht, ob das stimmt. Aber ich kann ja immer meine eigene Art der Intervention anwenden, oder? Ich habe so eine Vorstellung von mir, wie ich – in wallende weiße Kleider gewandet – mit melodiöser Stimme Lukes und Elinors zerbrochene Seelen in Harmonie bringe.

Vielleicht kaufe ich bei der Gelegenheit ein paar Heilkristalle. Und Duftkerzen und eine CD mit beruhigenden Gesängen. Ich werde mir aus den verschiedenen Techniken meinen eigenen Cocktail mixen und Luke und Elinor erst gehen lassen, wenn sie zu einer irgendwie gearteten Lösung gelangt sind.

»Solltest du nicht lieber jemanden dazuholen, der dafür ausgebildet ist?« Suze scheint nach wie vor ihre Zweifel zu haben. »Ich meine, was verstehst du denn davon?«

»Viel«, erwidere ich ein wenig gekränkt. »Weißt du, Suze, ich habe im Golden Peace so einiges aufgeschnappt. Ich habe Konfliktlösung und so was belegt. Alles zu verstehen heißt alles zu vergeben«, kann ich mir nicht verkneifen. »Buddha.«

»Okay, wenn du so eine Expertin bist, dann schlichte diesen Konflikt.« Suze deutet auf Wilfie und Clemmie, die sich verzweifelt um irgendein winziges Plastiktier streiten.

»Äh, hey, Wilfie! Clemmie!«, rufe ich. »Wer will was Süßes?«

Augenblicklich hören die Kinder auf, sich zu kabbeln, und halten ihre Händchen hin.

»Da!«, sage ich selbstgefällig.

»So willst du das mit Luke und Elinor klären?«, spottet Suze. »Mit Süßigkeiten?«

»Natürlich nicht«, entgegne ich würdevoll. »Ich werde eine ganze Reihe von Techniken anwenden.«

»Na, ich finde es trotzdem riskant.« Sie schüttelt den Kopf. »Sehr riskant.«

»Man kann doch nicht das Essen verweigern, nur weil man Gefahr läuft, sich zu verschlucken«, sage ich weise. »Chinesisches Sprichwort.«

»Bex, hör auf, so zu reden wie ein blödes T-Shirt!« Urplötzlich flippt Suze aus. »Ich hasse dieses elende Golden Peace! Sag mal wieder was *Normales*! Was willst du zur Benefiz-Gala anziehen? Und sag jetzt nicht irgendwas Bescheuertes wie: Kleider sind Metaphern für die Seele.«

»Wollte ich ja gar nicht!«, erwidere ich.

Eigentlich klingt es ganz gut. Vielleicht sollte ich das mal in einem meiner Kurse fallen lassen. *Kleider sind Metaphern für die Seele.*

Vielleicht lasse ich es auf Stoff drucken und schenke es Suze zu Weihnachten.

»Was grinst du so?«, fragt Suze argwöhnisch.

»Nur so!« Ich verkneife mir das Grinsen. »Aber was willst *du* denn zur Benefiz-Gala anziehen?«

11

Ausgerechnet Suze muss vom Shoppen reden. Ausgerechnet sie muss vom Shoppen reden!

Sie hat sich nicht nur ein neues Kleid für die Gala gekauft, sondern auch neue Schuhe, eine neue Halskette und eine neue Frisur. Und dabei hat sie mir nicht mal erzählt, dass sie es vorhatte. Eben »springt sie nur mal kurz beim Friseur rein«, schon kommt sie mit den üppigsten, glänzendsten Extensions wieder, die ich je gesehen habe. Wie ein blonder Bach fallen sie bis zur Taille, und mit ihren braun gebrannten Beinen sieht sie selbst aus wie ein Filmstar.

»Du siehst fantastisch aus«, sage ich ehrlich, als wir vor dem Spiegel stehen. Sie trägt ein perlenbesetztes blasstürkises Shift-Kleid, und an ihrer Halskette hängt eine Meerjungfrau. Ich habe noch nie eine Kette mit einer Meerjungfrau gesehen, aber jetzt möchte ich unbedingt auch so eine haben.

»Na, du aber auch!«, sagt Suze sofort.

»Ehrlich?« Ich zupfe an meinem Kleid von Zac Posen, das um die Hüften herum ausgesprochen vorteilhaft fällt, auch wenn ich das selbst sage. Ich habe es mit einer kleinen Kette von Alexis Bittar aufgepeppt und mir die Haare hochgesteckt. Außerdem habe ich geübt, auf dem roten Teppich zu stehen. Im Internet fand ich eine Anleitung und habe sie uns beiden ausgedruckt. Beine gekreuzt. Ellbogen raus, Kinn rein. Ich nehme Haltung an, und Suze macht es mir nach.

»Ich sehe aus, als hätte ich ein Doppelkinn«, meint sie griesgrämig. »Bist du sicher, dass das so richtig ist?«

»Vielleicht ziehen wir das Kinn *zu* sehr ein.«

Ich hebe mein Kinn an und sehe augenblicklich aus wie ein Soldat. Suze dagegen sieht aus wie Posh Spice. Sie hat genau den richtigen Ausdruck.

»Genau so!«, sage ich verzückt. »Aber lächeln!«

»Ich kann nicht so dastehen *und* lächeln.« Suze klingt angestrengt. »Man muss echt gelenkig sein, um es hinzukriegen. Tarkie!«, ruft sie, als dieser draußen an der offenen Tür vorbeigeht. »Komm her! Wir zeigen dir, wie man sich fotografieren lässt!«

Seit Suze Extensions trägt, hat Tarquin allen Mut verloren. Mittlerweile wirkt er wie ein Todeskandidat. Suze hat ihn in eine maßgeschneiderte Smokingjacke von Prada gesteckt, komplett mit schwarzer Fliege und schicken Schuhen. Ich meine, er sieht blendend aus, unser Tarkie, groß und aufrecht, und Suze hat ihm die Haare kunstvoll verwuschelt. Er ist nur so … ungewohnt.

»Du solltest immer Prada tragen, Tarkie!«, sage ich, woraufhin er totenbleich wird.

»Stell dich hier hin«, sagt Suze. »Also, wenn du fotografiert wirst, musst du deinen Kopf leicht abwenden. Und irgendwie mürrisch gucken.«

»Liebling, ich glaube, ich möchte lieber nicht fotografiert werden«, sagt Tarkie und weicht zurück. »Wenn es dir nichts ausmacht.«

»Du musst! Die fotografieren alle.« Unsicher sieht sie mich an. »Die fotografieren doch alle, oder?«

»Selbstverständlich«, sage ich zuversichtlich. »Schließlich sind wir Gäste, oder? Also werden wir auch fotografiert.«

Ich bin schon ganz aufgeregt. Ich kann es kaum erwarten! Ich wollte schon immer mal in Hollywood auf dem roten Teppich fotografiert werden. Mein Handy piept mit einer SMS, und ich hole es aus meinem Täschchen.

»Unser Wagen ist da! Auf geht's!«

»Was ist mit Luke?«, fragt Tarquin, der offenbar dringend moralischen Beistand braucht.

»Den treffen wir dort.« Ich versprühe eine letzte Duftwolke über mir und grinse Suze an. »Bereit für Eure Nahaufnahme, Lady Cleath-Stuart?«

»Nenn mich nicht so! Es hört sich an, als wäre ich steinalt!«

Ich mache mich auf ins Kinderzimmer, wo Teri, unser Babysitter, ein kicherndes Twister-Knäuel beaufsichtigt. Minnie begreift noch nicht, wie man Twister spielt, aber sie weiß, wie man auf der Matte herumrollt und allen im Weg liegt, also tut sie das auch.

»Schlaf gut nachher, Süße!« Ich drücke ihr einen Kuss auf die kleine Wange. »Bis später!«

»Mami!« Wilfrid starrt Suze entgeistert an. »Du siehst aus wie ein Fisch.«

»Vielen Dank, mein Schatz!« Suze drückt ihn an sich. »*Genau so* möchte ich auch aussehen.«

Auf leisen Sohlen ist Tarquin hereingekommen und macht sich an Wilfrids Spielzeugeisenbahn zu schaffen.

»Vielleicht bleibe ich lieber hier und passe mit auf die Kinder auf«, sagt er. »Wie gern würde ich …«

»Nein!«, rufen Suze und ich im Chor.

»Es wird dir bestimmt gefallen«, meint Suze und scheucht ihn aus dem Zimmer.

»Vielleicht lernst du ja sogar Angelina Jolie kennen«, stimme ich mit ein.

»Oder Renée Zellweger.«

»Oder Nick Park«, sage ich listig. »Weißt du? Der *Wallace & Gromit* gemacht hat.«

»Ah!« Auf einmal ist Tarkie ganz Ohr. »*Die Techno-Hose.* Also, das war mal ein famoser Film.«

Im Beverly Hilton werden auch die Golden Globes verliehen. Wir gehen dorthin, wo die Golden Globes verliehen werden! Während wir uns durch den Abendverkehr schieben, kann ich kaum still sitzen.

»Hey, Suze!«, sage ich plötzlich. »Meinst du, sie legen genau denselben Teppich aus wie bei den Golden Globes?«

»Gut möglich!«

Ich sehe, dass Suze von dieser Vorstellung genauso fasziniert ist wie ich. Sie fängt an, ihre neuen langen Haare auf den Schultern zu arrangieren, und ich prüfe zum Millionsten Mal meinen Lippenstift.

Eine solche Gelegenheit werde ich mir nicht entgehen lassen. Auf dieser Party dürften ein paar echte Promis sein, und wenn ich es richtig anstelle, kann ich wichtige Beziehungen knüpfen. Ich habe meine Kärtchen mit der Aufschrift »Rebecca Brandon – Stylistin« dabei und beabsichtige, jedes einzelne Gespräch auf das Thema Mode zu lenken. Ich muss nur einen einzigen einflussreichen Menschen finden, der mich engagiert, dann wird sich die Nachricht wie von selbst verbreiten, und mein Ruf wird mir vorauseilen und ... nun, alles wäre möglich.

Das Problem ist nur, diesen einen einflussreichen Menschen zu finden.

Die Limousine hält vor dem Hotel, und ich quieke vor Begeisterung. Draußen wartet keine Menschenmenge wie bei den Golden Globes, aber überall sind Absperrungen und Fotografen, und da ist ein roter Teppich! Ein echter roter Teppich! Auf großen Schildern steht »EQUAL«, denn so heißt die Stiftung. (Es steht für irgendwas, aber ich weiß nicht, wofür. Ich glaube kaum, dass irgendwer hier es weiß.) Davor posiert eine elegante Blondine halb nackt für die Kameras. Neben ihr steht ein bärtiger Mann mit schwarzer Fliege.

»Wer ist das?«, frage ich und stoße Suze an. »Ist das Glenn Close?«

»Nein, das ist die aus … du weißt schon. Diese Serie.« Suze rümpft die Nase. »O Gott, wie heißt sie noch?«

»Guck mal!« Ich deute auf einen jungen Mann mit stachligen Haaren und Smoking, der vor uns aus seiner Limousine steigt. Fotografen drängen sich um den Wagen, knipsen und rufen, aber er ignoriert sie ganz cool.

»Sind die Damen bereit?« Der Chauffeur dreht sich zu uns um.

»Ach so. Ja.« Ich atme tief ein, um meine Nerven zu beruhigen.

Suze und ich haben an ihrem Mietwagen den ganzen Nachmittag über das Aussteigen geübt und uns dabei gegenseitig fotografiert. Wir haben es total drauf. Wir werden weder unsere Höschen zeigen noch über unsere Absätze stolpern. Ebenso wenig werden wir den Kameras winken, was Suze am liebsten tun würde.

»Jetzt?« Suze lächelt unsicher.

»Jetzt!«

Der Chauffeur hält uns die Tür auf meiner Seite auf. Ich werfe meine Haare und tue einen eleganten Schritt hinaus, warte auf das Blitzlichtgewitter, die lauten Stimmen, den Jubel …

Oh. Was?

Wo sind denn die ganzen Kameras hin? Eben waren sie doch noch hier! Verunsichert drehe ich mich um und sehe sie bei einer anderen Limousine, direkt hinter uns. Irgendein rothaariges Mädchen in Blau steigt aus und lächelt artig in die Runde. Ich kenne sie nicht mal. Ist die wirklich berühmt?

Suze steigt neben mir aus der Limo und sieht sich verwundert um.

»Wo sind die Fotografen?«

»Da drüben.« Ich zeige es ihr. »Bei der da.«

»Oh.« Sie sieht genauso unglücklich aus wie ich. »Und was ist mit uns?«

»Wahrscheinlich sind wir wohl nicht prominent genug«, gebe ich ungern zu.

»Na, egal.« Suze lächelt. »Immerhin bleibt uns ja noch der rote Teppich. Komm!«

Auch Tarquin ist inzwischen ausgestiegen, und sie hakt sich bei ihm unter. »Zeit für den roten Teppich!«

Vor dem Hotel rennen haufenweise Männer mit schwarzen Fliegen herum, aber wir schaffen es, uns einen Weg zum Eingang, zum roten Teppich zu bahnen. Ich bebe vor Glück. Endlich!

»Hi!« Ich strahle den Mann von der Security an. »Wir sind Gäste.« Ich reiche ihm unsere Einladungen, die er teilnahmslos scannt.

»Hier entlang, Ma'am.« Er deutet weg vom roten Teppich, zu einem Seitengang, in den gerade mehrere Leute in Abendgarderobe ausschwenken.

»Nein, wir wollen zur Benefiz-Gala«, erkläre ich.

»Da entlang geht's zur Gala.« Er nickt und öffnet eine Absperrung. »Ich wünsche Ihnen einen schönen Abend.«

Er begreift es nicht. Vielleicht ist er etwas langsam.

»Wir müssen *da* lang.« Ich deute auf die Reihen der Fotografen.

»Auf den roten Teppich«, wirft Suze ein. Sie zeigt auf unsere Einladung. »Hier steht ›Eingang roter Teppich‹.«

»Das hier ist der rote Teppich, Ma'am.« Wieder deutet er auf die Nebenroute, und Suze und ich sehen uns bestürzt an.

Okay, streng genommen liegt da ein Teppich. Und er ist irgendwie mattrot. Das kann doch wohl nicht richtig sein.

»Der ist nicht rot«, erwidert Suze. »Der ist kastanienbraun.«

»Und da sind auch gar keine Fotografen. Wir wollen über *den* roten Teppich laufen.« Ich deute hinter ihn.

»Nur Gäste mit goldener Einladung laufen über *den* roten Teppich, Ma'am.«

Gäste mit goldener Einladung? Wieso sind wir keine Gäste mit goldener Einladung?

»Jetzt kommt schon«, sagt Tarkie deutlich gelangweilt. »Gehen wir rein und genehmigen uns einen kleinen Rachenputzer?«

»Aber der rote Teppich ist doch das Wichtigste! Hey, guck mal, da drüben ist Sage Seymour!« Ich sehe sie ernst in eine Kamera sprechen. »Wir sind befreundet«, sage ich zu dem Mann von der Security. »Bestimmt will sie mir Hallo sagen.«

»Sie werden drinnen während der Gala Gelegenheit bekommen, sie zu begrüßen«, entgegnet der Wachmann ungerührt. »Würden Sie jetzt bitte weitergehen, Ma'am? Die Leute hinter Ihnen warten schon.«

Wir haben keine Wahl. Unglücklich schieben wir uns durch die Absperrung und schlurfen ohne goldene Einladung gänzlich unbeachtet über den mattroten Teppich. Ich kann es nicht fassen. Ich dachte, wir würden mit Sage und all den anderen berühmten Leuten über den roten Teppich schlendern. Nicht wie Vieh über einen trübe beleuchteten *kastanienbraunen* Teppich getrieben werden, der voller Flecken ist.

»Hey, Suze«, flüstere ich plötzlich. »Lass uns noch mal rumgehen. Vielleicht schaffen wir es doch noch auf den roten Teppich.«

»*Unbedingt*«, sagt Suze. »Tarkie, ich muss meinen BH richten. Wir treffen uns drinnen, okay? Besorg uns schon mal einen kleinen Rachenputzer.«

Sie gibt ihm seine Einladung, dann machen wir kehrt und laufen eilig über den unroten Teppich zurück. Eine Woge von Abendkleidern und Juwelen und Duftwolken schiebt sich auf uns zu, sodass wir uns wie Fische vorkommen, die gegen eine glitzernde, glamouröse Flut anschwimmen müssen.

»Verzeihung«, sage ich immer wieder. »Hab was vergessen... Verzeihung...«

Endlich erreichen wir den Anfang vom Teppich und halten kurz an, um durchzupusten. Der Wachmann steht nach wie vor auf seinem Posten und lenkt die Leute auf die kastanienbraune Route. Noch hat er uns nicht bemerkt, was daran liegt, dass wir uns hinter einem Schild verstecken.

»Und jetzt?«, fragt Suze.

»Wir brauchen ein Ablenkungsmanöver.« Ich überlege einen Moment, dann kreische ich: »O mein Gott! Mein Harry-Winston-Ohrring! Alle mal herhören! Ich habe meinen Harry-Winston-Ohrring verloren!«

Erschrocken bleiben sämtliche Frauen um uns herum stehen. Ich sehe, wie sie blass werden. In L.A. macht man keine Witze über Harry Winston.

»O mein *Gott*!«

»Harry *Winston*?«

»Wie viel Karat?«

»Bitte!«, jammere ich wie unter Tränen. »Helfen Sie mir suchen!«

Ungefähr zehn Frauen bücken sich und fangen an, den Teppich abzutasten.

»Wie sieht er denn aus?«

»Frank, wir brauchen Hilfe! Sie hat ihren Ohrring verloren!«

»Ich habe meinen Harry-Winston-Ring auch schon mal verloren. Wir mussten den ganzen Pool abpumpen.«

Es ist der helle Wahnsinn. Überall liegen Frauen auf Händen und Knien, Gäste wollen auf den kastanienbraunen Teppich, Männer versuchen, ihre Frauen wegzuzerren, und

Wachleute rufen: »Bitte weitergehen, Herrschaften! Bitte weitergehen!«

Endlich öffnet er seine Absperrung und kommt auf den Teppich.

»Leute, wir müssen hier irgendwie in Bewegung bleiben.«

»Autsch! Sie sind mir auf die Hand getreten!«, kreischt eine Frau.

»Nicht auf den Ohrring treten!«, ruft eine andere.

»Hat jemand den Ohrring gefunden?«

»Was für einen Ohrring?« Er scheint am Ende seiner Weisheit angekommen. »Was zum Teufel ist hier los?«

»Jetzt«, raune ich Suze ins Ohr. »Lauf!«

Bevor ich es mir anders überlegen kann, wetzen wir beide über den kastanienbraunen Teppich, vorbei am unbewachten Einlass und zielstrebig mitten auf den roten Teppich. Ich kann nicht anders, als vor Freude laut zu quieksen. Wir sind da! Auf dem echten, richtig roten Teppich! Suze sieht auch ziemlich begeistert aus.

»Wir haben es geschafft!«, sagt sie. »Also, *das* nenn ich mal ein Rot!«

Ich sehe mich um und gebe mir Mühe, dabei ordentlich dazustehen und zu lächeln. Der Teppich ist definitiv rot. Außerdem kommt er mir ziemlich groß und leer vor, was vielleicht daran liegen mag, dass sich sämtliche Fotografen von uns abgewendet haben. Während Suze und ich langsam weitergehen, zeigen wir unsere besten Hollywood-Posen, mit Ellbogen raus und allem, was dazugehört. Aber nicht ein einziger Fotograf macht ein Bild von uns. Manche drängen sich noch um den jungen Typen mit den stachligen Haaren. Die anderen plaudern oder sind am Telefon.

Ich meine, wir sind ja nicht *wirklich* berühmt. Aber ich bin doch in Suze' Namen erschüttert, denn sie sieht absolut anbetungswürdig aus.

»Suze, mach mal diese hübsche Pose, bei der du über deine Schulter blickst«, sage ich und laufe eilig zu einem Fotografen mit dunklen Haaren und Jeansjacke, der gähnend an der Absperrung lehnt. Gähnend!

»Hey, machen Sie mal ein Foto von ihr!«, sage ich und deute auf Suze. »Sie sieht einfach göttlich aus!«

»Wer ist sie?«, fragt er.

»Kennen Sie sie nicht?« Ich tue alles, um fassungslos zu wirken. »Sie werden noch Ihren Job verlieren! Sie ist total angesagt.«

Der Fotograf wirkt unbeeindruckt. »Wer ist sie?«, wiederholt er.

»Suze Cleath-Stuart. Aus England. Total angesagt.«

»Wer?« Er blättert in einer Liste mit Namen und Gesichtern von Prominenten herum. »Nein. Glaub ich nicht.« Er steckt die Liste weg, dann nimmt er sein Handy und will eine SMS schreiben.

»Ach, machen Sie doch ein Foto von ihr«, bettle ich. »Na los! Nur so aus Spaß!«

Der Fotograf mustert mich, als hätte er mich noch gar nicht richtig wahrgenommen. »Wie sind Sie auf den roten Teppich gekommen?«

»Wir haben uns heimlich draufgeschlichen«, gebe ich zu. »Wir sind zu Besuch in L.A. Und wenn ich Hollywood-Fotograf wäre, würde ich nicht nur Bilder von Prominenten machen, sondern auch von ganz normalen Leuten.«

Ein kleines widerwilliges Lächeln zuckt in seinem Mundwinkel. »Würden Sie, ja?«

»Allerdings!«

Er seufzt und rollt mit den Augen. »Na, dann los.« Er hebt seine Kamera und richtet sie auf Suze. Ja!

»Ich auch!«, quietsche ich und schlittere über den roten Teppich zu ihr hinüber. Okay, schnell jetzt: Ellbogen raus,

Beine über Kreuz. Mein Traum wird wahr! Wir werden allen Ernstes fotografiert, in Hollywood, mitten auf dem roten Teppich! Ich lächle in die Kamera, gebe mir Mühe, natürlich zu wirken, warte auf den Blitz …

»Meryl! Meryl! MERYL!«

Schon im nächsten Augenblick ist von der Kamera nichts mehr zu sehen. Wie eine wild gewordene Herde von Gnus sind sämtliche Fotografen – einschließlich unseres Jeansjackenträgers – zum anderen Ende des roten Teppichs galoppiert. Ich glaube nicht, dass er auch nur ein einziges Foto von uns geschossen hat, und jetzt steht er mitten zwischen den Paparazzi und brüllt und schreit.

»HIER DRÜBEN, MERYL! MERYL! HIER!«

Die Blitze sind wie Discolichter. Der Lärm ist ohrenbetäubend. Und alles nur, weil Meryl Streep gekommen ist.

Na gut, okay. Meinetwegen. Gegen Meryl Streep kommt keiner an.

Fasziniert werden wir Zeugen, wie sie anmutig den roten Teppich entlangschreitet, umschwirrt von diversen Lakaien.

»Meryl!«, ruft Suze beherzt, als sie näher kommt. »Ich bin ein echter Fan!«

»Ich auch!«, stimme ich mit ein.

Meryl Streep dreht sich um und schenkt uns ein leicht verdutztes Lächeln.

Ja! Wir haben auf dem roten Teppich Kontakt zu Meryl Streep geknüpft! Das muss ich Mum erzählen!

Als wir in den Ballsaal kommen, in dem die Gala stattfindet, schwebe ich noch immer. Abgesehen davon, dass uns niemand fotografieren wollte, ist es *genau* so, wie ich mir Hollywood vorgestellt habe. Viele hübsch zurechtgemachte Leute und Meryl Streep und eine Band, die sanften Jazz spielt, und köstliche zitronige Cocktails.

Der ganze Saal ist in Grau und Pink dekoriert, und es gibt eine Bühne, auf der ein paar Tänzer etwas vorführen, und eine Tanzfläche und reihenweise runde Tische. Und auf jedem Stuhl steht ein Präsenttütchen! Ich weiß gar nicht, wohin ich mich zuerst wenden soll, damit mir auch ja kein Promi entgeht, und Suze macht es genauso.

Da sehe ich Luke an der Bar, und Suze, Tarkie und ich gehen hinüber. Er unterhält sich mit Aran und einem Pärchen, das ich nicht kenne. Er stellt sie als Ken und Davina Kerrow vor, und ich erinnere mich, dass er mir letzte Woche von ihnen erzählt hat. Die beiden sind Produzenten und arbeiten gerade an einem Film über den Krimkrieg. Luke und Aran setzen alles daran, dass man Sage für die Rolle der Florence Nightingale in Betracht zieht. Offenbar braucht Sage eine »Neuausrichtung«, einen »Imagewechsel«, und die Rolle der Florence Nightingale könnte das bewirken.

Ich persönlich finde überhaupt nicht, dass sie geeignet wäre, Florence Nightingale zu spielen, aber das behalte ich lieber für mich.

»Sage ist sehr interessiert an der Rolle«, sagt er gerade zu Ken, der einen Bart trägt und ernst guckt und oft die Stirn runzelt. »Ich würde sogar sagen, sie ist ihr eine Herzensangelegenheit.«

Auch Davina guckt ziemlich ernst. Sie trägt einen schwarzen Smoking, sieht dauernd auf ihr Blackberry und sagt »Aha?«, wenn Luke noch mitten im Satz ist.

»Sage findet, dass diese Geschichte unbedingt erzählt werden muss«, fährt Luke fort. »Sie hat das Gefühl, dass diese Rolle zu ihr spricht… Ach, da ist sie ja! Gerade war von dir die Rede, Sage.«

Oh! Da kommt Sage in einem hübschen roten Kleid, das perfekt ihre hübschen Haare hervorhebt. Ich freue mich schon darauf, ihr Suze und Tarkie vorzustellen.

»Ich will doch hoffen, dass ihr über mich sprecht«, sagt Sage zu Luke. »Wofür bezahle ich euch denn?« Sie grölt vor Lachen, und Luke lächelt höflich.

»Wir sprachen gerade über Florence«, sagt er. »Ich habe erzählt, wie sehr dir die Rolle am Herzen liegt.«

»Oh, total.« Sage nickt. »Hast du schon mein neues Tattoo gesehen?« Sie hält Luke ihr Handgelenk hin, wackelt spielerisch mit den Fingern, und Luke verzieht das Gesicht.

»Sage, Liebes«, sagt Aran ruhig. »Ich dachte, wir hätten gesagt: keine Tattoos mehr.«

»Das musste ich haben«, erwidert Sage gekränkt. »Es ist eine Schwalbe. Sie steht für Frieden.«

»Dafür steht eigentlich die Taube«, meint Aran, und ich sehe, wie er mit Luke einen Blick tauscht.

»Hi, Sage«, sage ich lässig. »Toll siehst du aus.«

»Wie süß von Ihnen.« Sage schenkt Suze und Tarkie und mir ein strahlendes Lächeln. »Willkommen bei der Gala. Möchten Sie ein Foto? Aran, diese Leute hätten gern ein Foto, würdest du?«

Verunsichert starre ich sie an. Sie hält mich für irgendeinen Fan.

»Ich bin's, Becky«, sage ich und laufe vor Verlegenheit rot an. »Lukes Frau. Du warst bei uns zu Hause?«

»O Becky!« Wieder bricht sie in schallendes Gelächter aus und drückt meinen Arm. »Natürlich. Wie dumm von mir.«

»Sage, ich möchte dir gern meine Freunde vorstellen: Suze und Tarquin Cleath-Stuart. Suze und Tarkie, darf ich euch Sage vor...« Ich bringe meinen Satz nicht zu Ende. Sage hat sich von uns abgewendet und begrüßt überschwänglich einen Mann im mitternachtsblauen Smoking.

Was folgt, ist ein Augenblick betretenen Schweigens. Ich kann nicht fassen, dass Sage dermaßen unhöflich ist.

»Tut mir leid«, murmle ich schließlich.

»Bex, du kannst doch nichts dafür!«, sagt Suze. »Sie ist ziemlich … hm …« Sie spricht nicht weiter, und ich merke, dass sie versucht, diplomatisch zu sein.

»Ich weiß.«

Sage wirkt auf mich überdreht. Ist sie *high*? Jetzt redet sie lauthals über Ben Galligan, ihren Exfreund von vor drei Jahren. Er hat sie betrogen, als er *Hour of Terror 5* drehte, und ihr bei der Premiere den Laufpass gegeben, und jetzt ist seine neue Freundin schwanger. Sage ist nie darüber hinweggekommen.

Es stand alles in *People*, und Luke meint, das meiste davon sei wahr. Aber als ich ihn dann gebeten habe, mir zu sagen, was genau davon wahr ist und was nicht, meinte er ärgerlicherweise, ich solle aufhören, diesen Schund zu lesen, und mir vor Augen führen, dass Prominente auch nur Menschen sind.

»Ist die Ratte hier?« Wild blickt Sage sich um. »Denn ich schwöre euch, ich kratz ihm die Augen aus.«

»Sage, wir haben doch darüber gesprochen!«, sagt Aran leise. »Heute Abend bist du Botschafterin für globale Gleichheit und Gerechtigkeit, okay? Auf deinen Exfreund kannst du ein andermal sauer sein.«

Sage scheint gar nicht zuzuhören. Ihr Blick zuckt wild umher. »Angenommen, ich kippe eine Flasche Wein über ihm aus. Stellt euch mal die Publicity vor. Es wird sekundenschnell die Runde machen.«

»Das ist nicht die Art von Publicity, die wir wollen. Sage, wir haben eine Strategie, weißt du noch?«

»Leider darf ich Ihnen nicht anvertrauen, wen wir sonst noch ins Auge gefasst haben«, höre ich Davina Kerrow zu Luke sagen. »Obwohl Sie es sich vermutlich denken können …«

»Bestimmt Lois«, sagt Sage, die auch gelauscht hat und ein mürrisches Gesicht zieht. »Ich weiß, dass sie es auf Florence abgesehen hat. Kann man sich Lois als Krankenschwester vorstellen? Als *Krankenschwester*? Ich meine, wir reden hier von der Frau, die meinte: ›Man kriegt doch keinen Preis dafür, dass man sich den Kopf rasiert!‹«

»Nicht das schon wieder.« Aran schließt die Augen.

»Eine durchgeknallte Psycho-Krankenschwester könnte sie spielen. Das könnte passen. Oder vielleicht eine kleptomanische Krankenschwester, stimmt's, Becky?«, sagt sie und sieht mich plötzlich mit wildem Grinsen an.

Leise Panik ereilt mich bei dem Wort »kleptomanisch«. Sage spricht sehr laut, und der Saal ist voller Menschen. Alle können sie hören.

»Ähm, Sage.« Ich rücke etwas näher an sie heran und spreche so leise wie möglich. »Das mit Lois habe ich dir im Vertrauen erzählt.«

»Klar doch. Klar. Ich mach nur ein bisschen Spaß, okay? Okay?« Sie schenkt mir ein Lächeln.

Mein Gott ist Sage anstrengend. Sie windet sich wie ein Aal. Ich weiß gar nicht, wie Luke mit ihr arbeiten kann.

Ich wende mich ab, um mich Suze und Tarkie zu widmen, und sehe, dass Tarkie sich mit Ken Kerrow unterhält. Okay, das könnte interessant sein.

»Wir nennen den Film *Florence in Love*«, sagt Ken Kerrow begeistert. »Wie *Shakespeare in Love*, nur authentischer. Wir machen aus Florence eine Amerikanerin, erhalten aber ihre *Essenz*. Ihren Konflikt. Ihre Entwicklung. Ihr sexuelles Erwachen. Wir denken, sie dürfte sich als Junge verkleidet haben, um aufs Schlachtfeld zu gelangen. Wir denken, sie dürfte in ein leidenschaftliches Dreiecksverhältnis verstrickt gewesen sein. Denken Sie an *Zeit der Unschuld* meets *Der Soldat James Ryan* meets *Yentl*.«

»Aha.« Tarkie sieht etwas überfordert aus. »Nun, ich fürchte, ich habe keinen dieser Filme gesehen, aber sicher waren sie ganz famos.«

Ken Kerrow wirkt ehrlich schockiert. »Sie haben *Yentl* nicht gesehen?«

»Äh ...« Tarkie weiß nicht weiter. »Verzeihung, haben Sie Händel gesagt?«

»*Yentl!*«, schreit Ken Kerrow fast. »Streisand!«

Armer Tarkie. Er versteht offenbar kein Wort von dem, was Ken erzählt.

»Ich gucke oft Tierdokus«, sagt er verzweifelt. »David Attenborough. Fabelhafter Mann.«

Ken Kerrow schüttelt nur mitleidig den Kopf, doch bevor er noch etwas sagen kann, geht Suze dazwischen.

»Komm Liebling, sehen wir uns die Tänzer an!« Sie schenkt Ken Kerrow ein charmantes Lächeln. »Tut mir leid, dass ich Ihnen meinen Mann entführen muss. Bex, wollen wir uns die Tänzer ansehen?«

Auf dem Weg zur Bühne fällt mein Blick auf einen Tisch mit dem Schild »Stille Auktion«.

»Ich will nur mal einen kurzen Blick darauf werfen«, sage ich zu Suze. »Bin gleich bei dir.«

Auf einem Ständer liegt eine traumhaft schöne Halskette, die versteigert werden soll, und als ich näher herantrete, stockt mir der Atem. Gott, ist die schön – rosa Edelsteine und ein gehämmertes Silberherz. Ich frage mich, wie viel ...

O mein Gott. Plötzlich sehe ich das Schildchen darunter: »Mindestgebot $10.000«. Hastig weiche ich zurück, bevor jemand denkt, dass ich dafür bieten will. 10.000 Dollar? Im Ernst? Ich meine, das ist ja eine hübsche Kette, aber 10.000 Dollar? Für ein paar rosafarbene Kristalle? Ich wage nicht mal, in die Nähe dieser beiden Armbanduhren am Ende des Tisches zu kommen. Oder dieses Gutscheins für eine Villa in Malibu. Vielleicht sehe ich mir stattdessen lieber mit Suze die Tänzer an. Eben will ich mich abwenden, als mir ein tattriger alter Mann auffällt, der langsam am Tisch mit den Preisen entlangschlurft. Er wirkt gebrechlich und muss sich am Tisch festhalten, um nicht aus dem Gleichgewicht zu kommen.

Niemand hilft ihm, was mich doch sehr erzürnt. Ich meine, was hat es für einen Sinn, zu einer Benefiz-Gala zu gehen, um Leuten zu helfen, aber einen armen alten Mann zu ignorieren, der direkt vor einem steht und Hilfe braucht?

»Kommen Sie zurecht, Sir?« Eilig springe ich vor, um ihm zu helfen, doch er wehrt mich ab.

»Geht schon, geht schon!«

Er ist sehr braun gebrannt, mit makellosen Zähnen und etwas auf dem Kopf, das mir verdächtig nach einem weißen Toupet aussieht, doch seine Hände sind knorrig und seine Augen etwas trübe. Ehrlich, irgendwer sollte sich mal um ihn kümmern.

»Es ist eine zauberhafte Veranstaltung«, sage ich höflich.

»O ja.« Er nickt. »Großartiger Zweck. Diskriminierung ist die Geißel unseres Lebens. Ich selbst bin schwul, und ich kann Ihnen sagen: Wir leben in keiner offenen Welt. Noch nicht.«

»Nein«, stimme ich zu.

»Erzählen Sie mir nicht, Sie wären nicht selbst schon diskriminiert worden. Als Frau. Und in anderer Hinsicht. Denn meiner Meinung nach gibt es keinen Menschen auf dieser Erde, der nicht auf die eine oder andere Weise diskriminiert werden würde.«

Er ist so leidenschaftlich dabei, dass ich ihm nicht widersprechen möchte.

»Absolut.« Ich nicke. »Ich bin schon in mancher Hinsicht diskriminiert worden. Superoft. Dauernd.«

»Nennen Sie mir ein paar Beispiele für dieses schockierende Verhalten.« Seine trüben Augen fixieren mich erwartungsvoll.

Mein Kopf ist leer. *Komm schon, schnell. Diskriminierung.*

»Na ja, natürlich als Frau… und…« Ich überlege und überlege. »Einmal musste ich bei meiner Arbeit im Café meine Ohrringe rausnehmen, und das war eine klare Diskriminierung von Schmuck… und manchmal gibt es Diskriminierung von Hobbys und… Haustieren.« Ich habe keine Ahnung, was ich da rede. »Es ist fürchterlich«, ende ich lahm. »Wir müssen dagegen ankämpfen.«

»Und das werden wir.« Er packt meine Hand. »Gemeinsam.«

»Ich bin übrigens Rebecca«, füge ich hinzu. »Rebecca Brandon.«

»Und ich bin Dix.« Er schenkt mir ein strahlend weißes Lächeln. »Dix Donahue.«

Moment mal. Dix Donahue. Das klingt irgendwie vertraut. In der Nähe sehe ich ein Plakat, und tatsächlich steht da in großen grauen Lettern »Gastgeber: Dix Donahue«.

Das ist der *Gastgeber*? Der ist doch bestimmt schon hundert.

»Dix!« Ein rundlicher Mann mit schwarzem Oberlippenbärtchen stürzt sich auf uns und schüttelt ihm die Hand. »Victor Jamison von EQUAL. Ich bin ein großer Fan von Ihnen. Sind Sie bereit für Ihre Begrüßungsrede?«

»Ich sammle noch Inspirationen.« Dix lächelt mich an, und ich strahle zurück. Er muss wohl für irgendwas berühmt sein. Ich frage mich, was das sein mag. Luke wird es wissen.

Die beiden Männer machen sich auf den Weg, und ich leere mein Glas. Ich muss unbedingt Luke und Suze finden, aber leider haben sich alle vorn an der Bühne versammelt, sodass man nichts erkennen kann. Die Tänzer haben aufgehört, die Band macht Pause, und es liegt so eine erwartungsvolle

Stimmung in der Luft. Dann legt die Band wieder los und spielt eine Melodie, die alle zu kennen scheinen, wie ich ihrem Nicken und Lächeln entnehme. Dix Donahue hüpft leichtfüßig die Stufen hinauf – und es ist nicht zu übersehen, dass er ein Entertainer ist. Im Licht der Scheinwerfer sprüht er vor Temperament, selbst wenn er Millionen Jahre alt sein mag.

Als er anfängt, Witze zu erzählen, schiebe ich mich am Rand der Menge entlang und finde plötzlich Luke. Eben will ich mich zu ihm gesellen, als es im Saal dunkel wird und ein Spot über die Menge streift. Dix Donahue klingt feierlich.

»Aber mal im Ernst, Leute«, sagt er. »Wir sind hier heute für einen sehr guten Zweck zusammengekommen. Diskriminierung ist ein Übel, und sie findet in unterschiedlichster Form statt, oft in Zusammenhängen, bei denen man es am wenigsten erwarten würde. Später werden wir von Pia Stafford hören, die wegen ihrer Behinderung aufgrund eines Autounfalls am Arbeitsplatz diskriminiert wurde.«

Der Spot landet auf einer Frau in Schwarz, die eine Hand hebt und feierlich nickt.

»Aber gerade eben habe ich mich mit einer jungen Dame unterhalten, die mir von der wohl ungewöhnlichsten Diskriminierung berichtet hat, die mir je zu Ohren gekommen ist.« Dix Donahue hält eine Hand an seine Augen und späht in die Menge. »Rebecca, wo sind Sie? Ach, da!«

Meint er *mich*? Entsetzt starre ich zu ihm auf. Im nächsten Augenblick scheint mir grelles Licht ins Gesicht.

»Rebecca wurde diskriminiert wegen ihres – man glaubt es kaum«, erschüttert schüttelt er den Kopf, »ihres Haustieres.«

Mir fallen fast die Augen aus dem Kopf. Er kann mich doch unmöglich ernst genommen haben. Ich habe doch nur von Haustieren geredet, weil mir nichts anderes einfiel.

Die hätten keinen hundertjährigen Gastgeber engagieren dürfen. Der spinnt doch.

»Rebecca, erzählen Sie uns Ihre Geschichte«, sagt Dix Donahue mit sanfter Stimme. »Was für ein Haustier war das?«

Reglos starre ich ihn an.

»Ein ... ein Hamster«, höre ich mich sagen.

»Ein Hamster, meine Damen und Herren.« Dix Donahue fängt an zu klatschen, und halbherziger Applaus macht sich breit. Ich sehe, dass manche Leute verwundert miteinander flüstern, was man ihnen nicht verdenken kann.

»Und in welcher Form fand die Diskriminierung statt?«

»Also ... na ja ... die Leute wollten ihn nicht akzeptieren«, sage ich vorsichtig. »Ich wurde aus der Gemeinschaft ausgeschlossen. Freunde wendeten sich gegen mich, und mein beruflicher Werdegang litt. Meine Gesundheit auch. Ich finde, es ist an der Regierung und der Gesellschaft, ihre Haltung zu ändern. Denn alle Menschen sind gleich.« Langsam werde ich warm. »Wir alle, egal welche Religion wir ausüben oder welche Farbe unsere Haut auch haben mag oder – Sie wissen schon – ob wir einen Hamster haben oder nicht, wir sind doch alle gleich!«

Ich mache eine schwungvolle Geste und fange Lukes Blick auf. Er starrt mich an, nur wenige Meter entfernt, mit offenem Mund.

»Das war's«, ende ich eilig.

»Wundervoll!« Dix Donahue leitet die nächste Runde von Applaus ein, und diesmal klingt er echt. Eine Frau klopft mir sogar auf die Schulter.

»Eine Frage noch, bevor wir zum nächsten Punkt kommen.« Dix Donahue zwinkert mir zu. »Wie hieß Ihr Hamster, Rebecca?«

»Ähm« Mist. Mir will nichts einfallen. »Er hieß ... äh ... also ...«

»Ermintrude«, höre ich Lukes tiefe Stimme. »Sie gehörte richtig zur Familie.«

Haha. Sehr witzig.

»Ja, Ermintrude.« Ich ringe mir ein Lächeln ab. »Ermin-trude, die Hamsterdame.«

Endlich kommt Dix Donahue zum Ende seiner Rede. Als ich aufblicke, sehe ich, dass Luke mir zuzwinkert, während er sich einen Weg durch die Menge bahnt.

»Weihnachten kriegst du von mir einen neuen Hamster, Liebling«, sagt er über den Applaus hinweg. »Wir kämpfen gemeinsam gegen die Diskriminierung. Wenn du so tapfer sein kannst, dann kann ich es auch.«

»Pst!« Ich muss doch kichern. »Komm, lass uns was essen.«

Nie wieder plaudere ich mit wildfremden alten Männern, nur um freundlich zu sein. Auf dem Weg zurück zu unserem Tisch bin ich zutiefst beschämt, vor allem weil mich immer wieder Leute anhalten, um mir zu gratulieren und sich nach dem Hamster zu erkundigen und mir zu erzählen, dass ihre Kinder ein Kaninchen haben und sie sich eine Diskriminie-rung nicht gefallen lassen würden und wie *schockierend* so etwas in der heutigen Zeit doch ist.

Endlich jedoch können wir uns hinsetzen, und positiv bleibt zu vermerken, dass das Essen köstlich ist. Ich bin der-art vertieft in mein Rinderfilet, dass ich der Konversation kaum Aufmerksamkeit schenke, was nicht schlimm ist, da diese ohnehin von den beiden Kerrows bestimmt wird, die den versammelten Tisch mit ihrem Florence-Nightingale-Film volldröhnen. Sie reden fast im Duett, überschlagen sich förmlich, und kein anderer kommt zu Wort. Das ist eine wei-tere Lektion, die ich in Hollywood lerne. Man sollte meinen, es sei spannend, von einem neuen Film zu hören – aber es ist tödlich. Ich sehe, dass Suze davon genauso genug hat wie ich, denn ihre Augen sind ganz glasig, und außerdem formen ihre Lippen dauernd das Wort »laaaaangweilig«.

»...Locations könnten schwierig werden...«

»...wunderbarer Regisseur...«

»...Probleme mit dem dritten Akt...«

»...er kann Florence' Bogen total nachvollziehen...«

»...habe mit dem Studio übers Budget gesprochen...«

»...Finanzierung so gut wie gesichert. Wir warten auf den letzten Investor, aber es hängt von einem Engländer mit ganz verrücktem Namen ab. John John Saint John. Was ist das denn für ein Name?« Kerrow spießt Zuckererbsen auf und schaufelt sie in sich hinein.

»Meinen Sie John St John John?«, mischt sich Suze plötzlich ins Gespräch ein. »Woher um alles in der Welt kennen Sie ihn? Das ist Pucky«, fügt sie an mich gewandt hinzu. »Kennst du Pucky?«

Gott weiß, ob ich Pucky kenne. Suze' Freunde aus Kindertagen haben alle Namen wie Pucky und Binky und Minky. Im Grunde vermischen sich vor meinem inneren Auge alle zu einem einzigen fröhlichen menschlichen Labrador.

»Ähm, möglich.«

»Aber du kennst Pucky.« Sie wendet sich an Luke. »Ich weiß, dass du ihm schon begegnet bist.«

»Tarquins Investmentmanager«, sagt Luke nachdenklich. »Ja, bin ich. Ich glaube, er kümmert sich um die Medienseite eurer Geschäftsinteressen, oder?«

»So was in der Art«, sagt Suze unsicher, dann strahlt sie Tarkie an, der gerade von der Toilette wiederkommt. »Liebling, diese Leute kennen Pucky.«

»Gute Güte.« Tarkies Miene hellt sich auf. »Ein außergewöhnlicher Zufall.«

»Pucky?« Ken Kerrow ist baff.

»So nenne ich ihn schon seit Schulzeiten«, erklärt Tarkie. »Fabelhafter Bursche. Ich glaube, er arbeitet schon seit zehn Jahren für mich.«

»Er *arbeitet* für Sie?« Ken Kerrow sieht Tarquin mit neuen Augen an. »Sind Sie beim Film?«

»Beim Film?« Die bloße Vorstellung scheint Tarkie in Angst und Schrecken zu versetzen. »Großer Gott, nein. Ich bin Bauer. Sie sagten etwas von einem Bogen? Meinten Sie Pfeil und Bogen?«

»Tarquin, darf ich dich mal was fragen?«, sagt Luke. Sein Mundwinkel zuckt, und er scheint sich über irgendwas zu amüsieren. »Ich weiß, dass du unter anderem auch in der Medienbranche investierst. Hat Pucky für dich schon mal Filme finanziert?«

»Oh!« Tarquin scheint einiges klar zu werden. »Ah! Nun. Das hat er tatsächlich. Vielleicht ist das die Verbindung.«

»Filme?« Suze starrt ihn an. »Davon hast du mir nie was erzählt!«

»Dieser Mann ist Ihr Investor«, sagt Luke zu Ken Kerrow und deutet mit dem Daumen auf Tarquin. »Lord Cleath-Stuart.«

»Bitte«, sagt Tarkie und wird puterrot. »Tarquin.«

Ken Kerrow sieht aus, als hätte er sich an seinem Fisch verschluckt. »*Sie* sind das?«

»*Lord?*« Zum ersten Mal blickt Sage von ihrem Handy auf.

»Lord Cleath-Stuart.« Ken Kerrow beugt sich zu seiner Frau. »Das ist unser britischer Geldgeber. Sie haben *Fiddler's Game* finanziert«, fügt er an Tarquin gewandt hinzu, als es ihm plötzlich bewusst wird. »Stimmt's?«

»Äh, ja.« Tarquin wirkt ein wenig gehetzt. »Das klingt vertraut.«

»Der Film hat am ersten Wochenende dreißig Millionen eingespielt. Sie haben sich einen echten Kassenschlager ausgesucht.«

»Na ja, das war wohl eher Pucky«, sagt Tarkie bescheiden.

»Ich meine, ich selbst kann einen Film nicht vom anderen unterscheiden.«

»Entschuldigen Sie mich«, sagt Ken Kerrow. »Ich gehe meinen Koproduzenten suchen. Den müssen Sie unbedingt kennenlernen.« Er springt auf und sprintet förmlich zu einem Tisch in der Nähe. Dort sehe ich ihn aufgeregt mit einem anderen Mann im Smoking flüstern.

»Tarkie!«, ruft Suze und schlägt auf den Tisch. »Seit wann investierst du in Filme? Das hättest du mir sagen sollen!«

»Aber Liebling«, erwidert Tarkie unsicher. »Du hast gesagt, du interessierst dich nicht für unsere Investments.«

»Ich meinte langweilige Sachen wie Aktien und Anteile! Nicht Filme.« Suze fixiert Tarkie mit vorwurfsvollem Blick. »Sag mir die Wahrheit. Waren wir zu Premieren eingeladen?«

»Äh«, unruhig sieht Tarkie sich um, »da musst du Pucky fragen. Wahrscheinlich habe ich ihm gesagt, dass wir daran nicht interessiert sind.«

»Nicht *interessiert*?« Suze' Stimme wird zu einem Kreischen.

»Euer Lordschaft!« Ken Kerrow steht wieder am Tisch. »Es ist mir eine Ehre, Ihnen meinen Koproduzenten Alvie Hill vorzustellen.«

Ein fleischiger Mann pumpt an Tarkies Hand herum. »Euer Lordschaft. Welch Freude, Sie in Los Angeles begrüßen zu dürfen! Falls wir irgendetwas tun können, um Ihnen den Aufenthalt angenehmer zu gestalten …«

Er redet noch etwa fünf Minuten weiter, macht Tarkie Komplimente, macht Suze Komplimente, schlägt Restaurants vor und bietet an, sie zum Wandern raus in die Canyons zu fahren.

»Nun, danke.« Tarkie lächelt ihn verlegen an. »Sie sind sehr freundlich. Verzeihen Sie bitte«, sagt er in die Runde, als Alvie endlich geht. »Was für ein Rummel. Widmen wir uns doch wieder unserem Dinner.«

Aber das ist erst der Anfang. Eine Stunde später scheint jeder einzelne Mensch in diesem Raum an unserem Tisch vorbeigeschaut und sich Tarkie vorgestellt zu haben. Einige haben Filmideen angepriesen, einige haben ihn zu Vorführungen eingeladen, einige wollten ein Meeting verabreden, und einer schlug vor, die ganze Familie rüber zu seiner Ranch in Texas zu fliegen. Tarkie ist eine große Nummer in L.A. Ich kann es nicht glauben.

Tatsächlich können die anderen es auch nicht glauben. Luke hat oft laut gelacht – besonders als ein leitender Studiomanager Tarkie nach seiner Meinung zu den American-Pie-Ablegern fragte und Tarkie meinte, das wisse er auch nicht so genau, und ob das so was wie Starbucks sei. Tarkie selbst wirkt inzwischen wieder recht niedergeschlagen. Im Grunde tut er mir ein bisschen leid. Er ist hergekommen, um alles hinter sich zu lassen, nicht um von aller Welt wegen seines Geldes belagert zu werden.

Ich kann verstehen, warum er so viel Zeit allein im Moor herumspaziert. Die Hirsche kommen jedenfalls nicht angerannt, um ihm zu erzählen, was für ein grandioses Konzept sie haben, das sie ihm gern beim Frühstück unterbreiten würden. Momentan fragt ein Typ im grau schimmernden Anzug Tarkie, ob er gern mal ein Filmset aus der Nähe sehen würde.

»Wir drehen gerade dieses wunderbare Drama. Es spielt auf hoher See. Bringen Sie Ihre Kinder mit, es wird ihnen gefallen ...«

»Sie sind sehr freundlich.« Langsam klingt Tarkie wie ein Roboter. »Aber ich bin hier, um Urlaub zu machen ...«

»Ich komme mit!«, unterbricht Suze ihn.

»Großartig!« Der Mann im grauen Anzug lächelt sie an. »Gern würden wir Sie dort begrüßen und Ihnen alles zeigen. Sie können dabei sein, wenn Szenen gedreht werden ...«

»Darf ich auch mitspielen?«, fragt Suze dreist.

Der Mann im grauen Anzug starrt sie an, offensichtlich sprachlos.

»Sie wollen …«

»Komparsin beim Film sein. Und meine Freundin Bex auch.« Sie zieht mich heran. »Stimmt's nicht?«

»Ja! Unbedingt!«

Ich wollte schon immer mal Komparsin bei einem Film sein! Begeistert strahle ich Suze an, und sie grinst zurück.

»Mylady.« Der Mann im grauen Anzug wirkt hilflos. »Es wird Ihnen als Komparsin nicht gefallen. Die Tage sind lang, es ist ermüdend, die Szenen werden immer und immer wieder gedreht. Warum sehen Sie sich die Szene nicht lieber an, und danach können Sie die Schauspieler kennenlernen, wir gehen irgendwo nett essen …«

»Ich möchte Komparsin sein«, sagt Suze stur. »Und Bex auch.«

»Aber …«

»Wir wollen nicht zusehen, wir wollen *dabei* sein.«

»Wir wollen *dabei* sein«, wiederhole ich mit Nachdruck.

»Nun.« Der Mann gibt sich geschlagen. »Okay. Überhaupt kein Problem. Meine Leute werden das für Sie regeln.«

»Bex, wir werden Komparsinnen sein!« Vor lauter Begeisterung drückt Suze mich an sich.

»Wir werden in einem Film sein!«

»Wir können ins Kino gehen und uns selbst sehen! Und alle werden uns bewundern. Apropos, wovon handelt der Film eigentlich?«, fragt Suze dann noch, und der Mann blickt von der Karte auf, auf der er gerade seine Handynummer notiert.

»Piraten.«

Piraten? Mit wachsender Freude sehe ich Suze an. Wir werden in einem Piratenfilm mitspielen!

DiscriminHate L.A.

c/o 6389 Kester Avenue · Van Nuys, CA 91411

Liebe Mrs Brandon,

ich habe Ihren Namen von Andy Wyke bekommen, der an der EQUAL-Benefiz-Gala teilgenommen und Ihre inspirierende Geschichte gehört hat.

Ich bin Präsident der Stiftung DiscriminHate L.A., einer Interessen-gruppe, die es sich zum Ziel gesetzt hat, Diskriminierungen in jeglicher Form zu bekämpfen. Wir sind der Ansicht, dass die derzeitigen Definitio-nen von Diskriminierung zu eng gefasst sind. Wir haben nicht weniger als sechsundfünfzig Beweggründe für Diskriminierung gefunden, und die Liste wird jeden Tag länger.

Sie nun sind der erste Fall von »Haustier-ismus«, der uns bisher zu Ohren gekommen ist, und wir würden uns gern mit Ihnen über Ihre Erfahrungen austauschen. Zahlreiche unserer Mitglieder haben sich für Kampagnen zur Verfügung gestellt, und wir hatten gehofft, Sie wären dazu vielleicht ebenfalls bereit. Zum Beispiel könnten Sie:

– einen Bericht über die Geschichte Ihrer Diskriminierung für unsere Website verfassen,
– ein Selbsthilfeprogramm für Schüler entwickeln, die unter derselben Art von Diskriminierung leiden mögen,
– im Sinne einer »Lex Ermintrude« auf Ihren örtlichen Abgeordneten einwirken.

Gern möchte ich Sie an dieser Stelle meiner Solidarität und meines aufrichtigen Mitgefühls versichern. Mit den genauen Einzelheiten Ihres Falles bin ich zwar nicht vertraut, aber wie ich höre, war es eine bewe-gende Geschichte, und es muss für Sie schmerzlich gewesen sein, diese anderen anzuvertrauen.

Ich freue mich darauf, von Ihnen zu hören, und heiße Sie zu unserem gemeinsamen Kampf willkommen.

Mit besten Grüßen

Gerard R. Oss
Präsident DiscriminHate L.A.
Streiter im Kampf gegen Größen-ismus, Namen-ismus, Geruchs-ismus und Sexualpraktiken-ismus.
Autor von *Ich bin anders, Du bist anders, Er/Sie ist anders*

⚜ LHA ⚜
LETHERBY HALL ASSOCIATION
THE PARSONAGE
LETHERBY COOMBE
HAMPSHIRE

Liebe Mrs Ermintrude Endwich,

vielen Dank für Ihren Brief.

Es ist immer interessant, von einem »unvoreingenommenen Mitglied der Öffentlichkeit« – wie Sie sich nennen – zu hören. Dennoch muss ich Ihnen in einigen Punkten widersprechen. Die LHA ist keine »Bande von Nazis, die nichts Besseres zu tun hat, als sich über Springbrunnen aufzuregen«. Wir »treffen uns nicht jeden Abend in irgendeiner finsteren Kaschemme«, und ebenso wenig »intrigieren wir wie die Hexen bei *Macbeth*«. Unser Geschmack hinsichtlich der Kleidung ist, wie ich doch sagen muss, irrelevant.

Fürderhin widerspreche ich Ihrer Behauptung, dass »Der Geysir« »eines der Wunderwerke dieser Welt« ist. Das ist er nicht. Und es wird uns »auch nicht leidtun, wenn der geniale Tarquin Cleath-Stuart dafür einen Orden von der Queen bekommt«. Ich kann mir nicht recht vorstellen, welcher Orden das wohl sein sollte.

Dürfte ich Ihre Adresse in Großbritannien erfahren? Ich kann Sie im Wahlregister nicht finden.

Maureen Greywell
Präsidentin
LHA

12

Ich habe recherchiert. Ich nehme die Sache ernst. Ich werde die beste Komparsin, die die Welt je gesehen hat.

Nein, nicht »Komparsin«. Der korrekte Begriff ist »Kleindarstellerin«. Im Internet habe ich so viel über das Komparsenleben gefunden, dass ich mich gut gerüstet fühle. Zum Beispiel sollte man immer ein Kartenspiel oder ein Buch dabeihaben, falls man sich langweilt. Und man sollte nichts Grünes tragen, für den Fall, dass ein Green Screen für die Computeranimation zum Einsatz kommt. Und man sollte eine kleine Auswahl von Outfits mitbringen. Obwohl das in unserem Fall nicht zutrifft, denn die Kostüme werden offenbar gestellt. Außerdem schickt man uns eine Limousine, die uns zum Set bringen soll, was definitiv kein Standardprozedere ist. Alle sind supernett zu uns, weil Suze mit Tarkie verheiratet ist.

Insgeheim hoffe ich sogar, dass sie so nett sein werden, uns beiden einen kleinen Satz zu geben. Wieso auch nicht? Natürlich keine *großen* Sätze oder Monologe oder so. Nur irgendwas Kleines. Ich könnte sagen: »Aye, aye, Käpt'n«, nachdem der Piratenkapitän zu seinen Leuten gesprochen hat. Und Suze könnte sagen »Land ahoi!« oder »Schiff ahoi!« oder »Pirat ahoi!«. Irgendwas mit ahoi. Vor dem Spiegel habe ich extra eine knurrige Piratinnenstimme geübt und einen Artikel über Schauspielerei beim Film gelesen. Da steht, der verbreitetste Fehler selbst unter ausgebildeten Schauspielern besteht darin, allzu übertrieben zu spielen, und dass die Kamera noch die geringfügigste Bewegung einfängt und vergrößert, sodass man alles möglichst klein halten sollte.

Ich weiß nicht, ob Suze sich dessen bewusst ist, denn das ganze Frühstück über macht sie diese lauten Aufwärmübungen und schüttelt ihre Hände aus, um sich »zu lockern«, und sagt immer wieder »Brautkleid bleibt Brautkleid«. Aber ich darf es nicht kommentieren, weil sie dann nur sagt: »Vergiss nicht, Bex, ich war auf der Schauspielschule.«

Der Film wird in einem Studio in Burbank gedreht, und dahin sind wir gerade unterwegs. Luke bringt Minnie und Suze' Kinder heute in den Kindergarten (sobald die Leiterin von Little Leaf herausfand, wer Tarkie ist, konnte sie den Cleath-Stuarts gar nicht schnell genug spontan zwei Plätze anbieten, und der Direktor einer nahe gelegenen Privatschule fand auch sofort einen Platz für Ernest). Wir sitzen in der Limo, betrachten die vorüberfliegenden Plakatwände und grinsen uns an wie blöd. Es ist das Aufregendste, was ich in meinem Leben je gemacht habe – *jemals*.

Dabei weiß ich gar nicht, wovon unsere Szene eigentlich handelt. Offen gesagt, weiß ich gar nicht genau, worum es in dem Film geht, denn im Netz steht nur was über ein Drama auf hoher See. Allerdings habe ich mich ein wenig im Säbelschwingen geübt (mithilfe eines Küchenmessers), denn wer weiß – vielleicht wird es ja eine Kampfszene.

»Hey, Suze, wenn ich mich mit jemandem schlagen soll, dann nur mit dir«, sage ich.

»Abgemacht«, stimmt Suze sofort zu. »Aber kämpft das Weibsvolk denn überhaupt? Vielleicht gucken sie nur zu und machen höhnische Bemerkungen.«

»Es gibt auch weibliche Piraten«, erkläre ich sachkundig. »So eine könnten wir doch sein. Sieh dir Elizabeth Swann an.«

»Ich möchte mit Käpt'n Jack Sparrow kämpfen«, sagt Suze sehnsuchtsvoll.

»Der ist nicht dabei!«, wiederhole ich zum millionsten Mal.

225

Suze steht total auf Johnny Depp, und ich glaube, sie hatte gehofft, wir würden vielleicht bei *Piraten der Karibik* mitspielen. Tun wir aber nicht. Der Film heißt *Black Flag*, und ich kenne die Schauspieler nicht, bis auf April Tremont, die Gwennie spielt.

»Das weiß ich doch. Aber trotzdem. Wäre das nicht wundervoll?« Sie seufzt.

»Wahrscheinlich haben die noch einen viel schärferen Piratenkönig«, erkläre ich, als mein Handy klingelt. Dad ruft an, was mich überrascht. Normalerweise ruft Mum mich an, reicht das Telefon an Dad weiter und reißt es ihm gleich wieder aus der Hand, weil sie vergessen hat, mir von Janice' neuen Sofabezügen oder den Geranien zu erzählen.

»Dad!«, rufe ich. »Rate mal, was Suze und ich gerade machen?«

»Ihr sitzt in der Sonne und trinkt Orangensaft«, lacht Dad. »Das hoffe ich wenigstens.«

»Falsch! Wir sitzen in einer Limousine auf dem Weg zum Filmset!«

Mum und Dad wissen bereits, dass wir als Komparsen an einem Film mitwirken, weil ich sie sofort angerufen habe, um es ihnen zu erzählen. Und Janice und Martin. Und Jess und Tom und meinen alten Bankberater Derek Smeath ...

Wenn ich es recht bedenke, habe ich wohl ziemlich viele Leute angerufen.

»Wundervoll, Schätzchen!«, sagt mein Dad. »Mischt euch nur unter die Filmstars.«

»Das machen wir!«

»Ich habe nur überlegt, ob du wohl schon Zeit hattest, meinen alten Freund Brent aufzusuchen.«

O verdammt. Das habe ich total vergessen, wegen Golden Peace und weil Suze gekommen ist.

»Noch nicht«, sage ich mit schlechtem Gewissen. »Ich

hatte noch nicht so richtig Zeit. Aber ich mache es noch, versprochen!«

»Das wäre wirklich wunderbar.«

»Ich besuche ihn ganz bald, und dann gebe ich ihm alle deine Nummern.« Wir sind an einem abgesperrten Eingang zu einem weitläufigen Komplex von Gebäuden und Freiflächen angekommen, und als der Fahrer bremst, sehe ich draußen eine Reihe von Wohnwagen. Echte Filmwohnwagen!

»Wir sind da. Hier sind die Wohnwagen!«, sage ich aufgeregt. »O Dad, du solltest sie sehen!«

»Klingt fantastisch, aber sag mir Bescheid wegen Brent.«

»Mach ich«, erwidere ich, wobei ich nur halb bei der Sache bin. »Bis bald, Dad.«

Der Fahrer nennt dem Pförtner unsere Namen. Während Suze und ich mit offenen Mündern aus dem Fenster glotzen, sehe ich einen Mann im Piratenkostüm zu einem der Wohnwagen schlendern, anklopfen und eintreten.

»O mein Gott!«, sagt Suze.

»Ich weiß!« Unwillkürlich muss ich kichern.

Als wir aufs Gelände fahren, bin ich mit meinen Augen überall gleichzeitig, um mir auch ja nichts entgehen zu lassen. Es ist alles genau so, wie ich es mir vorgestellt habe. Da sind Mädchen mit Headsets und Klemmbrettern. Da ist ein Mann, der etwas unterm Arm trägt, das wie eine Marmorstatue aussieht. Da ist eine Frau im Reifrock, die sich mit einem Mann in einer Lederjacke unterhält.

»Ich bin nervös«, sagt Suze plötzlich. »Was ist, wenn ich scheiße bin?«

»Nervös?«, frage ich erstaunt. »Suze, du wirst großartig sein!« Der Wagen hält, und ich drücke ermutigend ihren Arm. »Komm, wir besorgen uns erst mal einen Kaffee. Weißt du, das *Beste* beim Film ist das Catering.«

Ich habe ja so recht mit dem Catering. Nachdem wir ein paar Minuten herumspaziert sind, finden wir diesen riesengroßen Tisch mit einem Schild, auf dem »Selbstbedienung« steht, voller Kaffee, Tee, Keksen, den leckersten Cupcakes und sogar kleinen Sushi-Röllchen. Als ich gerade meinen dritten Kirsch-Mandel-Keks futtere, kommt ein Mann mit Headset heran, der etwas gestresst wirkt.

»Sind Sie Lady Cleath-Stuart?«

»Hier«, sagt Suze mit dem Mund voller Muffin.

»Ich bin Dino, der zweite Regieassistent. Sie sollten doch draußen auf mich warten!«

»Oh, tut mir leid. Wir brauchten einen Kaffee.« Suze strahlt ihn an. »Dieser Haselnuss-Latte ist köstlich.«

»Ja, super.« Er murmelt irgendwas in ein winziges Walkie-Talkie, dann blickt er wieder auf. »Na, dann bringe ich Sie jetzt zu Don. Er ist unser Pressesprecher und wird sich heute um Sie kümmern.«

Don ist eine adrette Erscheinung und hat die seltsamsten Wangenknochen, die ich je gesehen habe. Was ist mit denen los? Hat er sie aufspritzen lassen? Oder hat er sich das Wangenfett absaugen lassen? Jedenfalls war es nicht von Erfolg gekrönt, wobei ich das weder erwähnen noch ihn anstarren werde. Zumindest nicht lange. Er führt uns in einen gigantischen Raum, wie eine Lagerhalle, und spricht mit leiser Stimme, während wir uns einen Weg über Drähte und Kabel bahnen.

»Lady Cleath-Stuart«, sagt er ehrfürchtig. »Wir freuen uns, Sie am Set von *Black Flag* begrüßen zu dürfen. Wir möchten, dass der heutige Tag für Sie so vergnüglich und interessant wie möglich wird. Bitte folgen Sie mir. Wir dachten uns, Sie würden sicher gern das Set sehen, bevor wir Sie in die Garderobe bringen.«

Suze ist total VIP! Was für ein Spaß! Wir folgen ihm auf

dem Fuße, weichen ein paar Männern aus, die eine nachgemachte Steinmauer aus Sperrholz schleppen. Dann steuern wir auf eine Gruppe von Regiestühlen und einen Monitor zu, um den sich Leute mit Kopfhörern und ernsten Mienen versammelt haben.

»Wir nennen es das Video-Village«, sagt Don mit gedämpfter Stimme. »Hier überwacht der Regisseur den Dreh. Bitte achten Sie darauf, dass Ihre Handys ausgestellt sind. Ich glaube, gleich wird ein Take gedreht.«

Wir gehen ein Stück drumherum, bis wir das Set einsehen können. Es ist der Innenraum einer Bibliothek, und zwei Schauspieler sitzen auf Lehnstühlen. Die Dame trägt einen samtenen Reifrock und der Herr einen Frack. Vor ihnen kniet ein dürrer Mann mit Jeans und leuchtend roten Haaren und redet mit Nachdruck auf sie ein.

»Das ist Ant, der Regisseur«, flüstert Don. Während wir hinübersehen, hastet Ant wieder zu seinem Stuhl, setzt Kopfhörer auf und starrt konzentriert auf seinen Monitor.

»Kamera läuft!«, ruft jemand vorn am Set.

»Kamera läuft«, wiederholen mehrere Leute gleichzeitig. »Kamera läuft! Kamera läuft!« Selbst hinter uns bei der Tür rufen zwei Mädchen »Kamera läuft!«.

»Kamera läuft!«, stimme ich hilfreich mit ein. Das ist ja so cool. Ich komme mir jetzt schon vor, als würde ich zur Filmcrew gehören.

»Action!«, ruft Ant, und plötzlich wird es in der Halle totenstill. Wer gerade irgendwohin wollte, bleibt stehen, und alle Gespräche sind verstummt, mitten im Satz.

»Entführt«, sagt die Dame in Samt. »Entführt!« Der Mann nimmt ihre Hand, und sie sieht ihn traurig an.

»*Cut!*«, ruft Ant und springt wieder aufs Set.

»Diese Szene spielt im Haus von Lady Violet«, flüstert Don. »Eben hat sie erfahren, dass ihre Tochter Katriona von

Piraten entführt wurde. Möchten Sie gern etwas näher heran?«

Auf Zehenspitzen schleichen wir zum Video-Village. Dort stehen mehrere Regiestühle mit Namen auf der Rückenlehne. Wie gern hätte ich auch so einen Stuhl mit meinem Namen drauf.

Vor meinem inneren Auge sehe ich schon den Schriftzug: »Becky Brandon – Kostümdesign«. Wenn ich mir vorstelle, ich würde beim Film arbeiten und mein Name stünde hinten auf einem Stuhl! Ich würde nie wieder aufstehen. Wenn ich herumlaufen wollte, könnte ich mir den Stuhl an den Hintern tackern.

Die Kostümdesignerin bei diesem Film heißt Renée Slattery. Ich habe sie schon gegoogelt und mir überlegt, was ich zu ihr sagen will, falls wir uns begegnen. Ich werde ihr Komplimente für ihre Kostüme in *Zur falschen Zeit* machen, einem anderen Film, an dem sie mitgewirkt hat, und dann will ich sie nach den Herausforderungen bei der Arbeit mit historischen Kostümen fragen. (Davon verstehe ich nicht viel, aber ich kann ja improvisieren.) Und dann werde ich sie beiläufig fragen, ob sie Hilfe braucht, vielleicht bei der Suche nach Ripsband oder Knopfstiefeletten oder sonst was.

Bestimmt braucht sie Hilfe, oder? Und dann können wir zusammenarbeiten und Ideen austauschen, und schon habe ich einen Fuß in der Tür.

Suze und ich bekommen Regiestühle zugewiesen, auf denen hinten »Besucher« steht. Unsicher setzen wir uns hin und sehen uns an, wie die Szene noch zweimal gedreht wird. Ich sehe keinen Unterschied zwischen den einzelnen Takes, was ich allerdings für mich behalte. Kaffee schlürfend starrt Ant auf seinen Monitor und ruft einem Kameramann links oben Kommandos zu.

Urplötzlich dreht er sich um, starrt Suze und mich an und

sagt leicht aggressiv zu Don: »Wer ist das? Was machen die auf meinem Set?«

Don beugt sich zu ihm, und ich kann hören, wie er murmelt: »Lord Cleath-Stuart... Geldgeber... Special Guest... Studio...«

»Na gut, aber sorg dafür, dass sie nicht stören«, sagt Ant barsch.

Also, ehrlich! Wir stören doch nicht! Ich werfe Suze einen empörten Blick zu, aber sie hat irgendwo ein Skript gefunden und spricht die Zeilen leise vor sich hin. Suze wäre so gern Schauspielerin geworden. (Oder Vielseitigkeitsreiterin. Oder Malerin. Oder Nachrichtensprecherin. Offen gesagt, wollte sie schon so manches werden.)

»Dylan!«, ruft der Regisseur plötzlich laut. »Wo ist Dylan?«

»Hier!« Ein scheuer Bursche im grauen T-Shirt eilt heran.

»Das ist der Drehbuchautor«, erklärt Don uns. »Er ist beim Dreh dabei, für den Fall, dass zusätzliche Dialoge benötigt werden.«

»Wir brauchen hier noch einen Satz für Lady Violet«, sagt Ant. »Wir müssen das Bedrückende dessen, was vorgefallen ist, vermitteln, aber irgendwie auch die *Würde* der Lady Violet. Sie wird nicht nachgeben. Sie wird sich wehren.« Er überlegt kurz. »Und das Ganze mit drei bis vier Worten.«

»Okay.« Dylan nickt eifrig. »Okay.«

Als Ant weggeht, kritzelt Dylan etwas auf einen gelben Notizblock, und ich beobachte ihn fasziniert. Er ist dabei, einen Film zu erschaffen, jetzt und hier, in diesem Augenblick. Hier wird Filmgeschichte geschrieben, und wir sind dabei! Da kommt mir plötzlich eine Idee. Die ist so gut, dass ich beinah laut aufstöhne.

»Verzeihung«, sage ich und winke, um Dylan auf mich aufmerksam zu machen. »Entschuldigen Sie. Ich will ja nicht stören, aber mir ist gerade eine Zeile eingefallen, die Sie vielleicht verwenden könnten. Nur so eine Idee«, füge ich bescheiden hinzu.

»Bravo, Bex!«, ruft Suze.

Dylan seufzt. »Und zwar?«

»Große Macht verlangt nach großer Verantwortung.« Als ich es laut ausspreche, bin ich unwillkürlich stolz auf mich.

»Das ist genial!«, sagt Suze. »Aber du solltest es leidenschaftlicher sagen. Große Macht verlangt nach großer Verantwortung«, wiederholt sie mit leiser, bebender Stimme. »Große *Macht* verlangt nach großer *Verantwortung*.«

»Perfekt!«, füge ich an Dylan gewandt hinzu. »Sie war nämlich auf der Schauspielschule.«

Dylan sieht uns an, als hätten wir sie nicht mehr alle.

»Das ist ein Satz aus *Spiderman*«, sagt er nur.

Spiderman?

»Wirklich?« Ich runzle die Stirn. »Sind Sie sicher? Denn ich kann mich gar nicht daran erinnern.«

»Selbstverständlich bin ich mir sicher! Meine Güte!« Er streicht die Zeile durch, die er gerade geschrieben hat, und kritzelt irgendwas anderes.

»Oh«, sage ich verunsichert. »Okay. Sorry.«

»Wie wäre es denn mit: Große Trauer verlangt nach großen Taten«, schlägt Suze vor.

»Oder: Große Probleme verlangen nach großem Einsatz«, stimme ich eifrig mit ein. »Oder: Große Trauer verlangt nach einem großen Herzen.« Auf diesen Satz bin ich besonders stolz, aber Dylan ist ganz durcheinander.

»Würden Sie mich bitte mal nachdenken lassen?«, fährt er uns an.

»Oh, okay. Entschuldigung.« Wir sehen uns an und ziehen Gesichter. Fasziniert beobachten wir, wie er die Seite vollschreibt, dann abrupt zu Ant geht.

»Wie wär's damit?«

»Okay. Wir probieren es.« Ant geht aufs Set, und ich sehe, wie er der Schauspielerin im Samtkleid den Zettel zeigt.

»Warum sagen Sie den Schauspielern den Text nicht selbst?«, frage ich, als Dylan sich hinsetzt.

»Ich betrete doch das Set nicht!« Die bloße Vorstellung scheint ihn zu schockieren. »Nur der Regisseur betritt das Set.«

Er klingt, als würde er sagen: *Ich setze mich doch nicht auf den Thron.* Meine Herren, ist das Leben am Filmset kompliziert! »Ich hoffe, Ihr Besuch war aufschlussreich«, fügt er hinzu, wobei er sich offensichtlich zwingen muss, höflich zu bleiben. »Es war nett, Sie kennengelernt zu haben.«

»Oh, unser Besuch ist noch nicht zu Ende«, erkläre ich.

»Wir spielen in dem Film mit!«, fügt Suze hinzu.

»Wir sind Komparsen!«

»Sie?« Er sieht mich an, dann Suze, dann wieder mich.

Eben will ich ihm schon sagen, dass er gar nicht so ungläubig zu gucken braucht, als Ant erscheint und Dylan mit finsterem Blick den Notizblock zuwirft.

»Yolanda findet es lau, und damit hat sie recht. Kriegst du nichts Besseres hin?«

Mal ehrlich. Was für ein Rüpel. Bestimmt hatte Dylan eine gute Idee. (Wenn auch nicht so gut wie: Große Macht verlangt nach großer Verantwortung.)

»Die beiden da haben mich abgelenkt«, sagt Dylan böse und deutet auf uns. Augenblicklich löst sich mein Mitgefühl in Luft auf. Er hätte uns die Schuld nicht in die Schuhe schieben müssen! Wir wollten doch nur helfen! Ant mustert uns finster, dann mustert er Dylan noch finsterer.

»Na gut, bring mir Alternativen. Wir machen fünf Minuten Pause.« Ant stolziert davon, und Dylan starrt auf seinen Block, kaut an seinem Stift. Die Atmosphäre ist sehr angespannt, und ich bin erleichtert, als Don auftaucht und uns von den Stühlen weglockt.

»Die Schauspieler machen eine Pause. Deshalb dachte ich, Sie würden sich das Set vielleicht gern aus der Nähe ansehen, bevor wir zur Garderobe gehen.«

Ich folge ihm aufs Set, trete vorsichtig auf den Teppich. Wir stehen auf einem echten Filmset! Es ist ziemlich klein, aber hübsch ausgestattet, mit Bücherschränken und verzierten Tischen und unechten Fenstern und einem Samtvorhang.

»Verzeihung«, sagt Don, als sein Handy summt. »Da muss ich kurz ran.«

Er verlässt das Set, und Suze setzt sich auf Lady Violets Stuhl. »Entführt«, sagt sie mit klagender Stimme. »Entführt!«

»Wirklich gut! Aber findest du Lady Violets Kleid nicht auch ein bisschen bauschig? Ich finde, es könnte vorteilhafter sein. Vielleicht sollte ich das den Kostümleuten mal sagen.«

»Entführt!«, sagt Suze wieder, diesmal mit Blick in die Kamera, und sie streckt die Hand aus, als stünde sie auf einer riesigen Londoner Bühne und dort säße das Publikum. »O mein Gott. Entführt! Soll unser Albtraum denn niemals enden?«

»Alles sieht so echt aus«, sage ich und streiche mit der Hand über ein paar nachgemachte Buchrücken. »Sieh dir diesen Schrank an.« Ich rüttle an der Tür, aber die sitzt fest. »Es sieht so echt aus, aber es ist nachgemacht, wie alles andere auch.« Ich trete an einen kleinen Tisch. »Ich meine, schau dir diese Kuchenstücke an. Die sehen doch total echt aus. Sie riechen sogar echt. Das ist wirklich clever.«

»Vielleicht *sind* sie ja echt«, meint Suze.

»Selbstverständlich sind sie *nicht* echt. Nichts auf einem Filmset ist echt. Guck hier.« Zuversichtlich nehme ich ein Stück Kuchen in die Hand und beiße hinein.

Mist. Das war echt. Ich habe den Mund voll Biskuit und Sahne.

»Bex!« Bestürzt starrt Suze mich an. »Der Kuchen gehört zum Film! Den darfst du doch nicht essen!«

»Das wollte ich nicht!«, verteidige ich mich.

Ich bin leicht empört. Auf einem Set sollte es keinen echten Kuchen geben. Es widerspricht dem Geist des Ganzen.

Ich blicke mich um, aber niemand scheint mich gesehen zu haben. Was soll ich jetzt machen? Ich kann doch keinen halben Kuchen auf den Tisch zurücklegen.

»Okay, wir machen weiter«, tönt eine laute Stimme. »Bitte das Set räumen!«

O Gott. Die Schauspieler kommen zurück, und ich halte immer noch ein halbes Stück Kuchen in der Hand.

Vielleicht merken sie nichts.

Eilig laufe ich vom Set, verstecke meine Hände hinterm Rücken und stelle mich hinter eine steinerne Säule. Die beiden Schauspieler setzen sich wieder auf ihre Lehnstühle, und alle machen sich für den nächsten Take bereit.

»Moment mal.« Eine Frau ganz in Schwarz kommt aufs Set gelaufen. Sie starrt auf den Bildschirm einer kleinen Kamera, dann zum Tisch hinüber. »Was ist mit den anderen Kuchenstücken passiert?«

Verdammt.

Die Schauspieler sehen sich verwundert um, als hätten sie noch gar nicht gemerkt, dass in diesem Take Kuchen zu sehen ist.

»Kuchen?«, fragt der Mann schließlich.

»Ja, Kuchen! Da sollten sechs Stück sein!« Mit spitzem Finger deutet sie auf den Bildschirm ihrer Kamera. »Was ist damit passiert?«

»Sie brauchen mich gar nicht so anzusehen!«, sagt der Mann gekränkt. »Ich habe den Kuchen überhaupt nicht bemerkt.«

»Haben Sie wohl!«

»Ich glaube, es waren fünf Stück«, sagt die Schauspielerin, die Lady Violet darstellt.

»Entschuldigen Sie mal«, sagt die Frau in Schwarz streng. »Wenn ich sage, da waren sechs, dann waren da sechs, und wenn Sie nicht alles noch mal neu drehen wollen, was wir heute früh geschafft haben, dann schlage ich vor, dass Sie die Requisiten lassen, wo sie sind.«

»Ich habe nichts weggenommen!«, erwidert Lady Violet.

Ich muss es beichten. *Mach schon, Becky.* Ich zwinge mich, vorn an den Rand des Sets zu treten, und räuspere mich.

»Äh, Verzeihung, bitte?«, sage ich kleinlaut. »Hier ist es. Tut mir leid.«

Ich strecke meine Hand aus, und alle starren den angebissenen, krümeligen Kuchen an. Meine Wangen werden vor Verlegenheit puterrot, besonders als mir ein Stück herunterfällt. Eilig bücke ich mich, um es aufzuheben, und fühle mich elender als je zuvor.

»Soll ich es wieder auf den Tisch tun?«, frage ich. »Wir könnten die angebissene Seite verstecken…«

Fassungslos zieht die Frau in Schwarz ihre Augenbrauen hoch. »Sie haben eine Requisite gegessen?«

»Das wollte ich nicht!«, sage ich eilig. »Ich dachte, der Kuchen wäre nicht echt, und ich hab nur reingebissen, um das zu beweisen.«

»Ich wusste gleich, dass er echt ist«, wirft Suze ein. »Ich habe ihr gesagt: Ein künstlicher Kuchen kann nie so gut aussehen.«

»Kann er wohl!«, halte ich dagegen. »Es gibt inzwischen unglaubliche technische Möglichkeiten.«

»*So* unglaublich nun auch wieder nicht.«

»Wie dem auch sei.« Plötzlich kommt mir ein Gedanke. »Vielleicht ist es ganz gut so. Denn wer würde sich ernstlich so viel Kuchen hinstellen?« Ich wende mich an Ant. »Sechs

Stücke sind sehr viel für zwei Leute. Sie wollen doch nicht, dass sie verfressen wirken, oder? Sie wollen doch nicht, dass die Zuschauer denken, kein Wunder, dass Lady Violet ein Korsett braucht, wenn sie so viel Kuchen futtert…«

»Es reicht!« Ant rastet aus. »Schafft diese Frauen von meinem Set!« Wütend fixiert er Don. »Es ist mir egal, wer das ist. Die beiden haben Hausverbot.«

Hausverbot? Schockiert sehe ich Suze an.

»Aber wir sind doch Komparsen!«, sagt Suze bestürzt.

»Es tut mir wirklich leid, dass wir Sie gestört haben. Ich wollte den Kuchen nicht essen. Ich esse bestimmt nichts mehr.«

»Ant, hören Sie mal kurz zu«, meint Don beschwichtigend. Er läuft hinüber und raunt Ant irgendwas ins Ohr. Ich sehe, dass Ant uns böse Blicke zuwirft, aber schließlich schnauft er wütend und sagt: »Egal. Meinetwegen. Ich hab hier *zu tun*!«

Ich halte die Luft an, als Don wiederkommt und uns resolut vom Set führt.

»Dürfen wir immer noch Komparsen sein?«, fragt Suze besorgt.

»Selbstverständlich!«, sagt er und lächelt verspannt. »Kein Problem. Am besten bringen wir Sie in die Garderobe und dann… na ja. Ich würde vorschlagen, dass Sie sich in Ihrer Szene eher bedeckt halten.«

»Sie meinen, wir sollen den Regisseur lieber nicht ansprechen«, sagt Suze. »Und keine Requisiten essen.«

»So ungefähr.« Er nickt.

»Hast du gehört, Bex?« Suze stößt mich an. »Keine blöden Sprüche am Set.«

Okay, ich werde alles wiedergutmachen. Ich werde mich am Set ganz still und unauffällig verhalten. Zumindest so unauffällig ich sein kann, angesichts der rot gelockten Perücke, dem geschwärzten Zahn und einem spitzenbesetzten Mieder, das meine Brüste … nun … »hervorhebt« wäre ein Wort. Ein anderes wäre »herausquetscht«.

Meine Schminke wurde mir in etwa fünf Sekunden von einem Mädchen draufgeklatscht, das dabei Musik vom iPod hörte, aber dennoch bin ich wie verwandelt! Ich sehe schmutzig, schmierig, faltig und irgendwie unheimlich aus. Suze dagegen sieht aus wie eine alte Vettel. Sie trägt eine verfilzte schwarze Perücke und eine Art Zahnplatte, die ihren Mund verformt, und hat überall Warzen auf den Händen. Sie hinkt und sieht wirklich und wahrhaftig aus wie ein Pirat. Ich hinke nicht, aber ich glaube, unter Umständen könnte ich vielleicht ein bisschen mit den Händen zittern, als hätte ich Schüttellähmung. Oder mit dem Gesicht zucken. Nur ganz leicht.

Man brachte uns in einen Nebenraum zu den anderen Komparsen. Die sitzen alle nur herum, lesen Bücher und wirken eher gelangweilt, aber ich streife umher und versuche, allzeit bereit zu bleiben. Leider hatte ich noch keine Gelegenheit, mit jemandem über Arbeitsmöglichkeiten in der Kostümabteilung zu sprechen. Renée Slattery ist nirgendwo zu sehen, und alle Kostümleute haben es eher eilig. Ich habe eine Frage zur Länge meines Unterrocks gestellt, aber die zuständige Frau meinte nur: »Egal. Nächster?«

Egal? Wie kann ein Unterrock egal sein?

Dann habe ich sie gefragt, wie sie zu dem Job gekommen ist, und sie meinte: »Ich war blöd genug, bis ans Ende meiner Tage um fünf Uhr morgens aufstehen zu wollen«, was nun wirklich keine Antwort ist, und scheuchte mich weiter.

»Kleindarsteller!« Dino, der zweite Regieassistent, steht in der Tür. »Die Kleindarsteller bitte zum Set!«

Oh! Das sind wir!

Als wir durch das Studio zum Set laufen, bin ich schon ganz kribbelig vor Aufregung. Es ist wirklich wahr! Ich werde in einem Film mitspielen! Dieses Set ist viel größer als das letzte und stellt die Kabine eines Schiffes dar. Da sind etwa zehn Komparsen, einschließlich Suze und mir – alles Frauen –, und nach einem Gespräch zu urteilen, das ich gerade eben belauscht habe, handelt es sich um eine entscheidende Schlüsselszene.

Eine entscheidende Schlüsselszene! Was ist, wenn es eine von diesen legendären Filmszenen wird, die dauernd im Fernsehen laufen, und ich darin zu sehen bin? Was ist, wenn ich entdeckt werde? Unvermittelt flackert lächerliche Hoffnung in mir auf. Ich weiß, ich habe die Schauspielerei nie ernsthaft als berufliche Möglichkeit ins Auge gefasst, aber was ist, wenn ich das perfekte Filmgesicht habe und es mir bisher nur nie bewusst war?

Mich lässt die Vorstellung nicht los, dass Ant den Dreh abbricht und die Kamera auf mich richtet, dann wendet er sich seinem Assistenten zu und sagt: »Mein Gott! Sieh dir ihre Wangenknochen an!«

Ich meine, okay, *sehr* wahrscheinlich ist es nicht. Aber ich habe wirklich ganz hübsche Wangenknochen, und alles sieht ganz anders aus, wenn man es durch eine Kamera betrachtet und…

»Bex!« Suze stößt mich an. »Dino ruft dich!«

Ich laufe zu Dino hinüber und sehe ihn erwartungsvoll an, in der Hoffnung, dass er vielleicht irgendetwas sagt wie: »Ich hätte gern, dass Sie für die kleine Rolle der Piratenprinzessin vorsprechen.«

»Okay, du da. Krümelmonster.« Er blickt von seiner Liste auf.

Krümelmonster?

»Ich heiße Becky«, erkläre ich ihm.

»Aha.« Er hört mir gar nicht zu. »Also, wir stellen dich irgendwohin, wo Ant dich nicht sehen kann. Wir wollen ihn lieber nicht noch mehr auf die Palme bringen. Du wirst

Gwennies Schuhe mit diesem Lappen polieren, und in dieser Haltung bleibst du die ganze Szene über. Halt den Kopf unten und das Gesicht weg von der Kamera. Kapiert? *Weg* von der Kamera.« Er wendet sich ab und winkt das nächste Mädchen zu sich. Ich starre ihn nur an, am Boden zerstört.

Weg von der Kamera? Aber dann sieht mich doch keiner. *Was ist mit meiner Familie?* Ich könnte heulen. *Woher sollen sie wissen, dass ich es bin?*

Ich bin total am Ende, als ich auf meine Position gehe, am Boden kauernd, mit einem stinkigen alten Lappen in der Hand. So hatte ich mir das nicht vorgestellt. Ein Mädchen, das ein bisschen wie April Tremont aussieht, hat sich auf den Stuhl gesetzt und wirft mir einen desinteressierten Blick zu. Ich schätze, sie ist wohl das Lichtdouble.

»Leute!« Dino klatscht in die Hände. »Etwas Background zu der Szene, die wir gleich spielen werden. Das Weibsvolk der Piraten bereitet die Hochzeitszeremonie vor. Gwennie, gespielt von April Tremont…« Unter den Komparsen fangen einige laut an zu klatschen, und Dino lächelt freundlich. »Gwennie soll den räuberischen Piraten Eduardo, gespielt von Curt Millson, heiraten. Allerdings liebt sie dessen Rivalen Käpt'n Arthur, den Kapitän der Black Flag, und in dieser Szene erleben wir, wie Eduardo davon erfährt.«

»Hi«, sage ich freudlos zum Double. »Ich soll deine Schuhe putzen.«

»Gut.« Sie rafft ihren Rock zusammen, und ich reibe trübsinnig an ihren Schuhen herum.

»Okay, wir proben das!«, höre ich Dinos Stimme. »Action!«

»Hochzeit mit Eduardo«, sagt das Lichtdouble monoton. »Lieber sterbe ich.« Sie nimmt ein Halstuch hervor und streichelt es. »Oh, Arthur.«

»Kleindarsteller«, weist Dino uns an. »Ich möchte, dass ihr euch das Tuch anseht. Es weckt euer Interesse.«

Gehorsam wende ich den Kopf, um das Tuch anzusehen, aber sofort sagt Dino: »Du nicht, Krümelmonster.«

Na, toll. Alle dürfen sich das Tuch ansehen, während ich auf dem Boden kauern muss. Mit einem Knarren geht die Tür auf, und ich höre schwere Stiefel.

»Was ist das für ein hübsches Ding?«, sagt eine tiefe, maskuline Stimme. »Zeig her.«

»Niemals!«, sagt das Lichtdouble.

Dann höre ich ein Gerangel, kann aber nichts sehen, weil ich nicht wage, den Kopf anzuheben. Es ist so frustrierend. Ich möchte liebend gern mitbekommen, was da los ist, aber hier unten kann ich nichts erkennen. So bringe ich meine Schüttellähmung doch nie an den Mann, ganz zu schweigen von: »Aye, aye, Käpt'n.« Es ist echt deprimierend.

»Cut!«

Ich richte mich ein wenig auf, winke Suze und gebe mir Mühe, nicht neidisch zu sein. Sie hat es gut, sie steht auf einer kleinen Stufe, wo alle sie sehen können. Sie hat ein Requisit bekommen – einen kaputten, alten Kamm – und kämmt ihre verhedderten Haare mit dramatischer Geste.

»Entschuldige.« Eine einschmeichelnde Stimme dringt an mein Ohr, und ein winziger Knopfstiefel erscheint vor meinen Augen. Ich blicke auf und erstarre vor Ehrfurcht. Es ist April Tremont! Die echte! Sie nimmt auf dem Stuhl Platz und rafft ihre Röcke zusammen, damit ich ihr die Stiefel polieren kann.

»Ich schätze, die wirst du wohl putzen müssen«, sagt sie nickend. »Du Ärmste.«

»Ach, das macht doch nichts! Es macht Spaß. Ich putze für mein Leben gern Schuhe. Ich meine, nicht nur auf dem Set, ich putze sie auch gern zu Hause und im Garten und … äh …«

Aaah! Hör auf zu quasseln, Becky.

»Ich bin April«, sagt sie freundlich.

Als wüsste ich das nicht. Als wäre sie nicht weltberühmt.

»Ich bin Becky.«

»Du hast den Kuchen gegessen?«

»Aus Versehen«, sage ich eilig.

»Ich fand es lustig.« Sie lächelt, dieses umwerfende Lächeln, das ich aus zahllosen Filmen kenne. Na ja, vielleicht nicht wirklich aus zahllosen. Zwei Filme und eine Sitcom und eine Werbekampagne für Feuchtigkeitscreme. Aber immerhin.

»April. Curt. Kann ich euch kurz sprechen?« Ant kommt herüber, und eilig vergrabe ich mein Gesicht in Aprils Rock, damit er mich nicht bemerkt. Obwohl er die Komparsen ohnehin nicht zu bemerken scheint.

»Ich möchte echte Gewalt in dieser Szene«, höre ich ihn direkt über meinem Kopf sagen. »Curt, wenn du die Insignien deines Feindes auf Gwennies Tuch siehst, ändert sich alles. Du weißt, dass sie Arthur liebt, und es weckt deinen Zorn. Denk daran: Diese Szene ist der Wendepunkt. Was hier passiert, treibt dich dazu, die Flotte der Feinde anzugreifen. Es löst eine ganze Kettenreaktion von Ereignissen aus. Okay, ihr zwei? Leidenschaft. *Intensität.* Versuchen wir einen Take.«

Trotz allem muss ich mir doch eingestehen, wie begeistert ich bin. Ein Take! Wir versuchen einen Take! Es passiert wirklich!

Eine Stunde später bin ich ein *klitzekleines* bisschen weniger begeistert. Wir spielen die Szene immer und immer wieder, und jedes Mal muss ich den Kopf einziehen, während oben die Musik spielt, und langsam tun mir in dieser Haltung die Knie weh.

Und je öfter wir diese Szene spielen, desto weniger verstehe ich sie.

»Alles okay?« April Tremont lächelt zu mir herab, während

ihr Make-up aufgefrischt wird. »Ganz schön anstrengend da unten.«

»Ach, geht schon. Super! Echt gut!«

»Gefällt dir die Szene?«

»Also …« Ich zögere. Ich weiß, ich sollte sagen: *Ja, ganz toll!* Aber die Wahrheit ist, dass ich irgendwie keinen Bezug dazu bekomme. »Ich verstehe sie nicht«, sage ich schließlich. »Aber *du* bist wirklich gut«, füge ich eilig hinzu.

»Was davon verstehst du nicht?«, fragt April interessiert.

»Na ja, wieso spielst du mit deinem Tuch?«

»Es ist ein Andenken an meinen geliebten Arthur«, erklärt April. »Seine unverwechselbaren Insignien sind darauf abgebildet. Siehst du?« Sie hält mir das Tuch hin.

»Das weiß ich.« Ich nicke. »Aber du befindest dich auf Eduardos Schiff. Er ist brutal, und er hasst Arthur. Würdest du es da nicht lieber verstecken? Wenn du Arthur wirklich liebst, würdest du ihn doch bestimmt schützen wollen.«

Einen Moment lang starrt April Tremont mich schweigend an. »Das ist ein gutes Argument. Warum *spiele* ich eigentlich damit herum?«

»Vielleicht sollst du ein bisschen einfältig sein?«, schlage ich vor.

»Nein!«, sagt April scharf. »Das bin ich nicht. Ant!« Sie ruft ihn herüber. »Ant, komm mal her!«

O Gott. Ich verstecke abermals mein Gesicht in ihrem Rock und versuche, mich so unverdächtig wie möglich zu verhalten.

»Ant, ich habe ein Problem mit meiner Motivation«, sagt April. »Warum holt Gwennie das Tuch hervor?«

Heimlich wage ich einen Blick nach oben. Ant starrt April an, als wittere er eine Fangfrage.

»Das sind wir doch gestern schon durchgegangen«, antwortet er. »Sie ist sentimental. Sie denkt an ihren Liebsten.«

»Aber warum holt sie jetzt das Tuch hervor, in einer so gefährlichen Lage? Sie befindet sich auf einem feindlichen Schiff. Warum sollte sie so leichtsinnig handeln?«

Einen Moment herrscht Stille, dann ruft Ant: »Dylan! Komm mal her! Erklär April bitte die Motivation ihrer Figur.«

Umgehend kommt Dylan angelaufen. Seine Sneakers quietschen auf dem Boden des Studios.

»Okay«, sagt er und klingt etwas nervös. »Also, Gwennie denkt an ihren geliebten Arthur. Sie erinnert sich an die Zeit, die sie mit ihm verbracht hat. Also nimmt sie das Tuch hervor ...«

»Warum?«, unterbricht April ihn.

»Um sich damit an ihn zu erinnern.« Dylan wirkt verdattert. »Das ist ihr Motiv.«

»Aber sie kann sich doch auch ohne das Tuch an ihn erinnern. Warum sollte sie ihr Leben wegen eines Halstuchs aufs Spiel setzen?«

»Sie ist eine Frau«, sagt Dylan zaghaft. »Sie ist sentimental.«

»Sie ist eine *Frau*?«, faucht April ärgerlich. »Sie ist eine Frau? Das ist doch keine Antwort! Nur weil sie eine Frau ist, heißt das noch lange nicht, dass sie bescheuert ist! Das mache ich nicht!«, sagt sie entschlossen. »Ich hole das Tuch nicht hervor. Gwennie ist keine dumme Gans. Das würde sie nicht tun.«

»Aber Sie müssen das Tuch hervornehmen!«, entgegnet Dylan konsterniert. »Das ist doch der ganze Sinn und Zweck dieser Szene!«

»Na, dann werden Sie wohl einen anderen Sinn und Zweck für diese Szene finden müssen.«

»April, Schätzchen«, schnauft Ant. »Du musst das Tuch herausnehmen. Wenn Eduardo das Tuch nicht sieht, dann wird er auch die Flotte der Feinde nicht angreifen. Das ist der komplette zweite Akt. Das ist der ganze beschissene *Film*!«

»Aber es ergibt keinen Sinn«, sagt April stur. »Becky hat recht.«

»*Becky*?« Ant scheint am Ende seiner Weisheit angekommen. »Wer ist Becky?«

Widerwillig hebe ich den Kopf von Aprils Rock und sehe, dass Ant mich mit fassungslosem Zorn anstarrt.

»Oh, hi«, sage ich zittrig und riskiere ein kleines Lächeln. »Super Regie. Sehr inspiriert.«

»Sie schon wieder?«, fragt Dylan ungläubig.

»Wer zum Teufel *sind* Sie?«, zetert Ant. »Sie ruinieren meinen Film!« Fast sieht er aus, als wollte er mir eine reinhauen.

»Nein, tue ich nicht!«, sage ich entsetzt. »Ich meine, das war nicht meine Absicht!«

»Du solltest ihr dankbar sein!«, wirft April ein. »In dieser Szene stimmt was nicht, und Becky hat es als Einzige bemerkt.« Sie steht auf. »Klären Sie Ihre Szene, Gentlemen! Ich bin in meinem Wohnwagen. Gilly, Uggs?«

Eines der Garderobenmädchen kommt angerannt und schnallt Aprils Knopfstiefel auf.

»April!«, sagt Ant. »Sei nicht albern!«

»Wenn es dir nicht auffällt – den Kritikern wird es auffallen«, bellt sie. Sie steigt in ein Paar Uggs und stolziert durchs Studio. O mein Gott.

»Komm wieder her!«, ruft Ant wütend.

»Klärt die Szene!«, entgegnet sie scharf über ihre Schulter hinweg.

Ich sehe, dass Ant und Dylan besorgte Blicke tauschen.

»April, sei vernünftig.« Ant läuft ihr hinterher. »Hör zu, wir reden darüber.«

Um mich herum stehen Komparsen und Crew ratlos da. Was machen wir jetzt?

Es gibt ein eiliges Gespräch zwischen Dino und einem anderen Mann mit Headset, dann wendet sich Dino allen zu.

»Okay, Leute. Mittagspause.«

Sofort machen sich sämtliche Komparsen auf den Weg, und Suze hüpft übers Set zu mir herüber, so schnell es ihr in dem großen Rock möglich ist.

»Was hast du angestellt?«, will sie wissen.

»Überhaupt nichts habe ich angestellt!«

»Na, aber alle machen dich dafür verantwortlich.«

»Wirklich?« Bestürzt starre ich sie an. »Das ist so was von unfair!«

»Nein, sie sind *froh*. Möglicherweise kriegen sie sogar Überstunden. Wollen wir was essen gehen? Vielleicht gibt es da noch was von diesem Sushi. Weißt du, ich könnte ja auch Vollzeit-Komparsin werden«, sagt sie im Gehen. »Ich weiß schon ganz viel darüber. Man geht zu einer speziellen Agentur, und die haben reichlich Arbeit, wenn man das richtige Gesicht hat. Damit kann man gutes Geld verdienen!«

Gutes Geld? Am liebsten würde ich Suze darauf hinweisen, dass sie bereits gutes Geld *besitzt*, da sie schließlich mit einem Trillionär verheiratet ist, aber sie scheint mir derart aufgedreht, dass ich es lieber sein lasse.

»Und wenn man reiten kann, gilt das als zusätzliches Talent«, sagt sie gerade, als ein Mädchen mit wachem Gesicht auf uns zugelaufen kommt.

»Becky? Ist eine von Ihnen Becky?«

»Das bin ich«, antworte ich zögernd.

»Miss Tremont würde Sie gern in ihrem Wohnwagen empfangen.«

Suze und ich sehen uns an, gespannt. Ein Wohnwagen! Ein echter Filmstar möchte mich in seinem Wohnwagen empfangen!

»Darf meine Freundin auch mitkommen?«, frage ich.

»Na klar. Hier lang.«

Offen gesagt, bin ich von diesem Wohnwagen *leicht* enttäuscht. Ich hätte erwartet, dass alles voller Rosen und
Champagnerkübel und Karten von den Produzenten ist, und
vielleicht sogar ein paar signierte Fotos von George Cloo-
ney. Nicht dass es hier drinnen wie in einem Saustall aussieht
und überall Zeitschriften und Evian-Flaschen und Müslirie-
gel herumliegen. Als wir eintreten, ist April gerade am Telefon, und ich setze mich vorsichtig neben Suze auf ein bank-
ähnliches Ding.

Gegen einen eigenen Wohnwagen hätte ich allerdings
nichts einzuwenden, denke ich. Wie schön wäre es doch,
wenn man überall, wo man in seinem Leben so landet, immer einen kleinen Wohnwagen dabeihätte, in den man sich
zurückziehen kann, wenn einem danach zumute ist.

Und wenn ich mir dann vorstelle, mit einem Wohnwagen
shoppen zu gehen. O Gott, ja! Man könnte alle seine Tüten
reinstellen und sich ein bisschen ausruhen und sich ein Tässchen Tee kochen und …

»Becky.« April legt ihr Telefon weg und lächelt mich an.
»Wie geht es dir?«

»Gut. Danke. Das ist meine Freundin Suze.«

»Hi, Suze.« April richtet ihr strahlendes Lächeln auf Suze,
dann wieder auf mich. »Ich wollte nur sichergehen, dass bei
dir alles okay ist. Ich möchte nicht, dass Ant dir das Leben
schwermacht. Sag mir Bescheid, falls du Schwierigkeiten mit
ihm bekommen solltest.«

»Danke!«, sage ich gerührt.

»Na, immerhin hast du was gut bei mir.« Sie seufzt. »Das
Problem hätte mir beim Lesen auffallen sollen. Oder sonst ir-
gendjemanden. Das sind doch alles Idioten.«

»Was wollen die denn jetzt machen?«, frage ich bedrückt. »Habe ich wirklich den ganzen Film ruiniert?«

»Ach Quatsch, nein!« Sie lacht. »Die schreiben eine andere Szene. Das werden sie schon klären. Das ist ihr Job. Aber wenn ich kann, würde ich dir gern auch einen Gefallen tun.« Ernst sieht sie mich an. »Hast du einen Agenten? Brauchst du einen besseren? Soll ich dir einen Kontakt herstellen? Ich weiß, wie schwer es da draußen ist, und alles kann irgendwie helfen.«

»Ich habe gar keinen Agenten«, erkläre ich. »Und Komparserie ist eigentlich gar nicht das, was ich machen möchte ...«

»Aber ich hätte gern einen Agenten!«, ruft Suze dazwischen. »Ich möchte Komparsin sein! Ich glaube wirklich, das könnte mein neuer Beruf werden.«

Verwundert betrachtet uns April Tremont. »Ihr seid gar keine Schauspielerinnen?«

»Ich war auf der Schauspielschule«, sagt Suze eilig. »Ich habe ein Diplom. Ich wurde sehr für meine moderne Sprache gelobt.«

»Ich habe mit Mode zu tun.«

»Wir sind wegen Tarkie in diesem Film.«

»Tarkie ist ihr Mann«, erkläre ich. »Er finanziert Filme.«

»Wovon ich bis vor Kurzem gar nichts wusste«, sagt Suze bitter.

»Und alle meinten: ›Wollt ihr mal sehen, wie ein Film gemacht wird?‹, und wir haben nur gesagt: ›Nein, wir wollen lieber mitspielen!‹«

»Und da sind wir nun!«

Beide sitzen wir da und starren April erwartungsvoll an. Sie sieht aus, als hätte sie leichte Schwierigkeiten, uns zu folgen.

»*Du* brauchst also einen Agenten«, sagt sie zu Suze.

»Ja bitte!«, sagt Suze.

»Und *du* brauchst…« Sie wendet sich mir zu. »Brauchst du irgendwas?«

»Ich hätte gern einen Job als Stylistin«, sage ich. »Das ist mein Ding. Früher habe ich bei Barneys gearbeitet, und jetzt versuche ich, es in Hollywood zu schaffen, aber es ist wirklich nicht leicht, einen Fuß in die Tür zu bekommen.«

»Bex ist genial«, sagt Suze loyalerweise. »Sie lässt jeden gut aussehen. Sogar meine Schwägerin Fenella, die – das kannst du mir glauben…« Sie zieht eine Grimasse.

»Sie hat hübsche Schultern«, widerspreche ich. »Man muss sich nur auf ihre Schultern konzentrieren.«

»Okay«, sagt April nachdenklich. »Also, wie wäre es damit? Eine Freundin von mir ist Stylistin und hat mehr zu tun, als sie schaffen kann. Ich weiß, dass sie immer talentierte Leute sucht, die mit ihr arbeiten wollen. Wie wäre es, wenn ich euch beide miteinander bekannt machen würde?«

»Das wäre *wunderbar*!«, stöhne ich. »Wirklich?«

»Wir sind beide am Freitagabend bei den Actor's Society Awards. Wie wäre es, wenn ich dir ein Ticket besorge? Am besten besorge ich euch beiden Doppeltickets. Das wird bestimmt ein lustiger Abend.«

»Danke!« Begeistert grinse ich Suze an. »Vielen Dank dafür!«

»Meine Freundin heißt Cyndi.« April kritzelt den Namen auf ein Stück Papier. »Sie wird mit ihrer neuen Klientin da sein. Vielleicht arbeitet ihr am Ende alle zusammen!«

»Wow!« Ich nehme den Zettel entgegen. »Danke. Wer ist ihre neue Klientin?«

»Lois Kellerton«, sagt April, und ich erstarre. Ich merke, dass Suze ihre Augen weit aufreißt, und versuche verzweifelt, sie zu ignorieren.

»Was ist?«, fragt April, als sie die Spannung spürt. »Kennst du Lois?«

»Nein, ganz und gar nicht. Nein. Nie gesehen. Woher sollte ich Lois Kellerton kennen?« Ich gebe ein schrilles, unnatürliches Lachen von mir.

»Okay. Na, Lois ist supernett«, sagt April. »Wir sind gut befreundet, sogar Nachbarn. Wir wohnen beide schon seit Ewigkeiten in der Doheny Road. Ihr werdet euch bestimmt verstehen.«

Zum ersten Mal höre ich, wie jemand Lois als supernett bezeichnet, und April bemerkt meine Überraschung.

»Was ist?«, fragt sie.

Ich weiß, dass ich die Klappe halten sollte, aber ich kann nicht widerstehen. »Ich habe nur gehört, dass Lois ... schwierig im Umgang ist. Hat sie nicht Probleme mit ihrem neuen Film?«

April seufzt. »Ich wünschte, Lois hätte nicht so einen schlechten Ruf. Sie ist ein wundervoller Mensch. Und auch der Film wird wundervoll. Es ist die Geschichte der frühen Athletinnen, unter Verwendung von Originalaufnahmen der Olympischen Spiele. Echt clever. Und ja, da gab es Pannen, aber bei jedem Film kommt es zu Pannen.«

»Entschuldige«, sage ich betreten. »Ich wollte nicht ... ich habe nur gehört ...«

»Ich weiß.« Verzweifelt winkt April ab. »Alle sagen dasselbe. Es hat damit zu tun, dass Lois ein kluger Kopf ist und hohe Erwartungen hat und dass sie sich damit nicht immer Freunde macht. Aber ihr werdet sie mögen. Da bin ich mir ganz sicher.«

Ihr Handy piept mit einer SMS, und sie greift danach. »Entschuldigt mich, ich muss los. Gebt meiner Assistentin eure Adresse, dann lasse ich euch die Tickets per Kurier bringen. Bleibt, solange ihr wollt.«

Sie geht hinaus und stampft in ihren Uggs die Stufen hinunter. Suze starrt mich nur an.

»Lois Kellerton«, sagt Suze schließlich. »O mein Gott, Bex.«

»Ich weiß.« Ich kratze mich am Kopf. »Abgefahren.«

»Was willst du zu ihr sagen? Ich meine, wegen… du weißt schon.«

»Gar nichts werde ich sagen. Es ist nie passiert, okay? Und ich habe dir auch nie davon erzählt.«

»Okay.« Suze nickt inbrünstig, dann blickt sie auf. »Hey, was wird Luke wohl dazu sagen, dass du Lois Kellerton triffst? Ist Lois nicht Sages große Rivalin? Bist du nicht eigentlich im Team Sage?«

O Gott. In der Hitze des Gefechts habe ich das alles total vergessen. Verdammt. Ich nehme mir einen Energieriegel und überlege angestrengt. Okay, es ist also nicht ideal. Hätte ich mir einen anderen Promi aussuchen können, hätte ich es getan. Aber ich kann diese unfassbare Chance nicht ungenutzt lassen. Ich *kann* einfach nicht.

»Luke wird mich in jeder Hinsicht unterstützen, wenn es um meinen Beruf geht«, sage ich schließlich etwas überzeugter, als mir zumute ist. »Ich meine, wir müssen ja nicht beide im Team Sage sein, oder? Wir können chinesische Dingsbumse haben.«

»Bitte?« Suze versteht kein Wort. »Glückskekse?«

»Nein!« Unwillkürlich muss ich kichern. »*Mauern*. Wenn man auf verschiedenen Seiten steht, es aber okay ist, weil man keine Geheimnisse weitergibt.«

»Mauern?«, fragt Suze misstrauisch. »Die Vorstellung von Mauern gefällt mir nicht. In einer Ehe sollte es keine Mauern geben.«

»Keine echten Mauern, *chinesische* Mauern.«

Suze scheint mir nicht überzeugt. »Das gefällt mir immer noch nicht. Ich finde, ihr solltet auf derselben Seite stehen.«

»Na ja, das finde ich auch«, verteidige ich mich. »Aber was

soll ich machen? Ich habe versucht, Sage zu stylen, aber sie hatte kein Interesse.«

»Dann solltest du vielleicht eine andere Prominente stylen.«

»Wen denn? Die stehen ja nicht gerade Schlange bei mir, oder?« Ich bin etwas gereizt, zum Teil weil ich weiß, dass Suze nicht unrecht hat. »Hör mal, es wird schon gehen. Es wird so sein wie in diesem Film, in dem Mann und Frau gegnerische Anwälte vor Gericht sind, aber wenn sie nach Hause kommen, ist alles nett und friedlich.«

»Welcher Film?«, fragt Suze argwöhnisch.

»Ach, du weiß schon. Dieser eine.«

Ich denke mir das alles aus, will es aber nicht zugeben.

»Wie heißt er?«, will Suze wissen.

»Ist doch egal, wie er heißt. Hör zu, ich bin nur einmal in Hollywood. Ich muss wenigstens *ausprobieren*, ob ich als Stylistin eine Chance habe.« Als ich die Worte ausspreche, merke ich, wie sehr ich diese Gelegenheit herbeigesehnt habe. Wie enttäuscht ich von meinen Fehlschlägen war. Aber jetzt ist eine echte, richtige Chance zum Greifen nah. »Luke wird mich verstehen«, füge ich hinzu. »Ich werde es ihm irgendwie erklären. Es wird schon werden.«

BACKGROUND ARTISTS UNLIMITED AGENCY
BEWERBUNGSFORMULAR FÜR KÜNSTLER

Anrede (unzutreffendes streichen): ~~Mr/Mrs/Miss~~ Lady

Vorname(n): Susan deLaney Margaret

Nachname: Cleath-Stuart

Geburtsdatum: Eine Dame fragt man nicht nach ihrem Alter.

Geburtsort: Sandringham, im Pferdestall (Mama kam gerade von der Jagd).

Bisherige Schauspielerfahrung: In Mrs Darlingtons Akademie habe ich eine Hummel gespielt, und dann war ich ein Kaninchen, und dann war ich Blanche DuBois, meine brillanteste Rolle, und dann dieses Mädchen im Kaufmann von Venedig. Ach, und Julia. Allerdings haben wir nur drei Szenen gespielt, weil Shakespeare doch SEHR lang ist.

Besondere Fähigkeiten (z.B. Reiten, Jonglieren): Oh, haufenweise! Reiten, Tennis, Fliegenfischen, Yoga, Bilderrahmen basteln, Blumen arrangieren, aus Servietten Figuren falten, Kuchen mit Zuckerguss bestreichen (ich habe einen Kurs belegt, weil Daddy dachte, ich würde vielleicht ins Catering einsteigen). Ich bin nicht gut im Tippen, aber ich könnte bestimmt so tun, als ob. Und wenn Sie einen Film in einem alten englischen Haus drehen, kann ich Ihnen sagen, wo die Messer und Gabeln hingehören, weil das immer falsch gemacht wird. Und die Engländer tragen auch nicht ständig alle Tweed. Ach, und WIESO sind die Bösewichte eigentlich immer Briten?

Akzente: Den amerikanischen Akzent kann ich super. Und den französischen. Ich kann auch den walisischen, aber das klingt schnell indisch.

Sind Sie bereit, nackt aufzutreten? Sind Sie verrückt? Was würde Daddy sagen? Und mein Mann? Wieso wollen Sie überhaupt, dass man nackt auftritt? Wenn sich jemand auf der Leinwand auszieht, winde ich mich vor peinlicher Verlegenheit, und mein Mann steht auf und sagt: »Lust auf einen Rachenputzer?« Im Film sollten die Leute ihre Sachen anbehalten. Außer Käpt'n Sparrow, der darf sich ausziehen!! (Verraten Sie nur Tarkie nicht, dass ich das gesagt habe.)

Seite 1 von 3

13

Es wird schon gehen. Ich bin in meinem Leben mit zahllosen unangenehmen gesellschaftlichen Situationen fertiggeworden. Es wird schon gehen. Ich meine, okay, ich bin noch nie einem Filmstar begegnet, den ich 1.) beim Ladendiebstahl erwischt habe, der 2.) einen zweifelhaften Ruf hat (möglicherweise unverdient) und von dem ich 3.) die gesamte Lebensgeschichte kenne, nachdem ich ihn volle drei Tage gegoogelt habe.

Aber trotzdem. Ich gehe davon aus, dass es gut läuft. Wahrscheinlich verstehen wir uns auf Anhieb blendend, verabreden uns auf einen Kaffee und zum gemeinsamen Shoppen...

Nein. Ich bremse mich. *Nicht* zum Shoppen. Ich meine, was ist, wenn sie was klaut? Was ist, wenn sie mich bittet, ihre Komplizin zu sein, und ich weiß nicht, wie ich Nein sagen soll? Ich sehe schon die Schlagzeilen vor mir:

STYLISTIN UND FILMSTAR VERHAFTET, ALS SIE BEI BARNEYS DESIGNERSTRÜMPFE IN IHRE TASCHEN STOPFTEN. SIEHE FOTOS SEITE 8, 9 und 10.

Aaaah! Hör auf, Becky! Das wird nicht passieren. Entscheidung Nummer eins: Falls ich in Lois' Styling-Team aufgenommen werde, sage ich ihr, dass ich nie mit Klientinnen shoppen gehe. Und für den Fall, dass wir doch shoppen gehen und sie mich bittet, etwas zu stehlen, werde ich... werde ich so tun, als würde ich sie nicht verstehen, und mich abwenden. Und dann wegrennen. Ja. Guter Plan.

Zumindest habe ich eingehend recherchiert. Ich weiß so viel über Lois Kellerton, dass ich ein Buch über sie schreiben könnte. Ich weiß, dass sie ihre Karriere als Zweijährige in einem Lehrfilm über Verkehrssicherheit begann und mit drei schon einen Agenten hatte und dass ihre Eltern ihre Jobs aufgegeben haben, um sich auf ihre Karriere zu konzentrieren. Ihre Mutter ist die Ehrgeizige, und ihr Vater ist der mit den vielen Affären, der dann abgehauen ist, also werde ich ihn lieber nicht erwähnen.

Ebenso wenig werde ich Sage erwähnen. Mir war nicht ganz klar, was für eine Fehde die beiden laufen haben. Es geht nicht nur um die Anspielung auf Sages kahl rasierten Kopf für die Rolle einer Krebskranken, von der dauernd die Rede ist. Es fing schon vor Urzeiten an, als beide im selben knallgrünen Kleid bei einem Event auftraten und Sage Lois böse Absichten unterstellte. Dann kam Sage nicht zu der AIDS-Gala, die Lois organisiert hatte. Offenbar sollte Sage ursprünglich den Abend moderieren, und Lois meinte, sie fühle sich »vor den Kopf gestoßen und im Stich gelassen«, sei jedoch nicht überrascht, dass Sage »einmal mehr ihre angeborene Selbstsucht bewiesen« habe.

Und letztes Jahr hat sich Lois auf dem Hollywood Walk of Fame verewigt, und in ihrer Dankesrede sagte sie: »Ich habe Hollywood in den Genen.« Woraufhin Sage umgehend bei Facebook kommentierte: »Armes Hollywood!«

Wirklich traurig ist dabei, dass sie befreundet waren, vor vielen Jahren. Als kleine Mädchen sind sie sogar zusammen in einer Fernsehshow aufgetreten. Aber Hollywood ist ein hartes Pflaster für eine Schauspielerin im 21. Jahrhundert, und man lernt, jeden anderen Star als Feind zu betrachten (nach Aussage von *Hollywouldn't.com*, diesem genialen Blog, den ich gefunden habe). Offenbar konkurrieren die Schauspielerinnen um Rollen, Männer, Werbekampagnen und sogar Schönheitschirurgen. Sie bilden Lager wie Königshöfe und werden paranoid, was ihre Konkurrentinnen angeht, selbst diejenigen, mit denen sie eigentlich »befreundet« sind.

Es klingt alles superstressig. Ich kann mir nicht vorstellen, mich mit Suze um einen Schönheitschirurgen zu streiten. Obwohl ich zugeben muss, dass wir einmal wegen eines Orla-Kiely-Mantels aneinandergeraten sind, den wir beide bei eBay kaufen wollten. (Suze hat ihn bekommen. Aber sie leiht ihn mir.)

Jedenfalls gibt es da ein paar mögliche Fallstricke in der Konversation, falls ich Lois heute Abend tatsächlich begegnen sollte. Ich werde weder Sage noch Ladendiebstähle (oder überhaupt Shopping) oder Lois' Dad erwähnen und auch nicht Lois' letzten Film *Das Dornenbett* (hat schlechte Kritiken bekommen) oder weißen Zucker (sie hält ihn für böse). Nicht dass ich vorgehabt hätte, weißen Zucker zu erwähnen, aber trotzdem. Man sollte es bedenken. Themen, die ich gefahrlos ansprechen kann: Lois' Golden Globe, Kettlebells, Macadamianüsse. Ich habe es mir notiert, falls mir nichts einfällt.

»Warum Macadamianüsse?«, fragt Suze, die meine Liste mit Interesse gelesen hat.

»Weil Lois sie so gern mag«, sage ich. »Das stand in *Health & Fitness*. Also tue ich so, als würde ich sie auch mögen, und schon haben wir eine Verbindung.«

»Aber was kann man denn über Macadamianüsse sagen?«, hält Suze dagegen.

»Was weiß ich?«, entgegne ich trotzig. »Ich werde sagen: *Die sind echt nussig, was?*«

»Und was willst du über Kettlebells sagen? Hast du überhaupt schon mal eine Kettlebell gesehen?«

»Darum geht es nicht. Lois hat eine Kettlebell-DVD gemacht, also ist das ein gutes Gesprächsthema.«

Wir sind in meinem Zimmer und mitten in den Vorbereitungen für die Actor's Society Awards, kurz ASAs, wie jedermann sie nennt. Und ich muss zugegen: Ich bin hypernervös. Heute Abend muss ich alles richtig machen. Ich muss einen guten Eindruck hinterlassen. In den letzten Tagen habe ich Lois' Style endlos analysiert und haufenweise Ideen für sie gesammelt. Ich finde, sie könnte ruhig noch viel mehr auf Jugend und Glamour setzen. Sie trägt Kleider, die zu alt für sie sind. Und *wer* macht ihr eigentlich die Haare?

»Heute habe ich in *Variety* schon wieder einen Artikel gelesen, in dem stand, dass Lois' Karriere sich auf dem absteigenden Ast befindet«, sagt Suze beiläufig. Sie nimmt ihre Extensions in eine Hand und knotet sie auf ihrem Kopf zusammen. »Haare hoch oder runter?«

»Hoch. Das sieht super aus. Und sie befindet sich nicht auf dem absteigenden Ast.«

»Na ja, ihr Wert ist gefallen. Offensichtlich ist sie sehr launisch. Shannon hat mit ihr gearbeitet. Shannon meint, sie ist ständig gereizt.«

»Shannon ist nur neidisch«, fahre ich sie an.

Langsam habe ich genug von dieser Shannon. Nachdem wir beim Dreh von *Black Flag* waren, hat Suze einen Tagesjob in einer Fernsehserie namens *Cyberville* ergattert und eine neue Freundin namens Shannon, die seit zwanzig Jahren professionelle Komparsin ist. Shannon betrachtet sich als Expertin für Hollywood, und Suze behandelt alle ihre Ansichten geradezu ehrfürchtig und schwallt mich dauernd damit voll. Ich meine, mal ehrlich. Nur weil man bei *Matrix* mitgespielt hat, heißt das doch nicht, dass man *alles* weiß.

»Lois braucht nur einen aufregenden neuen Look«, sage ich entschlossen. »Den ich für sie entwerfen werde.«

»Was hat Luke eigentlich dazu gesagt?« Suze dreht sich zu mir um, mit Haarklammern im Mund. »Das hast du mir gar nicht erzählt.«

»Oh. Ach.« Ich spiele auf Zeit, indem ich meine Lippen sorgfältig nachziehe, obwohl ich sie schon nachgezogen habe.

»Er hat doch nichts dagegen, oder?« Suze sieht mich scharf an. »Bex, du hast es ihm doch erzählt, oder?«

»Na ja.« Ich suche nach der bestmöglichen Antwort. »Es hat keinen Sinn, es ihm jetzt schon zu erzählen.«

»Du musst es ihm sagen!« Suze schiebt eine glitzernde Klemme in ihr Haar. »Du kannst nicht einfach ins Team Lois wechseln, ohne dass er Bescheid weiß!«

»Ich habe Lois ja noch gar nicht richtig kennengelernt«, erwidere ich. »Was ist, wenn wir uns nicht mögen? Dann hätte ich es Luke ganz umsonst erzählt. Ich warte ab, ob ich engagiert werde, und *dann* erzähle ich es ihm.«

Ich möchte Luke noch nicht erzählen, dass ich Lois treffe. Erstens weil ich insgeheim weiß, dass Suze recht hat – Luke könnte was dagegen haben. Und zweitens weil ich es ihm erst erzählen möchte, wenn ich Erfolg habe. Ich möchte beweisen, dass ich es hier auch allein schaffen kann.

»Was ist, wenn er heute Abend sieht, wie du dich mit Lois unterhältst?«

»Suze, wir sind doch hier nicht im Kalten Krieg! Ich darf ja wohl mit fremden Leuten reden! Ich sage einfach, dass wir geplaudert haben. Kannst du mir mal eben beim Zuhaken helfen?«

Als Suze eben anfängt, am Stoff meines Korsettkleides herumzuzerren, piept mein Handy mit drei neuen Nachrichten, und ich greife danach.

»Stillhalten!«, schimpft Suze. »Ich kann dich nicht zuhaken, wenn du dich bewegst. Es ist nur eine SMS.«

»Es könnte ein Notfall sein.«

»Wahrscheinlich ist es nur Luke.«

»Was soll das heißen, *nur* Luke?«, sage ich und drücke meinen PIN-Code. »Ich würde nie sagen, *nur* Tarquin.«

»Doch, das würdest du. Du sagst es ständig.« Suze rupft an meinem Kleid herum. »Bist du sicher, dass das die richtige Größe ist?«

Ich kann nicht antworten. Schockiert starre ich auf mein Handy.

»Bex?« Suze tippt mich an. »Hallo?«

»Sie kommt«, sage ich schließlich.

»Wer kommt?«

»Elinor. Hierher.«

»*Jetzt?*«, fragt Suze erschrocken.

»Nein, nicht jetzt, aber bald. In einer Woche oder so. Ich habe ihr eine Nachricht geschickt und sie gebeten zu kommen, aber ich hätte nie gedacht, dass sie wirklich ...« Wie versteinert starre ich Suze an. »O Gott, was soll ich machen?«

»Wenn ich mich recht erinnere, wolltest du eine Intervention in die Wege leiten?«, sagt Suze. »Weil du so genial mit Konfliktlösungen bist.«

»Stimmt.« Ich schlucke. »Ja.«

Irgendwie klang es in der Theorie besser. Aber die Vorstellung, dass Elinor sich tatsächlich in ein Flugzeug nach L.A. setzt und Luke davon keine Ahnung hat und ich irgendwie mit den beiden fertigwerden muss ...

»Suze, du musst mir helfen«, flehe ich.

»Ich werde dir ganz bestimmt nicht helfen!«, sagt sie prompt. »Auf mich kannst du nicht zählen. Ich fand die Idee von Anfang an nicht gut.«

»Die Idee ist gut! Es ist nur ... Es könnte vielleicht schwieriger werden als erwartet.«

»Ich dachte, du bist Expertin«, sagt Suze eher herzlos. »Ich dachte, du zauberst verschiedenste Techniken aus dem Ärmel, und Buddha leitet dich mit seiner unendlichen Weisheit.« Sie überlegt, dann fügt sie hinzu: »Ich sag dir was, wenn du willst, kauf ich dir noch ein paar hübsche Glockenspiele.«

»Sehr witzig.«

»Ehrlich, Bex, du bist doch verrückt. Was ist denn jetzt eigentlich mit Elinors Operation?«

»Die fällt aus«, sage ich, während ich die dritte Nachricht noch mal lese. »Es war nur ein kleiner Eingriff an ihrem Zeh.«

»An ihrem *Zeh*?« Suze starrt mich an. »Ich dachte, sie liegt im Sterben!«

»Dachte ich auch«, gebe ich zu.

»Also, ich finde, du solltest ihr absagen. Schreib ihr, dass es ein Fehler war und du gar nicht hier bist.« Sie stupst mich an die Schulter. »Dreh dich mal um. Ein Haken fehlt noch.«

Ich drehe mich um, überlege angestrengt. Das ist die naheliegendste Option. Die einfache Lösung. Ich könnte Elinor zurückschreiben. Ihr sagen, dass sie nicht kommen soll, irgendeine Ausrede erfinden. Wahrscheinlich würden wir sie nie wiedersehen. Aber will ich das? Ist es wirklich das Beste für uns alle? Für Luke? Für Minnie?

Suze befestigt den letzten Haken. »So. Fertig.« Dann fügt sie hinzu: »Oder du könntest auch so tun, als wäre Minnie krank. Das mache ich andauernd, wenn ich mich vor etwas drücken möchte. Ernie hatte schon mindestens fünfmal Keuchhusten, der arme Kerl.«

»Ich werde nicht absagen!« Ich habe mich entschieden. »Elinor und Luke haben einiges zu klären, und ich glaube, dass ich ihnen helfen kann, und je weiter ich es hinausschiebe, desto schwieriger wird es.«

»Gott steh uns bei.« Ungläubig starrt Suze mich an. »Du willst *wirklich* eine Intervention in die Wege leiten.«

»Warum nicht? Ich bin mir sicher, dass ich es schaffen kann. Mit oder ohne Hilfe«, erkläre ich.

»Wer braucht Hilfe?«, höre ich Lukes Stimme aus dem Flur. Hastig stelle ich mein Handy aus und setze ein unbeschwertes Lächeln auf.

»Oh, hi!«, sage ich fröhlich, als er hereinkommt, ganz smart mit schwarzer Fliege. »Wir sprechen gerade über ... Kettlebells.«

»Schön«, sagt Luke und wirft mir einen schrägen Blick zu. »Was ist eine Kettlebell? Dauernd hört man davon.«

»Ein Trainingsgerät«, improvisiere ich. »Es ist einem Kessel nachempfunden. Und einer Glocke natürlich. Beides. Um wie viel Uhr wollen wir eigentlich los?«

»O Gott, ist es schon so weit?« Plötzlich klingt Suze quengelig. »Wo ist Tarkie?«

»Hab ihn nicht gesehen.« Luke sieht auf seine Uhr. »Wir müssen in ungefähr zwanzig Minuten los.«

Ursprünglich wollte Luke gar nicht zu den ASAs mitkommen, aber dann hat Sage verkündet, dass sie hingehen wollte, und jetzt muss ihre gesamte Entourage mit. Offenbar wollte sie aus Publicitygründen ein Äffchen mitbringen, was Luke ihr ausreden musste. Ein Äffchen! Man mag sich gar nicht vorstellen, was für ein Chaos so ein Tier anrichten könnte.

Da fällt Lukes Blick auf eine glänzende Einkaufstüte, die auf dem Bett liegt und aus der ein strassbesetztes Täschchen ragt.

»Noch ein Täschchen, Becky?« Er zieht die Augenbrauen hoch. »Ich dachte, das Täschchen, das du am Wochenende gekauft hast, ist so perfekt, dass du es von jetzt an nur noch benutzen willst und es dein Markenzeichen wird und die Leute dich die Frau mit dem Lara-Bohinc-Täschchen nennen werden.«

Ich bin rechtschaffen empört. Ehemänner sollten sich Gespräche nicht Wort für Wort einprägen. Es widerspricht dem Geist der Ehe. In diesem Fall habe ich jedoch nichts dagegen, denn – was er auch denken mag – er täuscht sich.

»Dieses Täschchen ist nicht für *mich*. Ich habe es in meiner Funktion als Stylistin gekauft. Ich kann es steuerlich absetzen«, füge ich clever hinzu.

Eigentlich weiß ich gar nicht, ob das stimmt, aber so muss es doch sein, oder?

»Ach so. Na, klar. Das Styling.« Luke sieht mich fragend an. »Wie läuft es denn so?«

»Fabelhaft!«, sage ich energisch. »Jede Menge Eisen im Feuer.«

Luke seufzt.

»Becky, Liebling, ich wünschte, du würdest mich dir helfen lassen. Bestimmt könnte ich dir ein paar Kontakte...«

»Ich brauche deine Hilfe nicht!«, erwidere ich gekränkt. »Ich bin am Ball.«

Genau *deshalb* will ich Lois Kellerton noch nicht erwähnen. Ich will es ihm beweisen. Das Täschchen ist natürlich für Lois. Es ist ein Einzelstück aus einem Vintage-Laden und hat ein Art-déco-Design, das ihr bestimmt gefallen wird. Lois trägt immer gedeckte, eher unaufdringliche Farben, was ja schön und gut ist, aber ich finde, sie sollte etwas mehr Pepp haben, und dafür ist dieses Täschchen perfekt. Besonders im Kontrast zu ihren wunderschönen dunklen Haaren. Ich habe vor, es ihr heute Abend zu geben, um das Eis zu brechen. Vielleicht ist das mein Einstieg.

»Wo *ist* er?« Suze tippt auf ihr Telefon ein. »Ehrlich, dieses *verfluchte* Golden Peace.« Sie wirft mir einen vorwurfsvollen Blick zu, was total unfair ist. »Ich habe ihm gesagt, dass er rechtzeitig wieder hier sein soll«, murmelt sie und drückt auf »Senden«. »Ständig verliert er die Zeit aus den Augen. Was *treibt* er eigentlich?«

Suze findet, dass Tarkie viel zu oft ins Golden Peace geht. Aber sie hat nur Vorurteile. Er hat einfach seinen Spaß mit der Volleyball-Gang und genießt es dazuzugehören. Niemand nervt ihn mit denkmalgeschützten Giebeln oder Investments in Südafrika. Und sie versuchen auch nicht, ihm Filmideen anzudrehen, weil so was im Golden Peace streng verboten ist. Ich glaube, es ist das erste Mal, dass er er selbst sein kann. Tarkie. Der Mensch.

Draußen höre ich Autotüren schlagen. Im nächsten Moment geht die Haustür auf und wieder zu, gefolgt von Schritten im Flur. Na also. Ich wusste doch, dass Tarkie kommt.

»Siehst du? Da ist er.« Ich nehme mein Lara-Bohinc-Täschchen und das andere mit dem Strass. »Genehmigen wir uns einen kleinen Rachenputzer, während er sich fertig macht.«

Suze steigt in ihre wackligen High Heels, mit denen sie noch gertenschlanker und größer wirkt als sonst, wozu auch ihre blonden, zu schlängeligen Locken aufgetürmten Haare ihren Beitrag leisten. Sie sieht einfach fantastisch aus: gold gebräunte Glieder und lange Wimpern und ein düsterer, gebieterischer Blick. Niemand kann so düster dreinblicken wie Suze. Sie ist richtig Furcht einflößend, besonders wenn sie in ihren Louboutins über einem aufragt. Das hat sie von ihrer Mutter, die genauso beeindruckend ist. Offenbar kann sie ihre Vorfahren bis zu Boudicca zurückverfolgen. (Oder meine ich Boadicea? Die wilde Kriegerin jedenfalls.)

Jetzt schnappt sich Suze ihr Täschchen (Tory Burch, Schlangenleder, im Angebot bei Bloomingdale's), geht hinaus und ruft: »Tarkie! Wo warst du? Wir müssen los!«

Eilig haste ich ihr über den Treppenabsatz hinterher und bleibe im selben Moment abrupt stehen wie sie. Tarkie steht unten in der Eingangshalle, aber er ist nicht allein. Bei ihm ist Bryce, der so braun gebrannt und knitteräugig aussieht wie eh und je. Beide tragen weite Surfershorts und Bandanas, und Tarkie hält ein Frisbee in der Hand. Ich habe Tarkie schon mit den seltsamsten Dingen in Händen gesehen – einem Gewehr aus dem Ersten Weltkrieg, einer antiken ausgestopften Eule, einer uralten Sense –, aber ihn mit einem Frisbee zu sehen lässt mich fast losprusten.

Ein Blick zu Suze zeigt mir, dass sie nicht gerade begeistert ist.

»Hallo, Bryce«, sagt sie überfreundlich, während sie die Treppe hinabschreitet. »Wie schön, Sie wiederzusehen. Lassen Sie sich von uns bitte nicht aufhalten. Tarkie, du solltest dich besser umziehen.«

Autsch. Suze' scharfe Worte regnen wie Scherben auf ihn herab. Ihr Lächeln ist eisig und die Atmosphäre merklich abgekühlt.

»Liebling, wenn du nichts dagegen hättest, möchte ich heute Abend lieber nicht mitkommen«, sagt Tarkie, der von der Stimmung offenbar nichts mitbekommt. »Bryce hat eine Nachtwanderung mit ein paar von den Jungs organisiert. Könnte lustig werden.«

»Aber Liebling, wir gehen heute zu den Actor's Society Awards. Du erinnerst dich? Wir sind verabredet.« Suze' Stimme ist so kalt, dass selbst Tarkie zu merken scheint, dass irgendwas im Busch ist.

»Ach Suze, da braucht ihr mich doch nicht, oder?«, fleht er. »Da sind wieder nur unangenehme Menschen.«

Nur Tarkie würde die Crème de la Crème Hollywoods als unangenehme Menschen bezeichnen.

»Doch, ich brauche dich da!«, ruft Suze. »Und es wäre mir auch lieber gewesen, wenn du dich nicht den ganzen Tag verdrückt hättest. Wo warst du überhaupt?«

»Wir haben Volleyball gespielt«, sagt Tarquin unsicher. »Und wir haben zu Mittag gegessen und uns unterhalten ...«

»Den *ganzen Nachmittag*?« Suze wird immer schriller.

»Ich bitte ehrlich um Entschuldigung«, sagt Bryce mit dieser sanften, hypnotischen Stimme. »Ich habe Tarquin aufgehalten. Wir kamen ins Gespräch und konnten kein Ende finden.«

»Du musst dich nicht entschuldigen! Es war ein grandioser Tag.« Eifrig wendet sich Tarkie an Suze. »Suze, Liebling, Bryce sagt so viele kluge Sachen. Es wäre schön, wenn wir alle mal gemeinsam zu Abend essen könnten. Und Bryce…« Er wendet sich um. »Ich würde liebend gern an diesem Kurs teilnehmen, von dem du mir erzählt hast. Anteilnahme, richtig?«

»Achtsamkeit.«

»Genau! Klingt spannend.«

»Da bin ich richtig gut drin«, werfe ich hilfreich ein. »Geht ganz einfach.«

»Du brauchst nicht an irgendwelchen Kursen teilzunehmen, Tarquin!«, herrscht Suze ihn an.

»Das finde ich auch«, sagte Bryce überraschenderweise. »Es ist kein Muss, Tarquin. Ich glaube, du bist ein Mensch, der sich selbst heilen kann, in einem langsamen, natürlichen Prozess. Hab nur keine Angst, darüber zu sprechen.«

»Gut. Also… zweifellos.« Tarquin fühlt sich nicht wohl in seiner Haut. »Das Problem ist nur, dass es mir nicht leichtfällt.«

»Das weiß ich.« Bryce nickt. »Es fällt schwer. Aber es wird schon kommen. Denk immer daran, es muss nicht gegenüber einem *Menschen* sein. Das Meer kann dich hören. Die Luft kann dich hören. Drück dich aus, und deine Seele wird die Antworten finden.«

Fasziniert höre ich ihm zu, doch Suze schäumt.

»Mit dem Meer sprechen?«, lästert sie. »Damit alle ihn für verrückt halten?«

»Verrückt ist ein Wort, das ich nicht gern benutze«, sagt Bryce ungerührt. »Und ja – ich glaube, mit anderen Menschen zu sprechen kann manchmal ungewollte, zusätzliche Probleme mit sich bringen. Hin und wieder muss man sich an eine höhere Instanz wenden. Die Leere. Seinen Gott. Manch einen heilen wir mithilfe von Tieren.«

»Tarkie muss nicht *geheilt* werden.« Suze klingt empört.

»Das ist Ihre Meinung.« Bryce zuckt mit den Schultern, weise und allwissend, als wollte er sagen: *Ich weiß, wovon ich rede, denn ich habe mehr Erfahrung mit menschlichen Problemen und Neurosen, als Sie sich in Ihren kühnsten Träumen ausmalen können, auch wenn ich zur Verschwiegenheit verpflichtet bin und niemals irgendwelche Details über Prominente ausplaudern würde.*

Na ja, so habe ich ihn jedenfalls verstanden.

»Ich bin seine Frau«, sagt Suze steinern.

»Selbstverständlich.« Er hebt beide Hände. »Suze, ich respektiere Sie.«

Eine seltsame Spannung herrscht zwischen Suze und Bryce. Sie sprüht förmlich Funken, als sie sich vor ihm aufplustert.

O mein Gott, steht sie auf ihn? Ich meine, alle stehen auf Bryce, alles andere wäre ja unmenschlich, aber steht sie so *richtig* auf ihn?

»Los jetzt!« Suze fährt herum und wendet sich an Tarkie. »Wir müssen gehen.«

»Bis später, Tarquin«, sagt Bryce, offensichtlich unbeeindruckt.

»Ruf mich an, Bryce«, sagt Tarkie. »Wenn du mit den anderen Volleyball spielst oder ihr noch mal eine Nachtwanderung macht.« Er ist so voller Hoffnung und Begeisterung, dass er mich an einen kleinen Jungen erinnert, der den coolen Kids auf dem Schulhof nacheifert.

»Ich ruf dich an.« Bryce nickt freundlich, dann dreht er sich um und geht.

»O Mann!«, schnauft Suze, als die Tür hinter ihm ins Schloss fällt.

»Interessanter Typ«, sagt Luke unverbindlich. »Was hat er früher gemacht, Tarkie?«

»Ich weiß nicht«, antwortet Tarkie. »Und es ist auch egal.«
Er wendet sich an Suze. »Ich finde, du könntest meinen
Freunden gegenüber ruhig etwas höflicher sein.«

»Er ist nicht dein Freund«, erwidert Suze.

»Doch! Er ist mir ein besserer Freund als die meisten Leute in meinem Leben! Er ist klüger und gutherziger, und er
versteht mehr als…« Tarquin kommt ins Stocken, und wir
starren ihn mit offenen Mündern an. Ich glaube, ich habe
Tarkie noch nie so leidenschaftlich gesehen.

Ich meine, da muss ich ihm recht geben. Ich habe Tarquins Freunde kennengelernt, und die meisten beherrschen
nur etwa sechseinhalb Wörter: »Guter Schuss« und »Noch'n
Rachenputzer?« und »Verfluchter Fasan«. Keiner von denen
würde vorschlagen, dass die Seele ihre Antworten selbst finden soll.

Und wenn man mich fragt, begeht Suze einen großen
Fehler. Warum sollte Tarkie sein Herz nicht dem Meer aus-
schütten, wenn es hilft? Er war in einer schlimmen Verfas-
sung, als er hierherkam. Jetzt leuchten wenigstens seine Wangen wieder.

»Wenn du es nicht selbst siehst, weiß ich nicht, wie ich es
dir erklären soll«, endet Tarquin schließlich.

»Tja, ich sehe es nicht«, sagt Suze wütend.

Schweigend steigt Tarquin die Treppe hinauf. Das Frisbee baumelt an seiner Seite. Besorgt sehe ich Luke an, dann
Suze. Sie steht mit den Händen an den Hüften da, die Wangen wütend aufgeblasen.

»Suze!«, zische ich, als Tarkie außer Hörweite ist. »Was hast
du für ein Problem?«

»Ich weiß nicht. Ich hab nur…« Sie seufzt. »Ich kann diesen Typen nicht leiden. Er regt mich auf.«

Er regt sie auf. Na, das beweist es ja wohl. Sie steht auf
ihn, auch wenn sie es selbst noch nicht gemerkt hat. Es ist so

etwas wie animalische Anziehungskraft, gegen die sie anzu-kämpfen versucht, und jetzt lässt sie es mit irrationalen Vor-urteilen am armen Tarkie aus. Klarer Fall.

Ehrlich, ich sollte in die Psychologie gehen. Da habe ich offensichtlich den Bogen raus.

»Du weißt nicht, wie Tarkie ist«, fährt Suze fort. »Du hast ihn in letzter Zeit nicht oft gesehen. Er sagt komische Sa-chen. Er hat sich verändert.«

Ja, und das ist gut so!, möchte ich ausrufen. *Weißt du denn nicht mehr, was für ein Wrack er war?* Aber jetzt ist dafür nicht der rechte Augenblick.

»Wie dem auch sei«, sage ich beschwichtigend. »Gehen wir uns amüsieren und reden ein andermal weiter!«

In Wahrheit würde es Suze wahrscheinlich selbst gut-tun, wenn sie mal mit dem Meer sprechen, sich der heilen-den Kraft der Natur hingeben und ihre Seele suchen würde. (Nur dass ich das lieber für mich behalte, weil sie mir ver-mutlich auf den Fuß treten würde, und sie trägt ihre spitzes-ten Louboutins.)

Die Actor's Society Awards werden im Willerton Hotel ver-liehen, und dem Programm nach zu urteilen gelten sie *we-niger bekannten Schauspielern, deren Kunst andernorts keine Anerkennung erfährt.* Das Problem ist nur, dass der Laden rappelvoll mit Superpromis ist, sodass die armen »weniger bekannten Schauspieler« gar keine Chance haben. Ich habe schon Diane Kruger und Hugh Jackman und die eine aus dieser Serie mit dem Känguru gesehen. Und jetzt rufen die Fotografen draußen wie verrückt »Tom! Tom!«, aber ob es Cruise oder Hanks ist, kann ich nicht sagen.

(Oder Selleck?)

(Oder irgendein anderer, neuer, heißer Tom, von dem ich nichts weiß?)

Wenigstens gab es heute nur einen roten Teppich, auch wenn meine Füße ihn nicht länger als dreißig Sekunden berührt haben. Alle Stars posierten auf der einen Seite für die Fotografen, während wir Normalsterblichen förmlich gescheucht wurden, von Männern mit Headsets und Knüppeln, die mehr oder weniger wie Viehstöcke aussahen. Ich meine, ich musste fast rennen, und Suze hat sich den Knöchel verknackst.

»Bestes Haarspray«, sagt Suze und nickt zu einer Frau mit felsenfester Frisur.

»Beste Silikonbrüste«, stimme ich mit ein und deute auf ein Mädchen, das in einem trägerlosen Kleid an uns vorüberschreitet.

»Oh, guck mal! Beste Produzentin, die fies zu ihrer Assistentin ist«, sagt Suze und deutet auf eine magere Frau im Smoking, die wütend ein junges Mädchen anfaucht, das aussieht, als müsste es gleich weinen.

Die eigentliche Preisverleihung findet erst in einer Stunde statt, und soweit ich sehen kann, ist bisher weder Sage noch Lois da. Suze sagt, ihr Knöchel tut zu weh, um herumzustreunen, und Tarkie ist mit einem Freund vom Volleyball verschwunden, also sitzen wir mit Weingläsern an unserem Tisch und vergeben unsere eigenen Preise.

»Die habe ich auf dem Klo gesehen.« Suze stößt mich an, als ein wunderschönes rothaariges Mädchen vorbeistolziert. »Sie bekommt den Preis für Beste Verwendung von Abdeckcreme. Und Bestes Trocknen der Achselhöhlen unterm Händetrockner... Oh!« Sie bringt ihren Satz nicht zu Ende. »April! Hallo!«

Ich drehe mich um und schlucke. Da steht April Tremont, im knallengen pfauenblauen Kleid. Und neben ihr steht...

O mein Gott. Plötzlich fängt mein Herz an zu rasen.

»Lois, darf ich dir Rebecca Brandon vorstellen?«, sagt April. »Rebecca, das ist Lois Kellerton.«

Wenn man Prominente im echten Leben trifft, ist das, als blickte man in ein Stereogramm. Zuerst kommen sie einem total unwirklich vor, wie ein Zeitungsfoto oder ein Filmplakat, das zum Leben erwacht. Mit der Zeit gewöhnt man sich daran, und sie nehmen eine dreidimensionale Form an. Und schließlich verwandeln sie sich in ganz normale Menschen. Mehr oder weniger.

Lois' Gesicht ist noch schmaler als bei unserer letzten Begegnung. Ihre Haut ist so hell, dass sie fast durchscheinend wirkt. Ihr gewelltes Haar ist zu einem losen Knoten gebunden, und sie trägt ein wehendes Seidenkleid, in dem sie wie ein Schatten aussieht.

»Hi«, sagt sie leise.

»Hi«, sage ich verlegen und halte ihr meine Hand hin. »Nett, dich kennenzulernen.«

Sie nimmt meine Hand – und ich sehe in ihrem Gesicht, dass etwas klick macht. Sie hat es gemerkt. Sie hat mich erkannt. Mir zieht sich der Magen zusammen. Was soll jetzt werden?

Man muss Lois wohl zugutehalten, dass sie sich nichts anmerken lässt. Nicht mal ihre Pupillen haben sich geweitet. Kein Mensch würde glauben, dass wir uns schon mal begegnet sind. Ich schätze, das bringt die Übung als Schauspielerin wohl mit sich.

»Becky«, sagt sie langsam.

»Genau.« Ich schlucke. »Ich bin Becky.«

Nur nicht den Ladendiebstahl erwähnen, sage ich mir. *DENK nicht mal daran.* Das Problem ist nur, je öfter ich mir sage, dass ich *nicht* daran denken soll, desto weniger kann ich es verhindern. Ich fühle mich, als würde ihr Geheimnis in mir auf und ab hüpfen und kreischen: *Lass mich raus!*

»Ich liebe Macadamianüsse«, platze ich in meiner Verzweiflung heraus. »Du auch?«

»Schon.« Verdutzt sieht Lois mich an, dann fügt sie hinzu: »April hat mir erzählt, dass du gern Stylistin werden möchtest.«

»Becky *ist* Stylistin!«, wirft Suze ein. »Sie hat bei Barneys gearbeitet, als Stilberaterin. Sie ist genial. Ich bin übrigens Suze, und wir sind Kolleginnen«, fügt sie hinzu. »Ich bin Kleindarstellerin.«

Ehrlich, was ist denn in Suze gefahren? *Wir sind Kolleginnen?*

»Ich habe ein paarmal bei Barneys eingekauft, als ich zum Dreh in New York war«, sagt Lois. »Die Beraterin hieß … Janet?«

»Janet war meine Chefin!« Ich gebe mir Mühe, nicht allzu begeistert zu klingen. »Von ihr habe ich alles gelernt!«

»Oh, okay.« Lois mustert mich eingehender. »Dann weißt du also, was du tust?«

»Becky, es tut mir leid.« April wendet sich mir zu. »Aber Cyndi konnte leider doch nicht kommen. Ich wollte Becky und Cyndi zusammenbringen«, erklärt sie Lois.

»Oh.« Ich verberge meine Enttäuschung. »Na dann …« Ich greife nach dem Art-déco-Täschchen. »Das habe ich dir mitgebracht.« Ich halte es Lois hin. »Ich habe es gesehen, und es schien zu deinem Stil zu passen, es ist antik …« Ich weiß nicht weiter. Mir stockt der Atem.

Keiner sagt was, während Lois das Täschchen begutachtet. Ich komme mir vor wie im Finale einer Kochshow, in der ein Meisterkoch meine Windbeutel beurteilt.

»Gefällt mir«, erklärt Lois schließlich. »Ich bin begeistert. Gekauft.«

»Wunderbar!«, sage ich und gebe mir Mühe, nicht allzu enthusiastisch zu klingen. »Es stammt aus diesem tollen Vintage-Laden, in dem ich dauernd bin. Ich könnte ohne Weiteres noch mehr Sachen für dich auftreiben.«

»Das würde mir gefallen.« Lois sieht mich mit diesem hinreißenden, bescheidenen Lächeln an, wie in *Tess*, wenn Angel sich auszieht und für sie sexy tanzt. (Kam das im Buch eigentlich auch vor? Irgendwas sagt mir, wohl eher nicht.)

Sie wirkt auf mich total nett und zurückhaltend. Ich kann gar nicht verstehen, dass die Leute sie für schwierig halten. Jetzt sieht sie auf ihr Handy und runzelt die Stirn. »Mein Agent. Ich muss mit ein paar Leuten reden. Ich komme wieder, um mir diese kleine Kostbarkeit abzuholen.« Sie legt das Täschchen auf den Tisch. »Dann machen wir Nägel mit Köpfen.«

»Aber was ist mit Cyndi?«, frage ich betreten. »Ich möchte ihr nicht auf die Zehen treten.«

»Das tust du nicht.« Lois lacht auf. »Eigentlich hat Cyndi sowieso zu viel zu tun, um sich um mich zu kümmern. Das hat April gleich gesagt.«

»Sie hat zu viele Klienten«, sagt April bedauernd.

»*Ich* habe nicht zu viele Klienten!«, erwidere ich sofort, und wieder lacht Lois.

»Wunderbar. Na, dann zähl mich dazu.« Mit einem Lächeln zieht sie von dannen und verschwindet in der Menge.

»Wenn du das nächste Mal shoppen gehst, komme ich mit«, sagt April lächelnd. »Mir darfst du auch so ein Täschchen besorgen.«

»Na klar! Und vielen Dank noch mal, dass du mich Lois vorgestellt hast.«

»Es war mir ein Vergnügen! Ich danke *dir* dafür, dass du mich darauf hingewiesen hast, dass die Szene, die ich drehen sollte, unsinnig war. Ich glaube, sie schreiben immer noch daran herum.« Sie zwinkert mir zu. »Bis später, ihr zwei.«

Auch sie verschwindet in der Menge, und voller Freude wende ich mich Suze zu.

»Hast du das gesehen? Lois mochte das Täschchen! Sie will Nägel mit Köpfen machen!«

»Selbstverständlich mochte sie das Täschchen!«, sagt Suze und drückt mich an sich. »Bravo, Bex! Und Lois scheint wirklich nett zu sein«, fügt sie nachdenklich hinzu. »Angeblich ist sie doch so schrecklich.«

Eben will ich ihr sagen, dass ich genau dasselbe dachte, als ich Lukes Stimme höre.

»Alles okay, mein Schatz?« Ich drehe mich um und sehe ihn mit Aran und zwei Frauen, die ich nicht kenne, und Sage, die ein silbernes Kleid mit darauf abgestimmten Schuhen trägt und die Haare zu einem Sixties-Beehive hochgesteckt hat.

»Wenn diese Schlampe sie kriegt«, sagt sie gerade wütend. »Wenn diese beschissene Schlampe sie kriegt.«

»Sage, beruhige dich«, murmelt Aran.

»Amüsiert ihr euch?«, fragt Luke.

»Ja!«, sage ich mit glühenden Wangen. »Wir haben unseren Spaß! Hi, Aran, hi, Sage.«

Während ich den beiden Frauen vorgestellt werde, lässt Sage sich auf einen Stuhl fallen und fängt an, wie wild auf ihr Handy einzutippen.

»Was ist los?«, frage ich Luke leise.

»Lois Kellerton«, murmelt er zurück. »Florence Nightingale. Ich habe das Gefühl, Lois kriegt die Rolle. Aber behalt es für dich, okay?«

»Oh.« Irgendwie fühle ich mich nicht ganz wohl in meiner Haut. »Okay.«

Ich spüre, dass Suze mich mit ihrem Blick durchbohrt, und ich weiß, was sie mir sagen will: Ich sollte Luke beichten, dass ich für Lois Kellerton arbeiten werde. Sie hat recht. Das sollte ich. Nur weiß ich nicht, wie ich das in Sages Beisein zustande bringen soll.

Könnte ich ihm eine Nachricht schicken?

Ich zücke mein Handy und fange an zu tippen.

Luke, ich habe eine neue Klientin. Es ist Lois Kellerton.

Nein, zu direkt. Ich lösche alles und versuche es noch mal.

Luke, es hat sich für mich eine wunderbare neue Möglichkeit ergeben, die ich hier nicht laut preisgeben möchte. Und ich hoffe, du freust dich für mich. Ich GLAUBE, du wirst dich für mich freuen. Möglicherweise gibt es da einen geringfügigen Interessenkonflikt, aber wir können ja immer noch chinesische Mauern bauen und

Verdammt. Ich habe keinen Platz mehr. Eben bin ich dabei, rückwärts zu löschen, als Sage von ihrem Handy aufblickt.

»Hübsche Tasche«, sagt sie, als sie das Art-déco-Täschchen entdeckt und zu sich heranzieht. »Ich das deine, Becky?«

Scheiße. *Scheiße.*

»Oh. Äh…« Während ich noch überlege, was ich darauf antworten soll, mischt Luke sich ein.

»Das ist einer von Beckys beruflichen Ankäufen«, sagt er. »Wusstest du, dass sie Stylistin ist, Sage? Sie hat bei Barneys gearbeitet und in einem großen Laden in London. Du erinnerst dich, dass ich dir gestern von ihrer Arbeit erzählt habe?«

»*Ich* erinnere mich«, sagt Aran und blickt von seinem Handy auf. »Du wolltest gar nicht wieder davon aufhören.« Er zwinkert mir zu, dann macht er sich wieder daran, auf sein Handy einzutippen.

Unwillkürlich bin ich doch gerührt. Ich hatte ja keine Ahnung, dass Luke so gut von meiner Arbeit spricht.

Sage runzelt die Stirn, als würde sie sich an etwas aus einem früheren Leben erinnern.

»Klar«, sagt sie vage. »Hast du mir erzählt. Für wen ist denn dieses Täschchen?«

»Ich glaube, es könnte möglicherweise für dich sein!« Lukes Augen blitzen. »Habe ich recht, Becky?«

Nein. Neeeeeiiiiin!

Katastrophe. Totale Katastrophe. Wieso habe ich es nicht unterm Tisch versteckt?

»Also …« Ich räuspere mich. »Eigentlich …«

»Für mich?« Sages Miene hellt sich auf. »Wie cool. Es passt zu meinem Kleid!«

Ist sie irre? Es ist total das falsche Silber.

»Die Sache ist … es war nicht …« Ich greife danach, doch es ist zu spät. Sage hat es sich geschnappt und probiert es aus, posiert, als stünde sie auf dem roten Teppich. Ich sehe Suze in die Augen – und sie ist genauso vom Donner gerührt wie ich.

»Ich glaube, da hast du einen Treffer gelandet, Becky«, sagt Luke begeistert. »Bravo.«

»Das Problem ist nur, dass ich es für eine Klientin besorgt habe«, sage ich verlegen. »Ich habe es ihr versprochen. Tut mir leid. Aber ich kann versuchen, dir auch so eins zu besorgen.«

»Welche Klientin denn?« Sage ist entrüstet.

»Nur eine … äh … so eine Frau.« Ich verknote meine Finger. »Du kennst sie bestimmt nicht …«

»Na, dann sag ihr eben, du hättest es verloren.« Sie schmollt gewinnend. »Es ist so hübsch. Ich *muss* es haben.«

»Aber ich habe ihr das Täschchen versprochen.« Ich versuche, es ihr wegzunehmen, aber sie weicht mir aus.

»Jetzt ist es meins!«

Bevor ich sie aufhalten kann, schiebt sie sich schon ins Ge-

dränge, durch einen Pulk von Männern mit schwarzen Fliegen. Im nächsten Augenblick ist sie verschwunden.

»Luke!« Empört schlage ich mit der flachen Hand auf den
Tisch. »Wie konntest du? Du hast alles vermasselt! Das
Täschchen war nicht für sie!«

»Tut mir ja leid, aber ich wollte doch nur helfen!«, erwidert
er aufgebracht.

»Seit Wochen erzählst du mir, dass du Sages Stylistin werden möchtest«, fährt er schnaubend fort.

»Möchte ich ja auch! Aber ich habe da noch diese andere
Klientin.«

»Wer ist diese andere Klientin?« Er sieht nicht so aus, als
hätte ich ihn überzeugt. »Gibt es die überhaupt?«

»Klar!«

»Und wer ist es?« Er wendet sich zu Suze um. »Kennst du
diese Klientin?«

»Ich glaube, das wird Becky dir selbst erzählen müssen«,
sagt Suze abfällig.

»Tja, Luke«, sage ich und schlucke. »Lass uns an die Bar
gehen.«

Auf dem Weg zur Bar fühle ich mich zwischen zwei Empfin-
dungen hin- und hergerissen. Freude darüber, dass ich endlich eine Klientin habe, und Angst davor, es Luke erzählen
zu müssen. Freude-Angst-Freude-Angst… In meinem Kopf
dreht sich alles, meine Hände sind zu Fäusten geballt, meine
Beine zittern, und alles in allem bin ich froh, als wir bei der
Bar ankommen.

»Luke, ich muss dir was beichten«, platze ich heraus. »Es
ist gut, aber auch nicht gut. Oder vielleicht ist es auch nicht
gut. Oder…« Mir gehen die Möglichkeiten aus. »Jedenfalls
muss ich dir was sagen«, ende ich lahm.

Wortlos mustert Luke mich einen Moment. »Ist das was für einen steifen Drink?«, fragt er schließlich.

»Könnte sein.«

»Zwei Gimlet«, weist er den Barkeeper an. »Ohne alles.«

Luke bestellt oft für mich, was daran liegt, dass ich mich nie entscheiden kann. (Mum ist genauso. Beim Chinesen zu bestellen dauert bei uns zu Hause eine Stunde.)

»Also, die gute Nachricht ist, dass ich eine Klientin habe.«

»Das sagtest du bereits.« Luke zieht die Augenbrauen hoch. »Sehr gut. Und die schlechte Nachricht?«

»Die schlechte Nachricht ist …« Ich verziehe das Gesicht. »Meine Klientin ist Lois Kellerton.«

Ich bereite mich darauf vor, dass Luke in die Luft geht oder mich nur finster anblickt oder vielleicht mit der Faust auf den Tresen schlägt und sagt: *Bei all den Filmstars, die es hier gibt, musstest du ausgerechnet …* Stattdessen jedoch wirkt er verwundert.

»Na und?«

Ich bin ein wenig empört. Wie kann er so ruhig bleiben, wenn ich mich derart winde?

»Na, Sage wird stinksauer sein! Ich bin im Team Lois, und du bist im Team Sage, und wenn die beiden aufeinander losgehen …«

»Die beiden werden *nicht* aufeinander losgehen.« Endlich wird Luke böse. »Ich will davon nichts mehr hören! Diese so genannte Fehde ist *beigelegt*. Sage ist eine erwachsene Frau, und sie muss langsam mal anfangen, sich etwas würdevoller und erwachsener zu benehmen.« Düster sieht er mich an, als könnte ich was dafür.

»Es liegt nicht nur an ihr«, sage ich, um fair zu bleiben. »Es liegt an beiden. Lois hat zu einem Event dasselbe Kleid getragen wie sie, und dann hat Sage bei dieser Charity-Gala abgesagt …«

»Egal.« Luke fällt mir ins Wort. »Es ist vorbei. Und was deinen Beruf angeht – du bist eine unabhängige Frau, und wenn Sage ein Problem damit hat, dass du für Lois Kellerton arbeitest, soll sie damit zu mir kommen. Okay?«

Er klingt so aufrichtig, dass mir vor Freude ganz warm wird. Ich wusste von Anfang an, dass er mich unterstützen würde. (Na ja, ich wusste es mehr oder weniger.) Unsere Drinks kommen, und Luke hebt sein Glas, um mit mir anzustoßen.

»Auf dich, Becky! Auf deine erste Klientin in Hollywood! Gut gemacht! Ich hoffe für dich, dass sie nicht so anstrengend ist wie meine.«

Unwillkürlich muss ich kichern. Es sieht Luke überhaupt nicht ähnlich, seine Klienten zu dissen – normalerweise ist er dafür viel zu diskret.

»Also ist die Arbeit mit Sage schwierig?«

Luke schließt kurz die Augen und nimmt einen Schluck von seinem Drink. Als er sie wieder aufschlägt, grinst er schief.

»Gefangen in diesem anbetungswürdigen kurvenreichen Körper ist ein verwöhnter, zutiefst gestörter Backfisch mit Ansprüchen, wie ich sie noch bei keinem Menschen je erlebt habe. Und ich habe schon mit Bankern gearbeitet«, sagt er und rollt mit den Augen.

»Sie ist noch schlimmer als Banker?«, frage ich, um mitzuspielen.

»Sie denkt, sie sollte immer genau das machen dürfen, was sie will. Immer.«

»Dürfen Filmstars denn nicht machen, was sie wollen?«

»Manche schon. Wenn sie einen bestimmten Level erreicht haben.« Luke nimmt noch einen Schluck. »Sage hält sich für die Königin von Hollywood. Aber das ist sie nicht. Noch nicht. Ihr Problem ist, dass sie sehr leicht und sehr früh

zu Erfolg gekommen ist, seitdem aber nicht mehr daran anknüpfen konnte.«

»Wie könnte sie denn an diesen Erfolg wieder anknüpfen?«

»Daran arbeiten wir gerade. Aber es wird noch dauern.«
Wieder grinst Luke mich so schräg an. »Glaub mir, selbst die
widerwärtigsten Hedgefonds-Typen in London nerven weniger als Sage Seymour. Wenn ich vor Aufsichtsräten spreche,
hören die mir zu. Wir einigen uns auf ein bestimmtes Vorgehen. Wir setzen es in Gang. Aber wenn ich mit Sage spreche,
wer weiß, ob sie mir überhaupt zuhört?«

»Aran hält dich jedenfalls für genial. Das hat er neulich
erst zu mir gesagt.«

»Aran ist ein guter Mann.« Luke nickt. »Wir sind in allem derselben Ansicht.« Wieder erhebt er sein Glas. »Und
deshalb, mein Schatz, hoffe ich für dich, dass deine Klientin
nicht so durchgeknallt ist wie meine.«

Ich lächle ihn an, während ich an meinem Drink nippe.
Es ist nett, wenn wir beide mal so richtig miteinander reden.
Die letzten paar Wochen waren ein einziger Trubel, und ich
habe Luke kaum gesehen, ganz zu schweigen davon, dass
wir beide Zeit zu zweit gehabt hätten. Gerade will ich Luke
diesen Gedanken anvertrauen, als ein Typ im Smoking mit
langen, schwarz schimmernden Haaren an uns vorbeigeht.
Bestimmt hat er seine Haare mir Keratin geglättet und mindestens eine ganze Flasche von dem Zeug verbraucht. Ich
werfe Luke einen Blick zu und sehe, dass ihm der Typ auch
aufgefallen ist.

»Soll ich mir die Haare auch so lang wachsen lassen?«,
fragt er mit leisem Zucken in den Mundwinkeln.

»Ja!«, sage ich begeistert. »Absolut! Ich fände es toll, wenn
du lange Haare hättest.« Ich beuge mich vor und streiche ihm
über den Kopf. »Ich liebe deine Haare. Je mehr davon, desto
besser.«

Als wir in den Flitterwochen waren, hat Luke seine Haare so lang wachsen lassen, dass er sie sogar zusammenbinden konnte. Aber sobald wir wieder in London waren, kam alles ab. Ich fand schon immer, dass sich der Langhaar-Luke vom Kurzhaar-Luke leicht unterscheidet. Er ist entspannter.

»Du solltest mit langen Haaren und Flipflops zur Arbeit gehen«, schlage ich vor. »So macht man das in L.A.«

»Briten gehen nicht mit Flipflops zur Arbeit«, sagt er empört.

»Jetzt bist du ein Angeleno«, entgegne ich.

»Wohl kaum!«, lacht Luke.

»Na ja, aber fast. Und Minnie ist definitiv eine Mini-Angelena. Sie liebt Kokoswasser. Und wusstest du, dass sie im Kindergarten Yogaunterricht hat? Sie ist zwei und macht schon Kundalini-Yoga. Am Anfang studieren sie Sanskrit und lassen Safranduft durch die Luft wabern, und dann bittet der Lehrer sie, in Worte zu fassen, was ihnen die Sitzung bedeutet.«

»Und was sagt Minnie dazu?«, fragt Luke interessiert.

»Ich habe nur an einer Sitzung teilgenommen«, räume ich ein. »Sie meinte nur: ›Popopopo.‹«

»Popopopo«, prustet Luke in seinen Drink. »Unser wortgewandtes Kind.«

»Es war eigentlich ganz passend!« Ich lache in mich hinein. »Sie haben den Hund gemacht. Kundalini-Yoga solltest du auch mal probieren«, füge ich hinzu. »Mit Haaren bis zum Hintern und ausgebeulten Leinenhosen gehörst du sofort dazu.«

»Möchtest du auch dazugehören, Becky?« Während Luke meinem Blick standhält, scheint er mir eine größere Frage zu stellen.

»Ich … weiß nicht«, sage ich. »Ja. Natürlich. Du nicht?«

»Vielleicht«, sagt Luke nach einer kurzen Pause. »Seltsame

Stadt. Mit manchem kann ich was anfangen. Mit anderem nicht so sehr.«

»Aber so ist es doch überall«, erkläre ich. »Weißt du noch, wie du den Job bei diesen Designern in Hoxton hattest? Ständig hast du mir erzählt, wie anders sie sind als die Leute in London.«

»Touché.« Er grinst und trinkt seinen Gimlet aus. »Solltest du lieber mal nach deiner Klientin sehen?«

»Sie wird wohl kaum noch meine Klientin sein, wenn ich Sage dieses Täschchen nicht wieder abluchsen kann«, sage ich und überblicke sorgenvoll die Menge. »Kannst du Sage irgendwie ablenken, und ich schnapp es mir einfach?«

»Mal sehen, was sich machen lässt. Komm.«

Als wir uns wieder durch den Ballsaal schieben, ertönt eine donnernde Fanfare aus den Lautsprechern, und eine tiefe Stimme sagt: »Ladies and Gentlemen! Die Verleihung der Actor's Society Awards wird in Kürze beginnen. Bitte nehmen Sie Ihre Plätze ein.«

Ich sehe mich nach etwas Silbrigem um, wenn auch ohne Begeisterung. Die Leute schieben sich von draußen herein, und es wird ziemlich drängelig. Und plötzlich spielen die Fotografen verrückt, weil irgendein Superpromi den Saal betritt.

»Ladies and Gentlemen!«, wiederholt die donnernde Stimme. »Bitte nehmen Sie für die heutige Preisverleihung Ihre Plätze ein!«

Jemand tippt mir an die Schulter, und ich fahre herum, in der Hoffnung, dass es Sage ist. Doch es ist Lois.

»Becky, ich habe dich schon gesucht«, sagt sie mit sanfter Stimme. »Wir wurden unterbrochen.«

Ich kann nicht antworten. Schockiert starre ich sie an. Sie hält das Art-déco-Täschchen in der Hand. Wie ist das passiert?

»Woher hast du das?«, platzt es aus mir heraus.

»Es lag auf einem Tisch. Mit einem Champagnerglas darauf.« Sie lächelt gespielt vorwurfsvoll. »Auf so etwas Hübsches solltest du besser aufpassen. Ich muss los und einen Preis verleihen, aber wir sehen uns später, okay?« Sie zwinkert mir zu, dann eilt sie davon.

Leicht umnebelt kehre ich an unseren Tisch zurück und sinke auf meinen Stuhl.

»Was ist passiert?«, will Suze wissen. »Du warst ja eine Ewigkeit weg!«

»Alles okay. Luke hat nichts dagegen, und Lois hat das Täschchen.«

»Geschickt eingefädelt«, lobt Luke.

»Danke.« Ich strahle ihn an und entspanne mich endlich. »Und worum geht es jetzt bei diesen Preisen?« Ich greife nach dem Programm und blättere darin herum. »Bestes Debüt. Suze, das könntest du gewinnen!«

»Es sollte einen Preis für den besten Kleindarsteller geben«, sagt Suze, als sie enttäuscht von ihrem Programm aufblickt. »Wir sind das Rückgrat der Filmindustrie. Warum kriegen wir keinen Oscar? Tarkie!«, ruft sie, als er sich setzt. »Ich möchte, dass du einen neuen Preis ausschreibst. Für Kleindarsteller.«

»Hm.« Tarkie macht ein argwöhnisches Gesicht. »Meinst du?«

»Die großen Firmen interessieren sich nicht für uns. Aber wo wären sie ohne das Talent und den Einsatz der Kleindarsteller?« Suze klingt, als wollte sie einen Wahlkampf organisieren. »Was wären ihre Blockbuster ohne uns? Wir haben mehr Anerkennung verdient. Mehr Respekt!«

»Und du möchtest einen Preis gewinnen«, werfe ich ein.

»Darum geht es *nicht*«, sagt sie feierlich. »Ich spreche nur im Namen meiner Kollegen.«

»Aber du würdest einen Preis gewinnen.«

»Vielleicht schon.« Suze setzt sich in Pose. »Wir könnten Preise wie den Oscar haben, nur in Silber.«

»Und sie Suze' nennen.«

»Halt den Mund!« Sie stößt mich an. »Obwohl… wieso eigentlich nicht?«

»Ladies and Gentlemen!« Die tiefe, donnernde Stimme meldet sich zu Wort, und Suchscheinwerfer durchstreifen den Saal. »Willkommen zur diesjährigen Preisverleihung der Actor's Society Awards. Bitte begrüßen Sie Ihren Gastgeber Billy Griffiss!«

Applaus brandet auf, während Musik aus den Lautsprechern plärrt und Billy über ein paar beleuchtete Stufen auf die Bühne herabgelaufen kommt. (Ich bin mir nicht ganz sicher, wer er ist. Vielleicht ein Comedian.) Er beginnt seine Rede, aber ich höre nur halb zu.

»Sage!«, sagt Aran, als sie an den Tisch tritt, glitzernd im Licht der kreisenden Spots. »Wir konnten dich nicht finden. Möchtest du was trinken, Süße?«

»Ich suche mein Täschchen«, sagt Sage ratlos. »Eben hatte ich es noch. Ich habe es auf einen Tisch gelegt, und jetzt ist es weg.«

»Nicht so schlimm«, sagt Suze hastig. »Ich fand sowieso, dass es eigentlich nicht zu deinem Kleid passt.«

»Und nun möchte ich Ihnen zur Verleihung unseres ersten Preises eine junge Dame vorstellen, die mehr für den Absatz von Taschentüchern getan hat als jede andere Schauspielerin. Wir haben sie auf dem Schafott gesehen, wir haben sie im Weltall ausgesetzt gesehen, und jetzt sehen wir sie hier auf dieser Bühne. Sie rührt die Menschen auf der ganzen Welt zu Tränen. Miss Lois Kellerton!«

Die Titelmelodie von *Tess* tönt aus den Lautsprechern, und Lois erscheint auf der obersten beleuchteten Stufe. Sie ist anmutig und ätherisch und wunderschön… und sie hält das Art-déco-Täschchen in der Hand.

Mist.

Okay. Denk nach. Schnell. Das Wichtigste ist, dass Sage nicht zur Bühne sieht.

»Sage!«, sage ich hastig. »Ich muss dich dringend sprechen!«

Gleichzeitig sehe ich, dass auch Suze das silberne Täschchen in Lois' Hand entdeckt hat, und ihre Augen werden groß, weil sie begreift.

»Oje!« Suze reibt hektisch an ihrer Brust herum. »Mir ist gar nicht gut. Sage, habe ich Ausschlag? Könntest du dir mal meine Haut ansehen?«

Verdutzt betrachtet Sage Suze' Dekolleté.

»Alles gut«, sagt sie und wendet sich wieder der Bühne zu.

»Sage!« Ich gehe neben ihrem Stuhl in die Knie, damit sie sich von der Bühne abwenden muss. »Ich habe eine geniale Idee für ein Kleid! Mit einem Schwalbenschwanzkleid und einer Art… Mieder.«

»Klingt gut.« Sage wendet sich ab. »Lass uns später drüber sprechen. Ich möchte sehen, wie Lois sich zum Affen macht.«

»Und nominiert sind…«, sagt Lois gerade. Inzwischen steht sie auf dem Podium, und das Täschchen liegt oben drauf, ist nicht zu übersehen.

»Sie ist so dürr«, sagt Sage mitleidig und rückt ihren Ausschnitt zurecht. »Sie hat einen so traurigen kleinen Körper.« Plötzlich kneift sie die Augen zusammen. »Moment mal. Ist das mein Täschchen?« Sie schnappt so laut nach Luft, dass die Leute am Nachbartisch herübersehen. »Ist das mein Täschchen? *Hat die Schlampe etwa mein Täschchen geklaut?*«

»Nein!«, sage ich eilig. »Es war nur ein Missverständnis. Wahrscheinlich…«

»Ein Missverständnis? Sie hat es gestohlen!« Zu meinem Entsetzen springt Sage auf. »Gib mir mein Täschchen wieder, Lois!«, schreit sie.

»Verdammt«, sagt Aran und sieht Luke an.

»Was *macht* sie?« Luke ist zutiefst entsetzt.

Lois unterbricht ihren Vortrag und blickt verunsichert ins Publikum. Mit funkelnden Augen marschiert Sage auf die Bühne zu. Fassungslos muss ich mit ansehen, wie sie in ihrem silbernen Glitzerkleid die Bühne erklimmt.

»Das ist mein Täschchen!«, sagt sie und nimmt es vom Podium. »Du bist eine Diebin, Lois. Eine gewöhnliche kleine Diebin.«

»*Nein.*« Aran schlägt mit dem Kopf auf die Tischplatte, als sämtliche Fotografen zur Bühne drängen und losknipsen.

»Ich habe nichts gestohlen.« Lois ist verblüfft. »Das Täschchen hat mir meine Stylistin Rebecca gegeben.«

»Sie hat es *mir* gegeben«, hält Sage dagegen und klappt es auf. »Ach, sieh an. Mein Handy. Mein Lippenstift. Mein Glücksbringer. Willst du mir immer noch erzählen, es wäre *dein* Täschchen?«

Verwirrt starrt Lois Sages Sachen an. Dann blickt sie auf, mit großen bestürzten Augen.

»Man hat es mir gegeben«, sagt sie. »Ich verstehe nicht.«

Meine Beine zittern. Ich stehe auf und rufe: »Es ist meine Schuld! Ich habe es euch beiden versprochen! Es tut mir wirklich leid!«

Doch niemand beachtet mich, obwohl ich mit den Armen rudere, um auf mich aufmerksam zu machen.

»Aber meine Damen, es kann sich doch sicher nur um eine Verwechslung handeln«, sagt Billy Griffiss. »Das erinnert mich an den Kalenderdieb. Haben Sie von dem schon mal gehört? Er bekam zwölf Monate, und es heißt, seine Tage seien gezählt.« Er lacht laut über seinen eigenen Witz, aber sollte er gehofft haben, dass andere mit einstimmen würden, so hat er sich getäuscht. Alle beobachten Sage, die wie angenagelt dasteht. Zwei Männer mit Headsets sind an sie herangetreten, doch sie wehrt sie ab.

»Entschuldigung?« Ich versuche noch mal, mit beiden Armen zu winken. »Sage?«

»Die Leute sollen die Wahrheit über dich erfahren, Lois«, spuckt sie aus. »Du tust immer so groß, dabei bist du kriminell. Du bist eine Diebin! Eine Ladendiebin!«

Im Publikum breitet sich schockiertes Murmeln aus. Jemand ruft »Buh!«, und jemand anders »Holt sie da runter!«.

»Aber, aber!« Auch Billy Griffiss wirkt schockiert. »Ich glaube, das reicht jetzt.«

»Aber es ist wahr! Sie hat in einem Laden was geklaut! Bei Pump!, stimmt's, Lois?«

Lois sieht aus, als müsste sie sich gleich übergeben.

»Die Sicherheitskameras haben alles aufgenommen«, sagt Sage zufrieden. »Guck es dir an.«

»Du weißt nicht, was du redest«, sagt Lois mit bebender Stimme.

»Doch, weiß ich. Becky hat sie gesehen. Becky, du hast Lois beim Ladendiebstahl erwischt, stimmt's? Sag es ihnen! Das ist meine Zeugin!« Mit dramatischer Geste deutet sie auf mich.

Ich stehe immer noch da, nicht zu übersehen. Im nächsten Augenblick scheinen sich alle im Saal zu mir umgedreht zu haben. Fotografen richten ihre Kameras auf mich. Schon gehen die ersten Blitze los, und ich blinzle.

»Du hast gesehen, wie Lois im Laden was eingesteckt hat, oder?«, fragt Sage mit grausamem Lächeln, und ihre Stimme gellt klar und deutlich durch den Saal. »Sag es ihnen, Becky! Sag die Wahrheit!«

In meinen Ohren rauscht das Blut wie ein Güterzug. Ich

kann nicht richtig denken. Die ganze Welt starrt mich an, und ich muss mich entscheiden, was ich tun will, aber ich bin zu verwirrt, und die Sekunden verstreichen…

Ich habe schon oft in meinem Leben gelogen. Ich habe behauptet, ich hätte mir das Bein gebrochen, obwohl es nicht stimmte. Ich habe behauptet, ich hätte Drüsenfieber, obwohl es nicht stimmte. Ich habe behauptet, meine Stiefel hätten 100 Pfund gekostet, obwohl es eigentlich 250 waren. Aber das waren alles Lügen, die *mich* betrafen. Ich habe noch nie gelogen, wenn es um jemand anders ging.

Ich kann nicht vor aller Welt verkünden, dass Lois eine Ladendiebin ist.

Aber ich kann auch nicht vor aller Welt behaupten, dass sie *keine* Ladendiebin ist.

»Ich…« Verzweifelt sehe ich Lois an. »Ich… Kein Kommentar.«

Ich sinke auf meinen Stuhl. Mir ist schlecht.

»Das ist der Beweis!«, kräht Sage. »Seht euch die Aufnahmen an! Becky hat alles mitbekommen. Sie war dabei. Sie kann alles bezeugen!« Sie macht einen Knicks vor dem Publikum und schwebt von der Bühne.

Aran und Luke starren sich entgeistert an.

»Becky.« Luke greift nach meiner Hand und drückt sie. »Alles okay?«

»Ja. Nein.« Ich schlucke. »Was sollte ich denn machen?«

»Es war eine unmögliche Situation.« Wütend kneift Luke den Mund zusammen. »Eine Situation, in die man dich nicht hätte bringen dürfen.«

»Sie kommen.« Aran blickt zu den Fotografen auf, die in unsere Richtung streben. Er wirft mir einen mitleidigen Blick zu. »Aufgepasst! Ihr Leben hat sich für immer verändert.«

»Becky!« Eine Journalistin hält mir ihr Diktiergerät hin. »Becky, haben Sie gesehen, dass Lois etwas gestohlen hat?«

»Haben Sie sie auf frischer Tat ertappt?«, ruft eine andere Stimme.

»Becky, sehen Sie hier rüber, bitte!«

»Hier drüben, Becky!«

»Lasst sie in Ruhe!«, bellt Luke wütend, doch der Pulk der Presseleute wird immer größer.

»Becky! Schauen Sie nach rechts, bitte!«

Ich habe mich schon immer gefragt, wie es wohl ist, im Blitzlichtgewitter der Paparazzi zu stehen. Jetzt weiß ich es. Es ist tatsächlich genau wie ein Gewitter. Grelle Blitze und ein Donnern und Rauschen in meinen Ohren. Von überallher ruft man mich. Ich weiß nicht, wohin ich sehen und was ich machen soll. Ich nehme nur noch wahr, dass immer und immer wieder mein Name gerufen wird.

»Becky!«

»Becky!«

»Beckyyyyyyy!«

14

Ich schätze, in den alten Zeiten hätten wir alle auf das Erscheinen der Frühausgabe gewartet. Möglicherweise hätten wir sogar etwas Schlaf bekommen. Aber wir leben im Zeitalter des Rund-um-die-Uhr-Internets. Die Nachricht war da, umgehend.

Jetzt ist es sechs Uhr morgens, und keiner von uns war im Bett. Ich habe mindestens zweihundert verschiedene Artikel online gelesen. Ich kann gar nicht aufhören. Die Schlagzeilen ändern sich stündlich, da immer mehr Neuigkeiten durchsickern:

Lois – eine »Ladendiebin«!!!
ASAs-Zeremonie unterbrochen
Sage beschuldigt Lois des Diebstahls und stört Preisverleihung
Verkäuferin bestätigt Ladendiebstahl, Polizei will vorläufig keine Ermittlungen aufnehmen
Sage: Fühle mich von alter Freundin hintergangen

Und dann gibt es einen ganzen Schwung nur über mich.

Zeugin Becky »sah alles«
Becky »würde vor Gericht aussagen«
Stars streiten um Täschchen von Stylistin Becky

Und immer so weiter. Die bemerkenswerteste Schlagzeile habe ich auf einer Klatschseite gefunden:

Becky »trank Cocktails« vor Krawall, berichtet Barkeeper

Ich meine, mal ehrlich! Was hat das denn damit zu tun? Da könnten sie genauso gut schreiben: LOIS UND SAGE MUSSTEN AM TAG DES STREITS ZUR TOILETTE. Wahrscheinlich *werden* sie es sogar schreiben.

Wir haben es aufgegeben, uns gegenseitig darauf hinzuweisen, wie absurd das alles ist. Suze und Tarkie sitzen bei den Kindern auf dem Sofa, essen Cornflakes und sehen sich den Bericht auf *E!* an, der im Grunde aus einer Schleife besteht, in der man Lois kreischen sieht, und einem Bild von mir, wie ich bestürzt dreinblicke. Ich habe es schon siebenundvierzig Mal gesehen. Ich muss es mir nicht noch mal ansehen.

Luke und Aran sitzen in der Küche und stecken grimmig die Köpfe zusammen. Irgendwie haben sie Sage dazu überredet, keine Interviews mehr zu geben, nach Hause zu fahren und zu versprechen, dass sie ins Bett geht. Aran hat sie persönlich der Fürsorge ihrer Haushälterin überstellt, ein großzügiges Trinkgeld gegeben und gesagt: »Dieses Mädchen braucht Schlaf.« Aber ich wette, sie ist auch die ganze Nacht wach geblieben. Ich wette, sie ist begeistert.

Was mit Lois ist, kann ich nicht sagen. Ihre Leute haben sie abgeschirmt und mehr oder weniger sofort aus dem Saal geschafft. Sie sah wieder aus wie ein eingesperrtes Tier. Immer wenn ich daran denke, wird mir ganz flau vor schlechtem Gewissen.

»Will Barney gucken!« Minnie rempelt mich an, unterbricht mich in meinen Gedanken. »Will Barney gucken, nicht Mami. Nicht *Mami*«, wiederholt sie empört.

Vermutlich ist es etwas langweilig, sich seine Mutter immer wieder im Fernsehen ansehen zu müssen, wenn man doch auf einen lila Dinosaurier gehofft hat.

»Komm mit.« Ich hebe sie hoch, ganz eingekuschelt in ihren Kaninchenbademantel mit den Puschen. »Suchen wir dir einen Barney!«

Ich bringe sie nach oben, damit sie auf unserem Bett sitzen und Barney gucken kann, mit einer Schale zuckerfreier Dinkelpops auf dem Schoß. (Schmecken absolut nach nichts, sind aber unglaublicherweise ihr Lieblingsknabberkram. Langsam wird sie wirklich ein L.A.-Kind.) Dann ziehe ich die Vorhänge zurück und muss zweimal hinsehen. Draußen vor unserem Tor hat sich ein Kamerateam aufgebaut. Ein echtes Kamerateam! Im nächsten Moment summt es an der Tür. Irgendjemand hält den Knopf gedrückt. Ich wetze die Stufen hinunter, doch Luke ist schon unten und erwartet mich.

»*Nicht* darauf reagieren!«, sagt er. »Aran wird sich darum kümmern.«

Er scheucht mich von der Tür weg in die Küche. »Du wirst dich in den nächsten Tagen etwas bedeckt halten«, sagt er. »Was langweilig sein mag, aber so geht man damit um. Wir werden eine Stellungnahme aufsetzen und sie am Vormittag veröffentlichen.«

»Becky!« Von draußen höre ich die leise Stimme eines Mannes. »Becky, wir möchten Ihnen einen Exklusivvertrag anbieten!«

»Sollte ich vielleicht ein Interview geben?« Ich wende mich Luke zu. »Um alles zu erklären?«

»Nein!«, sagt Luke, als wäre ihm die bloße Idee ein Gräuel. »Eine Stellungnahme reicht. Wir wollen kein Öl ins Feuer gießen. Je mehr man ihnen gibt, desto mehr wollen sie haben. Kaffee?«

»Danke. Ich muss nur eben … mein Lipgloss holen.«

Ich renne wieder in die Eingangshalle und die halbe Treppe hinauf. Dort gibt es ein Fenster, von dem aus man einen

Blick vors Haus hat, und ich spähe durch die Scheibe. Aran ist am Tor und spricht mit dem Kamerateam. Er lacht und ist entspannt und klatscht einen der beiden sogar ab. Ich kann mir nicht vorstellen, dass Luke sich so verhalten würde.

»Tut mir leid, Leute«, höre ich ihn sagen, dann dreht er sich wieder zum Haus um. »Ich gebe euch Bescheid, sobald ich kann.«

»Aran!«, rufe ich, als unten die Haustür aufgeht. »Was ist los?« Ich laufe die Treppe wieder hinunter.

»Ach, nichts weiter.« Er lächelt entspannt. »Die Weltpresse fällt über uns her. Das war nicht anders zu erwarten.«

»Und die wollen mich interviewen?«

»Allerdings.«

»Was haben Sie denen gesagt?«

»Ich habe ihnen gesagt: *Hört auf, das Tor zu zerkratzen, ihr elenden Blutsauger.*«

Unwillkürlich muss ich lächeln. Aran wirkt immer so entspannt mit allem. Wieder klingelt es an der Tür, und er wirft einen Blick aus dem Fenster.

»Was sagt man dazu?«, meint er. »Gerade fährt ABC vor. Diese Geschichte wird ganz groß.«

»Luke meint, ich sollte drinnen bleiben und sie ignorieren«, erkläre ich. »Und später geben wir dann eine Stellungnahme ab.«

»Wenn Sie wollen, dass das Ganze ein Ende hat, wäre es sicher das Beste, diesen Weg einzuschlagen«, sagt er sachlich. »Absolut. Ziehen Sie den Kopf ein, dann wird denen schon langweilig werden.«

Ich ahne, dass ein »aber« in der Luft hängt. Fragend sehe ich ihn an, aber er zuckt unverbindlich mit den Schultern.

Er wird kein einziges Wort mehr dazu sagen, wenn ich ihn nicht dränge, oder? Ich mache ein paar Schritte von der Küche weg und warte, dass Aran mir folgt.

»Aber?«, frage ich, und Aran seufzt.

»Becky, Sie sind Lukes Frau. Es steht mir nicht zu, Ihnen Ratschläge zu erteilen.«

»Aber?«

»Es hängt alles davon ab, was Sie wollen. Und was Luke will.«

»Ich weiß nicht, was ich will«, sage ich verwirrt. »Ich weiß ja nicht mal, was Sie meinen.«

»Okay, ich werde es Ihnen erklären.« Er scheint seine Gedanken zu sortieren. »Ich habe Ihnen dabei zugesehen, wie Sie versuchen, es als Stylistin in Hollywood zu schaffen. Ohne großen Erfolg, stimmt's?«

»Stimmt«, antworte ich widerwillig.

»Wissen Sie, was man braucht, um es in Hollywood zu schaffen? Man braucht Feuer, um das Eisen zu schmieden, solange es heiß ist. Im Moment haben Sie dieses Feuer. Die ganze Aufmerksamkeit, den Klatsch und Tratsch ...« Er deutet aus dem Fenster. »Das nenne ich Feuer. Und auf die Gefahr hin, dass Sie mich als Öko bezeichnen, muss ich doch sagen, dass ich diese Energie nur ungern vergeude.«

»Verstehe.« Ich nicke unsicher. »Ich auch nicht.«

»Ob es Ihnen gefällt oder nicht, in dieser Stadt geht es nicht um Talent oder harte Arbeit. Okay, zehn Prozent mögen Talent sein.« Er spreizt die Hände. »Die anderen neunzig Prozent sind Glück. Sie haben die Wahl. Sie können den gestrigen Abend als schrägen Moment betrachten, den man schleunigst hinter sich lassen sollte, oder Sie können darin die größte Chance sehen, die Sie je bekommen werden.« Eindringlich sieht er mich an. »Becky, gestern Abend hat Ihnen der Himmel eine goldene Gelegenheit geschenkt. Wenn Sie wollen, können Sie ganz nach vorn in der Schlange aufrücken. Sie können es bis ganz nach oben schaffen. Wollen Sie das?«

»Ja, natürlich will ich das! Aber was meinen Sie genau? Was sollte ich tun?«

»Wir könnten einen Plan schmieden. Wir könnten diese Aufmerksamkeit nutzen. Aber Sie müssen wissen, worauf Sie sich einlassen. Sie müssen darauf vorbereitet sein, es auch zu Ende zu bringen.«

»Sie meinen, ich soll die Medien für mich nutzen?«, frage ich zögernd. »Interviews geben?«

»Ich sage nur, man muss die Energie kanalisieren. Ihr Profil ist gerade durch die Decke gegangen, aber die Welt kennt Sie als Becky Brandon, Zeugin eines Ladendiebstahls. Wie wäre es, wenn Sie sich in Becky Brandon, die Stylistin der Prominenz verwandeln würden? Becky Brandon, Hollywoods Modezarin. Becky Brandon, das Go-go-Girl für den neuen Look. Wir können Ihnen jedes Logo verpassen, das Ihnen gefällt.«

Ich starre ihn nur an, zu benommen, um zu sprechen. Logo? Stylistin der Prominenz. *Ich?*

»Wissen Sie, dass dieses Täschchen, das Sie ausgesucht haben, überall im Netz auftaucht?«, fügt er hinzu. »Sind Sie sich darüber im Klaren, wie heiß Sie im Moment gerade gehandelt werden? Und wenn es vor Gericht geht, wird man sich auf Sie stürzen. Sie werden die Zeugin der Anklage sein, und glauben Sie mir: Die ganze Welt wird zuschauen.«

Mir wird ganz kribbelig vor Aufregung. Zeugin der Anklage! Ich werde eine komplett neue Garderobe brauchen! Ich werde nur noch Jackie-O-Kostüme tragen. Und ich werde meine Haare glätten. Nein, ich werde meine Haare hochstecken. Ja! Vielleicht könnte ich jeden Tag einen neuen Look probieren, und die Leute nennen mich »Die Frau mit den sagenhaften Outfits«, und …

»Wird Ihnen langsam bewusst, womit wir es hier zu tun

haben?«, unterbricht Aran mich in meinen Gedanken. »Für so einen Auftritt würden andere einen Mord begehen.«

»Ja, aber ...« Ich versuche, meine rotierenden Gedanken zu beruhigen. »Was soll ich tun? Jetzt? Heute?«

»Nun.« Plötzlich klingt Aran geschäftsmäßiger. »Wir setzen uns hin und arbeiten einen Plan aus. Ich könnte ein paar Kollegen dazuholen, Sie bräuchten einen Agenten ...«

»Stopp!«, sage ich, als die Realität über mich hereinbricht. »Das geht mir alles viel zu schnell.« Ich spreche etwas leiser. »Verstehen Sie nicht? Alles was Sie sagen, ist das genaue *Gegenteil* von dem, was Luke sagt. Er möchte, dass das alles schnell vorbeigeht.«

»Klar.« Aran nickt. »Becky, Sie müssen bedenken, dass Luke Sie nicht als Klientin sieht. Er sieht Sie als seine Frau. Er will Sie und Minnie schützen. Und man kann es ihm nicht verdenken. Aber ich? Für mich ist jeder ein Klient. Oder ein potenzieller Klient.« Er grinst. »Wir können das auch später besprechen.«

Wieder summt es an der Tür, und ich zucke zusammen.

»Lassen Sie«, sagt Aran. »Lassen Sie sie warten.«

»Und was wird das alles für Sage bedeuten?«

»Sage!« Er lacht kurz auf. »Wenn dieses Mädchen noch weiter vom Weg abkommt, wird sie abstürzen. Aber sie wird es schon schaffen. Wir bringen sie wieder auf Kurs, Luke und ich. Sie wird schreien und um sich treten, und das wird bestimmt unschön. Aber andererseits ist nichts an ihr schön. Außer ihrem Gesicht. Nachdem sie in der Maske war«, fügt er hinzu. »Vorher möchte man ihr nicht begegnen.« Er zieht eine Grimasse. »Brutal.«

»Quatsch!« Ich kichere schockiert. »Sie ist bildschön!«

»Wenn Sie es sagen.« Er wackelt mit den Augenbrauen.

Er ist so respektlos und dabei so gefasst. Als würde er das alles *genießen*. Ich mustere ihn, versuche, ihn mir zu erklären.

»Sie scheinen nicht so sauer über das alles zu sein wie Luke. Hat Sage denn Ihre Strategie nicht durchkreuzt?«

»Vielleicht doch. Aber ich mag die Herausforderung.« Er zuckt mit den Schultern. »Stars sind wie jede andere Investition. Kann klappen, kann auch schiefgehen.«

»Und Lois? Glauben Sie, das könnte …« Ich bringe es kaum über die Lippen. »Sie ruinieren?« Vor schlechtem Gewissen ballt sich mir der Magen zusammen. Hätte ich doch bloß den Mund gehalten. Hätte ich doch bloß mein Versprechen gehalten. Ich werde dieses Bild gar nicht los: die schockierte Lois, wankend auf der Bühne. Sie sah so verzweifelt aus. Und es ist alles meine Schuld.

»Kommt darauf an, wie sie es anstellt«, sagt Aran aufgeräumt. »Lois ist nicht auf den Kopf gefallen. Ich würde nicht ausschließen, dass sie am Ende besser dasteht als vorher.«

Ich kann nicht glauben, dass er so herzlos ist.

»Haben Sie sie denn nicht gesehen?«, rufe ich. »Sie sah aus, als würde sie gleich zusammenbrechen! Ich dachte, sie würde da oben auf der Bühne jeden Moment in Ohnmacht fallen!«

»Vermutlich hat sie nicht genug gegessen.« Arans Handy summt. »Ich muss gehen. Aber wir reden noch. Und Becky …« Er wirft mir einen bedeutungsschwangeren Blick zu. »Warten Sie nicht zu lange. Vergessen Sie nicht, wenn Sie aus diesem Moment Kapital schlagen wollen, brauchen Sie das Feuer. Und dieses Feuer will genährt werden. Hi«, sagt er ins Telefon.

»Warten Sie! Aran.« Ich spreche ganz leise und sehe zur Küche hinüber. »Wenn Sie mir einen Rat geben müssten, wie ich heute damit umgehen soll – welcher wäre das?«

»Einen Moment, bitte«, sagt Aran ins Telefon und kommt auf mich zu. »Ich spreche hier nicht als Ihr offizieller Berater, Becky«, meint er und wirft ebenfalls einen Blick zur Küche.

»Ich verstehe«, flüstere ich.

»Aber wenn ich eine Klientin in Ihrer Situation hätte, die ihre Bekanntheit nutzen wollte, würde ich ihr raten, sich sehen zu lassen. Gehen Sie da raus. Sagen Sie *nichts*. Bleiben Sie würdevoll, freundlich, gehen Sie Ihrem Alltag nach. Aber lassen Sie sich sehen. Lassen Sie sich fotografieren. Und überlegen Sie gut, was Sie anziehen. Zeigen Sie sich natürlich, aber cool. Lassen Sie Ihr Outfit sprechen.«

»Okay«, hauche ich. »Danke.«

Während Aran telefoniert, trete ich wieder ans Fenster an der Treppe und spähe hinaus. Draußen vor dem Tor hat sich noch mehr Presse versammelt. Und wartet auf mich. Ich bin heiß! Arans Worte fliegen in meinem Kopf herum. Ich meine, er hat ja recht. So lange versuche ich nun schon, es in Hollywood zu schaffen, und jetzt wird mir eine solche Gelegenheit auf dem Silbertablett serviert, und wenn ich die nicht nutze, bekomme ich vielleicht nie wieder eine Chance …

»Becky?«

Lukes Stimme lässt mich zusammenzucken. »Ich hab dir einen Kaffee gemacht.«

»Danke.« Ich lächle verlegen, als ich den Becher nehme. »Das ist alles ziemlich seltsam, oder?« Ich deute auf den Pulk von Journalisten.

»Keine Sorge. Es wird sich auch wieder legen.« Luke drückt mich kurz an sich. »Wieso gehst du nicht mit Minnie und den anderen in den Keller, und ihr schaut euch ein paar Filme an? Dann musst du diese Leute da draußen nicht sehen.«

»Ja, das könnten wir machen.« Bei einem Blick aus dem Fenster sehe ich eine Kamera, auf der NBC steht. NBC!

Schon wieder geht mein Handy, und ich hole es hervor, in der Erwartung, *Unbekannte Nummer* zu lesen. Mindestens sechs Journalisten haben heute schon Nachrichten auf meiner Mailbox hinterlassen. Gott weiß, woher die meine Nummer haben.

Aber es ist kein Journalist, es ist Mum.

»Es ist Mum!«, erkläre ich, als Luke weggeht, um ebenfalls einen Anruf entgegenzunehmen. »Endlich! Hi, Mum. Ich versuche schon den ganzen Abend, dich zu erreichen! Wo bist du?«

»Ich sitze im Auto! Ich habe dir doch von unserem kleinen Ausflug mit Janice und Martin erzählt, oder? In den Lake District? Kein Netz. Hübsch ist es dort, auch wenn es im Hotel ein *wenig* frisch war. Ich musste um zusätzliche Decken bitten, aber die Leute waren sehr freundlich und hilfsbereit…«

»Okay.« Ich versuche, ein Wort dazwischenzuschieben. »Mum, es ist was passiert…«

»Ich weiß!«, sagt Mum triumphierend. »Wir kamen gerade auf die Schnellstraße, als mich eine Frau von der *Daily World* anrief. Sie fragte, ob ich wüsste, dass meine Tochter in Hollywood eine Sensation ist. Nun! Ich habe ihr gesagt, ich wüsste nichts davon, aber es sollte mich nicht wundern. Ich wusste schon immer, dass du sensationell bist. Janice hat ein Foto von dir in ihrem Smartphone gefunden. Wir haben es uns alle angesehen. Hübsches Kleid. Wo hast du es her, Liebes?«

»Mum, du hast doch mit denen nicht gesprochen, oder? Luke meint, wir sollen lieber nicht mit der Presse sprechen. Leg einfach auf.«

»Ich wollte aber nicht auflegen!«, sagt Mum entrüstet. »Schließlich wollte ich doch alles darüber hören! Was für eine nette Frau. Sie hat es mir *en détail* berichtet.«

»Wie lange habt ihr telefoniert?«

»Na, ich würde sagen… wie lange war ich wohl am Telefon, Janice? Vierzig Minuten ungefähr?«

»*Vierzig* Minuten?«, wiederhole ich fassungslos.

Luke will nicht, dass wir mit der Presse sprechen, und selbst Aran rät mir, mich nicht zu äußern, und dann gibt Mum der *Daily World* ein minuziöses Interview.

»Von jetzt an sagst du nichts mehr!«, weise ich sie an. »Jedenfalls nicht, bevor du mit Luke gesprochen hast.«

»Sie wollte wissen, ob du selbst schon mal etwas in einem Laden gestohlen hast«, erwidert Mum. »Was für eine Idee! Ich habe gesagt, absolut nie, es sei denn, man würde das eine Mal mitzählen, als du mit sechs Paar Puppenschühchen in den Taschen von Hamleys nach Hause kamst. Aber da warst du erst drei. Wir haben sie in einen Umschlag gesteckt und zurückgeschickt, weißt du noch?«

»Das hast du ihr doch nicht etwa *erzählt*?«, heule ich. Gott weiß, was die jetzt schreiben. »Mum, kann ich mit Dad sprechen? Fährt er?«

»Nein, Martin hat ihn abgelöst. Ich reich dich weiter.«

Ich höre es rascheln, dann die Stimme meines Vaters, tief und beruhigend.

»Wie geht es meiner kleinen Becky? Wie ich sehe, bist du wieder mal mitten im Getümmel! Stehen die Medien in diesem Moment draußen vor dem Haus?«

»Könnte man so sagen.«

»Ah. Na, du weißt ja, was schlimmer ist, als wenn die Leute über einen reden.«

»Wenn sie *nicht* über einen reden«, antworte ich lächelnd. Dad hat für jede Gelegenheit einen Spruch parat.

»Wenn du möchtest, dass wir rüberkommen, um dich zu unterstützen, würde sich deine Mutter für diesen Anlass sicher liebend gern ein neues Outfit zulegen.«

»Dad!« Unwillkürlich muss ich lachen.

»Im Ernst, Becky.« Seine Stimme ändert sich. »Geht es dir auch gut? Und Minnie?«

»Alles in Ordnung.

»Denn wir kommen wirklich, wenn ihr uns braucht. Wir nehmen den nächsten Flieger.«

»Ich weiß«, sage ich gerührt. »Keine Sorge, Dad. Aber könntest du dafür sorgen, dass Mum nicht mit der Presse spricht?«

»Ich werde mein Bestes tun. Aber mal abgesehen von vereitelten Ladendiebstählen und dem Umstand, dass du eine weltweite Mediensensation geworden bist – wie lebt es sich in Hollywood? Ist die Sonne nicht zu heiß? Der Himmel nicht zu blau?«

»Alles gut.« Ich lache wieder.

»Ich schätze, du hattest wohl noch keine Gelegenheit, diesen alten Freund von mir zu besuchen, was?«

Verdammt. *Verdammt.* Das hatte ich wirklich ehrlich vor. Jetzt musste er mich schon zum zweiten Mal daran erinnern. Ich fühle mich schrecklich.

»Dad, es tut mir wirklich leid. Ich habe es irgendwie aus den Augen verloren. Aber ich kümmere mich darum, versprochen.«

»Schätzchen, mach dir keine Sorgen! Du hast viel um die Ohren. Das weiß ich doch.«

Er ist dermaßen verständnisvoll, dass ich mich gleich noch schlechter fühle.

»Ich kümmere mich darum«, wiederhole ich. »Ehrenwort!«

Als ich auflege, denke ich scharf nach. Draußen sehe ich den nächsten Ü-Wagen, der vor dem Tor hält, und mir gehen Arans Worte durch den Kopf: *Warten Sie nicht zu lange. Das Feuer will genährt werden.*

»Bei deinen Eltern alles okay?«, fragt Luke, als er in die Eingangshalle kommt.

»Ja, alles in Ordnung. Nur dass meine Mutter der *Daily World* ein Interview gegeben hat. Aber es ist okay«, füge ich angesichts seiner entsetzten Miene eilig hinzu. »Ich habe ihr eingeschärft, dass sie nichts mehr sagen soll.«

»Na gut.« Er seufzt. »Lässt sich nicht ändern. Also, ich habe eine Stellungnahme aufgesetzt, die wir in ein, zwei Stunden veröffentlichen sollten. Ich werde sie Arans Rechtsberater schicken, um sie auf etwaige Unstimmigkeiten durchzusehen. Wenn du keinen Film gucken möchtest, wieso gehst du nicht in die Wanne und nimmst ein schönes Bad. Um auf andere Gedanken zu kommen.«

»Eigentlich müsste ich mal raus«, sage ich und gebe mir Mühe, beiläufig zu klingen.

»Raus?« Luke starrt mich an, als hätte ich den Verstand verloren. »Wie meinst du das – raus?«

»Ich muss was für meinen Vater erledigen. Ich muss seinen alten Freund Brent Lewis besuchen. Er hat mich darum gebeten, weißt du noch?«

»Ja, ich weiß, aber *jetzt*?«

»Warum nicht jetzt?«, sage ich etwas trotzig.

»Weil ... sieh dir den Mob da draußen an!«, ruft Luke und deutet aus dem Fenster. »Sobald du einen Fuß vor die Tür setzt, werden sie über dich herfallen!«

»Na, vielleicht ist mir das ja egal! Vielleicht ist es mir wichtiger, meinem Vater diesen Gefallen zu tun. Warum sollte mich die Presse davon abhalten, mein normales Leben zu leben?« Ich rede mich richtig in Rage. »Warum sollte ich in meinem eigenen Haus festsitzen? Bin ich hier denn eingesperrt?«

»Nicht eingesperrt«, sagt Luke ungeduldig. »Ich denke nur, dass du – nur für heute ...«

»Ich habe meinem Vater ein Versprechen gegeben, Luke!«, unterbreche ich ihn voller Leidenschaft. »Ich werde dieses Versprechen einlösen, auf jeden Fall. Und daran wird mich niemand hindern, nicht die Presse, nicht du, niemand!«

»Gut«, sagt Luke schließlich. »Meinetwegen. Wenn du unbedingt willst, dann geh schnurstracks zum Wagen und fahr los. Aber sprich nicht mit der Presse!«

»Tu ich nicht.«

»Selbst wenn sie dich provozieren, ignorier sie.« Er schüttelt den Kopf. »Becky, ich finde immer noch, du solltest im Haus bleiben.«

»Luke«, sage ich mit bebender Stimme. »Du verstehst nicht. Ich muss es tun. Für meinen Vater. Für mich. Für uns alle.«

Bevor er mich fragen kann, was ich damit meine (ich habe keine Ahnung), renne ich die Treppe hinauf, fühle mich ganz edel, wie ein Prinz, der in die Schlacht zieht. Was ja im Grunde auch stimmt. Entscheidend ist: Ich muss obsiegen. Das ist meine Chance. Meine große, einmalige Hollywood-Chance.

O mein Gott. Was soll ich *anziehen?*

Okay. Ich brauchte eine Stunde und drei Spiegel und gut zweihundert Bilder mit meinem Handy, bis ich endlich das perfekte, natürliche, aber coole Outfit beisammen hatte, um vor die Presse zu treten. Meine äußerst vorteilhafte weiße Stella-McCartney-Hose mit den kleinen Reißverschlüssen. Killer Heels von D&G und ein knallpinkes Top von J. Crew, ein echter Hingucker. Und als Krönung: diese traumhafte übergroße Sonnenbrille, die aus demselben Laden stammt, in dem ich auch dieses Strasstäschchen gefunden habe. Es ist eine alte Missoni-Brille mit pinkfarbenen und grünen Kringeln. Sie ist nicht zu übersehen. Bestimmt wird man darüber sprechen.

Jetzt muss ich nur noch dafür sorgen, dass ich vorteilhaft dastehe, wenn ich die Autotür aufmache. Ja. Und Sachen sage wie: *Lassen Sie mich bitte in Ruhe. Keine Presse, bitte. Ich gehe nur meinem Tagwerk nach.*

Ich nehme die Lockenwickler raus, ziehe ein letztes Mal meine Lippen nach und betrachte mein Spiegelbild. Okay. Gut. Ich muss schnell da raus, bevor der Presse langweilig wird und sie wieder abzieht. Luke ist inzwischen mit Aran unterwegs, um sich mit Sage zu treffen, und ich habe gehört, wie die Reporter ihnen hinterherriefen, als sie wegfuhren. Und jetzt bin ich an der Reihe! Ich komme mir vor wie ein Gladiator, der gleich in die Arena steigen soll.

Es hat mich sechs Anrufe gekostet, eine Adresse von Brent Lewis aufzutreiben. Natürlich wohnt er nicht mehr bei der Adresse, die Dad mir gegeben hat. Aber da hatte jemand die Nummer seiner Mutter, unter der man mir mitteilte, sie sei nach Pasadena gezogen, dort wiederum hieß es, sie sei in Florida, und immer so weiter, bis ich herausfand, dass sie schon seit sieben Jahren tot ist. Inzwischen hatte ich allerdings außerdem die Nummer einer Schwester namens Leah, und von ihr bekam ich endlich Brents Adresse – Shining Hill Home Estate, abseits der San Fernando Road. Ich habe es mir auf der Karte angesehen, und es liegt in einem Teil von L.A., in dem ich noch nie war. Aber das macht nichts. Ich habe ja ein Navi.

Minnie ist im Keller und spielt mit den Cleath-Stuarts ein sehr unorganisiertes Ballspiel. Ich schiebe meinen Kopf hinter der Tür hervor und sage beiläufig: »Ich muss nur kurz was erledigen. Bis später.«

»Sonnenbrille haben wollen«, sagt Minnie sofort, als sie die alte Missoni-Brille sieht. »Haaaaben wollen.«

»Minnie, wir sagen nicht: ›Haben wollen‹!«

»Bitte«, verbessert sie sich sofort. »Bitteeeee!«

»Nein, Schätzchen.« Ich gebe ihr einen Kuss. »Die gehört Mami.«

»*Biiiitteeeeee!*« Entschlossen greift sie danach.

»Du hast… äh…« Ich sehe mich um und finde eine alte

Handtasche, die ich ihr zum Spielen gegeben habe. »Das hier.«

Minnie betrachtet sie verächtlich. »So was von out«, formuliert sie klar und deutlich und wirft die Tasche auf den Boden.

O mein Gott. Hat Minnie eben »so was von out« gesagt? Ich fange Suze' Blick auf, und beide kichern wir erschrocken los.

»Von mir hat sie das nicht«, sage ich.

»Von mir auch nicht!«, sagt Suze.

Ich sehe Clemmie an – aber die spielt selig im Hemdchen mit einem von Minnies Röcken auf dem Kopf. Die Cleath-Stuart-Kinder haben sicher keinen Schimmer, was »so was von out« bedeutet.

»Das war Ora«, sage ich plötzlich überzeugt. »Sie hat einen schlechten Einfluss auf Minnie. Ich wusste es!«

»Du weißt es *nicht*!«, hält Suze dagegen. »Es könnte sonst wer gewesen sein.«

»Ich wette, dass sie es war. Minnie, diese Handtasche ist *nicht* so was von out.« Ich hebe die Tasche auf und gebe sie Minnie zurück. »Sie ist ein zeitloser Klassiker. Und wir werfen unsere Taschen nicht auf den Boden, selbst wenn sie so was von out sein sollten.«

»Wo gehst du hin?« Suze mustert mich von oben bis unten. »Schicke Schuhe.«

»Ich will nur eben für meinen Dad diesen Mann suchen.«

»Du weißt, dass es draußen immer noch von Reportern wimmelt?«

»Ja.« Ich gebe mich entspannt. »Macht doch nichts. Ich muss sie eben einfach … äh … ignorieren.«

Suze mustert mich eingehender. »Bex, hast du dir die Haare eingedreht?«

»Nein!«, entgegne ich empört. »Ich meine … ein bisschen.

Nur um etwas mehr Volumen reinzubringen. Spricht irgendwas dagegen?«

Ihr Blick richtet sich auf mein Gesicht. »Trägst du *falsche Wimpern?*«

»Nur ein paar. Was soll das hier werden? Ein Kreuzverhör? Na egal, ich muss jetzt los. Bis nachher!«

Ich drehe mich um und laufe eilig die Treppe hinauf. An der Haustür hole ich dreimal tief Luft, dann stoße ich sie auf. Los geht's. *Promiville*, ich komme!

Im nächsten Augenblick prasselt ein Speerfeuer von Stimmen auf mich ein.

»Becky! Hier drüben!«

»Becky, haben Sie Kontakt zu Lois?«

»Haben Sie mit der Polizei gesprochen?«

»Becky! Hierher!«

O mein Gott. Inzwischen sind es doppelt so viele Journalisten wie vorher. Das Tor ist etwa zwanzig Meter von mir entfernt – hoch, aus Eisenstangen mit Verschnörkelungen –, und durch jede Lücke werden Kameras auf mich gerichtet. Einen Moment lang möchte ich mich am liebsten wieder ins Haus verkriechen, aber dafür ist es jetzt zu spät. Ich bin draußen.

Das Problem ist, wenn viele Fotografen ihre Kameras auf einen richten, können sie *in jedem Moment* ein Foto machen. Deshalb muss ich alles auf betörende Weise tun. Also ziehe ich den Bauch ein und richte mich auf, als ich mich auf den Weg zum Wagen mache, und versuche, das Geschrei zu ignorieren.

»Becky, können wir ein Interview bekommen?«, ruft ein Mann immer wieder.

»Ich gehe nur meinem Tagwerk nach«, rufe ich zurück und werfe mein Haar. »Vielen Dank.«

Die Autoschlüssel sind in meiner Tasche, und ich schaffe

es, sie mit einer einzigen fließenden Bewegung herauszuholen. Ich öffne die Autotür, achte darauf, dass meine Beine Victoria-Beckham-mäßig übergeschlagen sind, dann steige ich ein. Ich schließe die Autotür und atme aus. Na also. Geschafft.

Es sei denn... Was ist, wenn keiner von denen ein gutes Foto geschossen hat?

Hätte ich näher ans Tor treten sollen? Hätte ich langsamer gehen sollen?

Es ist meine *große Chance*, von der Weltpresse in einem stilprägenden Foto festgehalten zu werden, über das man sprechen und das meine Karriere als Hollywood-Stylistin ins Rollen bringen wird. Ich glaube, ich sollte aussteigen und alles noch mal machen.

Ein paar Sekunden denke ich angestrengt nach, dann öffne ich die Fahrertür und steige aus, so elegant wie möglich. Ich versuche, so zu tun, als würde ich die Fotografen ignorieren, während ich zur Auffahrt schlendere und anfange, die Hecke einer eingehenden Betrachtung zu unterziehen.

»Becky! Hier drüben!«

»Keine Presse«, sage ich und streiche meine Haare glatt. »Keine Presse, vielen Dank. Ich gehe nur meinem Tagwerk nach.«

Lässig nehme ich meine Sonnenbrille ab, sauge meine Wangen ein und mache einen Schmollmund. Ich wende mich ein paarmal hierhin und dorthin, wobei ich meine Arme baumeln lasse. Vielleicht sollte ich das Tor aufmachen, damit sie meine Schuhe besser sehen können. Ich drücke auf die Fernbedienung, und langsam schwingt das Tor auf.

»Becky!« Eine Frau winkt mit ihrem Mikro in meine Richtung. »Sharon Townsend, NBC. Erzählen Sie uns davon, wie Sie Lois beim Ladendiebstahl ertappt haben!«

»Bitte respektieren Sie meine Privatsphäre«, sage ich. »Ich gehe hier nur meinem Tagwerk nach.«

Da kommt mir eine geniale Idee, und ich laufe zu meinem Wagen hinüber. Ich schwinge mich auf die Haube, nehme eine lässige Pose ein und zücke mein Handy, denn ich kann ja wohl in meiner eigenen Auffahrt telefonieren und dabei auf meiner Kühlerhaube sitzen, oder? Was wäre naheliegender?

»Hi«, sage ich ins Telefon. »Ja. Absolut.« Ich schlage meine Beine vorteilhaft übereinander und gestikuliere lebhaft mit meiner Sonnenbrille. »Ich weiß. Schrecklich.«

Das Klicken der Kameras wird immer lauter. Unwillkürlich strahle ich vor Entzücken. Es passiert wirklich! Ich bin berühmt!

»Becky, von wem sind Ihre Schuhe?«, ruft jemand.

»Bitte dringen Sie nicht in mein Leben ein«, antworte ich würdevoll. »Ich gehe nur meinem Tagwerk nach.« Ich hebe meine Füße an, damit alle die coolen silbernen High Heels sehen können, und drehe meine Füße hin und her.

»Die sind von Yves Saint Laurent«, höre ich eine Frau sagen.

»Nein, sind sie nicht!« Ich vergesse meine Absicht, nichts zu sagen, und laufe zum offenen Tor. »Die sind von Dolce & Gabbana. Mein Top ist von J. Crew, und meine Hose ist von Stella McCartney. Und meine Sonnenbrille ist eine alte Missoni.« Sollte ich hinzufügen: *Auf Anfrage stehe ich gern für Styling-Aufgaben zur Verfügung. Reelle Preise. Kein Auftrag zu klein?*

Nein. Zu viel.

»Was haben Sie Lois zu sagen?« Man hält mir ein Bündel Mikrofone unter die Nase.

»Wem gehörte das Täschchen wirklich, Becky?«

»Waren in dem Täschchen Drogen? Ist Lois drogensüchtig?«

Okay, das geht zu weit.

»Ich danke Ihnen vielmals«, sage ich schrill. »Ich gehe hier nur meinem Tagwerk nach. Ich habe etwas Wichtiges zu erledigen. Danke, dass Sie meine Privatsphäre respektieren.« Plötzlich fällt mir wieder ein, dass ich Haltung zeigen wollte. Ich stelle mich so hin, dass meine Beine schlanker aussehen, und lege eine Hand an meine Hüfte, wie ein Supermodel.

»Was ist mit Ihrem Anruf?«, fragt ein zynisch wirkender Typ in Jeans.

Ach ja. Der Anruf. Den hatte ich schon ganz vergessen.

»Äh, bis dann!«, sage ich ins Telefon und stecke es eilig weg. »Danke«, füge ich an die Journalisten gewandt hinzu. »Vielen Dank. Keine Presse, bitte.« Leicht gestresst mache ich mich auf den Weg zum Wagen, hole meine Schlüssel hervor und lasse sie prompt fallen. Verdammt.

Nie im Leben werde ich mich vor einer Batterie von Fotografen bücken, also gehe ich vorsichtig in die Knie, als wollte ich einen Knicks machen, halte meinen Rücken gerade und bringe es auf diese Weise fertig, die Schlüssel aufzusammeln. Dann lasse ich mich auf den Fahrersitz sinken, starte den Motor und fahre vorsichtig an. Der Pulk der Journalisten teilt sich, um den Wagen durchzulassen, doch das Geblitze und Gebrülle geht weiter, und irgendwer schlägt sogar mit der flachen Hand aufs Dach.

Als ich ihnen schließlich entkommen bin, sinke ich auf meinem Sitz in mich zusammen und atme aus. Das waren nur fünf Minuten, aber ich bin jetzt schon total erledigt. Wie *schaffen* Promis das?

Egal. Entscheidend ist, dass ich es geschafft habe. Zehn Minuten später rast mein Herz nicht mehr, und ich bin eigentlich ganz zufrieden mit mir selbst. Ich fahre den Hollywood Freeway entlang und singe laut: »Auf der *rechten* Seite fahren, auf der *rechten* Seite fahren«, während mein Navi mir erklärt, dass die Reise immer geradeaus geht. Was praktisch ist, weil ich sowieso noch nicht auf der richtigen Spur bin, um abbiegen zu können. Plötzlich summt das magische Freisprechtelefon und zeigt mir Lukes Nummer an. Ich drücke auf Grün, um den Anruf anzunehmen.

»Hi, Süße. Bist du gut rausgekommen?«

»Ja, alles okay. Ich bin unterwegs.«

»Die Presse war doch nicht zu aufdringlich, oder?«

»Ach nein! Die waren nett zu mir.«

»Und du bist schnurstracks zum Wagen gegangen und weggefahren?«

»So ziemlich.« Ich räuspere mich. »Ich meine, möglicherweise haben sie mich ein *paarmal* knipsen können.«

»Ich bin mir ganz sicher, dass du dich gut gemacht hast, Liebste. Es ist nicht einfach, die Ruhe zu bewahren, wenn man von Kameras umzingelt ist.«

»Wie ist Sage drauf?«

»Manisch. Sie hat haufenweise Angebote bekommen und will alle annehmen.«

»Was für Angebote?«

»Alles Mögliche. Interviews, Filmrollen. Aber eher kleine Fische. Ganz und gar nicht das, worum es uns bei unserer Strategie ging. Auch wenn sie das nicht begreifen will.«

Er klingt so ratlos, dass ich fast loskichern möchte. Ich kann mir gut vorstellen, dass Sage Seymour für ihn eine echte Herausforderung darstellt, nachdem er es gewohnt ist, mit rational denkenden Geschäftsleuten in Anzügen umzugehen.

»Na dann, viel Glück!«

»Dir auch. Wir sehen uns später.«

Ich lege auf, dann wähle ich Dads Nummer.

»Becky?«

»Hi, Dad! Hör mal, ich bin auf dem Weg zu deinem Freund Brent. Ich sitze gerade im Auto.«

»Schätzchen!« Dad klingt überrascht. »Das ging ja schnell. Meinetwegen musst du doch nicht alles stehen und liegen lassen.«

»Kein Problem. Seine Adresse lautet Shining Hill Home Estate. Kommt das hin?«

»Klingt pompös!«, sagt Dad. »Könnte stimmen. Ich bin mir sicher, dass er gut betucht ist. Wahrscheinlich wohnt er in einer Villa.«

»Tatsächlich?«, frage ich. Mein Interesse ist geweckt. »Was macht er denn?«

»Ich weiß nicht genau. Damals hatte er gerade sein Studium abgeschlossen.«

»Und woher weißt du dann, dass er in einer Villa wohnt?«, wende ich ein.

»Oh, ich bin mir sicher, dass er gut zurechtgekommen ist.« Dad lacht. »Sagen wir, er war damals schon auf dem richtigen Weg... Ach Becky, Mum sagt, im Internet gibt es neue Bilder von dir! Auf denen du draußen vor dem Haus stehst. Warst *du* das heute Morgen, Schätzchen?«

»Ja!«, rufe ich begeistert. »Haben sie die Bilder schon hochgeladen? Was schreiben sie?«

»*Zeugin Becky ist Pretty in Pink*«, liest Dad vor. »*Britin bereit, vor Gericht auszusagen.* Das stammt von der *National-Enquirer*-Website.«

National Enquirer! Pretty in Pink! Ich bin begeistert. Aber was soll das mit der Aussage vor Gericht? Davon habe ich doch gar nichts gesagt.

»Sehe ich denn okay aus?«, will ich wissen. Das ist das Entscheidende.

»Zauberhaft siehst du aus! Ah, jetzt hat Mum noch was gefunden. *Becky erscheint in YSL-Schuhen.*«

Himmelarsch, ich habe denen doch *gesagt*, dass die Schuhe nicht von Yves Saint Laurent sind!

»Schätzchen, du bist richtig prominent!«, sagt Dad. »Dass du uns nur nicht vergisst, ja?«

»Bestimmt nicht!« Ich lache, dann zucke ich zusammen, als mein Blick auf den Bildschirm fällt, auf dem *Luke* leuchtet.

»Ich muss Schluss machen, Dad. Wir sprechen später.« Ich drücke auf »Antworten«. »Hi, Luke.«

»Becky, mein Schatz«, sagt er mit dieser ausdruckslosen, geduldigen Stimme, mit der er spricht, wenn er eigentlich stinksauer ist. »Hast du nicht gesagt, du wärst direkt zum Wagen gegangen und eingestiegen?«

»Äh ja. Mehr oder weniger.«

»Und wieso sehe ich mir auf der Website der *Daily World* gerade ein Foto an, das zeigt, wie du dich auf einer Motorhaube rekelst, deine Sonnenbrille schwenkst und in die Kamera lächelst?«

»Ich habe telefoniert«, antworte ich trotzig. »Und dabei saß ich rein zufällig auf der Haube. Da müssen sie mich wohl geknipst haben.«

»Du saßt rein zufällig auf der Haube?«, sagt Luke fassungslos. »Wie kann man *rein zufällig* auf einer Motorhaube sitzen?«

»Ich ging nur meinem Tagwerk nach«, beharre ich. »Es ist nicht meine Schuld, wenn mir die Presse nachstellt und mich belästigt.«

»Becky.« Luke schnauft schwer. »Was für ein Spielchen spielst du hier? Das ist gefährlich. Wenn du diese Leute erst in dein Leben gelassen hast, wird es sehr schwer, sie wieder loszuwerden.«

Ich will sie doch gar nicht loswerden, denke ich rebellisch. *Ich will das Eisen schmieden, solange es heiß ist.*

Aber das würde Luke nicht verstehen, weil er durch seinen

Job dermaßen verdorben ist. Oft genug habe ich seine Meinung darüber schon gehört, wenn er ein paar Gläschen Wein intus hatte. Er findet, dass Ruhm überbewertet und Privatsphäre in der modernen Welt der größte Luxus ist. Seiner Ansicht nach wird der Tsunami der sozialen Medien zu einer permanenten Desintegration menschlicher Interaktion führen. (Oder so ähnlich. Ehrlich gesagt, habe ich da schon nicht mehr zugehört.)

»Ich spiele keine Spielchen«, sage ich und versuche, rechtschaffen empört zu klingen. »Ich gehe nur mit der Situation um, so gut ich eben kann. Und du, Luke, könntest mich dabei ruhig unterstützen!«

»Ich *unterstütze* dich! Ich berate dich! Ich habe dir gesagt, dass du im Haus bleiben sollst! Jetzt bist du in allen Zeitungen.«

»Doch nur für meine Karriere!«, erwidere ich bockig.

Am anderen Ende der Leitung ist es still, und plötzlich merke ich, dass mein Navi mit mir spricht.

»Rechts abbiegen *nicht* erfolgt«, sagt es streng. »Wenden Sie bei der nächsten Möglichkeit.«

Verdammt. Ich habe die Ausfahrt verpasst. Das ist alles Lukes Schuld.

»Hör zu, ich muss auflegen. Ich muss mich aufs Fahren konzentrieren. Wir sprechen später darüber.«

Ich lege auf, genervt und gereizt. Jeder andere Ehemann wäre *stolz* auf seine Frau. Ich möchte mit Aran sprechen. Er wird mich verstehen.

»Wenden Sie bei der nächsten Möglichkeit«, verlangt das Navi.

»Schon gut! Halt die Klappe!«

Ich muss mich wirklich aufs Fahren konzentrieren. Ich habe keine Ahnung, wo ich bin, nur dass ich in die falsche Richtung fahre. Offen gesagt, ist mir L.A. immer noch größtenteils ein Rätsel. Ich meine, wie um alles in der Welt soll man die ganze Stadt kennen? L.A. ist so *groß*. Fast so groß wie Frankreich.

Okay, vielleicht nicht Frankreich. Vielleicht Belgien.

Jedenfalls sollte ich mich mal ein bisschen beeilen. Endlich komme ich an eine Stelle, an der ich wenden kann. Ich reiße den Wagen herum und ignoriere das total unangemessene Gehupe irgendwelcher anderer Fahrer, die nicht so rasen sollten, und sause dahin: diesmal in die richtige Richtung. Shining Hill Home Estate, ich komme!

Als ich mich meinem Ziel nähere, halte ich nach einem hübschen, leuchtenden Hügel Ausschau, finde aber keinen. Hier gibt es nur eine breite Straße voller Motels und vorbeidonnernde Lastwagen und Plakatwände. Das hatte ich ganz und gar nicht erwartet. Nach einer Weile führt mich das Navi von der Hauptstraße weg auf eine noch weniger inspirierende Seitenstraße, und ich sehe mich skeptisch um. Hier gibt es keine Villen. Nicht mal teure Autos. Es gibt nur eine heruntergekommene Tankstelle und ein Motel, das Zimmer für 39 Dollar anbietet. Wohnt Dads Freund wirklich hier?

»Ihr Ziel befindet sich zweihundert Meter weiter auf der rechten Seite«, sagt mein Navi. »Ihr Ziel befindet sich einhundert Meter weiter auf der rechten Seite. Sie sind an Ihrem Ziel angekommen.«

Ich halte am Straßenrand und starre durch die Scheibe hinaus, ungläubig, mit offenem Mund. Das Navi hat recht: Ich bin beim Shining Hill Home Estate angekommen. Aber es ist keine Villa. Es ist ein Trailerpark. Ein verwittertes Schild hängt am Tor, und dahinter sehe ich Reihen von Wohnwagen. Ich werfe noch einen Blick auf meinen Zettel. 431 Shining Hill Home Estate. Offenbar wohnt Brent Lewis im Wohnwagen Nr. 431.

Am liebsten würde ich Dad sofort anrufen und ihm sagen, wie sehr er sich täuscht, was seinen alten Freund angeht, aber ich beschließe, erst mal Nachforschungen anzustellen. Ich schließe meinen Wagen ab und schleiche mich in den Trailerpark. Niemand hält mich auf, und einer Karte an einem Brett entnehme ich, wo sich Nummer 431 befindet. Auf meinem Weg zwischen den Wohnwagen hindurch werfen mir ein paar Leute seltsame Blicke zu, wohl auch weil ich mich neugierig umsehe. Einige Wagen sehen richtig hübsch und gepflegt aus, mit Pflanzen und bunten Vorhängen, aber manche sind doch eher deprimierend. Vor einem stapeln sich so viele zerbrochene Gartenmöbel, dass sie fast die Tür blockieren. Aus einem anderen höre ich Schreie. Bei noch einem anderen sind alle Scheiben kaputt.

Ich erreiche die Nr. 431 und trete näher heran. Es ist ein unscheinbarer Wohnwagen – nicht verwahrlost, aber auch nicht besonders ansprechend. Die Tür ist zu, die Jalousien sind heruntergelassen. Keiner da. An der Tür klebt ein Zettel, und während ich klopfe, werfe ich einen Blick darauf. Da steht: »Räumungsbefehl«.

Ich überfliege das Schreiben, das einen Mr Brent Lewis (wohnhaft in 431 Shining Hill Home Estate) und seine überfälligen Mietschulden der letzten sechs Monate betrifft, und die Schritte, die demzufolge eingeleitet werden müssen, gezeichnet Herb Leggett, Manager.

»Sind Sie eine Freundin von Brent?« Eine Stimme spricht mich an, und als ich mich umdrehe, sehe ich eine dürre Frau auf den Stufen vor dem Wohnwagen gegenüber. Sie trägt schwarze Jeans und hat die Haare zu einem Pferdeschwanz gebändigt. Auf ihrer Hüfte hält sie einen kleinen Jungen fest.

»Ist Brent da?«, frage ich. »Ich bin nicht gerade eine Freundin, aber ich würde ihn gern sprechen.«

»Sind Sie vom Sozialamt?« Ihre Augen werden klein. »Polizei?«

»Nein!«, erwidere ich erschrocken. »Nichts dergleichen. Ich bin nur ... Mein Dad war vor Jahren mit ihm befreundet.«

»Sind Sie aus England?«

»Ja. Mein Dad auch.«

Die Frau schnieft und nickt. »Na, Sie haben ihn gerade verpasst. Gestern ist er weg.«

Er ist *weg*? O Gott. Was wird Dad sagen?

»Haben Sie eine Postadresse?«, frage ich.

Sie zuckt mit den Schultern. »Er meinte, seine Tochter würde nächste Woche kommen, um seine Sachen zu holen. Die könnte ich fragen.«

»Würden Sie das tun?«, sage ich eifrig. »Ich bin Becky Brandon, das hier ist meine Nummer.« Ich nehme eine meiner Visitenkarten hervor und reiche sie ihr. »Wenn seine Tochter mich anrufen könnte, wäre das wunderbar, oder vielleicht rufen Sie mich an. Oder ...«

Die Frau zuckt noch mal mit den Schultern, dann steckt sie die Karte in ihre Jeans. Sofort greift der kleine Junge danach und wirft sie auf den Boden.

»Nein!« Ich stürze mich darauf. »Ich meine, die wollen wir doch nicht verlieren. Soll ich sie Ihnen irgendwo hinlegen, wo sie in Sicherheit ist?«

Wieder zuckt die Frau mit den Schultern. Ich mache mir wirklich keine großen Hoffnungen, dass sie mit Brents Tochter sprechen wird. Trotzdem stecke ich die Karte zur Sicherheit in den Fensterrahmen ihrer Tür.

»Also, ich freue mich darauf, von Brents Tochter zu hören«, sage ich so fröhlich wie möglich. »Oder von Ihnen. So oder so. Ich wäre Ihnen wirklich dankbar. Jedenfalls ... äh ... nett, Sie kennenzulernen. Ich heiße übrigens Becky.«

»Das sagten Sie schon.« Sie nickt, gibt ihren Namen jedoch nicht preis.

Ich kann diese Frau nicht weiter vollplappern, also lächle

ich noch mal freundlich und wende mich zum Gehen. Ich kann immer noch nicht glauben, dass Dads Freund hier gelandet ist. Es ist doch eine Schande.

Sobald ich wieder auf der Straße bin, rufe ich Dad an.

»Dad?«

»Schätzchen! Hast du ihn getroffen?«

»Nicht ganz.« Ich winde mich. »Dad, ich fürchte, du hast dich getäuscht. Brent Lewis wohnt in einem Trailerpark, und er musste gerade ausziehen, weil er die Miete nicht bezahlt hat. Eine neue Adresse habe ich noch nicht.«

»Nein. Nein!« Dad lacht auf. »Schätzchen, das stimmt nicht. Das kann nicht derselbe Brent Lewis sein. Tut mir leid, dass du deine Zeit vergeudet hast, aber...«

»Na ja, ich hatte die Adresse von seiner Schwester. Er muss es sein.«

Es folgt längeres Schweigen.

»Er wohnt in einem Trailerpark?«, fragt Dad schließlich.

»Ja. Ich meine, sein Trailer ist ganz hübsch«, sage ich eilig. »Nicht kaputt oder so. Aber jetzt haben sie ihn rausgeschmissen.«

»Das kann nicht stimmen.« Dad klingt fast ärgerlich. »Da musst du was falsch verstanden haben, Becky.«

»Ich habe nichts falsch verstanden!«, widerspreche ich pikiert. Hält er mich für blöd? »Ich habe den Räumungsbefehl selbst gesehen. Brent C. Lewis. Was das C bedeutet, stand da nicht.«

»Constantine. Seine Mutter war Griechin.«

»Na, da hast du's.«

»Aber...« Er seufzt. »Das ist unmöglich.«

»Hör mal, Dad, es ist lange her. Wer weiß, was in Brent Lewis' Leben vorgefallen ist. Er könnte sich selbstständig gemacht haben, er könnte sechsmal geschieden sein, er könnte kriminell geworden sein...«

»Becky, du verstehst nicht«, sagt er aufgebracht. »Das hätte nicht passieren dürfen. Das hätte einfach nie passieren dürfen!«

»Da hast du recht, ich verstehe es nicht! Wenn ihr so gut befreundet wart, wieso habt ihr dann keinen Kontakt gehalten?«

Was folgt, ist Schweigen, und ich merke, dass ich einen Nerv getroffen habe. Ich komme mir etwas gemein vor, Dad so damit zu konfrontieren, aber er treibt mich noch zur Weißglut. Erst weigert er sich, Skype oder Facebook oder irgendwas Normales zu benutzen. Dann schickt er mich auf die Suche nach einem alten Freund, und wenn ich ihm dann Bericht erstatte, glaubt er mir nicht.

»Wenn du willst, schicke ich dir die Nummer seiner Schwester«, sage ich. »Aber ehrlich gesagt, würde ich die ganze Sache an deiner Stelle lieber vergessen.«

Auf meinem Bildschirm blinkt das Wort *Aran*, und ich merke, dass noch ein Anruf wartet.

»Dad, ich muss auflegen. Wir sprechen später, okay? Bestimmt ist mit Brent Lewis alles in Ordnung«, füge ich hinzu und versuche, beruhigend zu klingen. »Ich würde mir an deiner Stelle keine Sorgen um ihn machen.« Ich lege auf und drücke »Antworten«. »Aran! Hi!«

»Becky.« Seine entspannte Stimme dringt aus dem Hörer. »Wie geht es Ihnen? Haben Sie die Paparazzi abgeschüttelt?«

»Haarscharf!« Ich lache.

»Offenbar hatten Sie heute Morgen ein großes Fotoshooting. Süßes Outfit. Super Sonnenbrille. Sie haben Eindruck gemacht. Gute Arbeit.«

»Danke!« Ich strahle. Ich *wusste*, dass Aran meine Bemühungen zu würdigen weiß.

»Seitdem steht das Telefon nicht mehr still.«

»Wirklich?« Ich bin begeistert. »Wer denn so? Journalisten? Moderedakteure?«

»Journalisten, Produzenten, alle möglichen Leute. Wie gesagt: Sie sind heiß. Ich habe ein großartiges Angebot für Sie. Ich habe mir die Freiheit genommen, mich selbst darum zu kümmern, aber wenn Sie wollen, kann ich auch alles an Luke weitergeben ...«

»Nein«, antworte ich etwas zu schnell. »Ich meine, er ist mein Mann. Er steht mir etwas zu nah, meinen Sie nicht?«

»Das sehe ich genauso. Das Angebot lautet auf einen Beitrag in der *Breakfast Show USA*. Die Produzentin hat eben angerufen und ist ganz scharf darauf, Sie in die Sendung zu bekommen. Ich habe ihr gesagt, dass Sie Stylistin sind, und sie fand das gut. Die würden gern einen Styling-Beitrag mit Ihnen bringen. Neue Trends, neue Looks, egal. Die Details können wir uns noch überlegen.«

»O mein Gott.« Mir stockt der Atem. Ein Styling-Beitrag für die *Breakfast Show USA*. Das ist das Größte. Das Allergrößte!

»Sie werden also einen Agenten brauchen«, sagt Aran gerade. »Ich vereinbare einen Termin mit unseren Freunden bei CAA. Meine Assistentin wird sich wegen der Details bei Ihnen melden, okay?«

CAA! Selbst ich weiß, dass CAA die größte Agentur in Hollywood ist. Die vertreten Tom Hanks. Die vertreten Sting! Mir wird ganz schwindlig. Nie im Leben hätte ich erwartet, dass ich mich so überraschend mitten im Geschehen wiederfinde.

»Weiß Luke irgendwas davon?« Plötzlich kommt mir ein Gedanke.

»Sicher, natürlich.«

»Was hat er gesagt?«

»Er meinte, es sei Ihre Entscheidung.«

»Okay.«

Ich bin etwas gekränkt. Es ist meine Entscheidung. Was ist das denn für eine Reaktion? Wieso hat er nicht gesagt: *Mein Gott, das ist ja fantastisch. Ich wusste schon immer, dass meine Frau ein Star ist?* Wieso ruft er nicht an, um mir zu sagen, dass sich mein ganzes Leben von nun an grundlegend ändern und er mir bei jedem Schritt beistehen wird?

»Und wie lautet Ihre Antwort jetzt?«, fragt Aran.

Muss er mich das extra fragen?

»Natürlich *ja*!«, sage ich fröhlich. »Ein dickes, fettes *Ja*!«

15

So etwas wie das CAA-Gebäude habe ich noch nie von innen gesehen. Es kommt einem vor wie ein Raumschiff, in dem alle Männer aus *Men in Black* stammen und alle Frauen aus der *Vogue* und alle Sofas aus dem *Architectural Digest*. Allein schon fünf Minuten in der Lobby zu sitzen verschafft einem einen besseren Eindruck von Hollywood als die gesamte Tour durch die Sedgewood Studios. Ich habe drei Mädchen aus *Gossip Girls* gesehen und einen coolen Rapper, der seinen kleinen Welpen mit einer Milchflasche fütterte, und zwei Fernseh-Comedians, die sich laut und heftig über etwas stritten, das sich »Back end« nennt, während sie unablässig das bezaubernde Mädchen am Empfang anlächelten. (Ich weiß nicht genau, wie die beiden heißen. Ich glaube, sie heißen beide Steve Soundso.)

Und jetzt sitze ich in diesem besonders stilvollen Konferenzraum an einem hellen Holztisch und höre zwei Frauen zu, die auf mich einreden. Eine heißt Jodie, die andere heißt Marsha, und beide sind »Talentbetreuer«. Offensichtlich bin ich das »Talent«. Ich! Ein Talent! Ich kann es kaum erwarten, Luke davon zu erzählen.

Die beiden wirken sehr smart und engagiert. Beide sind Prada-mäßig in makellosem Dunkelblau gekleidet. Eine trägt einen mächtigen Diamanten am Finger, und ich bin dermaßen fasziniert davon, dass ich mich kaum auf das konzentrieren kann, was sie sagt. Nur dass Worte wie »Fangemeinde« und »globaler Appeal« meine Aufmerksamkeit dann doch wieder wecken.

»…Realitätsnähe«, sagt die dunkelhaarige Frau, die entweder Jodie oder Marsha heißt. »Wie denken Sie darüber?«

»Äh…«

Am liebsten möchte ich sagen: *Realität? Die droht mir gerade zu entgleiten*, aber ich ahne, dass das nicht die richtige Antwort ist. Ich nippe an meinem Eiswasser, das so kalt ist, dass ich sofort Kopfschmerzen davon bekomme. Warum trinken die Amerikaner nur so kalte Sachen? Stammen sie von den Eskimos ab, oder was? Oh, vielleicht ja. Vielleicht sind sie aus Alaska eingewandert, vor Millionen Jahren. Das klingt vernünftig. Bin ich auf eine völlig neue Theorie der menschlichen Evolution gestoßen?

»Becky?«

»Ja!« Ich lande wieder in der Wirklichkeit. »Definitiv! Aber was genau meinen Sie mit Realitätsnähe?«

»Eine Realityshow«, sagt Jodie-oder-Marsha geduldig. »Wir glauben, wir könnten Ihnen eine tolle Sendung auf den Leib schneidern, um Sie bekannt zu machen, Ihre Familie, Ihre schrulligen englischen Freunde…«

»Sie meinen, die Kameras würden uns immer überallhin folgen?«

»Es gäbe ein Drehbuch als grobe Skizze. Das Ganze ist nicht so aufdringlich, wie Sie vielleicht glauben.«

»Okay.«

Ich versuche, mir vorzustellen, wie ich mit Luke in der Küche sitze und eine mehr oder weniger ausformulierte Szene vor der Kamera spiele. Hm.

»Ich bin mir nicht *hundertprozentig* sicher, dass meinem Mann das gefallen würde«, sage ich schließlich. »Aber ich kann ihn fragen.«

»Ein weiteres Format, das uns zur Verfügung steht, ist *BFFs in Hollywood*«, sagt Marsha-oder-Jodie. »Sie würden mit einer jungen Schauspielerin namens Willa Tilton zusammenarbeiten. Das Konzept ist, dass zwei beste Freundinnen es in Hollywood schaffen, sich gegenseitig alles Mögliche anvertrauen, shoppen gehen, über den roten Teppich laufen, in brenzlige Situationen geraten. Sie wären die Verheiratete, und Willa wäre die Alleinstehende. Ich glaube, das könnte sehr charmant werden.«

»Ich glaube, die beiden würden als beste Freundinnen gut zusammenpassen«, stimmt Jodie-oder-Marsha zu.

»Aber Willa Tilton ist nicht meine beste Freundin«, sage ich verdutzt. »Ich kenne sie ja gar nicht. Meine beste Freundin heißt Suze.«

»Sie wäre Ihre beste Freundin *vor der Kamera*«, sagt Marsha-oder-Jodie, als wäre ich debil. »Es geht um eine Reality-*show*.«

»Okay«, antworte ich zögernd. »Ich denk drüber nach.«

Ich nehme noch einen Schluck Wasser und versuche, meine Gedanken zu ordnen. Irgendwie kann ich das alles nicht ernst nehmen. Ich? In einer Realityshow? Doch als ich von Jodie zu Marsha blicke (oder umgekehrt), merke ich, dass sie es ernst meinen. Die würden gar nicht mit mir reden, wenn sie es nicht ernst meinten.

»Bis dahin haben wir den Beitrag für *Breakfast Show USA*«, sagt Jodie-oder-Marsha, »der sicher große Aufmerksamkeit erregen wird. Also, haben Sie eine Assistentin?«

»Nein«, sage ich, und die beiden Frauen tauschen Blicke.

»Sie sollten in Erwägung ziehen, sich eine zuzulegen«, sagt Marsha-oder-Jodie.

»Ihr Leben wird sich schon bald verändern«, fügt Jodie-oder-Marsha hinzu.

»Halten Sie ein paar kamerafreundliche Outfits bereit.«

»Überlegen Sie, ob Sie sich die Zähne weißen lassen.«

»Und Sie könnten ein, zwei Pfund abnehmen.« Marsha-oder-Jodie lächelt freundlich. »Nur so eine Idee.«

»Gut.« Mir ist ganz schwindlig. »Okay. Also danke!«

»Gern geschehen.« Jodie-oder-Marsha schiebt ihren Stuhl zurück. »Aufregend, hm?«

Als ich mit einer Assistentin namens Tori (von Kopf bis Fuß in Chloé gekleidet) einen der museumsähnlichen Korridore entlanglaufe, höre ich hinter mir ein Kreischen. Ich drehe mich um und sehe Sage, die mit ausgebreiteten Armen auf mich zugerannt kommt.

»Beckyyyyy! Du hast mir gefeeeeeeeehlt!«

Ich blinzle erstaunt. Sage trägt das spärlichste Outfit, das ich je gesehen habe. Ihr knallblaues, gepunktetes Top ist im Prinzip ein Bikini-Oberteil und ihre winzig kleine, ausgefranste Hose eher ein Höschen.

Außerdem, was meint sie damit – ich habe ihr gefehlt?

Als sie die Arme um mich schlingt, atme ich Grapefruit von Marc Jacobs und Zigaretten ein.

»Wie lange haben wir uns nicht gesehen! Wir haben so viel zu besprechen! Bist du hier fertig? Wohin gehst du?«

»Nach Hause. Ich glaube, die organisieren mir gerade einen Wagen.«

»Neeeiiiiin! Fahr mit mir!« Sie zückt ihr Handy und drückt darauf herum. »Mein Fahrer bringt dich nach Hause. Dann können wir unterwegs plaudern.«

»Becky, ist es Ihnen recht, mit Sage zu fahren?«, fragt Tori. »Sie brauchen keinen Wagen?«

»Scheint so«, sage ich. »Aber danke für das Angebot.«

»Wir kommen zurecht«, sagt Sage zu dem Mädchen, das sie bis hierher begleitet hat. »Wir finden allein raus. Wir müssen reden!« Sage drückt auf den Fahrstuhlknopf und hakt sich bei mir unter. »Du bist im Moment so was von *heiß*. Wir sind *beide* heiß«, fügt sie zufrieden hinzu, als wir einsteigen. »Weißt du, dass sie mich förmlich anflehen, Florence Nightingale zu spielen? Dein Mann denkt, ich soll die Rolle annehmen. Dabei habe ich im Moment reichlich Angebote. Der *Playboy* hat mir Unsummen geboten.« Sie holt Kaugummis hervor und bietet mir eins an.

»Der *Playboy*?«

»Ich weiß!« Sie kreischt vor Lachen. »Wenn ich das machen will, muss ich vorher aber ins Fitnessstudio.«

Ich blinzle überrascht. Ist das ihr Ernst? Luke und Aran wollen bestimmt nicht, dass Sage sich für den *Playboy* auszieht.

»Coole Brille«, fügt sie mit Blick auf meine Missoni hinzu, die oben auf meinem Kopf sitzt. »Die hast du am Samstag auch getragen, oder? Die Presse hat sich gar nicht wieder eingekriegt.«

Sie hat recht. In sämtlichen Boulevardblättern und auf Millionen Websites waren Fotos von mir mit meiner Missoni-Sonnenbrille zu sehen. Alles ist so irreal. Wenn ich die Fotos betrachte, erkenne ich mich gar nicht wieder. Es kommt mir vor, als gäbe es da draußen einen anderen Menschen, der sich für »Becky Brandon« ausgibt.

Aber das *bin* ich. Oder?

O Gott, ist das verwirrend. Gewöhnen sich Promis je daran, zwei Menschen zu sein, einer privat und einer öffentlich? Oder vergessen sie den privaten Menschen einfach. Ich würde Sage fragen, nur bin ich mir nicht sicher, ob sie eigentlich jemals ein Privatleben hatte.

»Die ist einzigartig.« Sage kann sich immer noch nicht von meiner Sonnenbrille losreißen. »Wo hast du sie her?«

»Sie ist alt. Du kannst sie haben, wenn du willst«, füge ich eifrig hinzu und reiche sie ihr.

»Cool!« Sage schnappt sie sich, setzt sie auf und bewundert sich in der Spiegelwand des Fahrstuhls. »Wie sehe ich aus?«

»Sehr schön.« Ich zupfe kurz an ihren Haaren. »So. Perfekt.«

Endlich! Ich style einen Filmstar aus Hollywood, genau wie ich es mir vorgenommen hatte.

»Du bist schlau, Becky. Das wird eine *große* Fashion-Story. Ich trage die Sonnenbrille, die du vor zwei Tagen noch getragen hast. Das wird der Presse gefallen. Alle werden darüber schreiben.«

Deshalb hab ich sie ihr nicht gegeben, aber vermutlich hat sie recht. Wahrscheinlich denkt sie bei allem, was sie tut, wie es in den Medien wirkt. Fange ich auch langsam an, so zu denken?

Im Erdgeschoss steigen wir aus, und Sage führt mich direkt zu einem großen Mann im blauen Blazer, der auf einem Stuhl in der Ecke sitzt. Er hat slawische Züge und mächtige Schultern, und er lächelt nicht. »Das ist Juri, mein neuer Bodyguard«, sagt Sage beiläufig. »Hast du auch Security, Becky?«

»Ich?« Ich lache. »Nein!«

»Das solltest du dir mal überlegen«, sagt sie. »Ich musste Juri engagieren, nachdem ich zu Hause überfallen wurde. Man kann nicht vorsichtig genug sein.« Sie wirft einen Blick auf ihre Uhr. »Okay, wollen wir los?«

Als wir vor das Gebäude treten, trifft mich fast der Schlag. Eine Traube wartender Fotografen fängt sofort an loszubrüllen: »Sage! Hierher, Sage!« Vorhin waren die noch nicht da.

»Woher wussten die, dass du hier bist?«, frage ich erstaunt.

»Man gibt ihnen seine Termine«, raunt Sage mir zu. »Du wirst schon noch dahinterkommen.« Sie hakt sich fester bei mir ein und setzt ihr Grübchenlächeln auf. Mit ihren langen, sonnengebräunten Beinen sieht sie einfach umwerfend aus, und die Missoni-Brille beißt sich wunderbar mit ihrem gepunkteten Top.

»Becky!«, höre ich jemanden rufen. »Becky, hier drüben bitte!« O mein Gott, man hat mich erkannt! »Beckyyyyy!«

Die lauten Stimmen wachsen zu einem Chor zusammen. Ich höre nur: »Becky! Sage! Hier!« Spielerisch nimmt Sage eine Pose nach der anderen ein, die meisten mit mir am Arm. Ein Touristenpärchen kommt mit liebenswertem Lächeln näher, und Sage kritzelt ihnen Autogramme hin. Es dauert einen Moment, bis mir bewusst wird, dass sie meins auch haben wollen.

Nach einer Weile erscheint ein komplett schwarzer SUV, und Sage schlendert dorthin, geleitet von Juri. Wir steigen ein, und während sich die Fotografen noch um uns drängen, ist der Chauffeur schon losgefahren.

»O mein Gott.« Ich sinke in die Lederpolster.

»Du solltest dir Security besorgen«, sagt Sage noch mal. »Du bist kein Allerweltsmensch mehr.«

Es ist dermaßen unwirklich! Ich bin kein Allerweltsmensch mehr! Ich gehöre dazu!

Sage zappt durch die Sender des eingebauten Fernsehers und hält inne, als sie ihr eigenes Gesicht sieht, unter der Überschrift: »SAGE SPRICHT KLARTEXT.«

»Hey, guck dir das an!« Sie reißt eine Diät-Cola auf, bietet mir eine an und stellt lauter.

»Ich fühle mich von Lois persönlich hintergangen«, sagt die Sage auf dem Bildschirm. »Ich fühle mich von ihr verraten, nicht nur als Schauspielkollegin, sondern auch als Frau und als Mensch. Wenn sie Probleme hat, tut mir das leid, aber sie sollte damit in angemessener Weise umgehen und sie nicht anderen aufbürden. Wissen Sie, wir waren mal befreundet. Aber nie wieder. Sie hat unseren gesamten Berufsstand verraten.«

»Das ist doch etwas heftig«, meine ich betreten.

»Sie hat mein Täschchen geklaut«, erwidert Sage ungerührt. »Sie ist krank.«

»Sie hat es nicht gestohlen. Es war ein *Missverständnis*.«

»Harte Worte von Sage Seymour«, sagt der Moderator auf dem Bildschirm. »Um über diesen Skandal zu sprechen, begrüßen wir hier bei uns im Studio den Hollywood-Reporter Ross Halcomb, die Filmkritikerin Joanne Seldana und …«

»Sage«, versuche ich es noch mal. »Du weißt doch, dass es ein Missverständnis war, oder?«

»Pst!«, macht Sage und winkt ungeduldig ab. Schweigend sehen wir uns an, wie einige Leute im Studio darüber diskutieren, ob Sage Seymours Karriere jetzt steil abheben wird, und dann – als die Diskussion beendet ist – schaltet Sage zu einem anderen Beitrag über sich selbst. Ich fühle mich immer unwohler in meiner Haut, aber Sage lässt mich nicht zu Wort kommen. Auf sämtlichen Kanälen scheinen Berichte über sie zu laufen – bis sie zu einem neuen Sender zappt und plötzlich Lois' Gesicht erscheint.

»Lois!« Aufgeregt beugt Sage sich vor.

Die Kamera schwenkt herum, und ich sehe, dass Lois draußen vor ihrem Haus gefilmt wird, bei dem es sich um eine riesige spanische Villa handelt. Sie ist barfuß, im weiten weißen Nachthemd, und sie scheint jemanden anzuschreien, aber es gibt keinen Ton.

»Was *macht* sie?« Sage starrt den Bildschirm an.

»Wieso bleibt sie nicht drinnen?« Ich verziehe das Gesicht. »Sie sieht gar nicht gut aus.«

Tatsächlich sieht Lois schlimm aus. Ich meine: *richtig* schlimm. Ihre Haut ist blass, ihre Augen haben dunkle Schatten, ihre Haare hängen schlaff herunter, und sie zwirbelt daran herum.

Ich frage mich, ob sie wohl schon von der Polizei gehört hat. Keiner weiß, ob Anklage gegen sie erhoben werden soll. Noch weiß niemand irgendwas. Ich erwarte immer noch, zum Polizeirevier bestellt zu werden, aber bisher – nichts. Als ich Aran darauf ansprach, meinte er: »Becky, machen Sie sich keine Sorgen. Ihr Profil ist ganz weit oben, auch ohne Gerichtsverfahren.«

Aber das meinte ich gar nicht. Ich dachte dabei an Lois.

»Lasst mich in Ruhe.« Plötzlich kann man ihre Stimme hören. »Bitte lasst mich in Ruhe!«

Und dann hören wir auch die schreienden Fotografen und Journalisten draußen vor ihrem Tor.

»Sind Sie eine Diebin, Lois?«

»Haben Sie Sages Tasche genommen?«

»Wurde schon Anklage erhoben?«

»Haben Sie dem amerikanischen Volk etwas zu sagen?«

Lois' Augen sind dunkel und verzweifelt, und sie beißt so fest auf ihre Lippe, dass ich blaue Flecken sehe. Sie sieht aus, als stünde sie auf der Kippe – genau wie damals, als ich sie auf der Straße zum ersten Mal sah. Sie geht wieder rein, die Haustür knallt, und das Bild wechselt zu einem Studio, in dem eine Frau in maßgeschneiderter roter Jacke mit ernster Miene den Bildschirm betrachtet.

»Und hier sehen wir die ersten Aufnahmen von Lois Kellerton seit dem Skandal«, sagt sie. »Dr. Nora Vitale, Sie sind Psychologin. Würden Sie sagen, dass Lois Kellerton gerade einen Nervenzusammenbruch erleidet?«

»Tja, nun.« Dr. Nora Vitale ist eine dürre Frau mit einem überraschend frivolen pinkfarbenen Kleid, aber ausgesprochen ernster Miene. »Heutzutage findet das Wort Nervenzusammenbruch keine Verwendung mehr ...«

»Meine Güte.« Sage stellt den Fernseher ab. »*Das* weiß in zwanzig Sekunden ganz Hollywood. Weißt du, was man sich erzählt?«

»Was?«

»Angeblich geht es schon seit Jahren so. Sie klaut schon ihr Leben lang.«

»Was?«, sage ich entsetzt. »Nein! Es war bestimmt nur ein

Ausrutscher. Sie stand unter großem Druck, sie hat einen Fehler gemacht – jeder macht mal einen Fehler!«

»Tja.« Selbstgefällig zuckt Sage mit den Schultern. »Glaub, was du willst, aber es melden sich immer mehr Leute, mit denen sie gearbeitet hat – Maskenbildner, Assistenten –, und alle sagen, dass sie von ihr bestohlen wurden. Sie wird in einer Flut von Prozessen untergehen.«

»O Gott.«

Mich quält mein schlechtes Gewissen. Vor Reue wird mir heiß und kalt. Das ist alles meine Schuld.

»Und wann sehe ich *dich* wieder?« Zu meiner Überraschung wirft Sage ihre Arme um mich, als wir draußen vor meinem Haus halten. »Ich möchte, dass du mich für meinen nächsten Auftritt stylst. Von Kopf bis Fuß.«

»Wow«, sage ich staunend. »Gern!«

»Und wir müssen essen gehen. Spago vielleicht. Klingt gut?«

»Ja! Super.«

»Wir müssen zusammenhalten, Becky.« Sie drückt mich noch mal, als sich die Fondtür auf magische Weise öffnet.

Draußen vor unserem Tor drängen sich die Fotografen. Fast bin ich schon daran gewöhnt. Ich werfe einen prüfenden Blick in meinen Taschenspiegel, dann lasse ich mich umsichtig aus dem SUV gleiten. Ich drücke auf meine Fernbedienung, um das Tor zu öffnen, und winke Sage zum Abschied. Im nächsten Augenblick kommt mir Minnie über die Auffahrt entgegengelaufen. Sie trägt ihr zauberhaftes gelbes Kleidchen und hält ein Bild in der Hand, das sie offenbar gerade eben gemalt hat. Ich habe sie heute nicht zum Kindergarten gebracht, weil sie am Morgen über Ohrenschmerzen klagte. (Obwohl es daran gelegen haben könnte, dass ihr Stirnband zu stramm war.)

»Mami!« Triumphierend schwenkt sie das Bild, als ich sie in die Arme schließe. »Pluhm!«

Momentan ist Minnie besessen von Blumen, die sie »Pluhm« nennt. Sie weint, wenn Luke nicht seinen einzigartigen »Pluhm«-Schlips trägt, also bindet er ihn jeden Morgen um und nimmt ihn wieder ab, sobald er im Wagen sitzt. Ehrlich gesagt, sieht ihr Bild gar nicht nach einer Blume aus, denn es sind nur große rote Kleckse, doch ich seufze bewundernd und sage: »Was für schöne rote Blumen!«

Mit steinerner Miene betrachtet Minnie die roten Kleckse. »Das nich Pluhm. *Das* Pluhm.« Sie zeigt mit dem Finger auf einen winzig kleinen blauen Streifen, der mir nicht mal aufgefallen war. »*Das* der Pluhm.« Mit gebieterisch gerunzelter Stirn sieht sie mich an. »DAS DER PLUHM!«, schreit sie plötzlich und klingt dabei wie ein Kommandeur, der eine Exekution befiehlt.

»Natürlich«, sage ich eilig. »Wie dumm von mir. Selbstverständlich ist das Pluhm. Sehr hübsch!«

»Ist das deine Tochter?« Zu meiner Überraschung ist Sage hinter mir aus dem SUV gestiegen. »Ich muss ihr mal Hallo sagen. Wie niedlich! Und ihr britischer Akzent! Komm her, Süße!« Sie hebt Minnie hoch und schwingt sie herum, bis diese vor Vergnügen quietscht. Die Fotografen knipsen so wild drauf los, dass sie wie eine Insektenplage klingen.

»Sage, ich möchte nicht, dass Minnie fotografiert wird.«

Aber Sage hört mich nicht. Sie rennt mit Minnie vor dem Haus herum, und die beiden kringeln sich vor Lachen.

»Biiitteeeee!« Minnie greift nach der kringeligen Sonnenbrille. »Biiitteeeeee!«

»Nein, das ist meine! Aber du kannst eine andere haben.« Sage wühlt in ihrer Tasche herum und holt eine Sonnenbrille heraus. Sie gibt Minnie einen Kuss auf die Nasenspitze, dann setzt sie ihr die Sonnenbrille auf. »Bezaubernd!«

»Sage!«, versuche ich es noch mal. »Hör auf! Ich muss Minnie ins Haus bringen!«

Plötzlich piept mein Handy mit einer SMS, und leicht gestresst hole ich es hervor. Die Nachricht kommt von Mum.

Becky. Sehr dringend. Mum

Was? Was ist so dringend? Augenblicklich verkrampfe ich mich vor Sorge. Was soll das heißen – *sehr dringend*? Ich rufe sie an und warte ungeduldig auf die Verbindung.

»Mum!«, sage ich, sobald sie rangeht. »Was ist los?«

»O Becky.« Ihre Stimme zittert. »Es geht um Dad. Er ist weg.«

»Weg?«, frage ich verblüfft. »Was meinst du mit *weg*?«

»Er ist weg, nach L.A.! Er hat mir einen Zettel hingelegt! Einen *Zettel*! Nach all den Jahren unserer Ehe – einen Zettel! Ich war mit Janice tagsüber bei den Outlets im Bicester Village – ich habe eine hübsche Tasche im Cath-Kidston-Outlet gefunden –, und als ich zurückkam, war er weg! Nach Amerika!«

Sprachlos starre ich mein Handy an. »Aber was … ich meine, wohin …?«

»Auf dem Zettel steht, dass er seinen Freund finden muss. Brent Lewis? Den du gesucht hast?«

Ach, du meine Güte. Nicht das schon wieder.

»Aber wieso?«

»Das schreibt er nicht!« Mums Stimme wird hysterisch laut. »Ich weiß ja nicht mal, wer dieser Freund ist!«

Leise Panik spricht aus ihrer Stimme, was ich verstehen kann. Das Problem bei meinem Dad ist, dass er wie ein ganz normaler, geradliniger Familienvater wirkt. Aber es steckt weit mehr dahinter. Vor ein paar Jahren haben wir alle festgestellt, dass er noch eine andere Tochter hat – meine Halbschwester Jess –, von der niemand eine Ahnung hatte.

Fairerweise muss ich sagen, dass Dad selbst nichts davon

wusste. Es war nicht so, als hätte er ein Riesengeheimnis vor uns gehabt. Aber ich verstehe, wieso Mum deshalb ein wenig paranoid sein könnte.

»Er meinte, er müsste etwas in Ordnung bringen«, fährt Mum fort. »*In Ordnung bringen!* Was soll das heißen?«

»Ich weiß nicht«, antworte ich hilflos. »Aber er war sehr erschrocken, als ich erzählt habe, dass Brent Lewis in einem Wohnwagen lebt.«

»Wieso sollte er nicht in einem Wohnwagen leben?« Mums Stimme wird wieder schrill. »Was geht es Dad an, wo dieser Mann wohnt?«

»Er sagte immer wieder: ›Das hätte nicht passieren dürfen.‹ Aber ich habe keine Ahnung, was er damit meinte.«

»Ich weiß weder, welchen Flug er nimmt, noch, wo er unterkommt. Fliege ich ihm hinterher? Bleibe ich hier? Es ist Becky«, höre ich sie mit gedämpfter Stimme sagen. »Der Sherry steht auf dem zweiten Regal, Janice.« Sie kommt wieder ans Telefon. »Becky, ich weiß nicht, was ich machen soll. Janice meint, es ist seine Midlife-Crisis, aber ich habe ihr gesagt: ›Janice, das *hatten* wir schon mit dem Gitarrenunterricht.‹ Was hat das alles zu bedeuten?«

»Mum, beruhige dich. Alles wird gut.«

»Bestimmt kommt er zu dir, Becky. Pass gut auf ihn auf, Liebes. Bitte.«

»Das mach ich. Ich ruf dich an, sobald ich was höre.«

Ich lege auf und schreibe Dad umgehend eine Nachricht.

Dad. Wo bist du? Ruf mich an!!! Becky xxx

Mein Gott, was für ein Drama. Was *treibt* Dad? Ich schicke die SMS ab und drehe mich um, weil ich Gelächter höre. Augenblicklich rutscht mir vor Schreck das Herz in die Hose.

Sage posiert übertrieben wie ein Starlet vor den Kameras,

und Minnie ahmt sie nach. Ihre Hand liegt an der Hüfte, ihr Kopf ist leicht geneigt, und sie schiebt ihre Schultern vor und zurück, genau wie Sage. Alles brüllt vor Lachen, und die Kameras klicken.

»Aufhören!«, rufe ich wütend. Ich hebe Minnie hoch und drücke ihren Kopf an meine Brust, um sie vor den Kameras zu beschützen. »Bitte verwenden Sie diese Bilder nicht!«, sage ich zu den Fotografen. »Sie ist doch noch ein kleines Mädchen.«

»Will winken!« Minnie versucht, sich aus meinem Griff zu befreien. »Will WINKEN!«

»Nicht mehr winken, Schätzchen«, sage ich und küsse ihren Kopf. »Ich möchte nicht, dass du diesen Leuten winkst.«

»Becky, entspann dich!«, sagt Sage. »Sie sollte sich lieber daran gewöhnen, oder? Jedenfalls genießt sie es, im Rampenlicht zu stehen, stimmt's nicht, kleiner Wonneproppen?« Sie verwuschelt Minnies Haare. »Wir sollten *dir* einen Agenten besorgen, Prinzesschen. Kriegst du nicht deine eigene Realityshow, Becky?«, fügt sie an mich gewandt hinzu. »Das hab ich von Aran. Kluger Schachzug.«

»Ich weiß noch nicht«, entgegne ich etwas gestresst. »Das muss ich noch mit Luke besprechen. Hör mal, ich sollte Minnie jetzt lieber mit reinnehmen.«

»Klar«, sagt Sage fröhlich. »Wir quatschen bald, okay?«

Als Sage in ihren SUV steigt, haste ich ins Haus und schließe die große Eingangstür. Mein Herz rast, und meine Gedanken wirbeln wild durcheinander. Ich weiß gar nicht, worauf ich mich zuerst konzentrieren soll, so sehr fliegt alles in meinem Kopf herum. *Dad. Realityshow. Minnie. Presse. Sage. Lois. Dad.*

Ich kann nicht fassen, dass Dad nach L.A. kommt. Es ist der helle Wahnsinn. Dad gehört nicht nach L.A. Er gehört nach Hause. In den Garten. In seinen Golfclub.

»Bex!« Suze kommt in die Eingangshalle gelaufen und mustert mich überrascht. »Alles okay?«

Ich merke, dass ich mit dem Rücken an die Haustür gelehnt dastehe, als müsste ich mich vor einem Angriff schützen.

»Mein Dad kommt nach L.A.«

»O super!« Ihre Miene hellt sich auf. »Und deine Mum?«

»Das ist nicht super. Er ist abgehauen und hat meiner Mum nur einen Zettel dagelassen.«

»*Was?*« Ungläubig starrt sie mich an. »Dein Dad ist abgehauen?«

»Da ist irgendwas im Busch.« Ich schüttle den Kopf. »Ich weiß nicht, was. Es hat alles mit dieser Reise zu tun, die er als junger Mann gemacht hat. Er versucht, einen seiner Freunde von damals aufzutreiben.«

»Was für eine Reise? Wo sind sie hingefahren?«

»Keine Ahnung.« Ich zucke mit den Schultern. »Durch Kalifornien und Arizona. Sie hatten so eine Karte. Sie waren in L.A., in Las Vegas, vielleicht auch in Utah. Im Death Valley!«, fällt mir plötzlich wieder ein. »Ich habe Fotos von ihnen im Death Valley gesehen.«

Ich wünschte, ich hätte etwas besser zugehört. Jedes Jahr zu Weihnachten hat mir Dad von dieser Reise erzählt und seine alte Karte mit der rot gepunkteten Linie hervorgeholt, die anzeigte, wo sie überall gewesen waren.

»Na, ich gehe davon aus, dass er hier auftaucht«, sagt Suze beschwichtigend. »Wahrscheinlich hat er nur eine Midlife-Crisis.«

Ich schüttle den Kopf. »Die hatte er schon. Als er unbedingt Gitarre lernen wollte.«

»Oh.« Suze überlegt einen Moment. »Gibt es so was wie eine Latelife-Crisis?«

»Weiß der Himmel. Wahrscheinlich.«

Wir gehen in die Küche, und ich mache den Kühlschrank auf, um uns beiden ein Glas Weißwein einzuschenken. Egal, wie spät es ist – ich brauch das jetzt.

»Saft!«, ruft Minnie sofort. »Saaaaaft! Saaaaaaaaft!«

»Okay«, sage ich und schenke ihr einen Becher Bio-Karotten-Rote-Bete-Saft ein. Auf den Geschmack hat man sie im Kindergarten gebracht. Es ist das Ekligste, was ich je getrunken habe, und kostet 10,99 Dollar für einen winzigen Karton, aber offenbar wirkt das Zeug »entgiftend« und ist »zuckerarm«, also hat man uns gebeten, von Frucht- auf Gemüsesaft umzusteigen. Aber das Schlimmste ist, dass Minnie ihn mag. Wenn ich nicht aufpasse, wird sie sich noch in einen kleinen Safttyrannen verwandeln, und ich muss meine KitKats vor ihr verstecken und so tun, als wären Schokobananen makrobiotisch.

»Wo ist Tarkie eigentlich?«, frage ich, als ich Minnie ihren Saft reiche.

»Da fragst du noch?« Suze beißt die Zähne zusammen. »Du weißt doch, dass er jeden Tag um sechs Uhr morgens zu seiner persönlichen Validierungssitzung mit Bryce aus dem Haus geht. Ich krieg ihn kaum noch zu sehen.«

»Wow. Was ist eine persönliche Validierung?«

»Ich weiß es nicht!«, platzt Suze heraus. »Woher soll ich das wissen? Ich bin ja nur seine *Frau*!«

»Trink einen Schluck Wein«, sage ich eilig und reiche ihr ein Glas. »Bestimmt tut es Tarkie gut, wenn er das alles macht. Ich meine, es muss sich doch positiv auswirken, oder? Persönliche Validierung? Jedenfalls besser als *un*persönliche Validierung.«

»Was bedeutet Validierung?«, entgegnet Suze.

»Das bedeutet … äh … man selbst sein … so ungefähr.« Ich gebe mir Mühe, sachkundig zu klingen. »Man soll loslassen. Und glücklich sein.«

»So ein Quatsch.« Suze' Augen blitzen.

»Na ja, egal. Prost.« Ich hebe mein Weinglas und nehme ein Schlückchen.

Suze nimmt einen Riesenschluck, dann noch einen, dann atmet sie aus und wirkt etwas ruhiger. »Und wie war es bei deinem Agenten?«, fragt sie, und sofort bin ich besserer Dinge. Wenigstens irgendwas läuft rund.

»Es war unglaublich! Die meinten, wir müssten meine Zukunft sorgsam planen, und sie wollen mir helfen, meine Angebote zu sortieren. Und ich muss mir Security engagieren.«

»Security engagieren?« Suze starrt mich an. »Du meinst so was wie einen Bodyguard?«

»Ja.« Ich versuche, nonchalant zu klingen. »Es klingt doch vernünftig, wo ich jetzt berühmt bin.«

»*So* berühmt bist du nun auch nicht.«

»Doch, bin ich! Hast du die Fotografen draußen vor dem Tor nicht gesehen?«

»Denen wird schon noch früh genug langweilig werden. Ehrlich, Bex, du wirst nur ungefähr fünf Minuten berühmt sein. Ich würde kein Geld an einen Bodyguard verschwenden.«

»Fünf Minuten?«, frage ich gekränkt. »So denkst du darüber? Wenn du es genau wissen willst, hat man mir eine Realityshow angeboten. Ich werde zur Weltmarke. Das ist erst der Anfang.«

»Du machst eine Realityshow?« Suze ist baff. »Hat Luke schon zugestimmt?«

»Er ... also, es ist im Gespräch«, winde ich mich.

»Weiß Luke das mit dem Bodyguard?«

»Das muss er nicht wissen!« Ich werde immer störrischer. Bei CAA schien mir alles so glänzend und aufregend, und jetzt versetzt mir Suze einen solchen Dämpfer. »*Ich* bin der Promi, nicht Luke.«

»Du bist kein Promi!«, sagt Suze spöttisch.

»Bin ich wohl!«

»Nicht richtig. Nicht wie Sage.«

»Bin ich wohl!«, beharre ich wütend. »Bei CAA haben das alle gesagt. Selbst Sage. Und ich brauche einen Bodyguard. Ich werde mich sofort darum kümmern.« Und damit marschiere ich wütend aus der Küche. Ich werde es Suze zeigen. Ich werde Arans Assistentin anrufen und mir die Nummer der besten Security-Firma in Hollywood geben lassen und einen Bodyguard engagieren. Es ist mir egal, wie sie das findet.

Von: Blake@firstmovesecuritysolutions.com
An: Rebecca Brandon
Betreff: Ihre Security-Anfrage

Liebe Rebecca,

vielen Dank für das nette Gespräch. Hiermit schicke ich Ihnen
einen Link zur Online-Broschüre unserer Produkte und Dienst-
leistungen. Ich bin mir sicher, dass wir Ihnen die nötigen
Sicherheitslösungen bieten können, die Sie in Ihrer neuen
herausgehobenen Stellung brauchen werden, sei es in Form
von Personal oder von Sicherheits- und Überwachungssyste-
men für Ihr Heim.

Was den DF 4000 Deluxe Röntgen-Bodyscanner angeht, über
den wir sprachen, seien Sie versichert, dass mir kein Fall eines
Ehemanns bekannt ist, der diesen »dafür benutzt hätte, Ein-
kaufskartons aufzuspüren, die hinter dem Körper seiner Frau
versteckt sind«.

Ich freue mich darauf, von Ihnen zu hören und Ihr Bedürfnis
nach Sicherheit zufriedenzustellen.

Mit freundlichen Grüßen

Blake Wilson
Vizepräsident Personen- und Objektschutz

16

Geht schon. Alles wird gut. Wir werden uns daran gewöhnen.

Ich glaube kaum, dass es Familien gibt, die sich nicht anfangs schwer damit tun, einen Bodyguard zu haben.

Es dauerte nur vierundzwanzig Stunden, mir ein Security-Team zusammenzustellen. Die Firma hätte nicht hilfreicher sein können, und die konnten *total* verstehen, dass ich zusätzlichen Schutz brauche, da das Auge der Öffentlichkeit jetzt auf mich gerichtet ist. Nach einiger Diskussion kamen wir zu dem Schluss, dass ich vielleicht doch nicht rund um die Uhr von Bewaffneten bewacht werden muss und mit etwas anfangen könnte, das sich »Mittlere Sicherheitsstufe« nennt. Mein Team hat die Arbeit heute Morgen aufgenommen, und bisher waren sie super. Sie heißen Jeff und Mitchell und tragen beide dunkle Anzüge und Sonnenbrillen. Und dann ist da noch Echo, der Deutsche Schäferhund, der offenbar in Russland ausgebildet wurde. Wir hatten ein kurzes Briefing, um meine Erfordernisse zu erörtern, und haben meine Vorhaben für den heutigen Tag besprochen. Im Moment machen Mitchell und Echo ihren Gang durchs Haus, um die »aktuelle Sicherheitslage des Anwesens« zu checken, während Jeff in der Küche sitzt, um »meine körperliche Unversehrtheit zu gewährleisten«.

Etwas seltsam ist es allerdings, Jeff beim Frühstück in der Küche dabeizuhaben. Er sitzt nur in der Ecke, guckt einen an, ohne zu lächeln, und murmelt dauernd irgendwas in sein Headset. Aber daran werden wir uns wohl gewöhnen müssen, da wir jetzt eine prominente Familie sind.

Von Dad habe ich immer noch nichts gehört, abgesehen

von einer Nachricht, die er Mum gestern am späten Abend geschickt hat und in der stand:

Bin gut in L.A. gelandet. Muss hier ein paar Sachen regeln. Vergiss nicht, die Rosen zu gießen. Graham xxx

Vergiss nicht, die Rosen zu gießen. Ich meine, mal ehrlich. Mum hat fast der Schlag getroffen. Ich habe heute schon mit ihr telefoniert und diverse Nachrichten aufgetragen bekommen, die ich an Dad weiterleiten soll, falls ich ihn sehe. (Die meisten würden zu einer sofortigen Scheidung führen, sodass ich sie vielleicht lieber vergesse.) Ich hoffe nur, es geht ihm gut. Okay, ich meine, er ist ein erwachsener Mann, aber ich kann nicht anders, als mir Sorgen zu machen. Was für »Sachen« muss er regeln? Wieso hat er Mum nichts gesagt? Wozu die Geheimnistuerei?

Ich schenke mir einen Kaffee ein und biete Tarquin die Kanne an, aber er merkt es nicht. Er mampft ein Stück Toast und lauscht seinem iPod, seinem neuen Spielzeug. Er sagt, er muss den Tag mit einer Stunde angeleiteter Meditation beginnen, was Suze in den Wahnsinn treibt.

»Tarkie!« Sie stößt ihn an. »Ich habe gesagt, dass ich heute Nachmittag vielleicht meinen Agenten treffe. Kannst du die Kinder abholen?«

Tarkie betrachtet sie mit leerem Blick und beißt noch mal von seinem Toast ab. In letzter Zeit sieht er so verändert aus. Er ist braun gebrannt, und seine Haare sind ganz kurz (das gefällt Suze auch nicht), und er trägt ein weiches graues T-Shirt mit einer Sonne drauf. Ich habe es im Souvenirshop im Golden Peace gesehen. Es gibt einen speziellen Kursus namens »Wende dich zur Sonne« und haufenweise Merchandise-Artikel dazu, nur weiß ich nicht, worum es dabei geht, weil ich den Kurs nie mitgemacht habe.

Dazu muss ich sagen, dass ich inzwischen nicht mehr *ganz* so wild nach dem Golden Peace bin wie anfangs. Das ist ein ganz natürlicher Prozess: Man nimmt sich, was man braucht, dann zieht man weiter. Ich meine, ich bin total kuriert vom Shoppen, wozu sollte ich also noch mal hingehen? (Außerdem ist der Souvenirshop auch online, und wenn ich irgendwas brauche, logge ich mich einfach ein.)

»Tarkie!« Suze reißt ihm einen Stöpsel aus dem Ohr, und er schreckt genervt zurück.

»Suze, ich muss mich konzentrieren«, sagt er und schiebt seinen Stuhl lautstark zurück.

»Das musst du nicht! Was redet dir dieses Ding da überhaupt ein? *Hör nicht mehr auf deine Frau? Hör auf, dich für die Wirklichkeit zu interessieren?*«

Tarkie funkelt sie an. »Es ist eine Meditation, die Bryce speziell für mich zusammengestellt hat. Er sagt, meine Psyche ist von der Welt gebeutelt, und ich muss mich zurückziehen.«

»*Dem* beutel ich auch bald eine«, murmelt Suze.

»Warum bist du so negativ?« Tarkie fasst sich an den Kopf. »Suze, du bist destruktiv. Endlich komme ich wieder zu mir, und du musst mich ... du musst mich *sabotieren*.«

»Ich sabotiere dich nicht!«, schreit Suze. »Und wag es nicht, mich destruktiv zu nennen! Wer hat dich überhaupt erst nach L. A. gebracht? Wer hat gesagt, dass du eine Pause brauchst? Ich!«

Ich merke, dass Tarkie ihr gar keine Beachtung mehr schenkt. Er konzentriert sich auf die hintere Ecke der Küche und atmet tief.

»Tarkie?« Suze winkt mit der Hand vor seinen Augen. »Tar-quin.«

»Bryce hat schon gesagt, dass das passieren würde«, sagt er wie zu sich selbst. »Menschen außerhalb der Therapie fürchten sich davor.«

»Welche Therapie?«, fragt Suze.

»Man muss sich auseinandernehmen, um sich wieder aufbauen zu können«, sagt Tarquin, als bereitete es ihm Schmerzen, es ihr auch noch erklären zu müssen. »Man muss sich auf allen Ebenen auseinandernehmen. Weißt du eigentlich, wie viele Ebenen der Mensch hat?« Er wendet sich Suze zu. »Bist du dir darüber im Klaren, wie viel Arbeit ich noch vor mir habe?«

»Du hast genug gearbeitet«, keift Suze wütend.

»Nein, habe ich nicht! Du behinderst mich!« Sein Blick streift durch die Küche. »Ihr alle behindert mich!« Er stopft den Stöpsel wieder in sein Ohr, macht auf dem Absatz kehrt und stolziert hinaus.

Ich kriege meinen Mund nicht wieder zu. Noch nie habe ich Tarkie derart feindselig erlebt. Er hat Suze förmlich angeknurrt. Ich meine, in mancher Hinsicht ist das ja großartig, denn ich finde schon lange, dass er zu ängstlich ist. Andererseits sieht Suze momentan so aus, als könnte sie ihn umbringen. Oder besser: Sie sieht momentan so aus, als könnte sie *mich* umbringen.

»Das ist alles deine Schuld.« Sie dreht sich zu mir um.

»*Meine* Schuld?«

»Du hast ihm diesen Laden vorgestellt! Du hast ihm Bryce vorgestellt! Und jetzt schimpft er mich destruktiv! Seine eigene Frau! Er will nicht mit mir reden, er will mir nicht zuhören. Er sitzt nur noch mit diesem elenden iPod rum – Gott weiß, was das Ding ihm einredet.«

»Wahrscheinlich lauter positive, hilfreiche Sachen«, sage ich trotzig. »Ich meine, ich habe endlos viele Kurse belegt, und ich habe keinen Schaden davongetragen.«

»Du bist nicht so verletzlich wie Tarkie!«, fährt Suze mich an. »Ehrlich, Bex, ich könnte dich umbringen!«

Prompt springt Jeff auf.

»Gibt es hier ein Problem?« Er geht auf Suze zu und greift nach seinem Holsterdings. (Er hat keine Pistole. Er hat einen Knüppel.)

Fassungslos starrt Suze ihn an. »Wollen Sie mir drohen? Bex, ist das dein Ernst?«

»Ich will nur sichergehen, dass es kein Problem gibt«, sagt Jeff ungerührt. »Rebecca, ist alles in Ordnung?«

»Prima, danke«, erwidere ich verlegen. »Ist schon okay, Jeff.«

Als er sich wieder hinsetzt, kommen Ernie, Clementine und Wilfie in die Küche gerannt. Sie sind begeistert vom neuen Bodyguard-Team. Sie sind Mitchell durch den Garten gefolgt, und jetzt kommen sie direkt vor Jeff zum Stehen. Ernest führt den Trupp an, und Clementine hängt etwas hinterher, mit dem Daumen im Mund.

»Wo ist dein Hund?«, fragt Wilfie.

»Jeff hat keinen Hund«, erkläre ich.

»Sarabande aus der Schule hat immer einen Bodyguard«, sagt Ernest gewichtig. »Ihr Vater ist Milliardär. Ihr Bodyguard heißt Tyrell, und der kann Zaubertricks.«

»Na«, sagt Suze angespannt. »Da hat sie aber Glück.«

»Wenn einen jemand angreift, dann hält der Bodyguard ihn auf«, fügt Ernie sachkundig hinzu. »Hilfe, Jeff!« Er fasst sich an die Kehle. »Ich werde von Aliens angegriffen! Hilfe!«

»Hilfe!«, stimmt Wilfie mit ein. Er wirft sich auf den Boden und windet sich. »Eine Schlange frisst mich auf! Rette mich! Jeff!« Mit gequältem Blick sieht er zu Jeff auf. »Jeff! Meine Beine sind schon weg!«

»Hört auf, Jungs«, sagt Suze kichernd. »Wilfie, steh auf!«

Jeff hat mit keiner Wimper gezuckt. Er macht einen zutiefst unamüsierten Eindruck. Jetzt steht Wilfie auf und sieht ihn sich genauer an.

»Hast du Superkräfte?«, fragt er. »Kannst du dich unsichtbar machen?«

»Natürlich kann er sich nicht unsichtbar machen«, sagt Ernie scharf. »Er kann Kung-Fu. Hai-ya!« Er stößt einen hohen Schrei aus und schreitet wie ein Kung-Fu-Kämpfer durch die Küche.

»Darf ich auf deinem Schoß sitzen?«, fragt Clementine und stupst Jeffs Bein an. »Erzählst du mir eine Geschichte? Wieso hast du einen Schnurrbart? Der sieht aus wie eine Raupe.«

»Clemmie, möchtest du etwas Orangensaft?«, gehe ich eilig dazwischen. »Komm, setz dich an den Tisch.« Gerade will ich ihr was einschenken, als Jeff aufspringt. Mit zwei Sätzen ist er an der Küchentür, versperrt den Weg und spricht angestrengt in sein Headset.

»Sir, dürfte ich Sie bitten, sich auszuweisen?«, sagt er. »Sir, dürfte ich Sie bitten, dort stehen zu bleiben?«

»Ich bin Luke Brandon«, höre ich Luke gereizt sagen, draußen vor der Küchentür. »Ich bin der Herr in diesem Haus. Das ist meine Tochter Minnie.«

»Ich habe Sie nicht auf meiner Liste, Sir. Würden Sie bitte beiseitetreten?«

»Das ist okay!«, rufe ich hastig. »Er ist mein Mann!«

»Rebecca, er steht nicht auf der Liste.« Jeff wirft mir einen vorwurfsvollen Blick zu. »Es müssen unbedingt alle auf der Liste stehen.«

»Tut mir leid! Ich dachte, das verstünde sich von selbst.«

»Wenn es um Personenschutz geht, versteht sich nichts von selbst«, entgegnet Jeff streng. »Okay, Sir, Sie dürfen vortreten.«

»Du hast mich nicht auf die Liste gesetzt?« Als Luke in die Küche kommt, mit Minnie an der Hand, starrt er mich mit großen Augen an. »Du hast *mich* nicht auf die Liste gesetzt?«

»Ich wollte es! Ich meine … ich dachte nicht, dass ich es müsste.«

»Becky, das ist lächerlich. Zwei Bodyguards?«

»Sage hat es mir empfohlen. Sie meinte, man kann gar nicht vorsichtig genug sein.«

»Hundi!« Minnie deutet begeistert aus dem Fenster, an dem Mitchell gerade Echo vorbeiführt, während er aufgeregt in sein Headset spricht. »Guck mal, Hundi!«

»Du gehst mir nicht in die Nähe von diesem Hund«, sagt Luke streng. »Becky, dieser Hund wird Minnie noch anfallen.«

»Nein, das macht er nicht. Die haben ihn im Griff. Er wurde in Russland ausgebildet«, füge ich stolz hinzu.

»Es ist mir egal, wo er ausgebildet wurde! Das ist ein Kampfhund!«

Es summt an der Tür, und Jeff zuckt prompt zusammen.

»Ich kümmere mich drum.« Er murmelt in sein Headset: »Mitch, kannst du mich hören? Zone A für eintreffende Bestellung sichern. Ich wiederhole: Zone A sichern.«

Als Jeff aus der Küche marschiert, sehen Luke und Suze sich an.

»So können wir nicht leben.« Luke schenkt sich eine Tasse Kaffee ein. »Becky, wie lange hast du diese beiden Clowns gebucht?«

»Nenn sie nicht Clowns! Und ich habe sie für eine Woche gebucht.«

»Eine Woche?«

»Paket für Sie.« Jeff kommt wieder in die Küche und schleppt eine große Kiste, auf der »First Move Security Solutions« steht.

Luke starrt die Kiste an. »Was ist das?«

»Das ist … äh … Zeug, das ich gekauft habe.«

»O nein!« Er schließt die Augen. »Was hast du jetzt wieder angestellt?«

»Sag das nicht so! Es wurde mir von Experten empfohlen!«
Ich nehme ein Messer, um den Deckel der Kiste aufzustemmen. »Sie meinten, ich sollte vielleicht darüber nachdenken, in zusätzliche Sicherheit meiner Familie zu investieren. Also habe ich das hier gekauft.«

Ich zögere, bevor ich einen Blick in die Kiste wage, und verliere fast den Mut. Das Zeug sieht doch etwas *militärischer* aus, als ich es mir vorgestellt hatte.

»Was?«, will Luke wissen. »Was hast du gekauft?«

»Körperschutz.« Ich gebe mir Mühe, beiläufig zu klingen. »Nur als Vorsichtsmaßnahme. Viele Promis tragen so was.«

»Körperschutz?« Lukes Stimme wird lauter. »Du meinst kugelsichere Westen?«

»Kugelsichere Westen?« Suze prustet ihren Tee aus. »Bex, das kann nicht *wahr* sein!«

»Die hier ist für dich.« Ich hole das Modell Panther in Taupe heraus, das Suze gut stehen müsste.

»Ich werde keine kugelsichere Weste anziehen!«, sagt sie entsetzt. »Bleib bloß weg mit dem Ding!«

»Wie viel haben die gekostet?« Mit spitzen Fingern hält Luke das Modell Leopard in Kakigrün hoch.

»Ist doch egal, wie viel es kostet«, sage ich trotzig. »Wer will schon die Sicherheit seiner Liebsten mit Geld aufwiegen? Und außerdem war es ein Sonderangebot. Beim Kauf von vier Westen bekommt man einen Elektroschocker gratis.«

»Einen *Elektroschocker*?« Luke verzieht das Gesicht.

»Jede Familie sollte einen Elektroschocker haben«, sage ich überzeugter, als mir zumute ist.

»Du hast den Verstand verloren.« Luke wendet sich Suze zu. »Sie hat den Verstand verloren.«

»Luke, ich bin kein Allerweltsmensch mehr!«, rufe ich. »Das Leben hat sich verändert! Begreifst du das nicht?«

Ich bin dermaßen frustriert. Wieso begreifen sie es nicht? Sage begreift es doch auch und der Mann bei der Security-Firma genauso. Eigentlich meinte er, ich sollte außerdem einen Metalldetektor kaufen *und* alle unsere Türen auf Panikschlösser umstellen.

»Becky, mein Liebling«, sagt Luke freundlich. »Du bist auf dem Holzweg, wenn du glaubst...«

Er stutzt, als draußen wütendes Gebell laut wird. Im nächsten Augenblick ist Jeff schon auf den Beinen und lauscht angestrengt in seinen Ohrhörer.

»Bleiben Sie, wo Sie sind«, sagt er barsch zu mir. »Wir haben ein Problem.« Als er aus der Küche stürmt, höre ich ihn brüllen: »Beschreib mir den Eindringling!«

Problem? *Eindringling*? Mein Herz verkrampft sich vor Angst.

Na ja, wenn ich ehrlich sein soll: halb vor Angst und halb triumphierend.

»Siehst du?«, sage ich zu Luke. »*Siehst* du? Minnie, Schätzchen, komm her!« Mit bebender Stimme drücke ich sie schützend an mich. Sie blickt zu mir auf, mit fragenden Augen, und ich streiche ihr über die Stirn. »Kinder, bleibt weg von den Fenstern. Hier sind wir in Sicherheit.« Ich versuche, tapfer und positiv zu klingen. »Bewahren wir einfach die Ruhe und singen: *My Favourite Things.*«

Wir brauchen einen Panic Room. *So was* haben Promis. Und vielleicht mehr Hunde.

»Ist da ein Räuber?« Clemmie fängt an zu weinen.

»Dem zeig ich's!«, sagt Ernie kühn. »Hai-ya!«

»Luke«, sage ich leise. »Hol den Elektroschocker aus der Kiste.«

»Bist du noch bei Sinnen?« Luke rollt mit den Augen. Er nimmt eine Scheibe Brot aus dem Toaster und streicht in aller Seelenruhe Butter darauf, dann beißt er ab. Fassungslos starre ich ihn an. Hat er denn kein Herz? Interessiert ihn unsere Sicherheit denn gar nicht?

»Lassen Sie mich los!« Von draußen hört man eine Männerstimme. O mein Gott, das ist der Eindringling. »Rufen Sie diesen Hund zurück! Rufen Sie ihn zurück!«

»Identifizieren Sie sich!« Mitchells Stimme dröhnt, und Echo bellt lauter als je zuvor. Unwillkürlich bin ich erschrocken und begeistert, alles gleichzeitig. Das ist ja wie im Fernsehen!

»Der Räuber ist da!« Wieder bricht Clementine in verängstigtes Schluchzen aus, und eine Nanosekunde später stimmt Minnie mit ein.

»Du meine Güte!«, sagt Suze und wirft mir einen galligen Blick zu. »Jetzt zufrieden?«

»Gib nicht *mir* die Schuld!«

»Er holt uns!«, heult Clementine. »Er kommt!«

Aus der Eingangshalle hört man ein Schlurfen und Männerstimmen, dann einen dumpfen Schlag und einen wütenden Aufschrei von einem Mann, der plötzlich genauso klingt wie …

Moment mal. Das wird doch wohl nicht …

»*Dad?*«, schreie ich ungläubig, da erscheinen Jeff und Mitchell in der Küchentür und stoßen meinen Vater grob vor sich her, als wären sie Bullen in einem Kinofilm, und er wäre der betrügerische Vizepräsident, der gerade dabei erwischt wurde, wie er aus dem Fenster klettern wollte.

»Becky!«

»Das ist mein *Dad*!«

»Opa!«

»Wir haben diesen Verdächtigen aufgegriffen, als er in der Auffahrt herumschlich.«

»Ich bin nicht herumgeschlichen.«

»Lassen Sie ihn los!«

Wir sprechen alle durcheinander, und der arme Wilfie hält sich die Ohren zu.

»Lassen Sie ihn los!«, schreie ich noch mal gegen das Getöse an. »Das ist mein Vater!«

Widerwillig lässt Mitchell Dads Arm los, den er ihm auf den Rücken gedreht hat. Ich meine, mal ehrlich, wie kommen die darauf, dass Dad ein Eindringling sein könnte? Man kann sich keinen unverdächtiger aussehenden Menschen als meinen Dad vorstellen. Er trägt eine Sommerhose und einen Blazer und einen Panamahut und sieht aus, als wäre er gerade auf dem Weg zu einem Cricketspiel.

»Wie geht es meiner Minnie?«, fragt er begeistert, als die sich auf ihn stürzt. »Wie geht es meinem kleinen Schatz?«

»Dad, was ist los?«, will ich wissen. »Was tust du hier? Mum macht sich solche Sorgen!«

»Sind Sie sicher, dass das Ihr Vater ist?«, fragt Mitchell misstrauisch.

»Selbstverständlich bin ich sicher!«

»Nun, er steht nicht auf der Liste.« Wieder sieht Jeff mich mit seinem vorwurfsvollen Blick an. »Rebecca, wir brauchen vollständige Informationen, um effektiv arbeiten zu können.«

»Ich wusste ja nicht, dass er kommt!«

»Und wie hat er sich dann Zugang zur Auffahrt verschafft? Wie hat er das Tor geöffnet?« Noch immer mustert Jeff meinen Dad mit Argwohn.

»Der Code ist derselbe wie bei unserer Garage zu Hause«, sagt Dad fröhlich. »Ich dachte, ich probier es aus, und hey, es hat geklappt.«

»Ich verwende immer denselben Code«, erkläre ich Jeff. »Er ist genauso wie meine PIN-Nummer. Und die von meiner Mum. So können wir füreinander Geld abheben. Das ist sehr praktisch.«

»Sie verwenden für alles denselben Code?« Jeff wirkt er-

349

schüttert. »Ihre Mutter hat denselben Code? Rebecca, wir haben doch über Kennwortsicherheit *gesprochen*.«

»Ach ja, stimmt«, sage ich mit schlechtem Gewissen. »Okay. Ich ändere mein Kennwort. Eins davon. Alle.«

(Ich werde ganz bestimmt nichts ändern. Vier Ziffern sind auch so schon schwer genug zu merken.)

»Willkommen, Graham.« Luke schüttelt Dads Hand. »Möchtest du was frühstücken? Du wohnst natürlich bei uns.«

»Wenn das okay wäre.«

»Dad, wo bist du *gewesen*?«, frage ich ungeduldig. »Was ist *los*? Wieso bist du in L.A.?«

Es wird ganz still in der Küche. Selbst Jeff und Mitchell wirken interessiert.

Dad schenkt mir ein verhaltenes Lächeln. »Ich hab da was zu regeln. Mehr nicht. Gestern habe ich in einem Hotel übernachtet, und da bin ich nun.«

»Es geht um Brent Lewis, oder? Dad, was ist das für ein großes Geheimnis?«

»Es ist kein Geheimnis«, sagt Dad. »Nur …« Er zögert. »Etwas, das ich in Ordnung bringen muss. Dürfte ich mir einen Tee machen?« Er nimmt den Teekessel und betrachtet ihn verwundert. »Stellt man ihn auf den Herd?«

»So machen sie es in Amerika«, erkläre ich. »Die verstehen nichts von elektrischen Wasserkochern. Aber andererseits verstehen sie auch nichts von Tee. Komm her, ich mach das.« Ich fülle Wasser in den Kessel, stelle ihn auf die Herdplatte, dann schreibe ich Mum umgehend eine Nachricht: **Er ist hier!!!**

Dad hat sich an den Tisch gesetzt und Minnie auf den Schoß genommen, um mit ihr Hoppe, hoppe Reiter zu spielen. Schon bald drängen sich alle Kinder um ihn, und er merkt gar nicht, dass ich eine Nachricht schreibe. Ein, zwei Minuten später klingelt mein Handy, und Mum ist dran.

»Wo ist er?«, fragte sie schrill. »Was macht er? Hat er eigentlich eine Vorstellung davon, was ich durchmache?«

»Das glaube ich wohl. Bestimmt tut es ihm ehrlich leid. Ich bin mir sicher, dass er eine vernünftige Erklärung für das alles hat.« Dad blickt auf, mit leerem Blick, und mit meiner freien Hand mache ich schwungvolle Gesten, die ihm sagen sollen: *Es ist Mum!*

»Hol ihn ans Telefon!«

»Äh, Dad, es ist Mum. Sie möchte dich sprechen.« Vorsichtig halte ich ihm das Handy hin und trete einen Schritt zurück.

»Jane«, sagt Dad, als er das Telefon nimmt. »Aber, Jane. Jane, hör zu! Jane!«

Ich kann hören, dass Mums Stimme in einem ununterbrochenen Schwall blechern aus dem Hörer dringt. Dad kommt nicht zu Wort.

Mit hochgezogenen Augenbrauen sieht Suze mich an, und ich zucke mit den Schultern. Noch nie habe ich mich so hilflos gefühlt.

»Du musst dir keine Sorgen machen«, sagt Dad. »Ich habe dir doch gesagt, dass ich mit ein paar alten Freunden etwas zu klären habe.« Er gießt kochendes Wasser in die Teekanne. »Nein, ich komme nicht mit dem nächsten Flug nach Hause! Ich muss es tun.« Plötzlich klingt er resolut.

Fragend sehe ich Luke an, der auch nur mit den Schultern zuckt. Die ganze Situation treibt mich noch in den Wahnsinn.

»Sie möchte dich sprechen, Liebes.« Dad gibt mir das Telefon zurück. Mums Standpauke scheint ihn nicht sonderlich berührt zu haben.

»Warum will er mir nicht sagen, was er vorhat?«, bellt mir Mums Stimme ins Ohr. »Dauernd sagt er, dass er mit diesem Brent Lewis ›was zu klären‹ hat. Ich habe ihn gegoogelt und kann nichts finden. Du sagst, er lebt in einem Wohnwagen. Hast du ihn denn kennengelernt?«

»Nein.« Ich mustere Dad, der an seinem Tee nippt.

»Na gut, du behältst Dad im Auge.«

»Mach ich.«

»Und ich komme rüber, sobald ich es einrichten kann. Es *wäre* allerdings zur selben Zeit wie der Kirchenbasar.« Mum entfährt ein schwerer Seufzer. »Der Gitarrenunterricht war mir lieber. Da saß er wenigstens in der Garage.«

Als ich das Handy weglege, wende ich mich Dad zu und sehe, dass er mit reumütigem Blick meine Halskette betrachtet. Es ist die von Alex Bittar, die er mir von seinem Bonus gekauft hat.

»Das ist meine liebste Kette«, sage ich und berühre sie. »Ich trage sie immer.«

»Wirklich, Liebes? Das ist gut.« Er lächelt, aber irgendwas stimmt nicht mit seinem Lächeln. Ich könnte schreien. Was ist *los*?

Er trinkt seinen Tee aus, dann steht er auf. »Ich muss mich auf den Weg machen.«

»Aber du bist doch gerade erst gekommen! Wo willst du hin? Zu Brents Wohnwagen? Hast du seine Schwester angerufen?«

»Becky, das ist meine Sache.« Er klingt, als wäre das sein letztes Wort. »Ich komme später wieder.«

Keiner sagt etwas, bis er die Küche verlassen hat – dann scheinen alle erlöst auszuatmen.

»Was *macht* er?« Meine Stimme überschlägt sich fast.

»Wie er schon sagte«, bemerkt Luke. »Das ist seine Sache. Wieso lässt du ihn nicht machen? Komm mit, Mäuschen«, sagt er zu Minnie. »Zähne putzen. Alle mitkommen«, fügt er an die Cleath-Stuarts gewandt hinzu. »Ihr solltet euch auch die Zähne putzen.«

»Danke, Luke«, sagt Suze. Als die Kinder mit Luke aus der Küche stürmen, gibt Suze einen allmächtigen Seufzer von sich. Sie starrt aus dem Fenster, und ich sehe eine Falte zwischen ihren Augen, die vorher noch nicht da war.

»Alles okay?«

»Ich habe genug von L.A.«, sagt sie. »Die Stadt tut uns nicht gut.«

Staunend starre ich sie an. »Doch, tut sie! Sieh dich an! Du arbeitest als Komparsin, und Tarquin ist ein echter VIP, und ihr seid alle schlank und braun gebrannt und …«

»Es tut uns als *Familie* nicht gut«, fällt sie mir ins Wort. »In England gab es einiges, das uns Kopfschmerzen bereitet hat, aber wir sind gemeinsam damit fertiggeworden. Ich habe das Gefühl, dass Tarkie mir entgleitet.« Plötzlich fängt ihre Stimme an zu beben. »Bex, ich kenne ihn gar nicht mehr wieder.«

Zu meinem Entsetzen hat sie Tränen in den Augen.

»Suze!« Eilig gehe ich zu ihr und nehme sie in den Arm. »Du musst dir keine Sorgen machen! Er hat nur eine komische Phase. Er sucht sich selbst.«

»Aber er redet nicht mit mir! Er sieht mich an, als wäre ich seine Feindin!« Zitternd seufzt sie. »Bex, wollen wir nicht einen Spaziergang machen und einfach nur plaudern, wenn die Kleinen im Kindergarten sind? Wir könnten raus zum Runyon Canyon fahren und vielleicht zusammen Mittag essen.«

»Suze, ich würde gern«, sage ich bedauernd. »Aber ich muss noch für Sages Outfit shoppen gehen.«

Ein seltsamer Schatten huscht über Suze' Gesicht. »Ach so.« Sie seufzt. »Natürlich. Du musst shoppen gehen.«

»Ich shoppe nicht für *mich*!«, sage ich gekränkt. »Mein Fernsehbeitrag steht bevor! Ich muss Sachen für Sage auftreiben! Ich muss Vintage-Läden abklappern und Beziehungen knüpfen! Das ist eine Riesenaufgabe. Suze, das ist meine große Chance. *Die* Gelegenheit!«

»Natürlich«, sagt sie in einem Ton, den ich nicht deuten kann.

»Ein andermal?«

»Ein andermal.« Sie nickt und steht vom Tisch auf.

Ich bleibe mit Jeff allein in der Küche zurück und sehe zu ihm hinüber. Schweigend sitzt er da und starrt eisern vor sich hin, aber dennoch fühle ich mich abgeurteilt.

»Ich muss wirklich shoppen gehen«, sage ich trotzig. »Es könnte meine große Chance sein, Stylistin in Hollywood zu werden.«

Jeff sagt nichts. Aber ich weiß, dass er sein Urteil über mich gefällt hat. So wie alle anderen auch.

So ist das, wenn man prominent ist. Deine Familie versteht es nicht. Keiner versteht es. Man sagt ja nicht umsonst, dass es auf dem Gipfel einsam ist.

Positiv zu vermerken bleibt, dass das Shoppen für einen Filmstar die *perfekte* Art und Weise einzukaufen ist. Ich wünschte nur, ich hätte schon früher einen Filmstar gekannt.

Es gibt da einen ganz tollen Vintage-Laden an der Melrose Avenue, und ich bin mit Marnie, der Besitzerin, absolut auf einer Wellenlänge. Der Morgen ist noch nicht halb vorbei, da habe ich schon den schnellsten, effizientesten Einkaufsbummel meines Lebens hinter mir. Ich habe drei neue Täschchen, zwei Stolen und einen alten Kopfschmuck aus Strass gekauft. Ich habe drei Abendgarderoben, fünf Kleider und diesen fantastischen Samtumhang zurücklegen lassen, den ich, falls Sage ihn nicht will, auch ohne Weiteres für mich selbst kaufen würde.

Außerdem habe ich ein paar Kleinigkeiten für mich gekauft – nur ein Paillettenkleid und ein Paar Schuhe, weil ich die für meinen neuen Lifestyle brauche. Ich habe sogar mein Notizbuch vom Golden Peace genutzt, um sicherzugehen, dass ich nicht ohne Sinn und Verstand shoppe. Als Antwort auf die Frage: *Warum shoppe ich?*, habe ich geschrieben: *Weil ich jetzt Promi-Stylistin bin.* Ich meine, dagegen kann man ja wohl kaum was sagen.

Als ich aus dem Laden komme, wartet der schwarze SUV am Bordstein. Mitchell steht bereit, seine Brille glitzert in der Sonne, und Jeff begleitet mich zum Wagen. Ich sehe, dass mich Kunden neugierig mustern, und ich hebe meine Hand, um mein Gesicht zu verbergen, genau wie ein echter Superpromi.

Als ich mit Tüten bepackt in den SUV steige, bin ich bester Stimmung. Meine neue Karriere ist auf dem richtigen Weg! Meine einzige Sorge ist nur, dass mein Beitrag für *Breakfast Show USA* schon morgen ist und ich von denen immer noch nicht gehört habe, was für ein Styling sie sich vorstellen. Wie kann ich mich auf einen Modebeitrag vorbereiten, wenn man mich nicht einweist? Ich habe deswegen schon unzählige Nachrichten für Aran hinterlassen, beschließe aber, es noch mal bei ihm zu versuchen, und diesmal geht er ran.

»Oh, hi, Aran«, flöte ich. »Sagen Sie, haben Sie inzwischen was von *Breakfast Show USA* gehört? Ich weiß immer noch nicht, was für Outfits ich vorbereiten soll! Und die Sendung ist schon morgen! Ich muss doch was zusammenstellen!«

»Oh!« Aran lacht. »Meine Schuld. Ja, ich wollte es Ihnen längst sagen. Die meinen, Sie bräuchten sich keine Gedanken über die Klamotten machen. Die kümmern sich darum. Ihr Job ist nur, in der Show aufzutreten und am Gespräch teilzunehmen.«

Keine Gedanken über die Klamotten machen? Verdutzt starre ich mein Handy an. Wie kann ich mir als Stylistin keine Gedanken über die Klamotten machen?

»Aber wie soll das gehen? Wie soll ich mich vorbereiten?«

»Becky, Sie machen das bestimmt großartig«, sagt Aran. »Sie können die Kleider kommentieren und ganz entspannt plaudern, damit Ihre Persönlichkeit gut rüberkommt.«

»Ach«, sage ich. »Na dann, okay. Danke.«

Ich lege auf, nach wie vor verdutzt. Das ist doch alles sehr seltsam. Aber vielleicht macht man manches in den Staaten eben anders. Vielleicht sollte ich ein bisschen recherchieren. Ich stelle den Fernseher an, um nachzusehen, ob ich irgendwo eine Modesendung finden kann, und zappe gerade durch die Kanäle, als ich plötzlich an einem Bild hängen bleibe. Einen Moment lang bin ich mir nicht mal sicher, was ich da sehe.

Es ist ein unscharfes Bild von Lois' Haus im Dunkeln. Ein Krankenwagen blinkt in ihrer Auffahrt, Sanitäter rollen eine Trage vor sich her, und die Überschrift lautet: EILMELDUNG: LOIS – SELBSTMORDVERSUCH?

Selbstmord?

*Selbstmord*versuch?

O Gott, o Gott, o Gott …

Mein Herz rast, ich stelle lauter und beuge mich entsetzt vor, um den Bericht zu hören.

»Unbestätigten Meldungen nach wurde Lois Kellerton gestern Abend ins Krankenhaus eingeliefert, nach einer – wie es hieß – ›verzweifelten Tat eines verzweifelten Stars‹. Ich gebe weiter an unsere Berichterstatterin Faye Ireland.«

Das Bild wechselt zu einer Reporterin, die draußen vor Lois' Haus steht und feierlich ins Mikrofon spricht.

»Nachbarn bestätigen, dass gestern Abend gegen Mitternacht ein Krankenwagen zum Haus bestellt wurde, und ein Zeuge hat gesehen, wie Lois Kellerton auf einer Trage in den Krankenwagen gebracht wurde. Irgendwann in den frühen Morgenstunden scheint Lois Kellerton wieder nach Hause gekommen zu sein und wurde seither nicht mehr gesehen.« Auf dem Bildschirm ist undeutlich eine junge Frau zu erkennen, die in Decken gewickelt ins Haus geführt wird. »Seit ihrer Entlarvung als mutmaßliche Ladendiebin sind Freunde in Sorge um den Gemütszustand der preisgekrönten Schauspielerin.« Wieder zeigt man die altbekannten Aufnahmen von Lois bei den ASAs, als der Schock sie beinah übermannte. »Miss Kellertons Sprecher wollte sich zu den jüngsten besorgniserregenden Vorfällen nicht äußern. Zurück ins Studio.«

»Und nun zum Sport...«, sagt die Frau im lila Kleid, und ich stelle den Fernseher ab. Ich zittere am ganzen Leib. Nie im Leben hätte ich gedacht, dass so etwas passieren würde. Ich hätte mir nie vorgestellt... Ich hätte nie erwartet...

Schließlich ist es nicht *meine* Schuld.

Ist es nicht. Wirklich nicht.

Oder?

Spontan wähle ich Sages Nummer. Sie ist die Einzige, die weiß, wie mir zumute ist. Eigentlich müsste ihr noch schlimmer zumute sein als mir.

»Sage«, sage ich, sobald sie rangeht. »Hast du die Nachrichten über Lois gesehen?«

»Ach.« Sie klingt gleichgültig. »Das.«

»Sage, das haben wir ihr angetan!« Meine Stimme bebt. »Ich kann nicht fassen, dass es so weit gekommen ist. Hast du sie besucht oder angerufen oder irgendwas?«

»Die Irre besuchen?«, erwidert Sage. »Das soll wohl ein Witz sein!«

»Aber sollten wir nicht irgendwas unternehmen? Zum Beispiel... ich weiß nicht. Hingehen und uns entschuldigen?«

»Nein«, sagt Sage gleichgültig. »Bestimmt nicht.«

»Einfach nur: nein?«

»Das ist ihr Problem, Becky. Die kommt schon zurecht. Ich muss los.« Und sie legt auf.

Sage klingt, als wäre sie ihrer Sache sehr sicher. Aber so bin ich nicht. Wie Heerscharen von Ameisen fallen die Zweifel über mich her. Ich halte es nicht mehr aus. Ich will was unternehmen. Ich muss was unternehmen. Es wiedergutmachen.

Aber wie kann ich es wiedergutmachen?

Ich schließe die Augen und überlege einen Moment lang scharf, dann schlage ich sie wieder auf und zücke mein Telefon. Ich habe immer noch April Tremonts Nummer in meinem Handy, und sie antwortet beim zweiten Klingeln.

»Rebecca?«

Sie klingt nicht eben begeistert, von mir zu hören.

»Hm, hi, April«, sage ich nervös. »Entschuldige, wenn ich dich störe. Es ist nur… Ich habe in den Nachrichten von Lois gehört. Ich habe ein schrecklich schlechtes Gewissen wegen allem, was passiert ist, und ich möchte mich unbedingt bei Lois entschuldigen und es irgendwie wiedergutmachen. Vielleicht kann ich ihr helfen. Oder irgendwas…«, ende ich lahm.

»Ihr *helfen*?« Aprils Stimme klingt dermaßen sarkastisch, dass ich zusammenzucke. »Meinst du nicht, du hast schon genug geholfen?«

»Ich weiß, dass ihr befreundet seid«, sage ich kleinlaut. »Bestimmt hältst du mich für einen schrecklichen Menschen. Aber du musst wissen, dass ich nie gedacht hätte, dass es so kommen würde. Ich wollte sie nicht bloßstellen. Und ich dachte, ob du mir vielleicht helfen könntest, sie zu treffen. Damit ich ihr sagen kann, wie leid es mir tut.«

»Lois will niemanden sprechen«, sagt April barsch. »Ich habe sie Millionen Mal angerufen, aber sie nimmt nicht ab. Und selbst wenn sie es täte, wärst du wohl der letzte Mensch, den ich mitbringen würde. Ja, sie braucht Hilfe. Wenn man mich fragt, braucht sie schon lange Hilfe. Aber nicht von opportunistischen Nutznießern wie dir.«

»Ich bin kein opportunistischer Nutznießer!«, rufe ich entsetzt.

»Erzähl mir nicht, dass dir das Ganze nicht nützen würde«, fährt April mich an und legt auf.

Mit heißen Wangen starre ich mein Handy an, als hätte man mich geohrfeigt. Als ich aufblicke, sehe ich Jeffs dicken Hals vor mir und schäme mich nur noch mehr. Hier bin ich, kutschiere mit Bodyguards und Einkaufstüten im SUV durch die Gegend, weil meine Karriere gut läuft. Und da ist Lois, die mit Blaulicht ins Krankenhaus gefahren wird.

Die ganze Zeit über hat Jeff kein Wort gesagt, aber ich weiß, dass er zuhört. Und wieder sein Urteil über mich fällt. Ich sehe es an den Muskeln an seinem Hals.

»Ich bin nicht opportunistisch«, sage ich trotzig. »Ich hätte die Geschichte schon vor Wochen verkaufen können, oder? Aber das habe ich nicht getan. Es ist nicht meine Schuld, dass Sage geplaudert hat. Und ich wollte schon immer Stylistin in Hollywood werden. Kann man mir vorwerfen, dass ich meine Chance nutze? Deshalb bin ich doch nicht gleich *opportunistisch*.«

Jeff schweigt immer noch. Aber ich weiß, was er denkt.

»Tja, was *kann* ich denn jetzt noch machen?«, frage ich fast böse. »Wenn April mich nicht zu Lois mitnehmen will, dann bleibt mir nichts! Ich kann ihr weder sagen, wie leid es mir tut, noch meine Hilfe anbieten oder sonst was. Ich weiß ja nicht mal, wo sie …«

Ich stutze. Mir ist gerade eingefallen, was April neulich gesagt hat, als wir in ihrem Wohnwagen saßen. *Wir wohnen beide schon seit Ewigkeiten in der Doheny Road.*

»Mitchell«, sage ich und beuge mich vor. »Planänderung. Ich möchte zur Doheny Road.«

Wir brauchen etwa eine halbe Stunde zur Doheny Road, und als wir dort ankommen, ist nicht zu übersehen, in welchem Haus Lois wohnt. Journalisten belagern das Tor und schleichen auf der Straße herum, und ich sehe, wie zwei Passanten interviewt werden. Wir halten ein ganzes Stück weiter hinten vor einer Villa, die wie ein griechischer Tempel aussieht.

»Bleiben Sie im Wagen, Rebecca«, sagt Mitchell. »Wir müssen das Umfeld inspizieren.«

»Okay.« Ich versuche, Geduld zu zeigen, als sie die Autotüren zuwerfen und sich auf den Weg zu Lois' Haus machen, wobei sie in ihren schwarzen Anzügen doch sehr auffällig sind. Dieses ständige »Inspizieren« und »Absichern« geht mir langsam auf die Nerven. Wenn der Reiz des Neuen nachgelassen hat, sind Bodyguards ein echtes Ärgernis.

Ich sitze eine Ewigkeit herum, während sie die ganze Nachbarschaft durchkämmen. Als sie wieder zurück zum Wagen kommen, sind ihre Mienen noch nüchterner als sonst.

»Das Gebäude ist momentan durch eine starke Präsenz der Medien gefährdet«, sagt Mitchell. »Wir fürchten, dass sich eine hochriskante Lage entwickeln könnte. Wir empfehlen Ihnen, sich nicht dorthin zu begeben.«

»Sie meinen, ich soll lieber nicht in dieses Haus gehen?«

»Wir empfehlen Ihnen, sich nicht dorthin zu begeben.« Mitchell nickt. »Zu diesem Zeitpunkt.«

»Aber ich möchte mich gern dorthin begeben.«

»Nun, wir raten Ihnen, es nicht zu tun.«

Mein Blick geht von Jeff zu Mitchell. Die beiden sehen so ernst aus, mit ihren dunklen Brillen, die jeden Gesichtsausdruck, den sie haben mögen, maskieren (auch wenn sie vermutlich noch nie einen hatten).

»Ich werde mich dorthin begeben«, sage ich störrisch. »Okay? Ich muss mit Lois Kellerton sprechen. Ich kann nicht anders, als es wenigstens zu versuchen.«

»Rebecca«, sagt Mitchell streng. »Wenn Sie sich dem Haus nähern, können wir nicht mehr für Ihre Sicherheit garantieren.«

»Das wird ein Problem«, stimmt Jeff nickend mit ein.

Ich werfe einen Blick über ihre Schultern hinweg zu dem Pulk von Journalisten. Es ist so etwas wie ein Mob. Da mögen sie vielleicht recht haben.

»Na, dann muss ich eben hinten reinklettern. Würde mir einer von Ihnen mit einer Räuberleiter aushelfen?«

Jeff und Mitchell sehen sich an.

»Rebecca«, sagt Jeff. »Unserem Vertrag nach ist es uns nicht gestattet, Ihnen – unserer Klientin – bei Unternehmungen zu helfen, die als gesetzeswidrig einzustufen sind.«

»Was sind Sie nur für *Spießer*!«, sage ich frustriert. »Wird es Ihnen denn nicht langweilig, in dunklen Jacketts rumzurennen und immer so zu tun, als wäre alles eine ernste Angelegenheit? Na gut, dann mache ich es eben allein. Und wenn ich verhaftet werde, sage ich: *Mitchell und Jeff hatten nichts damit zu tun, Officer.* Zufrieden?«

Ich schnappe mir meine Tasche, gleite aus dem Wagen und mache mich mit klackernden Absätzen auf den Weg zu Lois' Haus.

»Rebecca, warten Sie.« Jeffs Stimme folgt mir.

»Was denn noch?« Ich drehe mich um. »Ich weiß, Sie meinen, ich sollte mich nicht dorthin begeben. Sie sind ja schlimmer als ein Navi.«

»Nicht das.«

»Was dann?«

Er zögert, dann sagt er ganz leise: »Es gibt da eine Schwachstelle im Zaun beim Poolhaus. Für die Kameras nicht einzusehen. Versuchen Sie es da.«

»Danke, Jeff!« Ich strahle ihn an und werfe ihm eine Kusshand zu.

Lois' Anwesen ist so riesig, dass ich eine halbe Ewigkeit brauche, um auf die Rückseite zu gelangen. Als ich eine Seitenstraße entlanghaste, werde ich immer nervöser. Ich bin noch nie jemandem begegnet, der selbstmordgefährdet war. Ich meine, *wirklich* selbstmordgefährdet. Sollte ich dafür nicht ausgebildet sein oder so? Egal, dafür ist es jetzt zu spät. Ich muss einfach nur behutsam sein. Und reumütig natürlich.

Was ist, wenn sie mir die Schuld an allem gibt?

Mir wird unbehaglich zumute. Lois muss unbedingt begreifen, dass ich es nicht in alle Welt hinausposaunt habe. Okay, ich habe es Sage verraten, aber ich habe ihr auch gesagt, dass *sie es für sich behalten soll.*

Aber was ist, wenn Lois das nicht einsehen will? Was ist, wenn sie mich anschreit? Was ist, wenn sie ein Messer nimmt und droht, es sich vor meinen Augen in die Brust zu stoßen, und ich mich auf sie stürze, aber da ist es schon zu spät? O Gott!

Mir wird ganz schwummerig bei all den grässlichen Gedanken, aber ich zwinge mich, nicht aufzugeben. Endlich erreiche ich einen drei Meter hohen Zaun, hinter dem das Poolhaus steht. Ich kann unmöglich ohne Hilfe rüberklettern, aber nachdem ich ein paarmal auf und ab gelaufen bin, sehe ich, was Jeff meinte. Zwei Latten sind lose. Ich schiebe sie auseinander. Ungläubig starre ich das Loch im Zaun an. Da soll ich durchpassen? Was meint er denn, was ich für eine Kleidergröße habe? Minus 40?

Aber es gibt keine andere Möglichkeit, also bücke ich mich und fange an, mich durch die Lücke zu quetschen. Ich spüre, dass mir das Holz den Rücken zerkratzt und sich meine Haare verfangen, und einen schrecklichen Augenblick lang fürchte ich, für immer festzusitzen. Aber endlich schaffe ich es, mich durchzuzwängen. (Wobei ich zwei weitere Latten abbreche. Im Grunde habe ich diesen Teil des Zauns komplett ruiniert. Vermutlich wird Lois mich dafür verklagen.)

Das Poolhaus ist etwa so groß wie mein Elternhaus in Oxshott. Auch der Pool ist ziemlich riesig. Dann gibt es da noch so etwas wie einen hängenden Ziergarten, der seltsam fehl am Platz wirkt, dazu einen Rasen und eine riesengroße Terrasse mit Sofas und Sesseln und dann – schließlich – das Haus. Das – wie man wohl nicht extra erwähnen muss – monströs ist.

Okay. Was mache ich jetzt? Plötzlich fällt mir ein, dass Jeff etwas von Sicherheitskameras gesagt hat, und mir wird bewusst, dass ich wahrscheinlich just in diesem Moment gefilmt werde. Oha. Ich muss mich beeilen, bevor die Kampfhunde mich stellen. Eilig laufe ich zum Rand des Gartens und schleiche vorsichtig zum Haus. Mein Herz rast wie verrückt, und ich erwarte, jeden Augenblick aufgehalten zu werden. Allerdings denke ich, wenn ich mit Lois sprechen kann – und sei es nur für eine Minute –, weiß sie wenigstens, dass ich es versucht habe. Sie weiß, dass ich an sie gedacht habe.

Keuchend erreiche ich die Terrasse und kauere hinter einem massiven Blumentopf mit einem Farn. Fünf Meter weiter sind die Terrassentüren. Sie stehen offen. Soll ich einfach reinspazieren? Was ist, wenn ich sie zu Tode erschrecke?

Oder vielleicht sollte ich einfach nur einen Zettel schreiben. Ja. Viel besser. Ich weiß gar nicht, wieso ich nicht früher darauf gekommen bin. Ich werde ihr einen Zettel schreiben, ihn auf die Terrasse legen und mich wegschleichen, und sie kann den Zettel lesen, wenn sie will. Ich wühle in meiner Tasche nach einem Stift und dem Notizbuch, in das ich meine Styling-Notizen eintrage. Sorgsam reiße ich eine Seite heraus und schreibe ganz oben das Datum hin.

Liebe Lois,

O Gott. Was soll ich schreiben? Wie soll ich es formulieren?

Es tut mir alles so, so leid, was passiert ist. Aber du musst wissen, dass ich genauso schockiert war wie du, als Sage dich bloßgestellt hat. Ich hatte es ihr IM VERTRAUEN erzählt.

Ich unterstreiche die vorletzten beiden Worte mehrmals und gehe in die Knie, um mich umzusehen, als mir etwas auffällt. Da liegt eine Sonnenbrille auf einem Stuhl. Eine Missoni-Sonnenbrille. Sie hat pinkfarbene und grüne Kringel und sieht genauso aus wie die Brille, die ich gestern Morgen Sage geschenkt habe.

Das kann nicht dieselbe sein. Unmöglich. Aber ...

Total perplex starre ich die Brille an. Die eine Hälfte meines Hirns sagt: *Es ist ein Zufall.* Die andere Hälfte sagt: *Das kann kein Zufall sein.* Schließlich halte ich es nicht länger aus. Ich muss nachsehen. Ich beuge mich vor und nehme die Brille vom Stuhl – und es besteht kein Zweifel. Das ist die Brille, die ich gekauft habe. Das vergoldete »M« ist etwas abgerieben, und an dem einen Bügel ist ein Stückchen abgeplatzt.

Wie kommt diese Brille hierher? Hat Sage sie Lois geschickt? Und hätte sie das nicht vorhin am Telefon erwähnt? Und wieso sollte sie Lois überhaupt eine Sonnenbrille schicken?

In meinem Kopf fliegt alles durcheinander, als ich sie wieder zurücklege – und dann erstarre. Durch die Terrassentür kann ich direkt in Lois' Wohnzimmer sehen. Da sitzt Lois auf dem Sofa und lacht. Und da sitzt Sage gleich neben ihr und reicht ihr eine Schale mit Nachos.

Ich bin total gelähmt vor Schreck. *Sage?* In Lois' Haus? Aber ...

Ich meine ...

Das ist doch ...

Ich habe mich so weit vorgebeugt, um etwas erkennen zu können, dass ich plötzlich das Gleichgewicht verliere und die Brille klappernd auf dem Glastisch landet. Mist.

»Wer ist da?«, fragt Sage scharf und tritt in die Terrassentür. »O mein Gott, Becky?«

Hilflos starre ich sie an, unfähig zu einer Antwort. Es kommt mir vor, als stünde die Welt kopf. Vorhin hat Sage mir noch gesagt, dass sie Lois nicht besuchen will. Aber sie muss schon in Lois' Haus gewesen sein, *als sie mit mir gesprochen hat.* Was geht hier vor? Was?

»Komm rein«, sagt Sage mit einem Blick in den Garten. »Die Presse ist doch nicht hinter dir her, oder? Wie kommst du hier rein? Bist du eingebrochen?«

»Ja«, sage ich und stehe etwas benommen auf. »Ich habe den Zaun dahinten demoliert. Vielleicht sollte sich mal jemand darum kümmern. Tut mir leid«, füge ich an Lois gewandt hinzu, die Sage zur Terrassentür gefolgt ist.

Lois sieht nicht aus wie das Häufchen Elend, das ich erwartet hatte. Sie trägt eine lange, lindgrüne, weite Hose und ein schwarzes Trägertop, die Haare straff zum seitlichen Pferdeschwanz gebunden. Außerdem raucht sie, was mich direkt schockiert. Lois Kellerton raucht doch nicht. Das kann man in allen Zeitschriften nachlesen.

»Du siehst aus, als hättest du ein Gespenst gesehen!« Sage bricht in schallendes Gelächter aus, als sie die Terrassentür hinter mir schließt.

Endlich finde ich meine Stimme wieder. »So fühle ich mich auch! Was erwartest du?«

»Arme Becky«, sagt Sage mitfühlend.

»Was ... ich meine ...« Ich weiß gar nicht, wo ich anfangen soll. »Habt ihr nicht ...«

»Du dachtest, wir können uns nicht leiden, stimmt's?«, fragt Sage.

»Alle denken, dass ihr euch nicht leiden könnt!«, entgegne ich. »Alle Welt denkt das!«

»Na ja, stimmt ja auch irgendwie.« Sage schubst Lois, die daraufhin ein kleines Lächeln zeigt.

»Es ist alles ein Spiel«, sagt Lois. »Wir spielen das Spiel nur mit. Und haben dafür eine Langzeitstrategie«, fügt sie hinzu.

»Lois ist ein kluges Köpfchen«, stimmt Sage mit ein.

Beide nicken, als würde das alles erklären.

»Ich kapier es nicht«, sage ich verwunderter als je zuvor. »Ich kapier's einfach nicht. Ihr müsst ganz von vorn anfangen.«

»Oh, ganz von vorn.« Lois führt mich in die Küche, in der ein riesiger Eichentisch voller Notebooks, Zeitschriften, Kaffeebecher und Pizzakartons steht. Ich sehe sogar eine Packung Krispy Kreme und muss direkt zweimal hinsehen. Ich dachte, Lois mag keinen weißen Zucker? »Das wäre dann, als wir *wie* alt waren? Zehn?«

»Wir waren zusammen bei *Save the Kids*.« Sage nickt.

»Dann hatten wir einen schlimmen Streit.«

»Aber wir haben uns wieder vertragen.«

Ich verstehe kein Wort. »War das gerade erst?«

»Nein! Da waren wir sechzehn«, antwortet Sage. »Ich war so wütend auf Lois, dass ich ihr Auto demoliert habe. Weißt du noch?«

Angesichts dieser Erinnerung schüttelt Lois den Kopf. Sie ist um einiges gefasster als Sage. Ich kann gar nicht aufhören, sie anzustarren. Ihre Fingernägel sind perfekt. Ihre Hände zittern kein bisschen, als sie Kaffee zubereitet. Sie sieht überhaupt nicht aus wie eine selbstmordgefährdete Irre.

»Hast du wirklich versucht, Selbstmord zu begehen?«, platzt es aus mir heraus, und sie schenkt mir das nächste geheimnisvolle Lächeln.

»Becky, das war doch alles nicht echt!«, sagt Sage. »Wird

dir das nicht langsam klar? Jetzt spielst du mit.« Sie drückt mich an sich. »Lois wird dir sagen, was du tun sollst. Sie hat die ganze Sache durchgeplant.«

»Was meinst du damit?«, frage ich verwundert. »Welche ganze Sache?«

»Befreiung«, sagt Lois. »Versöhnung ... Vergebung ... *Camberly.*« Sie macht eine Pause, dann sagt sie es mit großem Genuss noch einmal: »*Camberly.*«

»*Camberly.*« Sage nickt. »Wir haben es gerade erfahren. Wir machen es zusammen. Ein Special. Das wird ein Riesending.«

»*Riesig*«, gibt Lois ihr recht.

»Die werden es überall ausstrahlen. Der große Waffenstillstand. Sage und Lois stehen einander gegenüber.« Sages Augen funkeln. »Wer würde sich das nicht ansehen wollen? Lois wird die reumütige Sünderin geben. Du willst doch weiß tragen, oder?«, fügt sie an Lois gewandt hinzu.

»Weißes Shiftkleid und Ballerinas«, bestätigt Lois. »Ein reuiger Engel. Offenbar holen sie den Ladenbesitzer in die Sendung. Damit ich mich bei ihm entschuldigen kann.«

»Das wird gutes Fernsehen«, sagt Sage. »Ich werde Lois meine Hilfe anbieten«, erklärt sie mir. »Und wir werden beide weinen. Ich muss mit dir noch über ein Kleid sprechen«, fügt sie hinzu. »Irgendwas Unschuldiges. Vielleicht Marc Jacobs? Vielleicht so was wie ein weiches Rosa?«

Ich kann nicht glauben, was ich da höre. Es ist, als hätten sie praktisch ein Drehbuch geschrieben. Vermutlich *werden* sie ein Drehbuch schreiben.

»Wissen die *Camberly*-Leute davon?«, stottere ich hervor. »Dass das alles nicht echt ist?«

»Nein!« Sage ist ehrlich schockiert. »Niemand weiß es. Lois hat sogar ihr Mediateam gefeuert, damit es uns nicht in die Quere kommt. Die wissen auch von nichts.«

»Ich wusste, dass wir unsere große Chance bekommen«, sagt Lois. »Aber meine Leute hätten da nie mitgemacht. Sie sind einfach zu *konventionell*.« Ungeduldig schüttelt sie den Kopf.

»Also …« Ich kratze mich an der Stirn und versuche, das alles irgendwie zu verstehen. »Dann bist du eigentlich gar keine Ladendiebin? Aber ich habe dich doch auf frischer Tat ertappt!«

»Es war ein Experiment«, erklärt Lois. Sie setzt sich an den Tisch und schlägt elegant die Beine übereinander. »Ich hatte nicht damit gerechnet, erwischt zu werden. Aber es hat ja alles gut geklappt.«

»Lois ist wirklich sehr einfallsreich«, meint Sage bewundernd. »Die Fehde war ihre Idee. Sie hat sich auch den Spruch mit der Krebskranken ausgedacht. Und das mit den zwei grünen Kleidern. Ich meine, das waren alles nur kleinere Ideen. Die brachten uns nicht die große Aufmerksamkeit. Aber jetzt hebt uns diese Sache mit dem Selbstmordversuch auf eine ganz neue Ebene. Genial. Dadurch sind wir gleich wieder in den Schlagzeilen.«

Als ich Lois' gelassene Miene sehe, bin ich doch angewidert. Hat sie ihren Selbstmordversuch tatsächlich nur vorgetäuscht?

»Aber wie konntest du das nur tun? Die Leute machen sich große Sorgen um dich!«

»Ich weiß«, sagt Lois. »Darum geht es doch. Je tiefer man fällt, desto mehr lieben sie dich, wenn du wieder aufstehst.« Sie seufzt, als sie meine Miene sieht. »Hör zu. Die Welt lebt vom Wettbewerb. Wir brauchen Publicity. Die Öffentlichkeit sehnt sich nach einer guten Geschichte. Magst *du* nicht auch gute Geschichten? Liest du nicht *Us Weekly*?«

»Na ja, schon, aber …«

»Glaubst du, dass jedes Wort darin wahr ist?«

»Na ja, nein, aber ...«

»Wo ist der Unterschied?«

»Na, einiges davon muss doch wahr sein!«, sage ich erhitzt. »Was soll das Ganze sonst?«

»Wieso? Ist das nicht egal? Solange wir unser Publikum unterhalten.«

Einen Moment bin ich zum Schweigen gebracht, und ich denke an die vielen Geschichten, die Suze und ich immer in der Klatschpresse lesen. Ist es wichtig, ob sie wahr sind oder nicht? Schließlich habe ich immer für bare Münze genommen, dass die Schauspieler von *Zeit unseres Lebens* sich gegenseitig hassen. Und wenn es nicht so wäre? Wenn Selma Diavo gar kein Biest wäre? Ich lese schon so lange über Stars, dass es mir vorkommt, als würde ich sie *kennen*. Ich bin mit ihrer Welt und ihren Freunden und ihren Höhen und Tiefen vertraut. Wahrscheinlich könnte ich sogar ein Referat über Jennifer Anistons Liebesleben schreiben.

Aber in Wahrheit kenne ich nur die Fotos und Schlagzeilen und »Zitate« aus »irgendwelchen Quellen«. Nichts wirklich.

»Moment mal«, sage ich, als mir etwas in den Sinn kommt. »Wenn dich alle für ein selbstmordgefährdetes Wrack halten, wie willst du dann Arbeit finden?«

»Oh, da mache ich mir keine Sorgen«, sagt Lois. »Die Angebote trudeln bereits ein. Haufenweise Rollen als Ladendiebin.« Abrupt prustet sie vor Lachen los. »Man wird mich strafen, und dann wird man mir vergeben. So funktioniert Hollywood.«

Sie sieht so entspannt aus, dass ich richtig wütend werde. Ist sie sich darüber im Klaren, was ich mir für Sorgen um sie gemacht habe? Und dabei kenne ich sie gar nicht! Was ist mit ihren Freunden? Was ist mit ihren Eltern?

Oh, ihre Eltern sind tot. Und sie hat keine Freunde. (Das

stand zumindest im *National Enquirer*. Aber wem kann ich noch glauben?)

»Ich dachte, du hättest einen Nervenzusammenbruch«, sage ich vorwurfsvoll. »Du hast gezittert, du wärst fast umgekippt, du kriegtest keine Luft mehr.«

»Ich bin Schauspielerin«, sagt Lois achselzuckend.

»Wir sind Schauspielerinnen.« Sage nickt. »Wir schauspielern.«

Ich muss daran denken, wie ich Lois vor all den Wochen beim Ladendiebstahl erwischt habe – dieses verschreckte Gespenst im Kapuzenpulli. Die zitternden Hände, das Flüstern, die gequälte Miene – das war Schauspielerei? Ich meine, okay, es sollte mich nicht überraschen. Lois ist eine der besten Schauspielerinnen der Welt. Aber trotzdem. Es sah so *echt* aus. Fast möchte ich sie bitten, es noch mal zu machen.

»Was ist mit Luke?« Ich wende mich Sage zu. »Hat er eine Ahnung?«

»Ich glaube nicht«, sagt Sage nach kurzem Überlegen. »Obwohl er schlau ist. Er hat mich geradeheraus gefragt, ob irgendwas davon inszeniert ist. Natürlich habe ich Nein gesagt. Hat er dir gegenüber was erwähnt?«

»Nichts.«

»Er darf es nicht erfahren. Er darf nichts davon erfahren. Jeder Versuch, die amerikanische Öffentlichkeit zum Narren zu halten, braucht ein gewisses Maß an glaubhafter Bestreitbarkeit.«

»*Die Frau des Präsidenten*«, stimmt Sage mit ein und klatscht Lois ab.

Ich weiß genau, dass ich das schon mal aus ihrem Mund gehört habe. Und zwar, als sie die Vizepräsidentin gespielt hat und diese Nadelstreifenanzüge trug.

»Luke ist unser Maß an glaubhafter Bestreitbarkeit«, sagt

Lois. »Er und Aran. Die beiden sind glaubwürdig, vertrauenswürdig.«

»Luke ist wunderbar«, bestätigt Sage. »Wenn sich die ganze Aufregung gelegt hat, solltest du ihn unbedingt engagieren. Er hat viele gute Ideen für Strategien. Und er ist ein solcher Gentleman.«

»Aber, Sage…« Ich weiß nicht ganz, wie ich es formulieren soll. »Eine Fehde mit Lois zu erfinden kann doch wohl kaum Teil von Lukes Strategie gewesen sein, oder?«

»Da musste ich eben etwas von der gemeinsamen Linie abweichen.« Sie wirft ihre Haare zurück. »Es hat geklappt, oder? Du darfst es ihm nicht verraten«, fügt sie hinzu. »Weißt du, was ich seiner Meinung nach machen sollte? Gemeinnützige Arbeit. So was wie eine Reise nach Darfur.« Sie verzieht das Gesicht. »Ich habe ihm gesagt, dass ich heute über Landminen recherchiere. Da könntest du mich übrigens decken!« Ihre Miene hellt sich auf. »Sag ihm, du hast mich angerufen, und ich war gerade im Internet auf der Suche nach Spendenseiten.«

»Ich kann Luke nicht anlügen«, sage ich entsetzt.

»Na, du kannst es Luke aber auch nicht *erzählen*«, erwidert Sage.

»Becky, du steckst jetzt mit drin«, meint Lois ernst. »Und wenn du mit drinsteckst, steckst du mit drin.«

Das ist auch ein Zitat aus einem ihrer Filme, auch wenn ich nicht mehr weiß, aus welchem. Vielleicht der mit der Mafia?

»Wir helfen dir beim Einstieg ins Styling«, fährt sie fort. »Du kannst uns beide für Events einkleiden. Du kriegst Kontakte, du kommst groß raus. Aber du darfst es niemandem erzählen.« Ihre Augen blitzen mich an. Sie ist von ihrem Stuhl aufgestanden und sieht plötzlich ziemlich bedrohlich aus, so wie sie aussah, als sie diese Partnerin einer Anwaltskanzlei gespielt hat, die gleichzeitig Serienmörderin war. »*Du darfst es niemandem erzählen*«, wiederholt sie.

»Gut.« Ich schlucke.

»Wenn du es tust, machen wir dich alle.«

Ich weiß nicht genau, was sie damit meint, aber es kann nichts Erfreuliches sein.

»Gut«, wiederhole ich nervös.

Lois hat sich schon abgewendet und tippt auf ihr Notebook ein. »*Lois und Sage treten bei* Camberly *auf*«, liest sie laut vor. »Da ist es! Du solltest lieber gehen, Becky«, fügt sie an mich gewandt hinzu. »Ruf deinen Fahrer an. Die Wache wird ihn reinlassen, und er kann mit dem SUV rückwärts bis an die Tür fahren. Die Presse wird dich nicht sehen. So hat Sage es gestern auch gemacht. Und wenn dein Fahrer fragt, sag ihm, ich konnte nicht. Ich war zu krank. Das wird sich rumsprechen.«

»Die Fahrer wissen alles«, stimmt Sage mit ein. »Hey, guck mal, wir sind bei *Fox News*!«

Die beiden sind voll und ganz mit dem Notebook beschäftigt. Es hat keinen Sinn, noch länger hierzubleiben.

»Na gut, dann bis dann«, sage ich und zücke mein Handy. Wenige Minuten später fahren Mitchell und Jeff mit dem schwarzen SUV vor, und ich steige unerkannt ein, genau wie Lois es beschrieben hat. Es ist, als wäre das Haus wie geschaffen für diskrete Abgänge. Als wir zum Tor hinausfahren, schlagen Journalisten an die Türen des SUV, lassen ihre Kameras blitzen und rufen »Lois! Lois!«, bis wir uns von ihnen befreien und wegfahren können.

Die dachten, ich wäre sie. Die Welt ist verrückt geworden. In meinem Kopf dreht sich alles, und das Blut pocht in meinen Ohren. Was ist hier eben passiert? *Was?*

Von: Kovitz, Danny
An: Kovitz, Danny
Betreff: Mir ist so kalllt

So kaaalllllt. kannnnich tipppenn fingger steiffgefrrrorn daaas
wwar ssso nnnnicht aaabgemmmachtt

dddanananyyyy

17

Bis Luke an diesem Abend nach Hause kommt, habe ich mich etwas beruhigt. Das Problem ist, dass es in Hollywood eben so und nicht anders läuft und man sich daran gewöhnen muss. Ja, anfangs kommt es einem kaputt und durchgeknallt vor, aber mit der Zeit wird es immer normaler. Sie hatten recht. Es *ist* ein Spiel. Alle spielen es – die Stars, die Journalisten, die Öffentlichkeit, alle. Und wer nicht mitspielen will, sollte lieber nicht nach Hollywood kommen.

Das Positive daran ist, dass Sage mir schon den ganzen Tag über Nachrichten schreibt und ich ihr zurückschreibe und wir wie beste Freundinnen sind. Ich gehöre voll zu ihrer Gang! Auch Lois hat mir ein paarmal geschrieben. Das bevorstehende *Camberly*-Interview ist jetzt schon in aller Munde, genau wie sie es vorausgesagt haben. Es taucht auf sämtlichen Nachrichten-Websites auf und auch im Fernsehen, und schon ist die Seifenoper um Sage & Lois wieder Thema Nummer eins.

Sie waren echt clever. (Zumindest Lois war wirklich clever.) Und jetzt gehöre ich auch dazu! Das Beste kam heute Nachmittag, als ich die Kinder abholte. Ich hatte bereits einen bleibenden Eindruck hinterlassen, wegen Jeff und Mitchell und dem schwarzen SUV. Doch als ich dann an der Tür zum Kindergarten wartete, um Minnie abzuholen, rief Sage an, und ich sagte: »Oh, hi, Sage, wie *geht* es dir?«, vielleicht ein kleines bisschen lauter als normal, und alle drehten sich um und starrten mich an.

Das einzige nicht ganz so Prominente ist, dass vor unserem Tor keine Fotografen mehr stehen, was ich doch ein wenig illoyal von ihnen finde. Na ja, nicht *alle* sind weg. Ein sonderbarer, asiatisch aussehender Typ treibt sich immer noch da herum. Er hat gebleichte Haare, und heute trug er eine pinke Bomberjacke mit engen schwarzen Jeans und Gummistiefeletten. Ich fing an zu posieren, und er machte ein paar Aufnahmen, dann winkte er mich heran und sagte ganz aufgeregt: »Sie sind mit Danny Kovitz befreundet, nicht? Dem Designer? Könnten Sie mir ein Autogramm von ihm besorgen?« Wie sich herausstellt, heißt er Lon, studiert Modedesign und bewundert Danny. Und jetzt bewundert er auch mich, weil ich mit Danny befreundet bin.

Und – okay – vielleicht habe ich es ein Stück weit darauf angelegt. Vielleicht habe ich tatsächlich versprochen, morgen früh in einem älteren Danny-Kovitz-Outfit (zwei Jahre alt) herauszukommen, das es nie bis auf den Catwalk geschafft hat, und lasse ihn ein Foto davon machen. Die Sache ist, dass ich *gern* Fotografen draußen vor dem Haus habe. Es ist langweilig, wenn keine da sind.

Ich bin in der Küche und bereite ein Superpromi-Abendessen vor, als Luke hereinkommt. Dad muss wohl irgendwann wieder aufgetaucht sein, und er und Tarquin sind auf Besichtigungstour – sie haben einen Zettel dagelassen. Suze ist nirgends zu sehen, also vermute ich mal, dass sie mitgefahren ist. Die Kinder liegen allesamt im Bett, und ich habe Jeff und Mitchell zum Abendessen weggeschickt, sodass Luke und ich allein sind, worauf ich mich freue.

Da ich nun eine aufstrebende Hollywood-Berühmtheit bin, muss ich entsprechend kochen. Wahrscheinlich sollten wir einen Koch oder einen professionellen Saftpresser oder irgendwas engagieren, aber jetzt bereite ich erst mal ein Gericht vor, das momentan total angesagt ist. Gerstensuppe. Das ist der letzte Schrei. Alle Superpromis essen sie. Außerdem muss ich bei meinen bevorstehenden Auftritten gertenschlank aussehen, und diese Suppe wirkt sich angeblich positiv auf den Stoffwechsel aus.

»Hi!« Ich begrüße Luke mit einem Kuss und einem Quecken-Smoothie, der ebenfalls sehr gesund und superpromi ist.

»Was ist das?« Er schnüffelt daran und weicht zurück. »Ich möchte ein Glas Wein. Du auch?«

»Nein danke«, sage ich etwas herablassend. »Ich versuche, eine strenge Diät zu halten.« Ich schöpfe Gerstensuppe in zwei Schalen und stelle sie auf den Tisch. »Diese Suppe ist total biodynamisch und makrobiotisch. Da sind auch Chia-Samen drin«, füge ich hinzu.

Luke betrachtet den Inhalt seiner Schale argwöhnisch und stochert mit seinem Löffel darin herum. »Okay«, sagt er langsam. »Was gibt es dazu?«

»Das ist alles! Da sind sogar Proteine und so sprossige Dinger drin. Es ist eine komplette Mahlzeit.« Gerade will ich einen Löffel voll nehmen, als mir etwas einfällt. Ich schiebe meinen Stuhl zurück und fange an, Kniebeugen zu machen.

Besorgt starrt Luke mich an. »Becky, geht es dir auch gut?«

»Wunderbar!«, sage ich atemlos. »Man sollte vor dem Essen Kniebeugen machen. Das fördert den Stoffwechsel. Alle Stars machen das. Neun … zehn.« Leicht keuchend setze ich mich wieder hin.

Luke betrachtet mich einen Moment, dann nimmt er einen Löffel voll. Er kaut darauf herum, sagt aber nichts.

»Ist das nicht lecker?«, frage ich begeistert und nehme selbst einen Riesenlöffel voll.

Urks. Bäh. Igitt.

Im Ernst? So was essen Filmstars?

Es ist total wässrig, und das bisschen, was da schmeckt, ist eine Mischung aus Pilzen, Sägespänen und Muttererde. Ich zwinge mich, es hinunterzuschlucken, und nehme noch einen

Löffel voll. Ich wage nicht, Luke anzusehen. Eine Schale von diesem Zeug wird ihn nicht satt machen. Mich auch nicht. Davon würde nicht mal Minnie satt.

Wie schaffen es die Superpromis nur, so gut gelaunt zu bleiben, wenn sie dauernd Gerstensuppe essen müssen? Da ist starker Wille gefragt. Wahrscheinlich sitzen sie grimmig da und sagen sich immer wieder: *Ich habe einen Bärenhunger – aber ich spiele in einem Film mit! Mein Magen knurrt, und mir ist ganz schwindlig – aber ich bin mit Leonardo DiCaprio befreundet!*

Ich nehme noch einen Mund voll und versuche, ihn hundertmal zu kauen, wie es in dem Blog empfohlen wird, den ich gelesen habe. Aber mal ehrlich. Inwiefern kann das denn gut sein? Mir tut der Unterkiefer weh, und ich schmecke nichts als diese sprossigen Dinger. Ich könnte morden für ein KitKat.

Nein, Schluss damit. Superpromis essen keine KitKats. Wenn ich dazugehören will, muss ich lernen, Gerstensuppe zu mögen.

»Luke, vielleicht sollten wir uns eine Jacht zulegen«, sage ich, um mich von der Gerstensuppe abzulenken.

»Bitte?« Luke ist völlig perplex.

»Nur so eine kleine. Dann könnten wir mit Leuten rumhängen, die auch Jachten haben. Wie Ben und Jennifer«, füge ich beiläufig hinzu. »Solche Leute.«

Sage sprach heute von Ben, als wären sie beste Freunde. Na, wenn sie mit ihm befreundet sein kann, kann ich das ja wohl auch!

»Ben?«

»Ben Affleck.«

»Ben *Affleck*?« Luke legt seinen Löffel weg. »Warum um alles in der Welt sollten wir mit Ben Affleck rumhängen?«

»Weil wir es könnten!«, sage ich trotzig. »Warum auch

nicht? Wir wohnen jetzt in L.A., wir sind in der Filmbranche. Bestimmt wirst du Ben Affleck bald auf einer Party oder so was kennenlernen.«

»Das möchte ich bezweifeln«, sagt Luke trocken.

»Na, dann eben ich! Vielleicht stellt Sage uns einander vor. Oder vielleicht style ich ihn oder einen seiner Kollegen.«

Und freunde mich dabei mit Jennifer Garner an, denke ich im Stillen. Ich war schon immer der Meinung, dass ich mich mit ihr bestimmt gut verstehen würde.

»Becky, dieses Gespräch führt doch zu nichts.« Luke schüttelt den Kopf, und ich sehe ihn ungeduldig an. Manchmal ist er so langsam.

»Bist du dir denn nicht darüber im Klaren, dass sich alles verändert hat? Ich stehe im Fokus der Öffentlichkeit. Ich spiele jetzt in einer völlig anderen Liga.«

»Du bist wohl kaum ein Superpromi«, schnaubt er, was mir einen Stich versetzt.

»Na, ich werde aber bald einer sein! Ich habe Paparazzi draußen vor der Tür. Sage Seymour ruft mich ständig an.«

»Die Paparazzi sind weg«, sagt Luke ungerührt. »Und mich ruft Sage auch ständig an. Deshalb bin ich noch längst nicht prominent.«

»Aran glaubt an mich«, entgegne ich. »Er meint, ich komme noch groß raus. Er meint, ich könnte schon nächstes Jahr meine eigene landesweite Fernsehshow haben.«

Luke seufzt. »Liebling, ich will dir ja nicht in die Parade fahren, aber du solltest nicht jedes Wort glauben, das Aran sagt. Er ist ein guter Mann, aber er reagiert immer nur auf das, was die jeweilige Situation von ihm verlangt. Vielleicht glaubt er es, vielleicht auch nicht. So läuft das in Hollywood.« Er nippt an seinem Wein. »Und noch was: Wir müssen diese Schlägertypen loswerden. Ich kann es nicht ertragen, dass die hier den ganzen Tag herumschleichen.«

»Mitchell und Jeff?« Bestürzt lasse ich meinen Löffel sinken. »Ohne Mitchell und Jeff könnte ich nicht mehr leben.«

Ungläubig mustert mich Luke einen Moment, dann wirft er vor Lachen den Kopf in den Nacken. »Liebling, du hast die Bodyguards erst einen Tag. Du kannst unmöglich jetzt schon von ihnen abhängig sein. Und falls doch, solltest du, wie ich fürchte, mal deine Realitäten überprüfen.« Er steht vom Tisch auf. »Ich mache mir ein Sandwich. Entschuldige.« Er fängt an, sich Mayonnaise auf ein Brot zu schmieren, was ich mir insgeheim neidisch ansehe. »Da du ununterbrochen mit deiner besten Freundin Sage plauderst«, fügt er hinzu, »könntest du mir was verraten. Ich bin überzeugt davon, dass sie irgendeinen verrückten Plan ausheckt. Hat sie dir gegenüber was erwähnt?«

Leise Panik packt mich. Ich hatte nicht erwartet, dass er mich so direkt darauf ansprechen würde.

»Was meinst du damit?«, frage ich, um Zeit zu schinden.

»Sie verbirgt irgendwas vor mir.« Er setzt sich mit seinem Monstersandwich hin und beißt hinein. »Ehrlich, Becky, ich bin mit Sage demnächst am Ende meiner Weisheit angekommen. Ich dachte, wir könnten zusammenarbeiten, aber …« Er wischt sich einen Klecks Mayonnaise vom Kinn und nimmt noch einen großen Bissen.

»Aber was?«

»Wenn sie mir gegenüber nicht mit offenen Karten spielt, kann es nicht funktionieren.«

»Du meinst …« Eine dunkle Ahnung ergreift mich. »Luke, was *meinst* du denn?«

»Ich weiß noch nicht.« Er reißt eine Tüte Chips auf, die er sich offenbar selbst gekauft hat. Von *mir* hat er sie bestimmt nicht. »Ich muss dir was sagen, Becky. Es gibt da ein paar Probleme.«

»Was für Probleme denn?«

»Ich habe heute mit meinem Londoner Büro telefoniert, und da drüben laufen gerade ein paar hochinteressante Projekte an. Wir hatten einen Anruf vom Finanzministerium. Ich werde für ein Meeting rüberfliegen müssen. Und wenn wir diese Verbindung weiter ausbauen wollen, muss ich vor Ort sein.«

»In London?« Ich kann meine Bestürzung nicht verbergen.

»Na ja, es wäre sinnvoll. Dieser Ausflug nach L.A. war sowieso nur von vorübergehender Natur. Es war lustig und interessant, aber ehrlich gesagt, ziehe ich zehn kleinkarierte Finanzbeamte einem aufmüpfigen Filmstar vor.« Luke lacht, aber ich stimme nicht mit ein. Wut steigt in mir hoch. Er redet davon, wieder nach London zu ziehen? Ohne auch nur mit mir darüber gesprochen zu haben?

»Wir können nicht wieder nach London ziehen!«, platze ich heraus. »Was wird mit mir? Was wird aus meiner neuen Karriere?«

Erstaunt sieht Luke mich an. »Aber Stylistin kannst du doch auch zu Hause sein. London ist die Heimat des Stylings.«

»In London kann ich aber keine *Hollywood*-Stylistin sein.«

»Liebling, auch in England werden Filme gedreht. Bestimmt kannst du ein paar Kontakte knüpfen, mit den richtigen Leuten reden…«

Wie kann er so beschränkt sein?

»Aber es ist nicht Hollywood!«, schreie ich. »Ich will in Hollywood wohnen und berühmt sein!«

Sobald die Worte heraus sind, komme ich mir etwas blöd vor. Aber dennoch will ich sie nicht zurücknehmen. Ich meine sie ernst. Bisher habe ich nur einen kleinen Vorgeschmack darauf bekommen, was es heißt, berühmt zu sein. Wie kann ich das aufgeben?

Luke sieht mich mit einem merkwürdigen Ausdruck an. »Bist du dir da ganz sicher?«, fragt er schließlich.

Das ist der Tropfen, der das Fass zum Überlaufen bringt. Wie kann er mich das auch nur fragen?

»Ich wünsche es mir mehr als alles andere!«, schreie ich heraus. »Weißt du, was mein großer Traum ist? Auf dem roten Teppich zu stehen! Nicht wie ein Allerweltsmensch durchgeschleust zu werden, als hübsches Beiwerk, sondern als *ich*. Als *Becky*.«

»Mir war nicht klar, dass es dir so wichtig ist«, sagt Luke tonlos, was mich gleich schon wieder auf die Palme bringt.

»Tja, ist es aber. Davon habe ich schon immer geträumt.«

»Nein, hast du nicht!« Luke schnaubt vor Lachen. »Willst du mir etwa erzählen, es sei die Erfüllung deines Kindheitstraumes?«

»Na ja …« Ich komme kurz ins Wanken. »Vielleicht ist es ein neuer Traum. Macht das was? Der entscheidende Punkt ist doch, wenn du mich *respektieren* würdest, Luke, dann würdest du uns nicht erst nach L.A. schleppen und ohne jede Vorwarnung wieder zurück nach London. Ich weiß, du bist der große Luke Brandon, aber ich habe auch einen Beruf! Ich für mich! Ich bin nicht nur Mrs Brandon! Oder möchtest du, dass ich mich in so ein Heimchen am Herd verwandle? Vielleicht wolltest du das insgeheim schon die ganze Zeit! Soll ich lernen, wie man Windbeutel macht?«

Ich stutze, bin leicht erschrocken von mir selbst. Ich wollte das alles gar nicht sagen. Es kam einfach so heraus. An der Art und Weise, wie seine Augen zucken, merke ich, dass ich Luke verletzt habe. Am liebsten möchte ich sagen: *Tut mir leid, ich hab's nicht so gemeint*, und ihn umarmen – aber da käme ich mir auch irgendwie komisch vor.

Die Wahrheit ist, dass ich *einiges* davon ernst gemeint habe. Nur bin ich mir nicht sicher, was.

Eine Weile bleibt es in der Küche still. Keiner von uns sieht den anderen an, und zu hören sind nur die Rasensprenger draußen im Garten.

»Ich schleppe niemanden irgendwohin«, sagt Luke schließlich mit angespannter Stimme. »Wir sind verheiratet, und wir machen Sachen, nachdem wir uns darauf geeinigt haben. Und wenn du nach all den Jahren glaubst, ich würde dich nicht respektieren, dann…« Er schüttelt den Kopf. »Hör mal, Becky, wenn du wirklich davon überzeugt bist, dass du nur hier in L. A. und nirgendwo anders Karriere machen kannst, okay. Wir überlegen uns was. Ich möchte, dass du alles bekommst, was du zu deinem Glück brauchst. Was es auch sein mag.«

Alles, was er sagt, ist positiv und hilfreich. Ich sollte mich freuen. Aber sein Gesichtsausdruck ist derart distanziert, dass er mich direkt verunsichert. Normalerweise sagt mir meine Intuition genau, was Luke denkt, aber im Moment bin ich mir überhaupt nicht sicher.

»Luke.« Zu meinem Entsetzen bebt meine Stimme. »Es ist doch nicht so, als wollte ich nicht, dass wir zusammen sind. Ich muss nur… ich brauche…«

»Ist schon okay.« Er fällt mir ins Wort. »Ich hab's verstanden, Becky. Ich muss ein paar Anrufe erledigen.«

Ohne mich noch eines Blickes zu würdigen, nimmt er sein Sandwich und marschiert aus der Küche. Seine Schritte hallen durch den Flur. Langsam rühre ich in meiner Gerstensuppe und stehe etwas unter Schock. Eben unterhalten wir uns noch ganz normal, und schon sind wir… was? Ich weiß nicht mal, wo wir jetzt eigentlich stehen.

Luke bekomme ich den Rest des Abends nicht zu sehen. Er telefoniert in seinem Büro, und ich will ihn nicht stören, also sitze ich in der Küche und zappe durch die Fernsehsender, mit dunklen Gedanken im Kopf. Das ist die größte Chance meines Lebens. Luke sollte *begeistert* sein. Ich meine, Aran ist begeisterter als er. Kann das denn richtig sein? Und außerdem: Wieso hat er mich so angesehen? Nur weil er findet, dass Ruhm überbewertet ist.

Und das Finanzministerium. Das *Finanzministerium.* Wer würde denn das Finanzministerium Hollywood vorziehen? Ist er nicht ganz bei sich? Ich war schon im Finanzministerium und kann versichern, dass nichts dafür spricht. Ich wette, wenn man Finanzbeamte fragen würde, ob sie nicht lieber in Hollywood wären, dann würden sie sich allesamt sofort auf den Weg machen.

Und wieso musste er mir ein schlechtes Gewissen einreden? Ich muss kein schlechtes Gewissen haben. Habe ich aber. Dabei weiß ich nicht mal, *wieso* ich eigentlich ein schlechtes Gewissen habe. Ich habe nichts Unrechtes getan, außer dass ich plötzlich berühmt geworden bin und diesen Umstand nutzen möchte. Wenn Luke das nicht begreifen kann, sollte er vielleicht lieber nicht in den Medien arbeiten.

Gerade gebe ich zum millionsten Mal meinen Namen bei Google ein, als die Tür aufgeht und Dad und Tarkie hereinspazieren. Nein, als Dad und Tarkie *hereintorkeln.* Sie taumeln Arm in Arm, und Dad rempelt einen Tisch an, woraufhin Tarkie in schallendes Gelächter ausbricht und dann selbst über einen Stuhl stolpert.

Staunend glotze ich sie an. Sind sie betrunken? Mein Vater und Tarquin sind losgegangen und haben sich *betrunken*? Wieso hat Suze sie nicht daran gehindert?

»Wo ist Suze?«, will ich wissen. »Dad, wie war dein Tag? Hast du Brent getroffen?«

»Ich habe keine Ahnung, wo meine Frau ist«, sagt Tarquin, sehr um eine deutliche Aussprache bemüht. »Ich habe meine Freunde, und mehr brauche ich nicht.« Er klopft Dad auf den Rücken. »Dein Vater ist ein sehr, sehr, sehr …« Irgendwie scheint ihm die Luft auszugehen. »Sehr interessanter Mann«, schließt er. »Weise. Er versteht mich. Niemand sonst versteht mich.«

Dad hebt einen Finger, als wollte er eine Rede halten. »*Die Zeit ist reif, das Walross sprach, von mancherlei zu reden.*«

»Aber Dad, wo wart ihr? Ist alles okay?«

»*Von Schuhen – Schiffen – Sigellack*«, fährt Dad unbeirrt fort.

O Gott, er wird doch wohl jetzt nicht *Alice im Wunderland* vortragen oder was das auch sein mag.

»Super!«, sage ich fröhlich. »Gute Idee. Möchtest du Kaffee, Dad?«

»*Von Königen und Zibeben.*« Tarkie nickt feierlich.

»Wir wissen, wo die Geheimnisse begraben sind.« Dad lässt Lewis Carroll hinter sich und sieht plötzlich sehr ernst aus.

»Wir wissen, wo die *Leichen* begraben sind«, stimmt Tarkie mit ein.

»Und die Geheimnisse.« Dad wendet sich Tarkie zu und tippt mit dem Finger an seine Nase.

»Und die Leichen.« Tarkie nickt abermals feierlich.

Ehrlich, ich weiß überhaupt nicht, wovon die beiden reden. Dad gluckst ein Lachen hervor, und Tarkie steigt mit ein. Die beiden sehen aus wie kleine Jungs, die die Schule schwänzen.

»Kaffee«, sage ich barsch. »Hinsetzen.« Ich stelle den Kessel an und nehme unsere stärkste Espresso-Mischung. Ich kann nicht glauben, dass ich versuche, meinen Dad auszunüchtern. Was ist hier los? Mum wäre außer sich.

Als ich heißes Wasser in unsere Stempelkanne gebe, höre ich, dass Dad und Tarkie hinter meinem Rücken tuscheln. Abrupt drehe ich mich um, aber sie bemerken mich gar nicht. Ich höre Tarkie sagen: »Bryce.« Und Dad sagt: »Ja, ja. *Ja.* Er ist der entscheidende Mann. Bryce ist derjenige welcher.«

»Hier, bitte schön!« Ich knalle die Becher auf den Tisch, in der Hoffnung, der Schreck könnte sie zur Vernunft bringen.

»Ach Becky.« Als Dad aufblickt, sind seine Augen voller Zuneigung. »Mein kleines Mädchen ist ein Star in Hollywood. Ich bin so stolz auf dich, Becky, mein Schätzchen.«

»Du bist berühmt«, stimmt Tarkie mit ein. »Berühmt! Wir waren in einer Bar und haben dich im Fernsehen gesehen. Wir haben gesagt: ›Die kennen wir!‹ Dein Vater hat gesagt: ›Das ist meine Tochter!‹«

»Hab ich gemacht!« Dad nickt betrunken.

»Hat er gemacht!« Tarkie mustert mich ernst. »Wie fühlt es sich an, berühmt zu sein, Becky? *Fame!*«, singt er plötzlich laut. Und einen bedrückenden Augenblick lang fürchte ich, gleich fängt er an, diesen Song zu singen und auf dem Tisch zu tanzen, aber offensichtlich weiß er nicht, wie das Lied weitergeht, also singt er nur noch mal »*Fame!*«.

»Trink deinen Kaffee«, sage ich, wenn auch weniger ernst als eben noch. Sein Interesse hat mich doch besänftigt. Na also. *Die* beiden begreifen es. *Die* sind sich darüber im Klaren, dass ich berühmt bin. »Es fühlt sich an wie … ach, ich schätze, ich habe mich inzwischen schon daran gewöhnt.« Ich zucke mit den Schultern. »Ich meine, natürlich wird mein Leben nie mehr so sein, wie es war.«

»Du bist eine von denen.« Dad nickt weise. »Sie ist eine von denen.« Er wendet sich Tarkie zu, der ebenfalls nickt. »Sie mischt sich unter die Berühmtheiten. Erzähl mir, wen du alles kennengelernt hast, Schätzchen.«

»Haufenweise Leute.« Ich sonne mich in seiner Bewunderung. »Ich treibe mich viel mit Sage herum, und ich kenne Lois natürlich, und … äh …« Wer war noch dieser alte Knacker bei der Benefiz-Gala? »Ich habe Dix Donahue kennengelernt, und ich habe April Tremonts Telefonnummer. Sie ist in dieser Sitcom *Eine von denen*, und …«

»Dix Donahue!« Dads Gesicht verzieht sich zu einem breiten Grinsen. »Na, das ist mal ein großer Name. Einer der ganz Großen. Deine Mutter und ich haben ihn uns früher jede Woche angesehen.«

»Wir waren sofort auf einer Wellenlinie«, prahle ich. »Wir haben ewig geplaudert. Ein wirklich netter Mann.«

»Hast du mir sein Autogramm besorgt?« Dads Gesicht leuchtet vor Begeisterung. »Zeig mir das Büchlein, Liebes! Es muss inzwischen sicher voll sein!«

Es ist, als würde mir etwas Kaltes über den Rücken rinnen. Dads Autogrammbüchlein. Mist. *Dads Autogrammbüchlein.* Das hatte ich schon ganz vergessen. Ich weiß nicht mal, wo es ist. Noch irgendwo im Koffer? Seit ich in L.A. bin, habe ihm noch keinen einzigen Gedanken gewidmet.

»Ich … äh …« Ich kratze mich an der Nase. »Ehrlich gesagt, habe ich mir sein Autogramm nicht geholt, Dad. Es war nicht der richtige Moment, ihn darum zu bitten. Tut mir leid.«

»Oh.« Dad sieht richtig niedergeschlagen aus. »Na, du wirst es am besten wissen, Becky. Wessen Autogramme hast du denn bekommen?«

»Ich hab eigentlich gar keine.« Ich schlucke. »Ich dachte mir, ich lerne erst mal die Stadt kennen.« Ich mache den Fehler, Dad anzusehen, und ich merke sofort, dass er weiß, dass ich lüge. »Aber ich mache es noch!«, füge ich eilig hinzu. »Ich besorge dir ganz viele! Versprochen!«

Ich stehe auf und fange an, Teller aus der Spülmaschine zu räumen, um die Stille in der Küche auszufüllen. Dad sagt nichts. Schließlich werfe ich noch einen Blick zu ihm hinüber, und er sitzt nur da, sein Gesicht vor Enttäuschung tief zerfurcht. Tarquin scheint mit dem Kopf auf dem Tisch eingeschlafen zu sein, sodass nur Dad da ist, der nichts sagt – und ich.

Mir ist ganz kribbelig vor Groll und Frust und Schuldgefühlen, als ich die Teller zu Stapeln sortiere. *Wieso reden mir eigentlich alle ständig ein schlechtes Gewissen ein?* Endlich holt Dad tief Luft und blickt zu mir auf.

»Becky, Liebes, ich muss dir was sagen ...«

»Entschuldige, Dad«, falle ich ihm ins Wort. »Ich sollte schnell mal nach den Kindern sehen. Bin gleich wieder da, okay?«

Ich bin Dads kleinen Aussprachen nicht gewachsen. Nicht jetzt. Ich gehe nach oben und decke die Kinder zu, dann schleiche ich in Minnies dunkles Zimmer und sitze eine ganze Weile bei ihr, den Kopf an ihr Kinderbettchen gelehnt, und lausche ihrer Spieluhr mit der tanzenden Ballerina.

Ich möchte Dad nicht sehen. Ich möchte auch Luke nicht sehen. Wo ist Suze? Ich versuche es unter ihrer Nummer, aber ihr Handy ist ausgestellt. Im Kinderbettchen schnauft Minnie verschlafen und dreht sich um, nuckelt an ihrem Hasen, ganz kuschelig unter der Decke. Neidisch mustere ich sie. Für sie ist das Leben so einfach.

Vielleicht könnte ich ein paar Autogramme in Dads Büchlein fingieren. Geniale Idee. Ich tue so, als wäre ich beim Dreh auf einen Haufen berühmter Leute gestoßen. Vielleicht könnte ich sogar Dix Donahues Unterschrift fälschen. Ich meine, Dad würde den Unterschied doch nie bemerken, oder? Wenn ich sein Büchlein mit Autogrammen vollschreibe, ist er glücklich, und alles wird gut.

Schon geht es mir besser. Ich knipse Minnies Nachtlicht an und greife nach *Each Peach Pear Plum*, einem meiner Lieblingsbücher. Das werde ich mir ansehen und vielleicht auch noch *Weißt du eigentlich, wie lieb ich dich hab?*, und dann werfe ich noch einen Blick auf meine Notizen für die Sendung am morgigen Tag. Es geht um 6:00 Uhr los, also sollte ich lieber früh schlafen gehen.

Positiv bleibt zu vermelden, dass ich mich eingehend auf die Sendung vorbereitet habe. Ich habe zwanzig Seiten voller Notizen, mit Bildern und Moodboards und allem, was dazugehört. Ich habe mir jeden einzelnen Modetrend angesehen, der mir einfallen wollte, also werde ich mitplaudern können, egal, worum es geht. Bei dem bloßen Gedanken daran wird mir ganz flau im Magen. Ich meine, immerhin ist es *Breakfast Show USA*! Es wird gigantisch! Meine Karriere wird abheben! Und *dann* werden sie schon sehen.

UNTERNEHMEN GRÖNLAND
… wo Herausforderung und Abenteuer auf Inspiration treffen …

OFFIZIELLER BERICHT

Klient: Danny Kovitz

Betrifft: Medizinischer Notfall

Das Expeditionsmitglied zeigte seit dem frühen Montagmorgen ernste Anzeichen von Erschöpfung. Trotz der Aufmunterungsversuche durch den Teamleiter und andere Teammitglieder wollte der Mann schließlich nicht mehr weiter Ski laufen, warf seinen Rucksack weg und fing an zu weinen. Der Mann wurde um 15:00 Uhr auf dem Luftweg zum Basislager nach Kulusuk transportiert.

Es wurde eine umfassende medizinische Untersuchung eingeleitet, die ergab, dass der Gesundheitszustand des Mannes keinen Anlass zur Sorge bot. Er zeigte weder Anzeichen von Erfrierungen noch von etwaigen Atemwegserkrankungen. Dennoch litt der Teilnehmer offensichtlich mentale Qualen. Schwester Gill Johnson beobachtete ihn drei Stunden lang und hielt folgende Aussagen fest: *Meine Zehen sind ab. Bestimmt müssen mir die Finger amputiert werden. Meine Lunge ist gefroren. Ich bin schneeblind. Warum ich? Ich sieche dahin. Sagt der Welt, dass ich tapfer bis zum Ende war.* Trotz ihrer Beteuerungen blieb er doch über Stunden davon überzeugt, sterben zu müssen.

Schließlich genoss der Mann eine ausgiebige Mahlzeit, sah sich im Krankenhausfernseher mehrere Folgen von *America's Next Top Model* an und schlief die Nacht durch, bevor er am nächsten Tag nach Reykjavík und von dort aus nach New York geflogen wurde.

Greg Stein
Teamleiter

Von: Kovitz, Danny
An: Kovitz, Danny
Betreff: weiß gar nicht, wie ich überlebt habe

---

liebste freunde,

trotz aller anstrengungen nahm meine wanderung übers eis
ein vorzeitiges ende, als ich gegen meinen willen per flugzeug
in sicherheit gebracht wurde. ich wollte weiterlaufen, doch der
teamleiter erklärte mir, damit würde ich mich selbst und die
anderen gefährden. mit schrecken werdet ihr vernehmen,
dass ich dem tode nah war.

es schmerzt mich, die expedition zu verlassen, doch werde
ich die überwältigende landschaft nie vergessen, und sie wird
sich in einer reihe von winterweißen kleidern für meine nächste
h/w kollektion widerspiegeln. diese wird eis und schmerz
heißen, und es werden gesteppte stoffe mit knochenapplika-
tionen verwendung finden. nb tristan, bitte halte bei meiner
rückkehr eine liste von anbietern für blanke knochen bereit.

auf ärztlichen rat hin begebe ich mich an einen ort der ruhe
und entspannung. blumen und geschenke könnt ihr mir über
mein new yorker büro zukommen lassen.

küsschen

Danny xxx

18

Die hatten gar kein Interesse an meinen Notizen. Die hatten nicht mal irgendwelche Klamotten im Studio. Wir haben auch gar nicht über Mode gesprochen. Ich sitze in der Limousine, benommen vom Schock, und lasse gemeinsam mit Aran die Studios hinter mir. Wie konnte es so weit kommen?

Zuerst schien mir alles perfekt. Die Limousine kam um 6:00 Uhr, und Jeff »sicherte« sie, während ich für Fotos posierte, die Lon und alle seine Freunde machten, wobei sie »Becky! Beckyyyyyy!« riefen. Ich trug mein exklusives Danny-Kovitz-Kleid mit einem kleinen Bolerojäckchen darüber, und ich kam mir vor wie ein Promi erster Güte. Dann machten wir uns flugs auf den Weg zum Studio, und ich wurde neben Ebony-Jane Graham geschminkt, die total berühmt ist, sofern man ein Fan von Diätshows ist.

Die Moderatorin hieß Marie, mit unentwegtem Lächeln und klobigen Perlen. (Und außerdem einem enormen Hintern, den man allerdings nicht sieht, weil sie die ganze Zeit auf dem Sofa sitzt.) Um 7:20 Uhr war ich bereit für die Aufnahme und starb fast vor Aufregung, nur hatte ich einen kleinen Einwand: Wo waren die Kleider? Als ich die Produktionsassistentin danach fragte, sah sie mich nur leeren Blickes an und meinte: »Sie sind hier, um über Lois zu sprechen, oder?« Es war keine Zeit mehr zu protestieren, weil sie mich aufs Set schob, wo ich nicht nur Marie vorfand, sondern außerdem eine Kleptomanie-Expertin namens Dr. Dee.

Selbst da habe ich noch nichts gemerkt. Ich dachte ein-

fach: *Die werden mich schon bald nach meiner Meinung als Stylistin fragen. Vielleicht sind die Klamotten auf dem Bildschirm
zu sehen. Vielleicht tauchen noch ein paar Models auf, um die
neuesten Outfits vorzuführen.*

Ich war dermaßen *blöd.* Der Beitrag begann, und Marie
las eine Einleitung über Lois und Sage vor, dann wandte sie
sich plötzlich an mich und sagte: »Nun, Becky. Kommen wir
zur Sache.«

»Gern!«

Ich strahlte sie an und wollte ihr gerade erklären, dass es
bei den Trends dieser Saison vor allem um klare Linien und
verspielte Accessoires geht, als sie fortfuhr: »Sie waren im
Laden dabei, als Lois – aus welchen Gründen auch immer,
und darauf werden wir später mit Dr. Dee eingehen – einige
Gegenstände entwendete. Könnten Sie diesen Moment für
uns noch einmal rekapitulieren?«

Ich haspelte mich durch einen betretenen Bericht darüber, wie ich gesehen hatte, dass Lois die Socken nahm, und
dann fragte sie mich noch kurz nach der Preisverleihung und
wandte sich schließlich der Expertin zu. »Dr. Dee, warum
wird eine prominente Schauspielerin wie Lois Kellerton kriminell?«

Und das war es schon. Mein Teil war vorbei. Dr. Dee redete endlos über Selbstachtung und Probleme in der Kindheit
(ich hab nicht mehr zugehört), und schon war der Beitrag zu
Ende. Keine einzige Modefrage. Kein einziger Hinweis darauf, dass ich Stylistin bin. Die haben mich nicht mal gefragt,
von wem das Strasstäschchen war.

»Na also.« Aran blickt von seinem Handy auf und lächelt
sein Hollywood-Lächeln. »Das lief doch gut.«

»Das lief *gut*?«, wiederhole ich fassungslos. »Es war
schrecklich! Ich dachte, ich sollte Styling-Fragen diskutieren!
Ich habe mir so viele Notizen gemacht und war so gut vor-

bereitet, und diese Sendung sollte mich als Stylistin bekannt
machen.«

»Okay.« Aran sieht mich mit leerem Blick an, dann zuckt
er mit den Schultern. »Aber es war großartige Publicity. Darauf bauen wir auf.«

Darauf aufbauen?

»Sie meinten, es sollte ein Styling-Beitrag werden«, sage
ich so höflich wie möglich. »Das haben Sie mir so gesagt.«

Ich möchte keine Diva sein. Ich weiß ja, dass Aran mir helfen will und alles. Aber er hatte mir versprochen, dass es um
Styling gehen sollte. Um Klamotten.

»Richtig.« Wieder hat er diesen leeren Blick, als hätte er
schon gar nicht mehr gehört, was ich eben gesagt habe.
»Dann bauen wir also darauf auf. Ich habe hier schon zwei
neue Angebote. Eins davon ist riesig. *Riesig.*«

»Wirklich?« Unwillkürlich wächst in mir die Hoffnung.

»Sehen Sie? Ich habe Ihnen doch gesagt, dass man sich um
Sie reißen wird. Als Erstes gibt es eine hübsche Einladung
zur Premiere von *Big Top* morgen Abend. Man möchte Sie
auf dem roten Teppich sehen.«

»Auf dem roten Teppich?« Glitzerwelt, ich komme! »Um
Interviews zu geben?«

»Aber sicher. Ich finde, das sollten Sie machen.«

»Selbstverständlich werde ich es machen!«, sage ich begeistert. »Ich kann es kaum erwarten!«

Ich werde bei einer Premiere auf dem roten Teppich stehen! Ich! Becky! Höchstpersönlich! »Was ist das andere Angebot?«

»Es ist streng geheim.« Er nickt zu seinem Handy. »Ich
dürfte es Ihnen eigentlich gar nicht anvertrauen.«

»Wirklich?« Funken der Begeisterung blitzen in mir auf.
»Was ist es?«

»Reality-TV. Aber ein völlig neues Konzept.«

»Aha.« Das Wort Reality-TV lässt mich ein wenig zögern, aber das werde ich mir nicht anmerken lassen. »Cool!«, sage ich entschlossen. »Das klingt super!«

»Es geht um Folgendes ...« Er stutzt kurz. »Okay, es ist nichts für Zimperliche. Aber Sie sind ja nicht zimperlich, oder, Becky?«

»Nein! Kein bisschen!«

O Gott. Sag bitte nicht, dass er mich in eine Sendung schicken will, in der man Käfer essen muss. Und Würmer kriege ich auch nicht runter. So was *kann* ich einfach nicht.

»Das dachte ich mir schon.« Wieder sieht er mich mit diesem Lächeln an. »In der Sendung geht es um ästhetische Korrekturen. Der Arbeitstitel lautet: *Schöner geht immer.* Jeder Promi wird einen Mentor in Form eines anderen Promis haben, und dieser Mentor wird verantwortungsvoll einen Prozess ästhetischer Korrekturen überwachen. Die amerikanische Öffentlichkeit wird jeden Eingriff verfolgen und über das Resultat abstimmen. Natürlich sind zu jedem Zeitpunkt Mediziner vor Ort, um beratend einzugreifen«, fügt er unbekümmert hinzu.

Ich blinzle ihn an, bin mir nicht sicher, ob ich recht gehört habe.

»Ästhetische Korrekturen?«, frage ich schließlich. »Sie meinen plastische Chirurgie?«

»Es ist ein nie da gewesenes Format.« Aran nickt. »Superspannend, hm?«

»Ja!«, sage ich automatisch, obwohl ich es nicht ganz begreife. »Also ich entscheide, welcher Schönheitsoperation sich irgendein Promi unterziehen soll, und über das Ergebnis wird dann abgestimmt? Aber was ist, wenn ich es vermurkse?«

Aran schüttelt den Kopf.

»Wir sehen Sie eher als eine der prominenten Teilnehmerinnen, die sich auf diese Reise *einlassen* würden. Man bekäme einen prominenten Mentor an die Seite gestellt, dessen Ziel es wäre, aus Ihnen den schönstmöglichen Schwan zu machen. Nicht dass Sie ein hässliches Entlein wären«, fügt er charmant hinzu. »Aber die eine oder andere Verbesserung könnte doch jeder vertragen, oder?« Er zwinkert mir zu. »Die Operation allein wäre Tausende wert, und zusammen mit dem Honorar und der Publicity zur besten Sendezeit… Wie gesagt, es wäre eine große Chance.«

In meinem Kopf wirbelt alles durcheinander. Das kann doch wohl nicht sein Ernst sein.

»Sie wollen, dass ich… ich mich einer Schönheitsoperation unterziehe?«, stottere ich.

»Glauben Sie mir, es wird die größte Fernsehshow, die die Welt je gesehen hat«, meint Aran zuversichtlich. »Wenn ich Ihnen verrate, wer bereits zugesagt hat.« Er zwinkert. »Sagen wir, Sie befänden sich in prominentester Gesellschaft.«

»Ich… ich denke drüber nach.«

Benommen starre ich aus dem Fenster. Plastische Chirurgie? Luke wäre absolut… O Gott. Ich darf Luke nicht mal davon *erzählen*. Nie im Leben kann ich das mitmachen.

»Aran.« Ich drehe mich zu ihm um. »Hören Sie. Ich glaube nicht… Ich meine, ich weiß, dass es eine große Chance ist und alles…«

»Klar. Sie finden es absurd. Sie sind schockiert, dass ich überhaupt gefragt habe.« Wieder zwinkert Aran. Er klappt eine Schachtel mit Kaugummis auf und bietet mir eins an, doch ich schüttle nur den Kopf. »Becky, Sie suchen eine Abkürzung zum Ruhm? Das wäre der schnellste Weg.«

»Aber…«

»Ich sage Ihnen nicht, was Sie tun sollen. Ich gebe Ihnen nur die Information. Betrachten Sie mich als Ihr GPS. Es gibt langsame und es gibt schnelle Wege zum Ruhm. In dieser Sendung aufzutreten wäre ein superschneller Weg.« Er wirft sich drei kleine Kaugummis in den Mund. »Ob Ihnen der superschnelle Weg gefällt oder nicht, ist eine völlig andere Frage.«

Er ist so sachlich. Er ist so distanziert. Als ich mir sein makelloses Gesicht ansehe, bin ich verwirrter denn je.

»Sie haben doch gesagt, ich bin schon heiß. Sie haben gesagt, mein Profil geht durch die Decke. Warum muss ich dann noch in einer Realityshow auftreten?«

»Becky, Sie *machen* nichts!«, sagt Aran barsch. »Sie spielen in keiner Fernsehserie. Sie sind nicht mit einem Prominenten verbandelt. Sollte Lois sich schuldig bekennen, wird es nicht mal ein Verfahren geben. Wenn Sie da draußen bleiben wollen, müssen Sie da draußen *präsent* sein.«

»Ich möchte da draußen sein und *stylen.*«

»Na, dann stylen Sie.« Er zuckt mit den Schultern. »Aber das ist nicht der superschnelle Weg, das kann ich Ihnen sagen.«

Der Wagen hält in meiner Auffahrt, und Aran beugt sich vor, um mir ein Küsschen auf die Wange zu geben. »*Ciao, ciao.*«

Ich steige aus, gefolgt von Jeff, und der Wagen fährt los, aber ich gehe nicht zum Haus. Ich setze mich auf eine niedrige Mauer, denke nach und kaue auf meiner Lippe herum. Ich lasse meine Gedanken köcheln, bis ich schließlich zu einer Entscheidung komme, dann zücke ich entschlossen mein Handy und tippe eine Nummer ein.

»Becky?«, höre ich Sages Stimme. »Bist du das?«

»Hör mal, Sage, gehst du morgen zu der Premiere von *Big Top*? Ich würde dir so gern ein Outfit zusammenstellen. Du erinnerst dich, dass ich dich stylen soll? Weißt du noch, dass wir darüber gesprochen haben?«

»Oh.« Sage gähnt. »Klar.«

»Und, gehst du zur Premiere? Darf ich dich einkleiden?«

Ich drücke ganz fest die Daumen. *Bitte sag Ja, bitte sag Ja!*

»Ich glaub schon.«

»Super!« Erleichtert atme ich aus. »Fantastisch! Gut, dann stelle ich ein paar Looks zusammen. Ich ruf dich später noch mal an.«

Als ich ins Haus gehe, bin ich schon besserer Dinge. Was soll's, wenn das Interview heute nicht so toll war? Ich habe die Zügel in die Hand genommen. Ich style Sage Seymour. Ich werde auf dem roten Teppich sein. Eins fügt sich zum anderen!

Ich kann Luke in der Küche hören, und mein Magen krampft sich leicht zusammen. Ich habe seit gestern nicht mehr richtig mit Luke gesprochen. Er kam ins Bett, als ich schon eingeschlafen war, und er schlief noch, als ich für die Fernsehsendung aufstand. Daher haben wir uns seit unserem Streit nicht mehr gesehen.

Nein, nicht *Streit*. Diskussion.

»Setzen Sie sich doch einen Moment dahin«, sage ich zu Jeff und zeige auf einen der großen Stühle in der Eingangshalle. »Mitchell patrouilliert bestimmt im Garten.«

»Ganz genau«, sagt Jeff auf seine ausdruckslose Art und lässt seine massige Gestalt auf dem Stuhl nieder. Ich hole tief Luft, dann schlendere ich summend in die Küche, wie eine Frau, der alles recht ist und die gestern keine kleine Unstimmigkeit mit ihrem Mann hatte.

»Hi!« Meine Stimme ist etwas zu hoch.

»Hi.« Luke blickt von einem Dokument in seinem Plastikordner auf. »Wie war dein Interview?«

»Es war … gut. Wie ist die Lage bei dir?«

»Wie die Lage ist?« Luke stößt ein kurzes freudloses Lachen aus. »Wenn ich ehrlich sein soll, war die Lage schon besser.«

»Wirklich?« Verstört sehe ich ihn an. »Was ist los?«

»Ich dachte mir schon, dass diese erbärmliche Sage etwas im Schilde führt, und jetzt muss ich feststellen, dass es stimmt.«

»Ach wirklich?« Mein Herz pumpt gleich etwas schneller. »Was denn?«

»Beide. Sage und Lois.« Er wirft einen Blick zur Tür. »Machst du die zu? Ich möchte nicht, dass deine Schergen es hören.«

Ich tue, was er sagt, während meine Gedanken rotieren. Was hat er herausgefunden? Wie hat er es herausgefunden?

»Die beiden haben alles inszeniert. Die ganze Fehde, den Ladendiebstahl, den Streit bei den Awards. Die ganze Sache ist ein einziger Schwindel.«

»Nein!«, rufe ich und gebe mir Mühe, so schockiert wie möglich zu klingen. »Du machst Witze!«

»Aran hat es gestern Abend herausgefunden. Wir treffen uns später. Somit geht es hier natürlich nicht mehr weiter ...« Er sieht mich an, und plötzlich werden seine dunklen Augen schmal. »Moment. Becky?«

»Äh, ja?« Meine Knie werden weich. Er kommt ganz nah heran und mustert mich eingehend. Ich spüre, wie meine Wangen unter seinem strengen Blick zittern. Und meine Lippen. Ich glaube, meine Haare zittern auch.

»Becky?«, sagt er noch mal, und mich überkommt eine schreckliche Vorahnung.

O Gott. Das Problem mit Luke ist, dass er mich sehr, sehr gut kennt. Wie um alles in der Welt soll ich ihm etwas verheimlichen?

»Du wusstest es?«, fragt er schließlich. »Du *wusstest* davon?« Er wirkt dermaßen fassungslos, dass ich schlucke.

»Mehr oder weniger. Ich meine, ich habe es erst gestern Nachmittag erfahren.«

»Und du hast mir nichts davon gesagt? Nicht mal, als ich direkt danach gefragt habe?«

»Ich konnte nicht! Ich meine, Sage hat gesagt … Ich musste es ihr versprechen …«

Meine Stimme versagt. Luke sieht nicht nur böse aus, er sieht verletzt aus. Und müde. Er sieht aus, als hätte er genug, denke ich entsetzt. Aber genug wovon? Von Hollywood? Von mir?

»Keine Sorge, ich verstehe schon«, erwidert er und klingt erschöpft. »Deine Loyalität gegenüber Sage ist dir wichtiger als deine Loyalität mir gegenüber. Das ist okay. Dann weiß ich wenigstens, woran ich bin.«

»Nein!«, rufe ich bestürzt. »Das ist nicht … Ich hab nur …« Wieder versandet mein Satz, während ich elend an meinen Fingern herumfummle. Ich finde nicht die rechten Worte. Vielleicht gibt es keine Worte, nur die, die ich nicht aussprechen will, weil er mich für oberflächlich halten wird, was ich *nicht* bin.

Na gut, okay, vielleicht bin ich es. Ein kleines bisschen. Aber alle in Hollywood sind oberflächlich. Ich meine, verglichen mit vielen Leuten hier bin ich scharfsinnig. Ich bin tiefgründig! Ist ihm das nicht klar?

»Sie haben es clever angestellt«, sage ich schließlich. »Das muss man ihnen lassen. Lois hat die ganze Sache ausgeheckt. Niemand ahnt was.«

»Ich denke, du wirst noch feststellen, dass sie nicht ganz so clever sind, wie du meinst«, sagt Luke trocken. »Wenn das rauskommt, wird weder die Presse noch die Öffentlichkeit sonderlich beeindruckt sein.«

»Vielleicht kommt es ja nicht raus.«

Während ich es noch sage, weiß ich schon, dass ich naiv bin. Irgendwann kommt alles raus.

»Es wird rauskommen. Und ich glaube, dann werden sie

noch größere Probleme haben, die Sorte Jobs zu finden, die sie sich wünschen.« Luke schüttelt den Kopf. »Becky, ich muss dir sagen, dass ich nicht länger als unbedingt nötig für Sage arbeiten möchte. Ich werde meine Arbeit ordentlich abwickeln, professionell bleiben – aber es ist vorbei. Es hat keinen Sinn, jemanden zu beraten, der alles ignoriert, was ich sage. Ich habe noch nie jemanden getroffen, der so skrupellos, so launisch, so *dumm* ist. Und ich kann dir nur raten, dich nicht zu sehr auf sie einzulassen. Von ihr hast du nichts zu erwarten.«

»Doch, habe ich!«, widerspreche ich erhitzt. »Sie ist meine Freundin! Sie ist meine ...«

»Deine Fahrkarte zu Ruhm und Reichtum. Das habe ich schon verstanden.«

»Es geht nicht um Ruhm und Reichtum. Es geht um meine *Arbeit*. Meine *Karriere*. Ich soll sie für eine Premiere stylen! Das ist meine große Chance! Aran sagt ...«

»Aran liebt dich nicht.« Wieder fällt er mir ins Wort, diesmal so heftig, dass ich erschrocken einen Schritt zurücktrete. »Aber ich. Ich liebe dich, Becky. Ich *liebe* dich.«

Seine Augen sind direkt vor meinen. Und als ich in ihre dunklen Tiefen blicke, ist es, als könnte ich unser ganzes gemeinsames Leben darin sehen. Ich kann sehen, wie Minnie geboren wurde. Unsere Hochzeit im Haus meiner Eltern. Luke wirbelt mich in New York auf dem Tanzboden herum. Mein Schal von Denny & George.

Ich weiß nicht, was er in meinen Augen sehen kann, aber er sieht mich genauso an wie ich ihn, ohne zu blinzeln, als wollte er mich in sich aufsaugen.

»Ich liebe dich«, sagt er noch mal, diesmal leiser. »Ich weiß nicht, was hier schiefgelaufen ist, aber ...«

Plötzlich bin ich den Tränen nahe, was einfach nur albern ist.

»Gar nichts ist hier schiefgelaufen«, entgegne ich schluckend. *»Überhaupt nichts.«*

»Okay. Na dann.« Er zuckt mit den Schultern und rückt ab. Drückendes Schweigen entsteht, das auf meinen Schultern lastet. Ich kann es nicht ertragen. Wieso begreift er es nicht?

Dann dreht Luke sich um, und es kommt wieder Leben in ihn. »Becky, hör zu. Ich muss für ein paar Tage nach London. Es geht um diese Sache mit dem Finanzministerium, von der ich dir erzählt habe. Ich fliege morgen. Willst du nicht mitkommen? Wir könnten Minnie aus dem Kindergarten nehmen, etwas Zeit zusammen verbringen, wieder zueinander finden, über alles reden, im Wolseley frühstücken …«

Ich spüre einen kleinen Stich. Er weiß, dass ich kaum irgendetwas auf der Welt lieber tue, als im Wolseley frühstücken zu gehen. »Wenn deine Mutter Minnie für eine Nacht nehmen würde, könnten wir uns sogar ein Zimmer im Ritz nehmen«, fügt er mit glitzernden Augen hinzu. »Wie wär's?«

Im Ritz haben wir unsere erste gemeinsame Nacht verbracht. Die Idee ist fabelhaft. Ich sehe uns schon in einem wunderschönen, luxuriösen Bett aufwachen, total entspannt und zufrieden, als hätte es keine dieser Auseinandersetzungen je gegeben. Luke hat seine Hände auf meine Schultern gelegt. Sanft zieht er mich an sich, und seine Hände wandern an meinem Rücken hinab.

»Vielleicht könnten wir ja das kleine Geschwisterchen für Minnie machen«, sagt er mit dieser weichen, knurrigen Stimme, bei der ich normalerweise sofort schwach werde. »Also, soll ich uns drei Tickets für morgen besorgen?«

»Luke …« Unter Qualen blicke ich zu ihm auf. »Ich kann nicht. Da ist diese Premiere, und ich habe versprochen, Sage zu stylen, und das ist meine …«

»Ich weiß.« Luke atmet scharf aus. »Deine große Chance.« Ich sehe, dass er sich Mühe gibt, gutmütig zu bleiben. »Okay, ein andermal.« Er tritt zurück, und meine Haut fühlt sich kalt an, wo er sie losgelassen hat. Ich wünschte, er würde mich wieder festhalten. Ich wünschte, die Premiere wäre nicht morgen. Ich wünschte …

O Gott, ich *weiß* nicht, was ich wünschte.

»Jedenfalls muss ich mich auch um meinen Vater kümmern«, erkläre ich, erleichtert, noch einen Grund gefunden zu haben, an den ich mich klammern kann. »Ich darf ihn nicht ohne Vorwarnung hier allein lassen.«

»Stimmt schon.« Luke ist wieder auf Distanz gegangen. »Ach, da fällt mir noch was ein. Deine Mutter hat mich angerufen. Sie fragt, was los ist. Offenbar hast du sie gestern nicht zurückgerufen.«

Und schon wieder plagt mich das schlechte Gewissen. Meine Mum hat so viele Nachrichten auf meine Mailbox gesprochen, dass ich nicht mehr hinterherkomme.

»Ich ruf sie an. Sie macht nur Stress wegen Dad. Sie kann einfach nicht aufhören.«

»Sie hat ja recht. Was ist mit deinem Vater los? Warum ist er überhaupt hier? Hast du das inzwischen rausgefunden?«

»Noch nicht«, gebe ich zu. »Ich hatte noch keine Gelegenheit, mit ihm zu sprechen.«

»Du hattest noch keine Gelegenheit?«, fragt Luke ungläubig. »Himmelarsch, er wohnt bei uns!«

»Ich hatte eben viel zu tun!«, sage ich gekränkt. »Ich war heute Morgen im Studio und musste mich darauf vorbereiten, und ich muss ein paar Outfits für Sage aussuchen. Ich weiß nicht, wo mir der Kopf steht. Und dass er sich mit Tarquin betrunken hat, macht es auch nicht gerade besser! Die haben nur wirres Zeug geredet, als sie gestern Abend nach Hause kamen.«

»Na, an deiner Stelle würde ich mal mit ihm sprechen.«

»Das will ich auch. Ich habe es doch vor. Ist er da?«

Luke schüttelt den Kopf. »Ich habe ihn noch nicht gesehen. Und Tarkie auch nicht. Die beiden sind wohl ausgegangen.« Er sieht auf seine Uhr. »Ich muss ein paar Sachen vorbereiten. Wir sehen uns später.« Er gibt mir einen kurzen Kuss und geht.

Ich sinke auf einen Stuhl, abgrundtief enttäuscht.

Bisher war der heutige Tag so ziemlich das *Gegenteil* von dem, was ich mir erhofft hatte. Ich dachte, ich würde ein grandioses Fernsehinterview geben. Ich dachte, ich würde auf Wolken des Ruhms nach Hause schweben. Ich dachte, Luke würde mich erwarten, stolz und strahlend, und vielleicht mit Champagner anstoßen wollen. Mein Handy piept mit einer SMS, und trübsinnig greife ich danach. Wahrscheinlich ist es Luke, der schreibt: Und übrigens sah dein Outfit auch scheiße aus.

Aber die Nachricht ist nicht von Luke. Sie ist von Elinor.

Abrupt setze ich mich auf, und plötzlich rast mein Herz. *Elinor.* Ich öffne die SMS und lese die Nachricht.

Liebe Rebecca, ich bin in Los Angeles angekommen.

O mein Gott. Sie ist *hier? Schon?*

Im nächsten Moment kommt eine längere Nachricht: Ich freue mich darauf, Luke zu sehen, und ich gehe davon aus, dass du ihn eingehend vorbereitet hast. Vielleicht könntest du mich bei nächster Gelegenheit kontaktieren. Ich wohne im Biltmore. Mit freundlichen Grüßen, Elinor Sherman

Das sieht Elinor ähnlich. Ihre SMS klingen, als wären sie mit einer Feder auf Pergament geschrieben.

Ein paarmal noch lese ich mir die Nachricht durch und

versuche, nicht panisch zu werden. Alles wird gut. Alles wird gut. Ich kann das regeln. Im Grunde ist das Timing perfekt. Es könnte die Lösung für alles sein. Luke und ich haben einiges zu klären. Luke und Elinor haben einiges zu klären. Alle haben einiges zu klären. Wir brauchen eine umfassende läuternde Sitzung, und danach werden alle viel glücklicher sein.

Vielleicht bringt es sogar Luke und mich wieder zusammen. Er wird merken, dass ich mich *sehr wohl* nicht nur dafür interessiere, auf dem roten Teppich zu stehen. Er wird merken, dass ich die ganze Zeit an sein Wohlergehen und sein Glück gedacht habe. Und dann wird es ihm leidtun, dass er mich oberflächlich genannt hat. (Okay, vielleicht hat er mich gar nicht oberflächlich genannt. Aber er hat es gedacht. Ich weiß es genau.)

Ich habe Luke nicht darauf vorbereitet, aber wie könnte ich auch? Wenn ich Elinors Namen ausspreche, macht er bloß dicht. Am besten wäre es, die beiden in denselben Raum zu sperren und die Tür abzuschließen. So macht man das bei Interventionen. Man überrascht die Leute.

Allerdings *habe* ich einen Brief geschrieben. Denn auch das macht man bei Interventionen so: Man schreibt auf, wie der andere Mensch einen mit seinem Verhalten verletzt hat, und dann liest man es laut vor, und der andere sagt: *Mein Gott, jetzt verstehe ich*, und gibt sofort Alkohol/Drogen/Streitigkeiten mit Familienmitgliedern auf. (Nun, das ist zumindest die Idee dahinter.)

Ich werde ein paar Kerzen und etwas beruhigendes Raumspray kaufen, und was noch? Vielleicht sollten wir erst mal zusammen ein wenig meditieren. Ich habe einen genialen Singsangkurs im Golden Peace belegt, nur dass ich nie so ganz mitbekommen habe, welche Worte wir vor uns hin beten sollten. Also habe ich normalerweise nur immer wieder »Pra-daaaaa« gesagt. Keiner schien was zu merken.

Und vielleicht sollte ich Elinor einweisen. Denn wenn sie Luke schon in der Tür mit diesem eisigen Blick mustert und sagt: *Du musst mal zum Friseur,* dann können wir uns das Ganze gleich sparen.

Ich überlege einen Moment, dann tippe ich eine Antwort:

Liebe Elinor, gern will ich mich für heute Nachmittag mit dir verabreden. Trinken wir doch zusammen einen Tee, bevor wir uns am Abend mit Luke treffen. Sagen wir 15:00 Uhr?

Ich habe die Nachricht verschickt, bevor mir aufgeht, dass ich gar keine Ahnung habe, wo man in L.A. Tee trinken kann. In London ist das einfach. Da kann man sich vor lauter Teekannen und versilberten Kuchenständern und Scones mit Sahne drauf kaum retten. Aber in L.A.?

Ich denke einen Moment nach, dann schreibe ich Aran:

Wissen Sie, wo man in L.A. nachmittags ein schönes Tässchen Tee bekommt?

Umgehend piept seine Antwort.

Klar. Im *Purple Tea Room.* Schwer angesagt. Immer ausgebucht. Soll ich Ihnen was reservieren lassen?

Nach mehreren Nachrichten ist alles geklärt. Ich treffe mich um 15:00 Uhr mit Elinor, um alles durchzusprechen. Dann kommt sie um 19:00 Uhr mit her, um Luke zu treffen, und ich schätze, von da aus sehen wir dann weiter.

Leider ist Luke so was von stur. Er hat beschlossen, dass er seine Mutter hasst, und daran gibt es nichts zu rütteln. Wenn er *wüsste.* Wenn er ihr nur eine *Chance* geben würde. Elinor mag ja alle möglichen schrecklichen Dinge getan haben, als er klein war, aber als wir seine Geburtstagsparty geplant haben, wurde mir klar, wie sehr sie es bereut. Ich habe gesehen, wie gern sie es wiedergutmachen würde. Ich habe sogar gesehen, wie sehr sie ihn liebt, auf ihre eigene, seltsam kühle Art, wie ein Vulkanier. Aber sie wird nicht ewig leben, oder? Will Luke denn wirklich sein eigen Fleisch und Blut für immer verstoßen?

Als ich aus dem Küchenfenster blicke, biegt Suze' Auto in die Auffahrt, und ich beobachte, wie sie ordentlich unter einem Baum parkt. Gott sei Dank. Suze wird mir helfen. Ich merke, dass ich seit Ewigkeiten nicht mehr richtig mit Suze gesprochen habe. Und sie fehlt mir. Was hat sie so getrieben? Wo war sie gestern Abend?

Gerade will ich ihr aus dem Küchenfenster zurufen, als zu meiner Überraschung die Beifahrertür auffliegt und zwei lange Beine in Capri-Leggins erscheinen, gefolgt von einem sehnigen Körper und unverkennbaren blonden Haaren.

Verunsichert starre ich hinaus. Es ist Alicia. Was hat Suze mit Alicia zu schaffen?

Suze trägt nur Jeans und ein schwarzes Top, aber Alicia läuft wie üblich in ihrem atemberaubenden Yoga-Outfit herum. Ihr orangfarbenes Oberteil ist seitlich eingeschnitten, sodass auch ja ihre schlanken, braun gebrannten Flanken zu sehen sind. Igitt. Sie ist eine solche Angeberin. Die beiden unterhalten sich ernst. Dann beugt sich Suze zu meinem Entsetzen vor und drückt Alicia fest an sich. Alicia klopft ihr auf die Schulter und scheint beschwichtigend auf sie einzureden. Ich bin empört, als ich das sehe. Fast wird mir übel. Suze und Alicia Biest-Langbein? Umarmen einander? Wie *kann* sie nur?

Suze dreht sich um und geht zum Haus. Bald darauf höre ich ihren Schlüssel in der Tür.

»Suze!«, rufe ich und höre, wie sie ihre Schritte zur Küche lenkt.

»Oh, hi.« Sie steht in der Tür, kommt aber nicht wie sonst zu mir oder lächelt oder irgendwas. Sie sieht angestrengt aus. Sie hält sich am Türrahmen fest, und ich kann die Sehnen sehen, die an ihrer Hand hervortreten.

»Wie war's beim Fernsehen?«, fragt sie, als könnte es ihr nicht gleichgültiger sein. »Bist du jetzt *noch* berühmter?«

»Es war ganz gut. Suze, wo um alles in der Welt bist du gewesen? Warst du gestern Abend mit Alicia unterwegs?«

»Ja, war ich – aber was interessiert es dich?«, fragt sie mit verspanntem Lächeln. »Wenn du einsam bist, wieso hängst du dann nicht mit Sage rum? Oder es gibt doch bestimmt irgendein Promi-Event, bei dem du sein musst, oder?«

»Sei nicht so«, sage ich gekränkt. »Ich brauche dich doch. Rate mal, was passiert ist? Elinor ist da, und ich muss meine Intervention in die Wege leiten, und ich bin noch längst nicht fertig und …«

»Bex, das ist mir echt egal«, schneidet Suze mir das Wort ab. »Ich muss mich um andere Sachen kümmern. Außerdem bin ich nur hier, um was abzuholen. Ich will gleich wieder los.« Sie macht auf dem Absatz kehrt, und ich laufe ihr hinterher.

»Wo gehst du hin?«, will ich wissen und folge ihr die Treppe hinauf.

»Zum Golden Peace.«

»Bist du deshalb mit Alicia zusammen?« Ich gebe mir Mühe, nicht allzu verächtlich zu klingen, kann es aber nicht verhindern. »Ich hab dich mit ihr gesehen. Ich habe gesehen, wie ihr euch umarmt habt.«

»Davon gehe ich aus.«

»Du hast Alicia Biest-Langbein umarmt? Mit *Willen*?«

»Genau.« Wieder könnte Suze nicht desinteressierter klingen. Sie schnappt sich eine Jacke und stopft sie in ihre große Tasche, dazu ein paar handschriftliche Notizen, die aussehen, als stammten sie von Tarquin. »Okay, ich bin weg.« Sie schiebt sich an mir vorbei und marschiert hinaus.

Sprachlos starre ich ihr hinterher. Sie verhält sich mir gegenüber, als wäre ich gar nicht da. Was ist los?

»Suze!« Ich renne hinter ihr die Treppe hinunter. »Hör doch! Wann kommst du denn wieder? Ich möchte gern mit dir reden. Mit Luke läuft es nicht so toll, und jetzt ist Elinor da, und es wird echt schwierig, und ich fühle mich doch etwas …«

»Mit Luke läuft es nicht so toll?« Sie fährt herum, und ihre blauen Augen funkeln zornig, sodass ich einen Schritt zurücktrete. »Weißt du was, Bex? Mit Tarquin läuft es auch nicht so toll! Aber das hat dich nicht weiter interessiert, oder? Warum sollte ich mich also für deine albernen Probleme interessieren?«

Einen Moment lang bin ich zu schockiert, um antworten zu können. Sie sieht richtig wütend aus. Offen gesagt, scheint sie in einem schrecklichen Zustand zu sein. Ich merke, dass ihre Augen blutunterlaufen sind. Ist irgendwas passiert, von dem ich nichts weiß?

»Wovon redest du?«, frage ich besorgt.

»Ich rede davon, dass er mir von diesem bösen Menschen genommen wurde«, sagt sie zitternd. »Ich rede davon, dass man ihn einer Gehirnwäsche unterzogen hat.«

Sie reitet doch nicht immer noch darauf herum, oder?

»Suze«, sage ich so geduldig, wie es mir möglich ist. »Bryce ist nicht böse …«

»Du kapierst es nicht, Bex!«, explodiert Suze. »Die haben ihn sogar gefeuert!«

»Was?« Ich glotze sie an.

»Das Aufsichtskomitee ist der Ansicht, dass er zweifelhafte Praktiken im Golden Peace eingeführt hat. Die wollen, dass

Tarkie ihnen berichtet, was in diesen Einzelsitzungen vor sich gegangen ist. Ich bin heute mit einem Sektenfachmann verabredet. Er soll mich beraten. Ich bin gerade mit Alicia auf dem Weg dorthin. Sie steht mir bei und ist einfach wunderbar«, erklärt sie zitternd. »Alicia war es auch, die ihren Mann alarmiert und darauf gedrängt hat, Bryce zu entlassen.«

Ich bin sprachlos vor Schreck. Ich kann es nicht fassen. Bryce gefeuert? Alicia wunderbar? Tarquin willenlos?

»Suze«, stammle ich schließlich. »Suze, ich hatte ja keine Ahnung ...«

»Natürlich nicht«, sagt sie scharf, was mich zurückschrecken lässt. »Du warst zu sehr damit beschäftigt, Täschchen auszusuchen.«

»Das war für die Arbeit«, verteidige ich mich. »Nicht zum Spaß!«

»Ja, klar. Für die *Arbeit*. Ich vergaß.« Sie klingt noch schneidender. »Deine tolle neue Karriere, um die wir alle auf Zehenspitzen herumschleichen müssen, weil du so berühmt bist. Na, ich hoffe, du genießt deinen Traum, Becky. Derweil kümmere ich mich um meinen Albtraum.« Mit fahrigen Händen greift sie nach ihren Autoschlüsseln.

»Suze!«, sage ich entsetzt. »Warte! Wir trinken eine Tasse Tee und ...«

»Dafür ist es jetzt zu spät!«, kreischt sie beinah. »Kapierst du das nicht? Nein, natürlich nicht. Zum Glück hatte ich Alicia. Sie war ein wahrer Schatz. So hilfsbereit und selbstlos ...« Mit einem Mal fängt Suze an zu schluchzen. »Ich wusste, dass irgendwas nicht stimmt. Ich *wusste* es.«

Erschüttert starre ich sie an. Noch nie in meinem Leben habe ich mich so schlecht gefühlt. Es ist alles meine Schuld. Ich habe Tarquin im Golden Peace eingeführt. Ich habe nicht hingehört, als Suze sich Sorgen um ihn machte.

»Es tut mir so leid.« Ich schlucke. »Mir war nicht klar ...

Suze, wenn ich dir irgendwie helfen kann.« Ich trete vor, um sie zu umarmen, doch sie wehrt mich ab.

»Ich muss los. Alicia wartet.«

»Wo ist Tarkie?«

»Ich weiß nicht. Wahrscheinlich bei Bryce. Um sich einen Haufen gemeingefährlichen Schwachsinn anzuhören.« Sie öffnet die Haustür, aber ich stelle einen Fuß davor.

»Suze, bitte«, bettle ich verzweifelt. »Sag es mir. Was kann ich tun?«

Suze mustert mich schweigend, und einen hoffnungsvollen Moment lang denke ich, sie wird nachgeben und mich wieder wie ihre beste Freundin behandeln. Doch dann schüttelt sie nur müde seufzend den Kopf.

»Nein, Bex. Du kümmerst dich um deine Probleme. Ich kümmere mich um meine.«

Sie ist weg. Unbeobachtet spähe ich durch das kleine Seitenfenster. Ich kann sehen, wie sie zum Auto läuft. Ich kann sehen, wie sich ihr Gesicht entspannt, als sie Alicia etwas zuruft. Es schnürt mir die Kehle zusammen, und in meiner Brust ist so ein Brennen.

Als der Wagen die Auffahrt hinunterfährt, presse ich meinen Kopf gegen die Scheibe, und mein Atem lässt das Glas beschlagen. Was passiert nur mit meinem Leben? Seit dieser Preisverleihung, diesem Abend, an dem alles losging, fühle ich mich, als lebte ich in einem Kaleidoskop. Alles dreht sich, verändert unablässig seine Form, und immer, wenn ich mich gerade an irgendwas gewöhnt habe, ist schon wieder alles neu. Wieso kann es nicht mal wenigstens für *eine einzige Sekunde* gleich bleiben?

Langsam schließt sich das elektrische Tor. Der Wagen ist weg. Ich weiß gar nicht, wohin mit meinen Gefühlen. Ob es die Aufregung wegen Luke ist, die Sorge um Tarkie, die Sehnsucht nach Suze oder die Verachtung für Alicia. Denn was Suze auch sagen mag – ich glaube nicht, dass Alicia sich geändert hat. Sie spielt Spielchen. Wenn sie jetzt Suze gegenüber nett und hilfsbereit ist, dann nur, um ihr später auf irgendeine Weise zu schaden. Sie führt irgendwas im Schilde. Ich weiß es genau. Aber Suze vertraut ihr mehr als mir. Suze mag Alicia lieber als mich.

Mir steigen Tränen in die Augen, und eine davon kullert über meine Nase. Als ihr die nächste folgt, klingelt mein Handy, und eilig wische ich sie weg, als ich rangehe.

»Aran! Hi! Wie geht's?«

»Hey«, antwortet mir seine entspannte Stimme. »Wie ich höre, stylen Sie Sage für die große Premiere von *Big Top*. Na, das ist doch was!«

»Danke!« Ich versuche, so fröhlich wie möglich zu klingen. »Ich bin schon ganz gespannt!«

»Haben Sie es Luke erzählt? Ist er hin und weg?«

»Mehr oder weniger«, sage ich nach einer kurzen Pause.

Weder ist er hin und weg, möchte ich am liebsten bekümmert einräumen, noch ist er auch nur ein kleines bisschen stolz auf mich. Er meint, ich soll die Bodyguards feuern. Er will keine Gerstensuppe essen. Er will kein Promi sein. Ich meine, wenn er kein Promi sein möchte, was will er dann überhaupt in Hollywood?

»Raten Sie mal, wer Sie bei der Premiere kennenlernen möchte! Nenita Dietz.«

»Nein!«, stöhne ich. »Nenita Dietz hat von mir gehört?«

Ich fasse neuen Mut. Die ganze Studiotour über habe ich versucht, Nenita Dietz zu finden. Und jetzt will sie mich kennenlernen!

»Selbstverständlich hat sie von Ihnen gehört.« Aran lacht. »Wir machen ein paar Fotos auf dem roten Teppich. Vielleicht haben Sie während der Party Gelegenheit, mit ihr zu plaudern. Wie klingt das?«

»Himmlisch!« Ich seufze.

Als ich auflege, bin ich leicht benommen. Nenita Dietz und ich zusammen auf dem roten Teppich. Nähern uns an und plaudern über Mode. Das hätte ich mir nie *träumen* lassen!

»Hey, wisst ihr was?«, rufe ich, bevor mir einfällt, dass keiner da ist, der mich hören könnte. Jeff erscheint in der Tür.

»Alles okay?«, fragt er.

»Ich werde Nenita Dietz kennenlernen! Auf dem roten Teppich! *Sie* hat darum gebeten, *mich* kennenzulernen. Haben Sie eine Ahnung, *wie* wichtig sie ist?« Ausdruckslos sieht Jeff mich an, als suchte er in meinem Gesicht nach einer Antwort.

»Der Hammer«, sagt er schließlich und nickt. Er verschwindet wieder, und ich ringe eine leise Enttäuschung nieder, weil er nicht begeisterter war. Keiner ist stolz auf mich, nicht mal mein Bodyguard.

Plötzlich läuft mir die nächste Träne über die Wange. Ungeduldig wische ich sie weg. Es ist albern, *lächerlich*. Das Leben ist schön. Warum fühle ich mich so?

Ich werde Mum anrufen. Die Lösung kommt mir aus heiterem Himmel. Natürlich. Mum wird mich besser draufbringen. Daran hätte ich schon lange denken sollen. Und außerdem kann ich sie wegen Dad beruhigen. Jetzt ist in England Abend. Perfekt. Ich lehne mich auf meinem Stuhl zurück, wähle die Nummer, und als ich ihre vertraute Stimme höre, spüre ich die Erleichterung im ganzen Körper.

»Mum! Wie geht es dir? Ich soll Sage morgen für eine Premiere stylen! Und ich werde Nenita Dietz kennenlernen! Sie hat Aran extra angerufen, weil sie mich kennenlernen möchte! Kannst du das glauben?«

»Sehr gut, Becky.« Mum klingt angespannt und abgelenkt. »Hör mal, Liebes, wo ist Dad? Kann ich ihn sprechen?«

»Im Moment ist er unterwegs. Ich sag ihm, dass er dich zurückrufen soll.«

»Aber wo ist er?« Ihre Stimme wird schrill wie eine Alarmsirene. »Wo ist er hin? Becky, du hast gesagt, dass du ihn im Auge behältst.«

»Ich behalte ihn ja im Auge!«, erwidere ich etwas ungeduldig. Ehrlich, was erwartet sie denn? Dass ich meinem eigenen Vater auflauere? »Er ist mit Tarquin unterwegs, Mum. Die beiden verstehen sich blendend. Es ist wirklich schön zu sehen. Gestern waren sie auf Sightseeingtour und haben abends zusammmen gegessen und ...« Ich beiße mir auf die Zunge, bevor ich *sich betrunken* sage. »Sie haben sich prima amüsiert«, sage ich stattdessen. »Mum, du musst dir keine Sorgen machen.«

»Aber was hat das alles zu *bedeuten*? Wieso ist er so plötzlich nach L.A. geflogen?« Sie klingt immer noch verzweifelt. »Hast du es herausgefunden? Was hat er dir gesagt, Liebes?«

Mich quält das schlechte Gewissen. Ich hätte mir gestern mehr Zeit nehmen sollen, um mit Dad zu sprechen. Und ich hätte ihm diese Autogramme besorgen sollen. Ich fühle mich ganz elend deswegen.

»So viel hat er eigentlich gar nicht gesagt«, wiegle ich ab. »Aber heute Abend entkommt er mir nicht. Versprochen. Ich werde es ihm schon aus der Nase ziehen.«

Als ich zehn Minuten später auflege, geht es mir gleichzeitig besser und schlechter. Besser, weil es immer guttut, mit Mum zu sprechen. Aber schlechter, weil mir klar wird, was ich geschehen lassen habe. Ich war zu abgelenkt. Ich hätte mich mehr um Dad kümmern sollen, und ich hätte für Suze da sein sollen ... Ich schließe die Augen und schlage die Hände vors Gesicht. Alles tut weh und fühlt sich falsch an. Ich habe es vermasselt, in jeder Hinsicht, und dabei nicht mal gemerkt, dass ich es tat, und jetzt weiß ich nicht, wo ich anfangen soll, es wiedergutzumachen. Was soll ich nur *tun*?

Eine halbe Ewigkeit sitze ich nur da, lasse meine Gedanken fliegen und sich langsam setzen. Dann reiße ich entschlossen einen Zettel vom Küchenblock und schreibe eine Überschrift: »Vorsätze«. Ich werde dafür sorgen, dass mein Leben wieder funktioniert. Ich werde nicht länger zulassen, dass es kreiselt wie ein Kaleidoskop. Es ist *mein* Leben, also entscheide *ich*, wie es läuft. Selbst wenn das bedeutet, dass ich es zu Boden ringen, ihm eine reinhauen und brüllen muss: *Nimm das, Leben!*

Eine Weile schreibe ich wie im Wahn, dann lehne ich mich zurück und betrachte entschlossen meine Liste. Sie ist ziemlich lang. Es wird nicht leicht, aber ich kann das alles schaffen. Ich *muss* das alles schaffen.

Vorsätze:

1. Luke und Elinor Frieden bringen (wie der heilige Franziskus)
2. Über den roten Teppich laufen und Millionen Autogramme für Dad besorgen
3. Mir das perfekte Outfit für Sage ausdenken und von Nenita Dietz engagiert werden
4. Mich wieder mit Suze versöhnen
5. Tarkie aus Sekte retten
6. Den Grund für Dads Reise rausfinden und Mum beruhigen
7. Trägerlosen BH kaufen

Okay, der letzte Punkt ist vielleicht nicht so lebensentscheidend wie die anderen, aber ich brauche wirklich einen neuen trägerlosen BH.

19

Bis um 15:00 Uhr bin ich etwas ruhiger geworden. Ich habe mir meinen neuen BH gekauft und Sage zum Anprobieren drei Kleider, sechs Paar Schuhe und einen Smoking schicken lassen. (Ich glaube nicht, dass sie sich für den Smoking entscheidet, auch wenn sie das tun sollte. Sie sähe darin fantastisch aus.) Außerdem habe ich Minnie heute früher vom Kindergarten abgeholt und ihr ein pink gemustertes Kleidchen angezogen, mit breiter Schärpe und Puffärmeln. Sie hat sogar ein passendes pink gemustertes Höschen dazu, auf das ich fast ein bisschen neidisch bin. Wieso gibt es für Frauen nicht auch passende Höschen zu ihren Kleidern? *Alle* würden sie kaufen. Vielleicht sollte ich ein paar Designer anschreiben, um es ihnen vorzuschlagen.

Jeff hat uns zum Purple Tea Room an der Melrose Avenue gefahren, den ein handgemaltes Schild mit geschwungenem Schriftzug ziert. Ich helfe Minnie aus dem SUV, schüttle ihr Kleidchen auf und sage: »Bis später, Jeff. Ich ruf Sie an.« Dann gehen wir auf das Schild zu und drücken die gläserne Tür auf.

Ach herrje.

Okay, mir scheint, dass Aran und ich mit »ein schönes Tässchen Tee« nicht dasselbe meinen. Wenn ich »Tässchen Tee« sage, meine ich silberne Kannen und Kellnerinnen mit weißen Rüschenschürzen und kleinen Gürkchen-Sandwiches. Ich meine gestärkte Tischtücher und vielleicht eine Harfe, die spielt, und Miss-Marple-mäßige Damen am Nachbartisch.

Der Purple Tea Room ist nichts dergleichen. Erstens gibt es da gar keine Stühle oder Tische, nur Kissen und Beanbags und seltsam geformte Holzstühle. Der Raum ist groß, aber schummrig beleuchtet, mit Kerzen, die einen wabernden Lichtschein an die Wände werfen. Man hört Musik, jedoch eher indische von einer Sitar, und ein Duft liegt in der Luft, wenn auch nicht von Scones oder Zimt. Eher ...

Na. Hm. Man sollte meinen, sie wären damit vorsichtiger. Ich meine, wir sind hier doch nicht in Amsterdam, oder?

Wohin mein Auge schweift, sehe ich hippe junge Leute, die herumliegen, an Teetassen nippen, auf MacBooks eintippen und sich sogar von einem Physio in weiten indischen Hosen die Füße oder Schultern kneten lassen. Und mittendrin sitzt Elinor, starr und steif, in ihrem üblichen spröden Bouclé-Kostüm, mit frostiger Miene. Sie kauert auf einem Hocker in Form eines Pilzes, hält ein Glas Wasser in der Hand und blickt in die Runde, als wäre sie Queen Victoria und diese Leute wären Wilde. Ich beiße mir auf die Lippe und versuche, nicht loszukichern. Arme Elinor. Vermutlich hat auch sie gestärkte Tischtücher erwartet.

Sie sieht ziemlich blass und erschöpft aus, doch ihr dunkler Helm von Haaren ist makellos wie immer, und ihr Rücken ist gerade wie ein Besenstiel.

»Ladyyyyy!«, kreischt Minnie, als sie Elinor entdeckt. »Mami!« Begeistert dreht sie sich zu mir um. »Da *Ladyyyyy*!« Dann reißt sie sich von mir los, rennt zu Elinor und klammert sich liebevoll an deren Beine. Sämtliche Blicke im Raum sind auf die beiden gerichtet, und ich höre Stimmen, die »Ooooh!« machen. Ich meine, man kann über Elinor ja denken, wie man will, aber dieser Anblick ist wirklich rührend.

Ehrlich gesagt, kann ich mich nicht erinnern, wann ich Minnie zuletzt so begeistert gesehen habe. Sie zittert vor Freude am ganzen Leib, und ihre Augen leuchten, und immer wieder blickt sie zu mir auf, als wollte sie diesen wundersamen Augenblick mit mir teilen. Auch Elinor scheint sich sehr zu freuen, Minnie zu sehen. Ihre Wangen sind beinah rosig, und ihre erstarrte Miene ist zu Leben erwacht.

»Aber Minnie!«, kann ich sie sagen hören. »Minnie, was bist du groß geworden!«

Minnie taucht in Elinors Krokodilledertasche und holt triumphierend ein Puzzle hervor. Jedes Mal, wenn die beiden sich treffen, bringt Elinor ein anderes Puzzle mit und setzt es zusammen, während Minnie ihr staunend dabei zusieht.

»Wir machen es gemeinsam«, sagt Elinor. »Es ist ein Bild vom Wellesley-Baker Building in Boston. Das hat einmal meinem Urgroßvater gehört. Deinem Vorfahren, Minnie.«

Minnie nickt mit leerer Miene, dann sieht sie mich an.

»Mami, Ladyyyyy!« Ihre Freude ist so ansteckend, dass ich selbst lächeln muss und sage: »Ja, Schätzchen! Lady! Ist das nicht toll?«

Die ganze Sache mit diesem »Lady« fing an, weil wir Minnies Treffen mit Elinor vor Luke geheim halten mussten, und wir konnten nicht riskieren, dass sie sagte: *Heute hab ich Oma Elinor gesehen.*

Ich meine, es ist immer noch geheim. Dieses Treffen ist geheim. Und während ich mir ansehe, wie Minnie und Elinor sich freudig gegenseitig betrachten, bin ich noch entschlossener. Diese Unstimmigkeiten sind albern und traurig, und sie müssen auf der Stelle aufhören. Luke und Elinor müssen sich vertragen. Sie haben eine gemeinsame *Familie.*

Ich weiß, dass Elinor etwas Taktloses oder noch Schlimmeres über Lukes geliebte Stiefmutter gesagt hat, worüber er empört war. (Die genauen Umstände habe ich nie erfahren.) Damit fing der ganze Streit an. Aber im Leben kann es doch nicht darum gehen, am Schlechten festzuhalten. Es muss doch darum gehen, das Gute festzuhalten und das Schlechte loszulassen. Und wenn ich sehe, wie Elinor das Puzzle vor den Augen der verzückten Minnie auspackt, weiß ich, dass sie etwas Gutes ist. Für Minnie und für mich. Ich meine, sie ist nicht perfekt, aber wer ist das schon?

»Darf ich Ihnen einen Tee anbieten?« Ein ätherisches Mädchen mit Leinenschürze und weißer Hose hat sich so leise angeschlichen, dass ich zusammenzucke.

»O ja, bitte. Wunderbar. Ganz normalen Tee für mich. Und Milch für meine Tochter.«

»Normalen Tee?«, wiederholt das Mädchen, als spräche ich Suaheli. »Haben Sie einen Blick auf unsere Teekarte geworfen?« Sie nickt zu einem Heft auf Elinors Schoß, das mindestens vierzig Seiten hat.

»Ich habe es längst aufgegeben«, sagt Elinor munter. »Ich hätte bitte gern heißes Wasser und eine Zitrone.«

»Dann wollen wir doch mal sehen.« Ich fange an, in dem Heft herumzublättern, doch schon bald verschwimmen die Buchstaben vor meinen Augen. Wie kann es nur so viele Teesorten geben? Das ist doch bescheuert. In England gibt es nur *Tee*.

»Wir haben Teesorten für unterschiedliche Bedürfnisse«, sagt das Mädchen hilfsbereit. »Wir haben Fenchel und Pfefferminze für die Verdauung oder Wiesenklee und Nessel für Hautprobleme.«

Hautprobleme? Misstrauisch mustere ich sie. Will sie mir irgendwas sagen?

»Die weißen Teesorten sind sehr beliebt.«

Ehrlich, Tee soll doch nicht *weiß* sein. Ich weiß gar nicht, was Mum zu diesem Mädchen sagen würde. Vermutlich würde sie einen Typhoo-Teebeutel zücken und sagen: Das *ist Tee, Kindchen.*

»Haben Sie auch einen Tee, der rundum glücklich macht?«, frage ich, um das Mädchen auf den Arm zu nehmen.

»Ja«, sagt sie, ohne mit der Wimper zu zucken. »Unser Hibiskus-Orangen-Johanniskraut-Tee fördert eine stimmungsaufhellende Steigerung des Wohlbefindens. Wir nennen ihn unseren Happy-Tea.«

»Oh«, sage ich erstaunt. »Na, dann nehme ich am besten den. Möchtest du auch einen, Elinor?«

»Danke, an einer Aufhellung meiner Stimmung bin ich nicht interessiert.« Sie mustert das Mädchen mit strengem Blick.

Das ist schade. Zu gern wäre ich dabei, wenn Elinor Happy-Pills nimmt. Vielleicht würde sie dann mal richtig lächeln. Da wird mir bewusst, dass ihre Fassade wahrscheinlich Risse bekäme. Weißes Pulver würde aus ihren Mundwinkeln rieseln und ihr ganzes Gesicht schließlich zu Gipsstaub oder so was Ähnlichem zerbröseln.

Das Mädchen hat unsere Bestellung einem Mann in tibetanischer Mönchskutte gegeben, der eben an uns vorbeikam, und dreht sich nun wieder zu uns um.

»Darf ich Ihnen ergänzend eine Reflexzonenmassage oder eine unserer ganzheitlichen Therapien anbieten?«

»Nein danke«, erwidere ich höflich. »Wir wollen uns nur unterhalten.«

»Wir sind sehr diskret«, sagt das Mädchen. »Wir können Ihre Füße oder Ihren Kopf oder die Meridiane in Ihrem Gesicht bearbeiten.«

Ich kann sehen, dass die bloße Vorstellung Elinor ein Grauen ist. »Ich wünsche nicht, berührt zu werden«, sagt sie. »Vielen Dank.«

»Wir müssen Sie nicht mal berühren«, beharrt das Mädchen. »Wir können Ihnen das Tarot lesen, oder wir können eine Summ-Meditation machen, oder wir können mit Ihrer Aura arbeiten.«

Elinors Gesichtsausdruck lässt mich beinah losprusten.

Ihre Aura? Meint sie diese frostige Wolke der Missbilligung, die sie hinter sich herzieht?

»Ich besitze keine Aura«, sagt sie in einem Ton, der wie Eiszapfen klingt. »Die habe ich mir operativ entfernen lassen.« Sie wirft mir einen Seitenblick zu, und dann – zu meiner unermesslichen Überraschung – zwinkert sie mir kaum merklich zu.

O mein Gott. Hat Elinor eben einen Scherz gemacht?

Auf ihre eigenen Kosten?

Ich bin dermaßen baff, dass ich nichts sagen kann, und auch dem Mädchen scheint es die Sprache verschlagen zu haben, denn sie weicht zurück, ohne uns noch weitere Therapien anzudienen.

Die ganze Zeit über hat Minnie Elinor aufmerksam beobachtet, und nun wendet sich Elinor ihr zu.

»Was ist, Minnie?«, fragt sie unerbittlich. »Du solltest die Menschen nicht anstarren. Willst du dich nicht setzen?«

Elinor spricht mit Minnie immer wie mit einer Erwachsenen, was Minnie gut gefällt. Minnie antwortet nicht, sondern beugt sich nur vor und pflückt einen winzigen Fussel von Elinors Rock.

»So ist es besser«, sagt sie abschätzig und lässt den Fussel auf den Boden fallen.

Ha!

Wie oft hat Elinor schon winzigste Flusen von meinen Kleidern geklaubt? Und jetzt hat Minnie mich gerächt. Nur dass es Elinor nicht im Geringsten zu stören scheint.

»Danke«, sagt sie feierlich zu Minnie. »Die Haushälterin im Hotel ist doch eher lax.«

»Lax«, stimmt Minnie ebenso feierlich zu. »Lax bax … *Weißt* du eigentlich, wie lieb ich dich hab?«, fügt sie ohne jeden Zusammenhang hinzu.

Ich weiß, dass Minnie aus ihrem Kinderbuch zitiert, Elinor aber nicht – und ich bin ganz verdattert von ihrer unmittelbaren Reaktion. Ihr Kinn fängt an zu beben, und ihre Augen glänzen.

»Aber«, sagt sie mit leiser Stimme. »Aber, Minnie.«

Es ist kaum mit anzusehen, wie ihr verspanntes kalkweißes Gesicht mit den Emotionen ringt. Sie legt ihre faltige, üppig beringte Hand auf Minnies Kopf und streichelt ein paarmal darüber, als wäre es das Äußerste, wozu sie imstande ist.

Mein Gott, ich wünschte, ich könnte ihr helfen, etwas lockerer zu werden! Ich hätte doch den bewusstseinserweiternden Tee für verstockte alte Damen in Chanel-Kostümen bestellen sollen.

»Elinor, wir müssen dich wieder mit Luke versöhnen«, sage ich unvermittelt. »Ich möchte, dass du zur Familie gehörst. So richtig. Ich werde eine Intervention in die Wege leiten, bei uns zu Hause, und ich lasse keinen von euch beiden gehen, bevor ihr nicht wieder Freunde seid.«

»Ich glaube kaum, dass Freunde der angemessene Ausdruck ist. Wir sind Mutter und Sohn, keine Altersgenossen.«

Okay, das ist also der Grund, warum sie sich selbst im Weg steht.

»Doch, ist es! Es ist völlig angemessen. Ich bin mit meiner Mum befreundet, und auch du kannst sehr wohl mit Luke befreundet sein. Wenn ich ihm erzähle, was du für seine Party getan hast...«

»Nein.« Elinor fällt mir mit stählerner Stimme ins Wort. »Ich habe es dir schon mal gesagt, Rebecca. Luke darf niemals von meiner Beteiligung daran erfahren.«

»Aber du hast etwas so Großartiges getan!«, sage ich frustriert. »Und er glaubt, Suze und Tarkie wären es gewesen! Es ist doch verrückt!«

»Er darf es nie erfahren.«

»Aber...«

»Er darf es nie erfahren. Ich will mir seine Liebe nicht erkaufen«, fügt sie so leise hinzu, dass ich sie kaum hören kann.

»Elinor, damit *erkaufst* du dir seine Liebe bestimmt nicht«,
sage ich sanft. »Es ging doch nicht ums Geld. Was zählt, sind
die Gedanken und die Mühe, die du dir gemacht hast.«

Das Mädchen kommt mit unseren Getränken, und wir sitzen beide schweigend da, während sie Teekannen, Tassen,
Siebe und Kandiszucker auf einem Wägelchen aus Bambus
arrangiert. Ich schenke Elinor ihr heißes Wasser ein, und sie
nimmt es, ohne davon zu trinken.

»Also, Elinor, wirst du es ihm sagen?«

»Nein«, erwidert sie stur. »Und auch du wirst es ihm nicht
sagen. Du hast es versprochen.«

Verdammt. Es ist, als wäre sie aus Granit. Diese Intervention wird nicht einfach werden.

»Na dann, okay. Wir finden eine andere Möglichkeit.« Ich
greife nach den »Konfliktlösungs«-Notizen in meiner Tasche.
Ich habe sie gegoogelt und ausgedruckt, und sie waren so
weit ganz hilfreich, nur habe ich etwas zu spät gemerkt, dass
es um Konfliktlösungen im Arbeitskampf ging. Ich blättere
darin herum, auf der Suche nach etwas Brauchbarem. *Streik-
posten*, nein ... *Gewerkschaftsvertreter*, nein ... *Beauftragter für
Gesundheits- und Sicherheitsfragen*, nein ... *Kooperationstech-
niken* ... oh, das klingt schon besser. *Win-win-Verhandlungs-
strategie* ...

Ja! Das ist sehr gut. Win-win ist genau das, was wir brauchen. Eigentlich weiß ich gar nicht, wieso man irgendetwas
anderes als Win-win anstreben sollte. Ich meine, wer hat
schon was von Lose-lose?

Ich lese den Absatz, und eine Formulierung, die immer
wieder auftaucht, ist *gemeinsame Basis*.

»Wir müssen eine gemeinsame Basis finden«, sage ich und
blicke auf. »Welche gemeinsame Basis hast du mit Luke?«

Abgesehen davon, dass ihr beide total stur seid, füge ich *nicht* hinzu.

Elinor sieht mich schweigend an. Es ist, als hätte sie die Frage nicht verstanden.

»Karitatives Engagement«, meint sie schließlich.

»Okay.« Skeptisch rümpfe ich die Nase. »Noch irgendwas? Habt ihr mal was Lustiges zusammen gemacht? Bestimmt habt ihr das! Als er in New York war.«

Als ich Luke kennengelernt habe, stand er Elinor sehr nah. Im Grunde ungesund nah, obwohl ich das nie laut aussprechen würde. Ich meine, ich will ja nicht, dass er sie wieder anbetet, aber könnten sie von dieser früheren Beziehung nicht wieder etwas aufleben lassen?

»Seid ihr mal zusammen in die Ferien gefahren?«, frage ich, als mir plötzlich eine Idee kommt. »Wo hattet ihr am meisten Spaß?«

Vor meinem inneren Auge sehe ich Elinor in einer karibischen Ferienanlage den Limbo tanzen, angefeuert von Luke, mit einem Cocktail in der Hand. Ich muss mir das Lachen direkt verkneifen.

»Wir waren in den Hamptons«, sagt sie nach einiger Überlegung. »Mein alter Freund Dirk Greggory hatte dort ein Strandhaus. Ein paarmal habe ich Luke dorthin mitgenommen.«

»Super. Also könnt ihr darüber in Erinnerungen schwelgen. Vielleicht fahrt ihr sogar noch mal wieder hin.«

»Wenn wir das wollten, müsste es bald sein«, sagt Elinor schroff. »Dirk ist vor zwei Jahren gestorben, und seine Tochter will das Strandhaus verkaufen. Meiner Meinung nach ein Fehler, genau wie die grässlichen Umbauten, die sie an der Veranda vorgenommen hat …«

»Moment«, falle ich ihr ins Wort. »Moment mal. Da gibt es also ein Häuschen in den Hamptons, an das ihr beide schöne

Erinnerungen habt, und es soll verkauft werden, und es wäre eure letzte Chance, dorthin zu fahren? Wieso hast du das nicht gleich gesagt?«

»Brauner Bär, brauner Bär«, wirft Minnie ein, als sie von ihrer Milch aufblickt. »Was siehst du?«

»Ich verstehe nicht.« Elinors Stirn runzelt sich so sehr, wie es ihr möglich ist – also kaum.

»Was siehst du, Mami?«, fragt Minnie gebieterisch. »Was siiiieeehst du?«

Gut, dass ich ihre kleinen Bücher alle auswendig kenne.

»Einen roten Vogel.« Ich wende mich wieder Elinor zu. »Das ist doch perfekt. Du könntest sagen, dass du ihn deswegen sprechen möchtest. Bestimmt hört er dir zu.«

»Roter Vogel, roter Vogel, was siehst du?«

»Ein blaues Pferd.«

»Nein!«, kräht Minnie und knallt ihre Schnabeltasse hin. »Nicht blaues Pferd! Gelbe Ente!«

»Okay, gelbe Ente«, sage ich genervt. »Meinetwegen. Elinor, so solltest du es machen! Versuch, die schönen Zeiten wachzurufen, die ihr damals hattet, und erinnere Luke daran. Versuch, wieder eine Bindung herzustellen.«

Elinor macht ein skeptisches Gesicht, und ich seufze. Wenn sie sich doch nur besser präsentieren würde. (Womit ich *nicht* ihre makellosen Fingernägel und die dazu passenden Schuhe meine.)

»Könntest du heute Abend etwas weniger Formelles anziehen?«, schlage ich vor. »Und vielleicht deine Haare offen tragen? Und anders reden?«

Im Grunde liefe das auf eine Persönlichkeitstransplantation hinaus.

»Anders reden?« Elinor klingt gekränkt.

»Versuch mal, mir Folgendes nachzusprechen.« Ich beuge mich vor. »*Luke, mein Schatz, wenn wir etwas Zeit miteinan-*

der verbringen könnten …« Ich komme ins Stocken, als ich Elinors starre Miene bemerke. Es ist nicht zu übersehen, dass ihr *Luke, mein Schatz* nicht gefällt. »Na gut, versuchen wir es anders. Du könntest auch sagen: *Luke, mein Engel …«* Ihre Miene wird immer starrer. *»Luke, mein Süßer … mein Liebling …«* Ich stutze wieder. »Okay, was *würdest* du sagen?«

»Luke, mein Sohn«, sagt Elinor.

»Du klingst wie Darth Vader«, sage ich unverblümt.

Elinor zuckt mit keiner Wimper. »So sei es«, sagt sie und nippt an ihrem Wasser.

Genau so etwas würde Darth Vader auch sagen. Als Nächstes befiehlt sie die Vernichtung Tausender unschuldiger Jedi-Jünglinge.

»Na gut, gib einfach dein Bestes.« Erschöpft greife ich nach meinem Tee. »Ich werde auch mein Bestes geben. Mehr können wir nicht tun.«

An: Rebecca Brandon
Von: Mack Yeager
Betreff: Darth Vader

Liebe Rebecca,

vielen Dank für Ihre E-Mail.

Es gibt zahlreiche Theorien, was die Inspiration für Darth Vader
betrifft, wie in meinem Buch *Woher des Weges, Anakin?*
ausführlich beschrieben, das in allen guten Buchhandlungen
erhältlich ist.

Ob er auf einer »echten, lebenden Person« beruht, wie Sie es
andeuten, und ob diese Person »echte, lebende Gene hinterlassen hat, die im Genpool herumschwirren und für jedermann
verfügbar sind«, halte ich für zweifelhaft.

Kurz gesagt, halte ich es für unwahrscheinlich, dass Ihre
Schwiegermutter mit Darth Vader verwandt ist.

Möge die Macht mit Ihnen sein.

Mit freundlichen Grüßen

Mack Yeager
Präsident, SWIG
STAR WARS INSTITUT für GENEALOGIE

20

Wir haben es so eingerichtet, dass Elinor um 19:00 Uhr zu uns nach Hause kommt, und um zehn vor sieben kippe ich bereits Wein in mich hinein, um mich zu beruhigen. Ich hätte nie gedacht, dass die Aufgabe als Friedensstifter dermaßen nervenaufreibend sein würde. Ist der Dalai Lama auch so gestresst, bevor er Frieden in die Welt bringt? Trägt er dreimal Lipgloss auf, weil er so nervös ist? (Wohl eher unwahrscheinlich.)

Wenigstens ging Minnie ins Bett, ohne einen großen Aufstand zu machen, und die älteren Kinder sehen sich begeistert *Wall-E* an. Die Intervention sollte abgeschlossen sein, bis sie ins Bett müssen. Oder zumindest gehe ich davon aus. Wie lange dauert so eine Intervention?

O Gott, wo habe ich mich da bloß wieder reingeritten?

Positiv bleibt anzumerken, dass der Interventionsraum (die Küche) ausgesprochen einladend aussieht. Ich habe etwa zwanzig Kerzen angezündet, um eine warme Atmosphäre zu schaffen, ich habe besinnliche Musik angemacht, und ich trage ein grünes Kleid, das besonders besänftigend wirkt. Ich darf nur nicht daran denken, dass es mich letzte Woche bei Intermix 280 Dollar gekostet hat und ich es heute bei denen im Angebot für 79,99 gesehen habe! Die hätten mich ruhig warnen können. Die hätten mir ein stilles Zeichen geben können. Bestimmt hat sich diese Verkäuferin halb schlappgelacht, als sie es mir einpackte.

Egal. Was soll's? Von alledem muss Luke nichts erfahren. Entscheidend ist, dass der Raum bereit ist und ich bereit bin und jetzt nur noch Elinor eintreffen muss. Es ist sinnlos, mir vorzumachen, ich wäre nicht angespannt. Und es ist auch sinnlos, mir vorzumachen, die Atmosphäre wäre nicht angespannt. Immer wieder sehe ich zu Luke hinüber und frage mich, wie er wohl reagieren wird.

Er sitzt am Küchentisch, trinkt ein Bier und hat sich demonstrativ von mir abgewandt. Wenn ich ihn so betrachte, verlässt mich fast der Mut. Wir sind nicht gut miteinander. Wir sind nicht *wir*. Nicht dass wir noch mal gestritten hätten – es ist fast noch schlimmer. Wir sehen uns gar nicht mehr richtig in die Augen, und keiner von uns hat unser morgendliches Gespräch noch mal erwähnt. Nur einmal habe ich Luke heute lächeln gesehen, und das war, als er mit seinem Kollegen Gary telefoniert hat.

Gary ist momentan in New York, fliegt aber morgen früh wieder zurück nach London. Sie haben über das Meeting im Finanzministerium gesprochen, und Luke schien mir Feuer und Flamme zu sein. Ständig warf er »Downing Street« und »Politik« ein, und er schien vor Ideen nur so zu sprudeln. Er lachte über Sachen, die Gary sagte, und schien besserer Laune zu sein, als er es seit Tagen gewesen war.

Ich sage es wirklich, *wirklich* nicht gern, aber ich glaube, dass er in der Hochfinanz vermutlich besser aufgehoben ist als bei Filmstars.

Dad ist immer noch unterwegs, worüber ich direkt erleichtert bin, weil er sonst bestimmt nur an der Intervention teilnehmen wollte und anfangen würde, Elinor zu erklären, wie hübsch sie sein könnte, wenn sie ein bisschen mehr auf den Rippen hätte. Und von Suze habe ich seit heute Morgen auch nichts mehr gehört, bis auf eine SMS, in der sie mich bat, die Kinder von ihren Nachmittagsaktivitäten abzuholen. Ich weiß, dass sie vorhin noch mal zu Hause war, weil Mitchell es mir erzählt hat. Offensichtlich war sie immer noch mit Alicia zusammen und immer noch auf der Suche nach Tarquin. Sie lief im Haus herum und schrie: »Tarkie! Tarquin, wo bist du?«, und dann fuhr sie wieder los. Das war alles, was er mir über Suze zu vermelden wusste. Dann fuhr er fort, mir einen vollständigen Bericht zu sämtlichen Sicherheitsbedenken zu geben, die an diesem Tag zu verzeichnen waren (zwei, die sich beide auf den kleinen Nachbarsjungen bezogen, dessen Frisbee in unserem Garten gelandet war).

Ich glaube, Mitchell wäre froh, wenn er nach Hause gehen könnte. Heute war ihm so langweilig, dass er unseren Grill repariert hat, was er mir stolz vorführte. Um ehrlich zu sein, wusste ich nicht mal, dass der Grill kaputt war. Das muss ich unbedingt Luke erzählen.

»Übrigens hat Mitchell heute den Grill repariert«, sage ich, um das peinliche Schweigen zu brechen.

»Das wollte ich doch machen«, erwidert Luke unwirsch. »Du hättest Mitchell nicht darum bitten müssen.«

»Ich habe Mitchell nicht darum gebeten! Ich wusste ja nicht mal, dass das Ding kaputt war.« Langsam packt mich die Verzweiflung. Ich muss dafür sorgen, dass sich seine Laune bessert, bevor Elinor kommt.

»Sag mal, Luke…« Ich beiße mir auf die Lippe. »Sind wir wieder gut?«

Eine Pause entsteht, dann zuckt Luke mit den Schultern. »Was meinst du damit?«

»Ich meine das hier!«, sage ich frustriert. »Dass wir einander nicht ansehen! Dass wir so empfindlich sind!«

»Überrascht es dich?«, fragt Luke grimmig. »Ich habe den ganzen Tag damit verbracht, die Folgen von Sages und Lois' falschem Spiel auszumerzen. Eine Aufgabe, die um einiges leichter gewesen wäre, wenn ich früher gewusst hätte, dass das Ganze eine Finte ist.«

»Pst!«, mache ich und werfe einen Blick zur offenen Tür. »Jeff könnte dich hören!«

»In diesem Augenblick ist es mir vollkommen egal, wer das hört«, sagt Luke barsch.

Er sieht aus, als hätte er die Nase gestrichen voll, und ich weiß, dass es größtenteils meine Schuld ist.

»Luke, ich habe ein schrecklich schlechtes Gewissen.« Ich greife nach seiner Hand. »Und es tut mir unendlich leid. Ich hätte dir das von Sage und Lois erzählen sollen, als du mich danach gefragt hast. Bitte sieh mich an.«

Luke nimmt noch einen Schluck von seinem Bier und sieht mir endlich in die Augen. »Becky, das Leben ist kompliziert genug, auch ohne Heimlichtuerei. Wir sollten auf derselben Seite stehen.«

»Ich stehe auf deiner Seite!«, sage ich voller Inbrunst. »Natürlich tue ich das. Ich habe einfach nicht nachgedacht. Ich habe versucht, unabhängig zu sein, meine Karriere anzuschieben.«

»Das weiß ich.« Er seufzt. »Und ich meine damit keineswegs, dass nicht jeder von uns er selbst sein sollte. Wenn du für deinen Beruf hier leben musst, dann musst du das auch tun, und wir werden dafür sorgen, dass es funktioniert.« Mit verspanntem Lächeln sieht er mich an. »Ich kann nicht gerade behaupten, dass ich mich auf ein Leben ohne dich freuen würde, aber wenn das wirklich dein Traum ist, werde ich dir nicht im Weg stehen.« Er zögert, lässt die Bierflasche zwischen seinen Fingern rotieren, dann stellt er sie hart auf den Tisch. »Aber wir müssen ehrlich zueinander sein. Anders geht es nicht, Becky. Ehrlichkeit ist die Grundvoraussetzung für eine funktionierende Beziehung.«

»Ich weiß.« Ich schlucke. »Ich weiß es ja.«

O Gott, sollte ich ihm schnell noch sagen, dass Elinor heute Abend kommt? Ihm alles erklären? Mein Eingreifen begründen, die ganze Geschichte erzählen, damit er mich versteht?

Aber es ist zu spät. Als ich eben tief Luft hole, schellt es schrill an der Haustür, und ich merke, wie sich mir der Magen zusammenkrampft. Sie ist da. Hilfe. Sie ist da.

»Ich gehe schon«, sage ich hastig und renne zur Tür, bevor Luke sich rühren kann. »Jeff, ich mach das schon!«, rufe ich, als ich seine schweren Schritte aus dem Fernsehraum kommen höre. »Ich weiß, wer es ist!«

Ich habe Elinor den Code für das Tor gegeben und Mitchell gesagt, dass er Echo den Abend über wegsperren soll.

Mein Herz rast, als ich die Haustür öffne. Und da steht sie. Meine Schwiegermutter. Zuallererst sehe ich die Nervosität in ihrem Blick. Als Zweites sehe ich das Kleid. Sie trägt ein Kleid. Ein Wickelkleid. Elinor Sherman trägt ein *Wickelkleid*?

Staunend blinzle ich. Ich habe Elinor noch nie in etwas anderem als einem Kostüm gesehen, höchstens mal in einem förmlichen Abendkleid. Woher hat sie das? Sie muss extra losgegangen sein, um es zu kaufen.

Es passt ihr nicht besonders. Sie ist so dürr, dass es ihren Körper etwas zu locker umhüllt. Und ich hätte an ihrer Stelle auch nicht dieses bräunlich-cremefarbene Muster gewählt. Aber entscheidend ist, dass sie drinsteckt. Sie hat sich bemüht. Es ist, als hätte sie ihre Rüstung abgelegt.

Auch ihre Haare sind anders. Ich kann noch nicht genau sagen, inwiefern, aber Elinors Haare waren mir schon immer ein Rätsel. Sie sehen eher aus wie ein Helm. (Manchmal frage ich mich sogar, ob sie echt sind.) Aber heute Abend fallen sie etwas lockerer. Weicher.

»Du siehst toll aus!«, wispere ich und drücke ihre knochige Hand. »Sehr schön! Okay. Bereit?«

Als wir zur Küche gehen, wird mir vor Aufregung ganz übel, aber ich zwinge mich, nicht stehen zu bleiben. Ich kann es schaffen. Ich muss es schaffen. Wir dürfen Elinor nicht für den Rest unseres Lebens verstoßen.

Und dann sind wir in der Küche. Ich hole den schweren Schlüssel aus der Schublade, in der ich ihn vor Minnie verstecke, und schließe eilig die Tür ab. Gespannt halte ich die Luft an und wende mich Luke zu.

Ich weiß nicht, was ich erwartet habe, ich weiß nicht, was ich mir erhofft habe…

Okay, ich weiß sehr wohl, was ich mir erhofft habe. Im Stillen habe ich gehofft, dass Luke aufblicken würde, dass seine Miene von Schreck über reumütige Einsicht zu weiser Akzeptanz wechseln und er schlicht und ergreifend sagen würde: *Mutter. Es ist an der Zeit, Frieden zu schließen. Das sehe ich jetzt ein.* Und dann bräuchten wir gar keine Intervention.

Doch es kommt alles ganz anders. Schockiert starrt er Elinor an, zeigt keine Regung. Oder falls doch, wird er noch düsterer. Als sein Blick auf mich fällt, verwandelt sich sein Schock in wütenden Zorn. Zum allerersten Mal macht er mir direkt Angst.

»Das soll wohl ein Witz sein«, sagt er eisiger, als ich ihn je erlebt habe. »Das soll ja wohl ein beschissener Witz sein!«

»Es ist kein Witz«, entgegne ich mit bebender Stimme.

Luke starrt mich noch einen Moment lang an, dann marschiert er zur Küchentür, ohne Elinor auch nur eines Blickes zu würdigen.

»Ich habe abgeschlossen«, rufe ich ihm hinterher. »Das hier ist eine Intervention!«

»Eine *was*?« Er fährt herum, eine Hand auf dem Türgriff.

»Eine Intervention. Wir haben ein Problem zu lösen, und wir werden diesen Raum erst wieder verlassen, wenn wir es gelöst haben«, sage ich mutiger, als mir zumute ist.

Eine Weile rührt sich niemand vom Fleck. Luke blickt mir

starr in die Augen, und es ist, als führten wir ein lautloses Gespräch. Es ist, als könnte ich seine Worte hören: *Nee, ne?* Und ich antworte: *Doch, doch!*

Schließlich dreht sich Luke zum Kühlschrank um und holt eine Flasche Wein heraus. Er schenkt ein Glas voll und reicht es Elinor mit den Worten: »Was willst du?«

Mich verlässt der Mut. Er klingt wie ein aufmüpfiger Zweijähriger.

»Sie ist deine Mutter«, sage ich. »Sprich nicht so mit ihr.«

»Sie *ist* nicht meine Mutter«, widerspricht Luke scharf.

»Ich *bin* nicht seine Mutter«, sagt auch Elinor, sogar noch schärfer, und ich sehe die Überraschung in Lukes Augen.

Die beiden sind sich so ähnlich. Ich meine, das ist das Irrwitzige daran. Sie sehen aus, als stammten sie aus derselben Matrjoschkapuppe, stehen starr und steif da, erhobenen Hauptes, mit stählernem Blick, unerbittlich.

»Das Recht, deine Mutter zu sein, habe ich schon vor vielen Jahren verwirkt«, sagt Elinor etwas leiser. »Das weiß ich, Luke. Aber ich wäre gern Minnies Großmutter. Und deine … Freundin.« Sie wirft mir einen Blick zu, und ich nicke ermutigend.

Ich weiß, wie schwer es Elinor fallen muss. Es kostet sie einiges an Überwindung. Aber ich finde, mit der aufgelockerten Frisur und dem Glas Wein in der Hand klingt sie fast normal, wenn sie das Wort »Freundin« ausspricht. Zögerlich geht sie einen Schritt auf Luke zu, und ich wünschte so sehr, dass er sie sehen könnte, wie ich sie sehe. Aber das Misstrauen steht ihm im Gesicht geschrieben. Er *will* es nicht sehen.

»Ich kapier es immer noch nicht«, sagt er. »Was willst du?«

»Sie ist hier, weil die ganze Situation total bescheuert ist!«, rufe ich, unfähig, mich zu beherrschen. »Ihr seid vom selben Stamm. Ihr seid miteinander verstrickt, ob ihr es wollt oder nicht. Und eines Tages werdet ihr beide tot sein!«

Okay, das ist mir so rausgerutscht. Weiß gar nicht, worauf ich damit hinauswollte.

»Wir werden beide tot sein?«, fragt Luke ungläubig. »Was hat das denn damit zu tun?«

»Weil …« Einen Moment lang weiß ich nicht weiter. »Weil ihr im Himmel oder sonst wo herumschweben werdet, okay?«

»Im Himmel herumschweben?« Luke zieht eine Augenbraue hoch.

»Ja. Und wenn ihr dann auf euer Leben zurückblickt, werdet ihr euch weder an Streit noch an Kränkungen erinnern, sondern allein an die *Beziehung*, die ihr zueinander hattet. Eure Verstrickungen bestimmten euer ganzes Leben, und wenn ihr eine Masche fallen lasst, entsteht ein Loch im Muster, Luke. Das darfst du nicht zulassen.«

Luke reagiert nicht. Hört er überhaupt zu?

»Bist du dir darüber im Klaren, dass du auch Minnies Muster verdirbst, wenn du den Kontakt zu deiner Mutter verweigerst?« Langsam werde ich warm. »Und was ist mit meinem Muster? Weißt du, Luke, im Leben geht es nicht allein um ein einziges Muster. Alle Muster sind miteinander verwoben und ergeben so etwas wie ein weltweites Netz von Mustern, ein *Über*-Muster und …«

»Es reicht!«, bellt Luke. »Genug von deinen dämlichen Mustern!«

Verletzt blicke ich ihn an. Eigentlich war ich ganz stolz auf meine Mustertheorie. Da sehe ich aus den Augenwinkeln, dass Elinor sich in Richtung Tür zurückzieht. Sie will doch nicht etwa abhauen, oder?

»Wo gehst du hin?« Ich halte sie fest. »Erzähl ihm vom Strandhaus!«

»Strandhaus?« Luke bringt es fertig, das Wort düster und verdächtig klingen zu lassen.

Ich stoße Elinor an, dass sie was sagen soll. Ehrlich, die beiden stehen sich wirklich selbst im Weg.

»Dirk Greggory ist gestorben«, sagt Elinor. »Wenn ich mich recht erinnere, hat es dir in seinem Haus immer so gut gefallen. Es gäbe die Möglichkeit für einen allerletzten Besuch, bevor seine Tochter es verkauft. Ich müsste der Familie nur Bescheid geben.«

»Oh.« Luke klingt erstaunt. »Aha.«

»Ich habe ein Foto von damals dabei«, fährt Elinor zu meiner Überraschung fort und greift in ihre Handtasche.

Sie holt ein antik aussehendes Krokokästchen hervor und klappt es auf. Zuallererst sehe ich ein altes Schwarz-Weiß-Foto eines unglaublich gut aussehenden Mannes, über das Elinor eilig hinwegblättert. Sie geht etwa fünf weitere Fotos durch, dann nimmt sie eines davon und reicht es Luke.

»Erinnerst du dich daran?«

Neugierig werfe ich einen Blick auf das Bild und sehe einen jüngeren Luke, der barfuß an einem breiten weißen Sandstrand steht, im Polohemd, mit hochgekrempelter Leinenhosen. Er hält einen Holzspaten in der Hand und lacht. Der Wind hat seine langen Haare zerzaust. Ich werde direkt ein bisschen eifersüchtig. Ich wünschte, ich hätte ihn damals schon gekannt.

Luke widmet dem Foto kaum einen Blick. »Das ist lange her.«

»Du warst dreiundzwanzig. Es kommt mir vor, als wäre es erst vor ein, zwei Jahren gewesen.« Wortlos legt Elinor ein weiteres Foto darauf. Auf diesem Bild ist auch sie zu sehen. Sie trägt eine dermaßen grauenvolle Kombination aus senffarbenem Neckholder-Top und Hose, dass ich fast aufstöhne. Ihre Sonnenbrille ist allerdings ganz cool und das Motiv einfach fantastisch. Die beiden stehen auf einem Boot, hinter ihnen das weite Meer.

»Du trägst Fotos mit dir herum?«, kann ich mir nicht verkneifen. Sofort sieht Elinor aus, als hätte ich sie ertappt.

»Ein paar«, antwortet sie, und ihr Gesicht versteinert sich.

Fasziniert denke ich, dass sie wie eine Schnecke ist. Jedes Mal, wenn man sie berührt, zieht sie sich zurück. Allerdings kann man Schnecken zähmen.

Kann man Schnecken eigentlich *wirklich* zähmen? Okay, sie ist keine Schnecke, sie ist eine… Schildkröte. Nein. Ein Erdmännchen? Nein. Weiß der Geier, was sie ist. Auf jeden Fall scheint dieses Foto Luke zu erreichen. Ich kann nicht sagen, ob es das Meer oder das Boot oder Elinors unmöglicher Aufzug ist, aber irgendwas hat ihn gepackt.

»Minnie würde es dort gut gefallen.« Er blickt zu mir auf. »Und dir auch. Es ist ein magischer Ort. Der Sand, das Meer… einfach unglaublich.«

»Ihr könntet jederzeit ein Boot mieten«, wirft Elinor ein.

»Minnie sollte Segeln lernen.« Luke hat diesen abwesenden Ausdruck im Gesicht, wie immer, wenn er Pläne schmiedet. »Becky, du musst auch Segeln lernen.«

Luke hat während unserer Ehe schon mehrmals vom Segeln gesprochen, und bisher konnte ich es vermeiden.

»Ich kann es kaum erwarten!«, sage ich freudig.

Der Ofen plingt, und alle zucken zusammen. Es ist, als wären wir wieder zum Leben erwacht. Einen schrecklichen Augenblick lang denke ich, dass Luke wieder zu seinem kalten, wütenden Ich zurückkehrt und Elinor rauswirft. Stattdessen jedoch blickt er von dem Foto auf und mustert uns beide abwechselnd. Er tritt ans Fenster, seufzt schwer und wischt sich mit flachen Händen übers Gesicht.

Ich weiß, dass es jetzt in seinem Kopf arbeitet. Dabei darf er nicht bedrängt werden. Wir müssen ihn einfach in Ruhe lassen. Elinor orientiert sich an mir. Reglos steht sie da, atmet flach.

»Okay, vielleicht geht das alles schon viel zu lange so«, sagt Luke schließlich. »Ich würde gern … neu anfangen.«

Als die Worte aus seinem Mund kommen, gehe ich vor Erleichterung fast in die Knie. Elinor rührt sich nicht, aber ich habe gelernt, auch in ihrer Miene zu lesen. Die beiden Falten an ihrem Kinn haben sich entspannt, was bei ihr so viel wie *Puh!* bedeutet.

»Das möchte ich auch«, sagt sie mit leiser Stimme. »Ich habe es genauso gemeint, wie ich es vorhin gesagt habe.«

»Ich weiß. Und ich habe es nicht so gemeint, wie ich es vorhin gesagt habe.« Luke lächelt ein reuiges, jungenhaftes Lächeln, bei dem mir das Herz aufgeht. Es war nicht leicht für ihn, die eine Mutter zu verlieren und die andere zu verachten. »Komm her.« Er gibt Elinor einen Kuss auf die Wange. »Bleibst du zum Essen?«

»Tja …« Elinor wirft mir einen fragenden Blick zu, und ich nicke.

»Gibst du mir jetzt den Schlüssel?«, fragt mich Luke.

»Möglich«, sage ich im Scherz und gebe ihn her.

»Und du musst unbedingt Minnie kennenlernen«, fügt er an Elinor gewandt hinzu. »Sie ist bestimmt noch wach. Ich hol sie eben.« Er schließt die Küchentür auf und ruft: »Minnie! Hier ist jemand, den du kennenlernen musst!« Beim Hinausgehen fügt er an Elinor gewandt hinzu: »Du hast sie zuletzt gesehen, als sie noch ein Baby war. Du wirst deinen Augen nicht trauen!«

Minnie.

Mist. Minnie. Nach allem, was Luke weiß, kennen sich Minnie und Elinor nicht. Ein Blick zu Elinor sagt mir, dass wir beide genau dasselbe denken.

Okay. Keine Panik. Alles wird gut. Ich muss nur kurz überlegen. Mir was einfallen lassen. Denk nach, denk nach …

Ich höre Minnie die Treppe heruntertappen und Luke, der ihr folgt und sagt: »Pass auf, Minnie. Ich habe eine Überraschung für dich.«

»Überraschung!«, freut sich Minnie. »Geschenk?«

»Nein, kein Geschenk, ein Mensch, und da ist sie schon…«

Die Küchentür geht auf, und Minnie steht da, ein zierliches Persönchen im weißen Rüschennachthemd mit Häschenpuschen.

»Ladyyyyyy!«, kreischt sie begeistert.

»Das ist deine Großmutter!«, sagt Luke mit schwungvoller Geste. »Minnie, diese Lady ist *meine* Mutter. Möchtest du ihr Hallo sagen?«

Minnie hört ihm gar nicht zu. Sie rennt hinüber, klammert sich an Elinors Bein, dann versucht sie, ihre Handtasche aufzukriegen.

»Ladyyyyy!«, kräht sie. »Daddy, das ist Ladyyyy!« Sie findet ein Puzzle in Elinors Tasche und holt es triumphierend hervor. »Puzzle, Lady! Machen am Tisch«, erklärt sie, als sie auf den Stuhl klettert. »Am *Tisch*.«

Völlig perplex starrt Luke die beiden an.

»Sie kennt sie«, sagt er staunend. »Minnie, Schätzchen, kennst du deine Großmutter?«

»Nich Gromudder«, sagt Minnie verächtlich. »Ist *Ladyyyyy*.«

»Sie kennt dich.« Er spricht Elinor direkt an. »Woher könnte sie dich kennen? Sie hat dich zuletzt gesehen, als sie noch ein Baby war.«

»Sie kennt Elinor nicht!«, sage ich eilig. »Sei nicht albern! Sie will nur nett sein!« Doch meine Stimme klingt selbst in meinen Ohren falsch.

Ich sehe, wie es Luke langsam dämmert.

»Sie sprach davon, dass sie eine Lady gesehen hat. Wir wussten nicht, wen sie damit meinte.« Er fährt zu mir herum, plötzlich bleich vor Zorn. »Das war meine Mutter, habe ich recht? Becky, was hast du hinter meinem Rücken getrieben? Und keine Lügen mehr!«

Er klingt dermaßen selbstgerecht, dass er meine Empörung weckt. Er hat ja keine Ahnung. *Nicht die geringste.*

»Okay, ich habe Elinor zusammen mit Minnie besucht!«, rufe ich. »Weil sie ihre Großmutter ist und die beiden sich kennenlernen sollten! Und bevor du jetzt selbstherrlich wirst – möchtest du wissen, was wir sonst noch gemacht haben, Luke?«

»Rebecca«, sagt Elinor warnend, doch ich ignoriere sie.

»Wir haben deine Geburtstagsparty geplant! Du dachtest, Suze und Tarquin wären es gewesen. Tja, waren sie aber nicht! Es war deine Mutter. Sie hat die ganze Feier geplant und bezahlt, und sie wollte dafür nicht mal gewürdigt werden, obwohl es nur fair wäre! Weil sie es war. Es war Elinor.«

Schwer atmend komme ich zum Ende. Endlich. *Endlich.* Schon so lange schleppe ich dieses Geheimnis wie eine schwere Bürde mit mir herum.

»Ist das wahr?« Luke klingt erschüttert.

Ich bin unsicher, ob er Elinor oder mich fragt. Sie antwortet jedenfalls nicht. Vielmehr sieht sie aus, als wäre sie zur Salzsäule erstarrt. Alle Wärme ist verflogen, und ihre Augen sind nur noch dunkle, eisige Punkte.

»Ich bin nicht hergekommen, damit du davon erfährst, Luke«, sagt sie, und ihre Stimme ist ein zorniges Krächzen. »Deshalb bin ich bestimmt nicht hier. Du solltest es nicht erfahren, du hättest es *nie* erfahren sollen.« Ihre Wangen beben, und während ich sie so ansehe, bin ich plötzlich wie vor den Kopf gestoßen. Fängt sie …

Nein.

Fängt sie gleich an zu *weinen*?

»Elinor«, sage ich verzweifelt. »Elinor, es tut mir leid, aber er musste es erfahren.«

»Nein.« Sie will mir nicht in die Augen sehen. »Nein, Rebecca. Du hast alles verdorben. Lebwohl, Minnie.«

Zu meinem abgrundtiefen Entsetzen nimmt sie mit zitternden Händen ihre Tasche und geht hinaus.

»Ladyyyy!«, kreischt Minnie. »Nicht gehen!«

Wie gelähmt sehe ich nur zu, schaffe es nicht, ihr hinterherzulaufen. Erst als ich die schwere Haustür ins Schloss fallen höre, komme ich in Bewegung. Ich fühle mich so schrecklich schuldig und kann nicht anders, als mich gegen Luke zu wenden.

»Bist du jetzt zufrieden?«, fahre ich ihn an. »Du hast das Leben deiner Mutter zerstört. Ich hoffe, du bist stolz auf dich.«

»Ihr Leben zerstört? Das glaube ich kaum.«

»Wohl! Sie will nur alles wiedergutmachen und zur Familie gehören und Minnie sehen. Begreifst du nicht, Luke? Sie will sich deine Liebe nicht erkaufen. Sie wollte nicht, dass ich dir von der Party erzähle. Sie hat die ganze Feier von ihrem Versteck aus beobachtet, wollte aber nicht rauskommen. Und dann hast du dich so überschwänglich bei Suze und Tarkie bedankt. *Die* beiden wussten, dass Elinor der Dank gebührt. Sie haben sich schrecklich dabei gefühlt.«

»Also wussten alle Bescheid, nur ich nicht«, presst Luke hervor. »Hätte ich mir denken können.«

»Ladyyyy!«, heult Minnie, als Lukes Blackberry eine SMS empfängt. »Wo Ladyyyy?« Mit entschlossener Miene steht sie vom Tisch auf. »Ladyyyy suchen.«

»Minnie, Lady musste zurück zu ihrem eigenen Zuhause«, sage ich eilig. »Aber ich erzähl dir gleich eine Gutenachtgeschichte über Lady. Würde dir das gefallen? Und dann kannst du einschlafen, und morgen unternehmen wir was Schönes ...« Ich stutze, als mir der seltsame Ausdruck auf Lukes Gesicht auffällt. »Was ist?«

440

Luke sagt nichts. Er betrachtet nur sein Telefon. Er sieht mich an, dann konzentriert er sich wieder auf sein Display. Okay, das gefällt mir nicht.

»Was?«, frage ich. »Raus damit!«

Wortlos hält mir Luke sein Handy hin. Ich werfe einen Blick auf den kleinen Bildschirm und sehe ein Foto von Minnie in unserer Auffahrt, in erwachsener, aufreizender Pose.

»Es ist auf der Website von *USA Today*«, sagt er, und mir wird ganz anders.

»Lass mal sehen.« Ich greife mir das Handy und traue meinen Augen nicht. Sie haben es fertiggebracht, Minnie erwachsen und erfahren und entsetzlich aussehen zu lassen. Ich bin mir sicher, dass man ihre Lippen bearbeitet hat, damit sie aussieht, als wäre sie geschminkt.

»Das war Sages Schuld«, sage ich, als ich ihm sein Handy wiedergebe. »Sie hat Minnie dazu ermutigt. Ich habe sie aufgehalten, sobald ich gesehen habe, was da vor sich geht. Wer hat es dir geschickt?«

»Aran. Aber ich glaube, er hat unsere Nummern verwechselt, denn die Nachricht war eigentlich für dich. Er scheint zu glauben, dass du dich darüber freust. Es *festigt das Profil der gesamten Familie*, wie er es formuliert.«

Ein Vorwurf spricht aus Lukes Stimme, wie mir plötzlich klar wird.

»Dass ich mich darüber *freue*?«, wiederhole ich entsetzt. »Selbstverständlich freue ich mich nicht. Ich war total sauer! Ich habe ihnen gesagt, dass sie es lassen sollen! Luke, du glaubst doch nicht…« Angesichts seiner Miene halte ich inne. Mit angewidertem Gesichtsausdruck betrachtet er sein Handy.

»Gerade hat Aran mir versehentlich noch eine SMS geschickt. Du solltest ihm wirklich bald mal deine richtige Nummer geben.«

»Oh«, sage ich nervös. »Was schreibt er?«

»Er hat den Termin mit den Produzenten von *Schöner geht immer* vereinbart, über den ihr gesprochen hattet«, sagt Luke mit seltsam tonloser Stimme. »Er hat denen zu verstehen gegeben, dass du schon ganz gespannt bist, und sie können es kaum erwarten, dich kennenzulernen.«

Ich kann es nicht glauben. Ich habe Aran doch *gesagt*, dass ich kein Interesse daran habe.

»Das hat nichts zu bedeuten. Mach dir keine Gedanken. Es ist nur eine …«

»Ich weiß genau, was es ist«, sagt Luke noch immer mit derselben Stimme. »Es ist eine Realityshow, bei der es um Schönheitschirurgie geht. Willst du den Ruhm wirklich so dringend, Becky? Bist du bereit, deinen Körper schlachten zu lassen, um prominent zu werden? Bist du bereit, Minnie allein zu lassen und dich dem Risiko auszusetzen, verletzt zu werden oder zu sterben, nur um auf einem roten Teppich zu stehen?«

»Nein!«, rufe ich entsetzt. »Luke, so was würde ich doch nie tun.«

»Und wieso triffst du dich dann mit ihnen?«

»Tu ich ja nicht! Ich habe Aran gesagt, dass ich es nicht machen werde! Das muss ein Riesenmissverständnis sein.«

»Warum sollte Aran ein Meeting vereinbaren, obwohl du kein Interesse bekundet hast?« Er klingt unerbittlich.

»Ich weiß es nicht!«, sage ich verzweifelt. »Luke, bitte glaub mir! Ich habe Aran gesagt, dass ich kein Interesse habe. Ich würde dich doch nicht anlügen.«

»Ach wirklich? Der war gut, Becky.« Er schnaubt ein böses Lachen hervor. »Du würdest mich nicht anlügen. Der war echt gut.«

»Okay.« Ich raufe mir die Haare. »Ich weiß, ich habe geflunkert, was Minnie und Elinor angeht. Und Sage und Lois.

Aber das war was anderes. Luke, du kannst doch nicht ernstlich glauben, dass ich mich im Fernsehen operieren lasse?«

»Becky, wenn ich absolut ehrlich sein soll«, erwidert er mit steinerner Miene, »habe ich keine Ahnung mehr, was in dir vorgeht.«

»Aber…«

»Wo Ladyyyy?«, unterbricht mich Minnie. »Wo Lady hin?«

Ihr kleines Gesichtchen ist so unschuldig und gutgläubig, dass ich ohne jede Vorwarnung in Tränen ausbreche. Niemals, *nie im Leben* würde ich sie für Publicity ausnutzen. Niemals, *nie im Leben* würde ich für eine dämliche Realityshow so ein Risiko eingehen. Wie kann Luke das bloß glauben?

Er zieht seine Jacke über und geht zur Küchentür, immer noch mit dieser distanzierten Miene. »Mach dir meinetwegen keine Gedanken ums Abendessen.«

»Wo gehst du hin?«, frage ich.

»Meine Assistentin hatte mir ursprünglich einen Platz im Nachtflug nach New York reserviert. Ich wollte eigentlich erst morgen früh fliegen, aber ich wüsste nicht, warum ich warten sollte. Vielleicht kann sie mich immer noch heute Abend in der Maschine unterbringen, dann könnte ich mich mit Gary treffen.«

»Du willst weg?«, frage ich betrübt.

»Ist das für dich von Bedeutung?«

»Natürlich ist es für mich von Bedeutung!« Meine Stimme zittert gefährlich. »Luke, du hörst nicht zu! Du verstehst mich nicht!«

»Nein«, gibt er zurück. »Da hast du recht. Tu ich nicht. Ich weiß weder, was du willst, noch, warum du es willst oder was dir überhaupt etwas bedeutet. Du hast dich verirrt, Becky. Total verirrt.«

»Hab ich nicht!« Unvermittelt muss ich schluchzen. »Ich hab mich nicht *verirrt*.«

Aber Luke ist weg. Ich sinke auf meinen Stuhl zurück, bebend vor Entsetzen. So viel zu meiner Intervention. Elinor ist gegangen. Luke ist gegangen. Ich habe alles noch viel, viel schlimmer gemacht.

Wie konnte er glauben, ich würde mich einer Schönheitsoperation unterziehen? Wie konnte er glauben, ich würde Minnie benutzen?«

»Wo Ladyyyy?«, fragt Minnie wieder. Neugierig sieht sie mich an. »Mami weint«, fügt sie gleichmütig hinzu.

»Komm mit, Süße.« Mit unendlicher Mühe zwinge ich mich aufzustehen. »Bringen wir dich ins Bett.«

Minnie ist nicht scharf darauf, ins Bett zu gehen, und wenn ich ehrlich sein soll, kann ich es ihr nicht verdenken. Es dauert ewig, sie wieder unter ihre Decke zu locken, und am Ende lese ich ihr *Weißt du eigentlich, wie lieb ich dich hab?* mindestens zehnmal vor, und immer wenn wir fertig sind, ruft sie: »Noch mal! Meeeeehr! Meeeeeeehr!«, und ich kann ihrem Bitten und Betteln nicht widerstehen. Ich glaube, die vertrauten Worte zu hören ist für sie genauso beruhigend wie für mich.

Und dann, als ich eben aus ihrem dunklen Zimmer schleiche, höre ich unten die Haustür knallen. Es ist wie ein Stich ins Herz. Er ist weg und hat sich nicht mal verabschiedet. Das tut er sonst immer.

Ich bin ganz benommen. Ich weiß nichts mit mir anzufangen. Schließlich gehe ich wieder in die Küche, bringe mich jedoch nicht dazu, etwas zu essen, und das nicht nur, weil es ekligen Quinoa-Auflauf von dieser blöden Website *Eat Good & Clean* gibt, auf die ich nie, nie wieder gehe. Also sitze ich nur so am Tisch, während meine Gedanken darum rotieren, wann und wo genau es eigentlich so schrecklich schiefgegangen ist.

Und dann höre ich einen Schlüssel in der Haustür, und

mir fällt ein Stein vom Herzen. Er ist zurückgekommen. Er ist wieder da! Ich wusste es.

»Luke!« Eilig renne ich in die Eingangshalle. »Luke … oh.«

Es ist nicht Luke. Es ist Suze. Sie sieht müde aus, und als sie ihre Jacke auszieht, fällt mir auf, dass sie die Nagelhaut an ihren Fingern abgekaut hat, was sie immer macht, wenn sie gestresst ist.

»Hi«, sagt sie nur. »Mit den Kindern alles okay?«

»Gucken *Wall-E*.« Ich nicke. Es könnte sein, dass sie sich den Film schon zum zweiten Mal ansehen, obwohl ich das Suze gegenüber nicht erwähnen werde. »Was ist mit Tarkie passiert? Hast du ihn gefunden? Ist er okay?«

Suze mustert mich einen Moment. Sie sieht aus, als hätte ich mir einen Scherz erlaubt, der nicht sonderlich lustig war – im Grunde eher geschmacklos.

»Ich habe keinen Schimmer, ob er okay ist, Becky«, sagt sie schließlich ganz merkwürdig. »Es hat sich nämlich herausgestellt, dass Tarkie gar nicht im Golden Peace war. Er ist überhaupt nicht mehr in L.A. Er hat mir von irgendeiner Raststätte aus geschrieben.«

»Einer Raststätte?«, wiederhole ich erstaunt. »Wo denn?«

»Hat er nicht gesagt.« Ich merke, dass Suze sich alle Mühe gibt, die Ruhe zu bewahren, aber es will ihr nicht recht gelingen. »Er hat mir überhaupt nichts gesagt. Und jetzt geht er nicht mal mehr ans Telefon. Ich habe keine Ahnung, wo er ist. Ich habe keine Ahnung, was er treibt. Er könnte sonst wo sein«, keift sie vorwurfsvoll. »Und an allem ist nur dein Dad schuld!«

»Mein *Dad*?«, frage ich verblüfft.

»Er hat ihn auf irgendeine sinnlose Suche mitgeschleppt.« Anklagend funkelt Suze mich an. »Offenbar muss er irgendwas in Ordnung bringen. Was ist das? Was muss er in Ordnung bringen? Wo sind sie hin?«

»Ich weiß es nicht.«

»Du musst doch eine Ahnung haben.«

»Nein! Hab ich nicht!«

»Hast du denn nicht mit deinem Dad gesprochen, Bex? Weißt du denn nicht, was er hier will? *Interessiert* es dich denn gar nicht?« Suze klingt so scharf, dass ich zurückweiche. Erst Mum, dann Luke, jetzt Suze.

»Ich wollte ja mit ihm reden.« Ich weiß, wie lahm das klingt, und vor Scham wird mir ganz heiß. *Warum* nur habe ich mich nicht ein einziges Mal richtig mit Dad hingesetzt? »Ich weiß nur, dass es was mit irgendeinem alten Freund zu tun hat, den er von einer Reise vor vielen Jahren kennt.«

»Mit irgendeinem alten Freund«, wiederholt Suze sarkastisch. »Könntest du dich noch etwas vager ausdrücken?«

Ihr Ton ist so verletzend, dass ich mich unvermittelt aufbäume. »Wieso gibst du mir die Schuld? Ich kann doch nichts dafür!«

»Und ob du was dafür kannst! Du hast deinen Dad links liegen lassen, also hat er sich an Tarkie gehängt! Weißt du, dass sie sich gestern Abend betrunken haben? Tarkie ist im Moment leicht verletzbar. Er sollte sich nicht betrinken. Und dein Dad ist eine alte Schnapsnase.«

»Nein, ist er nicht! Wenn überhaupt, dann hat Tarkie *ihn* zum Trinken verleitet.«

»Quatsch.«

»Das ist kein Quatsch!«

Wir funkeln einander an, und da wird mir bewusst, dass wir noch Minnie wecken werden, wenn wir hier weiter herumstehen und uns anschreien.

»Hör zu«, sage ich leiser. »Hör zu, ich finde es raus. Ich finde heraus, wohin sie gefahren sind. Wir spüren sie auf.«

»Wo ist Luke?«

Ich versuche, den Schmerz vor ihr zu verbergen. Mir ist

im Moment nicht danach, Suze die Ereignisse dieses Abends anzuvertrauen.

»Auf dem Weg nach England«, sage ich sachlich. »Er muss mit dem Finanzministerium sprechen.«

»Na super. Ganz toll.« Suze hebt ihre Hand und lässt sie verzweifelt wieder sinken. »Ich dachte, er könnte uns helfen.«

Sie ist dermaßen am Boden zerstört, dass ich prompt pikiert bin. Dann ist Luke eben weg. Na und? Den brauchen wir nicht. Wir brauchen keinen Mann. Ich mag ja Mist gebaut haben, aber ich kann ihn auch wieder aus der Welt schaffen.

»Ich helfe dir«, sage ich entschlossen. »Ich mach das. Ich finde sie, Suze. Versprochen.«

SPENDENAUFRUF.COM

Schenke der Welt… Teile mit der Welt… Bereichere die Welt…

SIE BEFINDEN SICH AUF DER SPENDENSEITE VON:

DANNY KOVITZ

Persönliche Mitteilung von Danny Kovitz

Liebe Freunde,

wie viele von Euch wissen, ist es für mich das Jahr des »Zurückgebens«, der »Herausforderung an mich selbst«, der »Reise zu neuen Horizonten«.

Aufgrund gewisser Umstände, auf die ich keinen Einfluss hatte, musste ich meine geplanten Unternehmungen absagen. Jedoch werde ich mich nun einigen anderen – wenn auch gleichermaßen strapaziöser – Herausforderungen stellen, welche unten aufgeführt sind. Bitte verfolgt die Links und spendet großzügig, meine lieben, treuen Freunde.

Miami Cocktail Challenge
Wellness Challenge (Chiva-Som)
Wellness Challenge (Golden Door)
Cruise Challenge (Karibik)

Sollte jemand unter Euch sein, der mich zu diesen Unternehmungen begleiten möchte, so möge er sich keinen Zwang antun. Lasst uns gemeinsam die Welt verändern!

In Liebe
Danny xxx

21

Wo soll ich anfangen? Ich meine, wie findet man einen älteren Mann und einen leicht verstörten Aristokraten, die überall in L.A. oder Kalifornien oder *sonst wo* sein könnten.

Suze hat gestern Abend bei der Polizei angerufen, was jedoch nicht von Erfolg gekrönt war. Die kamen nicht gerade mit Sirengeheul zu uns gerast. Tatsächlich sind sie nirgendwohin gerast. Suze hat mir nicht verraten, was sie gesagt haben, aber ich habe gehört, dass sie am Telefon ziemlich sauer wurde. Ich schätze, die haben sie wohl darauf hingewiesen, dass Dad und Tarkie vermutlich irgendwo in einem Nachtclub sitzen und morgen früh wieder eintrudeln werden und dass sie nicht so einen Stress machen soll.

Was – tja, also – stimmen könnte.

Natürlich habe ich in Dads Zimmer nach Hinweisen gesucht. Zuerst fand ich einen Zettel auf seinem Kopfkissen, auf dem stand, dass er einen *kleinen Ausflug* mache und etwas *in Ordnung bringen* müsse, ich mir aber keine Sorgen machen solle, da er in *null Komma nichts* wieder da sei. Abgesehen davon bestanden meine Funde aus Folgendem:

1. Die Karte seiner Reise vor vielen Jahren
2. Ein Exemplar von *Vanity Fair* aus dem Jahre 1972
3. Eine Serviette von Dillon's Irish Bar (relevant?)

Zum wiederholten Mal sehe ich mir die Karte an. Ich halte sie ganz, ganz vorsichtig, weil sie ziemlich brüchig ist, und ich fahre mit dem Zeigefinger an der alten roten Kugelschreiberlinie entlang, die ihre Route markiert. Los Angeles, Las Vegas, Salt Lake City…

Was muss er »in Ordnung bringen«? Was ist los?

Zum millionsten Mal wünschte ich, ich hätte besser zugehört, als Dad mir von seiner Reise erzählt hat. Ich erinnere mich an vage Einzelheiten und Geschichten – wie sie zum Beispiel bei einem Pokerspiel ihren Mietwagen eingesetzt haben und wie sie sich im Death Valley verfahren haben und dachten, sie müssten sterben –, aber leider an nichts Brauchbares. Nichts, was uns in irgendeiner Form weiterhelfen würde.

Mum hatte auch keine Ahnung, als ich am Telefon mit ihr gesprochen habe. Sie befand sich in einem Zustand, in dem ich nichts Vernünftiges aus ihr herausbekommen konnte. Sie war beim Packen, und Janice half ihr dabei, und die beiden waren gerade vollauf damit beschäftigt, sich zu überlegen, wo man sein Geld verstecken sollte, für den Fall, dass man überfallen wird. Die beiden kommen mit der nächstmöglichen Maschine nach L.A. und lassen Martin zurück, damit er zu Hause »Telefondienst schieben« kann, wie Mum es formulierte. Sie ist überzeugt davon, dass Dad irgendwo tot im Graben liegt, und sagt dauernd »falls das Schlimmste passiert ist« und »falls er, so Gott will, noch am Leben ist«, bis mir schließlich der Kragen geplatzt ist und ich schrie: »Mum, er ist nicht tot!« Daraufhin warf sie mir vor, unsensibel zu sein.

Ich habe etwa fünf Nachrichten bei Brent Lewis' Schwester Leah hinterlassen, aber sie hat bisher nicht geantwortet. Das Einzige, was mir einfällt, ist, noch mal zu diesem Trailerpark zu fahren, in dem Brent Lewis gewohnt hat. Ich weiß, dass man ihn rausgeworfen hat, aber vielleicht bekomme ich von einem Nachbarn seine Nummer oder irgendwas. Er ist meine einzige Verbindung zu Dads Reise.

»Wenn du die Kleinen zum Kindergarten bringst, mache ich mich direkt auf den Weg zum Trailerpark«, sage ich zu Suze. »Jeff fährt mich hin.«

»Gut.« Suze sieht mich gar nicht richtig an. Sie hat mich seit gestern Abend nicht mehr richtig angesehen. Ihr Handy klebt an ihrem Ohr, und mit der anderen Hand rührt sie wie besessen in ihrem Tee herum, rührt und rührt und rührt.

»Wen rufst du an?«, frage ich.

»Alicia.«

»Oh.« Ich wende mich ab.

»Hi«, sagt Suze ins Telefon. »Nein. Nichts.«

Ich bin direkt verletzt. Sie brauchen nur wenige Worte, um einander zu verstehen, so wie man mit jemandem redet, der einem eng vertraut ist. So wie wir miteinander reden. Geredet haben.

Fast wollen mir bei dem Gedanken daran, dass Suze und Alicia so einträchtig miteinander sind, schon die Tränen kommen, aber schließlich habe ich auch nur zwei Stunden geschlafen. Immer wieder habe ich nachgesehen, ob ich eine SMS von Luke hätte, aber da war nichts. Ich habe Millionen Nachrichten an ihn entworfen, aber keine davon abgeschickt. Allein bei dem Gedanken an ihn stürzt eine solche Woge der Verzweiflung über mich herein, dass ich nicht mehr weiß, wo vorn und hinten ist.

Ich reibe mir die Augen und trinke meinen Kaffee aus. »Okay, Jeff«, rufe ich. »Wollen wir los?«

Als Jeff in die Küche kommt, wirkt er noch trübsinniger als sonst. Die Nachricht, dass Dad und Tarkie verschwunden sind, ist ihm nicht gut bekommen. Er scheint zu glauben, es sei seine Schuld, obwohl ich ihm versichert habe, dass das nicht der Fall ist.

»Das Gelände ist gesichert«, sagt er. »Mitchell patrouilliert mit Echo auf dem Grundstück.«

»Sehr gut. Danke.«

Jeff sieht nach der Küchentür, dann tritt er ans Fenster und fährt mit dem Finger übers Glas. Er murmelt etwas in sein Headset, dann sieht er noch mal nach der Tür. Gott im Himmel, er macht mich ganz nervös.

»Alles okay!«, sage ich. »Die Küche ist gesichert! Hören Sie, mein Dad hat sich einfach auf den Weg gemacht. Es war nicht Ihre Schuld.«

»Hätte nicht passieren dürfen«, sagt er gewichtig. »Nicht während meiner Wache.«

»Okay, fahren wir los! Vielleicht finden wir was raus.« Scharrend schiebe ich meinen Stuhl zurück. »Suze, ich halte dich auf dem Laufenden.«

»Gut.« Suze' Blick geht an mir vorbei. Sie kneift den Mund zusammen, und ihre Haare hängen herab. Bestimmt hat sie überhaupt nicht geschlafen.

»Hör mal, Suze«, sage ich vorsichtig. »Mach dir bitte keine Sorgen. Ich bin mir ganz sicher, dass alles in Ordnung ist.«

Sie antwortet mir nicht mal. Ich sehe, dass ihre Gedanken grimmig um die denkbar schlimmsten Möglichkeiten kreisen. Ich kann nichts mehr sagen.

»Okay.« Ich beiße mir auf die Lippe. »Also, wir sprechen später.«

Wir sind etwa zwanzig Minuten unterwegs, als mein Handy geht und ich erwartungsvoll danach greife. Aber es ist weder Suze noch Dad oder Luke, sondern Sage.

»Oh, hi, Sage.«

»Hey, Becky!« Ihre Stimme flötet fröhlich aus dem Telefon. »Bist du schon aufgeregt?«

»Wieso?«, frage ich verdutzt.

»Unsere *Camberly*-Show! Sie läuft in etwa zehn Minuten! Ich bin völlig neben der Spur. Eben hat Aran angerufen. Er meinte so: ›Es ist jetzt schon ein Riesending!‹ Ich meine, hast du die Klicks bei YouTube gesehen? Und das war erst der Trailer!«

»Ach so, ja.« Ich versuche, meine Gedanken von Dad loszureißen und auf Sages Welt zu lenken. »Ja, ich habe es gesehen. Phänomenal!«

Das stimmt. Es ist ziemlich phänomenal. Seit zwei Tagen laufen ununterbrochen Trailer für etwas, das sie *Lois & Sage – Der große Showdown* nennen. Es lief heute Morgen, als ich gerade dabei war, Kaffee zu kochen, aber wir haben den Fernseher ausgemacht, weil das alles etwas zu viel wurde.

(Also, eigentlich hat Suze ihr Handy nach dem Fernseher geworfen und geschrien: »Halt's Maul! Halt's Maul!« Daraufhin habe ich ihn ausgestellt.)

»Guckst du es dir an?«

»Aber sicher!«, sage ich und stelle den kleinen Fernseher im Wagen an. »Ich sitze gerade im Auto, aber ich schaue es mir hier an. Bestimmt siehst du ganz toll aus.«

»Atemberaubend«, sagt Sage zufrieden. »Und dann hatte ich noch diese Idee für mein Outfit zur Premiere heute Abend. Du musst rüberkommen und mir damit helfen. Wo bist du jetzt? Könntest du in – sagen wir – einer Viertelstunde hier sein?«

»In einer *Viertelstunde*?« Ich starre mein Handy an. »Nein. Tut mir leid. Ich habe heute Morgen was zu erledigen. So was wie ein familiärer Notfall.«

»Aber du willst mich doch stylen!«, erwidert Sage beleidigt.

»Ich weiß. Wir sind ja für nachher verabredet, weißt du noch? Können wir das dann besprechen?«

Es bleibt still im Hörer. O Gott. Ist Sage jetzt sauer?

»Was ist das für eine Idee?«, frage ich hastig. »Ich wette, sie ist genial.«

»Ich kann es dir nicht *erklären*. Ich muss es dir *zeigen*.« Sie seufzt ungehalten. »Okay. Wenn du jetzt tatsächlich nicht kommen kannst, müssen wir uns wohl später treffen. Dir werden so was von die Augen aus dem Kopf fallen.«

»Wow! Klingt ja spannend. Wir sehen uns später, okay?«

Ich lege auf und stelle den Fernseher lauter. Sie zeigen den Wetterbericht für die Ostküste, und ich merke, dass ich mich frage, ob Dad und Tarkie vielleicht ein Flugzeug genommen haben könnten.

Nein. Das würden sie nicht tun. Oder?

Obwohl ich mir sicher bin, dass Mum und Suze beide überreagieren, ist mir doch nicht wohl bei dem Gedanken. Menschen, die man liebt, sollten nicht einfach so verschwinden und einem nur sagen, dass sie »etwas in Ordnung bringen« müssen. Das sollten sie nicht tun.

Da merke ich, dass *Camberly* anfängt. Der bekannte Vorspann läuft über den Schirm, dann sieht man Bilder von Camberly im Abendkleid und joggend am Strand mit ihrem Hund, gegengeschnitten mit Aufnahmen von ihrem berühmten weißen Haus, in dem die Sendung »aufgezeichnet« wird. (In Wahrheit wird in einem Studio in L.A. gedreht. Das weiß doch jeder.) Normalerweise besteht die Sendung aus mehreren Teilen. Es gibt ein Interview und ein Lied und einen Kochbeitrag und gelegentlich einen spielerischen Wettkampf. Die heutige Sendung ist jedoch ein »Special«. Es geht ausschließlich um Lois und Sage. Sobald die Musik verklungen ist, richtet die Kamera ihren Blick auf die ernst dreinblickende Camberly vor einer Großaufnahme von Sage und Lois, die einander abschätzig mustern. Es wirkt alles sehr dramatisch.

»Willkommen in meinem Heim«, sagt Camberly mit ernster Stimme. »Und zu einem einzigartigen und bedeutsamen einstündigen Special. Sage Seymour. Lois Kellerton. Die beiden treffen zum ersten Mal seit ihrer bedenklichen Begegnung bei den ASAs wieder aufeinander. Wir sind gleich wieder da.«

Die Erkennungsmelodie setzt ein. Empört starre ich auf den Bildschirm. *Jetzt* schon ein Werbeblock? An das amerikanische Fernsehen werde ich mich nie gewöhnen. Gestern habe ich mir die Werbung mal angesehen – sie dauerte zwanzig Minuten. Volle zwanzig Minuten! (War allerdings ganz gut. Es ging um diesen genialen Barbecue-Grill, der »volle Restaurantqualität garantiert«, ohne die Kalorien. Ich habe mir die Nummer sogar notiert.)

Ungeduldig sitze ich vor der endlosen Werbung für Schmerzmittel, dann sehe ich, dass Sage auf dem Bildschirm erscheint, auf dem Sofa neben der erwartungsvollen Camberly. Zuerst ist es schrecklich langweilig, weil sie Sage bittet, ihr ganz genau zu berichten, was bei der Preisverleihung vorgefallen ist, in allen Details, und mindestens zehnmal zeigt sie das Video und fragt Sage immer und immer wieder: »Wie hast du dich dabei gefühlt?«

Sage gibt sich am Boden zerstört. Immer wieder benutzt sie Formulierungen wie: »Ich habe mich so hintergangen gefühlt.« Und: »Ich verstehe Lois einfach nicht.« Und: »Warum ich?« Alles mit gebrochener Stimme. Ich finde, sie übertreibt es etwas.

Dann gibt es *noch* einen Werbeblock – und endlich wird es Zeit für Lois' Auftritt. Obwohl ich weiß, dass die beiden sich das alles nur ausgedacht haben, schlägt mein Herz doch schneller bei dem Gedanken, sie gleich nebeneinander auf dem Sofa sitzen zu sehen. Gott weiß, wie gespannt erst die amerikanische Öffentlichkeit sein mag. Es ist ein echtes TV-Event.

Urplötzlich sind wir wieder im Studio, und Lois betritt das Set, in knallenger Röhrenhose und einem weißen Seidenhemd – mit dem Täschchen in der Hand! Unwillkürlich stöhne ich auf, und Jeff wirft einen Blick in den Rückspiegel.

»Sorry«, sage ich. »Ich sehe mir was im Fernsehen an.«

Sage und Lois mustern einander wie zwei feindselige Katzen, ohne ein Lächeln. Die Atmosphäre ist zum Zerreißen gespannt. Die Kameras wechseln von einer Nahaufnahme zur nächsten. Schweigend, sorgenvoll sieht Camberly den beiden zu.

»Hier, dein Täschchen.« Lois wirft es auf den Boden. Camberly zuckt vor Schreck zusammen, und mir entfährt ein empörtes Quieken. Sie wird noch den Strass kaputtmachen!

»Meinst du, ich will es wiederhaben?«, fragt Sage. »Du kannst es behalten.«

Moment mal. Ich bin doch leicht gekränkt. Es ist ein wirklich hübsches Täschchen. Für das ich im Übrigen noch keinen Penny gesehen habe.

»Ihr zwei habt euch seit der Preisverleihung nicht mehr gesprochen«, sagt Camberly und beugt sich vor.

»Nein«, antwortet Sage, ohne sich von Lois abzuwenden.

»Warum sollte ich sie sprechen wollen?«, wirft Lois ein.

Und plötzlich verliere ich die Geduld. Es ist so unecht. Sie werden sich Gemeinheiten an den Kopf werfen, und am Ende werden sie sich wahrscheinlich weinend in die Arme fallen.

»Wir sind da«, sagt Jeff und hält den Wagen an. »Wollen Sie das noch weitersehen?«

»Nein danke.« Ich stelle den Fernseher ab, werfe einen Blick aus dem Fenster und versuche, mich zu orientieren. Da ist das Eingangstor. Da stehen reihenweise Wohnwagen. Okay. Hoffen wir, dass ich hier ein paar Antworten bekomme.

»Ist das wirklich die Adresse?«, fragt Jeff, der argwöhnisch durch die Scheiben späht. »Sind Sie da sicher?«

»Ja, das ist es.«

»Na, dann sollte ich wohl besser mitkommen«, sagt er entschlossen und steigt aus dem Wagen.

»Danke, Jeff«, sage ich, als er mir die Tür aufhält.

Ich werde Jeff vermissen.

Diesmal halte ich direkt auf Stellplatz 431 zu, ohne einen Blick nach links oder rechts. Der Räumungsbefehl hängt immer noch an der Tür, und der Wohnwagen gegenüber ist abgeschlossen. Ich sehe, dass meine Karte nach wie vor im Fensterrahmen klemmt. Na toll. Offensichtlich hat die Frau sie nicht weitergegeben.

Ich komme an einem Mann vorbei, der ein Stückchen weiter draußen vor einem Wohnwagen sitzt, aber mir ist nicht danach zumute, ihn anzusprechen. Zum Teil, weil er mich komisch anguckt, und zum Teil, weil er einen riesigen Hund an der Kette hat. Ich sehe keine anderen Nachbarn außer ihm. Was soll ich jetzt machen? Ich setze mich auf einen Plastikstuhl, der aus unerfindlichem Grund mitten auf dem Weg steht, und gebe einen schweren Seufzer von mir.

»Wollen Sie jemanden besuchen?«, fragt Jeff, der mir kommentarlos gefolgt ist.

»Nein. Ich meine, ja, aber er musste ausziehen.« Ich deute auf das Schreiben an der Tür. »Ich möchte herausfinden, wo er geblieben ist.«

»Aha.« Das muss Jeff erst mal verdauen.

»Ich hatte gehofft, ich könnte mit einem Nachbarn sprechen«, erkläre ich. »Ich dachte, ich könnte eine Nachsendeadresse oder irgendwas bekommen.«

»Aha«, sagt Jeff noch mal, dann nickt er zum Wohnwagen hinüber. »Vielleicht ist er drinnen. Die Hintertür steht offen.«

Was? Das war mir überhaupt nicht aufgefallen. Vielleicht

ist er ja wieder da. Vielleicht sitzt Dad da drinnen bei ihm! Begeistert renne ich zur Wohnwagentür und klopfe an.

»Hallo?«, rufe ich. »Brent? Sind Sie da?«

Es dauert einen Moment, dann fliegt die Tür auf. Aber es ist nicht Brent. Es ist eine junge Frau. Sie ist etwas älter als ich, würde ich sagen, mit strohblonden Locken, Sommersprossen und wettergegerbtem Gesicht. Sie hat blassblaue Augen und sieht mich unfreundlich an. Ich rieche Toast, und im Hintergrund läuft leise Michael Jacksons *Beat It*.

»Was ist?«, fragt sie.

»Hi«, sage ich zögernd. »Tut mir leid, wenn ich Sie störe.«

Ein kleiner Hund kommt aus der Tür gelaufen und leckt an meinen Zehen. Es ist ein Jack Russell, und er trägt ein zauberhaftes lindgrünes Geschirr.

»Ach, wie süß!«, sage ich und gehe in die Hocke, um ihn zu streicheln. »Wie heißt er?«

»Scooter.« Die Frau rührt sich nicht von der Stelle. »Was wollen Sie?«

»O Verzeihung.« Ich richte mich auf und lächle sie höflich an. »Wie geht's?« Ich reiche ihr die Hand, und skeptisch greift sie danach. »Ich suche einen gewissen Brent Lewis. Kennen Sie ihn?«

»Das ist mein Dad.«

»Oh!« Erleichtert seufze ich. »Wunderbar! Also, er war mit meinem Dad befreundet, und ich glaube, mein Dad hat sich auf die Suche nach ihm gemacht, aber ich weiß nicht, wo er hin ist.«

»Wer ist Ihr Dad?«

»Graham Bloomwood.«

Es ist, als hätte ich *der Antichrist* gesagt. Der Schreck scheint ihr in die Glieder zu fahren, doch ihr Blick bleibt unverwandt auf mich gerichtet. Eine angetrunkene Härte spricht daraus, die mich total verunsichert. Was ist los? Was habe ich gesagt?

458

»Dein Dad ist *Graham Bloomwood*?«, fragt sie schließlich.

»Ja, kennen Sie ihn?«, frage ich vorsichtig.

»Und jetzt kommst du hierher, um dich daran zu weiden? Oder was?«

Mein Kinn sinkt herab. Habe ich irgendwas nicht mitgekriegt?

»Äh ... weiden?«, wiederhole ich schließlich. »Nein, wieso sollte ich hierherkommen, um mich an etwas zu weiden?«

»Wer ist der Typ?« Ihr Blick richtet sich auf Jeff.

»Ach. Er.« Ich räuspere mich verlegen. »Das ist mein Bodyguard.«

»Dein Bodyguard.« Sie gibt ein bitteres, ungläubiges Lachen von sich und schüttelt den Kopf. »Das passt.«

Das passt? Wieso passt das? Sie weiß doch gar nichts über mich.

Ah, sie hat mich erkannt! Ich *wusste*, dass ich berühmt bin.

»Erst seit dieser Sache im Fernsehen«, sage ich bescheiden seufzend. »In meiner Position braucht man Personenschutz. Ich meine, du kannst dir bestimmt vorstellen, wie das ist.«

Da fällt mir ein, dass sie vielleicht ein Autogramm haben möchte. Ich sollte mir wirklich ein paar von diesen glänzenden Fotos besorgen und immer dabeihaben.

»Ich könnte dir eine Serviette signieren«, schlage ich vor. »Oder einen Zettel?«

»Keine Ahnung, wovon du redest«, sagt die Frau mit unveränderter Stimme. »Ich guck kein Fernsehen. Muss man dich kennen?«

»Oh«, sage ich und komme mir ziemlich blöd vor. »Okay. Ich dachte ... na ja ... nein. Ich meine, irgendwie schon.« Dieses Gespräch ist kaum noch zu ertragen. »Hör mal, können wir reden?«

»Reden?«, wiederholt sie dermaßen sarkastisch, dass ich

zurückschrecke. »Es ist ein bisschen zu spät zum *Reden*, meinst du nicht?«

Verwundert starre ich sie an. »Entschuldige, ich kann nicht ganz folgen. Stimmt irgendwas nicht?«

»Gott im Himmel!« Sie schließt kurz die Augen und holt tief Luft. »Hör zu, nimm deinen kleinen Bodyguard und deine kleinen Designerschühchen und dein etepetete Stimmchen und verschwinde! Okay?«

Dieses Gespräch regt mich zunehmend auf. Warum ist sie so wütend? Ich kenne sie doch gar nicht. Warum hat sie gesagt, dass ich hierherkomme, um mich an etwas zu ergötzen?

Und welches etepetete Stimmchen? Ich habe kein etepetete Stimmchen.

»Hör mal.« Ich versuche, die Ruhe zu bewahren. »Können wir bitte noch mal von vorn anfangen? Ich möchte nur meinen Vater finden. Ich mache mir große Sorgen um ihn, und dieser Wohnwagen ist der einzige Anhaltspunkt, der mir einfallen will, und...« Ich weiß nicht weiter. »Entschuldige. Ich habe mich noch gar nicht richtig vorgestellt. Ich heiße Rebecca.«

»Ich weiß.« Sie sieht mich seltsam an. »Natürlich.«

»Und wie heißt du?«

»Auch Rebecca. Wir heißen alle Rebecca.«

Es ist, als stünde die Zeit still. Ein paar Sekunden lang starre ich sie nur an und versuche, ihre Worte zu verdauen. Aber sie ergeben keinen Sinn. *Wir heißen alle Rebecca.*

Wir sind alle... was?

Was?

»Das wusstest du doch.« Meine Reaktion scheint sie zu verwundern. »Das musst du doch gewusst haben.«

Habe ich irgendwas verpasst? Bin ich plötzlich in ein sonderbares Paralleluniversum abgerutscht? Wer ist *wir*?

Was zum Teufel geht hier eigentlich vor?

»Dein Dad hat meinen Dad besucht. Vor zwei Tagen.« Herausfordernd starrt sie mich an. »Ich glaube, die beiden haben es endlich miteinander ausgetragen.

»Was miteinander ausgetragen?«, frage ich verzweifelt. »*Was?* Sag es mir bitte!«

Es folgt langes Schweigen. Die andere Rebecca starrt mich nur mit zusammengekniffenen Augen an, als würde sie aus mir nicht schlau werden.

»Was hat dir dein Dad über diese Reise erzählt?«, fragt sie schließlich. »Diese Reise 1972.«

»Nicht viel. Ich meine, nur Kleinigkeiten. Sie waren beim Rodeo, sie haben Eis gegessen, mein Dad hatte einen schrecklichen Sonnenbrand.«

»Das ist alles?« Sie kann es nicht fassen. »Sonnenbrand?«

»Ja«, sage ich hilflos. »Was gäbe es denn sonst noch zu erzählen? Was meinst du damit, wir heißen alle Rebecca?«

»Gott im Himmel.« Sie schüttelt den Kopf. »Na, wenn du es nicht weißt, werde *ich* es dir sicher nicht sagen.«

»Du musst es mir sagen!«

»Ich muss *überhaupt nichts.*« Sie mustert mich von Kopf bis Fuß, und ich spüre die Verachtung in ihren Augen. »Ich weiß nicht, wo dein Dad ist. Und jetzt verpiss dich, Prinzessin.« Sie hebt den kleinen Hund hoch und knallt zu meinem Entsetzen die Wohnwagentür zu. Im nächsten Moment höre ich, dass auch die Hintertür verriegelt wird.

»Komm zurück!« Wütend hämmere ich auf die Tür ein. »Bitte! Rebecca! Ich muss mit dir reden!«

Wie zur Antwort wird *Beat It* von drinnen lauter.

»Bitte!« Ich merke, dass mir die Tränen kommen. »Ich weiß nicht, wovon du redest! Ich weiß nicht, was passiert ist!«

Eine halbe Ewigkeit trommle ich auf die Tür ein, aber sie reagiert nicht. Plötzlich spüre ich eine sanfte Pranke auf meiner Schulter.

»Die macht nicht wieder auf«, meint Jeff freundlich. »Ich würde sagen, Sie belassen es dabei. Ich würde sagen, wir fahren nach Hause.«

Ich kriege kein Wort heraus. Ich starre den Wohnwagen an, mit einem beklemmenden Gefühl in der Brust. Irgendwas ist vorgefallen. Und ich weiß nicht, was, und die Antwort ist da drinnen, aber ich komme nicht ran.

»Ich würde sagen, wir fahren nach Hause«, wiederholt Jeff. »Im Moment können Sie hier nichts mehr ausrichten.«

»Okay. Sie haben recht. Wir sollten gehen.«

Ich folge ihm, vorbei an den Wohnwagen, vorbei an dem Mann mit dem Furcht einflößenden Hund, zum Tor hinaus. Ich weiß nicht, was ich Suze sagen soll. Ich weiß nicht, was ich machen soll. Punkt.

Als Jeff den Wagen startet, springt der Fernseher an, und lautes Schluchzen dringt an mein Ohr. Auf dem Bildschirm liegen sich Lois und Sage in den Armen. Wimperntusche rinnt beiden übers Gesicht, während Camberly ihnen dabei zusieht und sich vor Begeisterung den Mund zuhält.

»Ich habe dich immer respekt-hiiiiiiiert«, hickst Sage.

»Du hast mir so gefeeeeehlt«, schluchzt Lois.

»Ich liebe dich, weißt du das, Lois?«

»Und ich liebe diiiiiiich.«

Beide sehen fix und fertig aus. Bestimmt haben sie absichtlich keine wasserfeste Wimperntusche benutzt.

Lois nimmt Sages Gesicht in beide Hände und sagt zärtlich: »Du hast so eine wunderschöne Seele«, und unwillkürlich muss ich losprusten. Ob ihnen irgendjemand diese Versöhnung abnimmt? Ich habe keinen Schimmer. Und im Moment ist es mir auch egal. Ich kann nur noch denken: *Wo ist Dad? Was ist los? Was zum Teufel ist bloß los?*

Als ich nach Hause komme, ist Suze weg. Vermutlich ist sie mit Alicia unterwegs. Vermutlich führen die beiden lange, aufrichtige Gespräche, weil Suze mit mir, ihrer ältesten Freundin, die ihr geholfen hat, ihr erstes Kind zur Welt zu bringen, nicht sprechen kann. Ob sie sich *daran* erinnert? Und ich habe es eine ganze Woche lang in meinen Armen gewiegt, während Suze schlief. Weiß sie *das* noch? Wo war Alicia da? Sie hat Cocktails in sich reingeschüttet und Pläne geschmiedet, wie sie mein Leben zerstören konnte. *Da* war sie.

Egal. Wenn Suze Alicias beste Freundin sein möchte, bitte. Mir doch egal. Vielleicht freunde ich mich im Gegenzug mit Robert Mugabe an.

Ich spreche ihr eine Nachricht auf die Mailbox, berichte ihr kurz und knapp, was passiert ist, danach hinterlasse ich auch bei Mum eine Nachricht. Doch dann weiß ich nicht mehr weiter. Ich kann mich nicht einfach planlos auf die Suche nach Dad machen. Ich habe keinen einzigen weiteren Hinweis.

Also packe ich schließlich meine Tasche und bitte Jeff, mich zu Sage zu fahren, deren Haus von Paparazzi umzingelt ist. (Echte Paparazzi, nicht nur Lon und seine Freunde.) Als wir näher kommen, wird mir bewusst, dass sie nicht durch die geschwärzten Scheiben des SUV sehen können. Ich lasse das Fenster herunter, und sie fangen an, ins Auto zu knipsen, während ich sie elegant ignoriere und Jeff ruft: »Machen Sie das Fenster zu!« (Er braucht ja nicht gleich so ruppig zu werden. Ich wollte doch nur etwas frische *Luft*.)

Als ich das Haus schließlich betrete, wummert überall Musik, und etwa zehn Assistenten wuseln herum, machen Smoothies und erklären Leuten am Telefon, dass Sage nicht zu sprechen ist. Sage selbst trägt graue Leggins und ein T-Shirt, auf dem »Suck On This« steht. Sie scheint völlig überdreht zu sein.

»War Camberly nicht der *Hammer*?«, kreischt sie mindestens fünfmal, bevor ich überhaupt Hallo sagen kann. »War das nicht unglaublich?«

»Es war der Wahnsinn! Aber habt ihr vielleicht absichtlich keine wasserfeste Wimperntusche benutzt?«, frage ich unwillkürlich.

»Ja!« Sie deutet mit dem Finger auf mich, als hätte ich in einer Quizshow eine Frage korrekt beantwortet. »Das war Lois' Idee. Die Leute in der Maske meinten alle: *Vielleicht müssen Sie weinen – das tun die Leute in dieser Sendung oft.* Aber wir meinten nur so: *Na und? Wir wollen schließlich aufrichtig sein.*« Sie zwinkert mir zu.

»Wir wollen *wahrhaftig* sein. Wimperntusche verläuft nun mal. Das ist die Wahrheit, und wenn man deshalb nicht mehr perfekt aussieht, dann ist das eben so.«

Ich kneife die Lippen zusammen, um nicht loszulachen. *Wahrhaftig?* Ich darf nichts sagen, weil sie meine Klientin ist, also nicke ich nur ernst.

»Wow. Du hast ja so recht.«

»Ich weiß«, sagt sie zufrieden. »Also, da sind ein paar Kleider gekommen. Wo habe ich sie nur hingelegt?«

Nach einigem Suchen finde ich einen Danny-Kovitz-Karton in der Ecke. Er wurde heute Morgen von Dannys L.A.-Showroom herübergeschickt und enthält drei Kleider. Er ist ein solcher Schatz. (Ich habe heute mit Adrian vom Danny-Kovitz-Hauptquartier gesprochen. Offenbar logiert Danny momentan im The Setai in Miami und will nie mehr irgendwohin fahren, wo es kälter als 23° Celsius ist. Ich konnte mir von vornherein nicht vorstellen, dass Grönland sein Fall sein würde.)

Ich schüttle ein weißes perlenbesetztes Kleid auf und gehe zu Sage hinüber.

»Es ist traumhaft schön.« Ich drapiere es über meinen

Arm, damit sie es betrachten kann. »Allerdings ist es stark tailliert. Du müsstest es also mal anprobieren.«

»Cool.« Sage streicht darüber. »Mach ich gleich.«

»Was war denn jetzt deine geniale Idee?«

»Ach das.« Sie schenkt mir ein geheimnisvolles Lächeln. »Das werde ich dir nicht verraten.«

»Nicht?« Irritiert starre ich sie an. »Echt nicht?«

»Du wirst es heute Abend sehen.«

Heute Abend? Ist es eine Frisur? Oder ein neues Tattoo?

»Okay! Ich bin gespannt! Also, neben dem Weißen habe ich noch ein paar andere Optionen dabei…«

»Warte mal.« Sage wird vom Fernseher an der Wand abgelenkt. »Guck mal! Das Interview wird wiederholt. Sehen wir es uns an. Hey, Leute!«, ruft sie ihren Assistenten zu. »Die Sendung läuft noch mal! Holt Popcorn!«

»Yeah!«, rufen ein paar Assistenten. »Unsere Sage! Superduper!«

»Lass mich eben Lois anrufen. Hey, Süße«, sagt sie, als sie durchgestellt wird. »Sie zeigen uns schon wieder. Becky ist hier. Wir schauen es uns zusammen an.« Während sie spricht, klatscht sie mich ab, und mir fällt ein Zungen-Piercing auf, das vorher noch nicht da war. Ist das ihre Neuigkeit?

»Komm schon!« Sage winkt mich zu ihrem riesigen, weißen, weichen Sofa. »Entspann dich!«

»Okay!« Heimlich werfe ich einen Blick auf meine Uhr. Es wird schon gehen. Wir sehen uns die Sendung an, und dann machen wir uns wieder an die Arbeit.

Leider sehen wir sie uns nicht nur einmal an, sondern gleich viermal.

Und jedes Mal gibt sie Kommentare dazu ab und sagt Sachen wie: »Siehst du, wie ich die Emotionen hier auf den Punkt bringe?« Und: »Lois sieht aus dieser Perspektive so gut aus!« Und einmal: »Wo hat Camberly sich ihre *Brüste* machen lassen? Die gefallen mir.« Woraufhin ein junger Assistent aufspringt und sagt: »Ich kümmer mich drum«, und sofort anfängt, auf sein Blackberry einzutippen.

Beim vierten Durchlauf bin ich ganz benommen vor Langeweile. Das Komische ist, wenn ich mich selbst sehen könnte, wäre ich wahrscheinlich grün vor Neid. Ich meine, mal ehrlich! Ich lümmle mit einem Filmstar auf weichen Kissen herum, schlürfe Smoothies, lausche kleinen Insider-Scherzen. Man sollte meinen, ich sei im Paradies. Aber eigentlich möchte ich am liebsten nach Hause und mit Suze reden.

Dummerweise kann ich das nicht, weil wir uns immer noch nicht mit den Kleidern befasst haben. Jedes Mal, wenn ich davon anfange, sagt Sage: »Klar«, und winkt zerstreut ab. Ich habe ihr schon mindestens fünfzig Mal gesagt, dass ich bald los muss, um Minnie vom Kindergarten abzuholen, und dass ich nicht den ganzen Tag Zeit habe, aber das scheint bei ihr nicht anzukommen.

»Okay, lassen wir uns die Nägel machen!« Abrupt steht Sage vom Sofa auf. »Wir müssen ins Spa. Wir haben alle Reservierungen, stimmt's?«

»Stimmt«, sagt ein Assistent. »Die Wagen warten schon.«

»Cool!« Sage fängt an, unterm Kaffeetisch herumzusuchen. »Wo sind meine Schuhe? Sind sie unters Sofa gerutscht? Christopher, such mir meine Schuhe«, bittet sie zuckersüß den hübschesten ihrer Assistenten, und dieser fängt sofort an, auf dem Boden herumzukriechen.

Ich weiß gar nicht, was ich dazu sagen soll. Wie kommt sie auf die Idee, jetzt in ein Spa zu gehen?

»Sage?« Ich versuche, ihre Aufmerksamkeit zu erregen. »Wollten wir für heute Abend nicht einen besonderen Look aussuchen? Wolltest du nicht Kleider anprobieren?«

»Ach ja«, sagt Sage vage. »Das machen wir nebenbei. Wir reden im Spa darüber.«

»Ich kann nicht mit ins Spa kommen«, entgegne ich so geduldig, wie es mir möglich ist. »Ich muss meine Tochter von ihrem Ausflug ins Museum für Zeitgenössische Kunst abholen.«

»Ist ihre Kleine nicht *goldig*?«, fragt Sage in die Runde ihrer Assistenten, und alle gurren: »Sooooo süß!« »Herzallerliebst!«

»Und was ist jetzt mit den Kleidern?«

»Ach, die probiere ich dann allein an.« Plötzlich scheint sie sich zu konzentrieren. »Da musst du nicht dabei sein. Du hast deine Sache gut gemacht, Becky! Vielen Dank dafür! Und danke, Christopher, du bist ein Engel!« Sie steigt in ihre Pumps.

Sie braucht mich nicht. Es kommt mir vor wie ein Schlag ins Gesicht.

»Aber ich habe dir die einzelnen Looks noch gar nicht erklärt«, sage ich verblüfft. »Ich wollte sie mit dir zusammen ausprobieren, dir die einzelnen Accessoires erläutern, sehen, ob wir etwas ändern müssen.«

»Das krieg ich schon hin.« Sie nebelt sich mit einem Duft ein. »Geh nur! Amüsier dich mit deiner Tochter!«

»Aber...«

Wenn ich ihr nicht helfe, ihren Look zu finden, bin ich gar keine Stylistin. Dann bin ich nur ein besserer Lieferservice.

»Du hast deine Limo vor der Tür, oder? Bis heute Abend!« Bevor ich noch etwas sagen kann, ist sie schon zur Tür hinaus. Ich höre einen Aufruhr der Paparazzi, dann Motoren, die angelassen werden, das allgemeine Chaos, das Sage umgibt.

Ich bin allein, abgesehen von der Haushälterin, die schweigend umherläuft, Schalen einsammelt und Popcorn vom Sofa wischt. Einen Moment lang bin ich total mutlos. So hatte ich mir das nicht vorgestellt. Ich hatte so viele Ideen, die ich mit Sage teilen wollte, aber die Kleider scheinen sie überhaupt nicht zu interessieren.

Als ich mein Handy zücke und Jeffs Nummer wähle, zwinge ich mich dazu, das Positive zu sehen. Komm schon. Es ist immer noch alles gut. Ich war immer noch bei ihr zu Hause. Ich habe ihr immer noch den Grundstock für ihr Outfit geliefert. Wenn die Leute fragen, wer sie gestylt hat, wird sie sagen: »Becky Brandon.« Es ist immer noch meine große Chance. Ich muss daran festhalten. Trotz allem ist das immer noch meine große Chance.

Als wir nach Hause kommen, treibt sich Lon nach wie vor vor dem Tor herum, und er deutet mit wilden Gesten auf unseren Wagen. Heute trägt er ein hellgrünes Bandana und dazu Schaftstiefel.

»Pirat!«, kräht Minnie, die das »Rothko-inspirierte« Bild, das sie im Museum gemalt hat, an sich presst. (Es ist wirklich gut. Ich werde es einrahmen.) »Da Pirat!«

»Becky!«, höre ich ihn rufen, als wir an ihm vorbeifahren. »Becky, warten Sie! Wissen Sie schon das Neueste?«

Leider kann ich niemandem widerstehen, der so eine Frage stellt.

»Hey, Jeff«, sage ich, als sich das Tor für uns öffnet. »Ich möchte kurz anhalten.«

»Kurz *anhalten*?«

»Ich möchte mit Lon sprechen. Dem Mann da.« Ich deute auf ihn.

Jeff hält den Wagen an und dreht sich auf seinem Sitz um. Er wirkt enttäuscht.

»Rebecca, wir haben doch über Kontakte auf offener Straße gesprochen. Ich kann Ihnen nicht dazu raten, in diesem Moment das Fahrzeug zu verlassen.«

»Jeff, ehrlich.« Ich rolle mit den Augen. »Das ist Lon. Er

studiert Modedesign! Ich meine, er wird ja wohl kaum eine Waffe bei sich haben!«

Okay, »Waffe« zu sagen war ein Fehler. Prompt spannt Jeff sich an. Seit Dad und Tarkie verschwunden sind, ist er hyperwachsam.

»Wenn Sie sich *dieser Person* nähern wollen, werde ich vorher das Umfeld sichern.«

Angesichts seiner missbilligenden Miene möchte ich am liebsten laut loslachen. Er benimmt sich wie ein steifer Butler aus den 1930er-Jahren, und ich hätte gesagt, ich wollte mit einem Landstreicher sprechen.

»Gut. Sichern Sie das Umfeld.«

Jeff widmet mir noch einen strafenden Blick, dann steigt er aus. Im nächsten Moment sehe ich, wie er Lon filzt. Ihn *filzt*!

Aber das scheint Lon nichts auszumachen. Im Gegenteil, seine Augen leuchten vor Aufregung, und ich sehe, dass er Jeff dabei mit seinem Handy fotografiert. Endlich kommt Jeff wieder zum Wagen zurück und sagt: »Das Umfeld ist gesichert.«

»Danke, Jeff!« Ich strahle ihn an und hüpfe aus dem Wagen. »Hi, Lon!«, begrüße ich ihn. »Wie geht es dir? Schicke Stiefel! Entschuldige das mit der Security und so.«

»Ach, das macht doch nichts!«, sagt Lon ganz aufgeregt. »Ihr Bodyguard ist so was von cool.«

»Und nett ist er außerdem.«

»Ich schätze, Sie müssen bestimmt supervorsichtig sein, was durchgeknallte Fans angeht«, meint Lon ehrfürchtig. »Ich habe auch Ihren Wachhund gesehen, der auf dem Grundstück Patrouille läuft und so.«

Lon ist dermaßen blauäugig, dass mir nichts anderes übrig bleibt, als unter seinem Blick aufzublühen.

»Na ja, du weißt schon.« Ich werfe meine Haare nach hinten. »In meiner Position muss man vorsichtig sein. Man weiß ja nie, wer einem vielleicht auflauert.«

»Gab es denn schon viele Anschläge auf Ihr Leben?« Lon kriegt seinen Mund gar nicht wieder zu.

»Na ja, nicht *so* viele. Du weißt schon. Normal.« Eilig wechsle ich das Thema. »Aber was wolltest du mir denn sagen?«

»Ach ja!« Lon nickt lebhaft. »Wir haben Ihre Lieferung von Danny Kovitz gesehen. Vorhin kam ein Wagen, und ich habe mich ein bisschen mit dem Fahrer unterhalten. Er arbeitet im Showroom. Er war bestens informiert. Es ist ein Kleid für Sie, für heute Abend.«

»Danny hat mir ein Kleid geschickt?« Ich bin so gerührt, dass ich lächeln muss.

»Es stammt aus seiner neuen Kollektion – *Bäume und Drähte*. Das eine Kleid, das bisher noch nie gezeigt wurde?« Lon ist verzückt. »Das, von dem Danny meinte, es käme direkt aus seiner Seele?«

Dannys letzte Kollektionen hießen alle *Irgendwas und Irgendwas*. Eine hieß *Metall und Philosophie*. Eine andere hieß *Neid und Lila*. Die Modejournalisten und Blogger schreiben ganze Romane darüber, was die Titel bedeuten sollen, aber wenn man mich fragt, sucht er sich nur wahllos zwei Worte aus dem Lexikon, wählt unterschiedliche Schrifttypen und behauptet, es hätte was zu bedeuten. Nicht dass ich das Lon unter die Nase reiben würde, zumal er ohnehin aussieht, als würde er vor lauter Begeisterung gleich tot umfallen.

»Niemand hat angeblich bisher etwas von dieser Kollektion gesehen«, plappert Lon. »Im Netz kursieren Gerüchte, aber keiner *weiß* etwas. Also, ich habe mich gefragt, ob Sie das Kleid wohl heute Abend tragen werden. Und ob wir Fotos davon machen dürften. Meine Freunde und ich.«

Mit hoffnungsvoll verzerrter Miene faltet er sein Bandana zu immer kleiner werdenden Quadraten.

»Na klar! Ich muss um sechs los, aber ich komme fünf Minuten früher raus, und dann bekommt ihr das Kleid vor allen anderen zu sehen.«

»Yay!« Lons Sorgenfalten entspannen sich zu einem Lächeln. »Wir werden da sein!« Schon tippt er auf sein Handy ein. »Danke, Becky! Sie sind die Größte!«

Als wir ins Haus gehen, bin ich besserer Dinge, als ich es seit Langem war. Danny hat mir ein Kleid geschickt! Ich werde zur Modeikone! Bestimmt wird Nenita Dietz beeindruckt sein, wenn sie mich sieht. Meine momentane Euphorie gefriert jedoch zu eisigem Dunst, als ich Suze erblicke. Sie sitzt in der Küche vor lauter Papieren, und ich sehe, dass sie etwas schreibt. Ihre Haare hat sie zu einem zerzausten Knoten zusammengebunden. Ich höre die *Kleine Meerjungfrau* im Zimmer nebenan und rieche Toast, den sie ihren Kindern offenbar zum Tee gemacht hat.

Auf dem Tisch liegt eine schicke, neue Golden-Peace-Tasche. Bestimmt hat Alicia sie ihr geschenkt wie auch das Sweatshirt, das daraus hervorragt. Ich weiß, was sie vorhat. Sie will sich Suze' Liebe erkaufen.

»Hübsche Tasche«, bemerke ich.

»Danke«, sagt Suze, ohne weiter aufzublicken. »Du bist also wieder da.« Sie klingt vorwurfsvoll, was unfair ist.

»Ich war vorhin schon mal hier«, erwidere ich. »Aber du warst weg.« *Mit Alicia* verkneife ich mir. »Irgendwas Neues?«

Ich weiß, dass es nichts Neues gibt, weil ich alle fünf Minuten nach meinem Handy gesehen habe, aber ich frage lieber trotzdem nach.

»Nichts. Ich habe alle Freunde von Tarkie angerufen, aber

keiner von denen hatte eine Idee. Was hast du gemacht? Hast du mit den Freunden von deinem Dad gesprochen?«

»Ich war beim Trailerpark. Da habe ich mich ein bisschen umgehört.«

»Ach ja. Du warst auf meiner Mailbox.« Sie legt den Stift beiseite, zieht die Beine an und umarmt ihre Knie. Die Sorge steht ihr im Gesicht geschrieben, und ich spüre den Impuls, sie fest an mich zu drücken und ihren Rücken zu streicheln, wie ich es sonst auch getan hätte. Aber irgendwie kann ich nicht. Irgendwie ist alles so gestelzt zwischen uns. »Du hast also eine andere Rebecca getroffen? Das ist schon sehr merkwürdig.«

Ich erzähle ihr alles über den Trailerpark, und sie hört mir schweigend zu.

»Irgendwas ist mit meinem Dad los«, ende ich. »Aber ich habe keine Ahnung, was.«

»Aber was hat das zu *bedeuten*?« Suze wischt sich die Stirn. »Und wieso hat er Tarquin da mit reingezogen?«

»Ich weiß es nicht«, sage ich hilflos. »Mum wird mittlerweile im Flieger sitzen, also kann ich sie nicht fragen, und außerdem weiß sie noch viel weniger …« Abrupt halte ich inne. Etwas auf dem Küchentresen nimmt meine Aufmerksamkeit gefangen. Es ist ein großer Karton mit dem Aufdruck »Danny Kovitz« auf der Seite.

Natürlich hat mein Kleid in diesem Moment nicht oberste Priorität. Andererseits kann ich es kaum erwarten, es mir anzusehen. Ich weiß nicht mal, ob es bodenlang, halblang oder ultrakurz ist.

»Ich habe es noch mal bei der Polizei versucht«, sagt Suze. »Vollkommen zwecklos. Die meinten, ich könnte eine Vermisstenanzeige aufgeben. Aber was nützt mir denn der Papierkram? Ich will, dass sie ihn da draußen *suchen*! Die meinten nur: ›Aber wo sollen wir denn suchen, Ma'am?‹ Ich habe ihnen gesagt: ›Das sollen Sie doch gerade rausfinden! Setzen Sie ein paar Detectives darauf an!‹ Da meinten die dann: ›Könnten diese beiden Herren vielleicht einfach verreist sein?‹ Ich hab nur gesagt: ›Allerdings! Sie *sind* verreist. Darum *geht* es doch. Aber wir wissen nicht, wohin!‹«

Während Suze redet, schiebe ich mich unauffällig zum Küchentresen hinüber. Ich hebe den Deckel etwas an und höre Seidenpapier rascheln. Ein hübscher Duft steigt davon auf. Danny lässt seine Kleider immer mit einem bestimmten Parfüm besprühen, bevor sie verschickt werden. Ich schiebe das silbergraue Seidenpapier beiseite und sehe einen Träger aus kleinen Kupferringen. Wow.

»Was machst du da?«, fragt Suze tonlos.

»Oh.« Ich zucke zusammen und lasse den Deckel fallen. »Hab nur kurz geguckt.«

»Noch mehr professionelles Shopping für Sage, was?«

»Das ist nicht für Sage. Es ist für mich. Für heute Abend. Danny hat es extra rüberschicken lassen. Es stammt aus seiner Kollektion *Bäume und Drähte*...« Ich komme ins Stocken, als mir die schneidende Stille in der Küche auffällt. Suze starrt mich mit einem Blick an, den ich nicht recht deuten kann.

»Du willst also immer noch zu dieser Premiere«, sagt sie schließlich.

»Ja.«

»Verstehe.«

Wieder folgt langes Schweigen. Die Luft wird immer dicker, bis ich schreien könnte.

»Was?«, frage ich schließlich. »Was denn? Du findest, ich sollte lieber nicht hingehen?«

»Meine Güte, Bex! Musst du das wirklich fragen?«, fährt Suze mich plötzlich an. »Dein Dad wird vermisst und Tarkie auch, aber du gehst zu einer gottverdammten Premiere? Wie kannst du nur so selbstsüchtig sein? Ich meine, wo setzt du denn eigentlich deine Prioritäten?«

Langsam werde ich sauer. Ich habe genug davon, dass Suze mich dauernd schlecht drauf bringt. Ich habe genug davon, dass mich *alle* dauernd schlecht drauf bringen.

»Dein Dad ist spurlos verschwunden und hat Tarkie mitgenommen!«, wiederholt Suze, deren Predigt kein Ende nehmen will. »Offensichtlich gibt es da ein dunkles Geheimnis. Sie könnten in großen Schwierigkeiten stecken.«

»Und was soll ich dagegen machen?«, explodiere ich. »Es ist nicht meine Schuld, dass sie weg sind! Ich habe *eine* Chance in Hollywood, Suze, *eine einzige*, und zwar heute Abend! Wenn ich nicht zugreife, werde ich es mein Leben lang bereuen.«

»Der rote Teppich läuft dir nicht weg«, sagt Suze bissig.

»Aber die Fernsehinterviews laufen mir weg! Nenita Dietz läuft mir weg! Ich wüsste nicht, weshalb ich herumsitzen, nichts tun und auf Nachricht warten sollte. Du kannst das ja gern machen, wenn du willst. Vielleicht sollte Alicia dir Gesellschaft leisten«, schiebe ich giftig hinterher. Ich schnappe mir den Danny-Kovitz-Karton und marschiere aus der Küche, bevor Suze noch etwas sagen kann.

Als ich mich fertig mache, streiten zwei Stimmen in meinem Kopf. Eine ist meine, eine ist Suze'. Oder vielleicht ist eine Lukes. Oder vielleicht sind es beide meine. O Gott, ich weiß nicht, *wem* sie gehören, aber um Viertel vor sechs habe ich sie beide satt. Ich will nicht darüber nachdenken müssen, ob ich das Richtige tue. Ich will es einfach tun.

Mit kühnem Schwung betrachte ich mich im Spiegel und nehme eine Pose wie auf dem roten Teppich ein. Ich sehe gut aus. Finde ich. Ich habe etwas zu viel Make-up aufgetragen, aber ich will ja neben all den Prominenten schließlich nicht blass aussehen, oder? Und Dannys Kleid ist genial. Es ist kurz und hauteng, aus schwarzem, schmeichelndem Stoff, und der einzelne Träger besteht aus matten Kupferringen. (Die schneiden mir etwas in die Haut und werden wahrscheinlich Spuren hinterlassen, aber das ist mir egal.) Ich trage die denkbar spitzesten schwarzen Stilettos und halte ein kleines, in Kupfer eingefasstes Täschchen in der Hand (es lag im Karton bei dem Kleid). Ich sehe definitiv aus wie eine Promi-Stylistin.

Adrenalin pumpt durch meinen Körper. Ich fühle mich, als sollte ich in einen Boxring steigen. Es geht los. Jetzt geht's *los*. Während ich sorgsam meine Lippen schminke, piepst mein Handy, und ich stelle es laut.

»Hallo?«

»Becky.« Arans Stimme erfüllt den Raum. »Schon aufgeregt wegen heute Abend?«

»Und wie! Ich kann es kaum erwarten!«

»Großartig! Ich wollte Sie nur über die Abfolge informieren. Sie sind heute Abend schwer gefragt.« Er lacht. »Sie werden mit NBC sprechen, mit CNN, mit Mixmatch – das ist ein Modesender…«

Während er fortfährt, kann ich mich kaum konzentrieren. Es kommt mir alles so surreal vor. Ich werde bei NBC sein!

»Also bleiben Sie einfach fröhlich und positiv«, sagt Aran. »Versprühen Sie Ihren britischen Charme, und alles wird gut. Wir sehen uns später!«

»Bis später!« Ich genehmige mir einen letzten Spritzer Parfüm und betrachte mich im Spiegel. Britischer Charme. Versprühe ich denn britischen Charme?

»*The same procedure as every year, James!*«, sage ich laut.

Hm. Vielleicht lieber nicht.

Als ich nach unten gehe, höre ich Suze näher kommen. Vor Widerwillen wollen sich mir direkt die Nackenhaare aufstellen, und ich klammere mich an mein Täschchen. Sie kommt in die Halle, mit Minnie im Arm, und mustert mich leidenschaftslos.

»Toll siehst du aus«, sagt sie ausdruckslos.

»Danke«, erwidere ich ebenso.

»Dünn.« Aus ihrem Mund klingt es wie ein Vorwurf.

»Danke.« Ich werfe einen Blick auf mein Handy. Da ist eine Nachricht von Jeff, der mir schreibt, dass er draußen wartet, aber nichts von Luke. Nicht dass ich ernstlich eine SMS erwartet hätte, aber mir wird doch schwer ums Herz. »Ich lasse mein Telefon die ganze Zeit an«, füge ich hinzu. »Falls du ... du weißt schon. Irgendwas hörst.«

»Na dann, viel Spaß.« Sie hebt Minnie auf die andere Hüfte, und ich werfe ihr einen verächtlichen Blick zu. Sie hält Minnie nur im Arm, weil sie mir ein schlechtes Gewissen machen will. Sie könnte sie ebenso gut absetzen.

»Hier steht drauf, wo ich zu finden bin.« Ich reiche ihr einen Ausdruck. »Danke, dass du auf Minnie aufpasst.«

»Aber gerne doch.« Sie klingt dermaßen sarkastisch, dass ich zusammenzucke. Sie meint es nicht so, sage ich mir. Sie ist krank vor Sorge wegen Dad und Tarkie.

Ich meine, ich bin ja auch krank vor Sorge. Aber etwas weitaus Größeres drängt sich in den Vordergrund. Es ist die reine Begeisterung. NBC ... der rote Teppich ... mein exklusives Designer-Outfit ... Wie könnte ich nicht begeistert sein? Wieso kann Suze mich nicht verstehen?

»Na, ich hoffe, du hast deinen Spaß«, sagt sie, als ich die Haustür öffne.

»Worauf du dich verlassen kannst. Wir sehen uns.«

Ich trete vor die Tür und höre lautes Getöse am Tor. Abrupt bleibe ich stehen und blinzle vor Erstaunen. O mein Gott. Anscheinend hat Lon alle seine Kommilitonen mitgebracht, um das Kleid zu bewundern. Draußen drängt sich ein ganzer Pulk von Leuten, die zwischen den Gitterstäben Kameras und Handys auf mich richten.

»Machen Sie das Tor auf!«, instruiere ich Jeff, und als ich mich anmutig lächelnd der Menge nähere, fühle ich mich wie eine Prinzessin.

»Becky!«, ruft Lon.

»Beckyyyyy!«, ruft ein Mädchen im schwarzen Shift-Kleid. »Hier drüben!«

»Sie sehen toll aus!«

»Wie fühlt sich das Kleid an?«

»Können wir es mal von hinten sehen?«

»Hat Danny was zu dem Kleid gesagt? Was war seine Inspiration?«

Während ich posiere und meinen Blick hierhin und dorthin wende, sehe ich immer wieder zum Haus hinüber. Ich hoffe, Suze sieht aus dem Fenster und hört den Tumult. *Dann* wird sie mich vielleicht verstehen.

22

Endlich haben alle genug geknipst, und ich habe für Fashion-Blogs zwei kurze Interviews über Danny gegeben. Jetzt sitze ich im Wagen, auf dem Weg zur Premiere. Ich bin ziemlich aufgekratzt. Bestimmt wird es genial. Es ist *jetzt* schon genial.

Die Premiere findet im El Capitan statt, und ich höre den Lärm bereits von Weitem. Die wummernde Musik bringt den SUV förmlich zum Vibrieren, und aus der Menge werden Rufe laut. Als wir langsamer werden, schlägt jemand aufs Autodach, was mich erschrocken zusammenfahren lässt.

»Alles okay?«, fragt Jeff sofort.

»Super!«, sage ich fröhlich. »Es ist eine ziemlich große Veranstaltung, was?«

Die Premiere gilt einem Actionfilm über zwei Zirkusartisten, die einen Terroranschlag vereiteln. Offenbar nutzen sie dafür alle Tiere und ihre artistischen Talente, und fast wäre der Film gescheitert, als ein Elefant beim Dreh verrücktgespielt hat.

Jeff muss den Offiziellen alle möglichen Pässe vorzeigen, und während er das tut, werfe ich einen Blick aus dem Fenster. Ich sehe Gesichter, die sich gegen das Glas pressen und versuchen, durch die getönten Scheiben zu spähen. Wahrscheinlich halten sie mich für Tom Cruise oder irgendwen.

»Verdammt!«, sagt Jeff, während er versucht, uns einen Pfad durch den Menschenauflauf zu bahnen. »Das reine Chaos. Wollen Sie es wirklich durchziehen?«

Echt jetzt. Nicht er auch noch!

»Unbedingt«, erwidere ich entschlossen. Ich suche in meiner Tasche nach Dads Autogrammbüchlein. Ich habe es mitgenommen und bin entschlossen, ihm so viele Autogramme wie möglich zu besorgen. *Dann* kann Suze mich nicht mehr selbstsüchtig schimpfen.

Wir stehen in einer Autoschlange, und ich sehe, wie es läuft. Der Wagen hält an der vorgegebenen Stelle, der Promi steigt aus, und die Menge spielt verrückt. Wir haben noch zwei Wagen vor uns. Gleich bin ich dran!

»Also, Sie schreiben mir eine Nachricht, sobald Sie von hier verschwinden wollen«, sagt Jeff. »Oder Sie rufen an. Wenn es irgendein Problem gibt, rufen Sie einfach an.«

»Mach ich«, verspreche ich und werfe einen letzten Blick in den Spiegel. Mein Herz fängt an zu rasen. Das ist es jetzt. Ich muss elegant aus dem Wagen steigen, ich muss die Ruhe bewahren, ich muss bedenken, wer mein Kleid gemacht hat …

»Okay, Sie sind an der Reihe.« Jeff hält, ein Typ mit Headset reißt die Tür auf, und schon bin ich draußen. Ich stehe auf dem roten Teppich. Auf dem richtigen roten Teppich. Ich gehöre dazu!

Ich bin derart fasziniert von der Atmosphäre, dass ich mich einen Moment nicht von der Stelle rühre. Die Musik ist hier draußen sogar noch lauter. Alles ist so groß und grell und spektakulär. Der Eingang zum El Capitan ist geschmückt wie ein Zirkuszelt, und überall spazieren Artisten umher. Da gibt es Feuerspucker und Jongleure und eine Schlangenfrau im glitzernden Bikini und einen Dompteur, der seine Peitsche knallen lässt. Und da ist auch ein Elefant! Ein echter Elefant, der mit seinem Dompteur auf und ab schreitet. Plötzlich flippt die Menge wegen irgendeines Jünglings in Jeans aus, der – glaube ich – in einer Band spielt, und etwa zehn Meter entfernt sehe ich Hilary Duff … Und ist das Orlando Bloom, der da Autogramme gibt?

»Rebecca?« Ein Mädchen in schwarzem Kostüm tritt mit

geschäftsmäßigem Lächeln an mich heran. »Ich bin Charlotte. Ich werde Sie über den roten Teppich begleiten. Gehen wir.«

»Hi, Charlotte!« Ich strahle sie an, als wir uns die Hand reichen. »Ist das nicht *atemberaubend*? Sehen Sie mal die Jongleure! Und sehen Sie sich nur den Elefanten an!«

Charlotte wirkt irritiert. »Okay, kann sein. Gehen wir.«

Überall blitzen Kameras, als wir uns vorwärtsbewegen. Tagelang habe ich die richtige Filmstarpose geprobt, nur muss ich dabei jetzt auch noch schreiten. Ich habe nie geprobt, wie ein Filmstar zu schreiten. Verdammt. Wie machen die das?

Ich glaube, sie schweben voran. Ich werde auch schweben. Vielleicht beuge ich die Knie ein wenig.

»Alles okay bei Ihnen?« Charlotte wirft mir einen seltsamen Blick zu, und eilig richte ich mich auf. Vielleicht sieht es doch nicht so toll aus. »Also, wir haben Ihren Fototermin und dann Ihre Interviews.« Sie wirft einen Blick auf ihre Uhr und konsultiert ihr Klemmbrett. Sie wirkt gänzlich unbeeindruckt vom Elefanten, den Feuerspuckern und den Prominenten. Tatsächlich wirkt sie gänzlich unbeeindruckt von der ganzen Premiere. »Gut, Sie sind dran.«

Ohne jede Vorwarnung schubst sie mich auf einen freien Platz auf dem roten Teppich vor eine Reihe von Fotografen, die alle gleichzeitig brüllen: »Becky! Becky, hier drüben!«

Eilig nehme ich Haltung an. Kreuze die Beine, ziehe das Kinn ein, setze mein strahlendstes Promilächeln auf.

Ich warte auf das Hochgefühl, das ich beim letzten Mal dabei empfand – aber es ist seltsam. Ich fühle mich ein bisschen nichtsig. Und dann, fast bevor sie überhaupt losgeknipst haben, ist es schon vorbei, und Charlotte zerrt mich zu den Reihen der Fernsehkameras.

Mit Suze hat es mehr Spaß gemacht, weil wir über das alles lachen konnten, geht mir durch den Sinn.

Nein. Sei nicht albern. Es ist fantastisch. Ich bin echt prominent! Ich gehöre dazu! Ich habe einiges zu sagen über Sages Outfits und mein eigenes Kleid und Mode allgemein. Ich kann es kaum erwarten.

»Also, das erste Interview ist für Fox News«, raunt mir Charlotte zu und schiebt mich vor eine Fernsehkamera. Eilig streiche ich meine Haare glatt und hoffe, dass ich keinen Lippenstift auf den Zähnen habe. Dann strahle ich in die Kamera und setze meine intelligenteste Miene auf.

»Hallo, Betty!«, sagt eine stark frisierte Frau im Hosenanzug. »Wie schön, dass Sie Zeit für uns finden konnten!«

»Danke!« Ich lächle. »Aber eigentlich heiße ich Becky.«

»Betty«, fährt sie fort, als hätte sie mich nicht gehört, »Sie waren Zeugin von Lois Kellertons Ladendiebstahl. Haben Sie Lois seither gesprochen?«

Einen Moment lang bin ich perplex. Was soll ich sagen? Ich kann ja nicht antworten: *Ja, ich bin bei ihr eingebrochen und musste feststellen, dass sie die amerikanische Öffentlichkeit zum Narren hält.*

»Äh … nein«, antworte ich zaghaft.

»Wenn Sie ihr heute Abend begegnen, was werden Sie zu ihr sagen?«

»Ich werde ihr alles Gute wünschen.«

»Wie schön! Nun, vielen Dank, Betty! Und viel Spaß mit dem Film!«

Zu meinem Erstaunen packt mich Charlotte beim Arm und schiebt mich weiter. Das war alles? Das war das Interview? Wollen die denn nicht wissen, womit ich meinen Lebensunterhalt verdiene? Wollen die denn gar nicht wissen, von wem mein Kleid ist?

»Und das nächste ist für TXCN«, raunt Charlotte mir zu.

Wieder wird mir eine Kamera ins Gesicht gehalten, und ein Typ mit roten Haaren grinst mich an.

»Hi, Betty!«, sagt er mit schwerem Südstaatenakzent. »Wie läuft's denn so?«

»Ich heiße Becky«, sage ich höflich.

»Also – Ladendiebstahl. Ist das kriminell oder krank?«

Wie bitte? Woher soll ich das denn wissen? Ich stammle eine Antwort, komme mir vor wie ein Idiot, und bevor ich weiß, wie mir geschieht, bugsiert man mich schon zum nächsten Interview. Dieser Typ will wissen, ob Lois sich gewehrt hat, nachdem ich sie gestellt hatte, und als Nächstes fragt mich eine Frau, ob ich glaube, Lois könnte geklaut haben, weil sie schwanger ist. Bisher hatte ich weder Gelegenheit, mein Kleid zu erwähnen, noch den Umstand, dass ich Sage gestylt habe. Und alle nennen mich Betty.

»Ich heiße Becky!«, rufe ich Charlotte zu, als wir weiterziehen. »Nicht Betty!«

»Oh«, sagt sie ungerührt. »Ich schätze, dann muss es wohl in der Pressemappe falsch gestanden haben.«

»Aber ...« Ich stutze mitten im Satz.

»Was aber?«

Ich wollte sagen: *Aber* wissen *denn nicht alle, wie ich heiße?* Als ich jedoch Charlottes Gesichtsausdruck sehe, überlege ich es mir anders.

Vielleicht bin ich doch nicht ganz so prominent, wie ich dachte. Ich bin etwas niedergeschlagen, obwohl ich glaube, dass ich es ganz gut verbergen kann. Charlotte führt mich zum nächsten Reporter, der mir ein Radiomikrofon vor die Nase hält, und ich habe gerade ein paar Worte dazu gesagt, wie froh ich bin, dass Lois und Sage sich wieder vertragen haben, und ich – ja – das Interview gesehen habe, als ein mächtiges Gekreische ausbricht und ich mich unwillkürlich umblicke.

Es ist Sage.

Sie steht vor den Fotografen, und die flippen völlig aus.

Und zwar richtig. Das Geschrei wird immer lauter, die Blitze sind wie ein heftiges Gewitter, und die Menge drängt in ihre Richtung, drückt gegen die Absperrungen, und alle halten ihre Handys und Autogrammbüchlein in die Luft.

Sage schwebt im siebten Himmel. Sie posiert in Dannys weißem Kleid, das einfach sensationell aussieht, schüttelt ihr Haar und wirft Kusshände in die Menge. Und da passiert es. Ein besonders energetischer Kuss – und plötzlich löst sich irgendwie die Seitennaht ihres Kleides. Schockiert muss ich mit ansehen, wie sich die Naht in Wohlgefallen auflöst und Sages linke Flanke freilegt.

Sage stöhnt auf und hält ihr Kleid zusammen, und die Fotografen überschlagen sich, um ein Foto von ihr zu bekommen.

Entsetzt stehe ich da, mit offenem Mund, als die weißen Perlen über den roten Teppich kullern. Dieses Kleid war heute Nachmittag noch in Ordnung. Es war *völlig in Ordnung*. Sie muss daran herumgedoktert haben. Das war also ihr Geheimnis, das sie mir nicht anvertrauen wollte. Ein absichtlich herbeigeführter Materialfehler. Ein Mädchen im schwarzen Hosenanzug bietet Sage eine Jacke an, doch sie ignoriert das Angebot und lächelt weiter in die Kameras.

Danny wird mich *umbringen*. Es ist seine allergrößte Sorge, dass sich die Kleider auflösen könnten, seit diesem unseligen Zwischenfall bei Barneys, als er eines nicht richtig zusammengenäht hatte. Er wird mich fragen, wieso ich mich nicht vergewissert habe, dass das Kleid in Ordnung war, und ich werde sagen müssen, dass sie mich nicht an sich heranlassen wollte, dann wird er sagen, ich hätte darauf bestehen müssen ...

Jetzt kann ich niemandem mehr erzählen, dass ich Sages Stylistin bin. Das wird mir jetzt schmerzhaft bewusst. Man würde mich auslachen. Mein ganzer Plan ist dahin.

Charlotte lauscht ihrem Ohrhörer und blickt auf. »Rebecca, Sie haben es geschafft«, sagt sie mit professionellem Lächeln. »Sie können jetzt reingehen. Viel Spaß beim Film.«

»Oh«, erwidere ich betroffen. »Das war alles?«

»Das war alles«, sagt sie höflich.

»Aber ich dachte, ich sollte viel mehr Interviews geben.«

»Der Plan wurde geändert. Wenn Sie ins Theater kommen, wird man Sie zu Ihrem Platz geleiten. Schönen Abend noch!«

Ich bin direkt bestürzt. Ich will noch nicht ins Theater. Wenn ich drinnen bin, ist es vorbei.

»Könnte ich noch ein bisschen hier draußen bleiben?«, frage ich. »Ich würde gern… Sie wissen schon. Die Atmosphäre in mich aufsaugen.«

Charlotte sieht mich an, als hätte ich sie nicht mehr alle. »Klar.« Sie zuckt mit den Schultern und lässt mich stehen. Ich bin ein kleines bisschen verlegen, weil ich gar nichts zu tun habe, fahre jedoch entschlossen herum und überblicke die Reihen der drängelnden Leute und Fernsehkameras und Promis, die interviewt werden. *Komm schon, Becky.* Hier stehe ich auf dem roten Teppich. Es mag ja sein, dass Sage mich zu einer kleinen Planänderung zwingt, aber ich kann trotzdem meinen Spaß haben. Ich kann immer noch positiv bleiben.

Die komplette Besetzung von *Heaven Sent 7* hat soeben den roten Teppich betreten, und ein paar Teenies kreischen sich die Seele aus dem Leib. Unwillkürlich bin ich doch fasziniert. Die sind total angesagt! So gern würde ich das alles mit jemandem teilen. Instinktiv nehme ich mein Handy hervor und fange an zu schreiben – und halte plötzlich inne, mitten im Wort. Mit Luke kann ich es nicht teilen. Mit Suze genauso wenig. Und auch nicht mit Mum.

Oder Dad – natürlich.

Oder … überhaupt irgendwem.

Unabsichtlich entfährt mir ein trübsinniger Seufzer, dann zeige ich zum Ausgleich schleunigst ein fröhliches Lächeln. Auf dem roten Teppich darf man doch nicht seufzen. Das ist doch absurd! Alles ist gut. Es ist nur …

Oh, da ist Aran, makellos im schwarzen Smoking mit blauem Hemd. Erleichtert eile ich zu ihm hinüber. Er hat die Hände in den Hosentaschen und beobachtet Sage, mit diesem ironischen, distanzierten Ausdruck im Gesicht. Sie hat sich irgendwoher einen kleinen Mini-Trenchcoat besorgt und über ihr Kleid gezogen. Unermüdlich beantwortet sie die Fragen einer ganzen Meute von Reportern.

»Hey, Becky.« Aran gibt mir ein Küsschen auf die Wange. »Amüsieren Sie sich?«

»Ja!«, sage ich automatisch. »Es ist wundervoll!«

»Gut.« Er lächelt. »Das freut mich.«

»Aber haben Sie Sages Kleid gesehen? Es hat sich völlig aufgelöst.«

Er rollt mit den Augen. »Glauben Sie mir, das habe ich gesehen.«

»Sie hat das Kleid von einem Freund von mir geliehen bekommen. Er ist ein sehr berühmter Designer. Und sie hat es absichtlich ruiniert.« Ich versuche, nicht vorwurfsvoll zu klingen, aber es will mir nicht gelingen.

»Ach.« Aran verzieht das Gesicht. »Na, ich bin mir sicher, dass wir uns da auf einen Ausgleich einigen können.«

»Es geht nicht ums Geld! Es ist einfach so rücksichtslos. Und jetzt kann ich niemandem mehr erzählen, dass ich ihre Stylistin bin. Ich meine, das war doch der ganze Sinn und Zweck heute – mich als Stylistin vorzustellen! Ich habe ihr dieses Kleid besorgt, und sie hätte traumhaft ausgesehen, aber dann musste sie es sabotieren.« Meine Stimme bebt. Mir scheint, ich bin aufgebrachter, als ich dachte.

»Hm.« Aran mustert mich, als müsste er überlegen. »Haben Sie Nenita schon getroffen?«

»Nein.«

»Na, das kriegen wir schon hin.«

»Okay. Danke.« Bestürzt merke ich, dass mir eine Träne über die Wange gelaufen ist. Eilig wische ich sie weg und lächle, doch Aran hat es bemerkt.

»Alles in Ordnung, Becky?«

»Geht so.« Ich schlucke. »Nicht wirklich. Mein Dad wird vermisst, und ich hatte Streit mit Luke und dann auch noch mit meiner besten Freundin. Keiner *begreift* es. Das hier.« Ich breite die Arme aus.

»Das überrascht mich nicht«, sagt Aran.

»Ach so?«

»Das kommt vor. Sie sind kein Allerweltsmensch mehr, wissen Sie noch?«

Er klingt vollkommen unbeeindruckt, und plötzlich nagt der Frust an mir angesichts seiner aalglatten Teflon-Art. Die Welt könnte untergehen, aber er würde wahrscheinlich nur mit den Achseln zucken und sagen: *So läuft der Hase nun mal.*

Und was hat er damit gemeint: *Das überrascht mich nicht?*

»Ich gehe Nenita suchen.« Er klopft mir auf die Schulter.

Als Aran sich auf den Weg macht, sehe ich mich noch mal um, versuche, das Erlebnis zu genießen, aber mit einem Mal fällt mir das alles auf die Nerven. Alles ist so grell. Das weiße Lächeln, die blitzenden Kameras, die Pailletten und Juwelen und die lauten Stimmen. Es ist, als wäre die Luft elektrisch aufgeladen, und meine Beine fangen an zu kribbeln…

Oh. In Wirklichkeit summt mein Handy. Ich hole es aus meinem Täschchen und sehe, dass es Suze ist. Erschrocken nehme ich den Anruf an.

»Gibt's was Neues?«, frage ich. »Ist irgendwas passiert?«

»O Gott, Bex.« Suze klingt verzweifelt, und mich packt die

Angst. »Alicia hat etwas herausgefunden. Die beiden sind mit Bryce weg.«

»Bryce?« Ich starre meine Hand an, verstehe nicht recht. »Bryce vom Golden Peace?«

»Dein Dad führt irgendwas im Schilde und hat Tarkie gebeten, ihm dabei zu helfen. Und Tarkie hat Bryce eingeladen mitzukommen. Bryce! Alicia meint, der hat es nur auf unser Geld abgesehen. Er will dem Golden Peace Konkurrenz machen und Tarkie dazu bringen, ihm den Aufbau eines eigenen Zentrums zu finanzieren, und wir haben nicht den leisesten Schimmer, wo sie hingefahren sein könnten.«

»Suze, beruhige dich!«, sage ich verzweifelt. »Es wird noch alles gut.«

»Aber er ist böse!« Sie klingt fast verzweifelt. »Und sie sind mit ihm in die Wüste gefahren!«

»Wir werden sie finden. Bestimmt. Suze, versuch einfach, so viele Informationen wie möglich rauszufinden.« Sie will noch irgendwas sagen, aber ich kann sie nicht mehr verstehen. Ihre Stimme knistert und setzt aus. »Suze?«

Die Verbindung ist tot. Betrübt starre ich mein Handy an. Bryce. Tarquin. Mein Dad. Irgendwo im Niemandsland. Was wird Mum dazu sagen? Was sollen wir tun?

»Becky.« Aran ist wieder da. »Kommen Sie! Ich bringe Sie zu Nenita!« Seine Augen leuchten. »In Ihrer Welt ist sie eine ziemlich große Nummer, stimmt's?«

»O ja. Riesig.« Benommen folge ich ihm über den roten Teppich, wobei ich auf meinen hohen Absätzen ein wenig taumle. Es ist der größte Augenblick in meiner Karriere. Nenita Dietz kennenzulernen! Ich muss mein Privatleben zurückstellen. Ich muss mich konzentrieren.

Nenita Dietz hält ein paar Leuten einen Vortrag, und wir warten geduldig etwas abseits, bis sie eine Pause einlegt. Sie sieht *atemberaubend* aus. Sie trägt einen riesigen blauen Pelzmantel und spitze, metallisch glänzende Stiefel. Im Licht der Scheinwerfer schimmern in ihren schwarzen Haaren rote und goldene Strähnen, und sie trägt mindestens drei Paar falsche Wimpern. Von hier aus sieht sie aus wie eine Märchenprinzessin.

»Nenita Dietz«, sagt Aran freundlich. »Ich möchte Ihnen Becky Brandon vorstellen.«

»Becky!«

Als ich ihre Hand nehme, komme ich mir vor, als würde ich der Queen vorgestellt. Ich meine, sie *ist* die Königin der Hollywood-Stylisten.

»Hallo!«, plappere ich nervös. »Ich bin ein großer Fan von Ihnen. Übrigens komme ich auch aus der Modebranche. Ich war Stilberaterin bei Barneys, aber ich würde so gern Stylistin werden, und ich bewundere Ihren Stil so sehr. Besonders in *Clover*. Die Kleider waren ein Traum.«

Ich habe *Clover* erwähnt, weil es ein Low-Budget-Film ist, den sie vor Jahren gemacht hat und von dem die wenigsten je gehört haben. So versuche ich ein paar Pluspunkte zu sammeln. Aber Nenita scheint sich nicht für meine Meinung über *Clover* zu interessieren.

»*Sie!*« Mit zusammengekniffenen Augen deutet sie auf mich. »Sie sind die junge Frau, die Lois beim Diebstahl erwischt und es der ganzen Welt erzählt hat.«

»Äh, ja. Ich meine, nein. Ich habe es nur einer einzigen Menschenseele erzählt oder vielleicht zweien...«

»Lois ist ein *wunderbares Mädchen*«, betont sie. »Sie sollten sich was schämen.« Ihre Worte treffen mich wie eine Ohrfeige, und ich weiche zurück.

»Ich wollte doch niemandem schaden«, sage ich hastig. »Und ich habe es wirklich nicht der ganzen Welt erzählt.«

»Sind Sie sich darüber im Klaren, wie schlecht so was für Ihr Karma ist?« Als sie sich vorbeugt, sehe ich, dass ihre

Augen ganz gelblich und ihre Hände erheblich älter sind als ihr Gesicht. Eigentlich sieht sie ziemlich gruselig aus.

»Lois geht es gut, Nenita«, sagt Aran. »Das wissen Sie.«

»Schlechtes Karma.« Sie fixiert mich mit ihrem gelben Blick und zeigt wieder mit dem Finger auf mich. »Ganz schlechtes Karma.«

Ich versuche, nicht vor lauter Entsetzen zurückzuweichen. Es kommt mir vor, als würde sie mich mit einem Fluch belegen.

»Außerdem ist Ihr Kleid altbacken«, fügt sie verächtlich hinzu, und ich merke, wie empört ich in Dannys Namen bin. »Nichtsdestoweniger«, sagt sie, als gewähre sie mir eine ungeheure Ehre, »spüre ich deutlich, dass Sie, junge Frau, wie ich sind. Wenn Sie etwas wirklich wollen, müssen Sie es haben.« Anerkennend mustert sie mich noch einmal. »Sie dürfen mich anrufen.«

Sie reicht mir eine silbern umrandete Karte mit einer Telefonnummer darauf, und Aran zieht die Augenbrauen hoch.

»Bravo, Becky!«, murmelt er. »Gut gemacht!«

Ich starre die Karte an, bin leicht umnebelt. Ich habe es geschafft. Ich habe allen Ernstes den Kontakt zu Nenita Dietz hergestellt.

Die Menge schiebt sich zum Eingang des Filmtheaters, drängt sich um uns, und ein massiger Mann rempelt mich an, sodass mir meine Tasche herunterfällt. Als ich mich wieder aufrichte, sehe ich, dass ich im Gedränge von Nenita und Aran getrennt wurde. Mädchen in schwarzen Hosenanzügen machen die Runde und weisen jedermann darauf hin, dass der Film bald anfängt und man bitte seinen Platz einnehmen möchte. Ich komme mir ein bisschen vor wie ein Zombie, als ich ihnen folge. Im Foyer wimmelt es von Gästen und Kameras und Journalisten, und ich lasse mich vom Strom mitreißen. Ein höflicher junger Mann manövriert mich zu einem

489

Sitz im Saal, wo ich eine Flasche Wasser und Popcorn und ein Tütchen mit Werbegeschenken vorfinde.

Ich bin hier! Ich gehöre dazu! Ich habe einen tollen Platz bei einer Premiere! Ich habe Nenita Dietz' Karte und eine Einladung, sie anzurufen!

Also, warum fühle ich mich so hohl? Was fehlt?

Mein Ledersitz fühlt sich kalt an, und die Klimaanlage lässt mich bibbern. Als die Musik aus den Lautsprechern tönt, zucke ich zusammen. Immer wieder sage ich mir, es wird bestimmt ein wundervoller Abend. Suze' Stimme klingt mir noch in den Ohren: *Ich hoffe, du hast deinen Spaß.* Und meine trotzige Erwiderung: *Worauf du dich verlassen kannst.*

Die Wahrheit jedoch ist: Ich habe keinen Spaß. Ich sitze in einem kalten, dunklen Raum voll fremder Menschen, um mir einen Film anzusehen, den ich nicht sehen will, ohne Freunde oder Familie, mit denen ich darüber sprechen könnte. Ich bin nicht prominent. Alle nennen mich Betty. Ich bin nicht Betty. Ich bin *Becky*.

Ich spiele mit Nenitas Karte herum, um mich zu beruhigen. Aber selbst diese mag ich schon bald nicht mal mehr anfassen. Möchte ich wirklich für diese Schreckschraube arbeiten? Möchte ich sein wie sie? Ich fühle mich, als wäre ich in der Wüste bei einer Fata Morgana angekommen. Ich schöpfe mit beiden Händen Sand und rede mir ein, ich hielte frisches, sauberes Wasser, aber das ist nicht der Fall.

Mein Atem geht schneller. Meine Gedanken fliegen nur so in meinem Kopf herum. Ich kralle mich in die Armlehnen meines Sitzes, bis mir die Finger wehtun. Und schlagartig habe ich genug. Hier kann ich nicht bleiben. Hier will ich nicht bleiben. Es gibt andere, weitaus wichtigere Dinge in meinem Leben als einen roten Teppich und Promis. Da wären meine Familie und meine Freunde und ein Problem, das ich zu klären habe, ein Mann, den ich zurückgewinnen möchte, und eine beste Freundin, der ich helfen muss. *Das* ist wichtig in meinem Leben. Und ich kann nicht fassen, dass ich so lange gebraucht habe, um das zu erkennen.

Ich muss hier weg. Sofort.

Ich entschuldige mich bei den Leuten um mich herum, als ich aufstehe und mir einen Weg zum Rand des Saales bahne. Die Reihen sind mittlerweile gefüllt, ein Mann im Smoking hat vorn gerade seine Rede angefangen, und die Platzanweiser werfen mir fragende Blicke zu, aber das ist mir alles egal. Ich muss hier raus. Ich muss so schnell wie möglich mit Suze reden. Wahrscheinlich hasst sie mich. Ich kann es ihr nicht mal verdenken. Ich hasse mich selbst.

Nenita steht immer noch mit Aran und ein paar anderen in der Lobby, und als ich sie mir noch mal genauer ansehe, überkommt mich tiefe Abscheu. Wie kann sie es wagen, mich zu verfluchen? Wie kann sie es wagen, Danny zu dissen? Als sie sich umdreht, um den Saal zu betreten, tippe ich ihr an die Schulter.

»Entschuldigen Sie, Nenita«, sage ich mit leicht zitternder Stimme. »Ich würde nur gern ein paar Sachen richtigstellen, die Sie gesagt haben. Vielleicht hätte ich mich in Bezug auf Lois nicht verplappern dürfen, aber glauben Sie bloß nicht, dass sie das brave Mädchen ist, für das Sie sie halten. Zweitens glaube ich, dass Leute, die anderen ein schlechtes Karma wünschen, *selbst* ein schlechtes Karma haben. Und drittens ist mein Kleid kein bisschen altbacken. Danny Kovitz ist ein sehr begabter Designer, und alle jungen Fashion-Blogger sind verrückt nach ihm. Wenn es Ihnen also nicht gefällt, sind wohl eher Sie diejenige, die hier altbacken ist.«

Ich höre ein Aufstöhnen unter Nenitas Helfershelfern. Aber auch das ist mir egal. Ich bin so richtig schön in Fahrt.

»Was die Frage angeht, ob wir uns ähnlich sind ...« Ich zögere. »Sie haben recht. Wenn ich weiß, was ich will, stürze ich mich darauf.« Ich betrachte die PR-Mädchen, die Kameras, die Reihen glänzender Geschenktütchen mit gestreiften Tragegriffen, die noch darauf warten, verteilt zu werden. Es gab einmal eine Zeit, da hätte ich für eine solche Tüte alles gegeben. Doch jetzt scheinen sie mir irgendwie verseucht. »Aber in Wahrheit will ich das alles gar nicht.«

»Becky!«, lacht Aran.

»Ich will es nicht, Aran.« Ich sehe ihm offen in die Augen. »Ich will den Ruhm nicht, und ich will auch kein Eisen schmieden.«

»Meine Liebe, Sie sollten nicht überreagieren!« Er tätschelt meinen Arm. »Nenita hat bloß einen kleinen Scherz über Ihr Kleid gemacht.«

Glaubt er denn, ich interessiere mich nur *dafür*? Für mein *Kleid*?

Dann wiederum … warum sollte er nicht?

Plötzlich sehe ich mich, wie mich alle anderen in den letzten Wochen gesehen haben. Und es ist kein schöner Anblick. Ich habe einen schrecklichen Kloß im Hals und merke, dass mir die Tränen kommen. Aber auf keinen Fall werde ich die Fassung vor Nenita Dietz verlieren.

»Es geht nicht allein um mein Kleid«, sage ich, so ruhig ich kann, und schüttle seinen Arm ab. »Auf Wiedersehen, Aran.«

Ein Pulk von schwarz gekleideten Mädchen steht plaudernd beieinander, und als ich mich ihnen nähere, wird eines davon auf mich aufmerksam.

»Sind Sie etwa schon aus dem Film rausgegangen? Ist alles okay?«

»Alles okay.« Ich versuche mich an einem Lächeln. »Aber ich muss gehen. Ein Notfall. Ich rufe meinen Chauffeur.«

Ich fische nach meinem Handy und schreibe Jeff eine Nachricht.

Können wir jetzt bitte los? Lieben Dank, Becky x

Verlegen stehe ich eine Weile bei den Türen herum und überlege, wo Jeff wohl halten wird, aber dann kann ich nicht länger warten. Ich gehe raus, um nach dem Wagen zu sehen.

Ich drücke die Tür auf und betrete erneut den roten Teppich. Inzwischen ist er menschenleer, und es liegen nur noch weggeworfene Programme herum, eine Coladose und eine Strickjacke, die jemand verloren haben muss. Ich entdecke ein paar weiße Perlen von Sages Kleid, die auf dem roten Flor schimmern. Ich habe keine Ahnung, *wie* ich es Danny beibringen soll. Das Kleid war handgenäht. Bestimmt hat es eine Ewigkeit gedauert, es herzustellen. Nur um im Bruchteil einer Sekunde kaputtgemacht zu werden.

Und als ich die Perlen sehe, verlässt mich endgültig der Mut. Mir ist, als wäre heute Abend *alles* kaputtgegangen. Meine albernen Hollywood-Träume, mein Plan, prominent zu werden, meine Freundschaft mit Suze – es tut so weh. Ich hole tief und bebend Luft. Ich muss mich zusammenreißen. Ich muss Jeff finden. Ich muss …

Moment mal.

Schluckend stehe ich da und starre, kann mich nicht rühren. Ich kann es nicht fassen.

Da kommt mir über den roten Teppich – den leeren roten Teppich – Luke entgegen. Er geht ruhig und zielstrebig, und er sieht mir in die Augen. Er trägt seinen dunklen Armani-Mantel. Darunter kann ich eine schwarze Fliege ausmachen.

Als er näher kommt, fange ich an zu zittern. Sein Gesicht ist angespannt und ernst, gibt nichts preis. Er hat Schatten unter den Augen, und als er vor mir stehen bleibt, lächelt er nicht. Einen schrecklichen Moment lang denke ich, er ist gekommen, um sich von mir scheiden zu lassen.

»Ich dachte, du bist nach New York geflogen«, flüstere ich fast.

»Bin ich auch.« Er nickt feierlich. »Bin ich auch. Und dann bin ich umgekehrt und wieder hergekommen. Becky, ich habe mich scheußlich benommen. Es tut mir leid. Dir und meiner Mutter gegenüber. Mein Betragen war unverzeihlich.«

»War es nicht!«, hasple ich erleichtert.

»Du hast alles Recht der Welt, mir böse zu sein.«

»Habe ich nicht. Ehrlich, habe ich nicht.« Ich schlucke. »Ich bin nur… ich bin so froh, dich zu sehen.«

Ich greife nach seiner Hand und halte sie fest. Nie im Leben hätte ich Luke hier erwartet. Seine Hand ist warm und fest, und es fühlt sich an, als wäre sie mein Anker. Ich möchte ihn nie wieder loslassen.

»Wieso bist du nicht drinnen?« Er deutet auf den Eingang. »War der Abend ein Erfolg?«

Ein Teil von mir möchte gern sagen: *Ja! Es war genial!*, und ihm von meinem Triumph berichten. Aber der größere Teil von mir kann ihn nicht belügen. Nicht Luke. Nicht, wenn er da so steht. Nicht, wenn er extra von New York zurückgeflogen ist. Nicht, wenn er der einzige Mensch bei dieser Premiere ist, der sich wirklich für mich interessiert.

»Es ist nicht so, wie ich es mir vorgestellt habe«, sage ich schließlich. »Nichts ist so, wie ich gedacht hatte.«

»Hm.« Er nickt, als könnte er meine Gedanken lesen.

»Vielleicht…« Ich schlucke. »Vielleicht hattest du recht. Vielleicht habe ich mich ein wenig verirrt.«

Einen Moment sagt Luke nichts. Diese eindringlichen dunklen Augen sehen mich an, und es ist, als bräuchten wir keine Worte. Er kann alles spüren.

»Ich habe auf dem Weg nach New York die ganze Zeit darüber nachgedacht«, sagt er schließlich mit tiefer, rauer Stimme. »Und da wurde es mir klar. Ich bin dein Mann. Wenn du dich verirrt hast, ist es an mir, dich zu suchen.«

Ohne jede Vorwarnung schießen mir die Tränen in die Augen. Bei allem, was ich getan habe, womit ich ihn genervt und provoziert habe. Er hat nach mir gesucht.

»Tja, da stehe ich nun«, bringe ich hervor, mit einem Kloß im Hals, und Luke nimmt mich in seine Arme.

»Komm her«, sagt er an meiner feuchten Wange. »Niemand sollte allein zu einer Premiere gehen. Tut mir leid, mein süßer Schatz.«

»*Mir* tut es leid«, murmle ich und schniefe an seinem weißen Kragen. »Ich glaube, ich habe zwischendrin vergessen, worum es im Leben eigentlich geht.«

Luke bietet mir sein Taschentuch an, und ich putze mir die Nase und versuche, meine verlaufene Schminke abzutupfen, während er geduldig wartet.

»Die Reporter haben mich alle Betty genannt«, erkläre ich ihm. »*Betty.*«

Er zieht die Augenbrauen hoch. »Betty? Nein, der Name passt nicht zu dir.« Er wirft einen Blick auf seine Uhr. »Und was wollen wir jetzt machen? Möchtest du wieder reingehen?«

»Nein«, sage ich mit Nachdruck. »Ich möchte meinen Dad suchen. Ich möchte mich mit Suze vertragen. Ich möchte Minnie umarmen. Ich möchte alles, *nur* nicht wieder da rein.«

»Ehrlich?« Er blickt mir tief in die Augen – und ich sehe, dass er mir eigentlich eine größere Frage stellt. Dieselbe Frage, die er mir schon mal gestellt hat. Es scheint alles schon so lange her zu sein.

»Ehrlich.« Ich nicke. »Es … es ist vorbei.«

»Na dann.« Sein Blick wird sanfter. »Okay.« Er nimmt meine Hand, und gemeinsam laufen wir über den leeren roten Teppich.

23

Man spricht von einer »rosaroten Brille«. Ich glaube, meine Brille war tiefrot wie dieser Teppich unter meinen Füßen. Ich meine, im Grunde ist er ganz schön schäbig, jetzt, da keine Promis mehr da sind. Als Luke und ich Hand in Hand darüberlaufen, stehen immer noch auf beiden Seiten Kameras hinter den Absperrungen, aber den Teppich haben wir für uns. Es erinnert mich daran, wie wir vor ein paar Wochen über den Walk of Fame geschlendert sind, als wir ganz neu in L.A. waren und mir alles wie ein großes Abenteuer vorkam. Ich kann nicht glauben, was seitdem alles passiert ist.

»Ich muss neue Bande zu meiner Mutter knüpfen«, sagt Luke.

»Das musst du.« Ich nicke. »Und das wirst du auch. Es wird bestimmt ganz wunderbar, Luke. Du solltest deine Mutter mal mit Minnie sehen. Die beiden sind so süß miteinander! Im Grunde sind sie sich ganz ähnlich.«

»Das kann ich mir vorstellen.« Er wirft mir ein verkniffenes Lächeln zu, und plötzlich sehe ich uns vor meinem inneren Auge alle beisammensitzen: Luke und Elinor und Minnie und mich – eine glückliche Familie. Ich bin überzeugt davon, dass es so kommen wird. Bald. Es wird sich alles ändern.

»Kauf ihr ein Puzzle«, schlage ich vor. »Sie liebt Puzzles.«

»Okay.« Luke lächelt. »Das mach ich. Aber vielleicht sollte ich ihr lieber gleich hundert Puzzles kaufen. Schließlich habe ich einiges gutzumachen.«

»O Gott, ich auch.« Ich winde mich, als meine zahlreichen Probleme wieder über mich hereinstürzen. Suze … Tarquin … mein Dad … »Ich hatte einen schlimmen Streit mit Suze.« Ich drücke seine Hand. »Es war schrecklich. Sie ist mir richtig böse …«

»Becky.« Sanft fällt er mir ins Wort. »Hör mal. Ich muss dir was sagen. Suze ist hier.«

»Was?« Verdutzt sehe ich mich um. »Wie meinst du das? Wo denn?«

»Sie wartet im Wagen. Er steht ein paar Straßen weiter. Sie will deinem Vater in die Wüste hinterherfahren und möchte, dass du dabei bist.«

»Bitte?« Ich starre ihn an. »Ist das dein Ernst?«

»Absolut. Als ich ihr gesagt habe, wo ich hinwollte, hat sie mich angefleht, mitkommen zu dürfen. Für den Fall, dass ich keinen Erfolg haben sollte, wollte sie dich eigenhändig aus der Premiere zerren.«

»Aber …« Ich kann es nicht fassen. »In die *Wüste*?«

Luke seufzt. »Suze ist völlig fertig. Wir glauben, dass dein Dad und Tarquin auf dem Weg nach Las Vegas sind. Suze macht sich Sorgen um Tarquin, und ehrlich gesagt, hat sie – glaube ich – auch allen Grund dazu.«

»Okay.« In meinem Kopf dreht sich alles. »Und wo sind die Kinder?«

»Im Moment passt Mitchell auf sie auf. Allerdings müssen wir auf längere Sicht eine bessere Möglichkeit finden. Wir sollten nach Hause fahren, alle Fakten zusammentragen und eine Route ausarbeiten, und du musst scharf nachdenken, Becky. Ich meine, er ist dein Vater. Wenn irgendwer sich vorstellen kann, wo er hin ist …«

»Ich habe noch diese alte Karte von meinem Vater.« Meine Gedanken rasen. »Vielleicht können wir damit was anfangen.«

»Becky!« Jemand ruft mich, und als ich mich umdrehe,

sehe ich Jeff ein paar Meter weiter, der sich aus dem Fenster lehnt und winkt. »Ich kann nicht näher ranfahren!«

»Jeff!« Ich eile seinem freundlichen Gesicht entgegen. Im nächsten Moment sitzen Luke und ich schon im SUV, und Luke erklärt Jeff, wie er fahren soll.

»Ist der Film schon vorbei?«, fragt Jeff, während er den Wagen auf die Straße manövriert.

»Ich hatte einfach genug.«

»Recht so.« Jeff nickt.

»Ich habe alles getan, was ich zu tun hatte. Außer… Moment mal.« Bestürzt wende ich mich an Luke. »Die Autogramme! Die habe ich total vergessen!«

»Becky, das macht doch nichts.«

»Doch! Ich habe Dad versprochen, ihm welche zu besorgen, und ich habe kein einziges.« Betrübt starre ich Luke an. »Ich bin zu *nichts* zu gebrauchen.«

»Süße, das mit den Autogrammen ist doch jetzt nicht so wichtig.«

»Aber ich habe es versprochen. Und ich habe es *schon wieder* nicht getan.« Eine Woge der Reue schlägt über mir zusammen. »Er hatte sich so sehr Dix Donahues Autogramm gewünscht, das ich ihm damals nicht besorgt habe, und jetzt habe ich es schon wieder vergessen, und…«

»Sie wollen Autogramme? Die kann ich Ihrem Dad beschaffen«, höre ich Jeffs Stimme von vorn im Wagen, und ich blinzle erstaunt.

»*Das* würden Sie tun?«, frage ich verdutzt.

»Ich habe schon für alle möglichen Promis gearbeitet. Und ich habe bei allen noch einen gut. Ich besorge Ihnen die Autogramme.«

»Wirklich?«, frage ich baff. »Von wem zum Beispiel?«

»Nennen Sie irgendeinen Namen«, sagt Jeff.

»John Travolta.«

»Kein Kommentar.«

»Brad Pitt!«

»Kein Kommentar.«

Seine Miene verrät nichts, doch seine Augen blitzen im Rückspiegel. Ich mag Jeff.

»Das wäre fantastisch. Vielen, vielen Dank.« Vorsichtig hole ich Dads kostbares Autogrammbüchlein hervor und lege es auf den Beifahrersitz.

Eine halbe Minute später hält Jeff an einer Seitenstraße, und Luke sagt: »Hier steht unser Wagen. Danke, Jeff.«

»Bis bald.« Ich beuge mich vor und umarme ihn. »Sie sind einfach wunderbar.«

»Sie sind eine nette Familie«, brummt Jeff barsch. »Wenn wir uns wiedersehen, habe ich die Autogramme.«

Wir steigen aus dem SUV, und der Wind lässt mein Kleid flattern. Ich betrachte mich in der Scheibe und sehe meine weit aufgerissenen Augen, die viel zu stark geschminkt und etwas überdreht sind. Plötzlich werde ich bei der Vorstellung, Suze zu begegnen, richtig nervös. Mir ist, als wäre ich in letzter Zeit ein anderer Mensch gewesen. Aber ich kann nicht kneifen. Ich kann dem nicht entkommen. Die Autotür geht auf, und sie steigt aus.

Einen Moment lang stehen wir in der Abendluft nur da und starren einander an. Ich kenne Suze seit vielen Jahren, und sie hat sich kein bisschen verändert. Dieselben blonden Haare, dieselben endlos langen Beine, dasselbe laute, respektlose Lachen, und immer noch knabbert sie an ihrem Daumen herum, wenn sie unter Stress steht. Ich mag mir gar nicht vorstellen, wie ihre Haut momentan aussieht.

»Bex, ich weiß, du hast wirklich viel zu tun.« Ihre Stimme klingt heiser. »Ich weiß, dass du diese großen Chancen hast und alles. Aber ich brauche dich. Bitte. Ich brauche dich jetzt.«

Ich bin so erstaunt darüber, dass sie mich nicht anschreit, dass mir gleich wieder die Tränen kommen.

»Ich brauche dich auch.« Ich klappere auf meinen Absätzen zu ihr und drücke sie fest an mich. Wann habe ich Suze das letzte Mal umarmt? Vor einer halben Ewigkeit.

Ich merke, dass sie auch weint. Sie schluchzt an meiner Schulter. Sie ist halb verrückt vor Sorge, und ich war nicht für sie da. Das liegt mir schwer im Magen. Ich war ihr eine schlechte Freundin. Eine ganz schlechte Freundin.

Na, das werde ich alles wiedergutmachen.

»Du hast mir gefehlt«, murmelt sie in meine Haare.

»Du hast mir auch gefehlt.« Ich halte sie ganz fest. »Der rote Teppich war ohne dich nicht dasselbe. Es hat überhaupt keinen Spaß gemacht. Im Grunde war es furchtbar.«

»O Bex. Das tut mir leid.«

Und ich merke, dass sie es ehrlich meint. Obwohl ich so mies zu ihr war, wünscht sie immer noch, ich hätte meinen Spaß gehabt. So lieb ist Suze.

»Die beiden sind nach Las Vegas gefahren«, fügt sie hinzu.

»Das habe ich gehört.«

Sie blickt auf und wischt sich die Nase am Ärmel ab. »Ich dachte, wir könnten ihnen vielleicht hinterherfahren.«

»Okay.« Ich drücke ihre Hand ganz fest. »Das machen wir. Was du auch vorhast, Suze, ich bin an deiner Seite.«

Wer weiß, wozu ich mich da gerade verpflichtet habe. Aber egal. Es geht um Suze. Sie braucht mich, also bin ich dabei.

»Ich habe Danny geschrieben«, fügt sie etwas verheult hinzu. »Er kommt auch mit.«

»Danny?«, frage ich verdutzt.

Sie hält mir ihr Handy hin, damit ich die Nachricht lesen kann.

Suze, meine Liebste, musst du da denn extra FRAGEN???
Ich bin in einer Nanosekunde bei dir. Wir werden deinen
Mann schon finden.
Danny xxxxx

Danny ist ein solcher Schatz. Auch wenn ich mir beim besten Willen nicht vorstellen kann, wie wir den in Las Vegas im
Auge behalten wollen.

»Okay, da wären wir nun also.« Ich drücke sie noch einmal an mich. »Wir haben uns wieder vertragen. Wir sind ein
Team. Wir schaffen das, Suze. Wir werden sie finden.«

Wie?, denke ich unwillkürlich. *Wie wollen wir sie denn finden?* Diese ganze Idee scheint mir doch etwas verrückt zu
sein. Aber Suze möchte, dass ich mitmache, und alles andere ist egal.

Eben will ich vorschlagen, dass wir drei nach Hause fah-
ren, uns was zu essen bestellen und Ideen sammeln, als die
Beifahrertür aufgeht. Mich trifft der Schlag, als noch eine
Blondine auf der Bildfläche erscheint. Alicia? Im Ernst?
Alicia?

»Alicia ist auch dabei.« Suze wischt sich die Augen. »Sie
war so gut zu mir. Sie hat das mit Las Vegas herausgefunden.
Bryce hat einem seiner Freunde im Golden Peace erzählt,
dass er dahin will. Alicia hat jeden einzelnen Mitarbeiter be-
fragen lassen, bis sie was rausfand. Ehrlich, Bex, sie war mir
eine großartige Hilfe.«

»Schön!«, sage ich nach kurzer Pause. »Wie… nett von
ihr.«

»Ihr zwei freundet euch doch an, oder?« Suze betrachtet
mich voll banger Sorge. »Ihr könnt die alten Geschichten
doch hinter euch lassen, oder?«

Was soll ich sagen? Ich darf Suze nicht noch mehr belasten.

»Natürlich«, sage ich schließlich. »Natürlich können wir das. Wir werden gute Freunde, oder, Alicia?«

»Becky.« Alicia tritt vor, mit leisen Schritten in ihren trendigen Yoga-Flipflops aus superweichem Leder und dieser gefassten, ernsthaften Miene, die sie immer vor sich herträgt. »Willkommen.«

Augenblicklich stellen sich mir die Nackenhaare auf. Sie hat mich nicht willkommen zu heißen. Wenn schon, dann heiße *ich* sie willkommen.

»Danke gleichfalls.« Zuckersüß lächle ich sie an. »Ich heiße *dich* willkommen.«

»Wir stellen uns gemeinsam einer großen Herausforderung.« Sie sieht mich ernst an. »Aber ich bin mir sicher, wenn wir zusammenarbeiten, können wir Tarquin, deinen Vater und Bryce finden, bevor…« Sie stockt. »Na ja. Wir machen uns Sorgen, dass Bryce… kriminell sein könnte. Das könnte zum Problem werden.«

»Verstehe.« Ich nicke. »Nun, dann lasst uns zurück zur Bathöhle fahren und einen Plan schmieden. Keine Sorge, Suze.« Ich drücke sie noch mal an mich. »Wir übernehmen den Fall.«

»Steigt schon mal ein.« Suze tippt auf ihr Handy ein. »Ich bin gleich bei euch.«

Ich steige hinten in den Wagen, gefolgt von Alicia, und einen Moment lang sitzen wir schweigend da. Und dann, als Alicia Luft holt, um etwas zu sagen, wende ich mich ihr zu.

»Ich weiß, dass du dich nicht verändert hast«, sage ich mit leiser, aber scharfer Stimme. »Ich weiß, dass du hinter deiner zuckersüßen Fassade nur deine eigenen Pläne verfolgst. Aber eins solltest du wissen: Wenn du Suze auch nur im Geringsten wehtust, mach ich dich alle.« Ich funkle sie so düster an, dass ich schon fürchte, mir könnten die Augen rausfallen. »Ich mach dich alle.«

Die Beifahrertür geht auf, und Suze klettert vorn auf den Sitz. »Alles okay?«, fragt sie atemlos.

»Super!«, sage ich fröhlich, und einen Moment später sagt auch Alicia: »Super.« Sie wirkt ein wenig erschüttert. Gut so. Es geht hier nicht um mich – mir hat sie schon oft wehgetan. Aber ich werde nicht zulassen, dass sie Suze wehtut.

Luke setzt sich hinters Lenkrad, knallt die Tür zu und schneidet eine lustige Grimasse, als er sich zu mir umdreht. »Alles klar, Betty?«

»Haha.« Ich schneide selbst eine Grimasse. »Sehr witzig. Los jetzt.«

Er startet den Motor, und als wir anfahren, werfe ich einen Blick nach hinten durch die Heckscheibe. Die Straßenlaternen blenden mich. Wir lassen die Fernsehkameras hinter uns, die grellen Lichter, die Promis. Wir lassen alles hinter uns, was ich so spannend fand. Mir wird bewusst, dass ich vielleicht nie wieder über einen roten Teppich laufen werde. Das könnte meine letzte Chance gewesen sein. Vielleicht sage ich Hollywood hiermit Lebewohl.

Aber das ist mir egal. Ich bin auf dem richtigen Weg. Und in meinem ganzen Leben habe ich mich noch nicht besser gefühlt.

VOM BÜRO DIX DONAHUE

An Graham Bloomwood

Mit aufrichtigem Dank Ihnen und Ihrer charmanten Tochter Rebecca.

Ich würde mich sehr freuen, Sie zu einer meiner Shows begrüßen zu dürfen, und lade Sie herzlich ein, mich hinterher in meiner Garderobe zu besuchen.

Mit wärmsten Grüßen

Ihr Freund

Dix Donahue

PS Jeff sei Dank!
PPS Ich habe gehört, Sie waren spurlos verschwunden. Hoffe, Sie sind mittlerweile wieder unversehrt heimgekehrt???

Fortsetzung folgt …

Liebe Leserinnen,

Becky ist bald wieder zurück!

Abspann

Associate Producers (UK):   Araminta Whitley
Peta Nightingale
Jennifer Hunt
Sophie Hughes

London Unit: Linda Evans
Bill Scott-Kerr
Larry Finlay
Polly Osborne
Claire Evans
Suzanne Riley
Sarah Roscoe mit ihrem Team
Claire Ward
Kate Samano und Elisabeth
Merriman
Jo Williamson
Bradley Rose

Associate Producers (US):   Kim Witherspoon
David Forrer

New York Unit: Susan Kamil
Deborah Aroff
Kelsey Tiffey
Avideh Bashirrad
Karen Fink
Theresa Zoro

Sally Marvin
Loren Novek
Benjamin Dreyer
Paolo Pepe
Scott Shannon
Matt Schwartz

Associate Producers (Rest der Welt):	Nicki Kennedy Sam Edenborough und das gesamte ILA-Team
Best Boys:	Freddy, Hugo, Oscar und Rex
Best Girl:	Sybella
Key Grip:	Hestia, der Labrador
Catering:	Carol und Edith
Kinderbetreuung:	Greena und Grub-Grub
Miss Kinsellas Nahrungs-ergänzungsmittel:	Rolo und Mint Aero
Production Manager:	#Henrythe Manager
Lifetime Achievement Award:	Barb Burg RIP, 29. April 2014

Sophie Kinsella

Sophie Kinsella ist Schriftstellerin und ehemalige Wirtschaftsjournalistin. Ihre Schnäppchenjägerin-Romane um die liebenswerte Chaotin Rebecca Bloomwood werden von einem Millionenpublikum verschlungen. Die Verfilmung ihres Bestsellers »Shopaholic – Die Schnäppchenjägerin« wurde zum internationalen Kinohit. Sophie Kinsella eroberte die Bestsellerlisten aber auch mit Romanen wie »Göttin in Gummistiefeln«, »Kennen wir uns nicht?«, »Kein Kuss unter dieser Nummer« oder mit ihren unter dem Namen Madeleine Wickham verfassten Romanen im Sturm. Die Autorin lebt mit ihrer Familie in London.

Mehr Informationen zur Autorin und zu ihren Romanen finden Sie unter www.sophie-kinsella.de.

Die Romane mit Schnäppchenjägerin Rebecca Bloomwood in chronologischer Reihenfolge:

Die Schnäppchenjägerin · Fast geschenkt · Hochzeit zu verschenken · Vom Umtausch ausgeschlossen · Prada, Pumps und Babypuder · Mini Shopaholic · Shopaholic in Hollywood

Außerdem lieferbar:

Sag's nicht weiter, Liebling. Roman · Göttin in Gummistiefeln. Roman · Kennen wir uns nicht. Roman · Charleston Girl. Roman · Die Heiratsschwindlerin. Roman · Reizende Gäste. Roman · Kein Kuss unter dieser Nummer. Roman · Das Hochzeitsversprechen. Roman

(alle auch als E-Book erhältlich)

Sophie Kinsella
Das Hochzeitsversprechen

512 Seiten
ISBN 978-3-442-47986-3
auch als E-Book und
Hörbuch erhältlich

Nach der jüngsten Enttäuschung hat Lottie endgültig die Nase voll von bindungsunfähigen Männern. Als sich da plötzlich Ben meldet, eine alte Flamme von ihr, geht alles ganz schnell. Denn Ben erinnert Lottie an einen vor Jahren geschlossenen Pakt, wonach die beiden einander heiraten wollten, sollten sie mit dreißig noch Single sein. Lottie zögert nicht lange und marschiert kurzentschlossen mit Ben zum Altar. Von dort geht es geradewegs in die Flitterwochen auf jene griechische Insel, auf der sie sich einst kennengelernt hatten. Freunde und Familien der beiden sind entsetzt. Und schließlich machen sich Lotties Schwester Fliss und Bens Freund Lorcan auf nach Ikonos, um Honeymoon und Hochzeitsnacht nach Kräften zu sabotieren …

www.goldmann-verlag.de
www.facebook.com/goldmannverlag

Um die ganze Welt des
GOLDMANN Verlages
kennenzulernen, besuchen Sie uns doch
im Internet unter:

www.goldmann-verlag.de

Dort können Sie
nach weiteren interessanten Büchern **stöbern**,
Näheres über unsere **Autoren** erfahren,
in **Leseproben** blättern, alle **Termine** zu Lesungen und
Events finden und den **Newsletter** mit interessanten
Neuigkeiten, Gewinnspielen etc. abonnieren.

Ein **Gesamtverzeichnis** aller Goldmann Bücher finden
Sie dort ebenfalls.

Sehen Sie sich auch unsere **Videos** auf YouTube an und
werden Sie ein **Facebook**-Fan des Goldmann Verlags!

www.goldmann-verlag.de
www.facebook.com/goldmannverlag